SANDRONE DAZIERI

ALL DAS BÖSE, DAS WIR TUN

THRILLER

Übersetzung aus dem Italienischen von
Claudia Franz

HarperCollins

Die Originalausgabe erschien 2022 unter dem Titel
Il male che gli uomini fanno bei HarperCollins, Italia.

1. Auflage 2024
© 2022 Sandrone Dazieri
Deutsche Erstausgabe
© 2024 für die deutschsprachige Ausgabe
HarperCollins in der
Verlagsgruppe HarperCollins Deutschland GmbH, Hamburg
Gesetzt aus der Stempel Garamond
von GGP Media GmbH, Pößneck
Druck und Bindung von CPI books GmbH, Leck
Printed in Germany
ISBN 978-3-365-00417-3
www.harpercollins.de

Für meine Schwester Stefania,
die mich immer so akzeptiert hat, wie ich bin

Das Böse, das wir tun, überlebt sie,
das Gute wird oft mit ihren Gebeinen begraben.
WILLIAM SHAKESPEARE, *Julius Cäsar*

HINTERHALT

HEUTE

1

Als ihr Fegefeuer begann, saß Amala in einem Bus, der sich von Cremona entfernte. Jenseits des Fensters wechselten sich Ansammlungen von ein- bis zweistöckigen Häusern mit Maisfeldern ab, die regelrecht wucherten, weil der September ungewöhnlich heiß gewesen war. Im Bus war es stickig, obwohl die meisten Schüler, die sich im Innern gedrängt hatten, an den letzten Haltestellen ausgestiegen waren.

Die Landstraße würde noch ein paar Ortschaften durchqueren, immer kleinere mit immer größeren Abständen dazwischen, bis sie schließlich nach weiteren Maisfeldern Città del Fiume erreichen würde. Dem Namen zum Trotz – Stadt am Fluss – war es ein mittelalterliches Dorf von dreihundert Seelen, mit roten Backsteingebäuden und Durchgangshöfen. Die Familie von Amala (deren Name auf dem zweiten A betont wurde) wohnte in einem noch abgelegeneren Haus, in einem Wäldchen einen Kilometer vom Zentrum entfernt. Amala hasste das Landleben. Das wurde nicht besser, wenn sie es ihren Freunden schilderte. Erzählte sie, dass sie eine tote Maus im Kleiderschrank gefunden oder ein Frosch den Abfluss im Bad verstopft hatte (und das nicht nur einmal), nannte man sie ein verwöhntes Blag.

Hatte man berühmte Eltern (selbst wenn sie so berühmt auch wieder nicht waren), dachten alle, man sei reich. Ihre Mutter hatte aber fünf Jahre lang kein Buch mehr veröffentlicht, und ihr Vater verlor ständig Aufträge, weil er lieber den Künstler als einen gewöhnlichen Architekten spielte. Für einen Fünfzigjährigen fand Amala das *cringe*.

Sie stieg an der letzten Haltestelle von Città aus und sprang über ein Schlagloch hinweg. Der Himmel veränderte ständig seine Farbe, war von hellen, trockenen Wolken durchzogen. Zum Glück, denn bei Regen wurde es im Haus kalt und ungemütlich. Als es in den Dreißigern gebaut worden war (von einem Mann, den ihr Vater stolz einen »architektonischen Ketzer« nannte), hatte man das Prinzip der Wärmeisolation noch nicht durchdrungen. Auch die Form war für Amalas Geschmack absurd. Kein Wunder, dass die Leute das Haus nicht Villa Cavalcante nannten, wie ihr Vater es getauft hatte, sondern schlicht »Bügeleisen«.

Aus ihren AirPods drangen die Måneskin, als Amala durch die Arkaden am Dorfplatz ging, dann über eine kleine Steinbrücke, hinter welcher sie die Schotterstraße zu ihrem Haus einschlug. Es gab auch eine Asphaltstraße, die auf einem Umweg zum Bügeleisen führte, aber bei schönem Wetter nahm Amala sie nie.

Der frische Wind trug den Geruch von Getreide und Kamille herbei, aber auch den dieser giftigen wilden Blaubeeren, die nach Schweißfüßen stanken. Mitten auf dem schmalen Abzweig zum Feldweg stand ein blitzblanker weißer Lieferwagen. An der Hecktür lehnte ein Mann und rauchte gelangweilt. Er war groß und breit, hatte die weißen Haare im Nacken zusammengebunden und trug eine Sonnenbrille und eine blaue OP-Maske, die er bei jedem Zug an der Zigarette etwas nach unten schob. Amala schätzte ihn auf über sechzig, obwohl das schwer zu sagen war.

Vorsichtig hielt sie sich an einem Laternenmast fest und vollführte eine halbe Pirouette, um auf die andere Seite zu gelangen. Während des Manövers schaute sie dem Mann kurz ins Gesicht und erschrak angesichts der Bleiche der wenigen unbedeckten Hautpartien.

Sie beschleunigte den Schritt, um ihn hinter sich zu lassen, und folgte dem Weg durch die frisch geschnittenen Luzernenfelder, auf denen abholbereit die letzten Heuballen lagen. Nachdem Amala zur Seite getreten war, um einer lärmenden mechanischen Egge Platz zu machen, warf sie einen Blick zur Kreuzung zurück. Der Lieferwagen war verschwunden, der Mann auch, was Amala mit einer irrationalen Erleichterung erfüllte. Sie stellte die Musik lauter und nahm die letzten hundert Meter zum Anwesen ihrer Familie in Angriff.

Es zeichnete sich hinter den Zypressen bereits ab. Etwa zehn Hektar groß war es und von Mauern und Zäunen umgeben, die sich hinter Ligusterhecken verbargen. Auf der Rückseite, die aufs Land hinausschaute, befand sich ein elektrisches Tor. Als Amala hier ankam, holte sie den Schlüsselbund aus dem Rucksack, aber als sie den Schlüssel ins Loch steckte, blockierte er nach einer halben Drehung und ließ sich weder weiter- noch zurückdrehen. Nach einigen vergeblichen Versuchen drückte sie auf den Klingelknopf an der Videogegensprechanlage. Das Licht der Kamera schaltete sich nicht ein.

Im August hatte es ein paar Stromausfälle gegeben, weil die Klimaanlage ständig lief, deshalb vermutete Amala jetzt den gleichen Grund dahinter. Sie schaltete ihre Musik aus, suchte die Nummer ihrer Mutter und hoffte, dass die trotz ihrer »kreativen Trance« ans Telefon gehen würde.

In diesem Moment fiel ein Schatten auf sie, und Amala begriff, dass sie nicht allein war.

2

Eine Stunde dauerte es, bis Sunday merkte, dass Amala sich zu viel Zeit für die Heimkehr ließ. Meist kam sie hungrig wie ein Wolf angerannt, aber manchmal quatschte sie noch mit irgendwelchen Freunden und vergaß darüber die Zeit. Sunday schickte ihr eine Nachricht und machte sich dann wieder an den Artikel, den sie gar nicht hätte annehmen sollen. Es handelte sich um eine Literaturrezension für den *New Yorker*. Der Roman hatte ihr nicht gefallen, aber sie wollte ihn nicht verreißen, nur weil sie einen anderen literarischen Geschmack hatte. In den Himmel loben wollte sie ihn allerdings auch nicht. Zu den Stammlesern der Zeitschrift gehörten, neben dem harten Kern der in die Jahre gekommenen Upperclass-New-Yorker, die einflussreichsten Kritiker und zahlreiche Kollegen. Einen solchen Stilverlust würden sie ihr nicht verzeihen, besonders nach den Jahren der Pandemie, die sie alle von den Vereinigten Staaten und den *readings* dort abgeschnitten hatten.

Als sie die Augen wieder vom Bildschirm löste, war eine weitere Dreiviertelstunde vergangen. Ihre Tochter hatte ihre Nachricht weder gesehen noch darauf reagiert. Sunday versuchte sie anzurufen, aber es erklang nur die synthetische Stimme, die ihr mitteilte, dass »der Teilnehmer nicht erreichbar« sei. Angst hatte sie nicht, jedenfalls nicht sofort, nur dieses komische Gefühl im Magen, das sie immer verspürte, wenn ihr bewusst wurde, dass das Blut von ihrem Blut nicht mehr ihr Anhängsel war, sondern ein denkendes Wesen, das in die Welt hinausging. Wie sie selbst übrigens auch. Sie war eine Yoruba und hatte

Tancredi vor zwanzig Jahren in New York geheiratet, wohin ihre Familie verzogen war. Und obwohl schon so viel Zeit vergangen war, hatten sie nie eine echte Beziehung aufgebaut. Dieselben Gassen, die sie selbst im Dunkeln vollkommen sorglos durchschritten hatte, wimmelten plötzlich von Gefahren und Bedrohungen, wenn sie sich ihre Tochter dort vorstellte. Als Amala mit zehn Monaten die ersten Schritte getan hatte, war Sunday siedend heiß aufgegangen, dass das ganze Haus eine einzige tödliche Falle darstellte. Die Kleine könnte die Treppe hinunterfallen und sich das Genick brechen, könnte in der Badewanne ertrinken oder einen Stromschlag bekommen. Als das Kind heranwuchs, stiegen die Gefahren proportional zu seiner Unabhängigkeit. Jeder Schritt, den es sich von ihr entfernte, vom wachsamen Blick der Tigermama, der Falkenmama, war ein Schritt auf mögliche Gefahren zu, die sich Sunday in den kleinsten Details auszumalen vermochte. Am liebsten hätte sie die Welt für ihre Tochter geebnet, hätte sie in eine rosa Flauschwelt verwandelt, duftend nach Zuckerwatte, unschuldig. Das war natürlich nicht möglich, und sie hatte gelernt, ihre Sorgen unter der Wasseroberfläche zu halten. Die kräuselte sich jetzt nur ein ganz klein wenig: Amala war sicher irgendwo geblieben und genoss die Zeit.

Sunday zog sich Schuhe an, trat in den Garten hinaus und ging zum rückwärtigen Tor. Von ihrer Tochter war weit und breit nichts zu sehen. Jetzt kräuselte sich die Wasseroberfläche schon stärker, und Sunday wurde fast übel. Immer wieder nach ihrer Tochter rufend, stieg sie in das zweisitzige Elektroauto, das sie für kurze Entfernungen benutzten, und fuhr zur Bushaltestelle. Just in diesem Moment kam ein Bus, und sie blieb stehen. *Du wirst schon sehen, sie ist in diesem Bus*, sagte sie sich. *Du wirst schon sehen, sie steigt nur nicht sofort aus, weil …*

Der Bus fuhr wieder los. Niemand war ausgestiegen.

Sunday spürte, dass ihre Hände schwitzten; jetzt hatte sie wirklich Bauchschmerzen. Im Schritttempo fuhr sie durchs

Zentrum von Città del Fiume, kehrte dann um und nahm den Feldweg, wo das Auto bei jedem Schlagloch einen Satz tat. Es war nicht für solche Wege gemacht, aber das war ihr jetzt egal. Sie parkte am Zaun und stieg aus, um ihre Suche zu Fuß fortzusetzen. In diesem Moment sah sie Amalas Schlüssel vom Schloss herabbaumeln.

3

Ganz allmählich wurde Amala wach. Ihr Körper war wie Gummi, und hinter den Lidern sah sie Wolken von Licht. Sie spürte, dass sie auf einem harten Untergrund lag und sich irgendetwas in ihren Rücken bohrte. Als sie sich zu bewegen versuchte, verschwammen die Eindrücke wieder. Wellen von Farben überrollten sie und begruben sie unter sich. Sie musste daran denken, wie sie Ketamin ausprobiert und fast das Bewusstsein verloren hatte. Bevor ihre Füße schwer geworden waren, hatte sie etwas Ähnliches empfunden, nur tausendmal weniger intensiv. Und weniger angenehm. Jetzt fühlte sie sich entspannt. Friedlich.

Als der Farbenrausch wieder abschwoll, spürte Amala, dass der Boden unter ihr vibrierte und ruckelte. Darunter war ein dunkles Geräusch zu hören, das klang wie …

Ein Motor.

War sie im Bus eingeschlafen? Nein, sie war ausgestiegen und …

Erneut verlor sie das Bewusstsein, und als sie wieder erwachte, war das Motorengeräusch verschwunden. Stattdessen hatte sie das Geräusch von Plastik in den Ohren. Sie hörte es noch einmal: nasses, klebriges Plastik, das draußen zerrissen wurde. Nun begriff sie, dass sie im Innern eines Lieferwagens lag und in eine Decke gewickelt war, die als Schallschutz diente. Die Finsternis war undurchdringlich.

Allmählich schaffte sie es, ihre Gedanken zu sortieren, auch wenn die sehr, sehr träge waren. Angst hatte sie nicht, und aufstehen wollte sie auch nicht, da sie viel zu bequem lag. Noch nie hatte sie in einem derart weichen Bett gelegen.

Andererseits sollte ich nicht hier sein.

Als sie nach ihrem Handy tastete, bewegten sich ihre Arme fast von allein. Sie fand es nicht, auch nicht neben ihrem Körper. Das versetzte ihr einen Stich.

Der Mann hat es mir weggenommen.

Welcher Mann? Verschwommen sah sie ein bleiches Gesicht hinter einer dunklen Sonnenbrille und einer dieser blauen OP-Masken. Wo war sie ihm nur begegnet?

Er stand neben dem Lieferwagen, erinnerte sie sich. Aber sie war ihm noch einmal begegnet.

Sie hatte das Tor aufschließen wollen, und …

Er war näher gekommen. War zu ihr getreten …

So viel Mühe sie sich auch gab, mehr fiel ihr beim besten Willen nicht ein. Und jetzt befand sie sich in einem Lieferwagen.

Seinem Lieferwagen.

Dem weißen Lieferwagen.

Er hat mich entführt.

Jetzt, da sie ihren Gedankengang zu Ende gebracht hatte, konnte sie kaum glauben, dass sie nicht eher darauf gekommen war. Ein Adrenalinstoß ätzte ein Loch in diese Wolke der Schönheit. Es wurde schnell größer und ließ erkennen, was jenseits lauerte.

Entführt.

Ein Nebel aus Angst und Entsetzen raubte ihr den Atem und schärfte ihre Gedanken. Was auch immer dieser Mann ihr gegeben hatte, verlor allmählich seine Wirkung. Sie war gefangen und musste fliehen, bevor er zurückkehrte.

Dann durchfuhr sie der Gedanke, dass der Mann ihr im Schlaf etwas angetan haben könnte. Etwas Abstoßendes. Sie tastete nach dem Slip unter ihrer Jeans. Alles wirkte normal.

»Hab keine Angst«, hatte er gesagt, als er ihr vorangegangen war. »Und nicht schreien.«

Die letzten Reste der rosa Wolke lösten sich in Nichts auf, und ihr Herz begann wild zu pochen.

Mit den Fingern, die ihr jetzt wieder gehorchten, kramte sie in ihren Taschen. Das Handy hatte der Mann ihr abgenommen, aber den Fahrradschlüssel mit der Minitaschenlampe, die sie benutzte, wenn sie nachts die Kette aufschließen musste, hatte er ihr gelassen. Sie befreite ihre Hand aus der Decke und schaltete die Lampe an. Der schwache grünliche Lichtstrahl kam ihr nach den Minuten – *oder Stunden?* – der Dunkelheit fast grell vor.

Der Lieferwagen war leer. An den Wänden waren mit Klebeband Plastikplanen befestigt. Sie verlagerte das Gewicht und richtete den Strahl auf die Heckklappe. Auch die war mit Plastik ausgekleidet, sodass man nur den Griff sah. Von Amalas Füßen war er kaum einen Meter entfernt, aber die Suche nach dem Schlüsselbund hatte sie fast alle Energie gekostet.

Verzweifelt strampelte sie gegen die Decke an, begab sich auf alle viere und quälte sich in Richtung Heck. Schweißgebadet stemmte sie sich dagegen und bekam den Griff zu fassen, aber ihre Hand rutschte ab, und der Nagel ihres Zeigefingers stülpte sich um. Schmerz durchfuhr sie, aber Amala schrie nicht. Sie wartete, bis das Pochen im Finger abschwoll und der Schmerz fast erträglich war. Nun zog sie mit der anderen Hand am Griff. Er hob sich ein wenig, blockierte dann aber und rutschte ihr aus der Hand.

Auf der anderen Seite war jemand; er wollte die Klappe öffnen.

Panisch stieß sie sich mit den Hacken ab, ließ den Schlüsselbund samt Taschenlampe fallen und kauerte sich auf den Boden. Der Lieferwagen neigte sich in Richtung des Lichtspalts, der ins Innere fiel, während eine dunkle Gestalt einstieg. Als sich die Hecktüren wieder schlossen, war Amala wieder ein Schatten in diesem Schattenreich.

»Wer bist du?«, stammelte Amala. »Was willst du von mir?«

Der finstere Schatten wurde Fleisch und Atem. Er presste sie zu Boden. »Pscht«, machte er.

Niemand weiß, wie er angesichts einer Gefahr reagiert, wenn er sie nicht schon erlebt hat. Wie oft hatte Amala schon den Personen in den Fernsehserien, wenn sie im Moment der Gefahr erstarrten, zugerufen: »Renn weg, du dumme Kuh!« oder: »Tritt ihm in die Eier!« Ihr selbst war Gewalt vollkommen fremd. Sie hatte nie jemanden an den Haaren gezogen, geschweige denn einen dieser Selbstverteidigungskurse besucht, mit denen ihre Mutter ihr ständig in den Ohren lag. Deshalb handelte sie ganz intuitiv, als sie jetzt mit den Armen um sich schlug und ihre Finger zu Krallen zusammenkrümmte, und es war reinem Zufall zu verdanken, dass sie das Ohr des Mannes zu packen bekam. Der stieß einen Schrei aus, bevor er sich mit seinem ganzen Gewicht auf sie warf. »Lass das«, wiederholte er mit einer Stimme, die für sein Gewicht erstaunlich hoch war. Die gewaltige Hand des Manns legte sich auf ihren Mund. Amala wollte ihn beißen, verspürte dann aber einen Stich im Nacken und verlor wieder das Bewusstsein.

4

Drei Stunden nach Amalas Verschwinden gaben Sunday und ihr Ehemann Tancredi, der eilends nach Hause zurückgekehrt war, bei den Carabinieri der Gegend eine Vermisstenanzeige auf. Amala war minderjährig, und die Angaben der Eltern schienen glaubwürdig, deshalb wurde die Anzeige schnell aufgenommen und mit großer Dringlichkeit an die Staatsanwaltschaft weitergeleitet, die wiederum eine lange Liste von Behörden alarmierte, von den Carabinieri über das Jugendamt und die ehrenamtlichen Mitarbeiter des Roten Kreuzes bis hin zum Heer.

Zur Abendessenszeit durchkämmten bereits Hundertschaften die Gegend um Città del Fiume, während die Polizei Lehrer und Freunde des Mädchens vernahm. Die ganze Nacht über herrschte im Gemeindesaal ein Kommen und Gehen; Bekannte und Ordnungskräfte gaben sich die Klinke in die Hand. Unentwegt klingelten Handys, und ein Hubschrauber überflog im Tiefflug das Gelände. Vergeblich, von dem Mädchen keine Spur. Alle wichtigen Nachrichtenagenturen verbreiteten die Meldung, da Sunday und Tancredi in der halben Welt bekannt waren. Die beiden weigerten sich, Interviews zu geben, aber Sunday ließ sich darauf ein, für die Nachrichten am nächsten Tag einen Appell aufzunehmen. »Bitte! Wenn jemand etwas von meiner Tochter hört ...« eccetera.

Francesca Cavalcante traf um Mitternacht mit ihrem Tesla ein. Sie war Tancredis Schwester und die Anwältin der Familie, eine elegante Frau um die sechzig mit Modigliani-Hals. In den vergangenen Stunden hatte sie mit ihren Bekannten in den verschiedenen Staatsanwaltschaften telefoniert und die Suche hartnäckig vorangetrieben. Wenn sie sich aufregte, kam ihr britischer Akzent wieder zum Vorschein, den sie sich angeeignet hatte, während sie bis zum Vorjahr in London gelebt und gearbeitet hatte.

Die Straße, die zur Villa führte, war von Autos, Dienstwagen und den Übertragungsfahrzeugen der Fernsehanstalten verstopft. Deshalb nahm Francesca den Umweg über die Hintertür, jener, durch die Amala ein paar Stunden zuvor das Grundstück hatte betreten wollen. Jetzt standen dort ein paar Männer in weißen Overalls und schossen Fotos. Die Szene schlug Francesca sofort auf den Magen, da sie die Sache nur allzu wahr werden ließ.

Der Gartenweg war mit einem rot-weißen Band abgesperrt, das sich bis zur Terrassentür zog, ins Haus hineinführte und schließlich in Amalas Zimmer endete. Francesca parkte an der Stelle, die ihr ein Carabiniere zuwies, trat durch die Küche ins Haus und begab sich ins Wohnzimmer, wo sie Stimmen hörte. Sie umarmte ihre Schwägerin, die unter Hochspannung stand, aber dank Lorazepam etwas sediert war. »Ist der Staatsanwalt schon eingetroffen?«

»Ja. Claudio ist es. Er wartet da drüben auf uns«, sagte Sunday.

Claudio Metalli, ein alter Freund der Familie und Studienkollege von Francesca, war das Beste, was ihnen passieren konnte. Groß, Halbglatze, Krawatte von Marinella, so saß er an dem Teakholztisch im Salon, der fast das gesamte Untergeschoss einnahm. Er stand auf, um sie zu umarmen. »Hallo, Francesca«, sagte er.

»Danke, dass du sofort gekommen bist.«

»Das ist das Mindeste.«

Francesca setzte sich neben ihre Schwägerin.

»Gut«, begann Metalli, »wenn wir uns nicht schon ein Leben lang kennen würden, würde ich mich bedeckt halten. Aber ich weiß, dass ihr nichts in der Gegend herumerzählt. Denn damit würdet ihr die Ermittlungen gefährden.«
»Komm schon, Claudio … Schwing keine großen Reden … bitte«, sagte Tancredi.
»Gut. Man hat Amalas Heimweg rekonstruiert. Der Verkäufer aus dem Kiosk hat sie um dreizehn Uhr fünfundvierzig aus dem Bus steigen sehen, daran hat er keinerlei Zweifel. Und er hat ausgesagt, dass sie in den Feldweg hinter der Brücke eingebogen ist, wo die Carabinieri im Moment nach Spuren suchen. Er sagte auch, dass zu dieser Zeit ein weißer Lieferwagen mit Hochdach dort stand, ein Fiat Ducato. Er parkte direkt auf dem Abzweig. Der Fahrer war ein großer Mann, den er noch nie zuvor gesehen hatte. Andere Zeugen haben bestätigt, dass sich der Lieferwagen wenige Minuten später entfernt hat.«

Schweigen trat ein, als die Anwesenden die Nachricht sacken ließen. »Ich wusste, dass irgendjemand sie mitgenommen hat, ich wusste es«, murmelte Tancredi.

»Immer mit der Ruhe«, beeilte sich der Staatsanwalt zu sagen. »Wir fahnden nach dem Mann und suchen den weißen Lieferwagen, aber nach den gegenwärtigen Erkenntnissen könnte es auch einfach ein Zufall gewesen sein.«

»Haben wir eine Personenbeschreibung?«, erkundigte sich Francesca.

»Leider nur eine sehr vage. Groß und kräftig. Weiße Haare, im Nacken zusammengebunden, wie ein alter Hippie. Die Tatsache, dass keiner der Zeugen ihn kannte, hat die Aufmerksamkeit der Squadra mobile auf ihn gelenkt. Hier kennt schließlich jeder jeden, wenigstens vom Sehen.«

»Vielleicht haben unsere Überwachungskameras ihn aufgenommen«, sagte Sunday.

»Das haben wir bereits überprüft. Die Kamera am Tor wurde manipuliert, und die anderen haben nichts aufgenommen.«

Francesca war klar, dass der Entführer nicht zufällig vorbeigekommen war. Er kannte die Zeiten und Wege ihrer Nichte.

»Ein Verrückter«, murmelte Sunday, den Tränen nahe. »Wer weiß, wo er sie hingebracht hat ...«

»Über seine Motive wissen wir bislang nichts«, sagte Claudio. »Vielleicht will er euch erpressen, dann meldet er sich bald. Vielleicht ist er auch verwirrt und hält sie für seine Tochter.«

Metalli hatte die naheliegendste Hypothese unterschlagen, aber Sunday ließ sich nicht so billig trösten. »Oder es handelt sich um einen Triebtäter«, sagte sie. »Einen, der meine Tochter ... missbrauchen will.« Sie brach in Tränen aus.

»Wir werden ihn finden, Sunday. Und wenn es wirklich dieser Mann ist, der deine Tochter entführt hat, finden wir ihn schnell.«

»Vielleicht nicht schnell genug«, sagte Sunday schluchzend.

5

Amala wusste nicht, wie lange sie sich schon im Halbschlaf hin und her gewälzt hatte, aber als sie die Augen aufschlug, merkte sie, dass sie in einem Bett lag, in einem komplett weiß gestrichenen Zimmer. Das Licht schmerzte ihr in den Augen. Ein glatzköpfiger Mann betrachtete sie über seine OP-Maske hinweg. »Wie geht es dir?«, fragte er. »Ist dir übel?«
Amala wollte sich bewegen, schaffte es aber nicht. Sie war zwischen den Laken gefangen. »Was ...«, murmelte sie mit rauer Stimme. Ihre Kehle fühlte sich an wie Pappe. »Wo ...« War sie in einem Krankenhaus? Was war mit ihr passiert?
Der Arzt stupste sie an. »Ich weiß, dass du dich komisch fühlst. Mach dir keine Sorgen, das ist normal, so kurz vor der Anästhesie.«
Anästhesie? »Bin ich verletzt?«
»Reine Routineoperation.«
»Operation?«
Der Arzt stand auf und zog einen Einkaufswagen herbei, an dem mit Klebeband eine Gasflasche befestigt war. Sein Kittel war ziemlich ramponiert und wurde von einem wirren Netz von Nähten zusammengehalten.
In was für einem Krankenhaus bin ich da nur gelandet?
Selbst das Zimmer war viel zu klein, kaum mehr als eine Abstellkammer. Und die Lampe, die über ihr brannte, war ein mit Klebeband befestigter Strahler. Amala versuchte noch einmal, sich zu bewegen, aber dieses Mal begriff sie, dass es nicht die

Laken waren, die sie daran hinderten. Irgendetwas schnitt ihr in Knöchel und Handgelenke.

Der Arzt nahm eine Gummimaske, die mithilfe eines Wellrohrs mit der Gasflasche verbunden war. »Tief durchatmen, du wirst nichts spüren«, sagte er, sich wieder zu ihr drehend.

»Nein ... Warten Sie.«

»Sei ein tapferes Mädchen.« Der Arzt lächelte unter seiner Maske.

Nun bemerkte Amala, dass die linke Schulter des Manns mit Blut befleckt war. Es tropfte von seinem Ohr herab, das mit einem großen quadratischen Pflaster bedeckt war. Er folgte ihrem Blick. »Du hast ganz schön scharfe Fingernägel, was? Mir scheint, wir müssen sie schneiden. Gott sei Dank hatte ich die Maske und die Perücke auf.«

Und nun kam alles zurück. Der Bus. Der Lieferwagen. Das bleiche Gesicht. Das Tor.

»Du bist es ...«, sagte Amala. »Du bist es ...«

Von Panik gepackt, versuchte sie sich zu befreien, aber der Mann hielt sie fest und drückte ihr die klebrige, stinkende Maske auf den Mund. Verzweifelt hielt sie den Atem an und zitterte vor Anstrengung, bis sie nicht mehr anders konnte, als das Gas einzuatmen.

Der Mann wartete, bis das Mädchen in Tiefschlaf gefallen war, dann löste er die Gurte, drehte es auf die Seite und schnitt am Rücken ihr T-Shirt auf, um die Schulterblätter freizulegen. Mit einem Stift malte er einen Kreis auf das linke, nahm den chirurgischen Bohrer und begann sein Werk.

6

Francesca begleitete Metalli zum Auto und nutzte die Gelegenheit, um ein privates Wort mit ihm zu wechseln. »Wenn ein Mädchen ihres Alters verschwindet, handelt es sich fast immer um ein Sexualdelikt«, sagte sie.

Er hakte sie unter. Obwohl Mitternacht schon hinter ihnen lag, war die Luft immer noch lau. »Es hat keinen Zweck, gleich ans Schlimmste zu denken. Und die Sexualdelikte, die du im Sinn hast, werden fast immer von Personen aus dem eigenen Umkreis begangen. Wir haben mit allen Lehrern und Freunden gesprochen. Falls jemand von ihnen involviert ist, werden wir es bald erfahren. Aber wo wir unter uns sind: Denkst du, dass Amala sich heimlich mit einem Erwachsenen getroffen hat?«

»Nie im Leben.«

»Wenn du so genau weißt, was in den Köpfen von Teenagern vorgeht, könntest du vielleicht mal mit meiner Tochter sprechen. Aus der werde ich nämlich nicht mehr schlau.«

»Ich weiß nicht, was in Amalas Kopf vorgeht, aber ich kenne sie. Wenn sie ein Problem mit einem Erwachsenen hätte, würde sie darüber reden.«

Claudio küsste sie auf die Wange. »Du wirst schon sehen, alles wird gut«, sagte er, als er ins Auto stieg. »Ruh dich ein wenig aus. Du hast es nötig.«

Francesca antwortete nicht. Als sie wieder hineinging, hatte sich Sunday auf dem Sofa im Salon ausgestreckt, einen Arm über die Augen gelegt. Tancredi saß im Sessel und starrte ins Leere. Francesca wollte einen Kräutertee zubereiten und schritt voller Unbehagen durch die Küche, die sie kaum kannte. Als sie mit dem Wasserkocher in den Salon trat, nutzte sie die Gelegenheit, ein wenig Müll einzusammeln. »Kommt das Dienstmädchen morgen?«

Sunday sprach mit geschlossenen Augen. »Ich habe ihr gesagt, dass sie zu Hause bleiben soll. Dem Gärtner auch.«

»Du denkst doch wohl nicht, dass sie etwas mit der Sache zu tun haben …«

»Nein. Sie sind schon zehn Jahre bei uns, und ich vertraue ihnen. Aber im Moment kann ich nicht noch mehr Fremde im Haus gebrauchen. Ich muss mich die ganze Zeit zwingen, freundlich zu sein, dabei würde ich am liebsten schreien.«

Sunday tat so, als würde sie einen Schluck von dem Kräutertee trinken, dann zog sie sich in ihr Zimmer zurück.

»Sie hat Schuldgefühle, weil sie Amala nicht an der Bushaltestelle abgeholt hat«, sagte Tancredi.

»Das glaube ich gern.«

»Sie hat an einem ihrer bescheuerten Artikel gearbeitet.«

»Es ist nicht ihre Schuld. Du darfst nicht böse auf sie sein.«

Tancredi seufzte. »Ich habe entsetzliche Angst, Fran. Unentwegt muss ich darüber nachdenken, was ihr dieser Typ in diesem Moment antun mag.«

»Wir denken, dass er sich mit Lösegeldforderungen meldet.«

Er schüttelte den Kopf. »Lass uns in mein Atelier gehen und etwas Stärkeres zu uns nehmen.«

Francesca folgte ihm ins Atelier, einen sechseckigen Raum mit hellen Holzwänden. Auf langen Tischen lagen Großformatdrucke eines Entwurfs für ein Tagesbett in Form eines Seesterns. Vor den großen Fenstern sah man die Taschenlampen der Suchmannschaften, die wie Glühwürmchen durch die Felder streiften. Tancredi nahm eine Flasche Gin aus dem Barschrank, schenkte sich großzügig ein und setzte sich auf den ergonomischen Stuhl.

»Gibt es etwas, was ich nicht weiß?«, fragte Francesca.

Er seufzte. »Ich glaube nicht, dass man uns erpressen will.«
»Warum nicht?«
»Weil ich kein Geld habe. Meine Kunden waren fast alle Russen, und seit dem Krieg in der Ukraine kann ich nicht mehr dort arbeiten. Einem dieser Oligarchen hat man sämtliche Konten eingefroren, bevor er mich bezahlen konnte. Kompletter Wahnsinn ...«
»Entschuldige mal, Tan, du arbeitest doch schon ein ganzes Leben lang. Hast du denn nichts beiseitegelegt?«
»Dieses Haus ist ein schwarzes Loch, was Geld betrifft. Außerdem haben wir nicht besonders sparsam gelebt, als die Geschäfte noch liefen. Reisen, das ganze Gedöns, das Pferd. Erinnerst du dich? Vielleicht hat es wirklich jemand auf mich abgesehen, aber Geld ist sicher nicht das, was ihn interessiert. Oder er ist kein Profi und weiß nicht, mit wem er es zu tun hat. Vielleicht hegt er auch eher einen Groll auf dich.«
»Auf mich?«
»Du bist eine erfolgreiche Anwältin. Du hast keine Kinder und außer uns auch keine Verwandten. Vielleicht will sich jemand rächen, weil du im Auftrag irgendeines Emirs sein Unternehmen skaliert hast.«
»Ich arbeite für Geschäftsleute, nicht für die Mafia.«
»Ist das ein Unterschied?«
Francesca hatte keine Lust auf diese ewige Diskussion. Außerdem war sie todmüde. »Kann ich im Gästezimmer schlafen?«
»Klar. Ich für meinen Teil glaube nicht, dass ich schlafen kann.«
Sie konnte es auch nicht, sondern starrte mit aufgerissenen Augen an die Decke und wartete auf den Sonnenaufgang. Bei jedem Geräusch und jedem Lichtschein zuckte sie zusammen. Jeden Moment könnte ein Carabiniere kommen, die Mütze in der Hand, und ihnen mitteilen, dass man die Leiche ihrer Nichte in einem Graben gefunden habe. Oder in einem Kofferraum. *Leider sind wir zu spät gekommen...*

In der Morgendämmerung versuchte sie erst gar nicht mehr einzuschlafen. Sie duschte, verabschiedete sich von ihrem Bruder, den sie dort fand, wo sie ihn verlassen hatte, nur dass er nun deutlich betrunkener war, und fuhr nach Cremona in ihre Kanzlei.

Die lag in einem Altbau im historischen Zentrum, direkt hinter dem Baptisterium: fünfhundert restaurierte Quadratmeter aus dem 18. Jahrhundert, mit Fresken, Stuck, Reliefs, Bildern, Grotesken und ungefähr dreißig Kolleginnen und Kollegen. Der einzige Bereich, der nicht seit Ewigkeiten ihrer Familie gehörte, war das elegante kleine Restaurant in den ehemaligen Stallungen. Mittags füllte es sich mit Mandanten und Anwälten, die durch den begrünten Innenhof unter ihrem Fenster strömten. Ihr Büro befand sich im ehemaligen Herrenschlafzimmer mit dem gewaltigen Marmorkamin, den ihr Vater zu Weihnachten immer hatte anzünden lassen. Francesca hatte ihn zumauern lassen. Der Rest der Ausstattung hatte sich komplett verändert, und wo einst das Bild ihres Urgroßvaters in Jagdkluft geprangt hatte, hing nun ein de Chirico.

Im Büro drängten sich allmählich Anzüge in nüchternen Farben, und Beileidsfloskeln wurden ausgesprochen. Die Nachricht von Amalas Verschwinden hatte sich schnell verbreitet, und Francesca nahm die Solidaritätsbekundungen von Angestellten und Anwälten entgegen. Sie tat so, als wäre sie dankbar dafür, aber der Einzige, den sie sehen wollte, war Samuele, ein Referendar, den sie schon eine Weile im Blick hatte. »Ich habe gehört, dass …«

»Danke«, unterbrach sie ihn. »Wenigstens du könntest mir das ersparen.«

»Ah, klar, natürlich. Alle verlangen Sie am Telefon, vor allem Journalisten.«

»Du weißt, wo du sie hinschicken kannst?«

»Zweifellos, Avvocata. Aber wir müssen eine Pressemitteilung aufsetzen.« Samuele war dicklich, trug eine runde Brille und wirkte nachdenklich, was ihm gewiss half, nach anderthalb Jahren Referendariat noch bei Verstand zu sein.

Francesca schnaubte. »Mach du das. Ich überarbeite sie dann. Außerdem habe ich dir schon oft gesagt, dass ich dieses *Avvocata* widerlich finde. Das ist jetzt *politically correct*, ich weiß, aber ich bin vom alten Schlag.«

»Entschuldigung. Aber von den anderen werde ich erwürgt, wenn ich es nicht beachte, *Avvocato*. Ich geh dann mal die Pressemitteilung aufsetzen.«

»Warte. Ich brauche dich noch für etwas anderes, eine Archivrecherche.«

Samuele nahm die Brille ab und polierte sie mit einem amarantroten Tuch. Francesca war aufgefallen, dass er das immer tat, wenn er nervös war.

»Schießen Sie los.«

»Es ist höchst unwahrscheinlich, aber es könnte sein, dass Amala jemandem zum Opfer gefallen ist, der Groll auf unsere Familie hegt. Ich brauche eine Liste der Prozesse, an denen Papa beteiligt war und die etwas mit Entführung, Gewalt und Vergewaltigung zu tun haben. Mich interessieren nur die Fälle, in denen Mandanten oder Angeklagte noch leben und auf freiem Fuß sind.«

»Das steht aber nicht in den Akten.«

»Du hast doch den Kanzleikalender, zieh ihn zurate. Wenn du fertig bist, leg einen Ordner an und schick ihn an die Mailadresse von Dottor Metalli, dem Staatsanwalt. Die findest du auch im Kalender.«

»Ja, Avvocato.«

»Und lass mir einen Tee bringen. Aber keinen aus dem Beutel.«

Der Tee kam nach fünf Minuten, die ersten Ergebnisse nach einer Stunde. Der Ordner, der auch für Francesca freigegeben war, füllte sich allmählich mit Prozessen, von denen sie noch nie etwas gehört hatte, und Personen, die sie nicht kannte.

Sie überflog sie und verscheuchte die aufgeregten Kollegen und Kolleginnen, die sie an vergessene Aufgaben erinnern wollten, aber ihr sprang nichts ins Auge, nichts, was wirklich verdächtig ausgesehen hätte. Streitigkeiten um Ländereien und haushohe Niederlagen im Gerichtssaal, klar, aber niemand, der in der Lage schien, ein Mädchen zu entführen. Traurig registrierte sie, dass ihr Vater in den beiden Jahren vor seinem Tod zunehmend Prozesse verloren hatte. Damals war es ihm bereits schlecht gegangen.

Als Samuele wiederkehrte, war sein Pullover mit Staub bedeckt. »Die *Groupon* sind leider nicht im digitalen Archiv.«

»Was sind denn die *Groupon*?«

»Die unentgeltlichen Verfahrenshilfen und Pflichtverteidigungen. Wir nennen sie hier so. Ich dachte, Sie wüssten das.«

Francesca hatte es nicht gewusst. Die Gepflogenheiten der Kanzlei waren ihr noch immer fremd. »Zu meiner Zeit hat Papa sie den Praktikanten überlassen, damit sie sich daran erproben konnten«, sagte sie. »Meine Prozesse kannst du dir sparen, nur Hühnerdiebe und so. Außer vielleicht …«

Wenn sie nicht gesessen hätte, wäre sie zu Boden gegangen. Tatsächlich war sie einer Ohnmacht nahe; kalter Schweiß rann ihr den Rücken hinab. Ohne Samuele noch eines Blickes zu würdigen, stand sie auf und stieg über die alte Treppe, die hinter dem Empfang begann, in den Keller hinab.

Der Perser. Wie hatte sie den vergessen können?

Den langen Steintunnel im Keller teilte man sich mit dem Restaurant, das hier Lebensmittel lagerte, während in der verbliebenen Hälfte kleine Zellen mit verriegelten Türen abgetrennt waren. Darin standen Kisten mit Dokumenten und alte Möbel. Die Akten mit den unentgeltlichen Verfahrenshilfen lagen im Flur verstreut, wo Samuele sie hatte liegen lassen. Schnell sammelte Francesca jene mit ihrem Namen zusammen und kehrte mit fünf Kilo verstaubtem, vergilbtem Papier, das teils noch mit Maschine beschrieben war, in ihr Büro zurück.

Der Referendar war noch da. »Alles in Ordnung, Avvocato?«
»Alles bestens. Geh wieder an die Arbeit und erledige bitte, worum ich dich gebeten hatte.« Im nächsten Moment hatte sie Samuele vergessen.

Der Perser.

Bilder der Vergangenheit blitzten in ihrem Kopf auf, und alte Gefühle waren plötzlich wieder lebendig. Den Fall hatte ihr Vater ihr hingeworfen wie einem Hund einen Gummiknochen. Francesca hatte ihn allerdings sehr ernst genommen. Der Perser hatte im Verlauf von drei Jahren drei Mädchen in Amalas Alter entführt und ihre Leichen in den Flüssen um Cremona herum entsorgt. Man hatte einen jungen Mann wegen der Morde angeklagt, Giuseppe Contini, und sie hatte ihn erfolglos verteidigt. Contini war zu lebenslanger Haft verurteilt worden. Der Perser war ins Netz gegangen.

Der Tee war mittlerweile kalt geworden und schmeckte bitter, aber sie trank ihn trotzdem, während sie in den alten Dokumenten blätterte. Es gab keinerlei Verbindung, es konnte keine geben. Allerdings wusste Francesca etwas, was sie jahrelang gequält hatte und ihr fast den Beruf vergällt hätte. Was sie sogar ins Ausland getrieben hatte. Das Gefühl der Ohnmacht, das sie angesichts dieses zweifellos falschen Urteils befallen hatte, konnte sie einfach nicht abschütteln.

Contini war unschuldig. Der Perser war davongekommen.

BUCALÒN

ZWEIUNDDREISSIG JAHRE ZUVOR

Das letzte Opfer des Persers tauchte ein Jahr nach seinem Verschwinden aus den Wassern des Po in Cremona auf, neben dem letzten Brückenpfeiler zwischen der Lombardei und der Emilia Romagna. Die Elasthanleggings hatten das verseifte Fleisch der Beine teilweise konserviert, während der Rest der Leiche von den Fischen aufgefressen, den Felsen zerrieben und der Strömung verstreut worden war.

Der Gerichtsmedizin zufolge war die siebzehnjährige Cristina Mazzini sofort gestorben, nachdem sie vom Radar verschwunden war, vielleicht sogar noch am selben Tag. Zwei Monate später wurde sie zur Bestattung freigegeben. Damals hörte Sovrintendente Capo Itala Caruso zum ersten Mal von dem Mörder, der drei Mädchen erwürgt und in den Fluss geworfen hatte.

Eine Woche nach der Beerdigung erhielt sie einen Anruf des Staatsanwalts Francesco Nitti, der für den Fall zuständig war und als Erster über die Existenz eines Serienmörders spekuliert hatte. Nitti lud sie nach dem Mittagessen auf einen Kaffee bei sich zu Hause ein.

Itala war dreißig Jahre alt und gerade groß genug, um zur Polizei zugelassen zu sein. Ihr Körpergewicht wiederum bewegte sich gerade noch im Bereich des maximal Zulässigen – oder lag vielleicht sogar knapp darüber. Die Wangen ihres feisten Gesichts waren meist gerötet. Ihre Schmollmiene und der schwarze Pagenschnitt verliehen ihr die Aura dieser Hausfrauen aus der Brühwürfelwerbung, die mit geblümter Schürze und Kochlöffel in die Ewigkeit eingingen. Als sie auf den eleganten Palazzo in der Nähe des Teatro Ponchielli – »der kleinen Scala« – zuschritt, war ihre Miene weniger jovial und ähnelte eher der eines Bullterriers. Sie war stinksauer, weil sie ihre Pläne im letzten Moment umschmeißen und ihren Sohn beim Dienstmädchen lassen musste, statt mit ihm ins Padus-Kino zu gehen und den neuen Asterix-Film *Operation Hinkelstein* anzuschauen. Vor allem aber war sie besorgt. Nitti und sie waren sich erst ein paarmal über den Weg gelaufen, seit sie in Cremona war, und hinter der »informellen« Unterhaltung verbarg sich bestimmt ein Ärgernis, das sie im Moment noch nicht einzuschätzen wusste.

Nitti öffnete in einem rauchgrauen Rollkragenpulli. Er sah wesentlich älter aus als sechzig; sein Gesicht erinnerte an eine Trockenpflaume. »Meine Frau ist nicht da, so haben wir unsere Ruhe«, sagte er und bedeutete ihr, im Salon Platz zu nehmen. Das Fenster sah auf den beleuchteten Torrazzo hinaus, den Glockenturm der Kathedrale von Cremona. Itala beneidete Nitti ein wenig. »Darf ich Ihnen etwas zu trinken anbieten?«, fragte er. »Einen Likör, ein Glas Wein?«

»Ich habe noch nicht gegessen, aber danke.«

»Soll ich nachschauen, ob meine Frau etwas im Kühlschrank hinterlassen hat? Ich hatte nicht damit gerechnet, dass Sie mit leerem Magen kommen.«

»Machen Sie sich keine Umstände, Dottore, das ist schon in Ordnung. Darf ich rauchen?«

»Natürlich.« Er zeigte auf einen Standaschenbecher aus verchromtem Metall.

Itala zog diesen zu sich heran und steckte sich eine MS an, während der Staatsanwalt eine Montecristo anschnitt und sie mit einem langen Streichholz entzündete. »Ich habe viel Gutes über Sie gehört, Sovrintendente.«

»In welcher Hinsicht?«

»Dass Sie fähig sind und alles tun, um das zu verbergen.« Nitti stieß eine Rauchwolke aus. »Sind Sie sicher, dass Sie nichts wollen? Nicht einmal ein Acqua Brillante?«

»Ganz sicher.«

Nitti nahm eine Flasche Mandarinetto aus dem Barschrank und schenkte sich zwei Fingerbreit ein, dann setzte er sich aufrecht. »Ich erlaube es mir, sofort zum Punkt zu kommen. Was wissen Sie über den *Bucalòn*?«

Itala war erneut überrascht. Nicht nur, weil er sie nach dem wichtigsten hiesigen Fall der letzten Jahre fragte, sondern weil er den Begriff benutzte, mit dem die Cremoneser den Fisch bezeichneten, der dem Mörder seinen Namen gegeben hatte.

»Das, was alle wissen. Ich habe mich nie näher damit befasst.«

»Lassen Sie mich Ihnen von seinen Opfern erzählen. Carla Bonomi war siebzehn, wohnte in Esine in der Provinz Brescia und arbeitete als Kellnerin in der Pizzeria ihrer Familie, dem L'Ancora. Sie war es, die jeden Morgen um neun öffnete. An einem Morgen vor drei Jahren waren allerdings, als die Familie eintraf, die Rollläden noch geschlossen. Das Fahrrad des Mädchens lehnte an der Hauswand. Ein Jahr lang haben sie nichts von ihr gehört, dann …«

»Dann hat man ihre Leiche gefunden«, sagte Itala und zündete sich noch eine MS an. Sie konnte nur hoffen, dass Nitti nicht allzu lange brauchte.

»In einem Sturzbach wenige Kilometer von ihrem Zuhause entfernt«, bestätigte Nitti. »Fast genau ein Jahr später ist Geneviève Reitano verschwunden. Dasselbe Alter. Sie wohnte auf der Isola Dovarese. Sie wissen, wo das ist?«

Itala nickte. Das war eine Siedlung am Ufer des Oglio.

»Geneviève studierte an der Santa Maria degli Angeli in Cremona und wollte Bürokauffrau werden. Sie stammte aus einer bitterarmen, aber hochanständigen Familie, und das erwies sich leider als Problem.« Nitti stand auf, um sich noch einen Mandarinetto einzuschenken. »Die Verwandten haben die

Sache nämlich nicht angezeigt, weil sie dachten, das Mädchen sei abgehauen, um den elenden Verhältnissen zu entfliehen. Erst Monate später haben sie mit dem Priester darüber gesprochen, der sie überredet hat, zu den Carabinieri zu gehen. Ihre Wege zu rekonstruieren, war aber nunmehr ziemlich schwierig. Und als ihre traurigen Überreste in der Po-Schleuse gefunden wurden, dachte man an einen Unfall.«

»War es aber nicht.« Itala ertrug Nittis Pathos nicht und ging in einer Pause dazwischen. »Das dritte Mädchen wurde vor ein paar Monaten an einem Pfeiler der eisernen Brücke in Cremona gefunden. Cristina Mazzini, siebzehn Jahre alt auch sie. Ich war bei ihrer Beerdigung.«

»Niemand ist auf die Idee gekommen, dass es sich um Mord gehandelt haben könnte. Ich musste die ganze Autopsie noch einmal durchführen lassen«, sagte Nitti, verärgert über die Unterbrechung, »und die Wege des Opfers rekonstruieren. Dadurch habe ich eine Verbindung zwischen den Mädchen und einem Mann entdeckt, den ich verhaftet habe, wie Sie vielleicht wissen. Giuseppe Contini, einen vorbestraften Tankwart. Er hatte ein Verhältnis mit dem dritten Opfer, trotz des Altersunterschieds. Seine Tankstelle lag auf dem Schulweg des zweiten Opfers, und in der Pizzeria des ersten Opfers hat er gelegentlich gegessen. Wenn es kein viertes Opfer gab, dann nur, weil wir ihm rechtzeitig das Handwerk gelegt haben.«

»Hat man ihn nicht kürzlich entlassen?«, fragte Itala erstaunt.

»Dem Untersuchungsrichter zufolge gibt es nicht genug belastbares Material, um ihn vor Gericht zu bringen«, sagte Nitti mit einer Mischung aus Sarkasmus und Wut. »Das Indiziengebäude entbehrt, meinem geschätzten Kollegen zufolge, handfester Beweise und Augenzeugenberichte. Das Heer der Carabinieri hat mich bislang wunderbar unterstützt, aber jetzt ist ein toter Punkt erreicht. Ich kann den Männern das nicht mehr zumuten. Begreifen Sie jetzt, warum ich Sie hergebeten habe?«

»Ehrlich gesagt, nein.«

»Ich möchte, dass Sie sich der Sache annehmen.«
»Sie müssen mich verwechseln, Dottore.«
»Ich weiß genau, mit wem ich es zu tun habe«, sagte Nitti und zündete seine Zigarre wieder an. »Man nennt Sie die Königin, nicht wahr?«
»Das ist nur ein Spitzname.«
»Der sich Ihrer Fähigkeit verdankt, Dinge zu regeln. Auch solche, die ... wie soll ich sagen? ... am Rande der Legalität liegen, wenn nicht gar weit jenseits.«
»Ich weiß nicht, worauf Sie anspielen, Dottore. Und selbst wenn ich wollte, könnte ich Ihnen nicht helfen. Ich bin ja nicht bei der Justiz. Außerdem müssten Sie mit meinen Vorgesetzten sprechen.«
»Ich bitte Sie nur, Beweise gegen Contini zu finden. Sie sollen keine Ermittlungen anstellen. Die richtigen Mittel auszuwählen, überlasse ich Ihrer Intelligenz.«
»Meine Intelligenz sagt mir, dass ich aufstehen und gehen sollte. Und genau das werde ich jetzt tun.«
Nitti schnaubte. »Sovrintendente, bislang hat es mich einen Dreck geschert, was Sie während Ihres Dienstes oder außerhalb tun, aber ich könnte in Nullkommanichts eine Akte über Sie anlegen. Korruption, Erpressung, Unterschlagung, Veruntreuung ... Ich stelle Ihr Leben auf den Kopf, bis ich etwas finde, und wir wissen doch beide, dass es etwas zu finden gibt.«
Italas Blick versteinerte. Ihr Gesicht hatte nichts mehr von der Hausfrau aus der Werbung. »Warum schalten Sie nicht die Squadra mobile ein? Oder die übergeordnete Instanz?«
»Weil das kein kluger Schachzug wäre.« Nun, da er seine Karten auf den Tisch gelegt hatte, war Nitti nicht mehr so angespannt und ließ sich in einen großen Ledersessel fallen. »Das käme einem Affront gegen das Heer gleich, und das will ich nicht gegen mich haben.«
»Da erpressen Sie mich lieber.«

»Ich erpresse Sie nicht. Sagen wir mal, ich benutze ein krummes Werkzeug, um etwas noch Krummeres geradezubiegen.«
»Reden Sie von Ihrer Karriere?«
Nitti warf ihr einen hasserfüllten Blick zu. »Meine Karriere läuft bestens. Ich lasse mich auf einen Kompromiss mit Ihnen ein, weil ich möchte, dass den drei Mädchen Gerechtigkeit widerfährt.«
»Ihre Karriere läuft keineswegs bestens, Dottore. Sie haben nur noch zwei Jahre bis zur Pensionierung und versauern in einer Provinzstadt, wo nie etwas passiert. Mal abgesehen vom Perser natürlich. Ihre Akte befindet sich bereits in den Händen des Generalstaatsanwalts, und die einzige Chance, nicht aufs Abstellgleis befördert zu werden, ist Contini.«
»Sie sehen nur das Schlechte, weil Sie selbst schlecht sind. Aber Ihre Weltsicht interessiert mich nicht. Ja oder nein?«
Itala schalt sich selbst, weil sie die Geduld verloren hatte. Hier ging es nicht um das Spielchen, wer lauter schrie.
Jetzt erhob sie sich wirklich. »Ich muss darüber nachdenken. Ich möchte nicht in einer Ermittlung landen, um einer anderen zu entgehen. In der Zwischenzeit lassen Sie mir alles zukommen, was Sie über Contini haben.«
»Gut. Aber denken Sie nicht zu lange nach. Sie sind nicht mehr in Biella, wo Sie schalten und walten konnten, wie Sie wollten.« Nitti setzte ein verschlagenes Lächeln auf. »Dies hier ist meine Stadt.«

Biella war Italas erste Stelle nach der Polizeiausbildung und lag in einem so kalten, abweisenden Norden, dass sie es sich in ihren wildesten Fantasien nicht schlimmer hätte ausmalen können. In dieser Stadt mit ihren kaum fünfzigtausend Einwohnern sprach man einen ihr unverständlichen Dialekt und hielt sie für »eine aus dem Süden«, die Polizistin geworden war, um Geld zu verdienen und die Vergangenheit hinter sich zu lassen. Es war, als trennte sie eine Glasscheibe vom Rest der

Welt, und mit den Kollegen kam sie auch nicht zurecht. Sie schloss keine Freundschaften, schaffte es nie, das Eis zu brechen, konnte über die Witze der anderen nicht lachen und den wichtigen Personen nicht den Arsch lecken. Aber sie lernte eifrig und versuchte zu begreifen, wie die Dinge liefen. Und da ihre Zurückhaltung gemeinhin für Dummheit gehalten wurde, schreckten die Älteren nicht davor zurück, in ihrer Anwesenheit von Sachen zu reden, die sie niemals hätten sagen oder tun dürfen. Itala hatte schnell begriffen, dass sich die Hälfte ihrer Kollegen nicht an die Regeln hielt. Der eine war korrupt, der andere fickte die verhafteten Prostituierten, um ihnen eine Anzeige zu ersparen, wieder andere staubten die sichergestellten Drogen ab oder arbeiteten während der Dienstzeit als Rausschmeißer.

Und sie waren nicht einmal auf der Hut. Ein Kollege fuhr jedes Jahr ein anderes Auto, immer einen Sportwagen, und eine Kollegin ließ sich ganze Schinken und kistenweise Wein nach Hause liefern. Itala ahnte, dass es nicht mehr lange dauern würde, bis das alles aufflog; es war, als würde man eine Lawine in Zeitlupe abgehen sehen. Unmöglich, sie aufzuhalten. Eines Nachts hielten die Carabinieri einen Beamten an, der kurz vor der Pensionierung stand und ein Pfund Kokain im Kofferraum transportierte. Itala, die damals Schicht hatte, hörte die besorgten Unterhaltungen der Kollegen und dachte ernsthaft darüber nach, sich krankschreiben zu lassen.

Da brachte sie der Primo Dirigente unter einem Vorwand dazu, um zwei Uhr nachmittags mit seinem Wagen durch die öde, halb verlassene Stadt zu fahren. Am Bottalino-Brunnen an der Via degli Alpeggi hielt er an. Sie stiegen aus, um zu rauchen. Ihr Chef hieß Sergio Mazza, war klein, sicher fünfzehn Jahre älter als sie und hatte die wenigen Haare nach hinten gekämmt.

»Wie tief steckst du mit drin?«, fragte er sie. »Keine Ausflüchte, es bleibt unter uns.«

Eine solche Eröffnung hatte Itala nicht erwartet. Nicht nur, dass Mazza wusste, was da lief, er ging auch davon aus, dass sie es ebenfalls wusste. »Ich bin gerade erst gekommen, ich bin sauber«, sagte sie, nachdem sie sich gefangen hatte. »Denken Sie wirklich, dass die anderen mich da reingezogen haben?«

»Nein, deshalb sind wir ja hier. Weißt du, was jetzt passiert?«

»Es wird Ermittlungen geben ...«

»Du bist sauber, ich bin sauber, aber es bleibt trotzdem etwas an uns hängen. Ich werde vielleicht in einem schäbigen Büro auf die Pensionierung warten, aber du wirst deine Uniform kaum behalten dürfen.«

»Mir war nicht klar, dass ...«

»Was?«, fragte Mazza gereizt.

»Nichts. Es war ja klar, dass das passieren würde.«

»Irgendjemand wird vermutlich deinen Namen fallen lassen, und sei es nur, um einen Strafnachlass zu erwirken. So etwas soll es geben, und es ist ja nicht so, dass dich alle mögen. Allerdings ...«

Itala klammerte sich an dieses »allerdings«. »Allerdings was?«

»Du kennst sie alle, oder irre ich mich? Du weißt, was sie angestellt haben.«

»Ja.«

Mazza nickte zufrieden. »Das hatte ich mir schon gedacht. Mund zu, Augen auf. Sehr löblich. Wir gehen jetzt zu mir nach Hause und stellen eine schöne Liste zusammen.«

»Von den Missetätern?«

»Nein. Von denen, die man opfern kann.«

»Entschuldigung?«

Mazza erklärte ihr die Regeln auf der Fahrt. »Die Ältesten sind unberührbar«, erläuterte er. »Die würden sich mit allen Mitteln querstellen. Und die Neuen wie du auch.«

»Warum?«

»Weil sie noch nicht wissen, wie man sich benimmt, auch wenn ich zugeben muss, dass du schnell gelernt hast. Man muss die herauspicken, die genug beiseitegeschafft haben, damit ihre Familien, bis sie einen neuen Job gefunden haben, überleben können. Und man muss sicherstellen, dass sie nicht verzweifeln. Wir machen es so: Ich werde sie öffentlich angreifen, und du wirst ihnen unter der Hand mitteilen, dass ich mein Bestes tue, ihnen vor, während und nach dem Prozess zu helfen.«
»Aber wie wollen Sie sie davon überzeugen?«
»Wir müssen sie nicht überzeugen. Du redest mit einigen der Alten, die wir aus der Sache heraushalten, und die übernehmen das dann. Die Leute sollen begreifen, dass es besser so ist, als wenn der verhaftete Kollege die Namen ausspuckt. Aber du darfst mich nie erwähnen. Sie werden denken, dass du mein Sprachrohr bist, aber du darfst es niemals zugeben, sonst werden sie versuchen, die Informationen zu ihrem Vorteil zu nutzen.«

Mazza hatte recht, mit allem. Als sich Itala mit den älteren Kollegen traf, erlebte sie ein paar schlimme Minuten, aber am Ende akzeptierten sie die Strategie erwartungsgemäß. Die Bauernopfer stellten sich, gestanden eine Liste kleinerer Vergehen und taten so, als würden sie bedingungslos mit der Polizei kooperieren. Der Einzige, der in den Knast musste, war der Kollege, den man mit dem Kokain geschnappt hatte. Aber er bekam nur ein paar Jahre, was ein Fünftel dessen war, was ein anderer unter diesen Umständen bekommen hätte. Die Bauernopfer verloren nur ihren Job.

Itala hingegen hatte eine neue Arbeit kennengelernt.

Mazza wurde Questore von Foggia, und als Itala ihn aus einer Telefonzelle gegenüber der Telefonzentrale anrief, meldete er sich auf einer Leitung, über die man ihn nicht rückverfolgen konnte. Sie hatten seit Weihnachten, als sie die üblichen guten Wünsche zum Fest ausgetauscht hatten, nichts mehr voneinan-

der gehört. Itala berichtete, dass sie Staatsanwalt Nitti kennengelernt habe, nannte aber nicht den Grund, nicht am Telefon.
»Kenne ich nicht«, sagte Mazza. »Was ist er für ein Typ?«
»Ein Vollidiot. Er droht mir etwas anzuhängen, wenn ich ihn nicht in einer Sache unterstütze.«
»Und warum willst du ihn nicht unterstützen?«
»Weil das jenseits der Grenzen liegt, die mir gesetzt sind.«
»Wir dienen dem Gesetz«, sagte Mazza. »Ich werde mich erkundigen, ob ich dich da rausholen kann, aber am besten beißt du in den sauren Apfel. Was die Grenzen betrifft, bist du zu streng mit dir. Du kannst alles schaffen, was du dir vornimmst. Wie geht es Cesarino?«

Itala antwortete höflich, wartete, bis er auflegte, und wischte sich mit einem Taschentuch die Finger ab, weil jemand ein Kaugummi an den Hörer geklebt hatte. Von Mazza hatte sie offenbar nicht viel zu erwarten, aber sie freute sich trotzdem, seine Stimme gehört zu haben.

Als sie nach Hause kam, war es schon nach elf. Die Mieten in Cremona waren niedrig, und so hatte sie eine hübsche Dreizimmerwohnung nur wenige Schritte vom ehemaligen Kloster Corpus Domini gefunden. Das Kloster war verwahrlost und baufällig, aber immer noch eindrucksvoll. Außer den beiden Schlafzimmern hatte sie noch eine Miniküche, einen Balkon und ein Wohnzimmer. Sie hatte die Wohnung möbliert gemietet. Vor ihr hatte ein alter Mensch dort gewohnt, wie man leicht an den nussbraunen Möbeln erkennen konnte. Das Einzige, was sie entsorgt hatte, waren ein Kunstdruck eines biertrinkenden Alten und den Toilettensitz.

Anna, die Haushaltshilfe, saß am Esstisch und las einen Schundroman, das Radio leise auf den ersten Kanal eingestellt. Sie war klein, hatte blond gefärbte Haare und wohnte mit ihrem Mann und den Kindern in der Wohnung über ihr. Nun knickte sie ein Eselsohr in die Seite. »Warum haben Sie mir nicht gesagt, dass Sie so spät kommen?«

»Tut mir leid, aber bei meiner Arbeit weiß man das nie.« Itala hob den Deckel von der Pfanne, die auf dem Herd stand. Ossobuco mit Erbsen. Es war kalt, und das Fett war zu weißen Klumpen geronnen. Sie hörte ihren Magen knurren, pickte mit den Fingern ein paar Erbsen heraus und steckte sie in den Mund.

Anna riss die Pfanne beiseite. »Ich wärme es Ihnen auf! Es besteht kein Grund, sich wie ein Schwein aufzuführen.«

»Steck das Fleisch in ein paar Brötchen, dann kann ich bei der Arbeit essen.«

»Sie müssen noch immer arbeiten?«

»Ich könnte darauf verzichten.«

Anna machte sich ans Werk und reichte ihr dann die Brötchen in einer Papierserviette. »Den Knochen habe ich entfernt«, sagte sie mürrisch. »Sonst würden Sie den auch noch verschlingen.«

»Danke.«

Das Dienstmädchen nahm die Schürze ab und ging zur Tür. »Cesare schläft. Gehen Sie hin und geben Sie ihm einen Gutenachtkuss. Er hat den ganzen Tag auf Sie gewartet.«

»Es ist nicht nötig, dass du mich daran erinnerst.«

»Na ja«, sagte Anna nur und ging.

Itala nahm die Brötchen und eine halb volle Flasche Rotwein und ging damit in ihr Zimmer. Außer dem Ehebett, das nur auf einer Seite zerwühlt war, standen dort noch ein Liegesessel und der Panzerschrank für ihre Waffen. Itala legte die Pistole hinein und zog sich ihren Flanellschlafanzug an.

Ihr Sohn hatte das Zimmer gegenüber. In der Steckdose steckte ein kleines Licht, das die ganze Nacht über brannte. Er war sieben Jahre alt, aber so klein, dass er jünger wirkte. Die bleiche Haut glänzte in der Dunkelheit, die hellen Haare waren zerstrubbelt. Angesichts der engelgleichen Kreatur wurde Itala von einer Welle der Liebe ergriffen. Sie legte sich neben ihn und umarmte ihn, ohne ihn zu wecken. Dabei sog sie seinen

Duft ein, den Duft der Unschuld, und suchte sein Gesicht nach den ersten Spuren der Veränderung ab, von der sie befürchtete, dass sie früher oder später einsetzen musste. *So ein Unsinn, du bist doch paranoid. Dein Sohn ist vollkommen normal.* Und doch war dieser Gedanke ein ständiger Stachel unter ihrer Haut und schmerzte, wenn sie darüberstrich. *Dir wird das nicht passieren*, dachte sie und gab ihm noch einen sanften Kuss. Der Junge drehte sich mit einem leisen Schnarcher um, ohne aufzuwachen.

Itala kehrte in ihr Zimmer zurück, trank einen Schluck Rotwein aus der Flasche und blätterte in der Akte, die Nitti ihr gegeben hatte. Wie schon vermutet, hatte er die Fakten auf seine Ermittlungshypothese zugeschnitten.

Contini hatte an der Tankstelle in der Nähe der Schule des zweiten Opfers, der Santa Maria degli Angeli, gearbeitet, aber niemand hatte beobachtet, dass Geneviève mit ihrem Moped dort angehalten und getankt hatte. In der Pizzeria von Carla, dem ersten Opfer, hatte man Contini angeblich gesehen, aber die Identifikation war keineswegs zuverlässig. Anders verhielt es sich im Fall von Cristina, dem dritten Opfer, mit dem sich Itala eingehender beschäftigte. Sie war die Tochter zweier Angestellter. Freunde und Verwandte beschrieben sie einmütig als intelligent, fleißig und strenggläubig. Jeden Nachmittag ging sie nach dem Seminar, das sie in Cremona besuchte, in die Messe; außerdem gehörte sie einer ultrakatholischen Vereinigung an, in der die Mädchen gelobten, bis zur Ehe keusch zu bleiben.

Die *Cousins* allerdings, wie die Carabinieri scherzhaft genannt wurden, die sich durchaus auf ihre Arbeit verstanden, wenn sie denn wollten, hatten einen Freund oder Verlobten aufgetrieben, von dem die Familie nichts wusste. Es handelte sich um einen vierundzwanzigjährigen Tankwart namens Giuseppe Contini, den sie in einem Lokal kennengelernt hatte, das sie samstags und sonntagnachmittags besuchte.

Irgendjemand hatte die beiden an dem Tag, an dem Cristina verschwunden war, zusammen gesehen. Einer der Zeugen hatte ausgesagt, dass sie sich »zu streiten schienen«. Contini beharrte jedoch darauf, das Mädchen gar nicht zu kennen. Das war schon alles, was man gegen ihn in der Hand hatte, obwohl ihn die Carabinieri nach Strich und Faden durchleuchtet hatten. Nitti hatte sogar das Oberkommando angerufen, damit sie mehr Männer auf den Fall ansetzten, aber auch das hatte nicht gefruchtet. Ihr, Itala, kam es nun zu, Beweise zu finden, die ihm den Gnadenstoß verpassen würden.

Sie stopfte ein Stück fettiges Brötchen in den Mund, das auf dem Kopfkissen gelandet war. Wie immer, wenn sie etwas Unanständiges vorhatte, musste sie an Don Alfio denken, den Priester ihrer Kindheit, und seine Predigten über den allmächtigen Gott, der alles sah. Don Alfio hatte in seinen Predigten gebrüllt, dass man es noch auf dem Kirchhof hören konnte. Vor Anstrengung wurde er knallrot im Gesicht und hob die Stimme noch einmal, wenn er Worte wie »Unzucht« und »Ehebruch« ausstieß, wobei er die anwesenden Frauen fixierte, die in seinen Augen allesamt reuelose Sünderinnen waren. Itala hatte Angst vor ihm gehabt. Sie hatte Angst, dass er eines Nachts kommen würde, um sie in die Hölle zu schleppen und für Sünden zu bestrafen, von denen sie nicht einmal wusste, dass sie sie begangen hatte. Don Alfio war schon eine Weile tot, aber Itala hörte noch immer manchmal seine Stimme, die ihr Verhalten als verkommen oder unmoralisch verurteilte. Und in diesem Moment schien sie die Hand des alten Priesters an ihrem Knöchel zu spüren, gewillt, sie in den Abgrund zu ziehen.

Die Angst blieb bis zum nächsten Tag, als sie Cesare zur Schule brachte. Das Wetter war umgeschlagen. Statt Herbst schienen sie plötzlich tiefen Winter zu haben, mit schwerem, eiskaltem Regen. Als sie über die Po-Brücke fuhren, von Tropfen bombardiert, verlangsamte Itala das Tempo, um auf den Fluss zu schauen. Er hatte Hochwasser und bedeckte hektarweise Bäume und Wiesen. Cristinas Leiche war unter dem dritten Brückenpfeiler gefunden worden, neben dem der erste Pfeiler des neuen Eisenbahnviadukts aus dem Wasser ragte. Einen Monat lang war der Zugang gesperrt gewesen, dann hatte die Baufirma geklagt, um die Arbeiten wieder aufnehmen zu können. Wenn da unten etwas war, was Aufschluss geben könnte, war es nun unter Sand und Zement begraben.

Itala fuhr in Richtung Castelvetro, wo Cesare bei ihrer Schwiegermutter Mariella wohnte. Von Cremona war das nur wenig mehr als sechs Kilometer entfernt, so weit wie von der Regionalgrenze. Die Bäume und die niedrigen Häuser waren ähnlich, die Farben auch, und doch war alles anders. Man aß andere Dinge, man sprach mit einem schärferen Akzent, der ihr auf die Nerven ging, und war überhaupt extrovertierter. Itala mochte die Cremoneser Schroffheit lieber, diese stille Katerstimmung.

Cesare rührte sich erst, als sie fast schon an der Schule waren. »Mamma, bist du böse auf mich?«, fragte er ängstlich.
»Nein, natürlich nicht. Ich bin nie böse.«
»Außer auf Oma.«
Itala sagte nicht, was sie dachte. »Die Oma hat einen besonderen Charakter.«
»Sie sagt, sie ist immer nervös, seit Papa gestorben ist. Weil er doch ihr einziger Sohn war.«
Itala nutzte eine rote Ampel, um ihn anzuschauen, und schenkte ihm ein gezwungenes Lächeln. »Sie ist nicht die Einzige, der es nicht gut damit geht.«
»Du redest aber nie von ihm.«
»Das ist mir lieber so. Die Sache ist zu traurig.«
Cesare zuckte mit den Schultern. »Wieso kann ich nicht bei dir wohnen?«

Itala spürte, dass sich ihr Herz zusammenzog. »Du weißt doch, dass Mamma immer arbeiten muss. Oma kann wenigstens bei dir sein.«
»Und wenn du bei uns wohnen würdest?«
»Darüber haben wir doch schon geredet, erinnerst du dich?« Itala suchte krampfhaft nach einem anderen Thema. »Vorhin habe ich übrigens nur nachgedacht.«
»Worüber?«
»Über die Arbeit. Manche Dinge, die ich tun muss, gefallen mir überhaupt nicht. Da, wo ich geboren bin, sagt man ›immer *den Specht* im Kopf haben‹. Du weißt schon, dieser Vogel, der an Baumstämme klopft.«
»Hab schon verstanden«, sagte Cesare. »Den habe ich auch manchmal im Kopf.«
»Ist da etwas, was dich beunruhigt?«
Cesare schüttelte den Kopf. »Glaubst du, ich kann auch Polizist werden, wenn ich mal groß bin?«
Itala war überrascht. »Wolltest du nicht Arzt werden?«
»Polizeiarzt vielleicht?«
»Cecè, darf ich dir etwas sagen, ohne dass du gleich sauer wirst?«
»Weiß nicht.«
»Ich hoffe sehr, du besinnst dich anderes.«
»Warum?«
»Weil es bessere Berufe gibt, mein Schatz. Ich konnte nicht studieren, weil meine Großeltern nicht für meinen Lebensunterhalt aufkommen konnten, aber du kannst alles tun, was du willst. Du musst keine vorschnellen Entscheidungen treffen.«
Sie setzte ihn vor der Schule ab, und Cesare umarmte sie, als wäre er sich sicher, dass er sie nie wiedersehen würde. Sie gab Vollgas, um das Gefühl von Wut und Trauer abzuschütteln, das sie immer befiel, wenn sie ihn zurücklassen musste. Um sich auf andere Gedanken zu bringen, hielt sie an der ersten Telefonzelle am Weg und rief die Kommandozentrale der

Carabinieri an. Dann kehrte sie nach Cremona zurück, um sich vor Ort blicken zu lassen. Sie unterschrieb ein paar Berichte und wechselte ein paar nette Worte mit dem Polizeipräsidenten, der immer überrascht wirkte, sie nicht mit dem Besen in der Hand zu sehen (»Immerhin könnte man sich vorstellen, sie zu ficken«, hatte sie ihn mal sagen hören), dann nahm Otto sie beiseite. Er war einer ihrer Leute, einer der verlässlichsten. Eigentlich hieß er nicht Otto. Den Spitznamen verdankte er seinem Schnauzbart, der an den einer Comicfigur erinnerte, die wie er Anhänger Mussolinis war. »Hast du von dem gepanzerten Lieferwagen gehört?«

»Nein, ich war beschäftigt. Was für ein Lieferwagen?«

»Werttransport. Man hat ihn vor Bologna gestoppt, indem man eine Reihe von Autos in Brand gesetzt hat. Dann haben sie ihn mit Kalaschnikows und Handbomben angegriffen und siebenhundert Millionen an Bargeld und Gold abgeschleppt.«

»Nicht übel.«

»Die Schatzsuche ist bereits in vollem Gange. Wir werden sehen, ob es Informanten gibt, die uns nützen können. Mir würde es gefallen, ihnen als Erster auf die Schliche zu kommen.«

»Tu, was du nicht lassen kannst. Stell dich aber niemandem in den Weg.«

Otto nahm die Pistole aus der Schublade und steckte sie ins Halfter. »Nur den Bösen.« Er arbeitete in der Passabteilung, war aber selten an seinem Arbeitsplatz zu finden.

Mittags traf sich Itala mit dem Carabinieri-Leutnant Massimo Bianchi, den sie ins Baracchino – die Baracke – bestellt hatte, einen Imbiss, der Fleischspieße und Grillwürste servierte. Er lag unter einem der Bögen der Eisenbrücke und hatte ein großes Vordach, unter dem man vor dem Regen geschützt war. Der fiel jetzt nur noch in wenigen Tropfen. Itala bestellte zwei Panini, Bianchi Fleischspieße auf einem Plastikteller. Sie setzten sich an eines der perforierten Metalltischchen, die sich nun mit Arbeitern und Hausfrauen füllten. Vom Po sah man nur einen Streifen hinter dem Betondamm; über ihnen lastete die Brücke.

Itala verschlang das erste Sandwich und bekleckerte sich mit Fett, während Bianchi ungelenk mit Messer und Gabel in seinem Gericht herumstocherte. Er schien auch Uniform zu tragen, wenn er, wie jetzt, ein Button-down-Hemd und ein helles Jackett anhatte. Ein Kellner warf ihm einen interessierten Blick zu, den er aber gar nicht mitbekam, weil er derart damit beschäftigt war, sich nicht schmutzig zu machen. »Pisst du da nicht in einen fremden Nachttopf?«, fragte er, nachdem ihm Itala alles erzählt hatte.

»Das möchte ich unter allen Umständen vermeiden«, antwortete sie. »Deshalb geht das Essen auf mich.«

»Wie großzügig.« Bianchi nahm einen Schluck von seinem Peroni, als handelte es sich um Essig. »Das nächste Mal wähle ich den Treffpunkt aus.«

»Normalerweise wählen die Damen den Ort, und die Herren zahlen. Wie kommt es, dass das bei uns andersherum ist?«

»Weil ich es gewöhnlich nicht nötig habe zu zahlen.«

»Aber du tust es trotzdem, um Komplikationen zu vermeiden«, sagte Itala.

»Wer hat dir denn diesen Unfug erzählt?«

»Die Erfahrung.« Itala lächelte. »Gibt es irgendein Interesse, von dem ich wissen sollte? Irgendetwas, was die Ermittlungen verzögert haben könnte, irgendeine Vorzugsbehandlung?«

Bianchi schüttelte den Kopf. »Nicht dass ich wüsste.«

»Contini ist also keiner eurer Informanten und auch niemand, dessen Arsch ihr schützt?«

»Richtig.«

»Schade«, sagte Itala. »Das wäre ein guter Vorwand gewesen, um mich aus der Sache herauszuziehen.«

»Wenn ich es recht sehe, kannst du das nicht tun.«

»Anscheinend nicht.«

Bianchi nickte und kratzte die letzten Reste von seinem Spieß. Normalerweise beäugte Itala es mit Misstrauen, wenn jemand allzu perfekte Tischmanieren hatte. Das bedeutete nämlich, dass er aus gutem Hause kam, während in ihrer Familie der Futterneid regierte.

»Möchtest du noch mehr wissen?«

»Gibt es noch andere Tatverdächtige als Contini?«

»Nein. Und wenn er nicht mit dem letzten Opfer ins Bett gestiegen wäre, hätte man ihn längst aus dem Knast entlassen.«

»Aha? Hältst du ihn für unschuldig?«

Bianchi hob eine Augenbraue. »Ich neige nicht zum Spekulieren.«

»Nun komm schon.«

»Fifty-fifty, würde ich sagen.«

Sie sah ihn erstaunt an. »Ist das dein Ernst? Er sagte, er kenne die Mazzini nicht, dabei hatte er eine Affäre mit ihr.«

»Weil er ein Idiot ist und sich die Hosen vollmacht. Aber wenn wir alle Idioten festnehmen wollten, wäre die Welt ziemlich ausgestorben.«

»Sie haben sich an dem Tag getroffen, an dem das Mädchen verschwunden ist.«

»Das hat er auch bestritten, dieser Trottel. Aber man hat sie auf beiden Beinen davongehen sehen.«

»Vielleicht hatten sie sich für später erneut verabredet.«

Bianchi lächelte. »Das denkt auch dein Freund, der Staatsanwalt.«

»Und die anderen beiden Mädchen?«

»Reine Science-Fiction. Sie galten nicht einmal als Mordopfer, bis Nitti beschloss, sie zu Continis Opfern zu machen.«

»Aber du glaubst nicht daran? Dasselbe Alter, derselbe zeitliche Abstand, in dem sie aufgetaucht sind, alle in einem Fluss oder in der Nähe eines solchen …«

»Man kann zwischen allen Dingen Zusammenhänge herstellen, wenn man es darauf anlegt. Wenn es wirklich so wäre, wäre Contini ein Genie, da wir nichts gefunden haben.«

Über dem Tresen hing ein kleines Radio, das mit einer dürftigen Stereoanlage verbunden war. Der Kioskbetreiber stellte eine Liebesschnulze lauter und sang aus voller Kehle mit, unter den scherzhaften Beschwerden der Kunden.

»Möglich wäre es aber. Zu fünfzig Prozent hältst auch du es für möglich.«

»Es gibt aber eine Hypothese, die wesentlich überzeugender ist. Die Mazzini war ein schönes Mädchen mit – Entschuldigung! – Riesentitten, so wie deine, nur dass sie – noch einmal Entschuldigung! – entschieden fester waren.«

»Leck mich.«

»Auf dem Rückweg ist sie einem Triebtäter über den Weg gelaufen, der sie vergewaltigt, umgebracht und hier in der Nähe begraben hat. Schlicht und einfach.«

»Laut Gerichtsmedizin ist sie nicht begraben worden. Sie ist bestenfalls in der Nähe des Flusses versteckt worden.«

»Das macht keinen großen Unterschied.«

»Und die anderen beiden?«

»Unfälle, Selbstmord … weitere Triebtäter …«

»Wenn man dich so hört, gibt es in Cremona mehr Triebtäter als Einwohner.«

Bianchi tupfte sich mit der Serviette den Mund ab. »Das muss an der Luft liegen.«

Nachdem sie ihr Bier ausgetrunken hatten, begaben sie sich zu ihren Autos, die auf einer Asphaltinsel parkten. Der Himmel war aufgerissen. Itala lehnte sich an die Wagentür und sog den Wind ein, der nach toten Fischen stank. Ihr wurde bewusst, dass einer dieser toten Fische einen Fetzen von Cristinas Fleisch gefressen haben könnte. Oder einen anderen Fisch, der einen Fetzen von Cristinas Fleisch gefressen hatte. Vielleicht hatte sie selbst bereits ein Schwein gegessen, das einen Fisch gefressen hatte, der einen Fetzen von Cristinas Fleisch gefressen hatte.

Bianchi schloss seinen Alfetta auf. »Solltest du etwas finden, gehe ich davon aus, dass ich davon erfahre.«

»Das habe ich doch schon gesagt: Ich möchte keine Probleme mit euch *Cousins*.«

»Was auch immer dir in den Sinn kommt, hüte dich vor dem Anwalt unseres Kandidaten. Verstehe es, wer will, aber den Gratisbeistand hat eine hochgelobte Kanzlei übernommen: Cavalcante.«

»Gibt es nicht eine Straße mit dem Namen?«

»Drei sogar. Sie sind alle nach Vorfahren der Kanzlei benannt. Blaues Blut vom Feinsten.«

»Möge das Glück mir hold sein.«

Itala war wie ein Diesel: Sie kam nur langsam in Gang, aber wenn sie erst einmal lief, konnte man sie kaum noch bremsen. In den nächsten Tagen verleibte sie sich sämtliche Unterlagen zum Fall Contini ein, fand aber keine Lücke, in die sie stoßen könnte. Bianchi schickte ihr gelegentlich ein Päckchen mit vertraulichem Material, das sie aber nur noch mehr Zeit kostete. Die Zeugen konnte sie nicht noch einmal vernehmen, und aus den schriftlichen Aussagen ergab sich nichts Zwingendes, vor allem nicht zu den älteren Fällen. Contini war einmal wegen Drogenbesitzes verhaftet worden und hatte wegen einer schweren Schlägerei in Untersuchungshaft gesessen, aber Sexualdelikte oder Gewalt gegen Frauen hatte man ihm nie vorgeworfen.

Verwandte und Freunde nahmen ihn in Schutz und standen auch zu ihren Aussagen, wenn man ihnen Komplizenschaft vorwarf. Seine Eltern waren ganz normale Menschen, er Briefträger, sie Kindergärtnerin. Eine Schwester hatte nach Sizilien geheiratet. In Cremona und der umliegenden Provinz wohnten noch etliche Verwandte, aber niemand hatte eine Vorstrafe, die über Belästigung unter Alkoholeinfluss hinausging.

Itala kochte sich einen Kaffee. Als sie die Vorratskammer

öffnete, musste sie wieder an Bianchi und sein Rasierwasser mit dem Sandelholzduft denken. Klar, er war ein stocksteifer Typ, aber er war nicht dumm und zudem alles andere als hässlich. Schade, dass seine Traumfrau halb so viel wog und doppelt so groß war wie sie. *Ich bin der letzte Fick am Strand – die, die noch am Lagerfeuer sitzt, während alle anderen sich bereits amüsieren.*

Angesichts der Tatsache, dass Otto und die anderen vielleicht schon jemanden gefunden hatten, der jemanden kannte, der jemanden kannte, der etwas mit dem Raubüberfall auf den Werttransporter zu tun hatte, allerdings ein hohes Tier in einer lokalen Mafiabande war, hatte Itala ihm einen Tipp gegeben, um sich für seine Hilfe zu bedanken.

Bianchi hatte während der letzten Tage seinen großen Auftritt gehabt, hatte die Bande verhaftet und Geld und Gold sichergestellt, von denen nicht ein Fitzel gefehlt hatte. Als Trostpreis ließ er Itala zwei Kisten Moët & Chandon zukommen, die sie nun gütigst spendierte, als sie und andere Kollegen aus dem hohen Norden sich wie jeden Mittwochabend trafen, meist bei einem Kollegen, der ein Stück außerhalb der Stadt ein Zweifamilienhaus bewohnte. An diesem Abend hatte er allerdings Schicht, und so versammelten sie sich in der Pizzeria von Ottos Frau. Das Lokal wurde für die Öffentlichkeit geschlossen, und Otto stellte sich hinter den Tresen und spielte den Chef. Wenn er eine Champagnerflasche öffnete, zielte er mit dem Korken auf die etwa fünfzehn Kollegen unterschiedlichen Alters und Dienstgrads, die sich gegenseitig mit aufgebauschten Anekdoten und Berichten von nahezu unmöglichen Unterfangen unterhielten.

Nachdem sie mit den anderen gegessen und vor allem getrunken hatte, setzte sich Itala neben den herrlich warmen Pizzaofen, da fast alle ein vertrauliches Wort mit ihr wechseln oder ihr einen Umschlag überreichen wollten. Sie empfing sie und nahm ihren Obolus entgegen.

Sie war die Königin.

Sie nutzte die Gelegenheit, um mit einem Ispettore der Squadra mobile von Piacenza, der in die Ermittlungen involviert war, über Contini zu reden.

»Das scheint ein ausgemachter Dummkopf zu sein. Er hat sich ständig widersprochen, hat aber nie etwas gestanden. Dabei sind wir nicht gerade zimperlich gewesen.«

»Ja oder nein, was würdest du also sagen?«

»Vermutlich ja, was die Mazzini betrifft, vermutlich nein, was die beiden anderen angeht. Verurteilen wird man ihn wohl kaum, aber er wird nicht gut aus der Sache herauskommen.«

Itala sah den Kollegen neugierig an, einen massiven Typen mit einem Gesicht, das für den Kopf zu klein zu sein schien. »Meinst du?«

Der Ispettore zuckte mit den Schultern. »Er ist angezählt. Alle kennen ihn, und viele denken, er habe eine Minderjährige getötet. Irgendjemand wird ihn in den Arsch treten. Oder er wird selbst mal ausrasten, darauf würde ich wetten, Ita. Aber wechseln wir das Thema ... Hier gibt es nicht zufällig einen schwenkbaren Fernseher? Ich brauche ein Geschenk für meine Tochter.«

Sie zeigte auf einen Kollegen, der mit ihm auf den Parkplatz hinausging. Dann bestellte sie vier ihrer treuesten Mitarbeiter für den nächsten Abend ein und brach auf, um schlafen zu gehen. Für den Fall, dass sie nicht schlafen konnte, nahm sie eine halb volle Flasche Champagner mit.

Am nächsten Vormittag rief Nitti sie mit manischer Pünktlichkeit an, kaum hatte sie einen Fuß ins Präsidium gesetzt. Der Staatsanwalt bebte vor Empörung – wie es sein könne, dass sie sich noch nicht bei ihm gemeldet habe?

»Ich musste gut darüber nachdenken, Dottore«, sagte Itala.

»Dann will ich hoffen, dass Sie jetzt ausgedacht haben. Die Frist ist abgelaufen.«

Itala betrachtete das Foto ihres Sohns auf dem Schreibtisch. Damals war er drei Jahre alt gewesen. Plötzlich hatte sie das Gefühl, einen finsteren Schatten auf seinem Gesicht zu sehen.

»Bis später.«

Sie trafen sich in der Gerichtsbar, im Schutz des Lärms der Personen, die sich zwischen zwei Verhandlungen dort drängten. Nitti kam in seiner Robe, vielleicht, um sie zu beeindrucken. Itala erinnerte er an einen Raben. »Sie wissen doch, dass man einen fahrenden Zug nicht aufhalten kann, oder?«, sagte sie sofort.

Nitti blieb stehen. »Von was für einem Zug reden wir hier?«

»Von egal welchem Zug, den ich zu nehmen gedenke, um Ihr Problem zu lösen.«

»Ohne dass ich etwas davon wüsste?«

Itala sah ihm in die Augen. »Wollen Sie wirklich wissen, was ich vorhabe?«

Nitti wich ihrem Blick aus. »Nein, nein, vielleicht haben Sie recht. Sicher sogar. Ich begnüge mich mit den Ergebnissen.«

»Ich brauche fünfzig Millionen.«

»Sind Sie übergeschnappt?«

»Ich kann das nicht allein durchziehen. Keine Sorge, niemand wird etwas von Ihnen erfahren. Und umgekehrt.«

»Jetzt sind Sie es, die mich erpresst.«

»Wenn es Ihnen lieber ist, vergessen wir die Sache.«

»Na gut. Ich werde sehen, was sich machen lässt«, sagte Nitti.

»Wie verbleiben wir also?«

»Sobald Sie es haben, lassen Sie mir das Geld per Express ins Büro schicken. Dann sehe ich, was ich tun kann.«

Als Itala ins Büro zurückkehrte, klopfte der Specht in ihrem Kopf heftig. Von den vielen Fotos von Giuseppe Contini, die sie gesehen hatte, war ihr vor allem das von seiner Verhaftung im Gedächtnis geblieben. Er war ein gut aussehender Kerl mit breiten Schultern, der problemlos eine neue Freundin gefunden hätte, wenn ihn Cristina tatsächlich verlassen wollte. Sollte er aber ein zwanghafter Mörder sein, waren das auch keine triftigen Argumente. Mit fünfzigprozentiger Wahrscheinlichkeit war er unschuldig. Mit fünfzigprozentiger Wahrscheinlichkeit war Itala drauf und dran, eine wirklich große Dummheit zu begehen. *Fifty-fifty.*

Als Erster kam Amato an diesem Abend. Itala hatte ihn vor drei Jahren auf einem Rastplatz an der Strecke Milano–Piacenza kennengelernt. Ein klappriger Lkw, zwei Streifenwagen und drei Motorräder der Verkehrspolizei parkten im Sonnenuntergang, und die jeweiligen Besatzungen standen in Grüppchen herum und diskutierten. Der Fahrer des Lkws saß auf dem stählernen Trittbrett zur Fahrerkabine und rauchte, die Hände in Handschellen.

Der Polizist, der sie an jenem Abend zu einem Notfall herbeigerufen hatte, hob die Arme zum Himmel, als er sie sah. »Dank sei dir, Herr, dass du uns die Königin geschickt hast. Dann kommen wir heute vielleicht noch nach Hause.« Alle hatten sich zu ihr umgedreht, nur einer von der Streife hatte ihr den Rücken zugekehrt.

Die anderen hatten sich darin überschlagen, ihr zu erzählen, dass der Lastwagen zweihundert Kisten mit gefälschten Armani- und Gucci-Anzügen geladen hatte und dass sie sich schon auf ein Drittel der Ladung geeinigt hätten. Alles wäre geritzt gewesen, wenn sich nicht der *Pinguin* eingeschaltet hätte.

»Ich muss doch wohl nicht jedes Mal, wenn ihr euch streitet, Frieden stiften«, hatte Itala gesagt. »Ihr seid doch fünf gegen einen, reicht das nicht?«

»Wir haben es versucht, aber du hast mehr Überzeugungskraft. Du kannst deinen Anteil natürlich selbst bestimmen.«

Itala hatte ihn mit Blicken durchbohrt. »Ich mag keine Fake-Klamotten. Ist es der da hinten, der Problem macht?« Sie zeigte auf den jungen Mann, der ihr den Rücken zudrehte.

»Genau.«

Itala hatte ihre Zigarette mit dem Schuh ausgedrückt und war zu ihm gegangen. Der Pinguin war ungefähr zwanzig Jahre alt, hatte breite Schultern und eine platt gedrückte Nase, die ihm einen Hauch von Film noir verlieh. »Was meinst du, sollen wir uns im Auto unterhalten?«, fragte sie ihn.

»Hören Sie, ich weiß nicht, wer Sie sind, aber ich habe nichts zu sagen.«

»Ich bin Sovrintendente Caruso«, antwortete Itala in einem schon wesentlich weniger freundlichen Tonfall. »Steig in den Wagen.«

Der Pinguin wurde eiskalt. »Ja, Dottoressa.«

Itala wartete, bis sich der Pinguin hinters Steuer gesetzt und die Tür geschlossen hatte, dann versetzte sie ihm mit der flachen Hand eine solche Ohrfeige, dass sein Kopf herumfuhr. »Das dafür, dass du es vor den anderen an Respekt hast mangeln lassen. Das solltest du niemals tun, vor allem nicht gegenüber einer Kollegin, die dich aus dem Schlamassel zieht.«

»Stecke ich im Schlamassel?«

»Schweig.« Itala hatte die Nase voll. »Seit wann bist du im Dienst?«

»Seit sechs Monaten.«

»Und du hast noch immer nicht begriffen, wie das läuft?«

»Ich möchte nur, dass Recht und Gesetz beachtet werden.«

»Und du denkst, das kannst du allein bewerkstelligen?«, fragte sie, als würde sie mit einem Schuljungen reden.

»Nein.«

»Dann hör auf, deinen Kollegen auf den Sack zu gehen. Das Einzige, was du damit erreichst, ist, dass du am Ende einsam wie ein Hund dastehst. Irgendwann wirst du dann einlenken.«

»Das ist unmoralisch.«

»Hör zu, du Schwachkopf. Jeder x-beliebige Mafioso hat mehr Geld in der Tasche, als wir in einem ganzen Jahr zu sehen bekommen. Jeder x-beliebige Dealer verdient an einem einzigen Tag unser Monatsgehalt.«

»Ja und?«

»Man müsste die Verlockungen eliminieren, denn deine Kollegen sind einfach nur menschliche Wesen, die ihren Kredit abbezahlen oder Lebensmittel kaufen oder die Schule ihrer Kinder finanzieren müssen.«

»Diebesgut anzunehmen bedeutet also, Verlockungen zu erliegen?«

»Die Alternativen sind wesentlich schlimmer.«

»Außer Ehrlichkeit.«

Itala seufzte. »Du kannst dich ja mal fragen, ob zwei Kisten gefälschter Klamotten deine Zukunft wert sind.« Sie bot ihm eine Zigarette an, und sie ließen die Fenster herunter, um nicht zu ersticken. Die Zeit des großen Gezeters war ohnehin vorbei. »Wie heißt du?«

»Daniele ... Agente Daniele Amato.«

»Möchtest du die *Familie* verlassen?«

»Nein«, antwortete Amato resigniert.

»Gut. Wenn du deiner Freundin kein Geschenk machen willst, kein Problem. Beschränk dich darauf, deine Leute zu decken, und du wirst sehen, dass sie dasselbe für dich tun, falls es mal nötig sein sollte.«

»Bestimmt nicht«, erwiderte Amato.

Natürlich irrte er sich. Sechs Monate später ließ er sich nach Cremona versetzen, um in ihrer Nähe zu sein. Damals begann er damit, sich Sportwagen zu kaufen, und mittlerweile war er derjenige, dem Itala am meisten vertraute. Sie hatte ihn zu ihrem Chefassistenten befördern und zur Squadra mobile versetzen lassen.

Kurz darauf folgte Otto, die Miene noch immer vergrämt wegen der Geschichte mit dem Geldtransport, die von den Carabinieri aufgeklärt worden war. Dann kamen die Gebrüder Veronica, einer blond, einer dunkelhaarig, aber doch von einer frappierenden Ähnlichkeit, beide bei der Abteilung Massenkriminalität.

Itala bat sie ins Wohnzimmer und ließ den Grappa Libarna herumgehen, den sie nur gekauft hatte, weil ihr die Flasche gefiel. »Macht keinen Lärm, sonst proben die Nachbarn den Aufstand«, begann sie.

»Worum geht's, Ita?«, fragte Otto und warf eine Kaffeebohne in seinen großzügig eingeschenkten Schnaps.

»Erinnert ihr euch an die Mazzini?«

»Wie könnte ich die vergessen?«, antwortete Otto. »Ich war doch dabei, als man sie rausgezogen hat.«

»Der Po ist grausam, wenn man hineinfällt«, sagte Amato.

»Es war nicht der Po, der sie getötet hat«, sagte der dunkle Veronica. »Es war der Tankwart, der auch die beiden anderen umgebracht hat.«

»Er mochte Mädchen, jedenfalls eines«, stimmte Amato zu. »Aber abgesehen davon ...«

»Mir reicht das«, sagte Otto. »Euch nicht?«

»Man müsste die Leute bis auf die Unterhose durchleuchten«, sagte der blonde Veronica. »Wenn da etwas ist, halten sie es dort unter Verschluss.«

»Lass uns ein Spiel spielen. Wer ihn für schuldig hält, hebe die Hand«, sagte Itala.

Der dunkle Veronica und Otto hoben die Hand. Immer noch fifty-fifty, da sie selbst der Länge nach zerrissen war. »Na gut. Dann müssen wir ihn in den Knast stecken.«

Amato sah sie verblüfft an. »Kümmern sich denn nicht die *Cousins* darum?«

»Amà ... Sind wir hier etwa im Kommissariat?«, fragte Otto.

»Es handelt sich also nicht um eine offizielle Sache?«

Itala schüttelte den Kopf. »Wenn es etwas Konkretes gäbe, hätten die Carabinieri es gefunden.«

»Wir müssen also etwas finden, was es gar nicht gibt?«, erkundigte sich der blonde Veronica.

»So wird es wohl sein«, sagte Otto und kratzte sich den Bürstenschnäuzer. Itala war nicht überrascht, dass er begriffen hatte.

Er war schon länger im Geschäft als die anderen und wunderte sich über gar nichts mehr.
Amato hob die Hand. Ihm schmeckte das alles nicht, aber seine Loyalität gegenüber Itala war stärker als seine Skrupel. »Und wenn er nichts mit der Sache zu tun hat?«
»Das soll der Richter entscheiden«, befand Itala knapp. »Wir beschränken uns darauf, ihn vor Gericht zu bringen.«
»Gibt es denn einen Grund dafür?«, fragte Otto. »Oder machen wir das einfach zum Spaß?«
»Zehn Millionen für jeden. Also, hat jemand eine Idee, wie wir vorgehen könnten?«
Sie hoffte, dass niemand den Mund auftat. Vermutlich hatte Nitti nichts gegen sie in der Hand. Es gab höchstens Gerüchte. Und diesen beschissenen Spitznamen natürlich, »die Königin«, was bei einer Polizistin sofort nach Mafia klang. Heiße Luft. Sie könnte ihre Safes öffnen und ihre Garage mit der Ware füllen, die sie nicht zu Geld zu machen wagte. Klar, die Gerüchte wären nicht hilfreich, und sie würde ihre bescheidene Nische in der Welt mit Zähnen und Klauen verteidigen müssen. Aber trotzdem ...
Der blonde Veronica unterbrach ihre Grübelei. »Ich hätte da vielleicht eine Idee.«

Contini arbeitete nicht mehr als Tankwart. Man hatte ihn nach der Verhaftung entlassen, deshalb arbeitete er jetzt an der Laderampe einer Agrargenossenschaft. Itala wollte ihm persönlich gegenübertreten und ihm in die Augen schauen. Sie wusste, dass er bis abends um neun Dienst hatte, deshalb wartete sie bis zum Einbruch der Dunkelheit und ging dann zu der großen Lagerhalle, wo die Lastwagen mit dem Getreide eintrafen.
Das große Tor war geöffnet, und Itala näherte sich der Entladezone, wo ein Dutzend Lagerarbeiter herumwuselte. Contini bediente einen Gabelstapler, mit dem er in Plastik

eingeschweißte Paletten mit Düngemittelsäcken aus einem Lkw hievte. Gegenüber den Polizeifotos hatte er sich verändert. Seine Schläfen wurden kahl, und er wog bestimmt dreißig Kilo mehr. Arme und Schultern waren durch die Arbeit an der Rampe massiver geworden und ließen seinen Overall anschwellen. Die Saufabende hatten den Rest erledigt. Sein Gesicht hatte sich schier unglaublich verändert: Vorzeitige Falten zogen seine Mundwinkel nach unten, und die Augen waren zusammengekniffen, als würde er von allen Seiten nur Unheil erwarten.

Das war der Gesichtsausdruck jener, die wegen infamer Vorwürfe im Knast gelandet waren. Leute wie er konnten niemandem mehr vertrauen, weil sie für ein Päckchen Zigaretten ausgeliefert werden konnten. Sie konnten nur duschen, wenn alle anderen in ihre Zellen zurückgekehrt waren, und während des Hofgangs mussten sie sich in die Ecke drücken und Beschimpfungen und Spuckattacken einfach über sich ergehen lassen. Innerhalb der Gefängnismauern waren sie noch einmal eingesperrt, und nicht einmal die Gefängnispolizei ließ sich noch bei ihnen blicken.

Itala schritt mechanisch auf ihn zu, als würde sie von einer höheren Macht getrieben. Sie steckte sich eine Zigarette zwischen die zitternden Lippen. »Entschuldigung«, fragte sie mit einer Stimme, die sie selbst nicht wiedererkannte. »Hat mal jemand Feuer?«

Contini zog ein Päckchen aus der Tasche, nahm das BIC-Feuerzeug heraus und ließ es aufflammen. Itala nahm er kaum wahr, und noch während er ihr Feuer gab, wanderte sein Blick schon weiter, vollkommen desinteressiert. »Danke«, sagte Itala und zog an ihrer Zigarette.

Fifty-fifty.
Fifty-fifty.
An diesen Zahlen ließ sich nichts drehen, nicht einmal jetzt, da der Zug abgefahren war.

Sie tat so, als sähe sie sich um, dann drehte sie ihm den Rücken zu. Als sie schon fast außer Hörweite war, bekam der junge Mann den Spott seiner Kollegen zu spüren. »Du müsstest deiner Freundin mal eine Diät verordnen«, rief einer, »sonst brecht ihr noch durch den Lattenrost.« Contini schickte ihn in das Land, wo der Pfeffer wächst, und nahm seine Arbeit wieder auf. Itala wurde vor Wut und Scham knallrot.

Draußen wartete Otto in einem »Leihwagen« aus der Sammlung der sichergestellten Autos. »Und?«

Nun hatte sie sich wieder unter Kontrolle. »Lass es uns machen«, sagte sie beim Einsteigen. »Wo ist das Zeug?«

Otto reichte ihr ein dunkles Plastiksäckchen.

Contini war nach San Predengo gezogen, einen Ortsteil von Cremona mit nur einer Straße, die vom Golfclub Il Torrazzo bis zum Ortsteil Boffalora führte. Vier Kilometer lang Hallen von Agrar- und Industriekonzernen, dazwischen verlassene Bauernhöfe. Im Grün versteckten sich auch ein paar Villen, aber Continis Zuhause war ein zweistöckiges Haus mit gelben Mauern und einem bordeauxroten Dach. Vier Familien lebten dort, alle miteinander verwandt. »Er wohnt im Erdgeschoss, allein«, erläuterte Otto. »Die perfekte Kombination für unser Vorhaben.« Der Abend war kühl. Es war Abendbrotzeit. Keiner der Nachbarn hielt sich auf dem Balkon auf, und hinter den Fenstern sah man die flackernden Lichter der Fernseher.

Wie sein Alter Ego aus den Comicblättchen verfügte Otto über handwerkliche Fähigkeiten und wurde nicht umsonst der *Schlüsseldienst* des Kommissariats genannt – der Kollege, der für die Öffnung von Schlössern zuständig war, wenn man die Tür nicht mit einer Ramme einreißen konnte. Oder es, wie in diesem Fall, nicht wollte.

Ein Hund bellte, und Itala fühlte, wie ihr ein Schauder über den Rücken lief. Otto hingegen kniete ungerührt vor der Wohnungstür, die zum Innenhof hinausging, und fluchte jedes Mal leise vor sich hin, wenn ihm einer der Eisenstifte wegrutschte. Zwei Minuten brauchte er, die Itala wie eine Ewigkeit vorkamen, und als er fertig war, hätte sie ihn am liebsten vor Erleichterung geküsst. Sie hatten bereits Handschuhe angezogen, und sobald sie die Schwelle überschritten, streiften sie provisorische Überschuhe aus Einkaufstüten über. Das Licht schalteten sie nicht an, nur eine Taschenlampe, die mit Klebeband abgedunkelt war. In der Zweizimmerwohnung herrschte Unordnung; es stank nach dreckiger Wäsche und Kohl. »Man merkt, dass hier keine Frau wohnt«, flüsterte Otto. »Möchtest du mal durchfegen?«

»Kannst du mal einen Moment still sein?« Itala sah sich um. Ihr Blick fiel auf den kleinen Balkon vor der Küche. Geranien waren in Cremona praktisch ein Muss, aber Contini schien keinen grünen Daumen zu haben.

»Ja, meine Königin.« Otto sah unter die Küchenmöbel und richtete die Taschenlampe zu Boden. »Hier? Mit Klebeband?«

»Zu einfach.«

Neben dem Balkongeländer, zwischen Besen und Waschmaschine, bemerkte Itala einen langen Blumenkasten aus Beton. Die Erde war mit Zigarettenstummeln und Papier zugemüllt, alles Lebendige fehlte. »Das dürfte seinen Zweck erfüllen. Hilf mir mal, damit ich nicht alles dreckig mache.« Vorsichtig gruben sie in der Erde und trennten die Schichten, um sie hinterher mehr oder weniger an dieselbe Stelle zurücklegen zu können. Dann holte Itala eine Handvoll Stoff aus dem schwarzen Plastikbeutel und steckte ihn in das Loch.

Der Stoff war ein Frauenslip.

Contini wurde von einer Zivilstreife verhaftet, als er, angetrunken und von der Arbeit erledigt, auf dem Heimweg war. Die beiden Beamten, ein blonder und ein dunkelhaariger, die sich trotzdem erstaunlich ähnlich sahen, fanden in seiner Tasche fünf Gramm Haschisch und erklärten, dass sie ihn laut dem neuen Betäubungsmittelgesetz wegen des Verdachts auf Dealerei verhaften und seine Wohnung durchsuchen müssten. Contini folgte ihrem Wagen wie ein Schlafwandler. Die beiden Polizisten ließen die Sirene laufen, bis sie unterhalb seines Balkons standen, und weckten alle Hausbewohner auf.

Es war wie in einem dieser Albträume, in denen man nackt in der Schule sitzt und geprüft wird, nur tausendmal schlimmer. Alle seine Verwandten, von denen die Hälfte seit seiner Verhaftung nicht mehr mit ihm gesprochen hatte, drängten sich jetzt im Innenhof und glotzten, während seine Wohnung auf den Kopf gestellt wurde. Die beiden Polizisten präsentierten dem Publikum ihre Fundstücke, als handelte es sich um eine Versteigerung: die Videokassetten mit den Pornofilmen, die Comics, die Opiumpfeife, die er nie benutzt hatte, die Stummel der Joints und sogar die Zeitungsausschnitte, die über seinen Fall berichteten. Dabei redeten sie so laut, dass die Menge draußen nicht den kleinsten Kommentar verpasste.

Nach einer genau abgesprochenen Anzahl von Minuten steckte einer der beiden Polizisten seine Hand in den alten Balkonkasten. »Oh, oh«, machte er. »Was haben wir denn da?«

»Scheint ein Schlüpfer zu sein«, sagte der andere. In den Slip war ein altes Schnappmesser eingewickelt. »Oh, oh!«, machte er wieder. »Die Länge der Klinge scheint mir illegal zu sein … Und was sind das für Flecken?«

»Scheint Blut zu sein«, sagte der andere.

Contini, der schlagartig nüchtern war, begriff sofort. *Das hier hat sie nicht überrascht*, dachte er. »Das ist nicht von mir!«, rief er. »Das habt ihr mir untergeschoben!«

Der dunkelhaarige Polizist drückte ihn so brutal gegen die Wand, dass Continis Oberlippe aufplatzte und zu bluten begann. »Ein Haufen Leute hat das Zeug gesehen«, sagte er. »Dieses Mal wirst du nicht davonkommen, du Scheißmörder.«

Contini landete noch in derselben Nacht im Knast und wurde im folgenden Jahr vor Gericht gestellt. Trotz aller Bemühungen der Kanzlei wurde er flugs verurteilt.

Damals nahm sich Itala einen Tag frei und betrank sich im Baracchino. Es war geschlossen, aber die Bänke blieben immer stehen, mit Ketten und Heringen im zementierten Uferboden verankert. Sie hatte sich eine Flasche Wein mitgebracht, öffnete sie, indem sie den Korken hineinstieß, und trank aus der Flasche. Der Wein schmeckte fade. Der junge Mann war verknackt worden, ohne dass neue Beweise ans Licht gekommen wären, abgesehen von jenen, die sie ihm selbst untergejubelt hatte.

Eine dieser Damenunterhosen, die man den Spürhunden vor die Schnauze hielt, und ein altes Klappmesser, das man bei einem Zuhälter sichergestellt hat, mit Spuren des Bluts, das Cristinas Leiche vor der Bestattung abgenommen worden war. Die Kanzlei hatte es zu einer DNA-Analyse in die Schweiz schicken lassen, da man Betrug witterte. Das war es auch, aber so gut gemacht, dass sich Contini wegen dreifachen Mordes mit dem erschwerenden Umstand der niederen Beweggründe lebenslänglich einhandelte. In Italas Kopf hatten sich die Prozentzahlen derweil nicht verschoben, und der Specht war nicht verstummt.

Fifty-fifty.
Fifty-fifty.

Für Nitti hatte Itala ein Wunder bewirkt, aber nachdem sie die halbe Flasche intus hatte, wollte sie auch eines für sich. Irgendetwas, was sie von ihrer Obsession befreien würde – erfahren zu wollen, ob sie durch ihre böse Tat Gerechtigkeit bewirkt hatte oder ob sie, wie Don Alfio gesagt hätte, für immer verdammt war, weil sie einen Unschuldigen ins Unglück geritten und einen Mörder laufen gelassen hatte. Das Wunder blieb aus, aber mit der Zeit dachte Itala nicht mehr viel an die Sache, wie das im Leben so ist.

Aber dann wurde Contini umgebracht.

HÖHLE

HEUTE

7

Amalas viertes Erwachen war das schlimmste. Sie hatte grauenhafte Kopfschmerzen und konnte nicht klar sehen, erinnerte sich aber an alles. Jetzt war sie nicht mehr in der medizinischen Ambulanz, sondern in einem wesentlich größeren, kahlen Raum, in dem es muffig stank. Auch das Bett war größer und weicher, wobei es eigentlich kein Bett war, sondern nur eine Matratze, die auf einem Betonboden lag. Ihre Kleidung war verschwunden. Sie trug eine Art Kittel, der vorne geschlossen war. Darunter hatte sie nichts.
Eine Routineoperation.
Panisch betastete sie sich, fand aber keine Wunden oder Ähnliches. Als sie sich energisch aufsetzen wollte, hielt irgendetwas ihren linken Arm zurück. Ein heftiger Schmerz durchfuhr ihn, als hätte sie sich verbrannt. Er rührte von einem fingerdicken Drahtseil her, das unter ihrer Achsel entlanggeschrammt war und Haut und Fleisch weggerissen hatte. Es blutete.
Verzweifelt und vor Schmerz schreiend wollte sie das Seil wegreißen, aber nun verspürte sie einen so scharfen Stich im oberen Rücken, dass sie fast das Bewusstsein verlor. Sie sank auf die Matratze zurück und versuchte mit der Hand an die dumpf pochende Stelle heranzukommen. Sie verortete sie am linken Schulterblatt, und tatsächlich war genau dort das Seil befestigt, unter einem Klumpen aus Gaze und Klebeband. Wo das Seil unter der Gaze verschwand, ertastete sie eine Art Kügelchen. Amala zog an dem Klebeband und spürte etwas Klebriges. Als sie ihre Finger betrachtete, waren sie blutig.

Fast hätte sie sich übergeben. Trotzdem schob sie die Finger wieder unter das Klebeband und erreichte endlich eines der Kügelchen. Als sie daran ziehen wollte, durchfuhr sie erneut ein großer Schmerz, ein sonderbarer Schmerz, vibrierend und in den ganzen Arm abstrahlend. Sie wollte einen der anderen Fingernägel darunter schieben, musste aber feststellen, dass es kein »darunter« gab. Es handelte sich nämlich gar nicht um eine Kugel, sondern um etwas Metallisches, das man in sie hineingebohrt hatte. Eine Schraube.

Das Seil war in ihr Schulterblatt geschraubt worden.

8

Während Amala die Verhältnisse ihres Gefängnisses erkundete, stellte Gerry die Taschen ab und wollte das Haus wieder verlassen. Er hatte schulterlanges Haar und einen Hipsterbart, was ihn wie einen blonden, athletischen Cosplayer von Jesus aussehen ließ.

Sein T-Shirt spannte sich über Brustkorb und Bizeps. Dazu trug er eine saubere, aber abgewetzte Jeans und ausgetretene Wanderschuhe.

In seiner Tasche steckten ein Personalausweis auf den Namen Gershom Peretz, Einwohner von Tel Aviv, und die Impfpässe für die Hunde. Fünf hatte er, drei mittelgroße Mischlinge, einen Wolfshund und ein Golden-Retriever-Weibchen. Keiner von ihnen würde auf einer Hundeausstellung reüssieren. Dem Weibchen fehlte ein Ohr, einem der Mischlinge die linke Vordertatze, die anderen hatten diverse Narben und verstummelte Schwänze. Gerry ließ sie in den Garten hinaus und scheuchte sie dann in den Volvo XC90, den er am Flughafen gemietet hatte. Die Unterkunft, die er über Airbnb gebucht hatte, war ein zweistöckiges Haus in der Provinz Mailand – eine typische Behausung verstorbener Verwandter, mit so hässlichen Möbeln, dass man sie nicht einmal mehr auf dem Secondhandmarkt loswurde. Gerry hatte aber keine großen Ansprüche. Außerdem hatte sich der Vermieter darauf eingelassen, die Buchung zu löschen und das Geld schwarz anzunehmen, um seinem Mieter nach der Rückkehr in seine Heimat umständliche (nicht existente) israelische Riten zu ersparen.

Bevor er das Haus verließ, nahm er einen großen Schraubenzieher mit Holzgriff und steckte ihn in die Gesäßtasche seiner Jeans. Er fuhr nach Mailand, zum Quartiere Maggiolina, parkte und erreichte nach einem Fußweg von zehn Minuten einen Palazzo mit Sicherheitskamera am Eingang. Um sechs Uhr morgens waren nur Müllwagen und ein paar Jogger im blassen Licht unterwegs. Er umwickelte seine Hände mit Klebeband, entfernte mit dem Schraubenzieher die Verteilerdose der Überwachungskamera, entsperrte mit einem Draht die Türverriegelung und stieg in den zweiten Stock hinauf. Hinter den geschlossenen Türen erklangen die ersten Geräusche des Lebens, weinende Kinder und die Fernseher der Alten, die früh aufstanden, um nichts zu tun. In der Wohnung, die ihn interessierte, herrschte Stille. Mit dem Draht öffnete er das Schloss und löste die Kette, dann trat er in den dämmrigen Flur und zog die Schuhe aus, um kein Geräusch zu machen. Er warf in jedes Zimmer einen Blick. Im ersten schlief eine Frau, im zweiten auf der anderen Flurseite lag ein alter Mann in einem Pflegebett.

Der Mann schlief. Der Bauch unter dem Laken war wegen der Wassersucht aufgebläht, die Gliedmaßen hingegen waren nur noch vier Stöckchen. In dem Zimmer, das nach Medizin und Alkohol stank, war einzig sein kathartischer Atem zu vernehmen. Das Licht der Morgendämmerung, das durch die Rollläden drang, malte Schatten an die Wand mit dem Andachtswinkel für Padre Pio.

Gerry fragte sich, ob Wasser aufspritzen würde, wenn er in den Bauch stäche, aber er probierte es erst gar nicht. Stattdessen steckte er dem Mann eine seiner Socken in den Mund und hielt ihn fest, als er wach wurde. »Wenn du Lärm machst, steche ich dir die Augen aus«, flüsterte er, mit dem Schraubenzieher drohend. »Ich gebe sie deinen Enkeln zu fressen, bevor ich dasselbe mit ihnen mache. Ich weiß, wo sie wohnen und auf welche Schule sie gehen. Wenn du verstanden hast, nicke.«

Der Alte schwitzte Blut und Wasser. Als er nickte, ließ Gerry ihn los. »Was willst du?«, fragte der Mann rau.
»Über deine Sünden reden. Erinnerst du dich an den Perser?«
»Weiß nicht ... ja. Wie lange ist das ...«
»Lange. Du dachtest, du seist davongekommen, was?«
»Ich weiß nicht, was ...«
Gerry schob ihm den Schraubenzieher in die Nase. »Möchtest du ein drittes Nasenloch? Ich weiß, was ihr damals angestellt habt, du und deine Freunde. Versuch gar nicht erst, es zu leugnen. Ich möchte die Namen. Alle.«
Gerry erhielt sie. Um halb sieben kam das Leben unter ihnen in Fahrt, von irgendwoher stieg Kaffeeduft auf. Ihnen blieb nur wenig Zeit.
Er sah sich im Raum um. »Du bist nicht gut zu Fuß. Bis zum Fenster wirst du es wohl kaum schaffen«, sagte er.
»Ich habe einen Lebertumor. Er frisst allmählich meine ...«
Aber Gerry hörte nicht zu, sondern kramte in den Medikamenten auf dem Nachtschränkchen herum. »Keine Schlafmittel?«
»Nein. Aber ich habe dir doch alles gesagt ... Was willst du noch?«
»Steh auf.«
Der Alte gehorchte, unterstützt von Gerry. Seine Augen suchten nach einem Fluchtweg. Die Füße hatten Schwierigkeiten, in die Pantoffeln zu schlüpfen, angeschwollen, wie sie waren. »Schsch«, machte Gerry. »Wir wollen doch nicht die Signora wecken, was?«
Der Alte nickte, Tränen in den Augen. Seine Nase lief. Gerry führte ihn zum Eingang, schlüpfte in seine Schuhe und schob den Alten auf den Treppenabsatz.
Der Mann wollte um Hilfe rufen, aber Gerry hielt ihm die Hand auf den Mund. Das Klebeband an seinen Händen kratzte an den Lippen des Alten. »Treppen sind ein Klassiker«, flüsterte er und stieß zu. Der Alte stürzte mit dem Rücken zuerst

die Stufen hinab und plumpste mit dem dumpfen Laut eines Müllsacks auf den Treppenabsatz. Im ersten Stock öffnete sich eine Tür, und eine Stimme erkundigte sich lautstark, ob etwas passiert sei, den Fernseher übertönend. »Giudice Nitti?«, fragte die alte Stimme.

Nitti lebte noch, hatte sich aber etliche Knochen gebrochen. Gerry beugte sich über ihn, sein Haar zurückhaltend, um es nicht zu besudeln. »Das sieht wie ein schlichter Sturz aus«, flüsterte er ihm ins Ohr. Dann nahm er seinen Kopf und knallte ihn auf die Kante einer Stufe.

9

Giuseppe Continis Mutter wohnte immer noch in dem alten Mehrfamilienhaus in San Predengo, dem Francesca vor dreißig Jahren einen Besuch abgestattet hatte. Derart verwahrlost hatte sie es allerdings nicht in Erinnerung. Inzwischen lebten dort fast nur noch Pakistani, die in den Rinderzuchtbetrieben der Umgebung arbeiteten.

Eine rumänische Pflegekraft öffnete ihr und führte sie in Silvanas Zimmer. Die Frau saß in einem Fernsehsessel unter einem großen schwarzen Kreuz an der Wand. Aus ihrer Nase ragten Sauerstoffröhrchen. Im Zimmer befanden sich ein Pflegebett und ein Tropfständer, außerdem der unvermeidliche Geruch von Krankheit und Desinfektionsmitteln. Silvana war zweiundachtzig und wog praktisch neunzig Kilo, eine massige Gestalt, in der Francesca nur mit Mühe die Frau wiedererkannte, die sie vor Jahrzehnten kennengelernt hatte. »Mich hat der Schlag getroffen, als Sie mich angerufen haben«, begann die Alte. Ihre Stimme war kräftig, aber rau und keuchend. »Wie lange haben wir nichts voneinander gehört?«

»Seit der Beerdigung Ihres Sohns. Seither ist eine Menge Zeit verstrichen. Wie geht es Ihnen?«

»Wie einer armen, gebrechlichen Alten. Sie hingegen haben sich gar nicht verändert. Suchen Sie sich irgendwo ein Plätzchen.«

Die Pflegerin nahm eine Zeitschrift von einem kleinen Sessel und ging in die Küche. Francesca setzte sich und spürte mit Unbehagen, dass er noch warm war. »Danke, dass Sie mich überhaupt empfangen.«

»Ich habe nicht viel zu tun. Worüber wollen wir reden?«
Francesca registrierte erleichtert, dass Silvana ihren Namen nicht mit dem entführten Mädchen in Verbindung brachte. Immerhin war die Sache durch sämtliche Zeitungen und Sender gegeistert.

»Ich bin kürzlich aus dem Ausland zurückgekehrt und lasse alle Fälle Revue passieren, mit denen ich vor meinem Weggang betraut war … Natürlich kam mir der Prozess gegen Ihren Sohn in den Sinn. Ich bin gekommen, um mich zu entschuldigen.«

Silvana keuchte. »Wofür? Das war doch nicht Ihre Schuld.«

Francesca seufzte. In diesem Moment erschien ihr alles so unwirklich. »Den Prozess hätte mein Vater begleiten sollen. Ich war damals nur seine Praktikantin, aber er erstickte in Arbeit. Monatelang haben die Zeitungen herumposaunt, Ihr Sohn sei der Perser. Die Richter waren befangen, die Jurymitglieder nicht minder, und so wurde ich im Gerichtssaal zerrissen. Vielleicht hätte mein Vater Ihren Sohn freibekommen, aber ich habe es jedenfalls nicht geschafft. Dabei sind mir immer Zweifel an seiner Schuld und der Rechtmäßigkeit seiner Verurteilung geblieben.« Francesca zweifelte nicht nur, sie war sich sogar sicher. Von Continis Mutter erhoffte sie sich nun etwas, an das sie sich klammern könnte, um endlich ihren Irrtum einzusehen.

»Mein Sohn *war* unschuldig. Es ist widerwärtig, wie man ihn behandelt hat.«

»Wenn das stimmt und wenn wir es beweisen können, dann können wir seinen Namen reinwaschen«, log Francesca.

»Ich weiß nicht, was ich sagen soll … Ich weiß nicht einmal, ob es mir noch wichtig ist. Es dauert ja nicht mehr lange, bis ich bei ihm bin.«

»Haben Sie irgendwelche Indizien, die wir noch nicht vor Gericht gebracht haben? Irgendeinen Verdacht?«

»Wenn ich die hätte, hätte ich sie diesem Idioten von einem Richter kredenzt, der ihn zum Tode verurteilt hat. Einfach um zu sehen, was für ein Gesicht er macht.«

»Ich weiß, dass Sie ein guter Mensch sind, Signora Silvana. Wie alle Mütter hätten Sie aber vermutlich versucht, Giuseppe zu helfen, selbst wenn er schuldig gewesen wäre.« Francesca dachte genau das Gegenteil. »Ich kann Ihnen helfen, die Erinnerungen zu bewahren. Ich wiederum kann damit mein Gewissen beruhigen, auch wenn Sie meine Rolle anders bewerten. Aber wenn Sie irgendeinen Zweifel haben oder irgendetwas Merkwürdiges gesehen haben, sagen Sie es mir. Es kommt sowieso alles ans Licht.«

»Ich habe nie an meinem Sohn gezweifelt.« Die Alte wurde von einem Hustenanfall geschüttelt und trank einen Schluck aus einem Wasserglas, in dem ein alter Zitronenschnitz schwamm. »Ich weiß, dass er ein Unglückswurm war. Aber er war doch kein Mörder.«

»Wie können Sie sich da so sicher sein?«

»Er hat unter mir gewohnt. Ich habe ihn doch mit den Mädchen gesehen. Nie hat er sich mit ihnen gestritten oder – um Himmels willen – die Hand gegen sie erhoben. Sie interessierten ihn nur aus einem einzigen Grund, ansonsten hat er sein eigenes Ding gemacht. Wissen Sie, wie viele ich habe kommen und gehen sehen?«

»Und die anderen beiden Opfer haben Sie wirklich nie hier gesehen?«

»Nein. Er wusste nicht einmal, wer das ist.« Silvana trocknete sich mit dem Ärmel ihres Morgenrocks die Stirn ab.

Francesca glaubte ihr zu ihrem Leidwesen. »Ich habe Italien unmittelbar nach dem Tod Ihres Sohns verlassen. Hat es weitere Ermittlungen zu den Opfern gegeben?«

»Das glaube ich nicht.«

»Sie wurden von niemandem vernommen, nicht einmal in Zusammenhang mit anderen Mädchen, die umgebracht wurden?«

»Nein. Mein Sohn war tot, der Mörder war tot, da hatte niemand Interesse daran, die Geschichte wieder aufzuwärmen.«

»Hat Ihr Sohn je darüber gesprochen, ob er jemanden in Verdacht hat?«

»Ich kann nur eines sagen: Mein Sohn war überzeugt davon, dass Cristinas Mörder aus ihrem Umfeld kam. Über die anderen Mädchen wusste er nichts.«

»Was für ein Umfeld?«

»Keine Ahnung. Cristinas andere Freunde. Alles Wohlstandssöhnchen.«

»Hat Giuseppe das je während der Vernehmungen gesagt?«

»Vielleicht hat er es mir hinterher gesagt, als ich ihn im Gefängnis besucht habe. Ich weiß nur, dass ich es richtig in Erinnerung habe. Ob es stimmt, weiß ich natürlich nicht, aber er schien absolut überzeugt davon.«

»Cristinas Freunde dürften damals nicht älter als zwanzig gewesen sein.«

»Das will ich nicht hoffen«, sagte Silvana, als wäre ihr das in diesem Moment erst klar geworden. »Dann wäre dieser Bastard ja noch am Leben.«

10

Gerry ließ die Hunde kurz raus, beruhigte Aleph, die aufgeregt jaulte, und fuhr dann nach Città del Fiume, wo er auf dem Hauptplatz parkte.

Das Rudel schwärmte aus, fasziniert von den neuen Gerüchen. Vier der fünf zumindest, da der Wolfshund Mem zusammen mit seiner Nase den Geruchssinn verloren hatte. Gerry führte die Hunde über den Feldweg, den auch Amala genommen hatte. Er verlief über eine längere Strecke parallel zur Asphaltstraße und führte, bevor er Amalas Zuhause erreichte, an zwei Behausungen und einem Traktordepot vorbei. Dort stand zurzeit ein Streifenwagen. Davon gab es im Umkreis etliche, es war ein ständiges Kommen und Gehen. Kamen noch die Polizeikontrollen an der Provinzstraße hinzu.

Gerry kletterte an einer Wand quadratischer Heuballen vom dritten Schnitt hoch, dicht gefolgt von Mem. Von oben konnte er einen Großteil der Gegend überblicken. Ein paar Bauern pressten mit ihren Traktoren die letzten Heuballen zusammen; auf der anderen Seite floss der Verkehr, vor allem Last- und Lieferwagen, auf einer etwa vier Meter erhöhten Straße. Außerdem Tannen und Pappeln, wohin das Auge sah. Gerry sprang zu Boden, um den Wolfshund zu überraschen, aber der folgte ihm einfach auf dem Fuße. Eine Weile balgten sie sich und wälzten sich im Gras, dann richtete sich Gerry auf. »Und jetzt ab in den Wagen, ich brauche ein bisschen Ruhe«, sagte er auf Hebräisch. »Ihr macht Platz und wartet.«

Das Rudel verstummte. Gerry durchquerte die baumbestandene Macchia, kletterte den Damm zur Staatsstraße hoch und blickte sich am Straßenrand um. Links sah man die letzte Kreuzung vor dem Dorf, hundert Meter weiter zur Rechten beschrieb die Straße eine von Pflanzen abgeschirmte, nicht von Leitplanken begrenzte Kurve. Der Ort war perfekt, um einen Lieferwagen mit offener Heckklappe stehenlassen, aussteigen, Amala schnappen und wieder einsteigen zu können. Von der Straße aus konnte es niemand bemerken.

Er ging los, um die Ausbuchtung am Straßenrand zu betrachten. Als er im Kreis herumlief und den Blick über die rauschenden Blätter, die Bäume und die Grasflächen schweifen ließ, spürte er plötzlich ein Jucken im Nacken oder genauer: *innen* im Nacken. Er spürte es im selben Moment, als sich in seinem Unterbewusstsein etwas regte, was er aber nicht zu fassen bekam.

Er schritt die letzten Meter erneut ab, aber erfolglos. Erzwingen ließ es sich nicht, das wusste er. Also kehrte er zum Auto zurück und holte seine Tricktasche, wie er sie nannte, aus dem Kofferraum. Nachdem er die Hunde aus dem Wagen gescheucht hatte, schloss er sich im Innern ein und nahm einen quadratischen Spiegel in Buchgröße, ein Sandsäckchen und den Sohar aus der Tasche.

Auf den Spiegel schüttete er den Sand, den er am Ramon-Krater gesammelt hatte, als er noch ein Kind gewesen war. Die Negevwüste war vor vielen Millionen Jahren ein Ozean gewesen, deshalb war der steinige Sand mit Fragmenten von Ammoniten vermischt, die dem Grau einen schimmernden, changierenden Glanz verliehen.

Gerry blätterte ziellos im Sohar herum, dann blieb sein Blick auf einer Seite liegen. Mit leiser, tonloser Stimme begann er zu lesen. Er versuchte, nicht auf die Bedeutung der Worte zu achten, sondern nur auf ihren Klang und die Form der Buchstaben. Zwei von ihnen schienen zu leuchten. Er versenkte sich in den

Schimmer, atmete tief ein und aus, entspannte sich vollkommen und schloss allmählich die Geräusche der Außenwelt aus. Dann verschwanden auch der Sitz unter ihm, das Auto um ihn herum und der Rest der Welt.

Gerrys Atmung und die Herzfrequenz waren nun die eines tief und fest schlafenden Menschen. Nach wenigen Sekunden begannen sich seine Augen unter den Lidern zu regen. Gerry träumte, aber es war ein kontrollierter Traum, ein hellwacher Traum.

Allen Menschen ist es schon einmal passiert, dass sie sich in einem Traum befanden und gleichzeitig wussten, dass sie träumten. Manchmal wacht man auf, manchmal verharrt man aber auch an den Rändern der Wirklichkeit und lenkt den Traum, wie ein Filmregisseur. Gerry hingegen wanderte wie ein Pilger auf der Suche nach Antworten durch seinen Traum.

Im Traum herrschte tiefe Nacht. Er war ein Kind, aber die Macchia mit den Bäumen war dieselbe, die er vor wenigen Minuten betrachtet hatte. Barfuß näherte er sich einem parkenden weißen Lieferwagen, der zitterte, als würde sich im Innern etwas Großes, Schweres bewegen.

Das Kind im Traum hatte Angst und wollte umkehren, aber der erwachsene Gerry übernahm die Regie und schubste es vorwärts. Gemeinsam gingen sie barfuß durch das ausgetrocknete Gras zu dem Lieferwagen, der zu leuchten schien, als wäre er verstrahlt. Die Geräusche, die aus dem Innern drangen, waren jetzt so laut, dass sie alles andere übertönten. Jedes Mal, wenn sich dieses Etwas im Innern bewegte, klang es, als würde jemand mit einem Hammer auf ein Blech hauen. Und zwischen den Schlägen hörte man ein tiefes Brummen, wie von einem Dynamo.

Gerry zwang das Kind, das er selbst war, nach der Klinke an der Heckklappe zu greifen und sie zu öffnen. Sein Herz schlug heftig, sein Atem ging stoßweise.

Er öffnete die Klappe und erblickte seine Mutter.

Seine Mutter saß hinten im Lieferwagen, den Kopf zwischen den Händen. Sie schien am Ende zu sein.

»Mamma?«, sagte das Kind Gerry im Traum.

Sie hob den Kopf und sah ihn an. Ihr Gesicht war das eines Insekts.

Das entsetzliche Bild riss Gerry aus dem Traumzustand und zwang ihn, die Augen zu öffnen und die Welt wahrzunehmen: das Auto um ihn herum, die herumrennenden Hunde, den Wind, die Vögel. Er war schweißgebadet.

Wie alle Träume verschwanden auch Wachträume im Nu, aber Gerry hatte noch genug in Erinnerung. Seine Mutter, den Lieferwagen, das Rieseninsekt. Sein Unterbewusstsein wollte ihm etwas mitteilen, aber es machte nicht *klick*.

Während des Traums hatte er zwei hebräische Buchstaben in den Sand gemalt. *Tau* und *mem*.

Zusammen lasen sie sich MET, und das war das Wort, das den Golem, wenn man es auf seine Stirn schrieb, stoppen konnte: *morto*. Tot.

11

Amala hatte sich stundenlang nicht rühren können. Sie hatte ein Stück Eisen im Leib. Ihr Entführer hatte sie aufgeschnitten und ihr dieses entsetzliche Ding eingepflanzt. Sicher entzündete sich die Stelle und würde eine Blutvergiftung verursachen. Und was würde passieren, wenn sie sich bewegte? Vielleicht würde sich das Ding in ihren Körper bohren und sie für immer schädigen. Oder sie würde verbluten. In der vergangenen Stunde war ihr Bedürfnis, Wasser zu lassen, immer drängender geworden. Ihr tat schon der Bauch weh, und die Oberschenkel verkrampften sich, weil sie die ganze Zeit einhielt. Sie musste unbedingt pinkeln, aber dazu musste sie mit diesem Seil am Rücken aufstehen. Sie konnte nicht länger warten.

Vorsichtig setzte sie sich auf und versuchte zu begreifen, wo sie überhaupt war. An den getünchten Wänden erkannte man die Backsteine. Die Decke hatte ein Tonnengewölbe, und der weiße Fußboden bestand aus einer weißen Lackschicht auf dem Zement. Das einzige Licht kam von oben, wo durch eine Reihe von Luken Sonnenstrahlen hereindrangen.

Sie befand sich vermutlich unter der Erde – in einem Keller oder zwischen den Fundamenten eines alten Hauses.

Ihren Ekel überwindend, wickelte sie das Seil von ihrem Arm, sorgsam darauf achtend, nicht an dem Implantat zu ziehen. Das Seil war drei Meter lang und so dick wie ihr kleiner Finger. Es endete in einer Metallkugel, die in eine horizontal an der Wand hinter ihr befestigte Schiene geklemmt war. Als sie daran zog, glitt die Kugel mühelos die Metallschiene entlang, ein metallisches Klirren verursachend. Amala hielt sofort inne, zu Tode erschrocken, und vergaß einen Moment ihre prall gefüllte Blase. Was, wenn der Mann nicht wollte, dass sie sich bewegte? Sie sah ihn nicht, aber sie war sich sicher, dass er zurückkommen würde. Würde er sie umbringen, wenn sie sich aus dem Zimmer entfernte? Oder würde er ihr noch ein Metallseil implantieren?

Jetzt wurde der Harndrang wieder unerträglich. Sie musste sich erleichtern, und sei es an der Wand. Sie stand auf und nahm das Seil in die rechte Hand. Es war leicht, und nun, da sie stand, konnte sie es ohne das widerliche Geräusch bewegen.

Nach drei Schritten konnte sie um eine Ecke biegen und sah, dass sich die Schiene dahinter gabelte. An jeder Abzweigung entsprangen wie in einem Weichensystem weitere Schienen, die sich ihrerseits nach wenigen Metern gabelten. Dank all dieser Gabelungen bildeten die horizontalen, vertikalen und diagonalen Schienen ein kompliziertes Labyrinth. Und bei jeder Gabelung musste man das Ende des Drahtseils von Hand in eine der möglichen Richtungen lenken. Man musste den richtigen Weg wählen, da man sonst Gefahr lief, an eine Schiene zu geraten, die plötzlich an einem unüberwindlichen Metallblock endete. Das passierte Amala ziemlich oft, weshalb sie nur sehr langsam vorankam. Als sie den richtigen Weg gefunden hatte, gelangte sie aus dem Kellerraum ihres Kerkers hinaus und befand sich nun in einem wesentlich größeren Raum, wo glücklicherweise ein verrostetes Metallschild mit einem Pfeil den Weg zum WC wies. Der Keller, in dem sie aufgewacht war, war kahl, aber in diesem zweiten, der so groß war wie ein Basketballfeld, hingen Werbetafeln mit den Bildern von Thermalbädern und Saunen an den Wänden. Die Werbung hatte Amala noch nie gesehen. Die Schienen, von denen es nun bestimmt zwanzig gab, die sich wie Wurzeln verzweigten, waren auf den Plakaten befestigt, was darauf hindeutete, dass diese schon eine Weile dort hängen mussten.

Die Namen der Produkte waren abgerissen oder mit gesprühten Schriften wie SCHWIMMBAD oder WHIRLPOOL bedeckt, und die Bilder waren durch Blasen und Schimmel entstellt. Das Gesicht einer freundlichen Masseurin hatte sich aufgelöst und rann über ihren pissfarbenen Kittel. Im Swimmingpool schien Gülle zu brodeln, und das Paar, das im Becken Drinks zu sich nahm, war zu einem zweiköpfigen Wesen verschmolzen.

Amala brach in Tränen aus. Das war zu entsetzlich, um wahr zu sein, aber sie machte sich fast in die Hose. Also zog sie ihr Seil weiter durch die Schienen, alle zwei, drei Schritte stehen bleibend, und schleppte sich in Richtung des dritten Kellerraums, immer dem Pfeil nach. Viele Male wählte sie die falsche Schiene und weinte vor Verzweiflung.

Schließlich erreichte sie den dritten Raum. Er war so groß wie der zweite. Ein Werbeplakat zeigte nun eine große Küche mit Blick in einen Park. Mütter, die mit Schlamm gefüllte Einkaufswagen schoben, waren mit Schimmel überzogen. Eine andere Küche mit sechs Herdplatten und der Aufschrift AUSVERKAUF nahm fast eine ganze Wand ein.

Das einzig reale Ding hier war eines dieser Plastikklos, die auf Baustellen oder bei Konzerten herumstanden, groß und rot. Durch ihren Tränenschleier konnte Amala kaum noch etwas sehen, aber sie schaffte es trotzdem dorthin. Als sie die Tür öffnete, huschten etliche Kakerlaken über ihre Füße. Was würde sie drinnen erwarten?

Sie stieß die Tür mit dem Ellbogen auf, angewidert von der Vorstellung, sie anzufassen. Überrascht erblickte sie ein Stehklo. Normalerweise verbargen sich in diesen Kisten chemische Toiletten, aber diese war nur eine leere Hülle ohne Boden und Dach. Sie reichte vom Fußboden bis zur Decke, um die Illusion von Diskretion zu erzeugen. Von der Decke hing ein Gummirohr herab, aus dem ein dünner Wasserstrahl rann, der im Ausguss verschwand. Endlich tat Amala, was sie tun musste – ihr Pipi roch nach Desinfektionsmitteln –, dann trank sie Wasser aus dem Rohr. Es war eiskalt und eisenhaltig, wie das Wasser aus Bergquellen. Auch die Luft, die durch die Luken drang, roch nach Bäumen. Aber nicht nach denen, die bei ihr zu Hause wuchsen.

Plötzlich hatte sie Hunger. Während sie mit schleppendem Schritt die »Küche« und den »Spa-Bereich« durchquerte, fragte sie sich, ob sie auf irgendeine Weise an Nahrung gelangen würde. Oder ob sie dazu verdammt war, wie ein Hund hier unten zu sterben, an die Kette gelegt.

Zu erschöpft, um wieder zu weinen, und von der Wunde gequält, beschloss sie, sich einfach wieder auf die Matratze zu legen.

Aber als sie den ersten Kellerraum erreichte, musste sie feststellen, dass ihr Entführer auf sie wartete.

12

Erneut betrachtete Gerry die baumbestandene Macchia und versuchte sich das Gefühl in Erinnerung zu rufen, das er im Traum verspürt hatte. Das Wort »morto« konnte »toter Baum« bedeuten, Kadaver, aber ihm wurde klar, dass die eigentliche Bedeutung eine andere sein musste, als er am Baumstumpf eines Zürgelbaums ein paar leblose Bienen entdeckte. Sie konnten noch nicht lange tot sein, da sie noch nicht von Nagetieren oder Vögeln verschlungen worden waren. Allerdings hatten sie nicht die typisch verdrehte Form, die von Pyrethroid-Insektiziden herrührt.

Nun bemerkte er ein paar Bienen, die nervös um einen Ast herumflogen, etwa drei Meter über der Erde. Dort musste sich die Wabe befinden. Vielleicht handelte es sich um eine Bienenkolonie, die aus einem Bienenstock ausgezogen war, um einer neuen Königin zu folgen.

Gerry zog die Schuhe aus, um an dem glatten Stamm besseren Halt zu haben, und kletterte hinauf. Er fand den Hohlraum, den er von unten schon vermutet hatte, und darin eine ziemlich große Wabe. Ein Knäuel toter Bienen verstopfte einen der Zugänge zum Stock. Die überlebenden Tiere lösten es auf, indem sie die Körper ihrer Gefährten mit ihren Kieferwerkzeugen zerlegten. Gerry scheuchte sie mit einem Zweig fort, dann löste er das Insektenknäuel ab und ließ es aufs Gras fallen, worauf ein kleiner Schwarm aus dem Astloch hervorstob. In diesem Moment radelte eine junge Frau mit Shatush-Effekt in den Haaren und AirPods in den Ohren vorbei. Gerry sprang schnell hinab.

»Entschuldigung, nicht drauftreten!«, rief er.
Die Frau schaltete die Musik aus. »Wer sind Sie denn? Ein Wikinger?«
»Nein, ich stelle nur ein paar Recherchen an.«
»Suchen Sie das vermisste Mädchen?«
»Nein. Ich interessiere mich für Insekten. Sind Sie nun enttäuscht?«
»Sind das Bienen?«, fragte sie und deutete auf den Klumpen. »Wenn sie tot sind, liegt das an den Antennen des 5-G-Netzes. Die rauben auch den Vögeln die Orientierung.«
Gerry beugte sich über das Knäuel und berührte es mit einem Stöckchen. »Hier hat vermutlich ein Krieg stattgefunden.«
»Zwischen den Bienen?«
»Gegen ihre Feinde. Bienen greifen selten an, aber manchmal müssen sie sich verteidigen.« Gerry begann das Knäuel mit dem Feingefühl eines Uhrmachers auseinanderzunehmen. »Und wenn ein Feind in den Stock eindringt, müssen die Arbeiterbienen zu extremen Maßnahmen greifen, um sich von ihm zu befreien. Sie formen eine Art Ball um ihn. Dabei schlagen sie so schnell mit den Flügeln, dass sich die Luft erhitzt. Und dann kollabiert der Eindringling. Die heroischen Bienen leider auch, aber die Königin überlebt, und das ist das Einzige, was zählt.«
Gerry hatte das Geflecht der kleinen Körper auseinandergenommen und war im Kern des Balls angelangt. Dort waren die Bienen zerbrechlich und zerfielen unter seiner Berührung. Es waren jene, die in erster Reihe gekämpft hatten. Unter ihnen befand sich auch der Feind.
Es war eine Hornisse, fett und deformiert.

13

Amalas Entführer trug jetzt nicht mehr den Kittel, sondern einen Overall, der ihn noch massiver erscheinen ließ, eine bis zu den Augenbrauen herabgezogene Mütze und die übliche OP-Maske.

Der Mann bedeutete ihr, sich zu setzen, eine freundlich gemeinte Geste. Amala konnte aber nichts anderes denken, als dass diese Hand ihren Rücken aufgeschnitten hatte und in sie eingedrungen war. In ihrer Panik trat sie um sich und versuchte zu fliehen. Es war, als hätte sie den Verstand verloren, denn natürlich konnte sie nirgendwohin. Das Seil hielt sie nach wenigen Metern zurück. Schmerz durchzuckte ihre Schulter, und sie krümmte sich zusammen.

Der Mann kam angerannt. »Was machst du für einen Unsinn? Ich habe die Wunde soeben erst genäht! Möchtest du noch einmal operiert werden?«

»Nein, bitte nicht«, rief Amala unter Tränen. Sie krümmte sich noch stärker zusammen.

»Hier gibt es außer mir niemanden, der dein Gebrüll hören könnte. Und mir reicht es jetzt schon. Je eher du dich mit der Situation anfreundest, desto besser für dich.«

»Du hast mir ein Seil in den Rücken gepflanzt!«

»Denk das nächste Mal eher daran. Und jetzt geh ins Bett.«

Amala kroch so schnell von ihm fort, wie es das Kabel erlaubte. »Ich möchte nach Hause! Lass mich gehen!«

Der Mann hob sie mühelos hoch und legte sie auf die Matratze. »*Ich* entscheide, wann du hier fortkommst. Und das geschieht auch nur, wenn du tust, was ich sage. Verstanden? Antworte!«

»Verstanden«, nuschelte Amala mit verstopfter Nase wegen der Tränen.

»Ich werde mich nicht an dir vergreifen. Und ich werde auch keine Gewalt anwenden, wenn du mich nicht dazu zwingst. Ich werde dir zu essen und zu trinken geben, und du kannst dich frei bewegen, so weit die Leine reicht. Aber versuch ja nicht weiterzugehen.«

»Wo sind wir?«, flüsterte Amala.

»Solche Fragen sind nicht zulässig.« Er zeigte auf eine große Tasche am Fußende des Bettes. Amala hatte sie noch gar nicht bemerkt. »Darin findest du saubere Bettwäsche und einen frischen Kittel, außerdem ein Handtuch, Seife ... und Binden. Wenn du noch mehr brauchst, lass es mich wissen, aber verschwende meine Zeit nicht mit Flausen.« Er hielt eine Schachtel mit Medikamenten hoch. »Antibiotika. Du musst zweimal täglich eine Tablette nehmen. Das Wasser im Bad kann man trinken. Und dort in der Kiste ...«, er zeigte auf etwas, was offenbar als Nachtschränkchen diente, »findest du weitere Wäsche, Gläser und Plastikgeschirr, außerdem eine antiseptische Salbe und Ibuprofen. Und Feuchttücher.«

Er warf ihr ein Päckchen zu, das sie instinktiv auffing. Sofort flammte der Schmerz in ihrem Schulterblatt auf. »Das tut weh!«

»Das wird vergehen, wenn du tust, was ich sage. Hast du alles verstanden?«

Amala nickte. Sie wusste nicht, was sie vom distanzierten Verhalten ihres Kerkermeisters halten sollte. Ständig rechnete sie damit, dass er in Gelächter ausbrechen und sich auf sie stürzen würde. Stattdessen benahm er sich wie eine vernünftige Person. Aber das konnte er nicht sein, wenn man bedachte, was er ihr antat. Wegen der OP-Maske, die sein halbes Gesicht bedeckte, konnte Amala seine Miene nicht deuten. Seine Augen sah sie aber: Sie wirkten müde wie die eines Hundertjährigen. Eher gleichgültig als grausam. »Wer bist du?«, fragte sie ihn.

»Du kannst mich Oreste nennen. Ich hoffe, du bereitest mir keine Probleme.«

14

Gerry steckte die Hornisse in eine leere Taschentuchpackung, stöberte weiter auf der Lichtung herum und fand zwei weitere, die in einem noch schlimmeren Zustand waren – eine war praktisch platt gequetscht. Außerdem sah er eine Stelle, die von einem frischen Aufprall stammte, möglicherweise von einem Kotflügel. Dann ging er die Strecke bis zum Weg ab, ohne noch etwas Interessantes zu entdecken.

Er kehrte zum Wagen zurück und fuhr wieder nach Mailand, unterwegs ein paar Telefonate tätigend. In Mailand folgte er den Schildern nach Isola und parkte vor einem alten Palazzo.

Die Hunde ließ er im Wagen, die Fenster heruntergelassen. Bevor er an der Tür klingelte, die in den Innenhof führte, setzte er seine Kippa auf. Auf einem Schild stand GOLDSCHMIEDE auf Italienisch, Englisch und Hebräisch. Es öffnete ein junger Mann mit Schläfenlocken und Schürze über dem weißen Hemd.

»*Shalom aleichem.* Ich bin Gerry«, sagte er.

»*Aleichem shalom.* Gesegnet sei der Herr, der dich wohlbehalten zu mir geführt hat.« Der junge Mann bat ihn herein. Gerry berührte die am Türrahmen angebrachte Mesusa und küsste zum Zeichen des Respekts seine Finger. Die Goldschmiede wurde von einer chassidischen Familie mit israelischen Wurzeln betrieben, einem Dutzend junger Leute und ihren Eltern, die ihrerseits Geschwister und Kinder des Stammvaters der Dynastie waren. Gerry begrüßte sie alle, und sie tauschten Segenswünsche aus, bevor er sich mit dem Patriarchen in dessen Büro zurückzog und einen Kaffee trank.

»Bist du ein ehrlicher Mann, Gerry?«, fragte der Alte. »Versiehst du deine Pflichten gegenüber Gott und deiner Familie?« Gerry nickte. »Ja, *Rebbe*, mit dem Segen des Herrn, der mich immer leiten möge.«

»Hast du Kinder?«

»Fünf. Ich bin mit zwei Jungen gesegnet.«

Der Patriarch schenkte ihm einen weiteren Mokka ein. »Das bedeutet, dass du zu Ehren Gottes und des israelischen Volks gearbeitet hast. Wie können wir dir helfen?«

Gerry legte die drei in das Plastiktütchen gewickelten Hornissen auf den Tisch und erläuterte sein Anliegen. Der Patriarch verzog keine Miene und vertraute Gerry dann dem jungen Mann an, der ihm die Tür geöffnet hatte. Emanuel hieß er.

»Hat mein Vater dir gesagt, dass wir keine veterinärmedizinischen Instrumente haben?«, fragte Emanuel, die Insekten durch eine Goldschmiedelupe betrachtend. »Gegenüber einem Speziallabor können wir nur sehr oberflächliche Untersuchungen anstellen. Grundlegende Chemie und Physik, gesegnet sei Gott, der uns lenkt und leitet.«

»Wenn Gott will, wird das genügen, gesegnet sei sein Name. Wie lange wird es dauern?«

»Nicht lange, du kannst hier warten. Möchtest du etwas essen oder trinken?«

»Nein, vielen Dank.«

Eine Stunde später klopfte Emanuel an die Fensterscheibe des Volvos und weckte Gerry auf, der auf dem Fahrersitz eingeschlafen war, bedeckt von seinen Hunden. Gerry stieg aus dem Volvo und streckte sich.

Emanuel war zurückgesprungen. »Du hast deine Hunde mitgebracht«, sagte er. Für orthodoxe Juden waren Tiere unrein, und viele traditionsverhaftete Israelis mochten sie nicht. *Ein guter Hund ist einer, der nicht existiert*, hieß es. »Ich weiß es zu würdigen, dass du sie nicht mit hereingebracht hast.«

Emanuels freundlicher Tonfall erinnerte an den eines Dieners in alten Filmen, auch wenn es nicht Gerry war, dem er diente. »Die spektrografische Analyse mithilfe von Infrarotstrahlen hat Spuren chemischer Mittel an den Hornissen gezeigt. Zwei Mittel befinden sich an allen dreien: Acrylklebstoff und Polyvinylchlorid-Elastomere, gemeinhin bekannt als PVC, in diesem Fall PVC-U. Weißt du, wozu man das braucht?«

»Behälter und Verkleidungen.«

»Genau.«

»Um was für einen Typ Acrylkleber handelt es sich?«

»Einen, der langsam aushärtet, geeignet für polarisierte Materialien wie Glas und Metall.«

»Um neu zu positionieren«, sagte Gerry, dem bereits ein Verdacht kam. »Welche Farbe?«

»Weiß. Interessieren dich auch die Hornissen selbst? Ich habe die Schwester meiner Frau gefragt. Sie ist Entomologin, möge Gott sie behüten.«

»Schieß los.«

»Es handelt sich nicht um heimische Hornissen, sondern um asiatische Riesenhornissen. Oft gelangen sie mit Fracht zu uns, aber in der freien Natur überleben sie nicht lange. Ihre Exemplare scheinen sich allerdings hier fortgepflanzt zu haben, da sie sich die Schwarzsucht zugezogen haben, ein Virus, das normalerweise Bienen befällt. Es hat die Deformation der Larven zur Folge. Möglicherweise hat sich eine Kolonie an eine unwirtliche Umgebung angepasst, wo die Nährstoffe vitaminarm und die Temperaturen zu hoch oder zu niedrig sind.«

»Ein geschlossener Ort?«

»Ja. Aber mehr konnte die Schwester meiner Frau auch nicht sagen. Wo genau das sein könnte, weiß sie nicht.«

Gerry wusste nur, dass der Ort groß genug sein musste, um ein Mädchen zu beherbergen. Aber das sagte er nicht.

15

Amala fühlte sich kraftlos. Ihr Magen war leer, da sie das Essen nicht angerührt hatte, das Oreste ihr auf einem Papptablett gebracht hatte. Es stand noch da, neben der Matratze: Reis, ein Apfel und ein Glas Milch. Sie wollte es nicht anrühren, aber der Duft war ihr in die Nase gestiegen, und jetzt tat ihr vor Hunger der Bauch weh, fast so schlimm wie die Schulter.

Wieder beäugte sie das Tablett. Wie konnte sie sicher sein, dass das Essen nicht vergiftet war? Andererseits würde das nicht viel Sinn ergeben. Aber wer wusste schon, wie so jemand tickte?

Amala streckte eine Hand nach dem Plastikteller aus. Auf dem Reis krabbelte eine Hornisse ohne Flügel, und sie zog mit einem kleinen Aufschrei die Hand wieder zurück. Dann scheuchte sie die Hornisse fort und verschlang alles, ohne etwas zu schmecken. Sie legte sich seitlich auf die Matratze zurück und zog die Decke über den Kopf. Ihr Magen grummelte. Die Gaze über dem Haken war durchnässt von Eiter und Blut.

Später trank Amala das Wasser, das in einem Pappbecher dort stand, und schluckte dazu die Medizin. Die Tablette hinterließ einen widerwärtigen Geschmack auf der Zunge.

Sie schloss die Augen und lauschte auf die Geräusche der Außenwelt. Durch die Lichtschächte drangen nur die Stimmen der Vögel und Insekten. Nicht einmal einen Fernseher hörte sie. Keine Schritte, kein Husten, keine Autos. Vielleicht lag dieser Keller auf dem Land. Andererseits arbeiteten um diese

Jahreszeit die Traktoren auf den Feldern, und es stank nach Gülle, aber davon war nichts zu spüren.

Sie zwang sich auf die Beine, da sie jeden Zentimeter ihres Gefängnisses erkunden wollte, solange dieser Verrückte ihr freien Lauf ließ. Ihre ziemlich wirre Hoffnung bestand darin, einen Fluchtweg zu finden oder irgendetwas, was sie als Waffe benutzen könnte.

Unterwegs leuchteten plötzlich die an die Decke geklebten LED-Streifen auf. Der Schimmel an den Wänden fing an zu glänzen, was die entstellten Gesichter auf den Plakaten noch monströser wirken ließ. Einer der Wege, die sie ausprobierte, führte in die Nähe der zwischen den Plakaten liegenden Geheimtür, durch die Oreste kam und ging. Amala wusste, dass sie da war, obwohl man nur eine zarte Linie um den Rahmen herum sah. Diese Tür war ihre Rettung, aber selbst wenn sie es schaffen würde, das Schloss zu knacken, würde dahinter ihr Kerkermeister lauern.

Außerdem war sie überzeugt davon, dass überall Überwachungskameras hingen, in den Wänden versteckt. Er beobachtete sie auch in diesem Moment oder zeichnete ihre Bewegungen auf, um sie sich in einem ruhigen Moment anzuschauen.

Und das Klo? Sie begab sich zu der Kabine im dritten Raum und gab sich Mühe, sie trotz des Seils zu schließen. Dann tastete sie Wände und Decke ab. Keine versteckten Objekte.

Sie wusch sich unter dem dünnen Strahl und gab sich Mühe, nicht das Pflaster am Schulterblatt nass zu machen oder auf die Hornissen zu treten, die wie immer aus dem Nichts auftauchten. Dann trocknete sie sich mit einem Papierhandtuch ab. Sie fühlte sich etwas entspannter, weil sie wusste, dass Oreste sie hier nicht beobachten konnte. Dies war ihr winziger Freiheitswinkel. Er hatte sogar etwas Vertrautes für sie: Wenn sie als Kind diese traurigen klapprigen Plastikkisten auf den Baustellen ihres Vaters gesehen hatte, hatte sie sie kurzerhand getauft und in ihrer Fantasie zu Robotern gemacht.

Solche Kabinen stellte man gewöhnlich auf, wenn es kein fließendes Wasser gab, aber das war hier offenkundig nicht der Fall. Und der Abfluss? Man konnte nicht einfach ein Loch in den Boden graben, um das Wasser aufzunehmen, erst recht nicht in einem Keller. Die Kiste musste auf einen bereits bestehenden Abfluss gestellt worden sein.

Amala trat auf das Stehklo und wiegte sich hin und her, um auszuprobieren, ob es sich bewegte.

Eine Kante der Bodenplatte hob sich um ein paar Zentimeter.

16

An der Straße nach Città del Fiume kaufte Gerry drei verschiedene Straßenkarten an drei verschiedenen Tankstellen, außerdem eine Rolle Klebeband. »Funktioniert Ihr Navigationsgerät nicht?«, fragte der dritte Tankwart, der sich freute, einen verstaubten Ladenhüter loszuwerden.

»Darauf kann man schlecht etwas notieren. Geben Sie mir auch ein paar Textmarker? Ah, und diese Hundekekse«, sagte er.

»Wo kommen Sie her? Aus Deutschland?«

»*Jawohl!*«, sagte Gerry auf Deutsch. Dann fuhr er zum Eingang des Zentrums von Città del Fiume, verteilte die Leckerlis und faltete auf der Motorhaube die Karten auseinander. Die Fläche von Città del Fiume betrug ungefähr vier Quadratkilometer. Vom Ort aus konnte man in vier verschiedene Richtungen fahren: Richtung Süden nach Cremona, Richtung Westen nach Mailand und Richtung Norden nach Bergamo und Brescia. Die Staatsstraße wiederum, über die man zur Autobahn gelangte, kreuzte zahlreiche Feldwege, die Felder und Wälder durchschnitten, unterbrochen von Bahngleisen und Brücken über den Oglio, der ein Stück weiter in den Po mündete.

Gerry fuhr die Gegend um das Dorf herum ab, immer von der Piazzetta im Zentrum ausgehend. Er nahm sämtliche Richtungen, die er mit seinem Wagen einschlagen konnte. Jedes Mal, wenn er an der Überwachungskamera einer Tankstelle, einer Ampel oder einem Bahnübergang vorbeikam, hielt er an und markierte sie mit einem roten Punkt. So graste er einen Bereich von etwa dreißig Quadratkilometern ab.

Innerhalb dieses Bereichs befanden sich verstreute Häuser, Felder, Wäldchen, Industriehallen und viel Brachland, außerdem eine große verlassene Käsefabrik und etliche verfallene Bauernhöfe. Wenn in dieser Gegend jemand starb, blieb sein Haus leer stehen. Die Fenster wurden von Spinnweben überzogen oder zugemauert.

Gerry trank in einer kleinen Bar am Straßenrand einen Espresso und gab den Hunden Wasser. Dann konzentrierte er sich auf die Stellen mit Überwachungskameras, in deren Nähe man einen Lieferwagen verstecken konnte.

Den ersten Hinweis auf den Weg des Entführers fand er nach fünf Stunden in einer halb verfallenen Fabrik. Das Gebäude erreichte man über ein Schottersträßchen einen Kilometer vom Ort der Entführung entfernt, indem man eine praktisch nicht mehr existente Umzäunung überwand. Das Dach der Fabrik war noch intakt und lastete auf Betonpfeilern, während drei der vier Wände zu graffitibeschmierten Steinhaufen zerfallen waren. In der Nähe stand kein einziges Haus, und von den weiter entfernten war der Blick durch Bäume verstellt. Im Gras leuchtete etwas Weißes und flatterte im Wind.

Gerry stieg aus, um die Plastikfolie zu betrachten. Dann hob er sie auf und faltete sie auseinander. Sie war nur ein Teil eines größeren Bogens, weiß auf der einen Seite, selbstklebend auf der anderen. Als Emanuel ihm von dem neu positionierbaren PVC erzählt hatte, war Gerry sofort ein System in den Kopf gekommen, das Amalas Entführer zur Verschleierung benutzt haben könnte. Er hatte sich gefragt, ob das weiße PVC Teil einer Autofolie sein könnte, mit der man Schäden an der Karosserie kaschierte – mit der man aber auch die Farbe wechseln und schnell zur ursprünglichen zurückkehren konnte. So etwas war leicht zu bekommen, und selbst wenn die Folie nicht leicht anzubringen war, ließ sie sich doch schnell wieder entfernen.

Der Entführer mochte geistesgestört sein, aber sein Vorgehen war von militärischer Präzision. Den weißen Lieferwagen hatte er absichtlich zur Schau gestellt, um sich dann mit einer anderen Farbe auf die Staatsstraße zu begeben. Nicht mit einem anderen Fahrzeug, da man das erste dann gefunden hätte, sondern mit einem Lieferwagen, der nur dem Anschein nach ein anderer war. So hat er Zeit gespart und musste sich nur ein einziges Fahrzeug besorgen.

Gerry stieg wieder ein und fuchtelte mit dem Plastik vor den schläfrigen Hunden herum, die nicht besonders beeindruckt schienen. »Was meint ihr, haben wir etwas gefunden?« Keine Antwort. Zayn, der Bastard mit den drei Pfoten, leckte ihm wenig überzeugt die Hand.

Er kehrte in sein »Refugium« zurück, wie er sein angemietetes Haus nannte, duschte, zog sich um, gab seinen Hunden zu fressen und badete jenen, der sich in einem Kuhfladen gewälzt hatte. Dann kehrte er zu den Goldschmieden zurück und gab ihnen das Stück PVC, um es untersuchen zu lassen.

Später öffnete er in seinem iPad den Terminkalender, der in einem Programm versteckt war, das wie ein Spiel aussah. Er enthielt die Profilkarten von ungefähr fünfzig Personen. Gerry suchte nach Übereinstimmungen mit den Namen, die Nitti ausgespuckt hatte. Eine fand er: einen Mann in den Sechzigern, der im Moment eine leitende Funktion bei der Kriminalpolizei Monza hatte.

Er wusste wenig über ihn, außer dass er dreimal die Woche wegen eines Wirbelsäulenschadens, den er sich vor langer Zeit bei einem Unfall zugezogen hatte, zur Massage in einen Schönheitssalon ging. Er ließ sich von einem Mann fahren, der auch sein Leibwächter war und am Ausgang auf ihn wartete, um ihn zu seiner Familie zurückzubringen. Heute war Massagetag, und so machte sich Gerry auf den Weg. Er kam gerade rechtzeitig, um den Mann aus dem Wagen steigen und im Spa verschwinden zu sehen. Zu viele Menschen waren unterwegs, um ihm zu folgen, und in der Straße hingen zu viele Überwachungskameras. Er würde ihn also nicht befragen können, dachte er bedauernd, während er sich die Finger mit Klebeband umwickelte.

Er nahm den Wagen, verließ San Gerardo und fuhr herum, bis er ein großzylindriges Motorrad erspähte, das soeben von seinem Besitzer abgestellt wurde. Nachdem er seinen Wagen einen Kilometer weiter geparkt hatte, kehrte er zurück, knackte das Topcase und setzte den Helm auf, den er im Innern fand. Dann öffnete er das Schloss der Kette und ließ mit einem gebogenen Metallteil den Motor an. In diesem Moment eilte der Besitzer aus dem Geschäft und rannte ihm hinterher.

Auf Umwegen kehrte er zum Schönheitssalon zurück, wo er genau fünf Minuten warten musste, bis sein Mann aus der Tür trat. Als der Fahrer ausstieg, um ihm die Wagentür zu öffnen, beschleunigte Gerry und fuhr auf den Bürgersteig. Wenige Meter von dem Mann entfernt, riss er das Motorrad herum und ließ es fallen, sich selbst vor dem Aufprall wegrollend.

Die Maschine traf den Mann und riss die Tür aus den Angeln, den Fahrer ebenfalls mit sich reißend. Beide Männer fielen zu Boden, Ersterer blutüberströmt. Gerry sprang auf, rief den Umstehenden ein »O Gott!« und »Das wollte ich nicht!« zu und rannte zu den beiden, die auf dem Boden lagen.

Sein Mann atmete noch. Gerry trampelte auf seinen Schädel, bevor er die Flucht ergriff, und fühlte ihn unter den Springerstiefeln brechen. Damit endete nach fünfunddreißig Jahren ehrenvoller Polizeitätigkeit das Leben von Daniele Amato.

17

Francesca fand sich am Steuer ihres Wagens wieder, ohne sich erinnern zu können, eingestiegen zu sein, und raste wie eine Irre über die Staatsstraße. Ihre Hände zitterten, und ihr Kopf war wirr. Konfuse Erinnerungen kochten hoch, gelegentlich von Blitzen außerordentlicher Klarheit durchzuckt.

Sie hielt an einem Parkplatz an der Autobahn, wenige Kilometer vor der Ausfahrt nach Cremona, und starrte in den Verkehr.

Und wenn es tatsächlich wahr war?, fragte sie sich zum tausendsten Mal.

Der rationale Teil ihrer Persönlichkeit wollte es nicht glauben. Sie glaubte nicht an Gespenster und auch nicht an einen – wie es im Song von Nick Cave hieß – *interventionist God*. Andererseits ...

Sie stieg aus, und der Wind brachte sie wieder zu sich. Es gab eine winzige Möglichkeit – eins zu eine Milliarde –, dass Amalas Entführung auf irgendeine Weise mit Contini zusammenhing. Und sie konnte es sich nicht leisten, die einzige Möglichkeit, die ihre Nichte retten könnte, außer Acht zu lassen.

Über die Standspur rollte langsam ein Streifenwagen. Einer der Polizisten musterte sie durch das Fenster hindurch. *Sie werden sich fragen, wer die Verrückte ist, die mit sich selbst spricht*, dachte sie, und da hatten sie vollkommen recht. Allmählich entglitt ihr der Zugriff auf die Realität. Sie riss sich zusammen und dachte wehmütig, dass sie sich früher eine Zigarette angesteckt hätte. Stattdessen kehrte sie in die Kanzlei zurück.

Obwohl sie in Gedanken ganz woanders war, absolvierte Francesca bis zum Abend ihre Meetings mit den älteren Partnern. All diese Spitzenjuristen hatten beschlossen, unter ihrer Leitung zu bleiben, aber das Vertrauen, das sie ihrem Vater entgegengebracht hatten, verspürten sie ihr gegenüber noch nicht. Als die Letzten ihr Büro verließen, kam Samuele herein. Sie war bereits am Telefon und redete mit ihrem Bruder, der lautstark über diese Idioten von Carabinieri schimpfte, deren Ermittlungen für den Arsch waren, und dass er eccetera, eccetera.

»Halt die Ohren steif, Tan«, sagte sie, um das Gespräch zu beenden, und legte mit einem Seufzer auf. »Verdammt …«

»Ich kann auch morgen wiederkommen«, begann Samuele verlegen.

»Um Gottes willen, nein. Wurdest du beim Eintreten gebissen?«, fragte Francesca.

»Nein. Aber ich denke, dass diese Leute *Sie* am liebsten gebissen hätten. Wenn eine Sitzung nicht mindestens zwei Stunden dauert, fühlen sie sich nicht hinreichend gewürdigt. Das hat Ihr Vater immer gesagt.«

Francesca musste wider Willen lachen. »Er hatte immer Zeit für alle. Bist du mit den Akten durch?«

»Nein. Leider fehlen von einigen ehemaligen Mandanten die Kontaktdaten. Aber ich bin auf einem guten Weg.«

»Schön. Aber jetzt lass das Zeug erst einmal liegen. Zuerst brauche ich dich für eine andere Recherche, eine etwas kompliziertere.«

Samuele polierte seine Brille mit dem amarantroten Tuch. »Avvocato, es tut mir leid, aber ich habe zwei Prozesse am Hals und bin elendig im Rückstand.« Er setzte die Brille gerade rechtzeitig wieder auf, um ihren Gesichtsausdruck zu sehen. »Verstehe, das interessiert Sie nicht. Aber meine anderen Herren werden toben.«

»Ich rede mit ihnen. Hör zu …« Francesca zögerte, laut

auszusprechen, was sie für kranke Fantasien hielt. »Du musst Recherchen zu verschwundenen Mädchen anstellen. Minderjährigen Mädchen im Alter von sechzehn, siebzehn, die möglicherweise ermordet wurden, in deren Fällen aber niemand ermittelt oder anständig ermittelt hat. Beschränk dich auf die aus der Lombardei und der Emilia Romagna. Achte besonders darauf, ob sie zufällig im Abstand von sechs Monaten in irgendeinem Wasserlauf aufgefunden wurden.«

»In welchem Zeitraum?«, fragte Samuele entsetzt.

»In den letzten dreißig Jahren.«

»Avvocato … Entschuldigung, aber Sie suchen doch nicht etwa eine Verbindung zwischen Ihrer Nichte und dem berüchtigten Flussmonster?«

Francesca schwieg eine Weile. »Was weißt du darüber?«

»Contini ist unsere lokale Ruhmestat, und Sie haben ihn verteidigt, das habe ich im *Groupon* gesehen. Und Ihre Nichte ist so alt wie die Opfer des Tankwarts … Tut mir leid, hätte ich das nicht sagen sollen?«

»Nein, hättest du nicht.« Francesca sah ihn finster an. »Wenn du nicht möchtest, dass dein Referendariat an diesem Punkt endet, rede mit niemandem über diese Geschichte.«

»Sie wissen doch, dass ich kein Klatschmaul bin«, antwortete Samuele besorgt. »Es ist also wahr? Sie suchen einen neuen Perser?«

»Es ist nicht gesagt, dass es sich um einen neuen handelt. Contini war nicht der Mörder, vielleicht …«

»Es gab aber Beweise, wenn ich mich recht entsinne. Die Unterhose des Opfers und ein blutverschmiertes Messer …«

»Wenn ich das Dossier jetzt noch einmal lese, frage ich mich, wie man diese Beweise überhaupt zulassen konnte. Sie wurden zufällig bei einer Durchsuchung wegen Drogenbesitzes gefunden. Niemand hat je die Erde untersucht, in der sie versteckt waren. Außerdem wurde Continis Freundin erwürgt, so wie die anderen. Was hat ein Messer damit zu tun?«

»Vielleicht hat er ihnen Blut entnommen, praktisch als Fetisch. Serienmörder tun so etwas manchmal.«

»Dexter hat das getan. Ich habe auch Netflix.«

Samuele wurde rot. »Aber warum hat man ihn dann verurteilt, wenn er mit hoher Wahrscheinlichkeit unschuldig war?«

»Contini war ein Kiffer, der etwas mit einer Minderjährigen hatte und von niemandem gemocht wurde. Er war der Typ, der in einem Handgemenge jemanden hätte töten können, vielleicht sogar ein Mädchen. Aber nicht drei. Drei ist pathologisch.«

»Soziopathen können das oft gut verstecken. Sie haben nicht die Gefühle, die normale Menschen haben, aber sie können sie vortäuschen, um andere zu manipulieren.«

Francesca schüttelte den Kopf. »Ich war zwar jung und dumm, aber so dumm auch wieder nicht.«

»Sie könnten mit Staatsanwalt Metalli darüber reden …«

»Erst muss ich wissen, ob an meiner Vermutung etwas dran ist. Mir ist egal, was andere über mich denken, aber ich möchte nicht, dass man wegen meiner Fantasien Zeit vergeudet. Ich habe keinerlei Beweise dafür, dass Contini tatsächlich unschuldig war, so wie ich keinerlei Beweise dafür habe, dass das Monster noch sein Unwesen treibt. Deshalb bitte ich dich, ein bisschen in den Daten zu wühlen. Du kannst das. Alle hier versichern mir, dass du lieber im Backoffice arbeitest, als in den Gerichtssaal zu gehen.«

»Klar, das stimmt schon. Ich setze liebend gern Puzzleteilchen zusammen. Aber ist Ihnen klar, dass in Italien täglich fünfunddreißig Mädchen verschwinden …«

»Und nur eins von dreien wird wiedergefunden«, ergänzte Francesca. »Trotzdem, du kannst das. Nimm Kontakt zum C.E.D. Interforze auf, der Datenbank des Innenministeriums, poche auf den guten Namen der Kanzlei und lass dir die aktualisierten Daten geben.«

»Falls es aktualisierte Daten gibt.«

»Was willst du damit sagen?«

»Der Eintrag der Daten hängt von den einzelnen Ermittlern ab. Nicht alle sind scharf darauf, sich dieser Mühe zu unterziehen. Vor allem wenn das betreffende Mädchen drogenabhängig ist, einen Migrationshintergrund hat oder aus ärmlichen Verhältnissen stammt. Und selbst wenn Ermittlungen eingeleitet werden, stellt man sie gleich wieder ein, wenn nicht sofort etwas herauskommt, und lässt die Daten in der Schublade verschwinden.«

»Das System ist, wie es ist. Du wirst dich daran gewöhnen.«

18

Gerry kehrte in sein Refugium zurück, steckte die Stiefel zusammen mit seiner Kleidung in einen Eimer mit Bleichmittel, ging duschen, zog sich etwas Frisches an und brach sofort wieder auf. Dieses Mal nahm er das ganze Rudel mit, als er zum Goldschmied fuhr.

»Wir können nicht sicher feststellen, ob es dasselbe Stück PVC ist, aber die Zusammensetzung ist identisch mit jener, die wir an den Hornissen gefunden haben, der Herr sei gesegnet für die Hilfe, die er uns gewährt hat«, sagte Emanuel.

»Und kann man sagen, auf was für ein Fahrzeug es geklebt war?«

»Das Modell nicht, aber ich habe Spuren von rotem Autolack gefunden. Genauer gesagt, Rosso Smalto 169.«

»Wer weiß, auf wie viele Karosserien das gespritzt wurde …«

»Nur auf Wagen der Marke Fiat aus dem Jahr 2000. Sie nehmen jedes Jahr einen anderen Lack.«

»Das reicht mir«, sagte Gerry.

Gerry legte unter der Pergola einer Trattoria eine Rast ein. Die Hunde sprangen im Innenhof herum, nur Aleph wich nicht von seiner Seite. Gerry aß ein Brötchen, das ihm streitig gemacht wurde, und trank ein Bier. Dann nahm er sein iPad und suchte die Webcams, die nördlich von Città del Fiume lagen. Er fand zwei online, auf den Seiten einer Möbelfirma und einer Designschule.

Gerry ließ die Aufnahmen von Ersterer durchlaufen. Sie

reichten einen Monat zurück, und um fünfzehn Uhr fünfunddreißig laut Timecode sah man ein rot lackiertes Fahrzeug vorbeifahren. Weder der Fahrer noch das Nummernschild waren auf den Bildern zu erkennen.

Die zweite Webcam hingegen, die drei Kilometer weiter nördlich angebracht war, zeigte gar keinen Lieferwagen. Gerry überprüfte die Strecke eines Autotransporters, der auf der ersten Aufnahme fast gleichzeitig mit »Rosso Smalto« vorbeigefahren war, und sah ihn erwartungsgemäß zehn Minuten später wieder auftauchen. Nun rief er sein Rudel zusammen, verteilte Kekse und Streicheleinheiten und brach in die Richtung auf, die Amalas Entführer genommen haben könnte.

Er passierte eine Talbrücke, eine Baustelle und Seitenstraßen, die die Felder durchschnitten. Im nächsten Moment verspürte er angesichts einer gesperrten Straße ein gewaltiges Jucken im Nacken. Da war es, das Zeichen. Die Straße war mit einer Schranke versperrt, an der ein Schild mit der Aufschrift PRIVATGRUNDSTÜCK hing. Beide waren verrostet und staubig, aber das Schloss der Schranke lag mitten auf der unbefestigten Straße.

Gerry stellte den Volvo ab und schlug mit seinem Rudel den Weg ein, der durch ein Maisfeld führte. Aus dem orangefarbenen Himmel fiel bleiches Licht, das flüchtige Schatten zwischen die erntereifen Kolben warf. Die Hunde sprangen nicht los. Sie wussten stets, noch ehe ihr Herrchen es wusste, wann nicht der richtige Moment zum Toben war.

Nach Einbruch der Dunkelheit erreichte Gerry einen alten Friedhof und sah drei Männer am Eingang stehen. Sie hatten ihn noch nicht entdeckt, und so versteckte er sich im Maisfeld, gefolgt von seinem Rudel. Die Männer waren um die dreißig Jahre alt, trugen Jacketts und wirkten durchtrainiert.

»… hier drinnen?«, fragte einer und wedelte die Mücken aus seinem Gesicht. Gewaltige Schwärme schwirrten durch die Luft.

»Hier gibt es keine Überwachungskameras«, sagte ein anderer. »Samstags kommt der Wärter, um alles in Ordnung zu bringen, und sonntags ist der Friedhof für alle geöffnet. Den Rest der Zeit über ist er verlassen.«
Die drei öffneten das Tor und betraten den Friedhof; die Stimmen verhallten.

Gerry bedeutete den Hunden zurückzubleiben, schlich hinterher und versteckte sich hinter einer Statue des Erzengels Gabriel. Als er zwischen den Marmorflügeln hindurchspähte, sah er »Rosso Smalto« zwischen den Zypressen parken. Ein ungewöhnliches Versteck, in dem man ein Mädchen gut von einem Fahrzeug in ein anderes verladen konnte. Hier würde man es allerdings bald entdecken. Amalas Entführer hatte offenbar nicht vor, es weiter zu benutzen.

Gerry schlich weiter zum Granitstein eines Ehepaars, mit einem Loch in Kreuzform auf Höhe seines Ohrs.

»... schicken einen Abschleppwagen, und der nimmt ihn dann mit«, sagte einer.

»Wäre es nicht besser, alles hier zu machen?«, fragte ein anderer.

»Es ist immer noch ein Friedhof, auch wenn er geschlossen ist. Gelegentlich kommt jemand vorbei, um die Gräber zu pflegen, und wir wissen nicht, wann. Du wartest hier, ja? Wenn es Probleme gibt, rufst du.«

»Klar ...«

»Gut. Wir gehen jetzt los, um den Abschleppwagen zu begleiten.«

»Wenn ihr an einem Kiosk vorbeikommt, bringt mir eine Packung Camel mit.«

Zwei der Muskelmänner stiegen in einen Wagen der Oberklasse und fuhren los. Der dritte steckte sich eine Zigarette zwischen die Lippen und kramte in den Taschen nach einem Feuerzeug. Gerry legte ihm von hinten den Unterarm an den Hals und zog ihn mit sich zu Boden.

Der Mann wollte die Pistole aus dem Halfter ziehen, aber seine Bewegungen waren schwach und unkontrolliert. Er verlor das Bewusstsein.

Gerry leerte seine Taschen. Er fand einen Ausweis der privaten Sicherheitsfirma Airone, den Waffenschein, ein Mehrzweckmesser, ein Portemonnaie mit hundert Euro und ein bisschen Kleingeld, ein Bündel Kabelbinder. Gerry nahm die hundert Euro und das Messer, fesselte Handgelenke und Knöchel mit den Handschellen und flüsterte dem Mann ins Ohr. »Ich weiß, wer du bist. Gib diesen Job auf, oder ich komm und bring dich und deine ganze Familie um. Sieh mich nicht an und beweg dich nicht, bis ich fort bin.«

Der Mann hörte auf zu zappeln. Gerry nahm ihm das Handy ab und leuchtete sich damit.

Das Schloss der Fahrertür von »Rosso Smalto« war aufgebrochen, und auch am Zündschlüssel befanden sich Spuren von Gewaltanwendung. Im Licht der Taschenlampe wirkte das Armaturenbrett sauber. Das Handschuhfach war leer, das Lenkrad gewienert. Der Geruch von Bleiche hing in der Luft.

Er entriegelte die Motorhaube, und als er sie anhob, stob eine Wolke von Hornissen in die Luft. Innen an der Klappe hing ein kleines, unförmiges Nest, so grau wie der Hut eines gewaltigen Pilzes. Mithilfe eines Steins lockerte er das ölverschmierte Filtergehäuse und zog es heraus. Dann kehrte er zu dem gefesselten Mann zurück, schnitt die Kabelbinder an seinen Handgelenken durch, zog ihm das Jackett aus, wickelte den Filter darin ein und fesselte den Mann wieder. Der zeigte keinerlei Reaktion.

Gerry zog am Griff der Heckklappe, die sich mühelos öffnete. Ein Fetzen seines Wachtraums kehrte zurück. Die Szene war derart ähnlich, dass er sich nicht gewundert hätte, im Innern die Insektenfrau vorzufinden. Aber er war leer und sauber.

Im Licht der Taschenlampe sah er an der Innenverkleidung dunkle Streifen. Die Rückstände langer Klebebandstreifen.

Plastikplanen, dachte er. *Bleichmittel. Keine organischen Spuren.*
Langsam ließ er den Strahl der Taschenlampe durchs Innere gleiten und entdeckte ein Universum an Kratzern an den Innenwänden, die mit Resopalplatten verkleidet waren. Gerry sah sich alles genau an, ließ den Lichtstrahl über die zahllosen Nutzungsspuren an den Wänden wandern und spürte wieder dieses Kribbeln im Nacken. *Was war das?*
Er setzte sich auf die Ladefläche, richtete die Taschenlampe auf die eine Wand, dann auf die andere, versuchte den Geist zu leeren. *Du suchst nichts,* sagte er sich. *Du bist vollkommen offen.* Dieses Mal funktionierte der Trick aber nicht. Eine Enttäuschung. Aber er wollte sich den Moment nicht verderben.
Erneut kehrte Gerry zu dem gefesselten Mann zurück, half ihm auf und ließ ihn ein Stück forthüpfen, um einen Sicherheitsabstand zu gewinnen. Dann nahm er eine der Plastikflaschen, mit denen die Alten die Blumen der Toten gossen, kroch unter den Lieferwagen, löste die Benzinleitung und füllte Benzin in die Flasche. Den Rest ließ er herausfließen, sodass sich eine Lache im Gras bildete. Dann schüttete er den Inhalt der Flasche in den Lieferwagen, warf eine Handvoll Gestrüpp hinterher und zündete es mit einem Feuerzeug an.
Es fing sofort Feuer. Gerry blieb einen Moment stehen und bewunderte, wie die Flammen an der Karosserie leckten und sie schwarz färbten. Das Jucken nahm überhand. Mitten in der Hitze sah er weiter zu und entdeckte dann, was er instinktiv bereits bemerkt hatte. Der schwarze Qualm legte sich als Ruß auf das Blech und ließ jedes Zeichen und jeden Kratzer deutlich hervortreten. Einen Moment lang, bevor sich der Qualm zu einer undurchdringlichen Wolke verdichtete, erblickte er eine krumme Schrift, die mit etwas Spitzem eingraviert worden war, am unteren Rand einer der Innenwände.
Es waren Initialen: sv.

19

Amala hatte mit dem Essen – Brühe, Käse und Cracker – auch ein paar alte Kinderbücher erhalten, von denen sie noch nie etwas gehört hatte. Sie spendeten aber ein wenig Trost. Ohne Internet, Fernseher und Handy galt es in diesem Keller eine große Leere zu füllen, zumal sich ihre lähmende Angst allmählich etwas gelegt hatte. Die Bücher schienen von einem Bücherstand zu kommen, mit diesem harten Cover und den verwaschenen Illustrationen der Schutzhülle. Eines trug den Titel *Violetta, der Angsthase*. Sicher waren sie schon durch viele Hände gegangen, da die Seiten fleckig und abgegriffen waren oder sogar fehlten. Die Sprache war altmodisch und ein wenig langweilig, aber wenn Amala zwei Seiten hintereinander lesen konnte, vergaß sie einen Moment, wo sie sich befand. Im Licht der schwachen LED-Streifen zu lesen, war allerdings schwierig, und als das Tageslicht aus den Lichtschächten verblasste, gab sie es auf.

Nachdem sie *Violetta* weggelegt hatte, dachte sie an den Abfluss der Toilette und was sich möglicherweise unter dem Fußboden verbarg. Sollte es sich um ein Kanalrohr handeln oder einen offenen Abwasserkanal, könnte sie auf diesem Weg vielleicht fliehen. Das Seil war natürlich ein Problem, aber wenn sie etwas Hartes, Scharfes fand, die Kante eines Eisenrohrs etwa, könnte sie es vielleicht nach und nach durchfeilen.

Sie berührte den Haken im Schulterblatt. Die Gaze war schon wieder feucht, und als sie die Finger an die Nase hielt, stanken sie ekelhaft.

Wenn ich das nicht schnell loswerde, sterbe ich noch an einer Entzündung. Amala nahm das papierne Essenstablett, wickelte das und sich selbst in ihre Decke und ging zum Klo, an der tiefsten Schiene entlangfahrend, jener, die ihr diesen halben Meter mehr Leine gewährte. Sie schloss sich ein und schaukelte an der äußersten Kante der Bodenplatte hin und her, um sie so hoch wie möglich zu hieven. Als es ihr gelang, steckte sie ein Stück des Papptabletts in die Ritze, damit sie sich nicht wieder schließen konnte. Das tat sie so oft, bis sich ein hinreichend großer Zwischenraum aufgetan hatte, um die Finger hineinzustecken und mit aller ihr zu Gebote stehenden Kraft zu ziehen. Die Platte neigte sich um zwanzig Grad, bis sie blockierte. Amala versuchte darunterzuschauen, sah aber nichts. Dann versuchte sie, die Platte ein kleines Stück zu drehen, statt sie anzuheben, den Abfluss als Achse benutzend. Es gelang. Nun stemmte sie die Füße gegen die wabbelige Kabinenwand und steckte eine Hand bis zu den Fingerknöcheln in den Spalt. Ihre Finger versanken in schmutzigem, klebrigem Schlick, von dem ein ekelhafter Gestank aufstieg.

Sie musste würgen, riss sich aber zusammen und drang bis zum Handgelenk in dieses widerliche Zeug vor. Plötzlich berührte sie ein Eisenrohr.

Irgendetwas krabbelte über ihre Hand. Sie riss sie heraus und spritzte das Etwas mit dem Wasserstrahl fort. Es war eine Hornisse mit drei Flügeln, aber ohne Beine, die nun brummend im Abfluss verschwand.

Amala streckte die schmerzenden Glieder, dann kauerte sie sich wieder zusammen. Das Drahtseil war bis zum Äußersten gespannt, und die Schrauben rieben spürbar an ihren Knochen. Als Amala erneut die Hand unter das Stehklo schob, spürte sie, dass das Abflussrohr unter einer schmalen Betonplatte verschwand. Ihre ganze Faust fand darunter Platz und schwebte in einem Hohlraum. Die Temperatur hier war kühler, und an der Haut schien sie einen Zug zu spüren.

Die Außenwelt konnte das noch nicht sein, aber vielleicht bestand eine Verbindung. Oreste oder wer auch immer hatte eine Öffnung in den Boden eingelassen und sie mit einer schmalen Betonplatte bedeckt. Dann hatte er die Toilettenkabine daraufgestellt. So hatte er das Loch im Boden verschlossen, aber er hatte es nicht gründlich genug getan.

Sie brauchte etwas, um die Platte zu zerbrechen. Sie betastete den Spalt zwischen Zement und Toilettenrohr, der so breit war wie ihre Hand, aber selbst wenn sie daran zog, zitterte die Platte nur leicht. Wenn sie ein hinreichend großes Stück von der Platte abbrechen könnte, könnte sie sich gegen diesen Verrückten verteidigen, auch wenn sie sich nicht in die Öffnung quetschen könnte. »Hilf mir, die Salbe aufzutragen«, würde sie sagen, und wenn er dann näher kommen würde, würde sie aufspringen und ihm den Brocken an den Kopf knallen. Blieb das Problem, wie sie dann fliehen könnte. Wenn sie keine Möglichkeit fand, das Seil auszuhaken, würde sie neben der Leiche ihres Kerkermeisters verhungern.

Ihr kamen die Rätselhefte in den Sinn, die sie daheim in den Bädern hatte liegen sehen. Ihr Vater löste die Kreuzworträtsel immer nur zur Hälfte (während ihre Mutter nur die in der *New York Times* machte). Gelegentlich enthielten diese Hefte Karikaturen von mittelalterlichen Kerkern, in denen bärtige Gefangene an die Wand gekettet waren, inmitten von Skeletten. Jetzt fand Amala das nicht mehr so lustig.

Als sie die Position wechselte, um ihre Beinmuskeln zu entlasten, bildete sich im Seil eine kleine Schlaufe, die im Hohlraum unter dem Stehklo verschwand. Amala zog sie heraus, damit sie sich nicht verfing, aber mitten in der Bewegung hielt sie inne und näherte sich stattdessen so weit wie möglich dem Loch, mit dem Bauch über den Boden rutschend. Die Schlaufe reichte nun knapp über den Abfluss hinaus. Amala bildete eine Art Schlinge und legte sie um eine Kante an der Öffnung im Zement. Dann stemmte sie eine Hand in den Boden und zog mit der anderen. Zunächst geschah gar nichts, dann knirschte es. Ein kleines Betonteil löste sich, und das Seil rutschte ab. Amala prallte zurück, direkt auf die Wunde, und biss sich die Lippe blutig, um nicht zu schreien. Aber auch als sie sich erneut über das Loch beugte, bekam sie das kleine Betonteil nicht zu fassen, sondern verschob es nur ein wenig. Sie hörte, wie es an das Metallrohr schlug und dann lautstark aufprallte, als wäre es auf eine metallische Fläche geknallt.

Aus Angst, Oreste könne den Lärm gehört haben, kniete sie sich hin und schob schnell die Toilettenplatte wieder an Ort und Stelle. Bevor sie die Platte ganz schließen konnte, vernahm sie aus dem Loch unter ihr einen ohrenbetäubenden Schrei.

JAGD

HEUTE

20

Nach einer weiteren elenden Nacht in Tancredis Haus traf Francesca in den Kleidern des Vortags und vollkommen übernächtigt in der Kanzlei ein. Wäre sie erst bei sich daheim vorbeigefahren, hätte sie nicht die Kraft gefunden, das Haus wieder zu verlassen. In ihrem Privatbad in der Kanzlei hatte sie aber einen kleinen Schrank mit Ersatzkleidung für Notfälle, und so würde sie sich dort umziehen können.

Im Slalom lief sie um die Schreibtische im Großraumbüro herum, nickte nur kurz, wenn jemand mit ihr reden wollte, und begab sich sofort zu Samueles Arbeitsplatz. Der Referendar hämmerte auf die Tastatur ein, die Augen schwarz gerändert. »Hast du hier geschlafen?«, fragte sie ihn.

»Guten Morgen, Avvocato. Nein, ich habe die Nacht zu Hause durchgemacht.«

»Deutet deine Grabesstimme darauf hin, dass du etwas gefunden hast oder dass du nichts gefunden hast?«

»Ersteres, leider.«

Francescas Magen krampfte sich zusammen. »In zehn Minuten bei mir.«

Samuele kam, als sie sich soeben hinter ihren Schreibtisch gesetzt hatte, frisch umgezogen und mit einem Tee vor sich, in den sie nun einen Schuss Cognac kippte. Der Aktenstapel, den sie sichten musste, war so hoch, dass er schon Schatten warf. »Du auch?« Sie schwenkte die Cognacflasche.

»Etwas zu früh für mich.«

»Für mich eigentlich auch. Aber das war ein Scheißtag bisher. Ein verdammt langer Scheißtag sogar, obwohl es erst zehn ist.«

»Gibt es Neuigkeiten über Ihre Nichte?«

»Nein. Los, ich höre. Wer ist das Opfer?«

»Das *mögliche* Opfer.«

»Mögliche Opfer, verstanden. Schieß los.«

»Sie heißt – oder hieß – Sophia Vullo. Siebzehn Jahre alt im Moment des Verschwindens.«

»Wann war das?«

»Vor gut einem Jahr. Das Besondere ist, dass das Datum genau auf den Tag fällt, an dem vor dreiunddreißig Jahren Cristina entführt wurde – Continis drittes Opfer, wie man damals dachte.«

»Fast täglich verschwindet ein Mädchen.«

»Die Vullo ist ein besonderer Fall. Sie wohnte in Ponte dell'Olio, in der Provinz Piacenza.«

»Kenn ich. Da bin ich geboren.« *Und in England wurde ich wiedergeboren*, hatte sie immer zu ihren englischen Freunden gesagt. Allmählich fragte sie sich, ob das je gestimmt hatte.

»Entschuldigen Sie.« Samuele griff nach seiner Brille, hielt dann aber inne. »Sie lebte in einem Waisenhaus. Keine Ahnung, was aus ihren Eltern geworden ist. Aber sie ist auf dieselbe Schule gegangen wie Ihre Nichte.«

Dieses Mal tat Francescas Herz einen Satz. »Und das sagst du erst jetzt?«

»Sie bringen mich vollkommen durcheinander. Diese ganze Geschichte tut es, ehrlich gesagt.«

»Woher willst du wissen, dass sie zusammen auf der Schule waren?«

»Können Sie sich erinnern, dass Amalas Schule mal einen Ausflug in die Kanzlei gemacht hat? Da waren Sie gerade nach Italien zurückgekehrt.«

»Das waren doch so ... hundert Kinder?«

»Fast. Sophia war auch dabei.«

»Und das weißt du noch? Bist du ein Androide?«

»Nein. Aber ich musste damals die Impfpässe kontrollieren. Dem Mädchen war es wichtig zu betonen, dass sie so hieß wie Sophia Loren, mit ph. *Nur dass die schöner war*, wie sie sagte. Irgendwie hat sie Eindruck auf mich gemacht.«

»Wenn ein anderer so etwas über eine Minderjährige sagen würde, würden bei mir die Alarmglocken schrillen. Aber du bist eben du.«

»Sie wissen doch, dass ich schwul bin, oder?« Samuele wurde rot. »Außerdem habe ich nicht mehr an sie gedacht, bis ich ihren Namen im Archiv fand.«

»Du hast ein gutes Gedächtnis.«

»Werden Sie mit Staatsanwalt Metalli reden?«

Francesca roch an ihrer fast leeren Teetasse. Sie hatte feststellen müssen, dass ein Tè corretto nichts für sie war. »Das scheint mir noch etwas dürftig, um ihn zu überzeugen.«

»Sie könnten es wenigstens versuchen …«

»Wenn du überzeugt bist, ruf ihn doch selbst an. Ich weiß, dass du mir nichts vormachst. Bist du überzeugt, Samuele?«

Der junge Mann antwortete nicht. Francesca nickte müde.

»Siehst du? Such mir das Waisenhaus raus, in dem das arme Mädchen war.«

21

Gerry war vor Tagesanbruch aufgewacht, und die Hunde waren mit ihm aufgesprungen. Nur Zayn nicht, der Mischling mit den drei Pfoten, der ihn träge vom Bett aus beobachtete, die Augen leicht trüb.

Gerry ging unter die Dusche mit dem niedrigen Wasserdruck, wo das Wasser eher tröpfelte als floss. Dann zog er den alten, zerknitterten Bademantel an, den er im Haus gefunden hatte, und frühstückte mit seinem Rudel, Puffreis für alle und Caffè americano nur für ihn. Dabei überflog er die Nachrichten auf seinem iPad. Schließlich recherchierte er, welche Mädchen in der Gegend als vermisst galten und die Initialen trugen, die er im Innern des Lieferwagens gefunden hatte. Bald schon stieß er auf den Namen einer Siebzehnjährigen, die vor einem guten Jahr verschwunden war: Sophia Vullo.

Zayn erbrach den Puffreis, Gerry wischte das Unglück weg. Dann lud er sein Rudel in den Wagen, setzte die Kippa auf und stattete der Goldschmiede einen weiteren Besuch ab. Emanuel schien nicht verwundert, ihn zu sehen, blickte ihn aber entgeistert an, als er den Filter auf die Werkbank legte. »Sei gesegnet für deine Anwesenheit, Bruder, aber hier in der Nähe gibt es eine Autowerkstatt.«

»Möge Gott dich und deine Familie behüten, aber ich brauche euch. Ich muss wissen, was sich in dem Filter verbirgt: Feinstaub, Samen, Erde ... wenn möglich, mit Datierung.«

»Was für eine Datierung? Kohlenstoffdatierung?«

»Mich interessiert nicht das geologische Alter, sondern nur, was zuerst aufgesogen wurde und was zuletzt.«

Emanuel zog Handschuhe an und drehte das Filtergehäuse in den Händen herum. »Wenn der Filter im Innern so beschaffen ist, wie ich denke, besteht er aus Faserschichten mit elektrostatischer Aufladung. Ist eine Schicht komplett voll, lagern sich die nächsten Sedimente darüber ab und so weiter.«

»Im Zentrum befinden sich also die ältesten Schichten.«

»Leider hängt das auch von der Größe der Partikel ab. Die kleinsten folgen gern den Konturen der Fasern, während sich die größeren an der Oberfläche absetzen. So der Herr mir geneigt ist, kann ich dir vielleicht aussagekräftige Daten zur Verfügung stellen. Aber hege nicht allzu große Hoffnungen.«

»Möge Gott deine Hand leiten.«

»Brauchst du noch etwas?«

»Die Wegbeschreibung nach Ponte dell'Olio.«

Es war keine lange Fahrt. Das Waisenheim, in dem Sophia Vullo gelebt hatte, wirkte wie eines dieser Vorstadthäuser, die nach Schema F gebaut waren, mit Veranda, Vorgarten und glänzend rotem Dach, nur dass es dreimal so groß war und diesen Hauch von sozialer Einrichtung hatte, der sämtliche Fröhlichkeit auslöschte.

Gerry band die Haare im Nacken zusammen und kämmte sich den Bart, dann spazierte er mit Aleph an der Leine auf und ab, bis er mit einem Mädchen ins Gespräch kam. Obwohl er fast wie ein Obdachloser aussah, war er ein attraktiver Mann mit dieser Aura von *Into the Wild*, die Eindruck zu schinden vermochte. Vor allem bei Mädchen. In diesem Fall handelte es sich um eine zierliche brünette Sechzehnjährige namens Patrizia mit großen, schwarz umrandeten Augen und Spuren von Akne unter dem Make-up. Gerry lud sie auf ein Stück Pizza in einen Imbiss in der Nähe des Waisenheims ein. Nachdem sie unter einem Sonnenschirm mit Eisreklame Platz genommen hatten, stellte er sich als Journalist des öffentlichen israelischen Fernsehsenders Kan vor. »Ich bin auf der Suche nach interessanten Geschichten«, sagte er. »Zu einem angemessenen Preis.«

»Deckt dein Budget auch Getränke ab?«, erkundigte sich Patrizia.

»*Be my guest.*«

»Dann nehme ich einen Spritz.«

Gerry bestellte sich ein Bier.

Die Pizza kam unmittelbar nach den Getränken, ziemlich fettig und deshalb höchst appetitlich. Aleph verschlang die Hälfte von Gerrys Stück.

»Was für Geschichten interessieren dich?«, fragte Patrizia, an ihrem Strohhalm saugend.

»Solche wie die von Sophia Vullo.«

Sie warf ihm einen Blick zu, der für ihr Alter zu erwachsen wirkte. »Bist du wirklich Journalist? Ich wüsste nicht, wer sich ernsthaft für Sophia interessieren sollte.«

Gerry legte vier Fünfzigeuroscheine unter den Serviettenständer. »Mich interessiert sie. Was weißt du über ihre Flucht?«

Das Mädchen betrachtete die Scheine. »Sind die für mich?«

»Wenn du mir antwortest.«

»Sophia ist letztes Jahr abgehauen. Sie tut das nicht zum ersten Mal, aber so lange ist sie noch nie weggeblieben.«

»Was denkst du, wohin sie gegangen ist?«

»Sie hat mir nichts erzählt. Vielleicht schreibt sie mir irgendwann eine Postkarte, wo ich sie erreichen kann. Wie in *Die Verurteilten.*«

»Hat sie ihre Sachen mitgenommen?«

»Nur das, was sie in ihrer Handtasche hatte. Aber das ist auch nicht weiter komisch. Wenn jemand abhaut, räumen sie seine Sachen in die Dachkammer und geben sie ihm wieder, wenn er zurückkommt. Ich denke, dass sie zurückkommt, wenn sie volljährig ist, weil man sie dann nicht mehr festhalten kann. Na ja, es ist natürlich nicht so, dass sie uns ans Bett fesseln, aber wir sind alle wegen irgendeines Gerichtsurteils hier ... mit der ganzen Scheiße, die daran hängt.«

Gerry warf Aleph das letzte Stück Pizza hin. »Erzähl mir, was passiert ist.«

»Da gibt es nicht viel zu erzählen. Sie ist ausgegangen und nicht wiedergekommen.«

»Um welche Uhrzeit?«

»Was weiß ich.«

Gerry nahm das Geld und steckte es in die Tasche. »Wenn du nichts weißt, kann ich dich nicht gebrauchen. Das Essen geht aufs Haus.«

»Scheiße, warte einen Moment. Aber die Sache darf sich nicht rumsprechen. Und falls sie sich doch rumspricht, habe ich nichts damit zu tun.«

»Ich habe dich längst vergessen.« Gerry legte das Geld wieder auf den Tisch.

»Es gibt eine Möglichkeit, nachts das Haus zu verlassen, ohne den Alarm auszulösen. Irgendjemand schafft es immer, den Code zu knacken, wenn sie ihn wechseln.«

»Und das hat Sophia getan?«

»Sie ist gegen Mitternacht raus aus dem Haus.«

»Um sich mit jemandem zu treffen?«

Patrizia rutschte unbehaglich auf ihrem Stuhl herum, dann ging sie zu einer Kellnerin, schnorrte eine Zigarette und kam zurück. »Hör zu, die meisten von uns haben keine Familie, die sich um sie kümmert, und ohne Geld lebt es sich echt schlecht hier. Jeder arrangiert sich, so gut es geht. Sophia ging mit älteren Personen aus, die ihr Geschenke machten.«

»Hast du gesehen, mit wem sie das letzte Mal ausgegangen ist?«

»Nein.«

Gerry rief die Kellnerin. »Wo hat deine Freundin die Leute gewöhnlich abgeschleppt?«

»In der Discobar.« Sie gab ihm die Adresse eines Lokals kurz vor der Stadtgrenze. »Bis zehn fährt ein Bus, danach muss man sich eine Mitfahrgelegenheit suchen. Sophia ist nie zu Fuß heimgekehrt.«

Die Imbissbesitzerin kam. »Wollt ihr noch einen Nachtisch oder einen Kaffee?«

»Nein«, sagte Patrizia.

»Haben Sie auch ganze Kuchen?«, fragte Gerry.

»Ich habe Semifreddo mit Baiser.«

»Bringen Sie mir zwei und die Rechnung bitte.«

Der Nachtisch steckte in einer großen Tüte, die Gerry dem Mädchen gab. »Teil das mit den anderen.«

Patrizia stand auf, die Tüte in der Hand. Dann blieb sie unschlüssig stehen. »Sie ist tot, oder?«, fragte sie.

»Wieso glaubst du das?«

»Du hast mich auf den Gedanken gebracht.«

Gerry lächelte sie an. »Pass auf dich auf, Patrizia. Die Welt ist gefährlich. Wenn du Hilfe brauchst, wähl diese Nummer.« Er gab ihr eine der Visitenkarten, die er am Automaten am Flughafen hatte drucken lassen. Darauf stand nichts als eine Telefonnummer mit der Vorwahl von Tel Aviv, unter dem Namen einer Firma, die es nur auf dem Papier gab.

Patrizia steckte sie in die Tasche und ging fort, wesentlich trauriger, als sie gekommen war. Gerry sah ihr bis zum Eingang des Heims nach. Erst in diesem Moment bemerkte er die große, schlanke Frau mit dem kurzen silbergrauen Haar, die hinter Patrizia das Haus betrat. Das war die erste Überraschung, die er seit seiner Ankunft in Italien erlebte.

22

Francesca folgte der Direktorin durch den Flur im obersten Stockwerk des Waisenheims und dann ins Lager unter dem Dach. Dort war es so heiß, dass sie sofort ihren Staubmantel auszog. Die Direktorin, eine Psychologin, die wohl auf die sechzig zuging, mit weiß lackierten Fingernägeln, schaltete das Licht an. »Hier, das sind die Sachen unserer Mädchen, Avvocato Cavalcante.« Die Dachkammer war vollgestopft mit Kisten, Kleidung und Einrichtungsgegenständen, die alle unter einer Staubschicht verschwanden. »Wenn ich gewusst hätte, dass Sie kommen, hätte ich putzen lassen«, sagte die Direktorin und pustete Staub von einer Weltkarte.

Die Ehrerbietung, die Francesca entgegengebracht wurde, hatte mit dem Namen der Kanzlei zu tun und ganz sicher nichts mit ihrer Person. Mehrfach hatte die Direktorin betont, dass sie ihren Vater gekannt habe, Mitglied in jenem Rotary Club, in den Francesca sie einzuführen anbot. Zunächst aber komme sie, Francesca, nicht umhin, über Amala zu reden und ihre große Sorge um sie, leider aber auch über ihre Verpflichtung, mit ihrer Arbeit voranzukommen. Und ihre Arbeit bestehe in diesem Moment darin, einem Mandanten zu helfen, etwas über Sophias Verbleib herauszubringen. Ihr Mandant lebe im Ausland und habe erst kürzlich von Sophias Existenz erfahren; er sei ein Großonkel des Mädchens. Francesca wusste nicht, ob Sophia Verwandte hatte, und ging das Risiko ein, sich unmöglich zu machen. Die Direktorin verzog allerdings keine Miene. Einer Cavalcante hätte sie alles abgenommen.

Die Direktorin hatte nichts Erhellendes beigetragen. Sie war überzeugt davon, dass sich Sophia freiwillig entfernt hatte, und war auch kein Fan von Gerüchten. Aber sie hatte Francesca trotzdem gestattet, in Sophias Sachen herumzuwühlen, wenn es unter ihnen blieb. »Wenn Sie fertig sind, ziehen Sie bitte die Tür hinter sich zu. Sie schließt von allein«, sagte die Direktorin. »Ich kann Ihnen leider keine Gesellschaft leisten. Kommen Sie, bevor Sie gehen, bei mir vorbei, dann können wir Telefonnummern austauschen.«

»Natürlich! Ich danke Ihnen sehr«, sagte Francesca, die nicht die mindeste Absicht hatte, dergleichen zu tun.

Im nächsten Moment stand sie allein vor den Kisten. Von unten drangen Stimmen und Bratdünste herauf. Das bleiche Tageslicht fing sich in einem großen Spiegel, auf dem ein Schild mit dem Namen des Mädchens klebte. Durchaus möglich, dass es noch lebte. Doch wenn ihre Überlegungen stimmten, wühlte sie hier in den traurigen Habseligkeiten einer Toten herum. Als sie die Ärmel hochkrempelte, verspürte sie eine gewisse Scheu, als würde sie ein Grab schänden. Etwas Interessantes fand sie nicht, kein geheimes Tagebuch, nichts, was Sophia mit den Mädchen aus den Flüssen verbinden würde. Nur Allerweltsklamotten und billige Kosmetik – und ein Täschchen, das sicher um die tausend Euro gekostet haben dürfte, und ein Paar Louboutin-Schuhe.

Woher hatte sie das Geld für so etwas gehabt?

Francesca schloss die Kisten und verließ das Haus, peinlichst darum bemüht, nicht der Direktorin über den Weg zu laufen.

Als sie mit dem iPhone ihren Wagen entriegelte, spürte sie etwas Feuchtes an ihrer Wade. Sie fuhr herum. Ein großer weißer Hund mit nur einem Ohr beschnüffelte sie. Hinter dem Vieh stand ein durchtrainierter Mann, bärtig, braun gebrannt, braunäugig, die wandelnde Reklame eines Hipsterladens. »Signora Cavalcante, mein Name ist Gerry.«

Francesca wich vor Aleph zurück. »Könnten Sie ihn bitte zurückpfeifen?«

»*Sie*. Es ist ein Weibchen, und sie tut keiner Fliege etwas zuleide.« Gerry bedeutete dem Hund, von ihr abzulassen.

»Das interessiert mich nicht. Sind Sie Journalist oder Polizist?«

»Nichts von beidem. Ich bin ein Tourist auf Urlaub, aber ich würde Ihnen gern helfen, Ihre Nichte wiederzufinden.«

Francesca musterte ihn misstrauisch. »Hören Sie, das ist ein ehrenwertes Unterfangen. Aber darum kümmern sich schon die Ordnungskräfte.«

»Die werden Amala nicht finden. Außerdem gibt es andere Personen, die sich für die Sache interessieren, auch wenn ich noch nicht weiß, wieso.«

»Verstehe, danke nochmals.« Francesca drehte sich um, überzeugt, einen Spinner vor sich zu haben.

»Die Ordnungskräfte glauben nicht an Monster, vor allem nicht an solche, die längst tot geglaubt sind wie das Flussmonster. Schade, dass ein Unglückswurm sterben musste, der nichts mit der Sache zu tun hatte. Aber das wissen Sie vermutlich selbst, da Sie ja seine Anwältin waren.«

Bei diesen Worten erstarrte Francesca. »Wer sind Sie?«

»Einer, der sich mit solchen Dingen auskennt. Ich hätte Sie längst kontaktiert, wenn ich gewusst hätte, dass Sie so pfiffig sind, bis zu Sophia Vullo vorzudringen.«

Francesca drehte sich langsam um und musste sich beherrschen, um nicht einfach wegzulaufen. »Woher wissen Sie von Sophia?«

»Ich weiß nur, dass die Initialen des Mädchens in denselben Lieferwagen geritzt wurden, mit dem man auch Ihre Nichte entführt hat.«

»Ein Lieferwagen, der bislang nicht einmal gefunden wurde …«, sagte Francesca entgeistert.

»Er parkte auf einem Friedhof in der Nähe von Città del Fiume. Ich denke, die Polizei wird ihn heute Nacht gefunden haben. Allerdings nur, weil ich ein klares Signal ausgesendet habe.«

»Und Sie haben ihn bei einer Landpartie entdeckt?«

»Nein. Ich habe ein paar Hornissen gefunden und bin ihnen gefolgt.«

Francesca riss die Wagentür auf und stieg ein. Sie schlug die Tür zu und öffnete das Fenster einen Spaltbreit. »Ich werde jetzt die Polizei anrufen«, sagte sie, das Handy hochhaltend. »Versuchen Sie nicht zu verschwinden. Erzählen Sie denen, was Sie wissen.«

»Für wie alt halten Sie mich?«

Francesca musterte ihn verwirrt.

»Das ist doch keine schwere Frage. Wie alt bin ich?«

»Um die vierzig.«

»Finden Sie nicht, dass ich ein bisschen jung bin, um das Monster zu sein?«

»Aber nicht, um ein Komplize zu sein.«

»Solche wie das Monster machen alles allein. Und wenn Sie mich anzeigen, verpassen Sie die Gelegenheit, die ich Ihnen anbiete. Sie brauchen mich, um Ihre Nichte zu finden, und ich habe nur noch eine Woche Zeit, weil dann mein Urlaub endet. Wenn Sie mich verhaften lassen, wird das zum Problem.« Er steckte eine Visitenkarte durch den Fensterschlitz. »Hinterlassen Sie eine Nachricht auf dem Anrufbeantworter, wenn Sie darüber nachgedacht haben.«

Gerry ging. Francesca nahm die Visitenkarte und jagte den Motor hoch. In ihrer Verwirrung verfuhr sie sich und sah Gerry in einen Familienwagen einsteigen, einen Wagen voller Hunde. Sie wusste nicht, ob er sie gesehen hatte, aber sie machte sofort kehrt. Dabei prägte sie sich das Kennzeichen ein.

23

Draußen wehte ein scharfer Wind und fuhr heulend in die Lichtschächte. Amala zitterte vor Kälte und Angst, in ihre Decke gewickelt.

Hatte sie wirklich einen Schrei gehört, oder war das ein Streich des Winds oder des Wassers in den Rohren gewesen? Lauerte etwas Gefährliches unter dem Toilettenboden? Oder war dort noch eine Person gefangen? Wäre es ein Komplize von Oreste gewesen, hätte er sie längst verraten. Wenn da überhaupt jemand war, musste es also eine andere Gefangene sein. Sie musste Kontakt zu ihr aufnehmen.

Stifte hatte Amala nicht, Papier hingegen zur Genüge, all diese billigen Bücher, die ihr Oreste dagelassen hatte. Wahllos im Bilderbuch zu *101 Dalmatiner* herumblätternd, betrachtete sie vor allem die großen Buchstaben, die sich für Leseanfänger eigneten. Plötzlich musste sie an diese anonymen Briefe in Filmen denken, mit diesen aus ausgeschnittenen Buchstaben zusammengesetzten Botschaften.

Sie machte sich an die Arbeit, testete erst die Eigenschaften ihrer Wundcreme. Ihr Werk mit dem Körper verdeckend, riss sie dann eine Seite aus *Sandokan: Die Tiger von Mompracem*, dann eine aus den *Dalmatinern*. Aus Letzterer riss sie geduldig mit Zähnen und Fingernägeln Vokale und Konsonanten heraus und klebte sie mit der stark haftenden Creme auf das erste Blatt. Nach einer Stunde hatte sie ihren Satz beendet:

WER BIST DU? ICH AMALA. SOS.

Das hätte sie besser ausdrücken können, aber man würde es schon verstehen. Sie biss ein Löchlein in einen ihrer Kittel, zog einen Nylonfaden von mehr als drei Metern Länge heraus und verband ihn mithilfe eines Fischerknotens, den sie mal in einem Film gesehen hatte, mit einem anderen Faden gleicher Länge. Ihr war klar, dass der Boden nicht so tief darunter liegen konnte, aber sie wusste nicht, wie weit weg die andere Person war. Falls denn dort jemand war.

Sie wickelte ein Kleidungsstück um den Brief und begab sich ins Bad. Zunächst wusch sie die Wunde aus, wie sie es mehrfach am Tag tat, und wechselte die Gaze. Mittlerweile tat es weniger weh, aber der Geruch war immer noch widerlich; und wenn sie die Haut drum herum berührte, war sie praktisch gefühllos. Sie entfernte die Bodenplatte des Stehklos, brach mithilfe ihrer Leine ein Stück aus der Betonplatte darunter und wickelte es in ihr Bündel. Die Nylonschnur hielt sie fest und warf das Bündel dann in das Loch. Immer wieder. Die ersten zehn Male blieb es nach einem halben Meter stecken, aber als sie schon aufgeben wollte, hörte sie, dass es irgendwo aufschlug und weit wegrollte.

Da sie sich nicht verdächtig machen wollte, indem sie viel zu lang auf der Toilette blieb, klemmte sie das Ende des Fadens zwischen die Betonplatte und die Bodenplatte des Stehklos. Besser würde sie es nicht hinbekommen.

Ohne Vorwarnung spannte sich ihr Drahtseil heftig an. Blind vor Schmerz fiel sie zu Boden und knallte mit dem Kopf gegen die Plastiktür.

»Amala! Was machst du da?«, brüllte Oreste draußen.

Er stieß gegen die Tür, um hereinzukommen, aber Amala stemmte sich mit dem ganzen Körper dagegen. »Alles bestens.«

»Mach sofort auf!«

»Ich komme schon, einen Moment.«

Oreste steckte schon die Finger in den Türschlitz. Amala sah, dass die Platte des Stehklos nicht perfekt im Bodenloch saß, und verrenkte sich, um mit den Füßen dagegenzutreten. Mit einem Knirschen glitt die Platte an Ort und Stelle.

Die Tür öffnete sich an der falschen Seite, und Oreste steckte den Kopf herein. Die Augen misstrauisch zusammengekniffen, fragte er mit wütender Stimme: »Was machst du da? Warum liegst du auf dem Boden?«

»Das hast du doch getan. Du hast mich am Seil runtergerissen und mir wehgetan.«

»Ich bin über die Leine gestolpert. Los, steh auf.«

Lügner, dachte Amala. *Das hast du absichtlich getan.* Vorsichtig erhob sie sich; der Schmerz war wieder unerträglich. »Ist nicht so schlimm.«

»Warum warst du so lange im Bad?«

»Ich habe Bauchschmerzen.«

»Nimm die Medizin nicht auf leeren Magen, ja?«

»Gut.«

»Und was war das für ein komisches Geräusch, als ich reingekommen bin?«, fragte er.

Eine scheinbar beiläufige Frage, aber Amala hatte das Gefühl, in der Falle zu sitzen. Sie bemühte sich um einen normalen Tonfall. »Schätze, du hast die Tür kaputt gemacht.«

Nachdem er einen Moment nachgedacht hatte, der Amala wie eine Ewigkeit erschien, drehte er ihr den Rücken zu. »Gehen wir zu deinem Lager. Ich muss deinen Verband wechseln.«

»Das habe ich schon getan.«

»Dann machen wir es eben noch einmal.«

Oreste ging voran und verlangsamte den Schritt, wenn Amala an einer Gabelung der Schiene länger brauchte.

»Oreste ... Ich verstehe noch immer nicht, warum du mich entführt hast.« Soeben kamen sie an dem Liebespaar vorbei, das sich in Schimmel auflöste. »Wenn ich mit dir rede, kommst du mir wie ein normaler Mensch vor. Du bist kein Sadist, der sich daran erfreut ...«

Plötzlich hatte Amala vor Angst einen säuerlichen Geschmack im Mund und konnte nicht weiterreden.

Oreste schüttelte den Kopf. »Amala, hältst du dich für so unendlich schlau?«

»Bestimmt nicht!«

»Offenbar hast du ein paar Krimis gelesen und denkst, du kannst dich mit deinem Entführer anfreunden, damit er dich gehen lässt, was? So weit wird es noch kommen. Wenn du dich in dein Schicksal fügst, wird es leichter. Vergiss deine Fragen und leg dich hin.«

Sie waren an der Matratze angekommen. Amala tat, was er sagte, steif vor Angst. »Ich wollte dich nicht beleidigen. Bitte tu mir nicht weh.«

»Ich will dich nur behandeln.« Oreste öffnete die obersten Knöpfe ihres Kittels und legte den Verband an ihrem Rücken frei. Sanft zog er das Pflaster ab. Seine Berührungen hatten nichts Anstößiges, aber Amala zog sich jedes Mal der Magen zusammen, wenn er sie anfasste.

»Es hat sich entzündet«, sagte er. »Hast du die Wundsalbe aufgetragen?«

»Ja. Aber es ist nicht so leicht, die Stelle zu erreichen.«

»Gib mir die Tube und das Wasserstoffperoxid.«

Sie tat es. Oreste säuberte die Wunde, dann trug er die Salbe auf. Es war fast unerträglich.

»Da ich ohnehin nicht hier wegkomme, kannst du mir doch wenigstens sagen, warum du mich entführt hast. Du hast gesagt, du wirst dich nicht an mir vergreifen. Warum also?«, fragte sie.

Oreste stieß einen langen Seufzer aus. »Du gibst nicht auf, was?«

»Was würdest du denn an meiner Stelle tun?«

»Du bist hier, weil ich dich für etwas Wichtiges brauche. Mehr kann ich nicht dazu sagen, weil ich sonst die Ergebnisse verfälschen würde.«

»Was für Ergebnisse? Machst du ein Experiment?«

»Nein. Es handelt sich um ein Unterfangen, dem ich ein Großteil meines Lebens gewidmet habe. Und jetzt Schluss mit den Fragen. Das Einzige, was dich interessieren sollte, ist, dass ich dich am Ende von der Leine lasse. Dann kannst du gehen, wohin du willst. Und jetzt sei brav, weil ich zu tun habe«, sagte Oreste und ging fort. Kurz darauf hörte Amala, wie sich die Geheimtür im Spa-Bereich schloss. *Der ist verrückt, ich sollte nicht mit ihm reden*, sagte sie sich. Aber immerhin hatte sie ein paar Antworten erhalten, was ein gutes Zeichen war. Und vielleicht war da etwas am anderen Ende dieses Lochs, was auch ein gutes Zeichen sein könnte. Eine winzige Hoffnung, hier herauszukommen. Er würde sie nicht umbringen, so wie er auch diese andere Person nicht umgebracht hatte.

Er hatte sie nur in einen Abwasserkanal gesperrt.

24

Francesca lauerte Metalli im Fitnessstudio in Piacenza auf, wo er zweimal die Woche Padel-Tennis spielte. Als er sie auf der kleinen Tribüne mit den blauen Sitzen entdeckte, wirkte er nicht grade glücklich und spielte plötzlich miserabel. Irgendwann entschuldigte er sich bei seinem Trainer, kam zu ihr und setzte sich. Er war schweißgebadet und hatte sich ein Handtuch um den Hals gelegt. »Wir haben doch erst gestern telefoniert«, sagte er atemlos und deutlich verärgert. »Du weißt, dass ich dich sofort informiere, wenn es Neuigkeiten gibt.«

Francesca war bis zum letzten Moment unentschlossen gewesen, was sie sagen sollte. Nun entschied sie sich für den vorsichtigen Weg. »Ich wollte dir mitteilen, dass ich etwas Sonderbares erfahren habe. Ich weiß nicht, ob es etwas zu bedeuten hat, aber Amala ist mit einem Mädchen namens Sophia Vullo auf die Schule gegangen.«

»Der Name sagt mir nichts. Kann es sein, dass wir sie noch nicht vernommen haben?«

»Das Problem ist, dass sie vor einem guten Jahr verschwunden ist. Sie ist Waise, und man geht davon aus, dass sie einfach aus dem Waisenhaus getürmt ist. Ich habe mich allerdings gefragt, ob …« Sie tat so, als würde sie zögern.

»Du denkst, es gibt eine Verbindung?«

»Wenn es sich um einen Verrückten handelt … Vielleicht ist sie nicht die Erste.«

»In neunundneunzig Prozent der Fälle spielt das keine Rolle. Aber gut, dass du es mir mitgeteilt hast, ich werde sofort Nachforschungen anstellen. Ich habe nichts zu schreiben dabei. Könntest du mir den Namen per Whatsapp schicken? Mein Handy steckt in meiner Tasche.«

Francesca tat, worum sie der Staatsanwalt gebeten hatte.

»Ich habe ein bisschen Material über sie zusammengetragen, das lasse ich dir an deine Büroadresse mailen.«

»Ach ja? Wunderbar, das könnte die Sache beschleunigen. Sobald ich etwas weiß, lasse ich es dich wissen. Jetzt geh ich erst einmal duschen.«

»Mir ist zu Ohren gekommen, dass ihr auf einem Friedhof den Lieferwagen gefunden habt«, sagte sie, um einen beiläufigen Tonfall bemüht.

Claudio erstarrte in der Bewegung. »Wer hat dir das erzählt?«

»Ich kenne viele Leute.«

»Wir sind uns nicht sicher, ob es der richtige Wagen ist, sonst hätte ich es dir längst mitgeteilt. Und wir wissen nicht einmal, ob wir es herausfinden werden, weil das Feuer ihn zerstört hat.«

»Das Feuer?«

»Dann wissen diese Leute, die du kennst, wohl doch nicht alles. In der Tat. Irgendjemand hat ihn heute Nacht angezündet. Die Feuerwehr hat uns auf den Wagen aufmerksam gemacht. Sonderbar, was?«

Francesca nickte, da sie befürchtete, ihre Stimme könne sie verraten.

»Wenn es der Entführer war, warum hat er ihn nicht sofort angezündet? Es wäre doch ein Risiko gewesen, an den Ort zurückzukehren, wo doch so viele Ordnungskräfte danach suchen«, fuhr Metalli fort.

»Willst du damit sagen, dass es jemand anders war?«

»Aber wer? Ein Vandale?«

Oder ein mysteriöser Tourist, der aus dem Nichts aufgetaucht ist, dachte Francesca.

25

Als sie wieder in der Kanzlei war und die aufdringlichen Kollegen vertrieben hatte, gab Francesca beim Kraftfahrzeugamt eine Recherche zu Gerrys Nummernschild in Auftrag. Der Wagen stammte, wie sie erfuhr, von einer Autovermietung in Mailand. Zwei ihrer Assistenten mussten sich alle Mühe geben, um einen hinreichend wichtigen Mitarbeiter zu finden, der ihnen den Namen des Mieters verraten durfte: Gershom Peretz, Bürger aus Tel Aviv, Einreisevisum vom Tag nach Amalas Entführung. Ein Israeli, der sich für den Perser interessierte? Was könnte das Motiv sein? Nachdem sie lange darüber nachgedacht hatte, rief sie zum ersten Mal seit Monaten ihren Ex-Mann an. Er war kein Anwalt, sondern Mitarbeiter des britischen Außenministeriums und hatte Verbindungen in jeden Teil der Welt. Als sie ihm mitteilte, was passiert war, schimpfte Anthony, weil sie ihn nicht eher informiert hatte. »Ich habe sie nicht gut gekannt, aber immerhin war ich eine Weile ihr Onkel. Schieß los, wie kann ich dir helfen?«

»Ich brauche deine Unterstützung, um etwas über eine Person herauszufinden.«

»Wen?«

»Einen israelischen Touristen. Ich denke, dass er seit einiger Zeit in Italien ist, aber …«

»Warte. Notiere dir diese Mailadresse.« Er nannte eine Adresse, die sie nicht kannte. »Schreib mir dorthin, aber nicht von deiner Mailadresse aus. Leg ein neues Konto an, wenn nötig.«

»Tony, du übertreibst. Wie immer.«

»Mach es einfach.«
Anthony legte auf, und Francesca tat, worum er sie gebeten hatte. Ihr Ex-Mann antwortete auf dieselbe Weise und gab ihr für abends neun Uhr einen Termin für einen Videocall, den sie aber nicht von ihrem Büro aus führen solle. Sie kam sich albern vor, als sie ins Einkaufszentrum in der Nähe ging, auf einer der Bänke im Restaurantbereich Platz nahm und ihr iPad mit dem Gratis-Wi-Fi des Tacoladens verband. Im Obergeschoss befanden sich die Eingänge zum Multiplexkino, aber abgesehen von ein paar Gruppen Jugendlicher war nicht viel los. Obwohl es denkbar weit weg vom Thema war, dachte Francesca plötzlich, dass sie schon eine Ewigkeit nicht mehr im Kino oder Theater gewesen war. Nicht zuletzt, weil sie nicht wüsste, mit wem. Vielleicht sollte sie sich die Tinder-App herunterladen.

Sie steckte die AirPods in die Ohren und rief über Skype die Adresse an, die Tony ihr gegeben hatte. Die Verbindung wackelte, und das Bild war verpixelt, aber Tony erschien trotzdem auf dem Bildschirm. Ein Adonis war er nicht gerade, eher der Typ Pubbesitzer, klein, wie er war, und mit diesem hochgezwirbelten Schnauzbart. Fast immer trug er eine dunkle Weste über einem weißen Hemd, was seine Ähnlichkeit mit einem Kneipenwirt noch unterstrich. Dabei war er einer der intelligentesten Menschen, die sie je kennengelernt hatte. Untreu, sicher, aber brillant. Sie konnte ihn einfach nicht hassen, im Gegenteil. »Es tut mir so furchtbar leid für Amala«, sagte er auf Englisch. »Du hättest mich eher anrufen sollen.«

»Und was hättest du getan?«

»Dann hätte ich es wenigstens gewusst. Außerdem hätte ich meine Freunde in Rom benachrichtigen können.« Tony kannte jeden und vor allem wichtige Leute.

»Rom ist weit weg von Cremona, in jeglicher Hinsicht. Hier funktionieren die Dinge anders.«

»Wo bist du gerade?«

»Inmitten von Bratdünsten. Kommen dir diese Sicherheitsvorkehrungen nicht übertrieben vor?«

»Du hast mich nach einem israelischen Staatsbürger gefragt. Dieses Volk legt aus gutem Grund Wert auf seine Privatsphäre. Gott sei Dank hat Aaron die Dringlichkeit der Sache begriffen.«

»Aaron?« Er war ein paarmal bei ihnen zu Hause gewesen. Alt, Bierbauch, dem Alkohol zugetan. »Ist der nicht Agrarwissenschaftler?«

»Behauptet er jedenfalls. Mehr sage ich nicht.«

»Okay, tut mir leid. Und danke. Fahr fort.«

»Dein Freund hat keine Vorstrafen oder Anzeigen …«

»Aber?«

»Er war beim Militär. Er ist mit dem Grad eines *seren* ausgeschieden. Hauptmann.«

»Bist du sicher? Wie ein Soldat sah er nicht gerade aus.«

»Einzelheiten hat Aaron nicht genannt, aber er sprach von Spezialkräften. Die sehen nicht immer wie Soldaten aus.«

»Könnte es sein, dass er jetzt undercover arbeitet?« *Wie Aaron offenbar.*

Anthony schüttelte den Kopf. »Die Frage beantwortet sich von selbst. Wenn er undercover arbeiten würde, hätte ich keine Möglichkeit, es herauszufinden. Aber wenn er wirklich aus dem Militär ausgeschieden ist, könnte er im Privatsektor arbeiten. Unternehmen wie GS1 oder G5 bieten eine Reihe von Dienstleistungen an: Sicherheitsdienst, Informationsbeschaffung und so. Die sind immer auf der Suche nach Ex-Militärs.«

»So sah er aber auch nicht aus.«

»Hat er dich um Geld gebeten?«

»Nein.«

»Könnte dein Bruder ihn auf die Sache angesetzt haben?«

»Das hätte er mir doch mitgeteilt … Und denkst du wirklich, er hätte einen Israeli eingeschaltet? Sunday ist doch propalästinensisch bis auf die Knochen.«

»Gibt es in Italien jemanden, der das nicht ist?«
»Was sind das für Leute, diese Spezialkräfte?«
Anthony dachte einen Moment nach. »Es können kaltblütige Kämpfer und hartgesottene Nationalisten sein, aber sie handeln nicht aus purem Sadismus, sexuellem Antrieb oder religiösem Fundamentalismus heraus. Wer solche Neigungen zeigt, wird sofort entlassen. Allerdings kann ich dir nicht garantieren, dass sich nach ihrem Abschied nicht so etwas zeigt. Hat er dich bedroht?«
»Eigentlich nicht. Aber die Sache hat trotzdem etwas Beunruhigendes.«
Tony strich sich über den Schnurrbart. Francesca hasste das.
»Ruf die Polizei.«
»Amala ist vor zwei Tagen verschwunden. Es gab keine Lösegeldforderungen und auch keinen Versuch der Kontaktaufnahme vonseiten des Entführers.« Zwei Jugendliche hatten sich auf die Bank neben ihr gesetzt und knutschten. Francesca senkte die Stimme. »Weißt du, wie groß die Wahrscheinlichkeit ist, dass sie noch lebt? Ich verdränge diese Gedanken, aber sehr hoch ist sie nicht. Gesetzt den Fall, dass er tatsächlich in der Lage ist, sie zu finden, oder überhaupt irgendetwas ...«
Anthony war nicht überzeugt, versuchte aber auch nicht, es ihr auszureden. »Pass bitte auf. Wenn er tatsächlich bei den Spezialkräften war, hat dieser Peretz schreckliche Dinge erlebt und getan. Nimm das nicht auf die leichte Schulter.«
»Ich habe nicht die Absicht. Danke, Tony, wirklich.«
»Sie ist auch meine Nichte. Ich werde sofort deinen Bruder anrufen. Und wie geht es dir sonst?«
»Was für ein ›sonst‹?« Francesca klappte ihren Laptop zu, und die AirPods verbanden sich automatisch mit ihrem Handy. Nach einem Moment des Zögerns wählte sie die Nummer auf der Karte, die Gerry ihr gegeben hatte.

26

Gerry erhielt die Nachricht auf seinem Anrufbeantworter, als er am Steuer seines Volvos saß. Er brachte Zayn zum Tierarzt, um ihn untersuchen zu lassen. Während der Untersuchung öffnete er das vermeintliche Spiel auf seinem iPad und überprüfte, welche der Personen, deren Namen er von Nitti bekommen hatte, in wenigen Stunden erreichbar waren. Er stieß auf einen Mann, der gerade erst in Pension gegangen war und mit seiner Frau in Condogno lebte, einem Städtchen zwischen Mailand und Cremona. Gerry löschte den Namen – Oscar Donati – aus der Liste. Er hatte keine Zeit gehabt, die Sache zu planen, aber er würde sich etwas einfallen lassen. Wenn er sich beeilte, könnte er sogar noch an der Discobar vorbeifahren, in der Sophia Vullo ihre Freier angeworben hatte. Er stahl einen Wagen, fuhr zu dem Haus des Pensionärs und stellte fest, dass ihm das Glück hold war. Der Mann kehrte gerade mit einem Einkaufsbeutel heim. Sein Kiefer war schief; an seiner Wange prangte eine große Narbe.

Er tat so, als würde er an ihm vorbeigehen, an einer Stelle ohne Überwachungskameras. Mit dem Mehrzweckmesser, das er am Friedhof dem Mann von Airone abgenommen hatte, schlitzte er die Tüte auf. Tomaten und Äpfel kullerten auf den Bürgersteig. »Warten Sie, ich helfe Ihnen«, sagte Gerry und bückte sich nach einem unreifen Ochsenherzen. Als die anderen Passanten vorüber waren, zeigte er ihm das Messer. »Ciao, Oscar. Wenn du schreist, schneide ich dir die Kehle durch.«

Die Augen des Pensionärs schossen hin und her. Um ihn von seinen Absichten zu überzeugen, drückte Gerry ihm die Spitze der Klinge an die gesunde Wange. »Was wollen Sie?«, murmelte der Alte, der nur einen Mundwinkel bewegen konnte.
»Ich habe nicht viel Geld.«
»Ich möchte, dass du mit mir eine Runde drehst.«
»Nein!«
»Deine Frau ist zu Hause. Möchtest du, dass ich ihr etwas antue?«

Der Mann erkannte etwas in Gerrys Augen, und als der ihn beim vollen Namen rief, folgte er ihm anstandslos zum Wagen.

Gerry brachte ihn zu einem Feld, befragte ihn und hängte ihn dann mit seinem eigenen Gürtel an einem Ast auf. »Suizid aus Depression«, sagte er.

27

Francesca erhielt Gerrys Nachricht, als sie gerade in ihre Wohnung in der Nähe der Kanzlei getreten war. Sie roch neu, und viele Bücherkisten waren noch nicht ausgepackt, obwohl sie schon vor ein paar Monaten umgezogen war. Zuvor hatte sie eine Zeit lang im Gästehaus der Kanzlei gewohnt. In Cremona fühlte sie sich noch nicht zu Hause. Ihr fehlten die Skyline von London und das pulsierende Leben. Zunächst hatte sie überlegt, sich in Mailand etwas zu suchen, aber die Vorstellung, jeden Tag gut neunzig Kilometer fahren zu müssen, hatte sie davon abgebracht. Sie hätte tun müssen, was ihr Vater nie getan hätte: die ganze Kanzlei in die Landeshauptstadt verlegen und dann auf Wiedersehen. Aber viele der älteren Partner waren, anders als sie, mit der Stadt des Torrone-Nougats eng verbunden.

Gerrys Nachricht enthielt eine Adresse in Mailand. Als sie mit ihrem Tesla die berühmten neunzig Kilometer zurückgelegt und in der Stadt noch ein paar Extrarunden gedreht hatte, stellte sie fest, dass es die Adresse einer Tierklinik war. Als sie davorstand, waren die Türen verschlossen und die Lichter abgeschaltet. Misstrauisch betätigte sie die Nachtklingel, worauf sofort eine Frau mit Kittel und Afromähne öffnete. »Avvocato Cavalcante?«

»Ja. Ich soll eine Art Verabredung hier haben.«

»Mit Dottor Gerry. Ich hole ihn.«

Dottor Gerry? Francescas Verwirrung stieg.

Die Krankenschwester verschwand im dämmrig erleuchteten Flur, und dann kam Gerry auch schon. Er trug ebenfalls einen Kittel; die Haare hatte er unter einer Chirurgenhaube versteckt, den Bart unter einer mit Heftpflaster festgeklebten Maske. An einem der nackten Arme hatte er einen großen Bluterguss, der jüngeren Datums zu sein schien.

Sie ließ ihm nicht die Zeit, den Mund aufzutun. »Warum haben Sie den Lieferwagen angesteckt?«

»Weil es noch andere Personen gibt, die sich für Ihr Monster interessieren. Sie wollten ihn fortbringen. Polizisten waren das nicht.«

»Woher wollen Sie das wissen?«

»Von einem habe ich die Ausweise gesehen, deshalb weiß ich, dass sie für die private Sicherheitsfirma Airone arbeiten. Es sind *contractors* eines multinationalen Unternehmens. In Italien übernehmen solche Leute nur Überwachungsaufgaben, aber in anderen Ländern operieren sie auch in Kriegsgebieten.«

»Sie arbeiten für das Monster?«

»Unwahrscheinlich. Sie müssen andere Interessen haben. Aber es würde nichts bringen, sie zu fragen, da die unteren Chargen nie etwas wissen.«

Die Krankenschwester schaute aus dem Flur herüber. »Alles vorbereitet.«

»Danke. Lassen Sie uns gehen, da mein Patient bereits betäubt ist. Wir können dort weiterreden.«

Francesca war gezwungen, ihm zu einem kleinen Saal zu folgen, der an eine Neugeborenenstation erinnerte, mit einer großen Fensterscheibe und einer Reihe gelber Plastikstühle. Hinter der Scheibe stand allerdings statt der Kinderbettchen ein Operationstisch, auf dem ein schwarz-weißer Hund mit nur drei Pfoten lag. Er atmete durch einen Schlauch, der mit einem Pflaster an seine Schnauze geklebt war. Die Frau drehte ihn mit dem Bauch nach oben und schnallte ihn fest.

»Was machen wir hier?«

»Zayn ging es nicht gut, und die Untersuchungen haben ergeben, dass er möglicherweise einen Tumor an der Milz hat«, antwortete Gerry. »Setzen Sie sich. Es dauert nicht lange.«

Er verschwand im Flur und erschien dann hinter der Scheibe, das Gesicht hinter einer neuen sterilen Maske und einer Schutzbrille verborgen. Er streichelte den Hund und tastete dann seinen Bauch ab. »Dem Chefarzt zufolge ist es ein Angiosarkom, das eine Entfernung der Milz verlangt.« Seine Stimme klang gedämpft aus dem kleinen Lautsprecher, der auf Francescas Seite hing.

»Haben Sie nach dem Abschied Veterinärmedizin studiert, Capitano Gershom Peretz?«

»Capitano?«, wiederholte die Krankenschwester. »Wow.«

»Sie haben Erkundigungen über mich eingezogen. Sehr gut.«

»Mehr weiß ich nicht. Also, sind Sie Tierarzt?«

»Das ist nur Liebhaberei.«

»Soll das ein Witz sein?«

»Nein. Im Heer hatten wir viele Hunde, um Bomben und Heckenschützen aufzuspüren. Sie haben sich oft verletzt, und ich musste Erste Hilfe leisten. Mit der Zeit habe ich mir das nötige Wissen angeeignet. Bei einer Katze wüsste ich gar nicht, wo ich anfangen soll. Desinfektionsmittel und Skalpell, bitte«, wandte sich Gerry an die Krankenschwester.

Die säuberte den Bauch des Hunds mit einer Lösung aus einer durchsichtigen Flasche, dann reichte sie Gerry das Skalpell. Der musterte den Hund einen Moment, dann schnitt er mit einer schnellen, sicheren Geste seinen Bauch auf, vom Brustbein bis wenige Zentimeter vor dem Schambereich. Blut floss, das die Krankenschwester auftupfte.

»Balfour-Retraktor, bitte. Alles in Ordnung im Publikum?«, fragte Gerry.

Francesca beobachtete ihn fasziniert. »Ich habe schon Schlimmeres gesehen. Sie vermutlich auch. Außer dass Sie sich um Hunde gekümmert haben, was haben Sie im Heer getan?«

»Marschiert, mit einem Rucksack auf dem Rücken …«

»*Sie* haben *mich* angesprochen. Ich möchte wissen, ob ich Ihnen vertrauen kann. Spielen Sie also nicht den Volltrottel.«

»Ich war in einer Einheit, deren Namen ich Ihnen nicht verraten darf. Grob gesagt hat diese sich um die Aufklärung von Gebieten gekümmert, die ich nicht nennen darf, und um die Befreiung namenloser Geiseln.« Gerry steckte den Retraktor in den Schnitt und öffnete die Wunde, sodass die Eingeweide sichtbar wurden, dann steckte er beide Hände hinein. »Die umliegenden Organe frei von Metastasen. Jetzt wollen wir uns die Milz anschauen.« Sanft hob er sie mit beiden Händen heraus. »Der Knoten ist klar umrissen und von begrenzter Größe. Das verlangt nach Feinarbeit. Resorbierbarer Faden, bitte.«

»Wollen Sie eine Teilresektion vornehmen, Dottore?«, fragte die Krankenschwester.

»Genau.«

»Er ist kein Doktor, er ist Soldat«, sagte Francesca.

»Ex-«, betonte Gerry.

»Solange er zahlt, soll er sein, was er will«, sagte die Krankenschwester munter. »Außerdem schlägt er sich wesentlich besser als viele, die studiert haben.«

»Sie sind kein Soldat mehr, und Sie sind kein Tierarzt«, sagte Francesca. »Was für eine Arbeit machen Sie im Moment?«

»Ich habe Urlaub.«

»Und bevor Sie in den Urlaub gefahren sind?«

»Mal dies, mal das.«

»Und was treibt Sie dazu, sich mit dem zu beschäftigen, was meiner Nichte widerfahren ist?«

»Es gefällt mir nicht, wenn kleinen Mädchen etwas angetan wird.«

»Und deswegen sind Sie aus Israel gekommen?«

»Genau.« Zayn zuckte nervös mit den Pfoten, und Francesca verzog das Gesicht. »Keine Angst, er schläft. Das ist nur ein Reflex.« Gerry zog einen Fetzen blutigen Fleischs heraus und legte ihn in eine Metallschale. »Das brauche ich für die histologische Untersuchung. Von der Form her könnte es gutartig sein. Klammern.« Die Krankenschwester reichte ihm eine Art Heftgerät, mit dem Gerry in der Wunde herumfuhrwerkte.

»Und danach suchen Sie Jack the Ripper?«

»Den hat Sherlock Holmes schon geschnappt.« Gerry legte das blutige Heftgerät ab. »Jodtinktur und Pflaster, bitte, wir sind fertig. Dann steriler Käfig und Salzlösung.«

Gerry verschwand. Francesca ging mit dem Gesicht an die Scheibe heran, um die große Hündin von Nahem zu betrachten. Sie fragte sich, ob sie die Pfote durch eine Mine verloren hatte. Gerry erschien in Zivil, an seiner Seite die weiße Hündin vom Vortag, Aleph, außerdem noch drei weitere Hunde unterschiedlicher Rasse, alle mit Wunden und Narben übersät.

»Weitere Versuchskaninchen, nehme ich an. Ich sollte den Tierschutzbund verständigen.«

»Haben Sie den Eindruck, die Hunde haben Angst vor mir?«

»Ich beherrsche die Sprache der Hunde nicht. Vielleicht ist es ein Zeichen von Unbehagen, sich die Hoden zu lecken.«

»Bei einem Mann vielleicht.«

»Sie wollen einen Job bei der Suche nach Amala, wenn ich Sie recht verstanden habe?«

»Nein. Im Urlaub lasse ich mich nicht bezahlen. Kommen Sie, wir gehen etwas essen.«

Er führte sie in ein von einer tunesischen Familie betriebenes Lokal, ein paar Schritte von der Klinik entfernt. Draußen auf den Tischchen standen Shishas, obwohl die Abende bereits kühl waren. Die Einrichtung war eine Mischung aus Plastik und mittlerem Orient, und in der Luft hing der Geruch von Knoblauch und ranzigem Bier. Gerry wählte einen Tisch weit weg vom Fenster und bestellte auf Arabisch einen Pfefferminztee und Teller mit Hummus und Baba Ganoush. Er hatte die Haare gelöst, die ihm jetzt auf die Schultern fielen, und schien einer New-Age-Bibel für fundamentalistische Hundefanatiker entsprungen.

»Das ist ein merkwürdiger Ort für einen Israeli«, sagte Francesca, die sich in diesem nicht besonders sauberen und um diese Uhrzeit nicht besonders frequentierten Lokal eher unwohl fühlte. Das Rudel hatte es sich unter ihnen bequem gemacht, und der Wolfshund Mem benutzte ihre Schuhe als Kissen. Francesca saß stocksteif da, weil sie Angst hatte, er könnte sie beißen oder ablecken.

Gerry hob die Schultern. »Wir sind doch nicht in Ostjerusalem, und ich habe keinen Akzent.«

»Wie Sie zwischen dem Aufschneiden von Hunden und dem Erlernen von Sprachen Zeit gefunden haben, auf jemanden zu schießen, ist mir schleierhaft.«

Der Lokalbesitzer brachte einen silbernen Samowar und zwei Gläschen. Gerry füllte sie, ohne einen Tropfen zu vergießen. Francesca kam aber nicht umhin, sich vorzustellen, wie ihr diese starken Hände die Kehle zudrückten, bevor sie auch nur schreien konnte.

»Ich habe keinerlei Absicht, Ihnen etwas anzutun«, sagte Gerry, ihre Nervosität spürend. »Genauso wenig wie ich die Absicht habe, Ihrer Nichte etwas anzutun. Vielmehr würde ich mich freuen, wenn ich sie gesund und munter nach Hause zurückbringen könnte.«

»Wieso denken Sie, dass Sie das schaffen könnten?«

»Erfahrung.«

»Die letzten dreißig Jahre habe ich damit verbracht, Verträge zwischen Unternehmen auszuhandeln, und dabei etliche Schurken kennengelernt«, sagte Francesca. »Sie gehören zu einer Kategorie, die ich nicht einschätzen kann. Aber ich weiß, dass Sie gefährlich sind.«

Gerry lächelte verhalten. »Ich bin nach Italien gekommen, um einen Serienmörder zu finden. Wenn ich nicht gefährlich wäre, wäre das idiotisch. Aber Ihnen werde ich kein Leid antun, darauf gebe ich Ihnen mein Wort.«

Francesca stützte erschöpft die Wange in die Hand. »Ich kenne Sie nicht. Ich weiß nicht, was Ihr Wort wert ist.«

»Meine Selbstachtung verbietet es mir, so etwas leichtfertig zu sagen. Aber Sie müssen wissen, dass meine Zeit begrenzt ist. Bei meiner Ankunft hatte ich eine Woche. Jetzt bleiben mir noch sechs Tage.«

»Wenn Sie meine Hilfe als wertvoll erachten, warum haben Sie mich dann nicht sofort kontaktiert?«

»Weil ich nicht wusste, auf welcher Seite Sie stehen. Vor dreißig Jahren haben Sie zugelassen, dass der Falsche verurteilt wurde. Das hätte Absicht sein können. Wie Sie nun Ihre Nichte suchen, deutet darauf hin, dass Sie sauber sind.«

»Sie sind mir ein Rätsel. Ich kann einfach kein Vertrauen zu Ihnen fassen.«

Gerry schnipste mit den Fingern, und die Hunde sprangen auf. »Sind Sie müde?«

Francesca sehnte sich nach nichts als ihrem Bett, aber sie schüttelte den Kopf. »Ich bin doch noch nicht neunzig.«

»Gut, dann zeige ich Ihnen etwas.«

28

Die Discobar von Ponte dell'Olio war ein Betonwürfel am Ende eines Parkplatzes, den sie sich mit einem Möbelgroßhändler teilte, der wiederum, wie ein Schild verriet, WEGEN LIQUIDATION GESCHLOSSEN war. Auf der von zwei Energiesparlaternen erleuchteten Fläche standen wenige Autos, viele Motorroller und Dutzende von Jugendlichen, die Bierflaschen und Joints herumgehen ließen. Der vorherrschende Look bei den Jungen bestand in ärmelloser Sportbekleidung und um den Hals gehängten Gürteltaschen, während sich die Mädchen durch laszive Kleider, Tätowierungen und Piercings hervortaten. Die Bässe eines Trapsongs brachten die Fensterscheiben zum Klirren.

Gerry wachte auf, als Francesca ihren Tesla anhielt. Er war wie ein Stein eingeschlafen, sobald er sich angeschnallt und ihr die Adresse gegeben hatte. Sein Rudel hatte er glücklicherweise in der Tierklinik gelassen.

»Einer Freundin zufolge hat sich Sophia gelegentlich mit älteren Männern prostituiert, die sie in diesem Lokal kennengelernt hat.«

Francesca musste an die Luxusobjekte denken, die sie zwischen Sophias Sachen gefunden hatte. »Und Sie denken, dass sie hier auch ihrem Entführer begegnet ist?«

»Da bin ich mir sicher. Kommen Sie, wir drehen eine Runde, dann zeige ich Ihnen, warum ich das glaube.«

»Können Sie es mir nicht einfach erzählen?«

»Wo wir doch schon einmal hier sind …«

Francesca gab nach. Als sie an drei Jungen vorbeikamen, riss der eine Witze über die »Alte, die auf der Suche nach Schwänzen« sei. Francesca tat so, als hörte sie es nicht, aber Gerry schaute sie mit einem freundlichen Lächeln an.

»Das scheint kein Ort für Menschen mittleren Alters zu sein«, rief sie über den Lärm der Musik hinweg. »Vielleicht hat Sophias Freundin Ihnen etwas vom Pferd erzählt.«

»Der Betreiber hat kürzlich gewechselt.« Gerry hielt ihr die Tür auf, und sie setzte eine FFP2-Maske auf, bevor sie über die Schwelle trat. »Aber der Name ist derselbe geblieben, so wie auch ein Großteil des Personals.«

Im Innern drängten sich die Jugendlichen auf einer winzigen Tanzfläche oder an den Tischchen, die am Rand standen. Ein Junge mit Tätowierungen im Gesicht sang zu einem dunklen Bass aus der Konserve einen Trapsong und erzählte, halb auf Italienisch, halb auf Englisch, Geschichten von Morden, Vergewaltigungen und Kerkerhaft. Die Bässe ließen die Füllungen in den Zähnen wackeln.

Francesca und Gerry hatten sich kaum auf einem klebrigen Sofa niedergelassen, als auch schon eine Prügelei begann. Massige Türsteher mit noch massigeren Goldketten um den Hals warfen die Schläger hinaus, als würden sie einen langweiligen Alltagsjob erledigen. Ein Paar in einem dunklen Winkel begann zu vögeln. Francesca war bestürzt. Lebten Jugendliche heute so? Sex in der Öffentlichkeit und Gewalt?

»Gibt es solche Orte in Israel auch?«, fragte sie.

Gerrys Augen funkelten im Licht des Stroboskops. »Keine Ahnung. Ich pflege kein ausgeprägtes Nachtleben. Möchten Sie etwas trinken?«

»Nein danke. Mir reicht es, wenn ich mir einen Hörsturz zuziehe.«

Eine Gruppe Jugendlicher warf sich auf das Sofa neben ihnen und legte die Beine auf den Tisch, die leeren Bierflaschen darauf einfach umstoßend. Großes Gelächter. Francesca sah, dass es die Jungen waren, die sie beleidigt hatten.

»Als ich heute Nachmittag von einem Auftrag wiederkam, war ich schon einmal hier und habe mit den Bedienungen geredet.«

»Und die haben sich an Sophia erinnert?«

»Nur daran, dass sie hier war, eine wahre Diva. Zwischen all den jungen Menschen fiel sie auf.«

Die Jugendlichen stießen weiter gegen den Tisch. Francesca konnte gerade noch wegrücken, sonst hätte man ihr die Stiefel versaut. »Und haben Sie auch den Entführer gesehen?«

»Nein.«

»Aha. Warum sind Sie dann so überzeugt?«

Gerry gab einem Kellner ein Zeichen. Der eilte gerade zwischen den Tischen herum, sammelte leere Gläser und Flaschen ein und bedeutete Gerry, sich einen Moment zu gedulden. Dann stellte er das Tablett auf den Tresen und kam zu ihnen. Sein weißes Jackett war genauso abgehalftert wie er selbst, ein dicker, triefäugiger Mann in den Sechzigern. »Darf ich Ihnen etwas bringen?«

Gerry steckte ihm einen Fünfzigeuroschein zu, den er wie ein Trickspieler in der Tasche verschwinden ließ. »Könnten Sie meiner Freundin hier noch einmal erzählen, was Sie mir vorhin erzählt haben?«

»Über das Mädchen?«

»Ja.«

»Sie hat ungefähr ein Jahr als Kellnerin hier gelernt. Das arme Mädchen. Aber das ist schon so lange her. Hier erinnert sich niemand mehr an sie.«

Der Kellner entfernte sich mit schleppenden Schritten. Francesca sah Gerry an. »Von wem redet er?«

»Von Cristina Mazzini, dem dritten Opfer des Persers. Sie hat vor ungefähr dreißig Jahren hier gearbeitet, als es noch ein Karaoklokal war. Und vor einem Jahr ist Sophia Vullo aus diesem Lokal verschwunden, am selben Tag wie Cristina. Halten Sie das für einen Zufall?«

»Ich weiß nicht ...«, murmelte Francesca. »Aber ist es denn möglich, dass er nach dreißig Jahren immer noch mordet?«

»Ich bin mir sicher, dass das Monster seine Handschrift dagelassen hat.«

29

Francesca war sprachlos und starrte ins Leere, als sie sich durch den Kopf gehen ließ, was Gerry da soeben enthüllt hatte. Ein Cola-Rum-Regen spritzte ihr an den Kopf, direkt aus dem Strohhalm eines der Jungen am Nebentisch. Die tätowierten Spinnweben an seinem Hals leuchteten in phosphoreszierendem Violett. »Was gibt's zu glotzen, Bibi?«, rief er, als er ihren Blick bemerkte. »Hast du Bock auf mich?«
»Wir sollten besser gehen«, sagte Francesca, aber Gerry saß gar nicht mehr neben ihr. Er hatte sich auf mysteriöse Weise vor dem Nebentisch materialisiert. Der Junge mit den Spinnweben am Hals wollte seine Flasche nach ihm werfen, aber Gerry packte seine Hand mitsamt der Waffe und drückte zu, Glas und Finger gleichermaßen zersplitternd. Der Junge schrie auf. In dem nun ausbrechenden Chaos stand Gerry fast regungslos da, während die Jungen wie in einer Zentrifuge von ihm weggeschleudert wurden. Schließlich erschien er wieder neben Francesca und wischte sich mit dem Ärmel einen Blutfleck vom Bart. »Lassen Sie uns gehen, bevor die Rausschmeißer kommen.«
»Sie haben ihm die Hand gebrochen«, sagte sie.
»Nur ein paar Finger.«
Auf dem Weg hinaus schwammen sie gegen den Strom der Jugendlichen.
»Das sind Gangster, aber sie sind noch so jung. Sie hingegen sind erwachsen. Mussten Sie wirklich Gewalt anwenden?«
»Sonst hätte ich die Sache nur in die Länge gezogen. Die

hätten uns nicht in Ruhe gehen lassen. Gewalt anzuwenden, bedeutet für diese Kinder, ihr Terrain zu markieren.«

»Vielleicht wollten Sie mich auch beeindrucken, indem Sie den Jungen verprügeln, der mich beleidigt hat. Ich versichere Ihnen, dass ich mich durchaus allein verteidigen kann.«

Gerry lachte. »Habe ich Sie wenigstens davon überzeugt, dass Ihr Monster noch sein Unwesen treibt?«

»Keineswegs. Aber selbst wenn es so wäre, wieso sollte ich Sie herumlaufen lassen, damit Sie die Ermittlungen mit ihren Sperenzchen behindern?«

»Weil Sie mich nicht aufhalten können.«

»Ich könnte Sie anzeigen, weil Sie den Lieferwagen angezündet haben.«

»Ohne Zeugen? Dadurch würde ich Zeit verlieren, aber das wäre auch schon alles. Letztlich haben Sie nur zwei Möglichkeiten: mir den Rücken zu kehren und mich zu vergessen oder mir zu helfen, den Entführer Ihrer Nichte zu finden.« Er strich sich die Haare aus dem Gesicht und sah sie an.

»Sie sind sehr überzeugt von sich. Keine Ahnung, woher Sie das haben.«

»Pure Erfahrung. Die Erfahrung sagt mir aber auch, dass ich logistische Unterstützung gut gebrauchen könnte. Ich bin hier ein Fremder und muss Türen einrennen, die Sie mit einem schlichten Telefonat öffnen könnten. Ich werde den Mann sowieso erwischen, nur für Amala könnte es irgendwann zu spät sein.«

»Oder Sie richten ein Desaster an.«

»Ich werde sicherstellen, dass das nicht passiert.« Er schenkte ihr ein breites Grinsen. »Los, kommen Sie an Bord und verbessern Sie Ihr Karma. Schauen Sie mich nicht so an. Die Juden glauben auch an so etwas, selbst wenn es nichts mit dem des Buddhismus zu tun hat. Wir nennen es *middah k'neged middah*, Maß um Maß. Tut man Gutes, erhält man Gutes, tut man Böses, erhält man Böses.«

»Mein Karma ist schon in Ordnung.«
»Sie haben zugelassen, dass die falsche Person verurteilt wird.«
»Ich habe alles getan, um einen Freispruch zu erwirken. Ich war eine blutige Anfängerin.«
»Aber Sie wussten, dass der eigentliche Täter noch frei herumlief. Warum sonst hätten Sie bei der Entführung Ihrer Nichte sofort an ihn denken sollen? Schlagen Sie ein und versuchen Sie nicht länger, das Unvermeidliche zu vermeiden.«

Francesca seufzte, da sie begriff, dass sie ihrem Feind gegenüberstand. Dreißig Jahre lang hatte ihre Schonfrist gewährt, dafür musste sie sich glücklich schätzen. Nun schlug sie ein, als Gerry ihr die Hand hinhielt. Sonderbarerweise hafteten Spuren von Klebstoff daran.

30

Amala konnte nicht schlafen. Sie fühlte sich ein bisschen fiebrig, aber vor allem musste sie an die Botschaft denken, die sie im Klo hinterlassen hatte. Was, wenn Oreste sie gefunden hatte? Vielleicht würde er sich gar nicht groß wundern. Oder er würde sie bestrafen, indem er ihr noch ein Seil implantierte. Sie wusste, dass es riskant war, noch einmal ins Bad zu gehen, besonders nachts. Aber sie konnte nicht aufhören, darüber nachzudenken, wer wohl am anderen Ende des Lochs sein mochte. Irgendwann stand sie auf. Als sie in die Raummitte trat, leuchteten die LED-Streifen auf. Es gab überall Bewegungsmelder, die die Lichtschalter nur für kurze Zeit aktivierten, als wollte der Verrückte an der Stromrechnung sparen.

Sie betrat die Kabine und hob die Bodenplatte nur so weit an, dass sie den Nylonfaden herausziehen konnte. Wundersamerweise befand er sich noch an Ort und Stelle. Der Stein hing aber nicht mehr daran, das spürte sie am Gewicht. Sie wickelte den Faden auf, der ekelhaft nach Kloake stank, und stellte fest, dass ihre Nachricht noch da war, mit klebrigem Schlamm bedeckt.

Der Knoten war anders als ihrer, und am Papier hafteten Schmutzspuren. Der Gestank war unerträglich, aber Amala war zu aufgeregt, um sich davon abschrecken zu lassen. Sie faltete die Seite auseinander und sah, dass sich der Großteil der Buchstaben gelöst hatte. Auf dem Papier standen mit Schlamm zwei Wörter geschrieben:

NICHT FLIEHEN

VERBRANNT

VOR DREISSIG JAHREN

Itala erfuhr von Continis Tod, als sie in einer Strandbar in Riccione einen Krapfen aß. Schon um zehn Uhr morgens herrschte hier der Rummel der Nebensaison, wenn die Pensionen am Meer von jenen bevölkert waren, die von den niedrigen Preisen profitieren wollten. Die Gymnasiasten waren in die Stadt zurückgekehrt, weil der Unterricht begonnen hatte, und so blieben nur die Alten und Familien mit Kleinkindern, die früh am Morgen zu schreien begannen.
Itala war in einer Stadt am Meer aufgewachsen, aber sie hatte das nie gemocht. Sie konnte nicht gut schwimmen, und wenn ihre Haut von einer Salzschicht bedeckt war, musste sie sich kratzen, als hätte sie Flöhe. Jetzt trug sie einen roten Badeanzug, der ihr in die Schenkel schnitt, die so knallrot waren wie der Rest ihrer Haut; der Sonnenbrand am Rücken, der die Form Sardiniens hatte, reichte vom Hals bis zum Arschloch hinab. Cesare, den sie an ihren freien Tagen mitgenommen hatte, saß an einem der Tischchen des Lokals. In wenigen Tagen hatte er eine karamellfarbene Bräune angenommen. Die zerknitterten Micky-Maus-Hefte, die sie immer mitschleppte, ignorierte er und warf den Tauben Bröckchen seines Croissants hin.

Itala bestellte gerade einen weiteren Caffè freddo, als einer der Sommerhits, die tausendmal am Tag aus den Lautsprechern unter der Pergola dudelten, von einer männlichen Stimme mit schwerem römischen Akzent unterbrochen wurde. Die Stimme nannte ihren Namen – *Ispettrice Caruso Itala, ich wiederhole, Ispettrice Caruso Itala, bitte ans Telefon* – in demselben Tonfall, mit dem normalerweise Kinder ausgerufen wurden.

»Das bist ja du, Mamma!«, rief Cesare begeistert, und so blieb Itala nichts übrig, als zum Tresen zu gehen, die Augen sämtlicher Anwesenden auf sich spürend.

Als sie ihren Namen nannte, sah sie der Barbetreiber mit einer Mischung aus Ungläubigkeit und Angst an. »*Sie* sind Polizistin?«

»Nein«, antwortete Itala.

»Aber man hat doch Ispettrice gesagt.«

»Schulinspektorin. Ich bin für die Küchen zuständig.«

Das Gesicht des Mannes überzog ein Grinsen. »Ah, hätte mich auch gewundert«, sagte er beruhigt. »Ich stelle das Gespräch in die Kabine durch. Aber telefonieren Sie nicht zu lange, da wir nur die eine haben.«

»Keine Sorge.«

Itala quetschte sich in die enge, heiße Kabine, die nach den Sonnencremes anderer Menschen stank. »Itala Caruso.«

»Hallo, Chef«, sagte Amato. »Wie ist das Wasser?«

»Die reinste Brühe. Musstest du unbedingt ›Ispettrice‹ sagen?«

»Sonst hätten sie dich nicht ausgerufen. Hör zu, Contini ist tot.«

Itala bekam eine Gänsehaut. »Wie ist das passiert?«

»Ein Feuer in seinem Trakt.«

»Scheiße«, sagte Itala nach einer Weile, unsicher, wie es ihr damit gehen sollte.

»Noch etwas. Der Polizeipräsident von Bari wollte dich sprechen. Ich weiß nicht, ob die beiden Dinge etwas miteinander zu tun haben. Ich habe ihm die Nummer deines Hotels gegeben.«

»Herr im Himmel ... Wieso fahre ich eigentlich in den Urlaub, wenn mir trotzdem alle auf die Eierstöcke gehen?«

»Vielleicht wollte er sich nur mal melden.«

Warum nicht?, dachte Itala und legte auf. Cesare sprang auf, als er sie, mit Schweißperlen bedeckt, aus der Kabine treten sah. »Gehen wir ins Wasser?«

»Gehen wir.« Sie nahm den Netzbeutel und begleitete ihren Sohn über den siedend heißen Sand zu dem Sonnenschirm, den sie für die vollen zwei Wochen gemietet hatte. Cesare blieb nicht einmal stehen, sondern rannte gleich weiter, bis er bis zum Bauch im Wasser stand. Itala behielt ihn im Blick, bis sie sicher war, dass er nicht weiter hineingehen würde. Dann steckte sie sich eine MS an, nahm die *Settimana Enigmistica* und versuchte den Rest des Bartezzaghi-Rätsels zu lösen, in Gedanken ganz woanders.

In den letzten zwei Jahren hatte Itala versucht, so wenig wie möglich an Contini zu denken. Gott sei Dank hatte sich so viel ereignet, dass sie immer beschäftigt gewesen war. Man hatte sie zur Vice Ispettrice befördert und zum Polizeipräsidium Piacenza versetzt, wo sie für die Ordnungsbehörde zuständig war. Amato und Otto waren ihr wenige Monate später gefolgt. Aber gelegentlich hatte der Specht in ihrem Kopf wieder zu klopfen begonnen, und mehr als einmal hatte sie sich dabei ertappt, wie sie die alten Akten studiert hatte, weil ihr Zweifel an dem kamen, was sie mit Contini angestellt hatte. Und nun, da er tot war, wusste sie nicht mehr, ob sie je einen Schlussstrich würde ziehen können. Dass Mazza sie kontaktiert hatte, schien das Gegenteil nahezulegen.

Sie legte die *Settimana Enigmistica* weg, nachdem sie zweimal hintereinander »crepa« statt »carpa« geschrieben hatte, und hielt nach Cesare Ausschau. Sie entdeckte ihn im Mittelpunkt einer Gruppe schreiender Kinder seines Alters.

Ihr Herz zog sich zusammen, und sie rannte hin. »He!«, rief sie. »Was macht ihr da?«

Cesare stand mit geballten Fäusten und hochrotem Gesicht vor den anderen; ein Junge seines Alters weinte herzzerreißend. Cesare antwortete nicht und rührte sich auch nicht, während sich das Kind schluchzend und schniefend beklagte. »Der hat mich gehauen!«

Itala musterte das Kind schnell. Keine sichtbaren Schäden, außer dem Abdruck einer Hand mit fünf Fingern an der Wange. Das beruhigte sie ein wenig. »Bitte ihn um Entschuldigung«, sagte sie zu ihrem Sohn. Cesare blieb stocksteif stehen, eine Statue der Wut. *Böses Blut*, dachte Itala. *Böses Blut.* »Beweg dich, oder es setzt was«, sagte sie.

Endlich löste sich Cesare aus seiner Starre, murmelte etwas, was einer Entschuldigung nahekam, und rannte dann zum Sonnenschirm zurück. In der Zwischenzeit war ein Grüppchen Eltern eingetroffen, die Itala erst einmal beruhigen musste, bevor sie sich zu ihrem Sohn begeben konnte, gefolgt von den Blicken der anderen. *Wir sollten uns morgen besser ein anderes Plätzchen suchen*, dachte sie. Schade um den Sonnenschirm, den sie im Voraus bezahlt hatte. Als sie Cesare erreichte, hielt er den Kopf gesenkt und spielte mit einer Colaflasche, die er am Wasser gefunden hatte, die Schrift von den Wellen aufgefressen. Er füllte sie mit Sand und kippte sie mechanisch aus, ohne ein Wort zu sagen.

Die Mittagszeit war vorbei, und die Sonne brannte auch unter dem Sonnenschirm. Itala zog sich ein dünnes Kleid über, sammelte ihre Sachen zusammen und ging mit ihrem Sohn ein paar Hundert Meter vom Badestrand fort, sich möglichst im Schatten haltend. Der glühende Sand klebte an der fettigen, schmierigen Sonnenmilch mit dem Kokosduft. Zu ebener Erde lag ein Restaurant, das um diese Uhrzeit halb verlassen war, sodass Itala einen Tisch im Innern fand, im kalten Hauch der Klimaanlage. »Möchtest du frittierten Fisch?«, fragte sie ihn.

»Ich habe keinen Hunger.«

»Eine halbe Portion mit Pommes?«

»Vielleicht …«

Itala gab die Bestellung auf, noch eine Cola und einen halben Liter kalten Weißwein hinzufügend, und leerte den Brotkorb, während sie warteten.

»Stimmt es, dass ich wie ein *negro* aussehe?«, fragte Cesare unvermittelt.
Itala war überrascht. »Nein, warum?«
»Das hat der Junge gesagt.«
Itala begriff, und was sie da hörte, gefiel ihr nicht. »Hast du ihm deswegen eine Ohrfeige verpasst?«
»Ich habe gesagt, er soll damit aufhören, aber er hat einfach weitergemacht.«
»Er wollte sagen, dass du braun gebrannt bist. Das ist ein Kompliment.«
»*Negro* ist kein Kompliment.«
»Es gibt gute und schöne Schwarze. Wie Eddie Murphy. Weißt du noch, wie doll du lachen musstest, als wir uns diesen Film angesehen haben?«
»Jetzt gefällt er mir nicht mehr. *Negri* sind alle dreckig und Diebe. Sie sollen in Afrika bleiben.«
»Wer hat dir das denn beigebracht?«
Das Essen kam. Den Fisch schien man in Motorenöl frittiert zu haben. Itala wiederholte die Frage. Irgendwann antwortete Cesare, eine Pommes in die Mayonnaise tunkend: »Oma.«
»Oma?«
»Sie hat mir auch eine Zeitung gezeigt, wo das erklärt wird. Mit Fotos.«
»Hör zu, Großmutter kann denken, was sie will, aber du darfst dich nicht davon beeinflussen lassen.«
Cesare zuckte mit den Schultern.
»Ich habe schon viele böse Menschen kennengelernt. Weiße und gelbe, arme und reiche.« *Und einen Haufen Kollegen*, musste sie denken. »Es kommt nicht darauf an, wo man geboren ist, sondern darauf, wer man ist. Im Übrigen darf man niemanden schlagen, nie. Auch nicht, wenn er einen beleidigt. Wenn du ihm wehtust, kriegst du Schwierigkeiten.«
»Du bist Polizistin, also kann mir nichts passieren.«
»So läuft das nicht, Cesare.«

»Oma sagt, du kannst machen, was du willst, und niemand kann dir etwas tun.«

»Das stimmt nicht. Glaub solche Sachen nicht. Wir alle können Schwierigkeiten bekommen, alle.«

Cesare sah sie zweifelnd an und sagte bis zum Ende des Essens keinen Ton mehr. Itala trank ihren Weißwein und spürte, dass ihre Beine wackelig wurden.

Sie kehrten in die Pension zurück. Sie malte sich aus, dass Cesare mit anderen Kindern Billard oder Tischtennis spielen und sie selbst ein Nickerchen machen würde. Als sie aber bis auf ein paar Meter an den Eingang herangekommen waren, sah sie, dass zwei Alfa Romeo mit Blaulicht auf dem Dach davorstanden. Polizei. Sie wusste nicht, warum sie da waren, aber sie hegte nicht den mindesten Zweifel, dass man ihretwegen gekommen war.

Als er das Blaulicht sah, verlor Cesare sämtliche Sicherheit und schleppte sich wie ein Kalb zur Schlachtbank. »Was wollen die, Mamma?«

»Was denkst du denn?«

»Haben die mich etwa … angezeigt?«, fragte er fast unhörbar.

Itala ließ ihn ein wenig zappeln und warf ihm einen strengen Blick zu. »Da siehst du mal, was passiert, wenn man etwas Falsches getan hat. Denk das nächste Mal daran. Dieses Mal ist es noch gut gegangen.«

»Ich komme nicht ins Gefängnis?«

»Nein.« Itala sah aus dem einen Wagen jemanden in einem braunen Anzug aussteigen. Die wenigen Haare hatte er gefärbt und über den Schädel gekämmt. Es war Mazza. Als er sie erkannte, hob er die Hand zum Gruß. »Geh spielen, Cesare. Bis später.«

Cesare rannte zur Pension Gradisca, einen großen Bogen um die Streifenwagen machend. »Wie geht's, Itala? Du siehst gut aus«, sagte Mazza und reichte ihr die schwitzende Hand.

»Dottore …«

»Ich habe erfahren, dass du hier bist. Ganz schön weite Reise, was?«

»Ja. Ich habe erst vor ein paar Minuten erfahren, dass Sie nach mir gefragt haben. Ich hätte Sie sonst gleich angerufen. Aber … Sind Sie wirklich extra meinetwegen hergekommen?«

»Nein, nein. Ich hatte eine Verabredung und kam zufällig hier vorbei. Sollen wir uns dort hinsetzen, da ist sonst niemand?« Mazza zeigte auf die Tischchen vor einer Bar, die um diese Zeit Mittagspause machte.

»Ich geh mich nur schnell umziehen.«

Mazza stieß ein Lachen aus. »Ich bin nicht so förmlich. Wir sind doch am Meer.«

»Ich schon. Zehn Minuten.« Sie wollte nicht im Trägerkleid vor ihm sitzen. Eigentlich hätte sie ihn auch gern gebeten, die Wagen wegzufahren – sie hatte schließlich noch eine Woche Urlaub –, aber dann wurde ihr bewusst, dass es dafür ohnehin schon zu spät war. Die Pensionsgäste hatten sie bereits gesehen, und die angenehme Anonymität war längst futsch. Erst die Lautsprecher am Strand, jetzt das Spektakel vor der Unterkunft. Na gut, besser die Zelte abbrechen.

Sie ging in ihr Zimmer, duschte schnell, hängte den Badeanzug zum Trocknen auf, zog ein mit Palmen und Ananas bedrucktes Kleid an und kehrte dann in die Lobby zurück. Die Pensionsbesitzerin stand hinter dem Rezeptionstresen und brach ihr Gespräch mit einem der Kellner sofort ab.

»Kann ich Ihnen helfen?«, fragte sie, um Gelassenheit bemüht.

»Ja. Leider muss ich eher abreisen. Ich werde das Zimmer heute noch räumen.«

Erleichterung zeichnete sich auf dem Gesicht der Frau ab.

»Lassen Sie mich schauen …« Sie blätterte in ihrem Buch. »Sie haben für weitere sieben Nächte bezahlt. Leider kann ich Ihnen das Geld nicht erstatten.«

Itala zog den Polizeiausweis aus der Strohtasche und knallte ihn auf den Tresen.»Auch nicht, wenn es sich um eine dienstliche Verpflichtung handelt? Denken Sie gut nach, bevor Sie antworten.«

Der Blick der Besitzerin huschte zwischen Itala und dem Ausweis hin und her.»Vielleicht könnten wir ausnahmsweise…«

»Danke. Ich komme vor der Abfahrt bei Ihnen vorbei. Ach so, bitte lassen Sie uns ein paar eisgekühlte Flaschen stilles Mineralwasser rausbringen.«

»Ja, Signora.«

Itala trat hinaus. Mazza wischte sich gerade mit einer Papierserviette den Schweiß von der Stirn. Sie dachte, dass er noch genauso war wie damals, plüschig und mysteriös. Unmöglich zu erraten, wie ernst die Situation war.»Ein ruhiges Fleckchen«, sagte er.»Kommst du immer hierher?«

»Nein, ich bin zum ersten Mal hier.«

»Ich würde auch gern mal ans Meer fahren. Aber mit der Eskorte wäre das lächerlich. Wenn ich ein Sonnenbad nehmen möchte, setze ich mich einfach auf den Balkon. Aber nicht auf den mit Meerblick, sondern auf den zum Hof. Das ist sicherer.«

»Wie geht es den Kindern?«

»Bestens. Die sind mit der Mutter in den Bergen. Früher oder später werde ich nachfahren, aber mit dem neuen Amt… Ich ersticke in Ärgernissen.«

Die Pensionsbesitzerin kam mit zwei mit Kondenswasser beschlagenen Flaschen San Pellegrino und zwei Gläsern heraus, um dann wortlos wieder zu verschwinden. Ein unbehagliches Schweigen senkte sich herab, und Itala betete, dass ihr Ex-Chef zum Punkt kommen möge. Er musste ihre Gedanken erraten haben, denn er hörte auf, sich umzublicken.»Hast du vom Mord an Giuseppe Contini gehört?«, fragte er.

»Vor zwei Stunden.« Itala war nicht allzu überrascht – was hätte es schon anderes sein sollen? Andererseits war es schon

verwunderlich, dass Mazza angesaust kam, um ihr davon zu erzählen. »Man hat mir gesagt, dass er verbrannt ist.«
»Das ist noch nicht offiziell. Und es wird noch eine Weile dauern, bis es offiziell wird. Die Kollegen von der Gefängnispolizei haben einen ziemlichen Schlamassel angerichtet«, sagte Mazza. »Was hat man dir erzählt?«
»Nur das. Was beunruhigt Sie, Dottore?«
Mazza wischte sich die Stirn ab. »Ich weiß, wie die Ermittlungen geendet sind, Itala. Und ich kenne auch deinen Anteil daran.«
»Sie hatten mir doch selbst geraten, dem Staatsanwalt einen Gefallen zu tun«, sagte Itala und spürte, dass sie rot wurde, was ihr nicht oft passierte. Sie hielt sich das Glas an die Wangen.
»Aber mir war nicht klar, was genau dahintersteckt. Weißt du, was passiert, wenn das rauskommt?«
»Ein Riesentheater. Aber es wird nicht rauskommen. Nicht von meiner Seite.«
»Und wenn jemand die Ermittlungen zum Fall Contini wieder aufnimmt? Noch ist er nicht beim Kassationsgericht angelangt.«
»Man wird nichts finden. Es gibt keine Zeugen.«
»Und deine *Jungs*?«
»Die sind in Ordnung. Wovor haben Sie Angst?«, fragte Itala, die sich gefangen hatte und allmählich sauer wurde.
»Itala ... Wenn man anfängt, Ermittlungen über dich anzustellen und bis Biella zurückgeht ... Du und ich, wir haben Dinge getan, die hart am Rande der Legalität waren, um die Situation zu regeln.«
»Dottore, wenn ich mich auf die Sache mit Contini eingelassen habe, dann doch genau aus dem Grund, dass nichts davon herauskommt. Oder haben Sie Angst, dass Nitti wortbrüchig wird? Über den reden wir doch eigentlich, und wir müssen nicht so tun, als wüssten Sie von nichts.«
Mazza stieß einen Seufzer aus und schenkte ihnen Wasser nach. »Das wäre ziemlich idiotisch von ihm. Er muss nur

bestreiten, etwas darüber zu wissen, um sauber aus der Sache rauszukommen. Du wiederum hättest keine Möglichkeit nachzuweisen, dass du mit ihm unter einer Decke gesteckt hast.«

»Natürlich nicht. Wir haben uns vor dem Prozess nur einmal getroffen. Sonst wäre ich mit einem Mikro hingegangen«, scherzte Itala, die so etwas nie getan hätte.

»Man bräuchte eine Zeitmaschine. Ich werde die Ohren aufhalten, um herauszufinden, ob merkwürdige Dinge passieren. Auch wenn du mich etwas beruhigt hast, möchte ich lieber vorbereitet sein. Es wäre gut, wenn du das auch wärst, wenigstens bis wir Gewissheit haben, dass alles in Ordnung ist.«

Mazza redete weiter, aber Itala hörte gar nicht mehr zu. Sie lauschte der Musik eines Karussells, die vom Wind herbeigetragen wurde. In ihrer Kindheit war in ihrem Dorf immer zum Fest des Dorfpatrons ein Karussell aufgestellt worden – eines mit echten Pferden, die an eine Art Mühlstein gebunden waren. Im Gegensatz zu ihren Brüdern war sie nie darauf geritten, weil ihr die Tiere Ekel einflößten, bedeckt mit ihrem eigenen Kot und massenhaft Fliegen und gezwungen, im Kreis zu gehen, bis man sie an den Schlachter verkaufen würde.

Sie fragte sich, ob sie ein ähnliches Schicksal erleiden würde.

In den zwei Stunden vor der Begegnung mit Mazza hatte Itala sich nicht gefragt, ob Continis Tod ihr Ärger einhandeln könnte. Auch wenn man das Messer, das sie ihm untergejubelt hatte, noch einmal untersuchen würde, würde man niemals herausfinden, wie es in seine Wohnung gelangt war. Dass Mazza sich allerdings dazu bequemt hatte, sofort zu ihr zu kommen, nachdem er die Nachricht gehört hatte, gab ihr schon zu denken. Was wusste er? Was hatte er ihr verschwiegen?

Der Urlaub war jedenfalls beendet.

Mariella, ihre Schwiegermutter, war nicht begeistert, dass sie eher kommen sollte. Itala hatte ein anderes Hotel für ihren Sohn und sie gebucht, ein besseres als ihr bisheriges, aber es schien

Mariella nicht zu behagen. Das galt besonders für die Tatsache, dass sie ein Nichtraucherzimmer reserviert hatte. »Du wohnst dort mit Cesare. Soll er deine Scheißzigaretten mitrauchen?«
Mariella schenkte ihr ein verächtliches Lächeln, die Kippe im Mundwinkel. »Wenn du ihn weiterhin mit Samthandschuhen anfasst, ziehst du dir eine Schwuchtel heran.«
»Mir ist egal, was du denkst, aber puste ihm deinen Rauch nicht ins Gesicht. Und hör auf, ihm lauter Schwachsinn in den Kopf zu blasen. Neulich hat er ein Kind geschlagen, weil es ihn wegen seiner Sonnenbräune aufgezogen hat.«
Mariella hob eine Augenbraue. »Kinder schlagen sich immer, so wachsen sie eben auf.«
»Mein Sohn nicht.«
»Er ist nur dein Sohn, weil ich ihn dir lasse, vergiss das nicht!«
Itala sah vor sich, wie sie die Frau erwürgte, in aller Ruhe. Sie stellte sich vor, wie ihr Gesicht dieselbe Farbe annahm wie ihre gefärbten Haare und dann die Augen explodierten: *pop, pop*.
Aber sie tat es nicht, und sie wussten beide, dass sie es nie tun würde. Ihre Schwiegermutter kehrte ihr den Rücken zu und begann damit, das Bett abzuziehen, angefangen mit dem Laken.
»Die wurden gerade neu bezogen«, sagte Itala erschöpft.
»Ich will nicht zwischen den Haaren einer anderen Person schlafen.«
»Die sind sauber!«
»Ich weiß doch, wie man im Hotel Wäsche wäscht.«
»Klar, du weißt alles ...«
Die Frau warf ihr einen schrägen Blick zu, dann klappte sie den Koffer auf und holte ihr eigenes Laken heraus. »Alles nicht, aber genug. Lass mir Geld da, bevor du gehst.«
»Ich habe es dir gerade gegeben.«
»Hier ist das Leben teurer.«
Itala holte eine Rolle Geldscheine mit dem Antlitz Caravaggios heraus und zählte zwanzig auf die Kommode. »Sieh zu, dass du einen Teil für Cesare ausgibst.«

»Spar dir deine Ansprachen. Ich weiß doch, wie du dein Geld verdienst.«

Pop, pop.

Itala ging und knallte die Tür so laut hinter sich zu, dass ein paar Hotelgäste den Kopf zur Tür heraussteckten. Dann verabschiedete sie sich von ihrem Sohn, der ihre Umarmung teilnahmslos über sich ergehen ließ. »Du sagst immer, wir bleiben zusammen, und dann gehst du weg.«

»Du hast doch selbst gesehen, dass sie mich geholt haben. Mir gefällt es auch nicht, dass ich abreisen muss, aber das geht leider nicht anders. Es wird ja auch nur für ein paar Tage sein.«

»Außerdem ist Oma ja da.«

Itala war tief betrübt, als sie in den Wagen stieg, und fuhr in einem Rutsch bis Piacenza durch. Der Motor wiederholte in einer Tour, dass sie eine Rabenmutter war.

An jenem Abend kam Amato mit einer Flasche Johnnie Walker zu ihr. Die Flasche hatte ein blaues Etikett und stammte wer weiß wo her. »Ich war nur knapp zehn Tage fort, aber mir kommt es vor, als wäre ich nie weg gewesen«, sagte sie.

»Wenn du nicht loslassen kannst, ist es schwierig.«

Amato schenkte ihr ein Gläschen ein, bevor er sich selbst bediente. Itala konnte keinen Whisky vom anderen unterscheiden, tat aber so, als würde sie das berühmte blaue Etikett würdigen. »Willst du damit sagen, dass ich es bin, die nicht loslassen kann? *Du* hast mich doch im Strandkiosk angerufen.«

»Ich hätte nicht gedacht, dass du dich gleich hierher katapultierst.«

»Das hat nichts mit dir zu tun. So bin ich eben gestrickt. Kennst du jemand Vertrauenswürdigen bei der Gefängnispolizei von Cremona?«, fragte Itala, das Gehirn vom Alkohol erhitzt.

»Einen schon …«, sagte Amato wenig begeistert. »Wieso?«

»Weil ich eine Information aus erster Hand brauche.«

»Aha. Wieso?«
»Weil ich diese Geschichte in meinem Kopf abschließen möchte. Ich möchte nicht mehr daran denken müssen.«
Amato verabschiedete sich bald, und Itala blieb mit übersäuertem Magen zurück. Um Abhilfe zu schaffen, machte sie sich Cracker mit Thunfischcreme, die einzigen Nahrungsmittel, die sie im Haus hatte.

Ihre neue Wohnung war größer als die vorherige und lag in einem alten vierstöckigen Palazzo hinter der Piazza Cavalli mit den Statuen der Farnese. Die Wohnung gefiel ihr sehr, besonders das Wohnzimmer mit dem großen Kristallleuchter, der Itala an die Bälle der Adeligen erinnerte. Wenn das Fenster geöffnet war, wie in diesem Moment, bewegten sich die Kristalltropfen und ließen ein leises Klirren vernehmen. Lichtflecken huschten über die Wände.

Sie setzte sich auf das Ledersofa und schaute sich einen Teil von *Frankenstein Junior* im Fernsehen an. Aber obwohl es einer ihrer Lieblingsfilme war, lachte sie nicht ein einziges Mal, weil sich immer Mazzas verschwitztes Gesicht über das von Gene Wilder legte.

Als ein Typ auf einem anderen Kanal falschen Schmuck verkaufte, schlief sie auf dem Sofa ein, und als sie am Morgen wieder aufwachte, hatte sie Rückenschmerzen und den Gestank von Thunfisch in der Nase. Sie duschte mit dem Duschgel für »gebräunte Haut« und ging dann ins Polizeipräsidium, wo sie ihre Vorgesetzten begrüßte. Anschließend begab sie sich in die Räumlichkeiten der Ordnungsbehörde, ein zweistöckiges, vom Rest des Präsidiums getrenntes Gebäude mit eigenem Eingang.

Hier führte Itala Regiment. Die Verantwortlichen der anderen Abteilungen kamen nur, wenn sie sie um einen Gefallen bitten mussten. Ihr Büro lag im oberen Stockwerk. Um dort hinzukommen, musste man das Großraumbüro mit zwanzig Angestellten in Uniform und Zivil durchqueren und dabei die Schreibtische von Otto und Amato passieren, eine unüberwindliche Schranke, selbst für den Polizeipräsidenten. Von ihrem Büro hatten nur Itala selbst und Amato einen Schlüssel. Das machte es zu einem sicheren Ort, wo sie beschlagnahmte Ware lagerten, bis sie verteilt oder verkauft werden konnte. Die wertvollsten Dinge waren allerdings in dem Tresor verschlossen, der offiziell nur Italas Dienstpistole und sensible Dokumente enthalten durfte.

Obwohl sie keine vierzehn Tage weggewesen war, konnte man sich in ihrem Büro kaum bewegen, so viele Pakete hatten sich dort angesammelt. Die einzige freie Fläche war ihr Schreibtisch. Außer dem Telefon befanden sich dort nur ein A3-Planer und eine kleine Bronzestatue einer Schachfigur, auf die ihre Männer eine Polizeikappe geklebt hatten. Die Königin.

Itala entsorgte einen Teil des Zeugs, unterschrieb ein paar offizielle Dokumente und traf sich dann im Versammlungsraum mit Oscar Donati, einem leitenden Assistenten der Gefängnispolizei. Donati war um die fünfzig, ziemlich massig wie fast alle in seiner Abteilung und hatte eine Boxernase.

»Ich habe dich hergebeten, weil ich deinen Jungs etwas zukommen lassen will. Ihr arbeitet immer an vorderster Front, steht aber trotzdem ein wenig im Abseits, oder?«, begann Itala.

»Das ist eine Welt für sich, Ispettrice«, sagte Donati.

»Für die ich größten Respekt hege. Ich habe dir vier Stangen Marlboro herauslegen lassen, die du in dein Auto tragen kannst. Es handelt sich um die amerikanischen, die man beim Tabakhändler nicht bekommt.«

»Danke. Die Jungs werden sich freuen. Ich mich auch. Aber das war natürlich nicht notwendig. Was wollen Sie also?«

»Dass du mir von Contini erzählst.« Die Zeit der Höflichkeiten war vorüber.

»Dürfte ich mich erkundigen, wieso?«

»Contini ist vor der Verhandlung am Kassationsgericht gestorben, also ist die Sache nicht mehr strafrechtlich relevant.«

»Straftatbestand erloschen.«

»Bravo. Aber ich kenne eines der Mädchen, und ich möchte sicherstellen, dass die Hölle für ihre Familie ein Ende hat. Hat Contini in seiner Zeit im Gefängnis jemanden getroffen, der kein Verwandter war? Gab es Auffälligkeiten bei der Korrespondenz?«
»Nein, schon allein deswegen, weil er, außer an seine Anwältin, niemandem geschrieben hat. Und seine Mutter war die Einzige, die ihn besucht hat. Sogar seine Verwandten waren von diesem Stück Scheiße angeekelt. Das ist alles, was ich mitbekommen habe. Aber vielleicht weiß die Direktorin mehr.«
»Ich möchte vermeiden, dass die Sache offiziell wird.«
»Na gut. Sollte er einen Komplizen gehabt haben, hatte er jedenfalls keinen Kontakt zu ihm.«
»Und hat er sich während seiner Haft mit jemandem angefreundet?«
»Man hatte ihn kaum aus der Krankenstation entlassen, da landete er schon wieder dort. Nein, würde ich sagen.«
»Warum war er denn nicht im Trakt für Bedrohte?«
»Das müssen Sie die Direktorin fragen.«
»Okay, die trägt die Verantwortung. Aber was war der Grund?«
Dem leitenden Assistenten der Gefängnispolizei wurde wieder bewusst, wen er vor sich hatte. »Er war weder schwul noch pädophil, also waren wir nicht dazu verpflichtet.«
»Er hat drei Mädchen umgebracht, das ist schlimmer als Pädophilie.«
»Das endgültige Urteil stand ja noch aus. Danach hätten sich die anderen mit ihm herumschlagen können. Bei uns war er nur vorübergehend.«
»Erzähl mir von seinem Tod. Es gab einen Gefangenenaufstand, nicht wahr?«
Donati steckte sich eine Nazionale ohne Filter an. Diese Marke kursierte nur auf dem Schwarzmarkt im Gefängnis und

war im restlichen Italien kaum zu finden, weil sie exorbitant teuer war. »Die Schwuchteln haben gegen das Essen protestiert. Sie haben den Freigang verweigert und sich nach den Gemeinschaftsaktivitäten, als sie wieder eingeschlossen werden sollten, dagegen gewehrt. Die Direktorin gab die Anweisung, sie gewähren zu lassen – bis sie dann anfingen, ihre Matratzen anzuzünden. Ist Ihnen bewusst, was für einen Qualm diese Scheißdinger erzeugen? Das ist doch alles Schaumgummi. Wenn man das verbrennt, bleibt es überall kleben und verströmt giftige Dämpfe.«

»Ist mir bewusst«, sagte Itala und steckte sich eine MS an.

»Also sind wir mit Unterstützung der Kollegen des mobilen Einsatzkommandos rein. Die erste Zelle war leer, und wir haben das Feuer mit Feuerlöschern gelöscht. Die zweite Zelle war die von Contini. Er war noch drin. Er lag auf dem Boden, pechrabenschwarz.«

»Warum ist er nicht rausgelaufen?«

»Das wissen wir nicht. Von den Schwuchteln hat keiner etwas gesehen.«

Itala musterte Donati.

»Vielleicht hat jemand die Panzertür zugehalten« – die Tür mit dem kleinen Fensterchen, die die Gittertür verdeckt – »oder man hat ihm vorher den Schädel eingeschlagen. Wir waren nicht dabei und konnten folglich auch nichts sehen. In seinem Trakt war übrigens niemand, der sein Komplize hätte sein können, Ispettrice. Diese Leute kennen wir gut, alles Männer, die sich lieber die Eier abschneiden würden, als sich an einem Mädchen zu vergreifen.«

»Dann hätte er sich verlegen lassen sollen«, sagte Itala.

Als Donati lachte, blitzten zwei Goldzähne auf. »Vielleicht hat er einen Antrag gestellt, und der ist verloren gegangen. Was soll ich sagen, manche Menschen haben vom Moment ihrer Geburt an Pech.«

Itala entließ Donati mit seinen Schachteln. Contini hatte einen schlimmen Tod erlitten. Der Häftlingsbeauftragte würde protestieren, und die Gefängnispolizei würde eins auf den Deckel bekommen, ebenso die Direktorin. Dass man deshalb die Ermittlungen zu den verschwundenen Mädchen wiederaufnehmen würde, schien allerdings wenig wahrscheinlich.

Aber Mazza war nicht grundlos beunruhigt.

Um die Mittagszeit erhielt Itala einen Anruf von Renato Favaro, dem Klatschreporter des Lokalblatts *La Libertà*, den sie kurz nach ihrem Umzug kennengelernt hatte. »Wie kann es sein, dass du zurück in der Stadt bist und dich nicht meldest?«, fragte er munter.

»Ich bin gestern Abend erst wiedergekommen. Woher weißt du das eigentlich?« Itala lächelte, zum ersten Mal seit Tagen.

»Auf dem Weg in die Redaktion komme ich immer an deiner Wohnung vorbei, und da habe ich deinen Wagen mit der Strandtasche gesehen. Fehlten nur noch Eimer und Schäufelchen.«

»Ich habe die Tasche im Auto gelassen?«

»Wenn du es selbst nicht weißt ...«

»Der nasse Badeanzug wird wie die Pest stinken. Danke, dass du mich daran erinnerst.«

»Was gibt es bei dir zum Abendessen?«

Itala hatte nichts geplant, also ging sie einkaufen und enthaarte sich die Beine. Renato kam nach Redaktionsschluss um zehn Uhr. Sie vögelten und aßen dann die Tiefkühlpizza von Buitoni, die Itala bereits in den Backofen geschoben hatte.

Renato war fünfzig und hatte graue Haare an den Schläfen. Seine Augenringe wirkten wie tätowiert. Er war verheiratet, seine Kinder waren schon groß, und wenn er nicht zu ihr kam, zockte er in irgendwelchen Nachtlokalen die Nächte durch oder betrank sich. Er war immer verknautscht und stank nach Qualm, aber Itala störte das nicht, ebenso wenig wie der Altersunterschied.

»Du arbeitest also auch in den Ferien?«, fragte er und riss sich ein Stück Pizza ab, das er mit einem Glas des Lambrusco, den er mitgebracht hatte, hinunterspülte. »Du bist das exakte Gegenteil von mir. Ich bin auch in den Ferien, wenn ich arbeite.«

»Du nennst es ja auch Arbeit, einen Artikel pro Monat zu schreiben ...«

»Den schreibe ich aber besonders gut.« Renato nahm mitten im Wohnzimmer die Pose eines Dichterfürsten ein, nur mit seiner Unterhose bekleidet. »Meine Kriminalberichte sind so schwarz wie die schwärzeste Verbrecherseele und absorbieren jegliches Licht.« Er nahm noch ein Stück Pizza, schenkte sich noch ein Glas ein und steckte sich noch eine Zigarette ins Mundstück.

Wie er das alles gleichzeitig bewerkstelligte, war Itala schleierhaft. »Hast du je etwas über Prefetto Mazza gehört?«, fragte sie ihn. Sie hatte ihn nie in ihre Geschichten hereingezogen und verspürte jetzt eine gewisse Verlegenheit.

»Den aus Bari? Na klar. Warum?«

»Ich habe eine Weile unter ihm gearbeitet und frage mich, was er so treibt.«

»Seid ihr befreundet?«

»Würde ich nicht sagen.«

Der Lambrusco war leer, und Renato öffnete eine weitere Flasche. Der Korken flog in einer Wolke roter Spritzer durch die Luft. »Wenn du mich fragst, ist er ein gerissener Schlaukopf. Warst du in Biella, als er in großem Stil faule Äpfel aussortiert hat?«

»Damals hatte ich soeben dort angefangen.«

»Es heißt, Mazza war der Korrupteste von allen, aber offenbar hat er seinen eigenen Arsch gerettet. Weißt du mehr darüber? Ich kann dich ja nicht nur wegen deines Körpers ausnutzen.«

»Du bist ein Vollidiot«, sagte Itala, weil ihr nichts Besseres einfiel. »Wie sollte er das denn angestellt haben?«

»Druck auf Freunde ausgeübt vielleicht?« Renato entsorgte die Kippe aus dem Mundstück und warf sie auf den schmutzigen Teller, dann steckte er eine andere hinein. Er rauchte sechzig Zigaretten am Tag, und man roch jede einzelne. »Du musst bedenken, dass ein Staatsanwalt, der gegen einen Polizisten ermittelt, bereits weiß, dass er früher oder später auf dem Scheiterhaufen landet. Ihr haltet doch alle zusammen.«

Itala lachte freudlos auf. »Falls wir nicht selbst dort landen.«

»Das regelt ihr aber unter euch. Nun, Mazza hat immer einen Hang zur Politik verspürt und immer auf das richtige Pferd gesetzt, dafür hat er ein Gespür. Ich weiß mit Sicherheit, dass er enge Verbindungen zu zwei Ministern des Zirkels hat, den wir Regierung nennen. Und dass er hofft, demnächst dasselbe Ende zu nehmen.«

Itala war überrascht. Das hatte Mazza ihr nie erzählt. »Und wie will er das hinkriegen?«

»Er bewegt sich neuerdings in den Kreisen von Giusto Maria Ferrari.«

»Sag mir noch mal, wer das ist ...«

»Ein Industrieller mit einem Haufen Geld. Ein Brillenhersteller, der auch in der Regierung etwas gelten will.«

»Jetzt weiß ich wieder«, sagte Itala. »In Cremona gibt es Geschäfte von ihm.«

»In Piacenza auch. Und im Rest von Italien.« Renato warf sich auf das Sofa, den vollen Aschenbecher an die Brust gedrückt, ohne etwas zu verschütten. »Wenn er in Cremona ist, feiert er schöne Feste. Ich war ein paarmal dort, beruflich natürlich, da ich nicht allzu oft in der Welt der Schönen und Reichen verkehre. Deinen Mazza habe ich auch mal dort gesehen.«

»Wie lange ist das her?«, fragte Itala, der allmählich Böses schwante.

»Kurz bevor du nach Piacenza gekommen bist, war das. Pi mal Daumen.«

»Nur mal einfach so, weil man so schön ins Gespräch vertieft ist ... Kennt Ferrari deines Wissens auch einen Staatsanwalt aus Cremona?«

»Alle«, antwortete Renato. »Welcher Funktionär des Justizapparats würde freiwillig auf Kaviarhäppchen verzichten?«

Itala hatte ihr Unbehagen vor Renato verborgen, aber der Specht hatte wieder zu klopfen begonnen. *Stell dir mal vor*, sagte er, *Nitti und Mazza sitzen an einem Tisch, reden über ihre Probleme und beschließen, sich gegenseitig zu helfen. Und jetzt rat mal, wer die Idiotin vom Dienst ist?*

Itala wollte den lästigen Vogel zum Schweigen bringen, aber am nächsten Abend trafen sie sich wieder in der Pizzeria von Ottos Frau in Cremona. Mit der Zeit war es der Stammsitz ihrer informellen Versammlungen geworden, und sie musste feststellen, dass Contini das Tagesthema war. Neben der »Pizza Mussolini Mozzarella« wurde tatsächlich eine »Pizza Contini flambé« serviert, und den ganzen Abend lang wurden Anekdoten und Geschichten über das Monster und seine Mädchen erzählt. So erfuhr Itala, dass Nitti und die Squadra mobile von Bergamo vor dem Prozess gegen das Flussmonster eine üble Bauchlandung erlebt hatten, aus Gründen, die mit den Ermittlungen zu tun haben mussten. Von alledem hatte sie nichts geahnt, und da sie eigentlich noch Ferien hatte – schöne Scheißferien –, fuhr sie am nächsten Tag mit ihrem Specht und ihrem Fiat Uno nach Bergamo.

Auf der Staatsstraße, die einen großen Bogen um Cremona herum machte, überquerte sie wieder den Po. Unbewusst versuchte sie die Orte zu meiden, an denen sie mal gelebt hatte, als hätte sie Angst, sich selbst zu begegnen. Ihr kam eine Show von Adriano Celentano in den Sinn, die sie mal vor Urzeiten gesehen hatte. Der Sänger war seinem Selbst begegnet, das in dem alten Haus der Kindheit geblieben war und nie die Erfolge seines Doppelgängers gefeiert hatte. Und dennoch war es glücklicher geworden. Itala glaubte nicht, dass sie glücklicher wäre, wenn sie am Ort ihrer Kindheit geblieben wäre, aber manchmal fragte sie sich schon, was aus ihren Eltern und Verwandten geworden war. Sie hatte ihnen allen den Rücken gekehrt und hegte den glühenden Wunsch, sie mochten alle tot sein.

In Bergamo empfing sie Ispettore Jacopo Bassi von der Squadra mobile, einer der Begnadigten von Biella, und führte sie in den Gemeinschaftsraum, um ihr einen Kaffee aus der Kaffeemaschine zu servieren. »Wir bräuchten hier jemanden wie dich«, sagte er. »Eine Königin, die die Jungs in Schach hält.«

Itala ließ sich nichts anmerken. Alle dachten, der Spitzname gefalle ihr, dabei fand sie ihn unerträglich. Im Übrigen erwies sich Bassi als gute Quelle.

»Kurze, traurige Geschichte, wenngleich nicht für mich«, sagte er, als sie in sein Büro zurückkehrten. »Unser alter Chef war überzeugt davon, dass es einen Zusammenhang zwischen den Mädchen aus Cremona und einer Toten aus unserer Gegend gibt. Die Staatsanwaltschaft von Bergamo hat ihm einen Vogel gezeigt und ihm den Fall entzogen, um ihn den Carabinieri zu übertragen. Der Chef wandte sich dann direkt an Cremona, und es flogen die Fetzen.«

»Das kann ich mir vorstellen. Wie ist es ausgegangen?«

»Die Carabinieri haben den Vater des Mädchens wegen des Mordes festgenommen, und mein Chef wurde mitsamt der halben Mannschaft an den Arsch der Welt versetzt.«

»Seine Theorie war also etwas für den Ofen«, stellte Itala erleichtert fest.

»Wenn man den Ausgang bedenkt, vermutlich schon. Aber nur zu deiner Information: Der Vater des Mädchens wurde wieder freigelassen – Beweise nicht belastbar, Fall bei der Vorverhandlung abgewiesen, die ganze Chose von vorn.«

»Das habe ich doch schon einmal gehört …«

»So ungefähr tausendmal?«

»Wie hieß das Mädchen?«

»Maria Locatelli. Sie war vierzehn, als sie von zu Hause verschwand. Man hat sie in einem Fluss wiedergefunden, mit Würgespuren am Hals. Da war sie schon eine Weile tot.« Bassi bot ihr eine Zigarette an, und Itala benutzten die leeren Kaffeegläschen als Aschenbecher. »Sie wohnte in Conca, im Val Serina. In der Gegend gibt es ein absolut spitzenmäßiges Polentamehl.«

»Nimm's mir nicht übel, aber in *meiner* Gegend schmiert man damit Löcher zu. Wann war das?«

»Vor sechs Jahren. Sie wurde zum letzten Mal gesehen, als sie morgens zum Lebensmittelgeschäft geradelt ist. Das Fahrrad wurde an einer Böschung gefunden.«

»Aber niemand hat gesehen, wie sie entführt wurde?«

»Nein. Um diese Uhrzeit sind nur wenige Leute unterwegs, und landwirtschaftliche Fahrzeuge und Lastwagen kommen auch nicht vorbei.«

»Und warum hatte man den Vater in Verdacht? Wie heißt er übrigens?«

»Sante. Den hat man sich geschnappt, weil man, wenn du mich fragst, keinen Besseren hatte. Laut Hypothese des Staatsanwalts hat er sie zu Hause getötet, aber das Gegengutachten der Verteidigung hat diese Theorie komplett zerpflückt. Keinerlei Anzeichen von Gewalt im Haus und keine Spuren am Körper, die auf den Vater hindeuten würden.«

»Was ist er für ein Typ?«

»Hast du *Mein Vater, mein Herr* vor Augen?« Itala hatte weder das Buch gelesen noch den Film gesehen. »Er ist ein Bauer und dumm wie Brot, gewalttätig und alkoholabhängig. Seine Frau hat das zweite Kind verloren, weil er sie geschlagen hat. Und als sie dann starb, hat er sie durch seine Tochter ersetzt.«

»*Ersetzt* bis zu welchem Grad?«, fragte Itala, der sich die Haare sträubten.

»Wenn du mich fragst, ist er ihr zu nah gekommen, aber das konnte man nie beweisen. Mit Sicherheit hat er sie aber

als Dienstmädchen missbraucht.« Itala zog eine Grimasse, die Bassi nicht entging. »Was ist?«
»Lass es uns so sagen: Fast wäre es mir ähnlich ergangen.«
»Und wie bist du da rausgekommen?«
»Ich bin verwitwet. Wann war das genau mit der Entführung?«
»Irgendwann im Mai vor sechs Jahren.«
»Danke für den kleinen Plausch«, sagte Itala. Sie fuhr nach Hause, stopfte ein paar Dinge in die Tasche und suchte Conca auf der Karte.

Itala wusste nicht alles über Contini, aber eines wusste sie genau: Im Mai vor sechs Jahren hatte er wegen schwerer Gewalttaten im Gefängnis gesessen. Das war der Grund, warum Nitti nicht auch Maria Locatelli zu seinen Opfern zählen wollte.

Sie nahm die Provinzstraße, die stetig anstieg, inmitten von Maisfeldern und Reihen von Weinreben. Der Serio floss immer parallel zur Straße, als sie durch Dutzende von Dörfern fuhr, deren Ortsschilder mit Namen in einem unverständlichen semideutschen Dialekt übersprüht worden waren. Conca lag auf einer Höhe von achthundert Metern. Es war eine kleine, wild wuchernde Ansammlung von alten Häusern, die sich spiralförmig an den Sträßchen hochzogen, bis hinauf zum Dorfplatz mit der Kirche und der Bar Tabacchi. Um diese Zeit saßen dort nur die Alten mit ihren Kappen, die sie vor der blassen Sonne schützen sollten. Undurchdringliches Schweigen lastete über allem, außerdem der Gestank von Dünger.

Itala stieg aus, um mit den Leuten ins Gespräch zu kommen. Das gelang ihr stets mühelos, weil bei ihrem Anblick niemand auf die Idee gekommen wäre, etwas anderes als eine einfache Hausfrau vor sich zu haben. Die Geschichte der Locatelli kam schnell aufs Tapet, begleitet von einer Runde Campari und schlaffen Pommes. Der Barbesitzer klinkte sich ein und klärte sie darüber auf, wie schlimm der Vater war und wie grundgut seine Tochter, wenngleich sie eher dumm und frömmlerisch gewesen sei. War sie mal nicht zu Hause gewesen, hatte sie sich keinesfalls irgendwo herumgetrieben, sondern war in die Kirche gegangen.

Die Kirche lag wenige Schritte entfernt. Itala ging hin, um an die Pforte des Pfarrhauses zu klopfen, mit einer für ihren Geschmack glaubwürdigen Geschichte. Don Luigi öffnete in einem Talar, der von oben bis unten zugeknöpft war, ein großer Mann mit buschigen Augenbrauen. Itala beschlich das Gefühl, vor dem Don Alfio ihrer Jugend zu stehen, aber die Hände waren anders, zarter, nicht solche schwieligen Schaufeln, die sie als Kind mehr als einmal an ihrem Körper gespürt hatte.

»Guten Tag, Padre, könnte ich Ihnen bitte zehn Minuten Ihrer Zeit rauben?«

»Kennen wir uns?«

»Nein, aber … Es handelt sich um eine komplizierte Angelegenheit. Darf ich?«, fragte sie und zeigte ins Innere des Pfarrhauses.

»Ja, natürlich. Bitte.«

Sie setzten sich in die kleine Küche, die mit Blumenkacheln ausgekleidet war. Der Priester bot ihr Wasser aus einem Krug an. »Sie sind nicht von hier, nach dem Akzent zu schließen.«

»Nein.« Itala stellte sich vor, einen beliebigen süditalienischen Namen nennend. »Ich weiß, dass es fast altmodisch klingt. Aber ich habe eine Person kennengelernt …«

»Sie möchten heiraten?«

»Nein. Ich möchte nur wissen, ob ich ihm vertrauen kann.«

»Signora, ich weiß nicht, ob ich der Richtige für Sie bin …«

»Er heißt Sante Locatelli.«

Der Priester riss die Augen auf. »Ah!«

»Auf mich macht er einen anständigen Eindruck. Aber ich kenne ihn noch nicht lange und höre immer wieder schreckliche Dinge über ihn.«

»O Herr, was soll ich dazu nur sagen. Sante ...«
»Es heißt, er sei mit seiner Tochter ins Bett gegangen.«
Dem Priester brach der Schweiß aus. »Nein, das nicht. Hören Sie, Signora, ich kann Ihnen nur sagen, dass er einer ist, dem gern die Hand ausrutscht.«
»Auch bei seiner Tochter?«
»Nein, seine Tochter hat er nie angerührt. Ich kannte Maria gut, das arme Mädchen. Sie war ein Engel, und nicht einmal diese Bestie ...« Er hielt inne, als wäre ihm plötzlich klar geworden, mit welcher Frage sie sich herumquälte. »Ich glaube nicht, dass er es war. Und auch die Richter denken das nicht, sonst hätten sie ihn nicht laufen lassen. Was alles andere betrifft, müssen Sie Ihre Entscheidung selbst treffen.«

»Können Sie mir denn wenigstens etwas über seine Tochter erzählen? Er hat mir nichts erzählt, und ich weiß nicht, wie ich ihn danach fragen soll.«

Itala ließ den ganzen Sermon, wie fromm die Verschwundene doch gewesen sei, an sich vorbeirauschen und versuchte ihn dann in eine brauchbare Richtung zu lenken. Bei einem schlichten »Mädchen« hakte sie ein. »Sie war ja eigentlich kein Mädchen mehr, oder? Vielleicht hatte sie ja sogar einen kleinen Freund«, provozierte sie ihn.

»Wie kommen Sie denn darauf? An so etwas hat sie im Traum nicht gedacht.«

»Aber im Alter von vierzehn werden manche Mädchen schon schwanger.«

»Glauben Sie, das weiß ich nicht? Bei wem weinen die sich dann wohl aus? Maria war aber nicht der Typ für so etwas. Außerdem ...« Don Luigi öffnete eines der Fenster und zeigte auf die Berghänge. »Sind Sie je bei Sante zu Hause gewesen?«

»Nein. Wir treffen uns immer im Hotel.«

»Ersparen Sie mir die Details, das gereicht mir nicht gerade zur Freude.«

»Entschuldigung.«

Der Priester zeigte ins Tal. »Sehen Sie die Ansammlung von Bauernhöfen hinter der Brücke? Einer gehört den Locatellis. Es gibt nur eine Straße von dort ins Dorf, und wir haben hier kaum zweitausend Einwohner. Hier kennt jeder jeden. Wenn die arme Maria eine Liebschaft gehabt hätte, hätten wir es gewusst. Der Vater auch, und das wäre dem Jungen nicht gut bekommen.« Er schaute sie an. »Das habe ich auch der Staatsanwaltschaft gesagt, als man mich befragt hat. Das ist kein Geheimnis.«

»Aber wenn es nicht Sante war, wer soll das arme Mädchen denn dann getötet haben?«

»Irgendein dahergelaufener Mensch. Aber Maria hat nichts getan, um ihn zu ermutigen, da bin ich mir ebenfalls sicher. Es gibt Mädchen, denen es ins Gesicht geschrieben steht, dass sie schlimm enden. Aber Maria ... Die war etwas ›zurück‹, falls Sie wissen, was ich meine.«

»Zurückgeblieben?«

»Unschuldig, würde ich sagen. Sie war ja noch ein Kind. Wissen Sie, was der schlimmste Unfug war, den sie mal angestellt hat?« Der Priester wirkte plötzlich gerührt.

»Nein.«

»Sie hat etwas mit den Pfadfindern unternommen, ohne Sante um Erlaubnis zu bitten. Die Pfadfinder haben ihren Sitz in den Räumlichkeiten der Gemeinde.«

Die Erwähnung der Pfadfinder rief eine Erinnerung wach, die Itala aber nicht zuordnen konnte. Sie schob sie beiseite.

»Aber Sante war es nicht, das ist das Einzige, was zählt.«

»Der Herr möge mir verzeihen, was ich jetzt sage.« Der Priester senkte die Stimme, als hätte er tatsächlich Angst, jemand in himmlischen Höhen könnte ihn hören. »Dass Sante sie im Suff zu Tode prügelt, hätte ich mir schon vorstellen können. Er ist nämlich ein Trinker, das haben Sie vielleicht auch schon gemerkt. Aber sie erwürgen, die Leiche verstecken, alle belügen, Leid simulieren ... Nein, das glaube ich nicht.«

»Und was hat Maria so über ihn gesagt?«
»Sie hatte ihn lieb und ertrug seine Grobheiten. Im Nachhinein hätte ich ihr vielleicht raten sollen, von zu Hause wegzulaufen. Wäre sie nicht hier gewesen, wäre das nicht passiert.«

Da sie nicht zur Bar zurückkehren wollte, suchte Itala ein Lebensmittelgeschäft und ließ sich zwei Stücke Focaccia mit Mayonnaise beschmieren und mit Kochschinken belegen. Dazu trank sie eine Fanta, auf einer Bank mit Blick ins Tal sitzend. Im Hintergrund sah man Locatellis Bauernhof. Die schlimmsten Gedanken versuchte sie zu verdrängen. Schließlich klopfte sie sich die Krümel ab und stieg zu Fuß die Kehren zum Hof hinab. Es handelte sich um ein zweistöckiges Bauernhaus, teils aus Feldsteinen, teils aus Backsteinen erbaut. Die breite, windschiefe Terrasse diente auch als Vordach.

Ein Mann, der Sante Locatelli sein musste, transportierte Holzklötze von einem großen Stapel in ein Lager mit grünem Wellplattendach. Dazu benutzte er eine Schubkarre, und jedes Mal, wenn er diese entlud, fluchte er. Sante war ein massiger Mann mit gewaltigen Schultern und Schenkeln wie Baumstämmen. Er hatte einen langen Bart und fettige Haare. Offenbar ließ er sich gehen, falls er nicht schon immer so ausgesehen hatte.

»Signor Locatelli!«, rief sie.
Der schüttelte den Kopf. »Ich hab zu tun.«
»Ich muss über eine private Angelegenheit mit Ihnen reden.«
»Ich hab trotzdem zu tun.«
Itala wartete, bis er die Schubkarre geleert hatte, dann setzte sie sich hinein und ließ ihn mit einer Armladung Holzklötze stehen. »He, mach das Ding nicht kaputt!«, rief er.
»Wie reizend ... Ich bitte Sie nur um zehn Minuten.« Schon aus dieser Entfernung roch Itala den Alkohol in seinem Atem und den beißenden Schweißgeruch.
»Wer, zum Teufel, bist du, wenn man das erfahren darf?«

Itala antwortete nicht.
»Du bist eine Polizistin.«
»Ich möchte, dass du mir etwas über deine Tochter erzählst.«
»Warum?«
»Weil ich, wenn du es nicht tust, das nächste Mal mit einem Haufen Kollegen erscheine.«
»Ich will deinen Dienstausweis sehen.«
Itala hob den Pullover, um ihm die Pistole zu zeigen. »So etwas hast du schon gesehen, oder?«
Locatelli warf die Scheite mit einem ohrenbetäubenden Knall gegen die Schuppenwand. »Wann hört ihr endlich auf, mir auf den Sack zu gehen?«
Italas sanfte Miene löste sich in Luft auf. »Sante, ich muss dir lediglich ein paar Fragen stellen. Lass uns hineingehen, du kochst mir einen Kaffee, den trinken wir in Ruhe und unterhalten uns zehn Minuten lang. Danach verschwinde ich auf Nimmerwiedersehen.«
»Kaffee hol ich mir in der Osteria.«
»Dann koche ich ihn eben selbst, in Ordnung?«
Die Bestie fügte sich. Das Haus war das reinste Dreckloch: Papierberge, schmutzige Klamotten, Essensreste, Gestank von Fäulnis, leere Flaschen. Itala hatte einige Mühe, eine angeschimmelte Espressokanne, ranziges Kaffeepulver und schmutzverkrustete Gläser zu finden.
»Du hast nicht zufällig Essig?«, fragte sie.
Locatelli antwortete nicht, sondern setzte sich an den Tisch und knöpfte das Hemd auf. Seine Gewichtheberbrust war behaart wie die eines Bären. Itala begnügte sich damit, die Gläser mit Seife zu spülen, kratzte den Kaffee vom Boden der Dose und ließ die Espressokanne erst einmal mit Wasser und Salz aufkochen, bevor sie den Kaffee zubereitete. »Warum lässt du nicht jemanden kommen, der ein wenig für Ordnung sorgt? Eine Putzfrau.«
»Die kommen nicht. Sie haben Angst.«

Der Kaffee stieg hoch. Er stank verbrannt. Sie trug ihn zum Tisch. »Besser geht's nicht. Warum haben die Angst vor dir?«

Locatelli betrachtete die dampfenden Gläser, als wüsste er nicht, was das sei. »Weil ich mir von niemandem etwas gefallen lasse.«

»Was für ein Unsinn ...«

»Und weil sie denken, dass ich es gewesen bin. Weil ich angeblich mit meiner Tochter ins Bett gestiegen bin, wie ein Tier. Das denkt sogar der Richter. ›Sie sind pervers‹, hat er gesagt. Aber in meinem Kopf war er der Kranke, nicht ich.«

Itala suchte verzweifelt nach einem Anzeichen von Schuld oder Scham, fand es aber nicht. »Los, trink deinen Kaffee«, sagte sie.

Locatelli nahm einen Schluck. »Maria hat immer den Kaffee gemacht. Das Frühstück stand immer bereit, bevor ich aufs Feld gegangen bin.«

»Und jetzt gehst du nicht mehr aufs Feld?«

»Ich habe alles verpachtet. Die Arbeit interessiert mich einen Dreck, aber ich muss ja von irgendetwas leben.«

»Hast du eine Vorstellung, wer es gewesen sein könnte?«

»Wenn ich es wüsste, wäre er längst ein toter Mann. Und ich wäre erhobenen Hauptes in den Knast zurückgekehrt.«

»Vielleicht hat sich deine Tochter mit jemandem getroffen, von dem du nichts wusstest.«

»Du dämliche Kuh aus dem Süden! Sie war noch unversehrt, das hat mir der Doktor selbst gesagt!«, schrie der Mann.

Unversehrt? Himmel hilf, er meint, sie war Jungfrau, dachte Itala. »Man kann doch einen Freund haben und trotzdem Jungfrau bleiben. Muss *ich* dir erzählen, dass es verschiedene Praktiken gibt?«

Sante schien kurz davor, ihr an den Kragen zu gehen. Stattdessen nahm er ein gerahmtes Foto von der Kommode und hielt es ihr unter die Nase. »Hier! Sieht die wie ein Flittchen aus? Sie und ihre Freundinnen?« Auf dem Foto umarmte

Maria ein dunkelhäutiges Pfadfindermädchen, und der flüchtige, nicht greifbare Gedanke von zuvor blitzte wieder in ihrem Kopf auf. Hatte es irgendetwas mit Cremona zu tun?
»Sie war ein Engel, das sieht man doch.« Der Vater schrie jetzt wieder. »Ein Monster hat sie getötet, kein eifersüchtiger Freund.«
»Da hast du recht. War sie bei den Pfadfindern?«
Sante setzte sich wieder, etwas ruhiger nun. »Nein, das wollte ich nicht. Für mich war das immer ein großer Scheißdreck. Dieser Priester war auch immer da ...«
»Don Alfio?«
»Don Luigi. Einen Don Alfio kenne ich nicht.«
»Klar, der.« Don Alfio lachte in Italas Kopf. *Nach so vielen Jahren denkst du noch immer an mich.*
»Ich habe ihm erklärt, dass Pfadfinder Kinder sind, die man als Idioten verkleidet.«
»Geleitet von Idioten, die sich als Kinder verkleiden.«
Locatelli lächelt matt, dann steckte er sich eine Zigarette ohne Filter an. Itala nahm auch eine an, obwohl sie so starken Tabak nicht mochte. »Er hat mich gebeten, Maria mit ins Sommerlager fahren zu lassen, damit sie mal schauen kann, wie es ist.«
»Und ist sie mitgefahren?«
»Maria ist vor den Ferien gestorben.«

Itala war außer Atem, als sie die Kehren wieder hochstieg. Nach der Hälfte des Wegs merkte sie, dass ihr zwei Männer folgten und sich langsam näherten, immer wieder auf sie zeigend. Sie setzte sich auf einen Prellstein, um auf sie zu warten. Ihr war klar, dass es sich um Kollegen handelte. Und in der Tat, jetzt fuchtelten sie schon mit der Dienstmarke vor ihrer Nase herum, bevor sie auch nur ein Wort gesagt hatten. »Carabinieri. Ihren Ausweis, bitte«, sagte der Erste. Der andere hielt eine Pistole in der Hand, dicht an seinem Bein.

Itala hatte den Dienstausweis schon griffbereit. »Steck die Kanone weg, wir sind doch eine Familie, *Cousin*.«
Der Carabiniere erstarrte und hielt seiner Kollegin den Ausweis wieder hin.
»Entschuldigung, Ispettrice. Sind Sie dienstlich hier?«
»Nein, ich will in die Pilze«, antwortete Itala.
»Dürfte ich fragen, warum Sie Signor Locatelli besucht haben?«
»Ich habe ihn nach der Panoramastraße gefragt.«
»Eine ganze Stunde lang?«
»Er hat mir einen Kaffee angeboten. Wo liegt das Problem? Warum beschattet ihr ihn?«
»Das geht Sie nichts an.«
Itala riss ihm ihren Dienstausweis aus der Hand und wartete, bis die beiden auf den Hacken kehrtmachten.
Was, zum Teufel, soll das? Sie hätte nicht erwartet, dass Locatelli so lange nach dem Freispruch noch unter Überwachung stand. Dabei hatte sie sich so viel Mühe gegeben, ihren Namen aus dem Spiel zu halten. Schweißgebadet erreichte sie das Dorfzentrum. In einem Kasten vor dem Kirchenportal steckten Handzettel mit der Lilie der Pfadfinder und ein paar Nummern von leitenden Mitgliedern. Sie nahm einen und stieg dann in ihren Wagen, um sich eine Schlafgelegenheit zu suchen. Sie könnte nach Piacenza zurückkehren, aber sie hatte das Gefühl, dass sie ihre Gedanken besser sortieren konnte, wenn sie in der Gegend blieb. Der Specht machte Überstunden.

Außerhalb von Bergamo fand sie ein Motel für Liebespaare, so eines mit Bungalows, die diskret hinter Bäumen verschwanden. Im Hintergrund ragten die Schornsteine einiger Hüttenbetriebe auf. Sie entschied sich für diesen Ort, weil die Betreiber solcher Etablissements für Schmeicheleien und Drohungen empfänglich waren. Sie zeigte an der Rezeption ihren Dienstausweis und legte einen Fünfzigtausend-Lire-Schein dazu.

»Ich bin inkognito hier. Es ist wichtig, dass ich nicht eingetragen werde«, sagte sie, was nicht einmal gelogen war. Zweimal täglich kamen die Carabinieri hier vorbei und nahmen die Personalien der Gäste auf, und nach dem, was in der Nähe von Locatellis Haus passiert war, wollte sie sich nicht mitten in der Nacht vor der Tür wiederfinden.

Der Portier ließ mit einer einzigen Handbewegung das Geld verschwinden und einen Schlüssel erscheinen, nicht ein einziges Mal aufschauend. Itala parkte ihren Wagen neben dem Bungalow und warf sich in Unterhose und BH aufs Bett. Dabei versuchte sie, möglichst nicht in den Spiegel an der Decke zu schauen.

Neben der Tasche mit ihren Klamotten hatte sie noch eine andere dabei, in der sich die Neuheit des Jahres befand. Die war kurz vor den Ferien in ihre Hände gelangt, wenn man das so nennen durfte. Es handelte sich um einen tragbaren Computer, ein schwarzes Plastikteil von IBM mit einer mechanischen Tastatur, die in weißer Schrift auf schwarzem Grund schrieb, woran man sich erst einmal gewöhnen musste.

Computer tauchten allmählich auch auf den Schreibtischen des Kommissariats auf, aber bislang hatte Itala sie keines Blickes gewürdigt. Als Kind hatte sie Maschineschreiben gelernt, und wenn sie einen Bericht verfassen musste, war sie sehr schnell und korrekt, auch mit drei Blättern und doppeltem Durchschlagpapier. Der tragbare Computer reizte sie aber wegen der Möglichkeit, alles auf eine Diskette zu kopieren, ohne sich mit Akten abschleppen zu müssen. Sie schaltete ihn an, sah auf dem Bildschirm die englischen Informationen zum Startprozess durchlaufen und ging dann in die Dusche. Als sie zurückkam, lud sie das Textverarbeitungsprogramm und benutzte die Minibar als Pult, um die Notizen des Tages aufzuschreiben und ihre Gedanken zu sortieren.

Wenn Maria ein Opfer des Monsters war, musste es Berührungspunkte mit den anderen Mädchen geben. Aber welche?

Die anderen drei wohnten in der Umgebung von Cremona und besuchten andere Schulen als Maria, die sich nach allgemeiner Aussage nie aus Conca wegbewegt hatte. Außerdem hatten weder Locatelli noch Don Luigi noch die anderen Einwohner die Mädchen aus dem Fluss erwähnt, was sie sicher getan hätten, wenn Maria eine von ihnen gekannt hätte. Der Altersunterschied machte das fast unmöglich, besonders bei Cristina Mazzini, der Maria höchstens bei ihrer Beerdigung über den Weg gelaufen sein könnte. Und plötzlich tauchten aus ihrem Gedächtnis Erinnerungen an den Trauerzug von Cristinas Beerdigung auf. Man hatte Itala abkommandiert, um für die Aufrechterhaltung der öffentlichen Ordnung zu sorgen, und sie meinte sich erinnern zu können, an jenem Tag eine Gruppe Pfadfinder im Hintergrund gesehen zu haben. Bildete sie sich das nur ein, oder waren sie tatsächlich dort gewesen?

»Ich liege gerade in den letzten Zügen mit einem Artikel«, sagte Renato, als sie von der Telefonzentrale seiner Zeitung durchgestellt wurde. Er hatte Nachtschicht.

»Lügner. Um diese Uhrzeit hast du die Redaktion doch gerade erst betreten.«

»Es geht um einen Artikel von gestern.«

»Von vergangener Woche wohl eher ... Hör zu, ich brauche dein enzyklopädisches Gedächtnis. Mazzini, das Mädchen aus Cremona, das vor drei Jahren umgebracht wurde, erinnerst du dich an sie? Eine von denen aus dem Fluss.«

»Ja. Aber ich habe mich nicht damit befasst.«

»Denkst du, es könnte Fotos von der Beerdigung geben? Da war doch die ganze feine Gesellschaft.«

»Mhm. Hat die Tatsache, dass Contini jüngst starb, etwas mit deinem Interesse zu tun?«

»Ach, komm schon ...«

Renato war zu intelligent, als dass er auf seiner Frage beharrt hätte. »Gut. Die gibt es sicher. Auch bei uns im Archiv, denke ich. Was brauchst du?«

»Schau mal nach, ob sich in dem Trauerzug auch Pfadfinder befanden. Ich meine mich daran zu erinnern, bin mir aber nicht sicher.«

»Ich ruf dich auf dieser Nummer zurück.«

Itala wiederum rief den Portier an und erkundigte sich, ob sie etwas zu essen bekommen könne. Die Vorstellung, sich wieder anziehen und rausgehen zu müssen, um sich eine Pizzeria zu suchen, war ihr zuwider. »Viel haben wir eigentlich nicht im Angebot«, antwortete der Portier.

»Das glaube ich gern. Die Leute kommen ja nicht zum Speisen hierher.«

»Croissants und Tee hätten wir aber.«

»Das reicht mir völlig.«

Es waren eingeschweißte Croissants mit dieser Aprikosenmarmelade, die an den Zähnen klebte. Das dritte legte Itala beiseite. Dann wählte sie die Nummern, die sie auf dem Handzettel vor der Kirche gefunden hatte. Als Erster meldete sich ein (der Stimme nach) junger Mann, dem sie einen beliebigen Namen nannte. »Ich würde gern wissen, wie das so läuft, wegen meiner Tochter. Sie möchte gern zu euch kommen, aber ich weiß nicht so recht … Was macht ihr denn eigentlich so?«

Der Typ zählte alle Vorzüge des Pfadfinderwesens auf, und Itala schnitt sich derweil die Fußnägel. Erst als er auf das zu sprechen kam, was er »Ausfahrten« nannte, horchte sie auf. »Dafür braucht man die Erlaubnis der Eltern, nicht wahr? Ein junges Mädchen kann doch nicht einfach allein mitkommen, oder?«

»Nein, Signora. Wenn sich jemand bei uns anmeldet, verlangen wir eine pauschale Genehmigung für die Sonntagsausflüge. Wenn wir auswärts schlafen, brauchen wir aber noch eine andere. Mehr oder weniger wie in der Schule.«

»Und wo gehen diese Ausfahrten hin? Entschuldigen Sie meine Frage, aber ich würde mir gern ein Bild machen.«

»Alle zwei Wochen in den Wald von Conca, die anderen Wochen nach Bergamo oder Cremona.«

»Nach Cremona auch?«

»Dort gibt es einen tollen Ruderclub, der auch ein Sportzentrum beherbergt. L'Enrico Toti.«

Itala konnte sich erinnern, dass sie schon häufig daran vorbeigekommen war: Er lag nur ein paar Hundert Meter von der Eisenbrücke entfernt, unter der man Cristina Mazzinis Leiche gefunden hatte. Es gab vier oder fünf solcher Clubs, mit Wartelisten für Interessenten. Der Enrico Toti war der teuerste, soweit sie wusste. »Oje, wer weiß, was das alles kostet ...«, sagte sie, während sie sich fragte, mit welchem Zaubertrick Contini aus dem Knast verschwinden, am Club auftauchen, Maria töten und dann in die Zelle zurückkehren konnte.

»Nein, keine Sorge. Die Stiftung, der der Club gehört, hat ein Übereinkommen mit den lombardischen Pfadfindern, dass sie gratis hinkommen.«

Itala bedankte sich und rief dann in dem Hotel an, in dem Cesare und Mariella wohnten. Der Rezeptionist erklärte, im Zimmer würde niemand rangehen, obwohl es bereits zehn Uhr abends war. Sie machte sich Sorgen um Cesare, weil sich sein Gemüt zunehmend verdüsterte. In den letzten Jahren war er immer verschlossener geworden, und von Mariella war keine Hilfe zu erwarten. Auf ihre Weise – ihre *sehr spezielle* Weise – mochte sie ihren Enkel, aber sie führte sich auf, als wäre sie die Mutter. Das brachte Itala manchmal auf die Palme. *Diese eiskalte, geizige Idiotin.*

Mit diesem Gedanken schlief sie ein, und als Renato nachts um zwei anrief, traf sie fast der Schlag. »Du erinnerst dich richtig«, sagte Renato gähnend.

»Cristina war also Pfadfinderin?«

»Viola-Sippe, um genau zu sein. Im Sarg befand sich auch ihr schönes Taschentuch.«

»Mist.«

»Warum?«

»Weil ich das nicht wusste.«

»Wo ich schon einmal dabei war, habe ich auch die anderen beiden Mädchen unter die Lupe genommen. Hat mich nicht viel Mühe gekostet, da sie alle zusammen archiviert sind.«
»Sie waren alle bei den Pfadfindern?«, fragte Itala, plötzlich hellwach.
»Nein. Falls du eine mysteriöse Verbindung zwischen Contini und Baden-Powell gesucht haben solltest, bist du auf dem Holzweg.«
Itala legte auf. *Scheißpfadfinder*, dachte sie, bevor sie wieder in den Tiefschlaf fiel.

Am nächsten Morgen bekam Itala ihren Sohn an die Leitung, der ihr die ganze Zeit über mit seinem Kaugummi ins Ohr schmatzte. Sie verließ das Motel zur selben Zeit wie zwei Nutten mit verschmiertem Make-up und fuhr zum Hauptsitz der Pfadfinder, einem sichtlich baufälligen Gebäude. Dort gab sie weiterhin die ängstliche Mutter und besorgte sich Informationsmaterial und Kopien von Berichten über vergangene Aktivitäten, unter anderem auch den Kalender »Zehn Jahre Pfadfinder«, der mit Amateurfotos die Treffen von Sippen aus verschiedenen Teilen Italiens dokumentierte.
Sie setzte sich in eine Bar, um ein paar Notizen in ihren tragbaren Computer zu schreiben, und aß ein Teilchen aus Polenta (die hatten wirklich einen Fimmel mit diesem Zeug), das aber glücklicherweise süß und alkoholgetränkt war. »He, Sie sind doch hier nicht bei sich daheim im Süden«, sagte der Barbesitzer, als sie ihren Computer zum Laden an die Steckdose anschloss.
Sie zeigte ihm ihren Dienstausweis, und er zog sich mit erhobenen Händen zurück. Itala blätterte in dem Material der Pfadfinder und fühlte sich zwischen Langeweile und Zärtlichkeit hin- und hergerissen. Vielleicht hätte es Cesare gutgetan, sich ihnen anzuschließen. Er würde vielleicht einen Freund finden und davon profitieren, dass man Ausflüge machte und an der

frischen Luft war, was bei seiner Erziehung etwas zu kurz kam. Außerdem waren da noch diese kostenlosen Besuche im Ruderclub ...

Die Pfadfinder aus Conca hatten schon vor sechs Jahren mit anderen lombardischen Sippen Wanderungen am Po unternommen und waren im Jahr von Marias Verschwinden mindestens dreimal durch Cremona gekommen. Das war genau die Zeit, in der Maria unbedingt zu den Pfadfindern wollte. Vielleicht war sie einmal heimlich mitgefahren und hatte diesen Typen kennengelernt, der sie dann umgebracht hatte. Und selbst wenn sich Maria und Cristina Mazzini wegen des Altersunterschieds nie persönlich kennengelernt hatten, hatten sie mindestens einmal dieselben Orte besucht. Die Ausflüge waren allerdings immer samstags und sonntags gewesen, wenn der Vater nicht gearbeitet hatte. Vielleicht hatte sie ihm irgendeine Lügengeschichte aufgetischt.

Sante war in seiner Einsamkeit eine große tragische Figur. Trotz allem, was man über ihn und seinen Hang zu Gewalt sagte, musste sie zugeben, dass er ihr nicht unsympathisch war. Wenn Beweise dafür auftauchen würden, dass er seine Tochter umgebracht hatte, wäre das für sie ein Schock.

Zuvor hatte sie in der Nähe einen Sitz der SIP gesehen, der Telekommunikationsgesellschaft. Dort ging sie nun hin. Neben zehn nebeneinander aufgereihten, von einem Vermittler bedienten Kabinen mit perforierten Trennwänden stand in einer Ecke eines dieser Videotel-Terminals, die von allen ignoriert wurden. Itala hatte es ein paarmal damit probiert und geduldig gewartet, dass die Linien des bunten Textes den Bildschirm ausfüllten und nützliche Informationen ausspuckten, aber sie hatte nur Zugfahrpläne und Werbung für Erotikhotlines gefunden.

Sie setzte sich in eine der Telefonkabinen und rief Locatelli an. Er meldete sich erst, als die Leitung zweimal nach dem elften Klingeln zusammengebrochen war. »Ich habe keine

Ahnung, wer du bist, aber du gehst mir jetzt schon auf den Sack«, begann er.

»Ich bin die Frau aus dem Süden, die dir Kaffee gekocht hat. Hast du was zu schreiben?«

»Die aus dem Süden ...« Locatelli brauchte einen Moment, bis der Groschen fiel. »Ach, richtig, die ...«

»Hast du etwas zu schreiben, ja oder nein?«, unterbrach sie ihn.

»Ja, schon. Aber was ...«

Itala gab ihm die Nummer, die sie vom Vermittler beim SIP bekommen hatte. »Frag nach Pasquale.«

»Aha. Soll ich sofort anrufen?«

»Nein. Erst verlässt du das Haus und suchst eine Bar auf«, sagte Itala und legte auf. Wer auch immer das Gespräch mitgehört haben könnte, würde begreifen, dass sie einen auf schlau machte. Aber mit ein bisschen Glück würde er nicht auf sie kommen und den Rest hören. Und sie würde es bequem leugnen können.

Sie setzte sich auf einen Stuhl im Wartesaal und blätterte in einem alten Micky-Maus-Heft mit zerfransten Seiten. Es war heiß, aber nicht so heiß wie in den Kabinen, wo die Luft nach kürzester Zeit dick wurde. Die wenige Kunden wedelten sich mit Zeitschriften Luft zu und kamen schweißgebadet wieder aus den Kabinen.

Zwanzig Minuten später rief Locatelli an. »Signor Pasquale, Kabine drei«, sagte die Vermittlerin und sah sie überrascht an, als sie zum Apparat eilte.

»Wenn du mich von zu Hause aus anrufst, sind wir am selben Punkt wie zuvor«, sagte Itala. Sie hörte das ferne Echo ihrer Stimme, die Verbindung war schlecht.

»Ich rufe aus dem Stall an, mit einem Funktelefon. Hört man meine Gespräche noch immer ab?«

»Ja. Und zwar auch das Funktelefon, wenn es auf deinen Namen angemeldet ist.«

»Ich bin doch nicht blöd. Wenn ich nicht will, dass deine Kollegen etwas über meine Angelegenheiten erfahren, werde ich doch nicht meinen Namen gebrauchen.«

»Ich stelle dir schlichte Fragen, aber du musst wirklich dein Gedächtnis anstrengen. Wo warst du ...« Sie nannte ihm die Daten der Ausflüge, die sie sich aufgeschrieben hatte.

»Bei der Arbeit und danach zu Hause. Wie jeden Tag. Aber das ist sechs Jahre her, daran kann ich mich nicht mehr erinnern.«

»Samstags und sonntags?«

»Nein, sonntags bin ich meistens zu Hause.«

Itala schnaubte. »Ich hatte dich gebeten, dir Mühe zu geben und nicht zu raten ... Und du bist nie ausgegangen? Nie?«

»Nur mit meiner Tochter.«

»Keine Dienstreisen? Bist du dir sicher?«

Sante dachte eine Weile nach. »Ich war auf Messen, aber abends bin ich immer heimgefahren. Manchmal war es vielleicht spät, aber ich bin immer heim. An die genauen Daten kann ich mich nicht erinnern. Danach hat man mich bei den Verhören auch nie gefragt.«

»Was für Messen?« Itala benutzte die weiße Seite hinten im Micky-Maus-Heft, um aufzuschreiben, was Locatelli ihr diktierte. Als sie sich verabschieden wollten, begann Locatellis Telefon zu röcheln. Die Leitung brach im selben Moment zusammen, als sie ihn bat, den Mund zu halten.

Itala ging hinaus, um Luft zu schnappen und den Schweiß trocknen zu lassen. Das Klima war schwül. Als sie wieder hineinging, musterte die Angestellte sie neugierig. »Ist Ihr Telefon daheim kaputt?«

»Hitzeschock.« Sie kehrte in die Kabine zurück, wählte die 12 und ließ sich die Nummern der Messeunternehmen geben, die Locatelli aufgelistet hatte. Da es beim SIP auch einen Faxservice gab, hinterließ sie dessen Nummer, um sich die nötigen Informationen schicken zu lassen.

Um vier Uhr nachmittags, nach einem Teller Casoncelli – sonderbaren Ravioli mit Butter und Salbei – und einer Pipipause, hatte sie eine Summe beglichen, die eigentlich für ein ganzes Jahr Telekommunikation reichen müsste, und dafür ein halbes Kilo Faxe mit schlecht leserlichen Daten erhalten. Alle hatten irgendetwas mit verschiedenen Landwirtschaftstreffen zu tun.

Als sie schließlich mit ihren vermutlich unbrauchbaren Informationen nach Piacenza zurückgekehrt war, verbrachte sie den Abend mit ihrem Textverarbeitungsprogramm, um sich Notizen zu machen, und malte Diagramme voller Pfeile in ihr Notizheft.

Ihr fiel auf, dass Locatelli mindestens an zwei Wochenenden, an denen Tagesausflüge der lombardischen Pfadfinder stattgefunden hatten, zur Begutachtung von Kühen und Sämereien aufgebrochen war. Höchstwahrscheinlich hatte auch die Sippe aus Conca an den Pfadfindertreffen teilgenommen. Rein hypothetisch könnte seine Tochter also mit ihnen weggefahren und später wiedergekehrt sein, ohne dass er es gemerkt hätte. Und ebenso hypothetisch könnte sie bei diesem Ausflug dem Mann begegnet sein, der sie entführt und getötet hat, ebenso wie die blutjunge »Entdeckerin« Cristina Mazzini.

Mazza rief sie an jenem Abend an. Itala hätte nicht damit gerechnet, so schnell von ihm zu hören, und gab ihm die Nummer der Paninoteca unten in ihrem Haus. Dann ging sie hinunter, um sich ein Baguettebrötchen mit Thunfisch und Ziegenkäse machen zu lassen und ein Adelscott-Bier mit Whisky zu trinken. Das hatte sie immer schon einmal probieren wollen, musste aber feststellen, dass es ihr nicht zusagte. Der Besitzer, der Italas Nachtschichten schon kannte, brachte ihr ein schnurloses Telefon. »Wo erreiche ich dich?«, fragte Mazza.

»In meinem Außenbüro. Ich könnte mir vorstellen, dass es Ihnen lieber ist, wenn unser Gespräch privat bleibt.«

»Ja ... Itala, ich wollte nur wissen, ob ... ob alles gut läuft.«
Itala begriff, dass ihm irgendjemand von ihrem Ausflug nach Conca erzählt hatte, und das bereitete ihr Sorge. Die Geschichte war viel größer, als sie gedacht hätte, und Mazza steckte bis über beide Ohren mit drin, das war nun klar. »Alles in Ordnung. Ich habe einen großen Umweg unternommen, um herauszufinden, ob eine alte Geschichte wieder ans Tageslicht getreten ist. Jetzt weiß ich aber, dass niemand mehr daran denkt«, log sie.
»Das freut mich. Ich würde dir raten, den Kopf einzuziehen. Die Ermittlungen zum Tod von *du weißt schon wem* scheinen in die richtige Richtung zu laufen.«
»Diese alte Geschichte, die Sie sicherlich nicht kennen, bereitet mir aber Sorgen.«
Die Pause, die nun entstand, war vielsagend. »Hattest du nicht soeben gesagt, dass niemand mehr daran denkt?«
»Aber *ich* denke daran, Dottore. Ich glaube, dass Sie vielleicht vor zwei Jahren eine falsche Entscheidung getroffen haben.«
»Der Meinung bin ich nicht.«
»Und sollte uns der Fluss zufällig ein weiteres Geschenk überbringen?«
Mazza atmete schwer. Itala fragte sich, ob er Wut oder Nervosität unter Kontrolle zu bringen versuchte. »Das wird nicht geschehen. Ich schwöre dir, dass das nicht geschehen wird.«
»Sind Sie sich da sicher?«
»Vertrau mir, Itala. Das sind alte Geschichten.«
Itala legte auf und ließ sich eine Cola mit Zitrone geben. Der unangenehme Geschmack des Biers blieb aber zurück, was vermutlich psychische Ursachen hatte. Ihr war bewusst, dass Menschen selbst ihre besten Freunde verraten würden (gute Gründe gab es immer), aber nie hätte sie gedacht, dass Mazza ihr das antun würde. Tatsächlich hatte er sie mitten in diese Scheiße reingezogen. Sie sah deutlich vor sich, wie er auf Ferraris Festen mit Nitti irgendwelche Deals aushandelte. Nitti

bekam das glorreiche Ende seiner Karriere, während Mazza das (wenig glorreiche) Ende der Ermittlungen gegen sich selbst bekam. Sie war es ja nicht gewesen, gegen die man ermittelt hatte, sondern dieser Vollidiot, der sie wie eine billige Hure benutzt hatte.

Zurück in ihrer Wohnung, stopfte Itala den Papierkram in eine Supermarkttüte, aber statt alles wegzuschmeißen, verschloss sie es in einem Schrank. Sie musste an Maria denken, die aus ihren Bergen herabstieg, um mit ihren Freundinnen zusammen zu sein und im Zug oder Auto Pfadfinderlieder zu singen. In einem der Faltblätter, die Itala mitgenommen hatte, waren Texte dieser Lieder abgedruckt. *Tief im Dschungel, da ruft die Trommel, der Löwe schläft heut' Nacht…*

Vielleicht war der Song etwas zu kindlich für Maria, da sie ja schon fast fünfzehn gewesen war. Vielleicht hatte sie die Zeit ja damit verbracht, mit einem Jungen zu knutschen, der ihr gefiel, mit dem sie aber nie bis zum Äußersten gehen würde.

Als Itala ins Bett ging, schwirrte ihr der Kopf schlimmer denn je, und als sie wieder aufstand, war sie müder als zuvor. Überrascht stellte sie fest, dass Sonntag war. Sie hatte jegliches Gefühl für die Wochentage verloren. Ihre Ferien, die ein Reinfall gewesen waren, würden am nächsten Tag enden, wenn auch für Cesare die Schule wieder losging. Sie fuhr nach Riccione, um Sohn und Schwiegermutter abzuholen, obwohl sie Letztere lieber im Sand verbuddelt hätte. Sie setzte Mariella auf die Rückbank, wo die sich über jedes Schlagloch und jeden Luftzug beschwerte, um ein paar belanglose Worte mit ihrem Sohn wechseln zu können. Cesare saß neben ihr, nun tiefbraun, seine Haare so hell, dass sie fast durchscheinend wirkten.

Viel bekam sie nicht aus ihm heraus, da ihr Sohn mehr daran interessiert war, auf dem Gameboy *Super Mario* zu spielen und wie ein Verrückter Akkus zu verschleißen. Erst als Mariella hinten einnickte, bestand sie darauf, dass er sich mit ihr unterhielt. »Ist denn dieses Spiel wirklich so interessant?«

»Ich möchte alle Level schaffen, damit ich den Bonus bekomme.«
»Und was hast du davon?«
»Dann bin ich besser als Riccardo, der spielt das auch. Wir haben in den Ferien telefoniert.«
»Und um was spielt ihr?«
»Um nichts natürlich ...«, sagte Cesare zögerlich.
»Wirklich?«
»Na ja. Wer verliert, muss in Unterhose in die Klasse gehen.« Itala fuhr auf. »Wehe, wenn du so etwas machst.«
»Wenn ich verliere und es nicht tue, stehe ich als Feigling da.«
»Sag, dass ich es dir verboten habe. Entweder das, oder ich nehme dir dieses Ding weg, und du siehst es nie wieder.«
Cesare verfiel in trotziges Schweigen. »Das kannst du nicht verstehen, weil du eine Frau bist«, sagte er dann.
»Ich bin deine Mutter, ich verstehe alles.«
»Jaja, schon gut.«
Ihr Sohn entglitt ihr wie ein Stück Seife. »Hör mal, würdest du gern zu den Pfadfindern gehen? Ich glaube, sie haben auch einen Sitz in der Nähe deiner Großmutter.«
»Nein danke.«
»Möchtest du es nicht wenigstens ausprobieren? Da sind viele Jungs in deinem Alter.«
»Nein.«
»Warum nicht?«
»Weil das alles Schwuchteln sind.«
»Unsinn. Wer sagt das?«
»Oma.«
»Die sind doch nicht alle homosexuell ...«
»Wenn sie hinkommen, nicht. Aber wenn sie wieder austreten, wissen alle, wie man Schwänze lutscht.«
Böses Blut, dachte sie entsetzt. *Böses Blut*. Ohne nachzudenken, verpasste sie ihm eine Ohrfeige und schrie mit einer Stimme, die sie selbst nicht wiedererkannte: »Hörst du wohl

auf, so zu reden? Was ist nur aus dir geworden? Ein jugendlicher Straftäter? Möchtest du im Zuchthaus landen?«

Cesare verlor die Aura des harten Burschen und brach in Tränen aus. Mariella wachte auf und ergriff natürlich Partei für das Kind. Schließlich tauschten sie und Cesare den Platz. Der Rest der Fahrt verlief in eisigem Schweigen, fast bis Castelvetro. Als Mariella das Wort ergriff, klang sie ernst. »Stehst du unter Anspannung?«, erkundigte sie sich. »Hast du Probleme bei der Arbeit?«

»Nein. Und das geht dich auch nichts an.«

»Natürlich tut es das. Wenn irgendwann das Geld ausgeht, weil du in Schwierigkeiten gerätst, ist das ein Problem. Du weißt, dass ich nicht allein für ihn aufkommen kann.«

»Darüber haben wir doch schon gesprochen. Er kann bei mir wohnen.«

Ihre Schwiegermutter schüttelte den Kopf. »Dieser Junge braucht jemanden, der ihn auf den rechten Pfad bringt.«

»Mir scheint, der rechte Pfad weiß nicht recht, wo der Junge wohnt. Hast du gehört, wie er redet?«

»Wenn man sich Respekt verschaffen will, muss man so reden. Möchtest du, dass er zum Opfer wird?«

»Ich möchte nur, dass er ein guter Mensch wird.«

Mariellas Sarkasmus gewann wieder die Oberhand. »Wie seine Mutter?«, fragte sie mit einem scheinheiligen Lächeln.

»Ganz bestimmt nicht wie seine Großmutter. Was hast du denn Gutes in deinem Leben getan? Außer mir Geld aus der Tasche zu ziehen.«

»Ich sorge dafür, dass du nicht aus der Reihe tanzt, das ist es, was ich mache. Bevor du zu Hause hältst, fahren wir am Supermarkt vorbei. Ich brauche noch ein paar Dinge. Du zahlst.«

In den beiden folgenden Tagen unterschrieb Itala Hunderte von Berichten, ohne sie auch nur zu lesen, und dachte allmählich nicht mehr allzu obsessiv an Mazza und Maria. Sie fühlte sich auch hinreichend ruhig, um Agente Bruni zu empfangen, der seit Kurzem unter ihr arbeitete und seine erste Dummheit begangen hatte.

Bruni war fünfunddreißig Jahre alt. Die Nasenscheidewand war platt gedrückt, und der zweifach unterbrochene Spitzbart war ebenso außer Form. Ein Wunder, dass er seine Uniform noch hatte. »Seit wann bist du in der Abteilung?«, fragte Itala, die es nur zu gut wusste.

»Zwei Monate, mehr oder weniger, Ispettrice.«

»Wieso höre ich dann immer, dass du dich nicht genug bemühst? Dass du dich auf die faule Haut legst?«

»Das stimmt nicht. Ich muss mich einfach noch ein bisschen eingewöhnen. Ich bin eher der Typ Diesel…«

Itala hatte von der ersten Stunde an gelernt, mit dieser Art von Polizisten umzugehen, und musterte ihn ungerührt. »Du hast dich vielmehr allzu schnell eingewöhnt, wenn du von einem Kollegen einer anderen Abteilung Geld annimmst, damit er schneller an einen Waffenschein kommt.«

»Der war doch gar nicht für ihn, sondern für einen Freund von ihm.«

»Du gehst jetzt sofort hin, gibst ihm das Geld zurück und sagst, das sei ein Scherz gewesen oder was auch immer.«

Bruno wirkte entgeistert. »Ich verstehe nicht ganz, Ispettrice. Hier bessern doch alle ihr Gehalt auf, und ich soll das nicht dürfen?«

»Alle bessern ihr Gehalt auf? Was soll das heißen?«

»Wollen Sie mich verarschen? Ihr Büro ist doch voll von Zeug«, antwortete Bruno nahezu empört.

»Zeug? Meinst du die Pakete, die wir für die Waisenhäuser zusammenstellen?«

»Na klar, die meine ich.«

»Du erhebst schwere Vorwürfe. Dann musst du Bericht erstatten und mich beim Polizeipräsidenten anzeigen.«

Ihr Gegenüber wirkte zum ersten Mal besorgt. »Hören Sie, ich habe das nicht gesagt, weil ich hier den Spion mache. Ich möchte mir doch nicht von den Kollegen ins Gesicht spucken lassen.«

»Du kommst dem aber ganz schön nahe.«

»Wirklich, ich will keinen Ärger. Sie sind es doch, die ...«

»Ich weiß nichts von Schwarzgeld«, unterbrach ihn Itala, die immer noch ihren ruhigen Ton anschlug. »Aber sollte es wirklich in meiner Abteilung zirkulieren, landet es in den Taschen derjenigen, die die drei grundlegenden Regeln begriffen haben. Kennst du die?«

Der Mann schüttelte den Kopf.

»Die erste Regel dieser guten Leute – sollte es sie denn geben – lautet: Die Arbeit ist heilig. Man drückt sich nicht, man kommt nicht zu spät, man vernachlässigt nicht die eigenen Aufgaben. Zweite Regel: Das Präsidium ist die Kirche. Man rührt nichts an, was durchs Hauptportal kommt, nicht einmal Golddublonen aus Schokolade, und man fordert auch nichts von Kollegen. Dritte Regel: Diese hypothetischen Polizisten machen das Geld draußen. Außerhalb des Präsidiums, außerhalb des Dienstes, außerhalb der Schicht. Und sie halten den Mund.«

Bruno war rot geworden, vermutlich zum ersten Mal seit der Grundschule. »Verstanden, Ispettrice.«

»Fügst du dich ein, oder soll ich dich ein weiteres Mal versetzen lassen – falls dich außer mir noch jemand will?«

»Ich möchte hierbleiben.«

»Bravo. Du hast einen Monat, um zu dem Kollegen zu werden, den ich hier brauche. In einem Monat unterhalten wir uns noch einmal. Wie es ausgeht, hängt von dir ab.«

Bruno ging, und im nächsten Moment kam Otto herein. »Hat *Ihre Majestät* ihn zum Weinen gebracht?«

»Ich habe rechtzeitig aufgehört. Aber nimm ihn unter deine Fittiche. Wenn wir feststellen müssen, dass er einen auf dicke

Eier macht, schicken wir ihn weg. Noch so einen wie dich kann ich hier nicht gebrauchen.«

»Schon die Sache mit Contini gehört?«

Noch immer?, dachte Itala. »Was denn?«

»Die Staatsanwaltschaft hat eine Erklärung rausgegeben. Sie sagt, dass sie – bei aller gebotenen Vorsicht – zur Theorie des Selbstmords tendieren.«

»Nach nicht einmal einer Woche?«

»Neue Techniken.«

Alte Systeme, dachte Itala. Wenn sie es schafften, ganze Ermittlungen lahmzulegen – Mazza, Nitti und wer weiß wer noch –, dann ist der Tod einer *Schwuchtel* keine große Sache.

»Wenn *wir* uns das leisten würden, wäre die Kacke am Dampfen«, fuhr Otto fort. »Aber die Leute an den Schlüsselstellen, wer traut sich an die heran ...?«

»Los, ich muss arbeiten«, murmelte Itala. »Beschäftige dich mit etwas Sinnvollem.«

Otto verabschiedete sich mit dem Römergruß und verschwand lachend. Itala blieb sitzen und starrte an die Wand. Herrgott, sie wollte nicht an diese Geschichte denken, aber bei jedem Schwachsinn, den sie hörte, wurde ihr sterbensübel. Für sie alle – Nitti, Mazza, den ganzen Kreis – fügte sich Continis Tod bestens. Aber war das eine glückliche Fügung, oder hatten sie etwas damit zu tun? Angesichts von Mazzas hitziger Reaktion, als er sofort zu ihr gekommen war, ging Itala davon aus, dass er mit so etwas nicht gerechnet hatte.

Sie steckte sich eine Zigarette an und fragte sich, wie sie an die Protokolle der Carabinieri von vor sechs Jahren herankommen könnte.

Maria Locatellis Freunde, die während der Ermittlungen zu ihrem Verschwinden befragt worden waren, hatten alle ungefähr das gleiche Alter, und bisher hatte niemand sie als mögliche Verdächtige ins Spiel gebracht. Tatsächlich waren viele von ihnen nicht einmal befragt worden, als die Leiche auftauchte. Die Verhörprotokolle – deren Beschaffung Itala zwei Kisten jener Flaschen mit dem blauen Etikett gekostet hatten – enthielten nichts Aufschlussreiches. Das bedeutete, dass niemand die Informationen eingeholt hatte, die Itala interessierten. Vermutlich wohnten die Zeugen noch an ihren alten Adressen, aber sie wollte sich nicht noch einmal in Conca blicken lassen.

Ein Mädchen allerdings, Nina Soundso, hatte schon damals die Schule verlassen und arbeitete als Kassiererin in einer Bar Tabacchi drei Kilometer vom Dorf entfernt. Immer noch ein wenig zu nah für Italas Geschmack, und so »lieh« sie sich sicherheitshalber ein Zivilfahrzeug, das offiziell bei der Wartung war, und fuhr am nächsten Morgen hin.

Als sie dort eintraf, parkte eine lange Schlange von Lkws vor der Bar. An der Kasse saß eine Frau, die zu alt war, um die Klassenkameradin von Maria zu sein. Bevor sie sich nach ihr erkundigen konnte, kam ein Mädchen in den Zwanzigern in einem blauen Arbeitskittel aus dem Hinterzimmer, um einen Eimer Seifenlauge in den Ausguss zu kippen. In ihren Zügen vermeinte Itala ein Mädchen von den Fotos wiederzuerkennen.

»Nina?«, rief sie.

Das Mädchen drehte sich um. »Ja?«

»Können wir uns zehn Minuten unterhalten? Ich bin eine Verwandte von Maria Locatelli.«

Nina stellte den Eimer ab und wischte sich die verschwitzte Stirn ab. »Erfreut, Signora, aber ich muss arbeiten.«

»Zehn Minuten. Ich bin von weit her gekommen.«

»Was sind Sie denn für eine Verwandte? Wir sind uns nie begegnet.«

»Cousine zweiten Grades. Nun komm schon, zehn Minuten. Wenn's sein muss, bestelle ich auch etwas an der Bar.«

Nina nickte widerwillig. »Müssen Sie nicht. Ich sag dem Chef Bescheid.«

Zwei Minuten später kam sie wieder, die Gummihandschuhe abstreifend. Itala sah deutlich vor sich, wie sie sich mit den Jahren verändern würde, gealtert zwischen den schmutzigen Mauern der Bar, ausgezehrt von Ehemann und Kindern.

Sie setzte sich auf das Mäuerchen und steckte sich eine Zigarette an. »Ich möchte mit dem Staatsanwalt sprechen, der die Ermittlungen zu Maria leitet«, begann Itala. »Ich habe nämlich das Gefühl, dass sie gar nichts mehr machen.«

»Ich weiß von nichts. Man hat mich vor sechs Jahren befragt, und das war's. Wie heißen Sie überhaupt?«

»Rosa.«

»Maria hat nie etwas von Ihnen erzählt.«

»Du kannst Sante fragen.«

Nina zog eine Grimasse. »Um Himmels willen. Der jagt mir Angst ein.«

»Denkst du, er war es?«

Sie zuckte mit den Schultern. »Ich möchte nichts Schlechtes über einen Verwandten von Ihnen sagen.«

»Tu dir keinen Zwang an.«

»Wenn er es nicht war, dann weiß ich nicht, wer es gewesen sein sollte. Verdammt, Maria war ein Engel.«

»Vielleicht jemand, mit dem sie sich heimlich getroffen hat?«

»Ein Junge? Unsinn.«

»Hattest du denn keinen Freund in ihrem Alter?«

»Doch, diesen elenden Bastard von …« Nina setzte ein wehmütiges Lächeln auf. »Aber Maria war eine Nonne. Sie wusste nicht einmal, wie ein Zungenkuss funktioniert. Ihre einzige Obsession waren die Pfadfinder. Ich war auch eine Zeit lang dabei, aber dann bin ich ausgestiegen.«

»Vielleicht war es einer der Pfadfinder?«

»Abgesehen davon, dass wir fast nur Mädchen waren, waren die Jungen in der Schule, als sie verschwand. Die Carabinieri haben die damals auch verhört.«

»Vielleicht ein Pfadfinder aus einer anderen Stadt?«

»Die kommen nicht hierher. Aber ich muss zugeben, dass ich nicht viel darüber weiß, was Maria nach der Mittelstufe getan hat. Ich habe zu arbeiten angefangen, und sie ist abends nie ausgegangen.«

Itala begriff, dass das Mädchen alles gesagt hatte. »Mit wem war sie denn befreundet?«

Nina schwieg einen Moment, die Zigarettenkippe zwischen den Fingern hin- und herdrehend. »Giada ist wohl die Einzige, mit der sie sich weiterhin getroffen hat. Sie waren so etwas wie die beiden Versagerinnen der Gruppe und haben sich super verstanden, obwohl Giada ein paar Jahre jünger war. Wenn man sie miteinander spielen sah, fiel der Altersunterschied aber gar nicht auf.«

»Ist Giada auch eine Nonne?«

»Nein, die sieht wie eine Migrantin aus.«

Itala fiel ein Foto ein, auf dem ein dunkelhäutiges Mädchen in Pfadfinderuniform zu sehen war. Ihr Name tauchte in den Protokollen gar nicht auf. »Denkst du, sie sind in Kontakt geblieben?«

»Sie waren Busenfreundinnen.« Nina dachte nach. Dann fügte sie missmutig hinzu: »Aber vielleicht ist Giada gar keine Versagerin, weil sie nämlich dann auf die Uni gegangen ist. Im Gegensatz zu mir muss sie jetzt keine Klos putzen.«

Die Abteilung für Agrarwissenschaften der Universität von Cremona befand sich im Viertel Porta Po, in einem alten Gebäude nahe der Bonbonfabrik Rossana, die eine gewisse Ähnlichkeit mit dem Weißen Haus hatte, mit den Säulen und dem Portikus, nur dass sie ein wenig heruntergekommen war.

Um die Mittagszeit strömten alle Studentinnen und Studenten heraus, um in die nahe gelegenen Bars zu gehen, aber Itala konnte niemanden entdecken, der der gesuchten Person ähnelte. Also betrat sie das Gebäude. Ihre Mannschaft und sie hatten in sämtlichen Instituten und Universitäten von Cremona und

Piacenza Kontaktpersonen, weil das bei ihren Terror- und Drogenrazzien eine Menge Zeit sparte. Diese Informanten konnten bis ins kleinste Detail über sämtliche Studenten berichten.

In der Agrarwissenschaftlichen Fakultät war es ein Hausmeister kurz vor der Pensionierung. Alle nannten ihn nur »der Bär«, weil er so dick war und sich nur mühsam bewegte. Nun prüfte der Bär die Erstsemester und teilte ihr mit, dass Giada am Nachmittag einen Einführungskurs hatte. Itala kehrte also zu ihrem Auto zurück, um dort auf sie zu warten. Sie hätte sie nicht wiedererkannt, wäre Giada nicht das einzige dunkelhäutige Mädchen gewesen, das die Fakultät betrat. Giada überragte sie um einen Kopf und trug einen kurzen Rock und ein Top, beides hätte Itala nicht einmal dann gepasst, wenn sie sich der Länge nach geteilt hätte.

Sie stieg aus, eilte hinterher und rief ihren Namen, ihre Dienstmarke vorzeigend.

»Ich weiß, dass du in zehn Minuten einen Kurs hast, aber wenn wir uns beeilen, kommst du noch rechtzeitig.«

Giada wirkte panisch. »Was ist passiert?«

»Nichts. Es geht um Maria Locatelli.«

Die Panik wich der Verwunderung. »Und da kommt ihr jetzt? Nach sechs Jahren?«

»Ich wollte nur auffrischen, was du vor sechs Jahren ausgesagt hast. Das dauert nicht lange.«

»Ausgesagt bei wem?«

Itala schaute sie fassungslos an. »Man hat dich nicht vernommen?«

»Als die Polizei an unsere Schule kam, um Marias Freunde zu suchen, haben sie mich keines Blickes gewürdigt. Ich habe sogar meine Eltern gebeten, dort angerufen, aber man hat ihnen gesagt, meine Aussage sei nicht vonnöten.« Ein Student kam vorbei und grüßte Giada, aber sie reagierte gar nicht, sondern knetete weiter ihre Hände. »Wissen Sie, was ich glaube? Ihre Kollegen mögen mich nicht, weil ich schwarz bin.«

»Aber jetzt bin ich hier. Hättest du denn etwas Nützliches zu sagen gehabt?«

Giada hob die Schultern. »Eigentlich nicht, vermutlich. Aber ich war die Einzige, die sie wirklich gemocht hat. Die anderen haben sie wie eine Minderbemittelte behandelt.«

»Hast du sie zu den Pfadfindern gebracht?«

»Ja. Aber dann hat sich dieser Scheißkerl von ihrem Vater reingehängt … Und den hat man aus dem Gefängnis entlassen …« Wieder schnaubte sie. »Hören Sie, Sie haben nicht zufällig eine Zigarette? Ich kann mir keine kaufen, sonst bringt mein Vater mich um. O Gott! Ich wollte nicht behaupten, dass dieser …«

Itala reichte ihr lächelnd eine MS und steckte sich selbst auch eine an. »Bist du denn nicht volljährig?«

»Klar, ich bin achtzehn. Ich bin früher in die Schule gekommen, falls Sie sich fragen, warum ich jetzt schon studiere. Ich bin im November geboren. Aber für meine Eltern werde ich immer ein Kind bleiben.«

Sie gingen zu einem Mülleimer, um abzuaschen.

»Kannst du dich an die Zeit bei den Pfadfindern erinnern?«

»Ich bin immer noch bei den Pfadfindern. Gelegentlich unternehme ich etwas mit den Kindern. Aber ich habe keine Zeit, um mich als Leiterin zu engagieren.«

»Aha. Ich werde dich jetzt etwas sehr Wichtiges fragen, und du musste mir eine aufrichtige Antwort geben. Für deine Freundin.«

»Um den zu finden, der es getan hat?«

»Ja … Ist Maria je heimlich nach Cremona gefahren?«

Ein Moment des Schweigens trat ein. Itala flehte den Himmel an, ihr Schuss möge ins Leere gehen. Sie konnte nur hoffen, dass Giada nicht wusste, wovon sie sprach; dass niemand der Tochter von Sante Locatelli ein Alibi gegeben hatte; dass sich das arme Mädchen nie den Traum erfüllt hat, mit ihren Freunden einen Ausflug zu machen. Dann hätte Itala leichten Herzens gehen und diese Scheißgeschichte, die ihren Kopf mit Bildern von Wasserleichen füllte, vergessen können. Aber Giada brach in Tränen aus, und Itala begriff, dass ihr dieses Glück verwehrt blieb.

Itala bat Giada, in ihr Auto einzusteigen. »Nur damit wir hier nicht auf dem Präsentierteller stehen. Wir fahren nirgendwohin.« *Verdammt, ich hab ins Schwarze getroffen*, dachte sie. *Gütiger Gott, ich habe die Kontaktstelle zwischen den Opfern gefunden.* Und ihre Kollegen und die Staatsanwälte hatten sie die ganze Zeit vor der Nase. Nicht einmal Bassi hatte ihren Namen erwähnt – zu unzuverlässig als Zeugin. Vielleicht sprach sie damals auch noch zu schlecht Italienisch. Aber egal, es hätte sowieso keinen Unterschied gemacht.

»Musste sie deswegen sterben? Weil ihr Vater herausgefunden hat, dass sie einen Ausflug gemacht hat?«, fragte Giada unter Schluchzern.

»Nein, absolut nicht«, sagte Itala. »Es war auch nicht ihr Vater. Wann war dieser Ausflug?«

»An das genaue Datum kann ich mich nicht erinnern. Es war an einem Wochenende, kurz bevor Maria verschwand. Sie wollte die Schule beenden. Wissen Sie, dass sie nie in ihrem Leben ein Schwimmbad gesehen hat?«

»Seid ihr zum Ruderclub Enrico Toti gefahren?«

»Ja.«

»Du hast euren Leitern erzählt, dass Maria die Erlaubnis ihres Vaters hat, nicht wahr?«

»Ich habe die Unterschrift auf der Einverständniserklärung gefälscht, weil sie …« Sie schüttelte den Kopf. »Sie selbst hätte das nie übers Herz gebracht.«

»Ist dir während des Ausflugs aufgefallen, dass jemand sie auf seltsame Weise anspricht? Du weißt schon, was ich meine.«

»Nein.«

»Bist du dir sicher?«

»Ja. Ich habe sehr oft an diesen Tag gedacht. Wenn ich etwas beobachtet hätte, hätte ich ein solches Theater gemacht, dass ihr mich nicht länger hättet ignorieren können. Aber es ist nichts passiert. Hätte ich es trotzdem sagen müssen?«
»Du sagst es ja jetzt. Wie viele wart ihr bei dem Ausflug?«
»Aus Conca? Ungefähr zwanzig.«
»Erinnerst du dich noch, wer von den Erwachsenen dabei war? Oder wen ihr in Cremona getroffen habt?«
Giada blieb die Luft weg. »Denken Sie, es war einer von ihnen?«
»Nein, nein, keine Sorge. Wir müssen sie nur fragen, ob sie etwas gesehen haben.«
»Im Toti sind immer tausend Leute. Aber die Pfadfinder bleiben unter sich.«
»Und wer war bei euch? Eltern, Erzieher?«
»Ich kann mich nur noch an Don Luigi erinnern. Wer von den Rangern und Rovern dabei war, weiß ich nicht mehr.«
»Den Rangern und Rovern?«
»Das sind die Jugendlichen, die nach der Pfadfindergrundausbildung auf die Rangerschule gehen. So nennt man das. Sie sind achtzehn und älter.«
»Könntest du das herausfinden?«
»Ich könnte in mein Flugheft aus dem Jahr schauen.«
»Was ist das?«
Giada zuckte mit den Schultern. »Das ist eine Art Tagebuch, wenn man zu den Maikäfern gehört, bis zum elften Lebensjahr. Bei den Jungen heißt es Jagdheft, weil sie Wölflinge sind.«
»Klar.«
»Viele von uns behalten die Hefte, wenn sie Explorer oder Rover und Ranger werden. Sie helfen beim Reflektieren, Beten und Diskutieren. Meins liegt in meinem Fach bei den Pfadfindern. Wir bewahren sie alle dort auf.«
»Ist das Fach abgeschlossen?«
»Nein. Niemand liest Hefte der anderen ohne Erlaubnis.

Das ist ein Tabu, eine Pfadfindersache, die man von außen nur schwer versteht.« Giada sah auf die Uhr. »Jetzt habe ich schon eine halbe Stunde der Veranstaltung verpasst. Denken Sie, ich kann gehen?«

»Natürlich. Wir treffen uns morgen hier wieder, in Ordnung? Dann kannst du mir sagen, was du herausgefunden hast. Oder ob du mehr Zeit brauchst. Alles kann nützlich sein.«

Giada nickte.

»Und rede mit niemandem darüber. Ich muss mit den Zeugen sprechen, bevor sie sich untereinander verständigen.«

Oder sich aus dem Staub machen, dachte sie, aber das sagte sie nicht.

Itala kehrte gegen Dienstschluss ins Präsidium zurück, aber vor ihrer Tür stand immer noch eine Schlange. Sie delegierte die Termine an ihre Leute, tat so, als würde sie die Proteste nicht hören, und schloss sich in ihrem Büro ein, wo sie ein paar Kekse aß. Die Sekretärin trat ein, ohne zu klopfen. Sie hieß Grazia und war in den Fünfzigern. Obwohl sie eine Angestellte im Innendienst war, steckte mehr von einer Polizistin in ihr als in mancher Uniform. Für Itala hegte sie größte Sympathie, seit die ihr den Thermomix Bimby geschenkt hatte. »Die Nervensägen wollen dich sprechen«, sagte sie.

Itala streckte sich auf ihrem Stuhl aus. »Welche von den vielen?«

»Die Personaler. Vielleicht wollen sie dich befördern.«

Itala lachte, zog ihre Uniformjacke an und verließ das Amt, um sich in das wesentlich größere Gebäude nebenan zu begeben, das sämtliche Abteilungen der Kriminalpolizei beherbergte und der Öffentlichkeit für Anzeigen und Dokumentenanträge offenstand. Der Leiter der Personalabteilung war Vizepräsident Esposito, groß und dürr, auf der Nase eine Ray-Ban, durch die er sie jetzt schief anschaute. Itala wusste über ihn nur, dass er Enkel eines Polizisten war, außerdem Sohn eines Polizisten und Vater eines Polizisten. Sie stellte sich alle mit demselben Arschgesicht vor. Itala blieb auf der Schwelle stehen. »Zu Befehl, Dottore«, sagte sie, auf alles gefasst.

»Die Caruso … Was für eine Ehre! Komm, setz dich!«

»Sissignore.« Itala tat es. »Sie wollten mich sprechen, Dottore?«

»Da muss ein Missverständnis vorliegen«, sagte der Vizepräsident sarkastisch. »Eigentlich will ich dich nicht sprechen, aber leider bist du nun einmal bei uns, und ich muss mich mit dir herumschlagen, bis dich jemand, wenn es dem Herrn gefällt, auf frischer Tat ertappt.«

»Ich verstehe nicht, Dottore. Meine Bewertungen sinken nie unter das höchste Level.«

»Weiß der Himmel, wieso. Weiß der Himmel, wem du den Arsch leckst.«

»Dottore, sind wir jetzt fertig mit dem Vorgeplänkel? Wir führen uns ja wie ein altes Paar auf.«

»Was für eine Horrorvorstellung!« Esposito schob ihr ein rechteckiges Papier mit dem zackenförmigen Rand eines Kontrollabschnitts zu. Auf dem Zettel, der so groß war wie eine Kinokarte, stand in einer kleinen stilisierten Krone die Zahl 14. »Was hast du mir dazu mitzuteilen?«

»Es scheint sich um ein Stück Papier zu handeln.«

»Es handelt sich wohl eher um ein Los aus der Lotterie der Königin, wie man sie nennt.« Er nahm das Papier und las die Rückseite vor. »*Zu gewinnen sind Lebensmittel, Tabakwaren und Markenkleidung.* Was hast du dazu zu sagen?«

»Warum sollte ich etwas dazu sagen?«

»Es handelt sich um ein Glücksspiel, das in unseren vier Wänden gespielt wird. Im Rennen sind Prämien zweifelhafter Herkunft. Du wirst das sofort beenden, nicht wahr? Wir sind doch hier nicht in Kalabrien.«

»Erst muss ich wissen, wer diese Lotterie eröffnet hat.«

»Weil du selbstverständlich nichts damit zu tun hast, nicht

wahr? Mit der Lotterie der Königin! Wer ist denn hier die Königin?«
»Der Polizeipräsident?«
Esposito stieß einen langen Seufzer aus. »Regel die Angelegenheit.«
»Sissignore. Kann ich jetzt gehen?«
»Noch nicht. Was ich jetzt sage, ist nicht offiziell, also kannst du auch darauf pfeifen. Halte dich aus den Angelegenheiten der *Cousins* heraus, um was auch immer es sich handelt und was auch immer deine Motive sein mögen.«
Itala hatte das erwartet, und sie zuckte nicht mit der Wimper. »Sissignore.«
»Du kannst jetzt gehen, Ispettrice. Und lass bitte die Tür auf, damit der Raum auslüftet.«
Itala versuchte sich zu beherrschen, aber er hatte sie zur Weißglut getrieben. »Denken Sie wirklich, ich bin hier, weil ich Leuten den Arsch lecke?«
»Warum solltest du sonst hier sein?«
»Weil hier alles den Bach runterginge, wenn es keine Leute wie mich gäbe.«
»Vielleicht wäre das sogar besser, dann könnten wir aus den Trümmern wiederauferstehen.«
Itala knallte die Tür hinter sich zu. Den Rest des Abends fegte sie wie ein Tornado durch die Flure, verbreitete schlechte Laune und beschimpfte jeden, der ihr über den Weg lief, wegen dieser Idee mit der Lotterie. Sie beklagte sich über die Kisten in ihrem Büro und ranzte Otto an, weil er das Lied *Faccetta Nera* – schwarzes Gesichtchen – vor sich hin trällerte. »Müssen wir die Lose nun zurückgeben?«, fragte er.
»Nein, du Vollidiot, der du auch nicht besser bist als die anderen. Aber ihr solltet aufpassen, wer sie zu Gesicht bekommt. Auf dem Schreibtisch dieses Schwachkopfs ist das Los ja nicht von selbst gelandet. Und druckt beim nächsten Mal mein Gesicht mit ab, damit sie mir wirklich mal auf den Sack gehen.«

Zum Glück für ihre Untergebenen holte Renato sie ab, um mit ihr Pizza essen zu gehen und anschließend ins Kino. Da sie sich aber partout nicht auf einen Film einigen konnte, nötigte er sie förmlich, stattdessen ein Tanzlokal mit ihm zu besuchen. Er wählte eines, das von Ü-40-Gästen frequentiert wurde, durchaus elegant und mit einem großen Barbereich, der gewöhnlich nicht so bevölkert war wie die Tanzfläche. Renato tanzte mit der Kippe im Mund und den Händen in den Hosentaschen, kaum die Füße bewegend. Itala kannte nur zwei Tanzschritte, die ihr nicht die Brüste an die Kehle springen ließen, aber die führte sie derart engagiert aus, dass ihre Bluse nach zwanzig Minuten schweißnass war.

Bald reichte es ihnen beiden, und sie warfen sich auf eines der kleinen Sofas, als hätten sie einen Marathon gewonnen. Renato kannte sämtliche Kellner, deshalb kamen die Getränke, noch bevor sie etwas bestellt hatten. Sie tranken Gin Tonic und Mojito, obwohl nicht Sommer war, und Itala fühlte sich endlich mit der Welt versöhnt.

»Du bist ja echt beliebt hier. Kommst du mit deiner Frau oft hierher?«, fragte sie ihn.

Renato kaute auf einer Olive herum. »Nein. Diesen Ort habe ich erst entdeckt, als wir schon nicht mehr miteinander geschlafen haben. Warum fragst du?«

»Neugier.«

»Gewöhnlich erwähnst du sie nicht. So wie wir auch nicht über deinen Ehemann reden.«

»Der ist tot. Soll ich dir verraten, wo sein Grab liegt?«

»Siehst du. Hör zu … Wir wollen uns doch nicht den schönen Abend verderben.«

»Wir unterhalten uns nie richtig, du und ich.«

Renato musterte sie belustigt hinter seinen getönten Brillengläsern. »Du hast einen Schwips.«

»Mach dir das zunutze.«

»Hier?«

»Nicht wie du denkst, du Idiot. Du kannst mich alles fragen, was du willst, und ich werde mich morgen nicht mehr daran erinnern.«

»Warum sollte ich das tun?«

»Eben weil du es nie getan hast.«

Renato schüttelte den Kopf. Als er sprach, fehlte der übliche ironische Unterton. »Ich interessiere mich nicht für dich, Itala. Du gefällst mir, du amüsierst mich, das war's.«

Aber Itala ließ nicht locker, so sanft und alkoholgetränkt ihr Drängen auch sein mochte. »Na gut, dann stelle ich dir eben eine Frage. Denkst du, dass ich ein guter Mensch bin?«

»Erst musst du mir erklären, was du damit meinst.«

»Du weißt, was ich meine.«

»Sagen wir mal so: Du bist ein guter Mensch, der böse Dinge tut.«

Itala nahm das trotz ihrer Trunkenheit nicht gut auf. »Was willst du schon wissen?«

»Ich schreibe über Kriminalfälle, ich kenne die Indizien. Aber das ist mir egal, das habe ich doch schon gesagt.«

»Nur böse Dinge?«, fragte sie.

»Außer dass du dich mit mir abgibst, bleibt vermutlich nicht viel Zeit für Gutes«, sagte Renato. Auf der Tanzfläche erklang jetzt *Europa* von Santana. »Das ist der traurigste Slow der Geschichte. Wollen wir?«

»Mir dreht sich der Kopf, vielleicht bleibe ich besser sitzen. Aber geh ruhig.«

»Wenn du möchtest, können wir auch heimfahren.«

»In die Wohnung einer Frau, die Böses tut?«

Endlich begriff Renato, dass Itala kurz davor war, in Tränen auszubrechen. Er setzte sich neben sie, und sie legte den Kopf an seine Schulter. Er strich ihr übers Haar. »Ita, für mich bist du etwas Besonderes. Aber auch du – wie ich und alle anderen – tust das, was du tun musst, um dich über Wasser zu halten.«

»Und wenn ich einmal etwas Gutes tun wollte?«

»Davon kann ich nur abraten.«
»Warum?«
»Gutes zu tun, ist nicht dein Spezialgebiet. Du könntest auf die Nase fallen.«

Beim Erwachen schmerzte Italas Kopf, als würde er sich vom Hals trennen wollen. Und vielleicht wäre das besser gewesen. Sie konnte sich vage an den Rest des Abends erinnern. In der Morgendämmerung war Renato aufgestanden, um seinen Rundgang durch die Kommissariate anzutreten. Er schien nie zu schlafen. Sie hingegen hatte sehr schlecht geschlafen. Der Specht war nun auch in ihre flüchtigen Träume eingedrungen, außerdem war ihr heute Nacht Don Alfio erschienen, der ihr, auf dem Wasser wandelnd, eine Predigt hielt.

Sie rief im Präsidium an, um sich einen Tag freizunehmen. Als sie Kaffee kochte, musste sie immer wieder an die Fakten denken, die sie bereits zusammengefügt hatte. Sie suchte nach der rettenden Lücke in der Geschichte. Gut, Cristina und Maria mochten über die Pfadfinder miteinander verbunden sein; vielleicht würde sie darüber mittags mehr erfahren. Aber die anderen beiden passten absolut nicht ins Bild. Carla, Geneviève und Cristina waren über Contini verbunden – oder vielmehr über das, was Nitti sich zurechtfantasiert hatte. Noch hatte sie gar nichts verstanden, aber sie mochte nicht an den Moment denken, da sich das ändern würde, denn dann wurde ihr jetzt schon schlecht vor Angst.

Weit vor der Zeit machte sie sich auf den Weg nach Cremona und blieb vor der Bibliothek im Zentrum stehen, in die sie noch nie einen Fuß gesetzt hatte. Eine Viertelstunde lang irrte sie durch die Kinderbuchabteilung, bis sie begriff, dass sich die Zeitschriftensammlung in einem anderen Gebäude befand. Dort setzte sie sich an eines der Mikrofilmlesegeräte – eine gigantische Version des View-Master – und suchte nach genaueren Informationen über Carla und Geneviève: nach allem, was in den sehr allgemeinen Berichten, die sie gelesen hatte, nicht stand; nach allem, was mit wenigen Ausnahmen nicht in den Protokollen erschien. Sie begann mit Geneviève. Da sie die wichtigsten Daten ihres Lebens mittlerweile auswendig kannte, eilte Itala mit sicherem Blick von einer Nummer der verschiedenen Zeitungen und Zeitschriften zur nächsten, den Mikrofilm rasch durchlaufen lassend.

Sie ließ die Jahre zusammenschrumpfen wie in diesen Filmen, wo man Blumen aus einem Samen sprießen und dann innerhalb weniger Sekunden verwelken sieht – Hoffnungen, die im Nichts endeten, Ermittlungen, die sich schon durch bloße Zeitungslektüre als inkonsistent und unvollständig erwiesen. Und dann entdeckte sie ein Foto von Geneviève im Badeanzug.

Es war ein unschuldiges Foto, aber ganz anders als alle anderen, die sie zuvor gesehen hatte. Sie las den Artikel und erfuhr, dass Geneviève Provinzmeisterin der Junioren im Rudern geworden war, eine Geschichte, die in der Zeitung als anrührend bezeichnet wurde. Von Haus aus arm, hatte sie dank der Unterstützung einer Wohltätigkeitsorganisation mit dem Training beginnen können und zahlreiche Provinzwettbewerbe bestritten. Diese Wettbewerbe fanden oft auf dem Po statt. Itala erinnerte sich, die Ruderboote auf dem Fluss vorübergleiten gesehen zu haben, wenn sie an Sommerabenden im Baracchino gegessen hatte. Sogar die Stimme aus dem Lautsprecher hatte man hören können. Sie hatte die Ergebnisse heruntergerasselt, aber derart verzerrt, dass man nichts verstanden hatte. Die Lautsprecher waren nämlich von dichten Bäumen umgeben, die die Privatheit des Ruderclubs, des größten und elegantesten der Gegend, gewährleisten sollten. Des Toti.

Von seinem Steg aus starteten die Regatten, das wusste sogar Itala, die sich damit nicht im Mindesten auskannte – von dem Steg desselben Clubs also, der die Pfadfinder umsonst in sein Schwimmbecken ließ. Sicher konnten auch die Wettkämpfer unangemeldet hinein, wenigstens zur Nutzung der Umkleiden.

Wenn dem so war, hatte sich Geneviève am selben Ort aufgehalten, wo zuvor Maria und Cristina mit den Pfadfindern gewesen waren.

Sie verließ die Bibliothek und steckte sich eine MS an, um ihre Nervosität zu bekämpfen. Sie hatte den guten Einfall, das Funkgerät anzuschalten, das sie im Auto gelassen hatte. Wenn sie nicht im Dienst war, war sie nicht verpflichtet, es überall mit hinzuschleppen. Allerdings war es der einzige Kanal, auf dem die Jungs sie erreichen konnten. Sobald das Signal erklang, wurde sie aufgefordert, zu einem privaten Kanal zu wechseln. Der Anruf wurde zur Zentrale umgeleitet, und ihre Sekretärin Grazia meldete sich. »Hallo, Itala, du musst zur Schule deines Sohns fahren«, sagte sie ohne Umschweife.

Eine Millisekunde lang herrschte Schweigen in Italas Kopf. Außer Cesare war alles wie ausgelöscht. »O Gott. Ist ihm etwas zugestoßen?«

»Nein, ihm geht es gut. Aber er hat sich mit einem anderen Jungen gestritten, der sich verletzt hat.«

Itala atmete erleichtert auf. »Gut. Wollen wir hoffen, dass es nichts Schlimmes ist.«

Grazia schwieg.

»Ist es etwas Schlimmes?«

»Ich fürchte, ja. Dein Sohn ist jetzt bei einer Sozialpsychologin. Ich versuche dich schon seit heute Morgen zu erreichen, weil sie auch mit dir sprechen wollten.«

»Wo hat man ihn hingebracht?«

»Er ist noch in der Schule. Deine Schwiegermutter ist auch dort.«

Itala beendete das Gespräch und raste los. Sie setzte das Blaulicht aufs Dach, um an Kreuzungen und Ampeln nicht anhalten zu müssen. Sie hätte sich aber Zeit lassen können, da die Psychologin bereits gegangen war und eine Nummer hinterlassen hat, unter der sie zu den Dienstzeiten zu erreichen war.

Cesare saß auf der Bank im Flur und spielte mit seinem Gameboy. Mariella war die reinste Hyäne. »Du musst mit der Direktorin reden!«, schrie sie. »Mach ihr klar, dass sie deinen Sohn nicht so behandeln darf.«
»Erst spreche ich mit ihm.« Itala schob sie unsanft beiseite. »Cecè, was ist passiert?«
Cesare hob die Schultern. »Wir haben uns gestritten.«
»Wer wir?«
»Riccardo und ich«, sagte er, weiter mit seinem Gameboy spielend.
Itala riss ihm das Ding aus den Händen, und Cesare starrte sie wütend an.
»Hast du deinem Freund wehgetan?«
»Er ist nicht mehr mein Freund.«
»Hast du ihm wehgetan, ja oder nein?«
»Ich weiß nicht. Ein bisschen.«
»Warum? Lass dir nicht die Würmer aus der Nase ziehen.«
»Wirst du das nun mit dieser Idiotin von einer Direktorin klären?«, ging Mariella dazwischen. »Ist dir klar, dass er ab sofort zu Hause bleiben soll?«
Itala musste sich beherrschen, ihr nicht eine reinzuhauen. »Cecè, wirst du nun antworten? Hat er etwas Gemeines zu dir gesagt?«
Cesare hob wieder die Schultern. »Er war vollkommen aus dem Häuschen, weil er eine gute Note in Mathe hatte. Ich hab ihn einen Streber genannt, aber er hat einfach weitergelacht, als wäre es das Schönste auf der Welt. Da bin ich sauer geworden.«
Itala traute sich nicht, noch etwas zu fragen. Nicht wegen dem, was ihr Sohn gesagt hatte, sondern wegen der Gleichgültigkeit, die er an den Tag legte. *Ich lasse nicht zu, dass du wie dein Vater wirst*, dachte sie. »Nimm ihn mit nach Hause«, sagte sie zu Mariella. »Wo ist diese Direktorin?«

Das Schlimmste an dem Gespräch war, dass sich die Direktorin unbeirrt um Freundlichkeit bemühte, auch wenn sie die schrecklichsten Dinge von sich gab. Eines davon war, dass ihr wunderbares Kind, offenbar ohne jede Provokation, mit einem Bleistift auf einen Klassenkameraden eingestochen hatte. Er hat ihn auch mehrfach ins Gesicht geschlagen, bevor die Lehrerin der Sache ein Ende bereiten konnte. Dieser Klassenkamerad würde möglicherweise das linke Auge verlieren. »Er macht eine schlimme Phase durch«, versuchte Itala ihren Sohn zu verteidigen. »Das passiert vielen Kindern.«

»Signora, Ihr Sohn ist schon groß. Es ist auch nicht das erste Mal, dass er sich so vergisst.«

»Das wusste ich nicht.«

»Hat Ihre Schwiegermutter Ihnen nichts erzählt?«

»Nein.«

»Auch nicht, dass wir ihn schon einmal suspendiert haben, weil er seiner Lehrerin einen üblen Streich gespielt hat?«

»Was für einen Streich?«

»Er hat ihr Kot in die Manteltaschen gesteckt.«

Itala sah sich schon in einer Szene à la Sante Locatelli, in der sie schrie, dass ihr Sohn ein Engel sei. Stattdessen sagte sie: »Es tut mir sehr leid, dass er sich danebenbenommen hat. Ab sofort wird es anders laufen, das verspreche ich Ihnen.«

»Dieses Mal sind wir uns aber nicht sicher, ob wir ihn wieder zum Unterricht zulassen können. Zuerst brauchen wir ein psychologisches Gutachten. Darüber sollten Sie sich mit unserer Sozialpsychologin verständigen.«

»Verdammt, er ist doch noch ein Kind!«, rief Itala. »Passen Sie gut auf, wie Sie ihn behandeln!«

»Signora, es gibt keinen Grund, sich zu echauffieren«, sagte die Direktorin fast ängstlich. »Es ist nur zum Wohle Ihres Sohns. Im Übrigen müsste ich jetzt gehen ...«

Plötzlich fiel Itala ihre Verabredung mit Giada wieder ein. Sie hatte die Zeit total vergessen. Sie sprang ins Auto und fuhr auf dem schnellsten Weg zur Agrarwissenschaftlichen Fakultät, in der Hoffnung, das Mädchen würde auf sie warten. Aber Giada war nicht da. Itala würde sie abends anrufen. In der Zwischenzeit ging sie wieder in die Zeitschriftensammlung. Sie blieb bis zur Schließzeit und verschaffte sich einen Einblick in das Leben des ersten Opfers, Carla. Dabei achtete sie vor allem auf Verbindungen zum Ruderclub, zum Schwimmsport und zu allem anderen, was irgendetwas mit dem Po zu tun haben könnte. Sie wurde aber nicht fündig. Carla hatte in der Provinz Brescia gewohnt und war vielleicht lieber in die Berge gegangen, wenn ihr zwischen zwei Pizzen Zeit dafür geblieben war.

Die Mutter stammte allerdings aus Cremona, und ihr Großvater war Unteroffizier der Marine im Ruhestand. Itala wusste, dass Titel und Sterne jede Tür öffneten, auch die der Ruderclubs, gern auch mit Enkeln im Schlepptau.

Um sieben Uhr abends wählte Itala aus der Kabine im Hof die 12 und fragte nach der Nummer von Giadas Zuhause. Die Mutter meldete sich mit dem schweren Akzent aus Bergamo. Itala versuchte jünger zu klingen, um als Kommilitonin durchzugehen. »Nein, die ist noch nicht zurück. Wenn du sie siehst, sag ihr bitte, sie soll sofort zu Hause anrufen!«, sagte die Mutter.

»Wann wollte sie denn heimkehren?«
»Um zwei! Ich bin wirklich wütend!«

Itala blieb in Cremona und schlenderte durch das Zentrum. Sie spazierte durch den öffentlichen Park an der Piazza Roma, obwohl es allmählich dunkel wurde, dann durch die Arkaden und die Säulenhalle, welche sich mit jungen Leuten füllte, die Bier und farbenfrohe Cocktails zu sich nahmen. Eine Stunde lang beherrschte sie sich, dann rief sie noch einmal an. Dieses Mal meldete sich der Vater, ratlos und besorgt. »Giada ist noch nie so spät heimgekommen. Falls du zufällig etwas weißt …«

Mittlerweile fühlte sich Itala wie ein angezählter Boxer. Sie trat in eine Bar und beobachtete die Mädchen, die sich in zerrissenen Jeans zu den ohrenbetäubenden Klängen von *Jump Around* in den Hüften wiegten. Itala bestellte einen Grappa, um sich etwas aufzumuntern und das Zittern in den Händen loszuwerden.

Dann kehrte sie nach Piacenza zurück. Mit einem kleinen Brecheisen löste sie in ihrem Schlafzimmer ein paar Meter des Parketts und legte einen wabenförmigen Hohlraum frei, der vollgestopft war mit Rollen von Geldscheinen in Aufbewahrungsbeuteln und einer Handvoll Schmuck, den sie nie getragen hatte. Außerdem lag dort eine Tüte mit Besitzurkunden für zwei Wohnungen in Rom, die auf den Namen ihres Sohns eingetragen waren, während sie als Verwalterin fungierte, und eine Walter P38 mit herausgeschliffener Seriennummer und Ersatzmagazin. Itala steckte alles in einen großen Koffer, in den sie auch die Disketten mit ihren Notizen über das Monster steckte. Sie hatte sie auf ihrem IBM gespeichert, alle Papiere hingegen zerrissen und im Klo verbrannt. Der Koffer war unendlich schwer, und Itala schleppte ihn zwei Stockwerke hinunter bis auf die Straße, wo sie fast mit Amato zusammenstieß, der soeben aus dem direkt neben ihrem Wagen geparkten Streifenwagen stieg. »Verdammt … Du bist auf der Flucht«, sagte er leise.

»Erzähl keinen Unsinn, ich räume nur auf.« Itala öffnete den Kofferraum. »Hilf mir mal.«

Amato half ihr mit dem Koffer. »Ist das der Anfang vom Ende?«

»Was?«

»Du weißt, dass ich alles für dich tun würde. Aber du bist mit etwas beschäftigt, von dem ich nichts weiß, und machst dir Sorgen. Gewöhnlich fängst du dich wieder, aber jetzt bist du schon seit Tagen so merkwürdig.«

Itala seufzte. »Der Perser treibt immer noch sein Unwesen. Er hat sich noch ein Mädchen geschnappt.«

»Wen?«

»Es würde zu lange dauern, das zu erklären, zumal ich jetzt beschäftigt bin. Aber ich bin mir sicher.«
»Das kannst du gar nicht sein.«
»Doch. Gestern habe ich noch mit ihr gesprochen. Irgendjemand muss mich beobachtet haben.«
»Du musst mit den anderen darüber reden.«
»Müssen muss ich gar nichts«, erwiderte Itala gereizt. »Deine Meinung höre ich immer gern, aber bilde dir nicht ein, dass du meine Entscheidungen beeinflussen kannst.«
»Jawoll, Königin«, sagte Amato, aber nicht in dem üblichen Tonfall, sondern eher so, als wollte er sie auf den Arm nehmen.
»Und was wäre deine Entscheidung?«
»Vorerst den Kopf einzuziehen.«
Itala ließ ihn auf dem Bürgersteig stehen und fuhr nach Cremona zurück. Bevor sie in die Stadt fuhr, hielt sie neben einem Straßenschild, grub ein Loch in die Erde, legte die P38 hinein und bedeckte sie mit einem Stein. *Für alle Fälle*, dachte sie. Dann zog sie wieder auf die Straße, blieb vor dem Palazzo stehen, in dem sie gewohnt hatte, und klingelte an der Fernsprechanlage von Anna, ihrer ehemaligen Haushaltshilfe.
Sie hatte sie schon eine Weile nicht mehr gesehen. In diesem Moment saß Anna mit ihrem Ehemann am Tisch und aß Tortellini in Brühe. Bei dem Geruch wurde Itala übel. »Entschuldigt die Störung, ich muss kurz mit Anna reden.«
»Möchten Sie nicht zum Essen bleiben?«, fragte der Ehemann.
»Nein danke … Entschuldige, Anna.« Sie zog sie in den Flur, hinter die geschlossene Tür des Esszimmers. »Du musst ein paar Tage diesen Koffer für mich aufbewahren.«
Anna betrachtete ihn skeptisch. »Was ist denn da drin?«
»Kleidung. Niemand wird kommen, um danach zu suchen. Falls doch, sagst du einfach, dass ich dich darum gebeten hätte.« Sie zeigte auf die Schlösser an den Schnappverschlüssen. »Die sind abgeschlossen.«

»Die kann man doch im Nullkommanichts öffnen ...«
»Aber das wirst du nicht tun.« Itala zählte ihr zehn Fünfziger in die Hand und ließ ihren Protest nicht gelten. »Betrachte es als Arbeit.«
Anna war immer noch skeptisch, aber sie vertraute Itala und konnte das Geld gut gebrauchen. »Wie lange soll ich ihn aufbewahren?«
»Höchstens einen Monat. Wenn ich nicht komme, um ihn abzuholen ...« Sie seufzte. »Bring ihn einfach zu meiner Schwiegermutter. Du weißt doch noch, wo sie wohnt, oder?«
»In Castelvetro. Aber das jagt mir jetzt fast ein wenig Angst ein.«
»Muss es aber nicht«, log Itala.

Als sie wieder in Piacenza war, versuchte sie in ihrem Zimmer zu schlafen, obwohl sie ein gewaltiges Chaos hinterlassen hatte. Es gelang ihr nicht.
Sie ging ins Wohnzimmer, stellte den Fernseher an und wählte ein Programm, das eine Tarotsendung zeigte, einfach wegen der Hintergrundgeräusche, die nicht der Specht waren. Sie bewegte sich wie eine Schlafwandlerin durch die Welt, immer in der Erwartung, von den Carabinieri verhaftet zu werden. Die Verbindungen zwischen ihr und Giada waren derart eindeutig. Aber sie kamen nicht. Und es war nicht einmal sicher, dass man Ermittlungen zu Giadas Verschwinden anstellte. Giada war volljährig. Bevor jemand auf die Idee kommen würde, dass sie möglicherweise doch nicht mit ihrem Liebhaber abgehauen war, würden Tage vergehen. Und selbst dann würde man nicht jeden Stein umdrehen, um sie zu finden. Bis zum Fund ihrer Leiche wäre sie nur eine Fußnote in irgendwelchen Einsatzplänen.
Zu diesem Zeitpunkt würden die Studenten, die Itala am Eingang der Fakultät mit Giada hatten reden sehen, oder die Leute, die sie in Conca hatten herumspionieren und sich als

Verwandte einer anderen Verschwundenen ausgeben sehen, das längst vergessen haben. Blieb die Aussage der Carabinieri, die sie nach ihrem Besuch bei Sante angehalten hatten. Aber kein Staatsanwalt würde sich auf ihre Spur setzen. Die Einzige, die sie wirklich in Schwierigkeiten bringen könnte, war Giada, aber die würde in wenigen Tagen tot sein. Er würde sie eine Weile irgendwo festhalten, weiß Gott, wieso, um sie dann mit einer solchen Kraft zu erwürgen, dass ihr Genick brach. Die Leiche würde er ins Wasser werfen, vermutlich in eines dieser zugewucherten Rinnsale, die träge durch die Landschaft flossen, bis sie in einen Fluss mündeten. Sie würde in der Strömung treiben. Die Fische würden die Augen und anderen Weichteile auffressen, die Steine würden die Knochen zerschlagen, und das Wasser würde die Haut zum Faulen bringen. Sämtliche Spuren des Monsters wären ausgelöscht. Und da das Monster ja tot war, würde es niemand auch nur in Betracht ziehen. Giada wäre einfach das erste Opfer einer neuen Phase, die so lange dauern würde, bis jemand die Puzzleteile zusammengesetzt hätte. Bis zu diesem Moment würden das Monster und Itala ruhig schlafen können.

Warum hatte sie dann jetzt Angst, die Augen zu schließen? Hatte sie Angst vor Albträumen oder vor ihrem Gewissen?

Die Wahrsagerin deckte die Karte des Narren auf. Itala fand das angemessen.

Sie zog sich wieder an und kehrte nach Conca zurück.

FLUG

HEUTE

31

Francesca war um zwei Uhr morgens im Haus ihres Bruders eingeschlafen, immer noch die Bässe der Discobar Santa Maria und Gerrys Worte im Ohr. Ihre Anwesenheit half kaum, aber sie hoffte, dass sich die Eltern nicht so allein fühlten. Sie hatten Bekannte und Freunde gebeten, nicht zu kommen, da die Carabinieri ohnehin schon so viel zu tun hatten. Zu viele Fremde würden ihnen die Arbeit noch erschweren. Francesca hingegen gehörte zur Familie.

Eine Stunde später wurde sie von Tancredis Schreien geweckt. Sie hatte erst Mühe, sich zurechtzufinden, und rannte dann aus dem Zimmer. Am Ende des Flurs fand sie Tancredi im Bad des Elternschlafzimmers. Er beugte sich über Sunday, die in der leeren Marmorwanne lag, in ein blutverschmiertes Handtuch gewickelt. *Aha, er hat sie umgebracht*, dachte sie. Mittlerweile redeten die beiden kaum noch miteinander, sondern stritten sich permanent. »Tan!«, rief sie. »Lass sie in Ruhe!«

Tancredi drückte zu. »Ruf den Krankenwagen, verdammt! Sie hat sich die Pulsadern aufgeschnitten!«

In diesem Moment entdeckte Francesca den Beinrasierer auf dem Boden. Sunday hatte ihn zerbrochen, um an die Klinge heranzukommen.

»Mach schnell!« Ihr Bruder riss sie aus den Gedanken.

Statt ihr Telefon zu suchen, öffnete Francesca das Schlafzimmerfenster zum Garten. Es hatte einen alten Hebelverschluss, Relikt aus den Dreißigern, die Tancredi im Bügeleisen haarklein bewahrte. Sie beugte sich hinaus. Wo, zum Teufel, waren die Ermittler? »Hilfe!«, schrie sie. »Hilfe!« Endlich erschienen zwei Carabinieri mit Maschinenpistolen. »Meine Schwägerin hat sich verletzt! Sie braucht einen Krankenwagen!«

Den Mund am Funkgerät, stürzten die Militärs in Haus. Francesca rannte ins Bad zurück. Tancredi versuchte immer noch, die Handgelenke mit dem Handtuch abzubinden.

»Sunday, kannst du reden?«, fragte Francesca, während sie den Puls am Hals suchte. Er wirkte langsam und schwach. So viel Blut ... Spritzer an den Wänden, eine Lache auf dem Boden. Auch auf dem Pyjama hatten sich große Flecken gebildet. Die Haut war feucht. Die Carabinieri kamen hereingestürzt und blieben wie angewurzelt stehen, dann halfen sie Tancredi, auf die Wunden zu drücken.

Glücklicherweise trafen wenige Minuten später die Rettungssanitäter ein, legten einen Tropf mit Kochwasserlösung und brachten Sunday fort. Francesca und Tancredi zogen sich schnell an, um ihr ins Krankenhaus von Cremona zu folgen. Francescas Tesla lud noch, deshalb nahmen sie Tancredis Wagen. Er fluchte unentwegt vor sich hin, weil die anderen Autos so schlichen. Er war wütend auf die ganze Welt, aber vor allem auf seine Frau. »Wir suchen unsere Tochter, und sie führt ein solches Theater auf«, rief er und drückte auf die Hupe.

»Was redest du da für einen Unsinn, Tan?«

»Wenn sie sich *tatsächlich* hätte umbringen wollen, hätte sie die Adern längs aufgeschlitzt. Stattdessen hat sie nur zwei *Minischnitte* gesetzt. Sie will Aufmerksamkeit, die Arme ... Dadurch kommt ihre Tochter aber auch nicht zurück.«

Francesca rastete aus. »Deiner Frau geht es genauso schlecht wie dir! Und du liegst ihr ständig in den Ohren, warum sie Amala nicht abgeholt hat.«

»Hat sie sie abgeholt oder nicht?«, fragte Tancredi.

»Es hätte auch an einem anderen Tag passieren können«, sagte Francesca, obwohl sie wusste, dass das nicht stimmte, wenn dem Entführer das Datum tatsächlich wichtig war.

Ihr Bruder murmelte weiterhin wütend vor sich hin. »Ich bin von morgens bis abends bei meinen Kunden unterwegs, während sie am Computer sitzt und sich beschwert, dass sie keine vier Scheißzeilen zustande bekommt. Wenn sie wenigstens etwas Sinnvolles tun würde.«

»Du bist ein Idiot, Tan«, sagte Francesca. »Tut mir leid, das sagen zu müssen, besonders im Moment. Und gemein bist du auch.«

»Es können ja nicht alle so perfekt sein wie du. Aber wo warst du eigentlich, verdammt, als Papà allmählich den Verstand verlor? *Ich* habe mich um ihn gekümmert, während man bei dir von Glück sagen konnte, wenn du zu Weihnachten aufgekreuzt bist.«

»Mein Leben war in London, Tan, das weißt du doch«, sagte Francesca.

»Bis zu dem Moment, als du heimgekommen bist und dir die Kanzlei unter den Nagel gerissen hast.«

Francesca traute ihren Ohren nicht. »Ich habe mir die Kanzlei nicht unter den Nagel gerissen. Ich war die einzige Juristin in unserer Familie.«

Bis zum Krankenhaus hüllte sich Tancredi in missmutiges Schweigen. Sunday bekam eine Plasmaspende, und es wurde Entwarnung gegeben. Trotzdem hätte die Sache schiefgehen können. Sie hatte einen hypovolämischen Schock erlitten, bevor die Rettungssanitäter mit dem Tropf gekommen waren. Francesca ließ ihren Bruder mit dem Arzt allein und tat so, als wären es nur der Schmerz und die Sorge, die ihn zu seinen unverschämten Worten verleitet hatten. Aber sie wusste, dass das nicht stimmte. Seit Amalas Entführung schien ihr Leben ein einziger Horrortrip zu sein. Sie fuhr nach Hause, duschte und schlief im Bademantel im Sessel ein.

Sie wurde von ihrer Haushaltshilfe geweckt, die mit Tränen in den Augen vor ihr stand. »Signora! Ich mache mir solche Sorgen um Ihre Nichte«, sagte sie. Francesca hatte nicht die

Energie, sie zu trösten, und bat sie, ein proteinhaltiges doppeltes Frühstück zuzubereiten. Vielleicht würde sie das wach machen. Als sie sich gerade anzog, rief die Kanzlei an. Die Rezeptionistin erklärte, im Warteraum sitze ein Typ mit einem ganzen Rudel Hunde und schlafe. »Soll ich die Polizei rufen?«

»Keine Sorge«, sagte Francesca. »Wir sind verabredet.«

Sie legte auf, zog sich schnell fertig an und dachte an diesen Mann, der aus dem Nichts aufgetaucht war, ein ehemaliger Militär, der wie ein Fotomodell aussah und Dinge wusste, die er nicht wissen dürfte. *Und dann dieses Phlegma* ... Nein, er war nicht phlegmatisch, er war emotional distanziert, als wäre es ihm völlig egal, was er tat, ob er nun einem Hund den Bauch aufschlitzte oder einem Jungen die Hand brach. In schwierigen Momenten konnte das von Vorteil sein, aber ihr jagte es trotzdem einen Schauer über den Rücken. Nach dem Frühstück fuhr sie in die Kanzlei und weckte Gerry mit einem Fußtritt. »Guten Morgen. In Zukunft warten Sie bitte in meinem Büro. Ich möchte nicht, dass meine Mandanten denken, hier residiere ein Edel-Hundepunk.«

»Ein was?«, fragte er und reckte sich.

»Vergessen Sie es. Die Hunde können Sie im Hof lassen. Bringen Sie ihn bitte in mein Büro«, sagte sie zu einem Angestellten, dann ging sie zu Samueles Arbeitsplatz. »Komm, ich möchte dir jemanden vorstellen.«

»Falls es um den Schönling mit den Hunden geht, liebend gern.«

»Sein Name lautet Gershom Peretz, genannt Gerry. Er ist ein israelischer Militär. Möglicherweise Ex-Militär.«

»Ein Mandant?«

»Nein. Er ist an mich herangetreten und hat mir seine Hilfe angeboten, als ich im Waisenheim der Vullo war. Dann hat er mich zu einem amüsanten nächtlichen Ausflug eingeladen.« Francesca erzählte ihm kurz, was in der Discobar Santa Maria passiert war. »Ich habe keine Ahnung, was ihn antreibt, außer seinem Jagdinstinkt. Aber ich habe beschlossen, dass mir das egal ist, solange er mir behilflich sein kann.«

»Und falls er ein Betrüger ist?«

»Er hat mich um nichts gebeten, nicht mal einen Euro. Also, möchtest du ein paar Worte mit ihm wechseln?«

Samuele richtete sich auf, schob die Brille auf die Nase und versuchte, entschlossen zu wirken. Das war nicht so leicht, wenn man flüstern musste. »Ich weiß, dass es mich das Referendariat kosten kann, aber ich weigere mich.«

»Meine Schwägerin hat sich heute Nacht die Pulsadern aufgeschnitten. Sie ist dem Tod gerade noch von der Schippe gesprungen«, sagte Francesca. »Normalerweise belästige ich meine Mitarbeiter nicht mit meinen Privatangelegenheiten, aber ich möchte, dass du die Situation begreifst. Es wird von Moment zu Moment schlimmer, und ich brauche jede Hilfe, die ich bekommen kann. Wenn du dich raushalten willst, kann ich das gut verstehen. Es wird auch keine Auswirkungen auf deine Arbeit haben.«

»Nein«, sagte Samuele zögerlich, »ich möchte mich nicht raushalten. Aber …«

»Gut. Dann lass uns gehen.«

Gerry war in Francescas Büro wieder eingeschlafen, öffnete aber die Augen, als die beiden eintraten. »Leiden Sie an Narkolepsie?«, fragte sie ihn.

»Ich habe gelernt zu schlafen, wo auch immer sich die Gelegenheit dazu ergibt. Ist das Ihr Mann des Vertrauens?«

»Sie hatte keine große Wahl«, antwortete Samuele. »Und ich auch nicht, um ehrlich zu sein.«

»Darf ich Ihnen meinen Anwaltskollegen Samuele Ottino vorstellen? Samuele, das ist Hauptmann Peretz«, sagte Francesca.

»Ex-Hauptmann. Und ich heiße Gerry. Ich würde gern ein wenig Ordnung schaffen. Haben Sie zufällig eine Tafel?«

Samuele holte eine rollbare Plastiktafel mit abwischbaren Stiften, und Gerry fertigte eine Liste an. Seine Schrift war sehr präzise. »Beginnen wir bei den Mädchen, die vor dreißig Jahren entführt wurden.«

Maria Locatelli	30. Mai
Carla Bonomi	2. Juli
Geneviève Reitano	7. August
Cristina Mazzini	3. September
Giada Voltolini	26. September

»Das Datum ist jeweils das der Entführung«, sagte er, als er fertig war.

»Entschuldigung, Gerry, Sie verfügen über Informationen, die mir nicht vorliegen«, sagte Francesca erstaunt. »Wer sollen denn diese Locatelli und diese Voltolini sein?«

»Maria Locatelli wurde ein Jahr vor Bonomi entführt und getötet. Sie wurde erwürgt und in einen Fluss geworfen, da war sie vierzehn. Giada Voltolini hingegen ist kurz nach Continis Tod verschwunden. Beide lebten in einem Dorf namens Conca, in der Provinz Bergamo.«

»Sie haben drei weitere Mädchen gefunden. Was ist mit denen?«, fragte Francesca.

»Leider hatte ich keine Zeit, um eingehendere Forschungen anzustellen. Ein Serienmörder hört nicht auf, wenn man ihm nicht das Handwerk legt. Außer er ist im Ausland oder im Gefängnis. Aber diese Mädchen hier habe ich nicht zufällig aufgelistet.«

»Was bringt Sie denn auf die Idee, dass die mit dem Perser in Zusammenhang stehen?«

»Die Tötungsart: Sie wurden alle erwürgt. Das Alter. Dass sie alle in Flüssen der Lombardei gefunden wurden. Ich glaube nicht, dass im selben Zeitraum zwei Monster ihr Unwesen trieben.«

Samuele hatte in der Datenbank nachgeschaut, die er von den Verschwundenen angelegt hatte. »Eine Maria Locatelli gibt es hier nicht.«

»Weil sie sofort tot aufgefunden wurde. Man hat sie nie zu den Verschwundenen gezählt«, sagte Gerry. »Ihr Vater wurde wegen des Mords vor Gericht gestellt, aber nie verurteilt.«

»Und die andere?«, fragte Francesca.

»Die wurde eine Woche nach ihrem Verschwinden tot aufgefunden«, sagte Samuele, der ihren Namen online eingegeben hatte »Sie war achtzehn. Dem Monster gefielen Jüngere, Capitano.«

»Giada war Marias beste Freundin und sollte wegen deren Verschwinden befragt werden. Sie ist kein typisches Opfer unseres Monsters. Vermutlich war es ein Akt der Notwehr. Aber ich denke, Sie haben das Datum ihrer Entführung bemerkt.«

»Es ist dasselbe wie bei Amala«, sagte Francesca.

32

Francesca weigerte sich, es zu glauben. Je mehr Zufälle zusammenkamen, desto verzweifelter versuchte sie sie abzutun. »Täglich verschwinden Mädchen, das heißt noch gar nichts.«

»Giada Voltolini wurde als Mädchen adoptiert. Sie war schwarz, das einzige schwarze Mädchen unter den Opfern. Bis Amala Jahre später am selben Tag verschwunden ist. Das klingt schon weniger nach Zufall, oder?«

Samuele und Francesca sahen sich an. »Und die anderen?«, fragte Samuele.

Gerry schrieb weitere fünf Namen neben die vorigen.

Maria Locatelli	30. Mai	Federica Neggiani
Carla Bonomi	2. Juli	Adelajda Duka
Geneviève Reitano	7. August	Viviana Stratta
Cristina Mazzini	3. September	Sophia Vullo
Giada Voltolini	26. September	Amala Cavalcante

»All diese Mädchen sind verschwunden«, sagte Samuele nach einer Recherche in seiner Datenbank. »Aber von Entführung war nie die Rede.«

»Die Neggiani war vierzehn Jahre alt, wie Maria Locatelli, und auch sie war etwas zurückgeblieben in ihrer Entwicklung. Die Duka war Kellnerin in einer Pizzeria, wie Carla. Die Stratta wiederum war Rudersportlerin, wie Geneviève Reitano. Cristina und Sophia gingen in dieselbe Discobar. Giada war schwarz wie Amala. Das sind keine Zufälle, das ist ein sich wiederholendes Schema.«

»Wie konnten Sie sich aus Israel all diese Informationen beschaffen?«, fragte Francesca, die spürte, wie sich ihre hartnäckig bewahrte Skepsis in Luft auflöste.

»Mit Geduld. Ich habe auch mit Journalisten gesprochen, die sich mit dem Perser beschäftigt haben. Nun, da ich in Italien bin, würde ich gern mehr über die verschwundenen Mädchen erfahren, aber dazu haben wir keine Zeit. Ich würde vorschlagen, dass wir uns auf Maria und Giada konzentrieren.«

»Und das soll etwas bringen?«, fragte Francesca.

»Maria und Giada fallen aus dem Schema heraus, weil sie beide aus demselben Dorf stammen, etwas, was sonst nicht vorgekommen ist. Außerdem waren sie damals das erste und das letzte Opfer. Danach konnte ich keine Zusammenhänge mit der Vorgehensweise des Persers mehr finden, bis ich von der Entführung Ihrer Nichte aus rückwärtsgegangen bin. Aber ich habe nur vier weitere gefunden.«

Für Samuele klang das nicht überzeugend.

»Avvocato Cavalcante hat mir erzählt, dass Cristinas Mörder einer ihrer Freunde gewesen sein soll. Selbst wenn sie Bekannte hatte, die älter waren als sie, wie alt mag er gewesen sein? Zwanzig? Zweiundzwanzig?«, fragte Samuele. »Dann müsste er ja beim Mord an Maria sechs Jahre zuvor minderjährig gewesen sein. Ist das nicht ein bisschen komisch?«

»Ungewöhnlich ja, aber nicht komisch«, erwiderte Gerry. »Soziopathen und antisoziale Persönlichkeiten zeigen die ersten Symptome bereits in der Kindheit. Als Jugendliche neigen sie bereits zur Gewalt.«

»Sind Sie auch Psychiater?«

»Leidenschaftlicher Hobbypsychiater.«

»Sie haben viele Leidenschaften.«

»Ich hatte viel Zeit zum Lesen. Bei meiner Arbeit ist das durchaus nützlich. Aber wenn der Perser tatsächlich so alt ist, wie wir denken, dann hat er Maria in der Tat als Jugendlicher umgebracht. Es steht zu vermuten, dass es sein erster Mord war. Eine Impulshandlung«, sagte Gerry. »Bis zu diesem Moment hatte er seine Gelüste unter Kontrolle, aber bei Maria konnte er nicht mehr an sich halten. Er hat sie nicht gesucht, sie stand plötzlich vor ihm.«

»Von den Mädchen der Gegenwart, wenn wir sie so nennen mögen, wurden nie Leichen gefunden. Sie könnten sogar noch leben«, mischte Samuele sich ein.

»Laut Autopsieberichten hatte er die Mädchen der Vergangenheit an einem sauberen Ort festgehalten, ihnen zu essen gegeben und sie weder vergewaltigt noch misshandelt«, sagte Francesca mit einem Kloß im Hals. »Wir können nur hoffen, dass er es mit Amala genauso macht.«

»Das Einzige, was wir mit Sicherheit über seine Gegenwart wissen, ist, dass er ein gravierendes Problem mit Insektenbefall hat – falls er nicht aus irgendeinem Grund Hornissen züchtet. Es waren welche in dem Lieferwagen und auch an der Stelle, wo Amala entführt wurde.«

»Haben Hornissen auch in der Vergangenheit eine Rolle gespielt, wissen Sie das?«, erkundigte sich Samuele.

»Nein. Aber ich verfüge auch nicht über die Autopsieberichte. Sollten die Opfer Einstiche gehabt haben, wurde diese Information nie rausgegeben, auch nicht, wenn sie *post mortem* entstanden sind.«

»Ich habe auch noch nie etwas von diesen Hornissen gehört«, sagte Francesca. »Aber mich interessiert eher, was Sie über Maria gesagt haben. Wenn sie sein erstes Opfer war und wenn Giada wie sie in Conca lebte und mit ihr befreundet war, dann müssen die beiden ihren Mörder gekannt haben.«

33

Hinter der Geheimtür im Spa-Bereich herrschte Oreste in einem Reich von Rost und Staub. Jenseits des zu einem Operationssaal umfunktionierten Kabuffs öffnete sich ein großer Raum voll oxidierter Waschmaschinen und Trockner aus den Achtzigerjahren. Oreste schaltete die LED-Streifen an, die er an die Decke genagelt hatte. Girlanden toter, in Spinnennetzen gefangener Insekten kamen zum Vorschein; an den Wänden hockten reglos grüne Wanzen, und auf dem Fußboden zuckten Kakerlaken. Von Zeit zu Zeit putzte er den Raum, aber das war fast unmöglich und auch sinnlos. Er war nur wenige Tage des Jahres an diesem Ort, deshalb reichte es, einmal zu sprühen, um den schlimmsten Befall zu bekämpfen.

Alle elektronischen Geräte hier waren an einen koffergroßen Lithium-Ionen-Akku angeschlossen. Er wurde von einem Sonnenpaneel gespeist, das in den Bäumen versteckt und mit einem grünen Netz getarnt war. Er hatte hier sein kleines autarkes, unsichtbares Reich, das außer ihm niemand kannte, verborgen in einem entlegenen Winkel der Welt.

Anders als Amala dachte, gab es in diesem Gefängnis keine Überwachungskameras; die würden zu viel Strom verbrauchen. Deshalb hatte er überall winzige Löcher gebohrt. Versteckt in den Buchstaben der Plakate und den Gesichtern der entstellten Modelle an den Wänden, erfassten die Gucklöcher den gesamten Bereich, in dem sich Amala bewegen konnte. Auf seiner Seite der Wand waren sie von Kästen umgeben, die den ersten Fotoapparaten glichen, mit einem schwarzen Tuch davor, damit kein Licht durch die Löcher fiel. Er hob eines der Tücher an, um Amala zu beobachten. Sie lag auf der Matratze und massierte sich die Schulter.

Oreste hatte gehofft, dass es keine Komplikationen geben würde, aber obwohl er das beste Chirurgenbesteck und Titanschrauben benutzt hatte, hatte sich die Wunde entzündet. Es dauerte nun nicht mehr lange, sonst hätte er eine weitere Operation durchgeführt, aber so war das sinnlos. Für seine Zwecke war das Mädchen gesund genug.

Oreste ließ das Tuch wieder sinken. Wie immer, wenn er sein Refugium verlassen musste, hatte er Angst, dass in seiner Abwesenheit etwas passieren könnte. Aber die Nachricht im Radio hatte ihn getroffen wie ein elektrischer Schock. Er hatte es die ganze Nacht über laufen lassen, ganz leise. Das Gemurmel drang nur in seinen Schlaf, wenn etwas berichtet wurde, was für ihn von Interesse sein könnte. Und so etwas wurde berichtet. Er *musste* hinaus. Er *musste* es mit eigenen Augen sehen.

Er zog eine Jacke an, ging hinaus und stieg in seinen Ape-150-Kleintransporter, der zwischen den Bäumen versteckt war. Die Autobahn konnte er damit nicht benutzen, aber das Gefährt war zuverlässig und vermischte sich mit den Tausenden anderen, die sich nur durch Zylinderzahl und Farbe voneinander unterschieden. Weitere Fahrzeuge besaß Oreste nicht. Wenn er für besondere Zwecke ein anderes brauchte, nahm er einen Mietwagen.

Eine Stunde brauchte er bis zu dem alten Friedhof. Ein Streifenwagen parkte dort, und Oreste fuhr bis zu dem Wäldchen, wo er das Fernrohr unter dem Sitz hervorholte. Er schaute durch das Tor. Auch wenn er die genaue Stelle, an der er den Lieferwagen abgestellt hatte, nicht erkennen konnte, war klar, dass dort das Feuer ausgebrochen sein musste, das die Friedhofsmauer schwarz gefärbt hatte. Gras und Büsche waren verkohlt, und ein paar Grabmäler waren verrußt. *Die Polizei verbrennt doch keine Spuren*, dachte er. Für ihn war das ein Zeichen.

Es besagte: *Achtung, ich komme.*
Es besagte: *Auch du wirst verbrennen.*

Die Wirklichkeit zerriss, und der Himmel wurde ein Bildschirm, auf dem Orestes Leben ablief, schmerzvollen Moment um schmerzvollen Moment. Es regnete Hornissen, und Oreste stieß einen Schrei aus, als er in seinem persönlichen Inferno versank.

34

Giadas Bruder besaß einen Bauernhof im Val Serina, in der Nähe von Conca. Francesca und Gerry fuhren im Volvo hin, weil Francesca keine Lust hatte, das Hunderudel in ihren Tesla zu verfrachten. Bevor sie einstiegen, machte Samuele heimlich ein Foto von Gerry und einem seiner Hunde, der eine merkwürdige Tätowierung an seinem verbliebenen Ohr hatte. Es konnte sich um einen Namen oder eine Nummer handeln, aber es war Hebräisch, sodass er es nicht entziffern konnte. Er wusste aber, wem er es schicken könnte.

Gerry gab Francesca eine weiche Tasche, die wie eine Computertasche aussah und mit einer metallischen Schicht ausgekleidet war. »Stecken Sie Ihr Handy und die anderen elektronischen Geräte hinein, falls Sie welche dabeihaben. Die Tasche ist gegen Funkwellen geschützt.«

Francesca tat es. »Ist das nicht übertrieben?«

»Ich weiß noch nicht, wer Ihr Monster ist«, sagte er. »Aber ich würde lieber keine Spuren hinterlassen, die von einem Experten abgefangen werden könnten.«

»Es handelt sich nicht um *mein* Monster.«

»Das ist nur, um es von den anderen Monstern zu unterscheiden. Ihr Italiener gebt Serienmördern immer so banale Namen: Monster von Florenz, Monster von Foligno, Flussmonster …«

Gerry fuhr sanft an und schaukelte dann in einem Tempo dahin, als würden sie eine Kreuzfahrt machen. »Kennen Sie den Weg?«

»Ohne Google nicht.«

»Ich habe eine Karte, Sie müssen das Navi spielen.« Er reichte ihr die Karte, die noch eingeschweißt war.
»Haben Sie die nicht auswendig gelernt?«, fragte Francesca ironisch.
»Ich hatte keine Lust, sie zu verspeisen.«
Francesca kämpfte mit dem Zellophan. »Das Monster wurde ›der Perser‹ genannt – *el Bucalòn* im Dialekt von Cremona. Das ist ein Fisch mit einem Riesenmaul voller Zähne«, sagte Francesca.
»Persico trota vielleicht – Forellenbarsch.«
»Sind Sie auch Fischkundler?«
»Ich habe mich nur ein wenig mit dem Wesen des Wassers beschäftigt. Nennen wir ihn also den Perser. Was sollen wir Giadas Bruder erzählen?«
»Das weiß ich noch nicht. Haben Sie einen Vorschlag?«
Gerry wischte sich die Haare aus dem Gesicht. »Denken Sie sich etwas Gefühlvolles aus. Etwas, was den Eindruck erweckt, als stünden Sie den Menschen nahe, die einen Verwandten verloren haben. Sie könnten etwa sagen: ›Es ist schrecklich, warten zu müssen, ohne zu wissen, was unseren Liebsten zugestoßen ist.‹«
Francesca warf ihm einen angewiderten Blick zu. »Es ist *wirklich* schrecklich, das können Sie mir glauben.«
»Deshalb funktioniert es ja auch. Wohin muss ich fahren?«
Francesca schlug die Karte auf und nannte vage Richtungsangaben, bis sie zwischen Wäldchen und bestellten Feldern ankamen. Der Winterweizen war gesät, und es trieben bereits die ersten grünen Spitzen hervor. Gerry fuhr sehr langsam, immer unterhalb der Geschwindigkeitsbegrenzung, hielt an gelben Ampeln, verfuhr sich manchmal und musste umdrehen. Francesca hatte es nicht bemerkt, aber seit Cremona folgten ihnen abwechselnd ein Motorrad und zwei Autos. Gerry wollte sichergehen, dass sie mit ihnen das Ziel erreichten.
Als er in den Weg zu Voltolinis Bauernhof einbog, sah er sie im Rückspiegel über die Hauptstraße fahren. Sie würden beide

Seiten der Straße im Blick behalten, um sicherzugehen, dass sie ihn bei ihrem Aufbruch nicht verpassten – falls er das denn zuließ, was er nicht vorhatte.

Paolo Voltolini kam ihnen entgegen, als sie ausstiegen. Giadas Bruder war um die fünfzig, stark behaart und erinnerte mit seiner drahtigen Statur und der von Sonne und Wind gegerbten Haut an einen Cowboy. Während sie durch ein Labyrinth von Lagerhallen aus Beton und Stahlsilos zum Büro gingen, zeigte er auf die Felder ringsum. »Das ist nicht derselbe Mais, den ihr da unten habt«, erläuterte er mit einem starken norditalienischen Akzent. »Dieser hier ist eine uralte Maissorte. Wir Leute aus dem Tal haben ihn im 17. Jahrhundert als Erste angebaut. Später ist er mutiert. Wir haben hart gearbeitet, um die ursprüngliche Sorte wiederzugewinnen«, sagte er stolz. Überall hingen trockene Kolben herum, und er nahm einen. Die Samen waren dunkler und spitzer als die des klassischen Mais. »Mittlerweile ist er ein erstklassiges Produkt. Mögen Sie Polenta, Dottoressa?«

»Avvocato. Ja, gelegentlich ...«, antwortete Francesca.

»Dann schenke ich Ihnen einen Sack Maismehl, dann können Sie es selbst beurteilen. Ihnen auch, Signor ...?« Er sah Gerry fragend an.

»Gerry. Danke. Polenta ist in der italienischen Küche mein Lieblingsgericht.«

»Weil Sie Araber sind, nicht wahr? Das hört man am Akzent.«

»Salem aleikum.«

Paolos Büro befand sich in einem kastigen Fertigbau und wurde von Wolfshunden beschützt, die wild bellten, als sie sich mit Gerrys Rudel näherten. Seine Hunde begnügten sich damit, sich an seine Beine zu drücken.

»Sie haben sie gut erzogen«, sagte Voltolini. »Auch wenn man angesichts der Verletzungsspuren meinen könnte, sie hätten hart dafür bezahlt.«

»Das waren keine anderen Hunde«, sagte Gerry. Dann beugte er sich über einen geifernden Maremmano, der die Kette zerreißen wollte.

»Achtung, der beißt!«, rief Paolo besorgt. Francesca sah Gerry schon mit einem zerfleischten Gesicht, aber der Maremmano hörte sofort auf zu knurren, ließ sich von Gerry den Kopf streicheln und wedelte glücklich mit dem Schwanz. »Ich lasse euch beide allein reden, in Ordnung? Dann kann ich mich ein wenig in der Gegend umschauen, wenn es Signor Voltolini recht ist.«

»Bitte, bitte, machen Sie nur«, antwortete Paolo, der etwas verstimmt wirkte, weil sein bester Hund so leicht zu besänftigen war. »Ungewöhnlicher Typ, Ihr Freund.«

»Ist mir noch gar nicht aufgefallen ...«, sagte Francesca.

Voltolini bat sie in sein Büro, das mit alten Bauernhofmöbeln eingerichtet war. An den Wänden hingen Bilder von Getreidefeldern und Papst Johannes XXIII. Außerdem sah man ein altes Joch und einen Andachtswinkel mit einem Foto von Giada und einem elektrischen Teelicht. Sie hatte eine derartige Ähnlichkeit mit Amala, dass Francescas Herz einen Satz tat. Voltolini erklärte, dass Giada im Alter von zwei Jahren adoptiert worden sei, sich aber wegen ihrer Hautfarbe nie richtig hatte integrieren können. Nach ihrem Verschwinden mussten sie sogar gegen Gerüchte ankämpfen, sie sei mit einem Marokkaner durchgebrannt. »Wir in der Familie wussten, dass ihr etwas zugestoßen war, aber da sie volljährig war, haben sich die Carabinieri damit begnügt, eine Anzeige hinauszuzögern.«

»Und was haben Sie dann unternommen?«

»Wir haben uns ins Auto gesetzt und sind nach Cremona gefahren, dann zum Bahnhof ... Tagelang sind wir in der Gegend herumgefahren, bis dann ein paar Tage nach der Überschwemmung ihr Leichnam gefunden wurde.« Voltolini spielte mit dem Kugelschreiber eines Saatgutunternehmens herum. »Hören Sie, als der Anruf aus Ihrer Kanzlei kam, war ich vollkommen ahnungslos. Aber ich muss zugeben, dass ich Ihren Namen gegoogelt habe. Dabei habe ich das mit Ihrer Nichte herausgefunden. Ich möchte Ihnen sagen, wie leid mir das tut.«

»Danke.«

»Aber ich wüsste natürlich gern, was das mit meiner Schwester zu tun hat.«

Francesca griff auf Gerrys Worte zurück. »Ich rede mit Menschen, die die gleichen Erfahrungen gemacht haben wie ich. Ähm … keine Ahnung … um irgendwie damit klarzukommen. Wir wissen nichts über Amalas Verbleib und erwarten das Schlimmste«, sagte sie und schämte sich ein wenig.

»In unserem Fall haben wir ungefähr zehn Tage gewartet, aber die kamen uns wie eine Ewigkeit vor. Leider ist es nicht gut ausgegangen.« Er schenkte ihr ein Lächeln. »Aber ich bin mir sicher, dass Sie und Ihre Familie mehr Glück haben.«

»Das will ich hoffen. Noch einmal vielen Dank.«

»Sie müssen sich nicht bei mir bedanken. Fragen Sie ruhig alles, was Sie wissen wollen. Ich stehe zu Ihrer Verfügung.«

Während Francesca Voltolinis Erzählungen lauschte, schritt Gerry über das große Anwesen und sog den Geruch ein. Unter dem staubigen Duft des Getreides roch er wilden Thymian und den noch feineren Geruch immergrüner Pflanzen und stehender Gewässer. Der kam aus den Bergen, die er hinter den flachen Feldern aufragen sah. Gerry war beeindruckt, wie stark sich die italienische Landschaft veränderte, wenn man sich nur wenige Kilometer bewegte. Das hatte er gar nicht mehr so in Erinnerung.

Er tat so, als würde er sich für ein Fließband interessieren, das Säcke auf- und ablud, dann erreichte er eines der Stahlsilos am Rand des Geländes. Zwei Arbeiter wollten soeben das ramponierte Zaungitter ersetzen, aber er ging einfach an ihnen vorbei und trat zwischen die Sicherheitsabsperrungen an der Außentreppe des Silos. Mem biss ihn in den Saum seiner Hose, um ihn zurückzuhalten, aber Gerry riss sich los und stieg schnell hoch. Das Silo war gut zehn Meter hoch und aufgeheizt von der Sonne, die sich in den verzinkten Stahlwänden spiegelte. Die Stahltreppe führte über das schräge Dach hinüber und erreichte einen horizontalen Trichter, der mit den Röhren verbunden war, durch welche der Mais in die Ladeluke fiel. Dort blieb Gerry stehen und beugte sich vor, um auf die Straße zu spähen, die er nun vollständig überblicken konnte. Das Motorrad, das ihnen gefolgt war, parkte auf dem grasbewachsenen Randstreifen einer Kreuzung. Der Fahrer stand neben seinem Fahrzeug, den Helm in der Hand.

Als Gerry wieder auf die Erde hinabstieg, warteten die beiden Arbeiter neben dem Rudel auf ihn. Der Ältere klatschte ironisch in die Hände. »Super, Mann. Wenn du dir den Schädel eingeschlagen hättest, wer hätte dann wohl Ärger bekommen?«

»Ich bin ein Freund von Paolo Voltolini. Er hat es mir erlaubt. Haben Sie Klebeband?«

Hatten sie. Gerry befahl den Hunden, sich nicht von der Stelle zu rühren, dann ging er in Richtung Büro zurück, begab sich zum entgegengesetzten Ende des Geländes und stieg mithilfe von Säcken und einem Ast über die Absperrung.

Die Felder waren frisch gewässert, und Gerry wagte es nicht, sie zu durchqueren. Er lief darum herum, bis er an einen von Traktoren platt gewalzten Feldweg gelangte. Trotzdem war er mit Erde und Schlamm bedeckt, als er auf Höhe der Straße anlangte, und wurde von Bremsen belästigt.

Am Straßenrand blieb er stehen und wickelte sich das Klebeband um die Hände. Im Schutze des Dornengestrüpps und des Motorenlärms der unentwegt über ihn hinwegrauschenden Lastwagen näherte er sich dem Motorradfahrer. Gerry hatte ihn noch nie zuvor gesehen, aber es könnte ein Verwandter des Mannes sein, den er am Friedhof außer Gefecht gesetzt hatte. Er war ebenfalls um die dreißig und hatte dieselben vom Kabelzugtraining aufgeblähten Schultern und den kurz getrimmten Bart. Gerry wartete den geeigneten Moment zwischen zwei Fahrzeugen ab, dann sprang er aus dem Hinterhalt hervor. Der Motorradfahrer sah ihn, aber Gerry prallte mit einem Schulterstoß wie im American Football gegen ihn, bevor er auch nur reagieren konnte. Obwohl der Mann massiger war als Gerry, verlor er das Gleichgewicht und fiel mit ihm zusammen in den Graben.

Gerry hatte sich im Fallen seinen Helm geschnappt. Jetzt lag er auf dem Mann und knallte ihm den Helm ins Gesicht, bis er sich nicht mehr rührte. Dann drehte er ihn auf die Seite, damit er nicht erstickte, und durchsuchte ihn flink. Er war nicht bewaffnet und hatte auch nicht den Ausweis des Sicherheitsdienstes Airone, deshalb beschränkte sich Gerry darauf, ihm den Führerschein abzunehmen. »Bald habe ich eine hübsche Dokumentensammlung von euch.«

»Ich werde dich wegen Körperverletzung anzeigen, du Hurensohn«, sagte der Mann und spuckte Blut.

»Damit wäre dein Chef aber nicht einverstanden.«

Der Motorradfahrer spuckte immer noch Schlamm und Blut. »Ich weiß nicht, wovon du redest.«

»Das ist normal. Du bist ein kleiner Fisch, da teilt man dir *per definitionem* nichts mit.« Gerry machte es sich auf seinem Rücken etwas bequemer. »Richte meine Botschaft jemandem aus, der etwas zu sagen hat: Ich möchte euren Kunden treffen. Vielleicht können wir ein Waffenstillstandsabkommen schließen, vielleicht auch nicht. Aber wir sollten es wenigstens versuchen. In der Zwischenzeit rate ich dir, den Beruf zu wechseln.«

»Du hast den Falschen erwischt, verdammt.«

Gerry hieb ihm die Faust in den Nacken. »Ich weiß, wie du heißt. Wenn ich noch einmal sehe, dass du dich an meine Fersen heftest, schneide ich dir beide Hände ab. Dann kannst du dein Motorrad mit den Zähnen lenken.« Er steckte ihm einen Zettel in die Tasche. »Dein Kunde wird einen Anrufbeantworter erreichen. Er kann mir ein Treffen vorschlagen, wo und wann er will. Aber du lässt dich nicht mehr blicken.«

Als er ihn losließ, hievte sich der Motorradfahrer auf die Knie, halb blind vor Blut. »Du bist eine Bestie. Aber das wirst du mir büßen, das schwöre ich dir.«

»Du bist also ein ganz Harter.« Gerry trat gegen das Motorrad, das in den Graben stürzte, direkt auf die Beine des Mannes. Bevor diesem die Sinne schwanden, hörte er noch seine Knochen brechen.

35

Nachdem sie die Botschaft gefunden hatte, hatte Amala endlich einschlafen können. In dieser Nacht allerdings fieberte sie, und sie wachte verschwitzt auf. Die Gaze hatte sich von ihrer Wunde gelöst. Die stank und war stark vereitert. Irgendwann hatte Oreste ihr auf dem üblichen Papptablett Milch und Kekse hingestellt, und sie zwang sie hinunter. Allerdings ging es ihr nicht gut damit, dass sie ihn nicht bemerkt hatte. Sie musste immer wachsam sein, auch wenn sie sich fühlte, als hätte man sie zusammengetreten.

Nicht fliehen.

Das war mit Sicherheit nicht die Nachricht, mit der sie gerechnet hatte. Erst dieser Schrei, dann die Warnung. Und dieser Gestank …

Die Geheimtür quietschte, kurz darauf erschien Oreste. Er wirkte aufgeregt und euphorisch, auch wenn man hinter der OP-Maske seine Gefühle nicht gut erkennen konnte. Außerdem stank er nach Schweiß. »Alles in Ordnung?«, fragte er zerstreut. »Gut geschlafen? Gegessen?«

»Ja. Aber der Rücken heilt nicht.«

»Du musst Geduld haben. Soll ich es mir mal anschauen?« Sein Tonfall war freundlicher als sonst, als wäre er richtig fröhlich.

»Nein danke.«

Statt darauf zu beharren, wie sie es erwartet hatte, lehnte sich Oreste an eine der Betonsäulen und starrte ins Leere.

Amala schluckte ihren Zorn hinunter und lächelte ihn an. »Tut mir leid, wenn ich dich gestern wütend gemacht habe.«

»Versuchst du immer noch, Freundschaft zu schließen?« Jetzt war sein Tonfall wieder normal.

»Nein. Ich habe begriffen, dass wir nie Freunde sein werden. Oder?«

»Richtig.«

»Ich bin für dich nur Mittel zum Zweck.«

»Richtig.«

»Also hast du nichts gegen mich. Du hasst mich nicht oder so etwas.«

»Wieder richtig. Dreimal ins Schwarze getroffen.«

»Da du mich hinterher freilassen wirst, habe ich keinerlei Grund, einen Fluchtversuch zu unternehmen. Das würde dich nur auf die Palme bringen.«

»Ja und?«

»Also könntest du mich eigentlich losmachen. Ich schwöre, dass ich nicht fliehe.«

Oreste lächelte hinter seiner schmutzigen Maske. »Du bist wirklich ein schlaues Kind, was? Am liebsten würde ich dir glauben. Möchtest du heute Hühnchen zum Abendbrot? Vielleicht mit Pommes. Gegrillt, nicht gebraten. Du bist noch immer rekonvaleszent.«

Amala spürte, wie ihr die Verzweiflung die Kehle zuschnürte. »Aber warum ausgerechnet ich? Gibt es einen Grund, warum du mich ausgewählt hast?«

»Ja. Du bist der perfekte Köder.«

36

Als Francesca zurückkam, saß Gerry auf der Rampe an einer Lagerhalle, eine Beule an der Stirn, die Kleidung schlammverkrustet, wie immer inmitten seines Hunderudels. »Haben Sie sich auf dem Feld gewälzt?«, fragte sie ihn.
»Ich habe nur einen Spaziergang unternommen.«
Gerry hatte Wechselsachen im Kofferraum, die praktisch identisch mit den alten waren: ausgewaschene Jeans, schlichtes T-Shirt. Er hatte einen schönen Körper und etliche Narben.
»Nicht eine einzige Tätowierung Ihrer Einheit?«
»Tätowierungen haben einen hohen Wiedererkennungswert, was in meinem Arbeitsbereich nicht ratsam ist. Was hat Voltolini Ihnen erzählt?«
»Über Maria Locatelli wenig bis gar nichts. Voltolini kannte sie und sagte, sie sei ein nettes Mädchen gewesen, nicht sehr helle, aber sehr religiös. Ich habe ihn nicht direkt danach gefragt, aber er hat ihren Tod nie mit dem Verschwinden seiner Schwester in Zusammenhang gebracht. Zu Giada hat es nie richtige Ermittlungen gegeben. Die Verantwortlichen sind zu dem Schluss gelangt, dass sie den Überschwemmungen damals zum Opfer gefallen ist, und befanden es für überflüssig, irgendetwas über ihren Aufenthaltsort vor dem Tod herauszufinden«, erklärte sie. »Das Einzige, was er mir noch sagen konnte, war, dass sie am Tag vor ihrem Verschwinden vor der Agrarwissenschaftlichen Fakultät gesehen wurde, ziemlich nervös. Den Zug nach Hause Richtung Bergamo hat sie nie bestiegen.«
»Hatte sie einen Freund?«

»Ihrem Bruder zufolge nicht. Den letzten Freund hatte sie auf dem Gymnasium.«
Gerry warf die schmutzige Kleidung in den Kofferraum.
»Haben Sie sich die Nummer von dem Jungen geben lassen?«
»Natürlich.«
»Sie sind die perfekte Assistentin.«
»Mir ist nie klar, wann Sie etwas ernst meinen.«

Giorgio Pecis bestellte sie für eine Stunde später, da er bei der Stadt arbeitete und erst seine Schicht beenden musste. Er wartete unter der Uhr an einer Piazzetta mit Blick auf den Fluss – ein Mann in den Fünfzigern von mittlerer Größe in einem beigen Anzug. »Da ist unser Mann«, sagte Gerry. »Wenn auch nicht *unser* Mann.«
»Schließen Sie das aus dem Äußeren?«
»Aus allem, das sieht man doch. Dieser Mann kann keiner Fliege etwas zuleide tun.«

Gerry überwand mühelos jeglichen Widerstand von Giorgio, indem er die Identität eines Journalisten vom israelischen Fernsehen annahm. Nach einer Minute waren sie dicke Freunde, nach fünf waren sie drauf und dran, Blutsbrüderschaft zu schließen, und irgendwann diskutierten sie sogar darüber, wer die Ehre habe, den Spritz zu bezahlen. Dass Gerry schauspielerte, war schlichtweg nicht zu merken.

Sie gingen in eine Bar mit Tischchen, die direkt am Steilhang des Flusses standen. »Wir waren zwei Jahre zusammen, von der Prima zur Terza superiore«, sagte Giorgio, als Gläser und eine Handvoll Pommes vor ihnen standen.

»Sagt es nicht meiner Frau, aber sie war das schönste Mädchen, mit dem ich je zusammen war. Ich war ihr erster Freund.«

»Und was war das Geheimnis deines Erfolgs?«, fragte Gerry mit einem komplizenhaften Lächeln.

»Der Mangel an Konkurrenz.« Giorgio lachte, und Gerry tat es ihm gleich. Francesca lief ein Schauer über den Rücken.

»Die Jungs haben es vielleicht mal versucht, aber sie haben sich geschämt, sich mit ihr in der Öffentlichkeit zu zeigen. Sie war ja schwarz. Mir war das egal.«
»Und warum ist die Sache auseinandergegangen?«
»Weil ich es mit einer anderen getan habe und sie das herausfand. Na ja, wir waren jung, da passiert so etwas schon einmal. Aber sollten wir das nicht eigentlich aufnehmen, Gerry?«
»Ich komme mit einer Kamera wieder. Aber zunächst muss ich mir überlegen, wie ich das Interview aufziehe. Dies ist nur ein Vorbereitungstreffen, nicht wahr, Francesca?«
»Genau«, sagte sie schnell. »Hatten Sie denn noch Kontakt?«
»Nein. Aber manchmal haben wir uns zufällig getroffen und uns unterhalten. Freunde waren wir nicht gerade, würde ich sagen, aber wir haben uns ganz gut verstanden.«
»Hatte sie einen Freund?«, fragte Francesca.
»Was sie in Cremona gemacht hat, weiß ich nicht. Wenn ich sie traf, war jedenfalls nie jemand dabei. Sie war immer viel allein und beugte sich über ihre Bücher und Comics. Als sie klein war, traf sie sich oft mit diesem Mädchen, Maria. Dann war sie lange bei den Pfadfindern. Zum Zeitpunkt ihres Todes war sie immer noch Mitglied.«
»Ich habe gehört, dass sie vor ihrem Tod ein paar Tage verschwunden war. Mit wem könnte sie denn zusammen gewesen sein?«
»Das ist wirklich ein Rätsel. Keiner ihrer Bekannten wusste, wo sie war. Ich habe mir so meinen Reim auf die Sache gemacht. Dass sie nämlich von zu Hause abgehauen ist. Sie war hier die einzige Schwarze, das war echt scheiße. Das wäre es auch heute noch, aber Sie können sich ja vorstellen, was das vor dreißig Jahren bedeutete.«
»Und diese Maria, die Sie vorhin erwähnten … Haben Sie zufällig ihre Kontaktdaten?«
»Leider ist sie schon tot. Sie wurde von einem Triebtäter umgebracht. Aber man hat ihn nie geschnappt.«

»Ernsthaft?«

»Kommen Sie, ich zeige Ihnen, wo das war. Es ist nicht weit. Vielleicht können Sie dort auch Aufnahmen machen.«

Sie folgten ihm in den oberen Teil des Dorfs, wo eine Betonbrücke über den Bach führte, der zehn Meter weiter unten durch eine enge, zugewucherte Felsschlucht rauschte. Mehrere natürliche Wasserbecken waren mit Wasserlinsen bedeckt.

»Maria lag in einem dieser Becken.« Giorgio zeigte in die Richtung. »Der Untergrund ist schlammig und mit Treibsand bedeckt. Wer sie da hinuntergeschubst hat, hat vielleicht gehofft, dass sie untergeht. Früher befand sich hier eine alte Brücke mit einem niedrigen Geländer«, erklärte er. »Da war es noch leichter, jemanden runterzustoßen.«

»Und man hat nie herausgefunden, wer das getan hat?«, fragte Gerry.

»Es hieß, ihr Vater sei es gewesen, aber das war Unsinn. Wir Kinder haben das nie geglaubt. Die Erwachsenen hier haben gar nichts begriffen.«

»Und was habt ihr Kinder gedacht?«

»Jeder hatte seine eigene Theorie, Monster und Serienmörder inklusive. Es kursierten die verschiedensten Gerüchte über das, was in Conca passiert ist, fast alles Blödsinn. Aber wenn wir das Dorf verließen, gab es immer die Spötter, die uns Triebtäter schimpften.« Er zeigte auf die andere Seite der Brücke. »Maria und ihr Vater wohnten da hinten in dem Bauernhaus. Daneben befand sich der Bauernhof meiner Eltern, die damals noch lebten. Bei der Überschwemmung wurde alles weggeschwemmt, und sie mussten es neu aufbauen.«

»Und was ist aus Marias Vater geworden?«

»Man sagt, er sei bei der Überschwemmung gestorben. Wenn Sie mich fragen, hat man ihn auch umgebracht.«

»Warum denken Sie das?«, erkundigte sich Francesca.

»Weil ihn alle gehasst haben. Nach Giadas Verschwinden sind ein paar Leute aus dem Dorf zu seinem Haus gezogen, weil sie überzeugt waren, dass er auch dieses Mal dahintersteckte. Gott sei Dank ist die Polizistin gekommen, bevor sie ihn lynchen konnten.«

Aleph jaulte. Francesca schaute zu Gerry hinüber. Der starrte Giorgio derart eindringlich an, dass sie sich wunderte, dass er nicht Feuer fing. »Was für eine Polizistin?«, fragte Gerry.

»Keine Ahnung. Ich war nicht da. Es hieß aber, sie sei von da unten, aus Süditalien. Das Komische war nur, dass auch sie danach nie wieder gesehen wurde.«

37

In demselben Tempo, in dem er ihn sich zum Freund gemacht hatte, hatte Gerry das Gespräch mit Giorgio beendet, sobald dieser ihm nicht weiter nützlich war. Francesca fand ihn vor der Kirche, wo er in den Plastikschaukasten starrte, der neben dem Portal hing. »Nächste Etappe«, sagte er, auf einen der Aushänge zeigend. Die Pfadfinder von Conca versammelten sich jeden zweiten Tag um achtzehn Uhr. Heute war ein solcher zweiter Tag.

Francesca wurde ein weiteres Mal Zeugin von Gerrys Verwandlungskünsten, und wieder staunte sie über seine innere Distanz. Jetzt war er kein israelischer Journalist mehr, sondern ein Content Creator für Podcasts der katholischen Minderheit in Jerusalem. Sediert durch einen blumigen Bericht über Rom und das Lateinische Patriarchat von Jerusalem, hatte Don Filippo, ein feister Mann in den Vierzigern, der ständig grundlos errötete, ein Dutzend Jugendlicher bei dem Rudel gelassen und beantwortete Gerrys Fragen zu den alten Pfadfindern, die immer noch in der Gemeinde verkehrten. Er stimmte sogar zu, sie kurzfristig zu einem Treffen zusammenzutrommeln, nachdem er erfahren hatte, dass Gerry eine Podcastfolge über die Geschichte eines guten Mädchens aus Conca plante, das auf tragische Weise zu Tode gekommen war und in Israel noch ferne Verwandte hatte. Neben seinen anderen Tätigkeiten war der Priester nämlich auch begeisterter Krimiautor.

Francesca, Gerry, der Priester und fünf ehemalige Pfadfinder versammelten sich kurz darauf an den Tischchen vor der Bar Tabacchi an der Kirche. Peinlich berührt verfolgte Francesca, wie Gerry nach Dingen fragte, die er längst wusste, und sich Notizen zu machen schien. »Aber als die Signorina Giada verschwand, hat sich denn niemand von Ihnen gefragt, ob ihr vielleicht jemand etwas angetan hat? Vielleicht sogar einer von Ihnen?«, fragte er, als sie schon hinreichend angetrunken waren.

Alle schüttelten den Kopf. »Abgesehen davon, dass keiner von uns der Typ für so etwas ist, waren wir alle daheim bei unseren Eltern«, sagte Ettore, ein schnauzbärtiger Grundschullehrer Mitte fünfzig. »Wir haben so viel darüber geredet, dass wir uns da ganz sicher sind.«

»Und niemand von Ihnen hat eine Idee, wo sie gewesen sein könnte, bevor sie in den Fluss gefallen ist? Vielleicht jemand, der mit ihr in die Schule gegangen ist?«

Der Besitzer des Eisenwarenhandels, Angelo, ein ehemaliger Pfadfinderchef, schüttelte den Kopf. »Die, mit denen wir geredet haben, wussten von nichts. Sie hatte keinen Freund, und sie blieb auch nie von zu Hause weg. Deshalb waren wir uns alle sicher, dass ihr irgendjemand etwas angetan hat.«

»Locatelli.«

»Nein, der nicht. Jemand anders, jemand von außerhalb.«

»Ihr habt sie also in der Nacht ihres Verschwindens mit niemandem gesehen, und es ist auch nichts Merkwürdiges passiert.«

Die fünf sahen sich an. Nun ergriff Nina das Wort, die einzige Frau unter ihnen. Sie war die Besitzerin der Bar, in der sie saßen. »Wir wissen nicht, ob sie es war, aber in jenen Tagen ist jemand in den Sitz der Pfadfinder eingebrochen und hat alle Jagd- und Flughefte aus dem Jahr 1986 verschwinden lassen. Erst nur das von Giada, dann auch alle anderen, wenn ich mich recht entsinne.«

Francesca und Gerry sahen sich an. Das betraf das Jahr, in dem Maria gestorben war.

38

Gerry hatte sich erneut verflüchtigt und überließ es Francesca, allen für ihre Hilfe zu danken. Angelo war der Letzte, der ging, ein fetter mittelalter Mann mit Geheimratsecken. »Mir ist nicht entgangen, dass Ihnen der Zusammenhang auch aufgefallen ist«, sagte er.
»Welcher?«
»1986. Alle denken das, auch wenn sich niemand traut, es laut auszusprechen. Erst Maria, dann Giada. Wir sind uns sicher, dass es dieselbe Person war.«
»Und warum sollte diese Person die Hefte geklaut haben?«
»Um ein Zeichen zu hinterlassen. Wer weiß, wie köstlich er sich hinter unserem Rücken amüsiert hat.«

Gerry zeichnete sich scharf vor dem Sonnenuntergang ab, als Francesca ihn fand. Er beendete soeben ein Telefonat auf Hebräisch, sich von einem gewissen Emanuel verabschiedend. Dann gab er einem Passanten das Telefon zurück und spurtete zu ihr, damit das Rudel ihm folgte. »Dringendes Telefonat?«, fragte sie ihn.
»Ich habe den Filter des Lieferwagens, mit dem Amala entführt wurde, untersuchen lassen. Soeben bekam ich die Ergebnisse.«
»Entschuldigung, den Filter des Lieferwagens?«
»Ja. Ich habe ihn ausgebaut, bevor ich den Wagen angezündet habe. So ist er nicht mit dem Rest in Flammen aufgegangen.«
»Und wann gedachten Sie mir das mitzuteilen?«

»Ich sage es Ihnen doch jetzt.«

»Wenn Ihnen daran gelegen ist, dass wir miteinander auskommen, verlange ich, dass sämtliche Informationen in Zusammenhang mit der Entführung meiner Nichte mit mir geteilt werden. Wem haben Sie den Filter gegeben?«

»Einem Labor meines Vertrauens. Während der Zeit beim Militär hatte ich Gelegenheit, Kontakte zu knüpfen. Die restlichen habe ich mir vor meiner Abreise beschafft.«

»Sind Sie sicher, dass Sie nicht beim Mossad sind?«

»Man muss nicht beim Mossad sein, um Leute zu kennen. Wissen Sie, was der *Asphodelus albus* ist?«

»Weißer Affodill ... Das dürfte eine Pflanzenart sein.«

»Richtig. Im Filter befanden sich Spuren von *Asphodelus albus*. Der wächst nur an den Südhängen der Alpen und hier in der Gegend. Dann gab es noch *Veratrum nigrum*, eine Sumpfpflanze, deren italienischen Namen ich vergessen habe, außerdem Getreide einer sogenannten alten Sorte, die sie nicht identifizieren konnten. Aber bei uns macht es vielleicht Klick.«

»Der Mais mit den spitzen Körnern ...« Francesca erbleichte, als ihr klar wurde, was das bedeutete. »Warte, warte. Er könnte einfach nur den Lieferwagen in dieser Gegend geklaut haben.«

»Das wäre etwas, was Sie dank *Ihrer* Bekanntschaften herausfinden könnten, und genau darum bitte ich Sie nun.«

»Denken Sie, Amala ist hier in der Gegend?«, fragte Francesca, keuchend vor Angst.

»›In dieser Gegend‹ ist ein Maß, das fünfunddreißig Quadratkilometer und ungefähr hunderttausend Einwohner umfasst.«

»Die Polizei könnte die Gegend durchkämmen.«

»Sie können nicht ein ganzes Tal absperren. Und selbst wenn sie genügend Leute hätten und Ihre Nichte wirklich hier wäre, könnte er sie umbringen, bevor man ihn schnappt.«

»Der Gedanke, dass er hier in der Nähe ist ...«

»Wir müssen auf Nummer sicher gehen, Francesca, das ist die einzige Möglichkeit. Um noch einmal auf den Filter zurückzukommen, es hingen auch Fetzen von Hornissen darin – wieder diese Hornissen, die ich vorher schon gefunden habe. Sie sind das Einzige, was in dieser Gegend wirklich nicht existieren dürfte. Im Klima Italiens können sie nicht lange überleben, aber der Schlupfwinkel des Monsters ist verseucht davon. Ich frage mich, warum er sie nicht bekämpft.«

»Weil er verrückt ist!« Francesca konnte sich kaum noch beherrschen. »Vielleicht hat er nicht nur einen Schlupfwinkel hier. Vielleicht wohnt er hier. Wenn er Maria als Jugendlicher umgebracht hat, dann ist er vielleicht sogar hier geboren.«

»Nein. Das hatte ich gehofft, als wir hierhergekommen sind. Jetzt bin ich mir sicher, dass es sich anders verhält.«

»Was veranlasst Sie dazu?«

»Niemand von den Menschen, mit denen wir geredet haben, hat einen komischen Jungen oder einen Spinner oder so etwas erwähnt. Dabei stecken auf dem Dorf alle Menschen die Nase in die Angelegenheiten aller anderen Menschen und verpassen ihnen Etiketten: gut, böse, schwachsinnig ...«

»Sprechen Sie aus Erfahrung?«

Gerry warf ihr einen sonderbaren Blick zu, und Francesca fragte sich, ob sie ins Schwarze getroffen hatte. Vielleicht war er auch einmal der Dorftrottel gewesen. »Es gibt nur wenige Dinge, bei denen wir uns in Bezug auf den Perser einig sind«, sagte er dann, ihre Frage ignorierend. »Das Erste ist, dass es sich um einen Mann handelt. Das Zweite, dass er an einer Persönlichkeitsstörung leidet, die ihn dazu treibt, Mädchen Gewalt anzutun. Auch wenn er versucht hat, ein braver Junge zu sein, ist er in seiner Jugend sicher mit gewalttätigen Episoden oder extremen Verhaltensweisen aufgefallen. Selbst die Fähigsten brauchen Jahre, um so zu tun, als wären sie normal. Auf einen solchen Typen würde bei einem Mord wie dem an Maria immer der erste Verdacht fallen. Der einzige Böse aber, der ins Visier geriet, war Locatelli.«

Sie näherten sich dem Auto. »Und falls er es war?«, fragte Francesca. »Vielleicht hat er die Überschwemmung genutzt, um seine Spuren zu verwischen.«

»Als das zweite und das dritte Opfer des Persers starben, war er im Knast, weil man ihm vorgeworfen hat, seine eigene Tochter umgebracht zu haben. Und die Polizei hatte durchaus versucht, ihn aufzuspüren, wegen einer Steuerschuld. Aber vergeblich.«

Francesca blieb stehen und zwang Gerry so, es auch zu tun. »Mir kommt es komisch vor, dass Sie sich in der kurzen Zeit seit Amalas Entführung all diese Informationen verschaffen konnten.«

»Das habe ich nie behauptet.«

»Seit wann beschäftigen Sie sich mit dem Perser?«

»Vor zwei Jahren habe ich von seiner Existenz erfahren.«

»Und warum haben Sie ihn nicht schon eher gesucht?«

»Ich wusste nicht, ob er noch lebt. Das konnte ich nur auf eine einzige Weise herausfinden: darauf warten, ob er ein weiteres Mädchen entführt.« Er schenkte ihr ein mitleidiges Lächeln. »Es tut mir leid, dass es sich dabei um Ihre Nichte handelte.«

39

Amala hatte den ganzen Morgen auf ihrer Matratze gelegen und in den neuen alten Büchern gelesen, die Oreste ihr dagelassen hatte. Dabei hatte sie heimlich Schnipsel herausgerissen. In dem einen Buch ging es um Jeeves, einen tadellosen Majordomus, ein anderes war eine Sammlung von Erzählungen von H. G. Wells. Das war der einzige Autor, von dem sie schon mal etwas gehört hatte, vielleicht in der Schule oder in den sozialen Medien. Der Band befand sich noch in einem Versandkarton, auf dem halb verblichen der Stempel irgendeiner Post mit dem Symbol einer Art Kleeblatt zu sehen war.

Dann musste sie wieder an das Mädchen aus der Latrine denken. Oder war es ein Mann? Sie stellte sich eine Gefangene wie sich selbst vor, obwohl sie natürlich nicht wusste, ob Oreste auch ältere Menschen entführte. Vielleicht war ihm das Alter seiner Opfer gleich. Wer auch immer es war, die Person hatte so animalisch geschrien; wer weiß, was er ihr (oder ihm) angetan hatte.

Die Botschaft konnte im Übrigen auch etwas anderes bedeuten als das, was sie sofort gedacht hatte. Sie konnte bedeuten »Nicht fliehen, weil ich dich kriege« oder »Nicht fliehen, denn Oreste ist ein guter Mann« oder »Nicht fliehen, weil das Wasser hier so hoch steht, dass du ertrinkst«. Amala musste mehr erfahren.

Sie bastelte eine Botschaft mit einem schnelleren Verfahren: Statt einzelne Buchstaben herauszureißen und aufzukleben, suchte sie nach geeigneten Wörtern. Das Ergebnis war verständlich, wenngleich ein wenig albern:

WARUM NICHT FLUCHT?
HILF MIR BITTE

Amala nahm die antiseptische Salbe, die Gaze und frische Unterwäsche und schleppte sich zum Bad. Dabei betrachtete sie jeden Zentimeter des Wegs. Die Sonne fiel schräg durch die Lichtschächte, und man konnte an den Wänden die kleinsten Details erkennen. Selbst unter den Plakaten schienen weitere Schriftzüge hindurchzuschimmern. Wo diese sich ablösten, sah man, dass sie in dicken Schichten übereinandergeklebt waren. *Wie viele Mädchen hat er wohl schon hier gefangen gehalten?*, fragte sie sich.

Die Metallschienen waren zerkratzt, was nur bedeuten konnte, dass schon jemand anders hier entlanggegangen war. Heimliche Inschriften fand Amala aber nicht.

Sie schloss sich in der Toilettenbox ein und ließ so lange Wasser über die Wunde fließen, bis ihre Zähne klapperten. Dann tupfte sie die Wunde ab, einen blassrosa Fleck auf dem Papierhandtuch hinterlassend. Der Schmerz war nicht mehr so heftig wie zuvor, aber das Fleisch um die Wunde herum fühlte sich schlaffer an; wenn sie hineindrückte, versanken ihre Finger, als befände sich ein Hohlraum darunter. *Ich verfaule von innen her wie ein wurmstichiger Apfel*, dachte sie.

Der penetrante Gestank von Hundefutter, das in der Sonne steht, ging jetzt auch von ihrer Wäsche und ihrem Atem aus, nicht nur von der Wunde. Amala trug die Salbe auf und verband sich, indem sie die Gaze über die Brust führte und dann mit einem Pflaster festklebte. Schließlich kniete sie sich hin und schwenkte die Platte des Stehklos beiseite, was mittlerweile ein Kinderspiel war.

Aus ihrer Unterhose holte sie den neuen Nylonfaden, den sie aus dem Kittel gezogen hatte, und band ihn an ihre Nachricht und ein Stück Seife, das sie in das Loch fallen ließ. Drei Versuche brauchte sie, bis sie das traf, was sie für eine Art

Rampe hielt. In der Ferne vernahm sie den leisen Aufprall. Sie klemmte den Faden unter den Rand der Platte, dann kehrte sie an der Leine zurück zu ihrem Schlafplatz. Das Handtuch vergaß sie absichtlich, um später einen Grund zur Rückkehr zu haben.

Sie zählte buchstäblich die Minuten und tat so, als läse sie Davy Crockett, die Geschichte eines Manns, der gegen die Mexikaner kämpfte. Als sie eine Stunde später wieder zur Toilette wanderte, um den Faden einzuholen, stellte sie fest, dass die Seife wieder verschwunden und der Zettel eingerollt war.

Dieses Mal stand da, erneut mit stinkendem Schlamm geschrieben, nur ein einziges Wort:

ESSEN

»Ja, verdammt ...«, murmelte Amala verwirrt. Sie warf das Blatt in den Abfluss, wusch sich das ekelhafte Zeug von den Händen und ging. Die andere Gefangene – oder der Gefangene – musste ausgehungert sein. Oder vielleicht wollte sie ihr auch einen Tausch anbieten. Was auch immer dahinterstecken mochte, Amala war zum ersten Mal aufgeregt. Sie hatte Kontakt zu einem Menschen; außer ihr war noch jemand hier, ausgehungert und stinkend. Sein Gefängnis musste schlimmer sein, jedenfalls im Moment noch. Vielleicht würde Oreste sie irgendwann zusammenlegen. Oder er würde sie auf Leben und Tod kämpfen lassen.

Auf ihrer Matratze liegend, wartete sie auf den Sonnenuntergang. Dann sammelte sie unter der Bettdecke einen Muffin und zwei Stückchen Käse zusammen, tunlichst nicht an den Zustand der Person am anderen Ende des Lochs denkend. Damit die Lebensmittel für mögliche Überwachungskameras nicht sichtbar waren, steckte sie sie in einen der Wollsocken, die Oreste ihr gegeben hatte, nähte das Loch mit einem

Holzsplitter und einem Nylonfaden zu und dachte im letzten Moment noch daran, ein leeres Blatt hineinzustecken. Dann kehrte sie zum Stehklo zurück und nahm die gewohnten Handgriffe vor. Der Socken war schwer, machte aber keinerlei Geräusch, wenn man ihn hinabließ, deshalb klebte sie mit dem Pflaster ein Stück Beton daran. Zwei Anläufe brauchte es. Allzu oft sollte sie in ihrem Gefängnis nicht hin und her gehen. Sie beschloss zu warten, das Fadenende in der Hand. Wenn der andere Mensch wirklich ausgehungert war, würde sie nicht lange warten müssen. Nach etwa zwanzig Minuten, als sie schon aufgeben wollte, fühlte sie den Faden wackeln. Als er wieder ruhig hinabhing, wartete sie noch fünf Minuten und holte ihn dann ein. Als sie die Bodenplatte zurückgeschoben hatte, fiel ihr auf, dass der Socken verschwunden war. Wieder hing nur die ausgerissene Buchseite am Faden, eng zusammengerollt und mit kotzefarbenem Schlamm bedeckt.

Amala nahm sie und spürte, dass im Innern etwas vibrierte, wie ein Elektromotor im Miniaturformat. Vorsichtig rollte sie das Papier auf, offenbar aber nicht vorsichtig genug, denn sobald sie den ersten Zipfel angehoben hatte, schoss ein surrendes Projektil heraus und stach sie ins Gesicht.

Amala konnte den Schrei nicht unterdrücken. Einen solchen Schmerz hatte sie noch nie verspürt, nicht einmal nach der Operation am Rücken. Das Insekt hatte sie direkt unter dem rechten Auge durchbohrt, und der brennende Schmerz strahlte auf das ganze Gesicht aus. Schnell drehte sie den Wasserhahn auf und hielt es unter das eiskalte Wasser. Erst jetzt wagte sie es, ihre Wange zu berühren. Sie war doppelt so dick wie sonst, und die Schwellung zog sich bis zum Ohr hinüber. Ohne Vorwarnung wurde die Plastiktür aus den Angeln gerissen; Oreste packte Amala und zerrte sie aus der Kabine. »Was ist hier los? Was hast du getan?«, fragte er in einem Tonfall, der zwischen Ärger und Sorge changierte.

»Mich hat etwas gestochen.«

»Zeig.« Oreste packte ihr Gesicht, achtete aber darauf, die schmerzende Stelle nicht zu berühren. »Hast du Atemprobleme?«

»Nein.«

»Gut, dann ist es kein anaphylaktischer Schock.« Er nahm Amalas Handtuch und tränkte es mit eiskaltem Wasser. »Halt das an deine Wange. Ich hole eine Antihistaminsalbe.«

Amala tat es und setzte sich mit dem Rücken gegen die Kabine. *Dieses Miststück*, dachte sie, *und ich habe ihr noch zu essen gegeben.* Den stinkenden, triefnassen Zettel hielt sie noch in der Hand. Sie sah ihn sich genau an, in der Hoffnung, dass er doch eine Botschaft enthielt, die sie nicht gesehen hatte, aber da war nichts.

Nach ein paar Minuten kehrte Oreste zurück und behandelte sie. Amala hatte sich etwas erholt und ließ sich die Salbe geben, um sie selbst aufzutragen. Orestes Hände waren schwarz vor Dreck, und sie wollte sich damit nicht anfassen lassen.

»Was war das für ein Insekt?«

»Ich habe es nicht gesehen. Aber ich glaube, ich habe es erschlagen.«

Oreste fand es in der Kabine und hielt es an einem Flügel fest. Es war eine Hornisse, so groß wie sein kleiner Finger. »Die machen einen ziemlichen Lärm, wenn sie fliegen. Woher ist sie gekommen?«

»Ich habe nichts gehört. Ich war schon drin. Kannst du vielleicht ein Mittel dagegen versprühen?«

»Andere Insekten kriegt man damit klein, aber diese Hornissen nicht. Sie sind nützlich.«

»Nützlich wozu?«

»Sie haben zwei wichtige Funktionen. Erstens sind sie ausgezeichnete Straßenkehrer. Ihre Larven fressen Fleisch, deshalb töten sie andere Insekten, um ihre Larven zu füttern. Und wenn einem ein Stück Schinken vom Brot fällt, nehmen sie das auch mit.«

»Und die zweite Funktion?«
»Sie sind Psychopompoi. Weißt du, was das ist?«
»Nein.«
»Sie begleiten die Seelen der Verstorbenen ins Jenseits. Sei also lieb zu ihnen. Eines Tages könnten sie auch dich holen.«

40

Auf dem Rückweg fuhr Francesca, während Gerry wie immer schlief. Sie war also allein mit ihren Gedanken. Als sie ankamen, war sie erledigt, zumal sie kaum geschlafen hatte. »Wir sind da«, sagte sie und stieß ihm den Ellbogen zwischen die Rippen.
Er richtete sich auf, sofort hellwach. »Gut, dann sehen wir uns morgen.«
»Um was zu tun? Wir wissen doch jetzt nur, aus welcher Gegend der Perser *nicht* stammt.«
»Aber jetzt wissen wir, dass wir recht hatten, als wir einen Zusammenhang zwischen Maria und Giada vermutet haben. Es war dieselbe Person. Davor war das nur eine Hypothese.«
»Und inwiefern soll uns das helfen?«
»Wir müssen herausfinden, wer sie beide gekannt hat.«
»Was stand wohl in diesen Heften?«
»Vielleicht gar nichts, und er wollte sich nur amüsieren. Vielleicht aber auch sein Name. Ein Name, den Giada wiedererkannt hat.«
Zum zweiten Mal in wenigen Tagen verspürte Francesca das Verlangen nach einer Zigarette. Dabei rauchte sie schon seit zehn Jahren nicht mehr. »Erst dachte ich, der Perser habe Giada persönlich gekannt.«
»Wieso?«
»Weil der Perser sie aus Cremona mitgenommen hat. Den Zug nach Hause hat sie nicht genommen, und sie hat vor der Fakultät auf jemanden gewartet. Vielleicht war es ein Kommilitone.«

»Möglich ist alles.«
»Ich könnte mir die Studentenlisten aus jener Zeit besorgen. Mein Vater war mit dem Rektor befreundet.«
»Gute Idee.«
»Auf die der große Menschenfänger nicht gekommen wäre?«
»Ich bin kein Detektiv, sondern nur ein Menschenfänger.«
»Und Amala muss so lange …« Francesca schüttelte den Kopf. »Vergessen Sie es. Darüber zu diskutieren, ist sinnlos.«
»Sie sollten Ruhe bewahren. Erholen Sie sich heute Abend.«

Das hätte Francesca gern getan, aber sie beging den Fehler, Tancredi anzurufen, um sich nach Sunday zu erkundigen. Ihr Bruder überredete sie, bei Sunday vorbeizufahren, um ihr saubere Wäsche zu bringen. Er sei den ganzen Tag bei ihr gewesen und *müsse* sich ausruhen. Francesca holte also den Wagen von der Ladestation an der Kanzlei und fuhr zum Krankenhaus.

Dank des Einsatzes ihres Psychiaters war ihre Schwägerin der Verlegung auf die psychiatrische Station entgangen. Sie blieb auf der Station für Selbstzahler, in ihrem Zimmer, das nach Viersternehotel aussah, auch wenn sie leider ihre Zimmertür offen lassen musste, wie alle Patienten nach einem Selbstmordversuch. Das bedeutete auch die Abkürzung TS – *tentato suicido*: Selbstmordversuch –, die in allen ihren Akten auftauchte, weil man dem Personal hierfür besondere Aufmerksamkeit ans Herz legte.

Francesca fand ihre Schwägerin in einem Trainingsanzug und einem mit Essen befleckten T-Shirt an einem Tisch sitzend, die Handgelenke verbunden. Auf ihre Umarmung reagierte sie kaum, und die Blumen würdigte sie keines Blickes. Francesca gab sie der Krankenschwester, damit sie sie irgendwohin stellte. Das Zimmer quoll schon von Sträußen über, meist von Schriftstellerkollegen, die sie geschickt hatten, nachdem sich die Nachricht in den Verlagschats verbreitet hatte. Die Wäsche legte Francesca in die Kommode. »Wie lange musst du hierbleiben?«, fragte sie.

»Zwei Wochen. Weil ich verrückt bin und unter Beobachtung stehe«, antwortete Sunday auf Englisch, ohne sie anzuschauen.
»Du bist nicht verrückt, Sun. Du durchlebst eine schreckliche Zeit. Ich wüsste nicht, wie ich mich in deinem Fall verhalten würde«, antwortete Francesca mit ihrem britischen Akzent.
»Du hättest das Richtige getan. Das tust du doch immer, nicht wahr? Während ich immer das Falsche tue.«
»Du hast nichts Falsches getan, außer dass du nicht um Hilfe gebeten hast, als es dir schlecht ging«, sagte Francesca unbehaglich, weil sie die Feindseligkeit in den Worten ihres Gegenübers spürte.
»Ich habe gar keine Hilfe verdient. Meine Tochter ist tot, nur meinetwegen. Ich konnte sie nicht beschützen.«
Francesca nahm ihre Hand. Sie war kalt und feucht. »Sie ist nicht tot, und es ist nicht deine Schuld.«
Sunday wurde ein wenig lebendiger und zog abrupt ihre Hand aus der ihrer Schwägerin. »So ein Unsinn. Ich bin ihre *Mutter*, ich *spüre* doch, dass sie tot ist. Wenn du ein Kind hättest, würdest du das verstehen und mich nicht zu trösten versuchen.«
»Sunday ... Amala lebt, und sie braucht dich.«
»Hör endlich auf.« Sunday schlug matt auf den Tisch. »Hör bitte auf damit.«
»Ich weiß, dass sie noch lebt, Sunny. Ich weiß es«, rutschte es Francesca heraus.
Irgendetwas an ihrem Tonfall ließ Sunday aufmerken. »Das kannst du gar nicht wissen.«
»Ich stelle auch Ermittlungen an, Sun.«
»Was sagst du da?«, ging Sunday dazwischen. »Was, zum Teufel, willst du damit sagen?«
Tja, was will ich damit sagen?, fragte sich Francesca mit knallroten Ohren. *Willst du jemandem, der sich soeben umbringen wollte, vom* Bucalòn *erzählen?* Sie trat den Rückzug an. »Ich will sagen, dass ich ... die Arbeit der Polizei verfolge.«

Auf dem Tischchen stand das Frühstückstablett. Sunday stieß es zu Boden, wo der Milchkrug zerbrach. Eine Krankenschwester eilte herbei. Francesca konnte sie davon überzeugen, dass sie selbst gestolpert sei, und half beim Aufwischen. Sunday war inzwischen zu ihrem Bett gewankt. »Leck mich doch«, sagte sie. »Mir war immer klar, dass du mich nicht magst. Aber ich hätte nie gedacht, dass du herkommst und dich aufspielst, weil du ja ach so toll bist.«

»Ich will nur helfen, Sun.«

»Wer hat dich darum gebeten? Es ist *meine* Tochter!«

»Sunday, du hast mich missverstanden. Aber das ist meine Schuld. Vergiss einfach, was ich gesagt habe. Entschuldigung.«

»Von wegen Entschuldigung. Tut mir leid, dass du immer zu beschäftigt damit warst, in der Businessclass um die Welt zu düsen, um ein eigenes Kind zu bekommen. Aber verzieh dich aus meinem Leben.«

Francesca verließ wütend das Zimmer, verspürte aber auch tonnenschwere Schuldgefühle. Ein distinguierter Herr um die sechzig in einem dunklen Anzug trat ihr mit einem leichten Hinken in den Weg. »Avvocato Cavalcante, darf ich Ihnen fünf Minuten Ihrer wertvollen Zeit rauben?«

»Geht es um meine Nichte?« Sie senkte instinktiv die Stimme. Einen weiteren hysterischen Anfall ihrer Schwägerin konnte sie nicht gebrauchen.

»Nein, nein, tut mir leid, das ist ein Missverständnis. Ich möchte aber die Gelegenheit nutzen, um Ihnen alles Gute zu wünschen. Mein Name ist Benedetti. Ich zeichne verantwortlich für den privaten Sicherheitsdienst Airone aus Mailand.« Er zeigte ihr einen Dienstausweis, der direkt von denen des FBI kopiert zu sein schien.

Francesca fiel ein, was Gerry über die Männer erzählt hatte, die den Lieferwagen vom Friedhof stehlen wollten. Plötzlich war sie auf der Hut. »Haben Sie den ganzen Abend hier auf mich gewartet?«

»Nein. Ich war erst in der Kanzlei, dann bei Ihnen zu Hause. Dies ist die letzte Station. Danach hätte ich die Runde von Neuem begonnen.«
»Da bin ich aber froh, dass ich Ihnen das ersparen kann.«
Francesca glaubte ihm kein Wort.
»Darf ich Sie zu Ihrem Wagen begleiten?«
Das könnte dir so passen, dass ich mit dir mitkomme, dachte sie. »Wir können uns im Wartezimmer unterhalten. Also, worum geht's?«
»Um Signor Gershom Peretz.«
Francesca setzte sich auf einen der unbequemen Stühle, die am Boden festgeschraubt waren. »Erzählen Sie.«
»Kennen Sie den Herrn?«
»Ich höre Ihnen zu.«
Benedetti lächelte, was seine strahlend weißen falschen Zähne zum Vorschein brachte. »Anwälte bleiben doch immer Anwälte. Vor ein paar Stunden ist ein Mann, der von der Arbeit nach Hause fuhr, übel angegriffen worden. Er hat zahlreiche Knochenbrüche erlitten. Der Vorfall ereignete sich in der Provinz Bergamo. Der Angegriffene hat ein Phantombild des Angreifers erstellt, das dem eines israelischen Staatsbürgers entspricht. Der Mann ist vor vier Tagen in unser Land eingereist.«
»Entschuldigung, aber sind Sie vom Geheimdienst? Woher wollen Sie solche Dinge wissen?«
»Wir sind keine Nachtwächter, Dottoressa. Der Motorradfahrer hat ein Phantombild erstellt, das wir überprüft haben. Beiläufig hat er auch erwähnt, dass er Sie kurz vor dem Angriff zusammen gesehen hat.«
»Was war denn der Grund für diese Aggression?«
»Signor Peretz schien der Meinung zu sein, man verfolge ihn. Seinem Verhalten nach zu urteilen, würde es mich nicht wundern, wenn irgendetwas in seinem Kopf nicht stimmt. Wir sind aber daran interessiert, ihn zu treffen, um die Situation zu klären.«

»Signor Benedetti, ich wüsste nicht, wie ich Ihnen helfen kann. Und jetzt muss ich gehen.«
»Sie kennen ihn also nicht.«
»Auf Wiedersehen.«
Benedetti zog den Ausdruck eines Fotos aus der Tasche und hielt es ihr hin. »Vielleicht nennt er sich ja anders.«
Dieses Mal fiel es Francesca schwer, einen neutralen Gesichtsausdruck zu bewahren. »Das soll dieser Peretz sein?«
»Ja.«
Francesca atmete tief durch. »Nein, den kenne ich nicht«, sagte sie, und das stimmte sogar. Den Mann auf dem Foto hatte sie noch nie gesehen.

41

Gerry kehrte in sein Refugium zurück. Er versorgte die Hunde, sah nach Zayn und nahm dann eines der Wegwerfhandys. Nachdem er sich auf die alte, von der Sonne ausgebleichte Schaukel im Hof gesetzt hatte, rief er den »Alten« an. »Du bist wirklich gekommen«, sagte der mit rasselnder Stimme.
»Sag, dass ich keinen Mist gebaut habe.«
»Du hast keinen Mist gebaut.«
»Falls du noch etwas hinzufügen wolltest, wäre ich noch glücklicher ...«
»Wir hatten recht wegen Conca. Der Perser ist aus dieser Gegend, aber ich konnte noch nicht hinreichend nahe an ihn herankommen. Da sind auch so Söldner, die etwas gegen mich haben.«
»Söldner?«
»Eine Sicherheitsfirma, die ihn aus irgendwelchen Gründen beschützt. Sie sind ein unberechenbares Element. Von nun an muss ich nach Gehör spielen.« Gerry vernahm, wie sich der Alte eine Zigarette ansteckte. »Ich habe die Nachrichten gelesen, Gerry. Ich habe von Nitti und den anderen gelesen.«
»Was hast du von mir erwartet, Alter? Ich bin doch kein Detektiv.«
»Ich weiß. Du bist ein Monster.«

BIWAK

HEUTE

42

Amala sah, wie die Morgendämmerung ihr Gefängnis einfärbte, und schmiedete zum ersten Mal seit ihrer Entführung keine Flucht- oder Rachepläne. Sie war erschöpft. Nicht wegen der Wunde am Rücken, die sie auffraß, und auch nicht wegen des Schmerzes und der Schwellung durch den Hornissenstich, die in der Nacht etwas nachgelassen hatten, sondern wegen des Verrats. Das Abwassersystem hatte sie immer als einen möglichen Fluchtweg betrachtet und dann auch noch als Möglichkeit, sich mit einer Leidensgenossin zu verbünden. Aber diese Illusionen waren innerhalb einer einzigen Sekunde geplatzt.

Die Tür zum Spa-Bereich quietschte, und im nächsten Moment erschien Oreste mit dem üblichen Frühstückstablett. Dieses Mal gab es zum Milchkaffee eine ganze Rolle Oreo-Kekse.

»Dein Gesicht sieht schon viel besser aus.«

Sie nahm den Milchkaffee. »Gott sei Dank.« Der Kaffee war bestenfalls lauwarm und hatte keinen Schaum, aber mit den Keksen war das in Ordnung.

»Magst du die?«

»Das sind meine Lieblingskekse.« Sie wollte schon lächeln, riss sich aber zusammen. Tat sie so, als fühlte sie sich wohl, oder gewöhnte sie sich tatsächlich an die Situation? Dass sie Oreste etwas vorspielen musste, damit er keinen Verdacht schöpfte, machte alles noch verworrener. »Obwohl ich sie lieber zu Hause esse.«

»Möchtest du heute Abend eine Cola? Oder lieber eine Fanta?«

»Einen Gin Tonic.«

»Sehr witzig. Dafür bist du zu jung.«

Sie stützte sich auf die Ellbogen, um ihn besser sehen zu können. »Ja und? Ich werde doch sowieso sterben, bevor ich groß bin.«

»Jetzt reicht es mir aber mit diesen Spitzen.«

»Zu wie vielen Mädchen hast du das schon gesagt?«

»Zu keinem.«

Wer ist also auf der anderen Seite dieser Wand, der mich so hasst, du dämlicher Idiot? »Du hast noch nie andere Mädchen oder Jungen an die Leine gelegt?«

»Nein. Du bist die Einzige.«

»Was willst du damit sagen?«

»Dass ich sofort wusste, dass du die Richtige bist, als ich dich zum ersten Mal sah.« Oreste sah sie über die Maske hinweg an, und Amala begriff, dass sie nun besser aufhörte. »Heute Abend grillen wir«, sagte er.

»Hier unten?«

»Die Lichtschächte sind perfekte Kamine. Hier in deinem Schlafzimmer wird man nicht einmal den Rauch riechen.«

»Muss das wirklich sein?«

»Ich unterhalte mich gerne am Feuer. Dieser Abend wird wirklich etwas Besonderes. Also, Cola oder Fanta?«

43

Samueles Handy vibrierte morgens um Viertel vor sieben am Rand seiner Tatami-Matte. Es war ein Whatsapp-Anruf von Moshe aus Jerusalem, seinem ehemaligen Studienkollegen und guten Freund, der vor Kurzem ins Land der Väter umgezogen war. Samuele räusperte sich, um die Stimme freizubekommen.
»Da schau mal einer an«, sagte er.
»Habe ich dich geweckt?«, fragte Moshe.
»Nein, ich bin schon eine Weile auf den Beinen.« Samuele tat immer so, als wäre er wach, wenn ihn jemand zur Unzeit anrief. Wenn er erklärte, er arbeite nachts und stehe spät auf, schien man ihm nicht zu glauben. »Warte, ich gehe rüber. Alfredo schläft noch. Oder tut wenigstens so.«
»Ich tue nicht nur so«, murrte sein Freund, der den Kopf unter das Kopfkissen gesteckt hatte. »Mach nicht so einen Lärm.«
Samuele küsste seinen Nacken und ging in die Wohnküche, wo er seinen Laptop und das Nutella-Glas öffnete. Er aß einen Löffel. »So, da bin ich. Hast du etwas über meine Hieroglyphen herausfinden können?«
»Hieroglyphen sind das nicht gerade. Es handelt sich um eine gewöhnliche Seriennummer. Und die fand sich an einem Hundeohr?«
»Genau. Boss hat mich um einen Gefallen gebeten.«
»Weiß Alfredo davon?«
»Es handelt sich um einen weiblichen Boss.«
»Dann ist es ja gut. Gib ihm einen Kuss von mir und betrüge ihn nicht mit irgendeinem Stück Vieh.«

»Ich bin so treu wie ein Nymphensittich.«

»Gut. Auf dem Ohr stand 27 A. Und dann noch ganz klein IGF.«

»Hast du das gegoogelt?«

»Ich komme soeben von einem Fest, wo mein Kontakt anwesend war, und der ist, ohne mich rühmen zu wollen, eine Koryphäe der Medizinischen Fakultät von Tel Aviv.«

»Ohne dich rühmen zu wollen …«, äffte Samuele ihn nach, ein alter Witz zwischen ihnen.

»Und der hat mich darüber aufgeklärt, dass es sich um ein Akronym des Instituts G. Feuerstein handelt. Womit wir bei der Nummer wären. Mein Freund …«

»Die Koryphäe …«

»Sagt, dass es sich um einen dieser Hunde handelt, die dazu abgerichtet werden, Menschen mit Beeinträchtigungen zu helfen.«

Samuele dachte nach und aß noch einen Löffel Nutella. *Einen ganz kleinen*, rechtfertigte er sich. »Solche, die einem das Telefon holen oder den Rollstuhl schieben?«

»Aus dir spricht die komplette Ahnungslosigkeit. Diese Hunde lernen, die Patienten zu beruhigen, wenn sie einen Anfall haben. Oder Hilfe zu holen, wenn sie gewalttätig werden.«

»Ich verstehe nicht. Von was für Beeinträchtigungen reden wir da?«

»Von den schlimmsten. Das Institut G. Feuerstein ist das neue psychiatrische Hochsicherheitskrankenhaus in Israel. Dort landen nur Mörder.«

44

Samuele sagte in der Kanzlei Bescheid, dass er später komme. Niemand erhob Einspruch, was ein trauriges Symptom seiner neuen Stellung dort war. Wenige Tage in Diensten der Cavalcante hatten gereicht, um ihn zu dieser Kategorie von Personen zu degradieren, bei denen man nur darauf wartet, dass sie in Ungnade fielen, weil man sie für Spione oder Schleimer hielt. Sogar aus der Whatsapp-Gruppe hatte man ihn rausgeschmissen.

Ganz zu schweigen von seinem *dominus*, der mittlerweile nicht mehr mit ihm sprach. Samuele hatte ihm geschworen, dass die Arbeit für Francesca – offiziell eine Archivrecherche – nur eine vorübergehende Geschichte sei, aber der Mann hatte es sich in den Kopf gesetzt, dass er sich nur seiner Pflichten entledigen wolle. Die älteren Partner in der Kanzlei, denen es immer schon missfallen hatte, dass er seine Homosexualität offen auslebte, hatten nun einen weiteren Vorwand, um ihm aus dem Weg zu gehen. Das Problem von geschlossenen Zirkeln, in denen alle sich kannten, war die latent paranoide Atmosphäre.

Samuele fuhr mit dem Motorroller nach Mailand, was ungefähr eine Dreiviertelstunde dauerte, wenn man nicht richtig auf die Tube drückte. Zwischen den bunt angemalten Häusern der Via Lincoln – dem Notting Hill Mailands – traf er die Psychiaterin Gioia Levy.

Sie war eine elegante Frau um die fünfzig und empfing ihn in ihrer Praxis, die so behaglich war, dass sich Samuele am liebsten auf der Chaiselongue mit dem Rindslederbezug ausgestreckt hätte. Zwischen Studium und Referendariat hatte er mal eine kurze Psychoanalyse gemacht, an die er beste Erinnerungen hatte.

Nun setzte er sich stattdessen in einen Sessel. Gioia nahm ihm gegenüber Platz. »Moshe hat mir erzählt, dass Sie Informationen über das G.-Feuerstein-Institut brauchen.«

»Ja. Ich weiß, dass Sie in Italien die Einzige sind, die dort gearbeitet hat.«

»Warum interessiert Sie das Institut?«

»Ich möchte herausfinden, ob eine Person die ist, als die sie sich ausgibt. Mehr kann ich dazu nicht sagen, da ich zu Verschwiegenheit verpflichtet bin.«

»Das gilt für mich allerdings auch. Ich darf Ihnen über Patienten nichts erzählen.«

»Keine Sorge, ich bin nur an allgemeinen Informationen interessiert. Das Institut ist eine Irrenanstalt für Straftäter, nicht wahr?«

Levy zog eine Augenbraue hoch. »Falsch. Das Wort ›Irrenanstalt‹ höre ich gar nicht gern. Das Feuerstein ist eine Klinik für geistige Gesundheit mit einem besonderen Sicherheitsflügel des Justizministeriums für Patienten, die mit psychischen Störungen verurteilt wurden. In Wirklichkeit gibt es keine gesonderten Einrichtungen für Straftäter. Man bringt sie unter, wo es eben geht.«

»Stimmt es denn, dass dort die Gefährlichsten landen?«

Noch eine hochgezogene Augenbraue. »Das hängt davon ab, was sie mit ›gefährlich‹ meinen. Wer nicht zurechnungsfähig ist, kann gefährlicher sein als andere, aber er ist es vor allem für sich selbst. Ich kannte nicht die Strafakten aller Patienten, und ich hatte auch solche, die keine Straftäter waren. Aber keiner der Gefangenen hatte leichte Straftaten begangen. Die meisten waren Mörder oder Sexualstraftäter.«

»Wissen Sie, ob auch Militärs oder Ex-Militärs dort waren?«

»In Israel herrscht Wehrpflicht, deshalb waren fast alle Patienten Ex-Militärs. Wer noch im Dienst war, wurde von Psychiatern des Heers betreut. Ungefähr ein Dutzend war das. Sie wurden von den anderen Patienten isoliert, weil sie vermutlich von Spezialeinheiten kamen und über vertrauliche Informationen verfügten. Das ist jedenfalls der Grund, den ich mir zurechtgelegt habe. Es gab zwei voneinander abgetrennte Gebäude.«

»Sie kannten diese Leute also nicht?«

»Nein. Man konnte sich gar nicht über den Weg laufen.«

»War Gershom Peretz einer Ihrer Patienten?«

»Selbst wenn es so wäre, dürfte ich Ihnen das nicht sagen. Aber diesen Namen habe ich noch nie gehört. Wenn er beim Militär war, verwundert mich das nicht.«

Samuele war ein wenig enttäuscht. »Wissen Sie denn, ob die Militärs auch in den Genuss von Hundetherapie kamen?«

Levy riss die Augen auf. »Hat Moshe Ihnen das erzählt?«

Samuele nickte.

»Das ist eine heikle Frage – wegen des Endes, das das Projekt genommen hat«, sagte Levy. »Das Prozedere der Hundetherapie wurde vom Zentrum für geistige Gesundheit in Tel Aviv entwickelt und hat gute Ergebnisse gezeigt. Die Hunde wurden darauf dressiert, die Anzeichen von Psychosen zu erkennen, bevor der Patient tätig wird. So verhindern sie etwa, dass sich ein Patient selbst verletzt, beruhigen jemanden mit einem Wutanfall oder trösten ihn bei einem depressiven Schub. Aber bei den Strafgefangenen hat man sie nie eingesetzt.«

»Haben Sie sich denn damit beschäftigt?«

»Ich habe Listen von Patienten erstellt, die meines Erachtens in der Lage waren, eine Beziehung zu einem Tier aufzubauen. Ungefähr dreißig insgesamt. Und abgesehen von ein paar wenigen Fällen haben alle davon profitiert. Für die Dauer der Therapie durften sie die Tiere sogar in ihrem Zimmer haben. Das hat sich am Ende als Problem erwiesen.«

»Soll heißen?«

»Eines Abends kam es im Gefangenenflügel zu einer Revolte. Bevor die Wärter eingreifen konnten, waren bereits etliche Hunde massakriert, auf ziemlich barbarische und grausame Weise. Sechs oder sieben der dreißig Hunde haben überlebt, aber alle mit schweren Verletzungen.«

Samuele musste an die Hunde denken, die Gerry mit sich herumschleppte, mit all diesen Wunden und Verstümmelungen. Ihm zog sich das Herz zusammen. »Es muss schlimm sein, eine solche Szene mitzuerleben.«

»Sehr. Aber ich bin keine Ärztin. Meine Pflicht war es, darüber hinwegzukommen, und das habe ich geschafft.«

»Ich wollte auch nicht Ihre Professionalität infrage stellen«, sagte Samuele peinlich berührt. »Wissen Sie, was aus den überlebenden Hunden geworden ist?«

Levy lächelte. »Machen Sie sich Sorgen um sie? Ich weiß nur, dass man sie zur Behandlung in eine Klinik gebracht hat. Das Ganze ist zwei Jahre her. Vermutlich hat sie jemand zu sich genommen. Leider wurde das Programm eingestellt.«

»Vielleicht ist es besser so, wenn man bedenkt, wie sie traktiert wurden. Bei allem Respekt vor Ihren Patienten.«

»Meine Patienten hatten nichts damit zu tun. Im Sicherheitsflügel gab es auch gemeine Verbrecher, die sich krank stellten, um aus dem Gefängnis herauszukommen. Zwei von ihnen waren wegen Mordes und Vergewaltigung angeklagt. Sie haben dieses Massaker veranstaltet, um die Richter davon zu überzeugen, dass sie unzurechnungsfähig sind.«

»Ist ihnen das gelungen?«

»Nein. Sie waren in Isolationshaft. Aber einem ist es gelungen, die Sicherheitskontrollen zu überwinden und ihre Zellen zu betreten. Er hat sie mit bloßen Händen umgebracht.«

45

Francesca lauschte den neuesten Neuigkeiten in den Ermittlungen zu Amala und versuchte dabei, ihre Wut zu bändigen. Sie war nach Hause zurückgekehrt und hatte wie ein Stein geschlafen, aber ihr letzter Gedanke am Abend und der erste am Morgen hatten Gerry gegolten – oder wie auch immer er hieß. Das Foto, das ihr dieser Mann dagelassen hatte, zeigte jedenfalls eine andere Person.

Die war ihm ähnlich, aber nicht hinreichend ähnlich, da war sie sich sicher. Sie hatte ein Auge für Physiognomien, geschult in den Hunderten von Sitzungen, in denen die Berater der gegnerischen Parteien in Lichtgeschwindigkeit gewechselt hatten.

Nun wieder in Città del Fiume, lauschte sie dem Hauptmann der Carabinieri, der von Staatsanwalt Metalli in die Villa ihres Bruders geschickt worden war und wie ein Großvater in Uniform anmutete. Während er sich mit einem Papiertuch den Kaffee aus dem Schnurrbart wischte, berichtete er, dass der Lieferwagen des Entführers ausgebrannt auf einem kleinen Friedhof aufgefunden worden sei. Francesca hatte keine Lust, Überraschung zu simulieren. »Weiß man, wem er gehört?«, fragte sie nur.

»Ja, Dottoressa. Der Besitzer ist ein Geschäftsmann aus der Peripherie von Mailand. Er hat den Wagen vor einem guten Jahr als gestohlen gemeldet.«

»Was für ein Geschäftsmann?«

»Stoffe. Denken Sie, das könnte wichtig sein?«

»Nein, das ist nicht wichtig«, mischte Tancredi sich ein. »Soll das heißen, der Entführer hat seine Tat ein Jahr vorher geplant?«

»Vielleicht hat er ihn auch zu einem anderen Zweck geraubt.« Francesca lauschte noch dem Rest des Berichts, der leider nicht Neues enthielt, und verschwand kurz nach dem Carabiniere. Während sie mit überhöhter Geschwindigkeit dahinraste, fragte sie sich, was sie wegen Gerry unternehmen sollte. Er hatte sie belogen, könnte ihr oder ihren Kollegen etwas antun, könnte die Ermittlungen zu Amala behindern. Gleichzeitig war klar, dass er über nützliche Informationen verfügte und ein echtes Interesse daran hatte, den Perser zu finden. Und nach dem jämmerlichen Auftritt des Carabiniere, der ihnen zwei Tage alte Neuigkeiten serviert hatte, war ihre Zuversicht geschwunden, dass bei den offiziellen Ermittlungen etwas herauskommen würde.

Obwohl ihre Schwägerin sie wie einen Eindringling behandelte und ihr Bruder sie für eine Nutznießerin hielt, war ihr Amala nicht egal. In den letzten Jahren hatte sie zu ihrer Nichte so wenig Kontakt gehabt, dass sie sie bei den seltenen Begegnungen kaum wiedererkannt hatte. Im Handumdrehen hatte sich Amala von einem Püppchen in eine junge Frau verwandelt, und Francesca wurde klar, dass sie nichts über sie wusste. Sie kannte weder ihren Musikgeschmack noch ihren Lieblingsschauspieler und wusste nicht, ob sie gegen den Klimawandel Sturm lief oder ihn gleichgültig hinnahm. Auch das bedrückte sie. Seit sie nach Italien zurückgekehrt war, hatte sie sich in Schuldgefühlen gesuhlt. Wenn sie diese Wut spürte wie jetzt, fühlte sie sich plötzlich besser.

Samuele wollte sie vor ihrem Büro abfangen, und sie rannte ihn fast um. »Warten Sie, Avvocato. Gerry ist da drin.«

»Genau.«

»Ich habe vielleicht Neuigkeiten über ihn.«

Francesca schloss die Augen. Was denn noch?

Samuele erzählte ihr von den Gesprächen mit Moshe und Gioia Levy, womit er Salz in ihre Wunden streute. »Der Name von Peretz wurde allerdings nicht genannt«, schloss er schnell.
»Seltsam. Danke, ich gehe dann mal rein und rede mit ihm. Du bleibst hier im Atrium. Wenn ich ›Hilfe‹ schreie, rufst du die Polizei. Aber *nur*, wenn ich ›Hilfe‹ schreie.«
Francesca trat ein und knallte die Tür so laut hinter sich zu, dass die Hunde von Gerry herabsprangen. »Guten Morgen. Haben Sie die Studentenlisten der Fakultät aufgetrieben?«, fragte er.
»Ich habe es nicht einmal versucht.« Der Mann von Airone hatte ihr das Foto überlassen, und sie hielt es ihm unter die Nase. »Wissen Sie, wer das ist?«
Gerry warf einen Blick darauf. »Die waren aber schnell. Airone, nicht wahr?«
»Diese Leute behaupten, Sie hätten in einem Anfall von Paranoia einen Motorradfahrer zusammengetreten, während ich mit Giadas Bruder sprach. Stimmt das?«
»Es stimmt.«
»Und dass Sie nicht Peretz heißen.«
»Das habe ich auch nie behauptet. Sie waren überzeugt davon, es zu wissen, und ich habe Sie in dem Glauben gelassen. Ich habe mich als Gerry vorgestellt.«
»Und wie heißen Sie dann?«
Gerry lächelte. »Militärgeheimnis.«
»Dokumentenfälschung ist eine Straftat. Ich könnte die Polizei rufen und Sie verhaften lassen.«
»Ich dachte, Sie wollten Ihre Nichte finden.«
Francesca setzte sich auf die Schreibtischkante, um Abstand zu ihm zu gewinnen. »Einer Ihrer Hunde ist mit dem Kürzel des G. Feuerstein tätowiert, einer Forensischen Psychiatrie. Ich habe nie einen objektiven Beweis der Geschichten erhalten, die Sie mir auftischen. Sie schlagen Menschen zusammen, verbrennen Beweise, erzählen unglaubwürdige Geschichten über

Ihre Informationsquellen, haben eine so lebhafte Fantasie wie die gesamte Menschheit zusammen, reisen mit falschen Papieren ...« Francesca suchte nach Worten. »Ich kann Ihnen nicht weiterhin blind folgen. Sind Sie ein israelischer Geheimagent oder so etwas?«

»Beginnt das jetzt wieder von vorn?«

»Dann verraten Sie mir, woher die Informationen über Maria und Giada stammen, die Sie aus dem Nichts gezaubert haben.«

»Jemand hat Recherchen für mich angestellt. Es handelt sich um eine Person, die sich gut mit allen Belangen des Persers auskennt.«

»Um wen handelt es sich genau?«

»Um einen alten Freund von mir. Aber ich würde Sie gern daran erinnern, dass diese Leute von Airone um Ihre Kanzlei herumscharwenzeln.«

»Ist man Ihnen hierher gefolgt?«

»Man ist *Ihnen* gefolgt. Möglicherweise tut man das schon seit dem Verschwinden Ihrer Nichte. Es gibt jemanden, der nicht will, dass die Geschichte mit dem Perser ans Licht kommt. Jemanden, der genug Geld hat, um es sich erlauben zu können, am Rande der Legalität zu handeln. Wahrscheinlich wollen diese Leute mich loswerden, weil sie wissen, dass Sie ohne mich nicht ans Ziel kommen.«

Francesca schüttelte den Kopf. »Sie leiden an Verfolgungswahn.«

»Schauen Sie aus dem Fenster. Sie werden zwei Autos sehen, in denen jeweils vier Personen sitzen. Ein bisschen komisch, oder? Sie parken am äußersten Ende der Straße. Früher oder später werden sie hier eindringen.«

Francesca sah hinaus und entdeckte die Autos prompt. Das brachte sie noch stärker auf die Palme. Sie nahm die kleine Giacometti-Statue aus dem Bücherregal und fuchtelte damit in Gerrys Richtung. »Ich schlag dir den Schädel ein!«, rief sie. »Sag mir, wer du bist, verdammt!«

Gerry zuckte nicht mit der Wimper. Samuele kam hereingerannt, das Handy in der Hand, gefolgt von ein paar Angestellten. »Lassen Sie sie in Ruhe! Die Polizei ist schon unterwegs!«, schrie er. Dann erstarrte er in der Bewegung, weil er sah, dass die Situation genau andersherum war als befürchtet.

»Keine Polizei!«, rief Francesca in dem Tonfall von zuvor, ohne die Augen von Gerry abzuwenden. »Hast du hinter der Tür gestanden?«

»So ungefähr ...«

»Ich weiß deinen Einsatz zu schätzen, aber mach dich nicht lächerlich. Such jemanden in der Kanzlei, der den Vorstand der Agrarwissenschaftlichen Fakultät kennt. Er soll denjenigen in meinem Namen um einen Gefallen bitten.«

»Um was geht es denn?« Samuele war, gelinde gesagt, überrascht.

»Sag ihm, er soll das Gespräch an mich weiterleiten. Schnell, bitte. Nein, warte.« Samuele hatte sich bereits zum Gehen gewandt. »Wir haben doch eine Alarmanlage, oder?«

»Ja. Sie ist an die Überwachungskameras gekoppelt.«

»Lös sie aus. Wenn jemand fragt, sagst du, du hättest jemanden über die Mauer klettern sehen, und möchtest, dass der Hof kontrolliert wird.«

»*Ich* soll jemanden gesehen haben?«

»Biete all deine Überzeugungskraft auf und lass sie alle Keller durchsuchen. Sie sollen schnell kommen und ein Stündchen bleiben.«

Samuele verließ den Raum. Francesca musterte Gerry, der auf dem Teppich lag, den Kopf auf Mems Bauch gelegt. »Unsere Sicherheitsleute sind nicht wie die Söldner von Airone, aber ich hoffe, sie können diese Leute davon abhalten, hier vorstellig zu werden. Warum wollen Sie nicht, dass ich unter den Studenten suche?«

»Dergleichen habe ich nie gesagt.«

»Genau. Sie wirken desinteressiert. Das finde ich verdächtig.«

»Ich versichere Ihnen, dass Sie sich irren.«

»Das werden wir ja sehen. Wo steckt Ihr Informant? In Israel?«

»Nein, in Mailand. Macht das einen Unterschied?«

Ein paar Minuten später klingelte es auf der internen Leitung. Francesca nahm das Gespräch mit dem Fakultätsvorsitzenden an und fragte ihn nach den Namen der Studenten aus Giadas Jahrgang. In der Zwischenzeit hielten zwei Wagen, die verdächtig nach Polizei aussahen, vor dem Portal. Vier private Sicherheitsleute in Uniform, die auch verdächtig nach Polizei aussahen, Pistolen an der Seite, wurden von einem Sekretär hineingeleitet, um ihre sinnlose Runde zu drehen.

Die Datei erreichte Francesca per Mail. Sie speicherte sie auf zwei USB-Sticks. Einen gab sie Samuele, den anderen steckte sie in die Tasche.

»Was haben Sie vor?«, fragte Gerry.

»Wenn Ihr Freund ein Kenner des Persers ist, kann er uns helfen, die Dateien zu sondieren. Sollte es ihn nicht geben, rufe ich die Polizei. Eine Kopie der Liste verbleibt in Samueles Händen, für den Fall, dass mir etwas zustößt.«

»Sie sind wirklich der Meinung, dass sich irgendetwas Wichtiges darin findet?«

»Zunehmend. Sie sind nicht so gleichgültig, wie Sie mir weismachen wollen. Wenn irgendetwas nicht in Ihrem Sinne läuft, dann werden Sie nervös. Und jetzt *sind* Sie nervös.«

»In Ordnung. Ich werde Ihnen meinen Freund vorstellen.«

»Avvocato, kann ich Sie einen Moment sprechen?«, ging Samuele dazwischen.

»Ich weiß schon, was du mir mitteilen willst. Dass ich eine Dummheit begehe.«

»Das ist noch milde ausgedrückt.«

»Wenn Gerry, oder wie, zum Teufel, er auch heißen mag, mir Böses wollte, hätte er es längst getan. Er hätte mehr als eine Gelegenheit dazu gehabt. Falls du vor heute Abend nichts von mir hörst, ruf Metalli an und erzähle ihm alles. In der Zwischenzeit, während du auf mich wartest, schau dir die Liste an. Sie befindet sich auf diesem USB-Stick«, sagte Francesca und drückte ihn Samuele in die Hand. »Die werden uns folgen, nehme ich an«, sagte sie, an Gerry gewandt.

»Sie werden es versuchen, aber sie werden es nicht schaffen.« Gerry drückte Samuele freundschaftlich die Schulter. »Sag mal, Sammy, hast du einen Führerschein?«

46

Oreste betrachtete Amala. Sie lag auf ihrer Matratze, wütend und verzweifelt, aber sie versuchte sich zusammenzureißen und vernünftige Gedanken zu fassen. Trotz ihrer Angst wollte sie alles verstehen und wissen.

Sie hatte eine derartige Ähnlichkeit mit *ihr*, dass Oreste sie manchmal fast mit dem falschen Namen angeredet hätte. Er gab sich Mühe, die Anflüge von Zärtlichkeit auszulöschen, die er bei ihrem Anblick empfand. Aber als er sie verarztet hatte, war er wieder der Junge am Strand von Riccione gewesen, Sonnencreme an den Händen und eine Erektion in den Badeshorts, von der er fürchtete, *sie* könnte sie bemerken, während er sie eincremte.

»Hör auf damit«, sagte er sich leise. Er setzte den Imkerhut mit dem Netz auf und zog die Handschuhe an. Eine Woche Arbeit hatte es ihn gekostet, mit der Spitzhacke eine Wand einzureißen. Das hatte er tun müssen, um eine ehemalige Vorratskammer zu erreichen, deren Tür eingebrochen war. Ein gewaltiger Kühlschrank, der noch älter war als der Rest der Dinge, nahm fast den gesamten Raum ein. Er war groß genug für Rinderviertel, Würste und Käse, auch wenn Oreste heute nur noch ab und zu Essensreste hineintat. Oreste nahm ihn in Betrieb, indem er einen Schalter drückte.

Die alten Kompressoren sprangen mit einer dumpfen Vibration an und begannen das FCKW durch die Kupferleitungen zu pumpen. Die Temperatur in der Kühlkammer sank. Oreste stellte sie nur selten an, weil sie in wenigen Stunden fast sämtliche Energie aus dem Stromspeicher verbrauchte, aber jetzt musste er die Tür sicher öffnen können. Während er darauf wartete, dass die Temperaturanzeige weiter sank, beobachtete er Amala durch die Löcher, indem er leise durch den Tunnel schlich, der zwei Seiten des Kellers umschloss.

Er würde ihr noch mehr Bücher bringen, vielleicht ein paar Kitschromane, damit sie sich die Zeit besser vertreiben konnte. Aus einer der Kisten wählte er ein paar aus, dann schaute er wieder auf das Thermometer. Der Zeiger war auf null gefallen. Er zog am Griff.

Das Energiesparlicht, das sich beim Öffnen anschaltete, fiel auf etwas, was wie ein großer, buckliger Pappmascheehaufen aussah. Er füllte den ganzen Raum, Pappmaschee und Wachs, wellenförmig erstarrt. Man musste schon nah herangehen, um zu erkennen, dass dieser Klumpen aus Hornissennestern bestand. Halbkugeln oder pilzartige Schichten überlagerten sich und drückten sich wechselseitig platt, sodass sie eine einzige Oberfläche bildeten. Darauf krabbelten träge Hunderte von Hornissen, in ihren Bewegungen durch die Kälte verlangsamt. Es waren sterile Weibchen, Arbeiterinnen, die letzte Gefechtslinie. Ihr Summen war tief und unregelmäßig, wie ein Bohrer, der keinen Saft mehr hatte.

In dieser wimmelnden Masse gab es nur eine einzige hohe, schmale Öffnung, hinter der sich ein dunkles, summendes Loch öffnete. Oreste griff hinein und warf Dutzende von Insekten zu Boden, die zu schwach zum Angriff waren. Er schaltete den Kompressor nur ein, wenn er in der Kühlkammer zu tun hatte, denn die Kälte machte die Tiere träge.

Mit den Händen, die in Arbeitshandschuhen steckten, packte er ein Nest und riss es von den anderen los. Ein kleiner Geysir an Maden sprudelte zu Boden. Ein weiteres Nest, das er abriss, war voller Kakerlaken. Das dritte war gut: so biegsam wie Pappe und so hart wie Ton. Oreste trat es mit dem Stiefel platt, worauf aus den Dutzenden von achteckigen Waben Hunderte von Hornissen stoben. Trotz der Kälte stürzten sich einige auf die Maden.

Er steckte die Hand zwischen die Fragmente und ertastete die Königin. Sie war ein paar Zentimeter länger als die anderen; der hintere Teil des Körpers war prall von Eiern. Sanft legte er die Königin in einen Pappkarton, den er mit Holzfasern, Wasser und Zuckerwürfeln ausstaffiert hatte. Manchmal überlebte die Königin und gründete vor ihrem Tod noch eine neue Kolonie. Das passierte nicht oft, aber es passierte. Den Rest der Insekten warf er in eine Kühltasche, eine dieser roten von Coca-Cola, die ebenfalls eine Temperatur von unter null halten konnte. Als sie bis zum Rand gefüllt war, schloss er den Deckel und verließ den Raum. Den Kompressor schaltete er aus und trug die Kühltasche mit den Hornissen zu seinem Arbeitstisch, den er in die alte Wäscherei gestellt hatte. Auf der Tischplatte lag eine PVC-Platte von zwei mal einem Meter. Sie bestand aus zwei Schichten laminierten Plastiks, zwischen denen sich Trennelemente aus Pressspan befanden. Im Gegenlicht sah man Hunderte von Löchern im Plastik. Oreste hatte sie vor langer Zeit eigenhändig hineingebohrt, mit einem Wolframkügelchen von einem halben Millimeter Durchmesser, das er auf eine Goldschmiedefräse gesteckt hatte.

Oreste zog die beiden Plastikplatten, die nur aufeinandergelegt waren, auseinander – später würde er sie zusammenkleben – und nahm eine Handvoll der von der Kälte betäubten Insekten. Er trennte die Drohnen von den Weibchen und warf Letztere in ein Becken. Am Ende war das Becken voller Arbeiterinnen und der Boden mit toten Drohnen bedeckt.

Er nahm die erste Hornisse, die aus dem Becken krabbeln wollte, und riss ihr die Flügel aus. Das Insekt zischte seinen Schmerz heraus und wand sich. Bevor er sie aufgeschnitten hatte, hatte Oreste nicht gewusst, dass Hornissen auch ohne Flügel summen konnten. Irgendetwas in ihrem Brustraum stieß zischende Schmerzenslaute aus, schrill und penetrant.

Bevor er den Wert dieser Insekten begriffen hatte, hatte Oreste sie gehasst und gefürchtet, aber jetzt hatte er sie sich zu Nutzen gemacht. Er steckte den Unterleib des Insekts bis zur Taille in Klebstoff, dann presste er ihn gegen eines der von ihm gebohrten Löcher und hielt es fest, bis der Klebstoff getrocknet war. Die Hornisse zischte noch schriller und zuckte mit dem einzigen Körperteil, der sich noch bewegen konnte, obwohl er in einem der Löcher im PVC steckte: ihrem Stachel.

47

Francesca und Gerry nahmen den Tesla und fuhren auf den unterirdischen Parkplatz eines typischen Einkaufszentrums mit Wi-Fi. Dort wartete bereits ein wenig begeisterter Samuele mit einem Minivan von Rent-a-Car.

Samuele stieg aus und reichte Gerry den Schlüssel. Der setzte ihm die Anglermütze auf, die er selbst getragen hatte, geklaut von einem der Anwälte der Kanzlei.

Francesca wiederum hatte das Jackett gegen eine marineblaue Jacke eingetauscht, die immer in ihrer Minigarderobe im Büro hing. »Häng das über die Nackenstütze neben dem Fahrersitz.«

»Soll das Ihr Double sein?«

»So wie du das unseres namenlosen Mister bist …«

Francesca streckte sich auf dem Rücksitz des Minivans aus. Gerry klappte die Sonnenblende herunter, fuhr los und steuerte die Rampe zur Ausfahrt an. Am letzten Abzweig nahm er die falsche Richtung. Durch das gläserne Schiebedach sah Francesca das Zeichen für »Durchfahrt verboten« an der Decke. »Sie fahren in die falsche Richtung«, sagte sie.

»Ich weiß.« Gerry hielt vor der Schranke. Ein Auto bog ein und wäre fast in sie hineingefahren. Gerry nötigte den aufgebrachten Fahrer, den Rückwärtsgang einzulegen, dann fuhr er um ihn herum und erreichte die Straße. »Mit Sicherheit warten sie an der Ausfahrt auf uns, und ich möchte vermeiden, dass sie uns ewig im Blick behalten.«

»Die Strafe zahlen Sie.«

Sie fuhren zu den Giardini pubblici an der Piazza Roma, um das Rudel zu holen, das von einer blutjungen Anwältin beaufsichtigt worden war. Sie war mittlerweile höchst nervös, weil sie zu spät zu ihrem Mandanten kommen würde.
»Wer ist die Person, zu der wir fahren?«
»Die Person, die mich am besten auf dieser Welt kennt. Sie können sie alles fragen, was Sie wollen.«
»Und sie wird mir aufrichtig antworten?«
»Sie werden selbst begreifen, dass es gar nicht anders sein kann.«

Sich immer an den Wegweisern orientierend, erreichte Gerry bald einen eleganten kleinen Palazzo zwischen dem Teatro Arcimboldi und dem Cimitero di Greco, der von einem überaus gepflegten kleinen Park umgeben war. Er klingelte ein halbes Dutzend Mal an der Gegensprechanlage. »Wer geht mir da auf den Sack?«, krächzte eine alte Stimme.
»Gerry und Francesca.«
»Was für ein Gerry?«
»*Sholem*, du alte Nervensäge.«
Die Tür öffnete sich. »Fünfter Stock.«
»Haben Sie ihn nicht vorgewarnt?«, fragte Francesca.
»Er wusste, dass ich eines Tages kommen würde.«
Gerry stieg zu Fuß hoch, weil Mem Fahrstühle hasste. Francesca hingegen nahm ihn. Das Rudel war ihnen zwei Stockwerke voraus und strömte direkt in die offene Tür, über den Marmorboden schlitternd und dann zur Bewegungslosigkeit erstarrend. Im Innern der Wohnung stieß eine raue Stimme eine Salve von Flüchen aus. Francesca und Gerry traten gleichzeitig ein. Der Hausherr war ein hagerer, nervöser Alter mit Schnurrbart und gefärbten Haaren, deren Schwarz nicht sehr glaubwürdig wirkte. Er trug Boxershorts und ein Unterhemd. »Wenn sie hier herumkacken, macht ihr das weg. Die Putzfrau ist schon gegangen.«

»Keine Sorge, sie sind gut erzogen«, sagte Gerry.

Der Alte trat an ihn heran und betrachtete ihn mit den milchigen Augen des grauen Stars. »Das bist also du.«

»Soll ich dich umarmen?«

»Nein.« Der Alte trat ein paar Schritte zurück. »Und wer ist die da? Ich habe das Gefühl, sie zu kennen.«

»Ich bin Avvocato Francesca Cavalcante.«

»Gerry hat Sie in seine Jagd mit eingebunden. Wegen Ihrer Nichte.«

»Ich hätte viele Fragen an Sie, falls es Ihnen recht ist.«

»Zu Gerry?«

»Vor allem.«

»Ich weiß aber nicht, ob Ihnen meine Antworten gefallen, Francesca. Mein Name ist Renato Favaro. Kommen Sie, ich öffne eine Flasche.«

BÜFETT

VOR DREISSIG JAHREN

Um vier Uhr morgens parkte Itala neben demselben Motel, in dem sie eine Woche zuvor geschlafen hatte. Als sie Conca erreicht hatte, war Locatellis Bauernhaus von Schwachköpfen umzingelt gewesen, die ihn wegen Giadas Verschwinden lynchen wollten. Sie hatte beschlossen, Sante für eine Weile aus der Gegend fortzubringen. Glücklicherweise war wieder derselbe Rezeptionist am Empfang gewesen und hatte ein Auge zugedrückt, wobei sie jetzt das Problem hatte, Locatelli von ihrem Plan überzeugen zu müssen. Trotzig war er im Auto sitzen geblieben, während sie mit dem Mann verhandelt hatte. »Ich werde mein Haus nicht verlassen. Mir ist scheißegal, was diese Idioten denken. Da lass ich mich lieber umbringen.«

»Jetzt hör mir mal zu, du Dickkopf«, sagte Itala. »Niemand mag dich, und es ist soeben ein Mädchen verschwunden. Sie werden wiederkommen und dich im Schlaf mit Benzin übergießen oder so etwas. Wenn du dann jemandem den Schädel einschlägst, wanderst du sofort in den Knast.«

Locatelli fluchte. »Giada habe ich seit Marias Tod nicht mehr gesehen. Ich weiß nicht einmal, wie sie jetzt aussieht.«

»Ich glaube dir, sonst hätte ich diese Leute doch gewähren lassen.« Um ihn zu überzeugen, hatte sie ihre gesamten Überredungskünste bemühen müssen, von Gebeten bis hin zu Beleidigungen, nur unterstützt von einem etwa fünfzehnjährigen bebrillten Lulatsch, der als Einziger über ein wenig Grips zu verfügen schien. Sante hatte ihr erzählt, dass er einer vom Oratorium war, Zennaro mit Nachnamen.

»Willst du nun aussteigen oder nicht? Ich habe noch hundert Kilometer vor mir.«

»Ich war noch nie an einem solchen Ort.« Säuerlich betrachtete er das Schild des Motels. »Hier verkehren Prostituierte.«

»Aber es ist sehr ruhig hier.«

»Meine Frau hätte mir den Marsch geblasen, wenn sie mich an einem solchen Ort angetroffen hätte.«

»Gute Nacht. Ruf niemanden an. Ich melde mich bei dir.«

Sante hievte seine ein Meter neunzig aus dem Wagen und holte den Koffer aus dem Kofferraum. Itala musste fast lächeln, als sie losfuhr. Locatelli war ihr wirklich sympathisch, obwohl sie noch immer nicht wusste, wieso. Zu Hause schlief sie keine fünf Stunden.

Am Morgen nahm sie zwei doppelte Espressi in der Bar und rief sämtliche Zennaro im Telefonverzeichnis von Conca an, die zu zweit lebten und Kinder hatten. Die Mutter von Michele Zennaro – des richtigen Zennaro – erklärte, er würde gegen drei heimkommen. Itala stellte sich als Mutter eines anderen Jungen vor, der auch ins Oratorium ging. »Mein Sohn möchte ein kleines Fest organisieren ... Darf ich ihn anrufen, wenn er zurück ist? Danke.«

Sie fuhr im Büro vorbei, wo sie sich vergeblich erkundigte, ob es Neuigkeiten zu Giada gebe. Dann blödelte sie mit Otto herum und tat so, als wäre sie die Ruhe selbst. Amato war dienstlich unterwegs. Itala wollte sofort mit ihm reden, wenn er wiederkam. Dieser Plan zerschlug sich allerdings, als Grazia sie an den Termin mit der Schulpsychologin erinnerte. Itala musste also nach der Runde der Dienststellenleiter direkt los.

Die Psychologin war ungefähr in ihrem Alter. Itala verpasste ihr den Spitznamen »Maus«, wegen der Farbe ihrer Kleidung und weil sie sich praktisch hinter ihrem mit Figürchen aus Überraschungseiern übersäten Schreibtisch verschanzte. »Hat man Ihnen denn nicht mitgeteilt, dass Sie gar nicht mehr zu kommen brauchen?«, fragte die Maus.

»Mir hat niemand etwas gesagt«, antwortete Itala und nahm Platz. Die Maus wirkte unbehaglich. »Da die Schulleiterin meines Sohns gesagt hat, dass sie ihn nicht mehr reinlässt, solange er nicht psychologisch begutachtet wurde ... Sie sind es doch, die sich um ihn kümmern, oder?«
»Eigentlich nicht. Aber ein Gutachten ist auch nicht nötig, solange die neue Schule keines verlangt.«
»Was für eine neue Schule?«
Die Maus klimperte ein paarmal mit den Wimpern. »Aber reden Sie denn nicht mit Ihrer Schwiegermutter?«

Itala verließ das Büro stinksauer und erschüttert. Es war gut, dass sie eine Verabredung mit Familie Zennaro hatte, weil sie Mariella sonst eine Szene gemacht hätte. Während der Fahrt verspürte sie immer wieder den Impuls, den Umweg über Castelvetro zu nehmen, aber sie beherrschte sich und machte ihrem Ärger verbal Luft, indem sie laut über das Miststück schimpfte, dem sie ihren Sohn anvertrauen musste. *Aber nur noch für kurze Zeit.*
Das Schreien half, sodass sie, als sie in Conca ankam, wieder ruhig wirkte. Nur heiser war sie nun. Sie rief aus einer Telefonzelle an, und es meldete sich eine Jungenstimme. »Ja, Signora, ich bin dran.«
»Hör zu, ich wollte deine Mutter nicht beunruhigen, aber ich bin die Polizistin von gestern. Wir haben uns bei Sante gesehen. Ich muss wegen der Sache mit Giada seine Freunde vernehmen. Wenn deine Mutter in der Nähe bleibt, muss ich ihr mitteilen, dass du gestern fast Prügel eingesteckt hättest. Vielleicht sagst du ihr lieber, dass du rausgehst, um ein paar Besorgungen zu erledigen.«
»Nein, um Gottes willen. Meine Eltern kehren erst nach fünf heim. Wenn Sie wollen, können Sie gern kommen.«
Zehn Minuten später klingelte sie an der Gegensprechanlage. Sie gingen in das Zimmer des Jungen. Es gab nur einen Stuhl,

deshalb setzte sich Michele auf sein Bett. Überall lagen Bücher herum, regelrechte Backsteine.

»Gibt es etwas Neues zu Giada?«, fragte Michele schüchtern.

»Ich möchte ehrlich mit dir sein«, sagte Itala. »Außer ihren Eltern sucht sie niemand. Sie ist volljährig, und bevor die Achtundvierzig-Stunden-Frist verstrichen ist, kann man keine Vermisstenanzeige aufgeben. Sie könnte ja auch abgehauen sein.«

Der Junge schüttelte den Kopf. »Nein, auf keinen Fall. Das hätte sie nie getan.«

»Das Gesetz ist aber so. Solange man es nicht ändert, kann man offiziell nichts unternehmen. Ich bin aber im Urlaub, und da sie mir leidtut, hole ich Erkundigungen ein. Wenn meine Vorgesetzten davon Wind kriegen, riskiere ich Sanktionen. Erzähl also bitte niemandem davon.«

»Verstanden. Danke für Ihre Bemühungen.«

»Ich werde wahnsinnig, wenn ich untätig dasitzen muss. Es war sehr mutig von dir, dass du Signor Locatelli heute Nacht verteidigt hast.«

Damit hatte Michele nicht gerechnet. »Aber ... das ist doch normal. Ich meine, wir sind ja nicht im Mittelalter.«

»Woher wusstest du, dass man sich auf den Weg zu ihm macht?«

»Alle wussten es. Sie haben nachmittags in der Pizzeria gesessen und darüber geredet.«

»Alles wussten es – aber du warst der Einzige, der ihn verteidigt hat. Wie alt bist du?«

»Fast siebzehn.«

»Das ist jung. Was hat dich dazu getrieben, den Pazifisten zu mimen?«

»Ich glaube nicht, dass Sante seine Tochter getötet hat.«

»Viele denken das aber.«

»Ich war mit Maria befreundet und weiß, dass das nicht stimmt. Er hatte sie gern und wollte sie immer beschützen.«

»Sie war viel älter als du. Wann hast du sie denn getroffen?«
»Als Kinder haben wir immer zusammen gespielt. Sie war älter als ich, aber nur an Jahren. Geistig war ich ihr irgendwann voraus.«
»Hast du eine Vorstellung, wer es gewesen sein könnte?«
»Jemand von außerhalb.«
»Das sagen alle. Aber oft wohnen die Täter hinter der nächsten Tür.«
»Mag sein. Aber Sante war es nicht.«
»Und Giada, hast du mit der auch zu tun?«
Michele wurde rot. »Die ist auch älter als ich. Für die bin ich ein kleiner Knirps.«
Selten hatte Itala einen so offensichtlichen Fall von hoffnungsloser Verliebtheit erlebt. »Du hast also nie mit ihr geredet?«
»Doch, natürlich. Oft sogar. Als Maria starb, ist sie häufig mit ihrer Familie zu uns gekommen. Außerdem hat sie Dienst im Oratorium gemacht. Als eine Art Babysitter. Jetzt kann sie das nicht mehr, weil sie ja studiert. Schade, weil sie das toll macht. Sie hat im Übrigen auch nicht geglaubt, dass es Sante war. Seine Verhaftung hat sie sogar ziemlich mitgenommen.«
»Woran erinnerst du dich noch aus der Zeit, als Maria verschwand?«
»An wenig. Vor allem an die Atmosphäre im Dorf. Als sie ermordet wurde … Das war, als hätte uns ein Fluch getroffen.«
Michele ließ sich auf sein Bett fallen, richtete sich aber sofort wieder auf, weil ihm einfiel, dass er nicht allein war. »Die Jungen von außerhalb, mit denen ich mich auf der Piazzetta getroffen habe, sind nicht mehr gekommen, und wir von hier hatten alle Angst, dass noch etwas passiert. Jetzt hat sich das bewahrheitet.«
»Denkst du, dass irgendjemand Giada etwas angetan hat?«
»Ich glaube, dass …« Michele wurde rot und hielt inne. »Vergessen Sie es. Das ist Quatsch.«

»Lass mich das doch beurteilen.«
»Ich glaube, dass es in beiden Fällen dieselbe Person war.«
»Marias Tod ist sechs Jahre her.«
»Gestern Abend hat sich Giada von Don Luigi die Räume der Pfadfinder aufschließen lassen. Sie sagte, sie habe etwas vergessen, als sie das letzte Mal hier war.«
»Leider wissen wir nicht, was sie dort wollte«, sagte Itala, die das Gegenteil hoffte.
»Ich schon. Ich habe nachgefragt. Sie hat in den Jagd- und Flugheften gekramt. Wissen Sie, was das ist?«
»So in etwa«, log sie. »So eine Art Tagebücher der Kinder?«
»Sie hat ihr Heft aus Marias Todesjahr mitgenommen. Das scheint mir kein Zufall zu sein. Ich denke, dass ihr etwas eingefallen ist. Und jetzt ist sie verschwunden …«
»Hast du mit jemandem darüber geredet?«
»Nein. Aber es gehen Gerüchte um … Halten Sie das für möglich?«
»Nein. Ich bin mir sicher, dass deine Freundin wohlbehalten wieder auftauchen wird«, sagte Itala und hasste sich selbst dafür. »Aber man kann nie wissen.«
»Vielleicht sollte ich zu den Carabinieri gehen.«
»Deine Mutter müsste hingehen, weil du noch nicht volljährig bist. Ich dürfte nicht einmal hier sein. Das muss unser Geheimnis bleiben.«
»Wie erreiche ich Sie, falls ich noch etwas herausfinde?«
Itala gab ihm ihre Durchwahl. Als sie ins Auto stieg, fragte sie sich, ob es gut war, was sie da getan hatte. Der Junge wirkte sehr vernünftig und schien ein besserer Ermittler zu sein als sie selbst, aber vielleicht hätte sie härter sein und ihn davon überzeugen müssen, sich aus der Sache herauszuhalten. Weitere Probleme konnte sie nicht gebrauchen.
Als sie an der Kirche vorbeikam, sah sie, dass sich eine Gruppe Pfadfinder in Uniform vor der Sakristei versammelt hatte. Sie stieg aus und hielt nach dem Größten von ihnen Ausschau. Er

hatte zarte Haut, war blond und fast so groß wie Michele, von jünglinghafter Schönheit. Er stellte sich als Angelo vor.

Angelo erklärte, dass sie einen Fackelzug planten, damit Giada heimkehrte. Er war so redselig, dass Itala nicht einmal ihren Dienstausweis zücken musste. Es reichte zu tun, als wüsste sie von nichts. »Aber wie ist es denn möglich, dass niemand von euch sie vor ihrem Verschwinden gesehen hat?«, fragte sie. »Ihr seid doch Freunde.«

»Ich bin ihr begegnet, als sie nach der Uni nach Hause wollte, aber sie ist nicht stehen geblieben. Nur *ciao, ciao* hat sie gesagt. Auf mich wirkte sie besorgt.«

»Weißt du, ob sie einen Freund hatte? Vielleicht ist sie ja mit ihm durchgebrannt.«

Angelo zuckte mit den Schultern. »In Cremona vielleicht. Hier nicht, so viel ist sicher.«

Itala sah, dass sich ein paar der Personen, mit denen sie in der vergangenen Nacht vor Locatellis Haus aneinandergeraten war, dem Fackelzug anschließen wollten. Also beeilte sie sich, wieder in ihr Auto zu steigen.

Sobald sie Kurs auf Mariellas Haus genommen hatte, wich das Schuldgefühl wegen Giada einer gewaltigen Wut, die sich nicht mehr legte, bis sie vor der Haustür stand. Sie presste den Finger auf den Klingelknopf. Cesare öffnete. »Mamma? Was ist passiert?«

»Nichts. Ich muss mit deiner Großmutter sprechen. Du gehst in dein Zimmer.«

»Warum?«

»Weil ich es sage, Cecè. *Marsch!*«, befahl sie auf Deutsch.

Cesare warf ihr einen dieser Blicke zu, die Itala zu hassen gelernt hatte, weil er sich ihretwegen zu schämen schien. Aber er ging in sein Zimmer und knallte die Tür zu. Prompt erschien ihre Schwiegermutter auf der Küchenschwelle.

Itala stieß sie wieder in die Küche zurück. Mariella knallte gegen den Esstisch, verlor das Gleichgewicht und fiel zu Boden. »Was hast du vor, du Verbrecherin?«, schrie sie. »Willst du mich auch umbringen?«

Itala platzte vor Wut. »Du bringst meinen Sohn nirgendwohin«, knurrte sie, Mariella von oben herab anstarrend. »Morgen gehst du zur Schule und nimmst das Versetzungsgesuch zurück.«

»Nein.«

»Das entscheide ich allein.«

Mariella hievte sich hoch, sich an die Tischkante klammernd. »Du weißt gar nicht, was gut für ihn ist. Du verdirbst ihn höchstens.«

»Ich bin seine Mutter, du dumme Kuh.«

»Du hast keinerlei Rechte, was ihn betrifft. Nicht nach dem, was du getan hast. Und da ich umziehen muss, zieht er auch um.«

»Du musst umziehen?«

»Ich habe jemanden kennengelernt. Wir werden zusammenziehen.«

Itala betrachtete die Harpyie und versuchte vergeblich, sich vorzustellen, dass jemand sie angenehm oder attraktiv finden könnte. »Zieh hin, wohin du willst, aber ohne ihn. Er bleibt bei mir.«

»Das Recht ist auf meiner Seite. Ich bin sein Vormund! Du darfst ihn nur besuchen.«

»Das ist mir egal. Du machst, was ich sage.«

»Damit er so endet wie du? Ein Verbrecher in Uniform, der anderen nur Böses antut?«

Itala war blind vor Wut. Sie packte Mariella an der Kehle und knallte sie gegen die Wand. »Willst du sehen, wie ich dir Böses antue? Willst du es sehen?«

Ihre Schwiegermutter wehrte sich, wollte beißen und kratzen, aber Itala drückte ihr die Kehle nur noch fester zu. »Möchtest du sehen, wie ich dir jetzt sofort …« Dann stieß sie einen

Schrei aus, weil sie einen schmerzhaften Stich im Rücken verspürte.

Als sie sich umdrehte, stand Cesare vor ihr, eine Fleischgabel auf sie gerichtet. »Lass Oma in Ruhe.«

Itala spürte, wie ihr Blut über den Rücken lief. »Mein Schatz, leg das Ding weg.« Cesare stach wieder nach ihr, aber sie riss ihm die Gabel aus der Hand. »Hör auf damit!« Cesare lief zum Messerblock und wollte ein Messer herausziehen, aber Itala hinderte ihn daran, indem sie ihn in die Atme schloss. »Du darfst deiner Mamma nicht wehtun.«

»Und du lässt Oma in Ruhe.«

»Wir haben uns nur unterhalten.«

»Das stimmt nicht. Du bist böse!«

Sie drehte ihn um und sah ihm ins Gesicht. »Deine Großmutter möchte dich von mir wegbringen.«

»Ja und? Du bist doch sowieso nie da.«

»Aber dann würden wir uns noch weniger sehen.«

»Was macht das schon für einen Unterschied? Mich interessiert das nicht.«

»Ich weiß, dass das nicht stimmt, Cecè. Ich weiß, dass du die Mamma lieb hast.«

Aus dem Augenwinkel sah Itala eine Bewegung und trat schnell beiseite. Um ein Haar entging sie dem Fleischklopfer, mit dem Mariella sie schlagen wollte, einem dieser grauen Gusseisendinger von der Größe eines Fleischklopses. Itala knallte ihr den Handrücken ins Gesicht, was sie im nächsten Moment bereute. Die Frau stürzte wieder zu Boden. Aus ihrer Nase floss Blut. Der Fleischklopfer zerschmetterte eine Fliese. *Bumm.* Cesare stürzte sich auf ihre Schwiegermutter und weinte. »Oma! Oma!«

Mariella schloss ihn fest in die Arme. »Hab keine Angst, ich bin ja da.«

Itala schwebte über sich und verspürte Ekel vor sich selbst. Sie verschwand.

Zu Hause versorgte Itala ihre Wunde. Als sie sich verrenkte, um ihren Rücken im Spiegel zu betrachten, sah sie weit unten zwei Löcher, in der Nähe der Wirbelsäule. Als hätte ein Zwergvampir sie gebissen. Dabei war es ihr Sohn gewesen. Wie war es möglich, dass er sie derart hasste, wo sie sich doch für ihn vierteilen lassen würde?

Die Hand, mit der sie das Wasserstoffperoxid hielt, zitterte. Itala kniete sich auf die Badematte, von Tränen geschüttelt. Sie hatte alles falsch gemacht. Ihr Leben war ein Witz, ein einziger Fake. Sie bildete sich ein, Mutter zu sein, so wie sie sich einbildete, Polizistin zu sein, aber alle konnten sehen, dass sie einfach eine große Mogelpackung war. Sie weinte, bis ihr die Luft wegblieb, weinte, bis sie sich übergab, dann erhob sie sich, leicht, als wäre sie nur noch eine leere Hülle. Sie rief den Carabinieri-Leutnant Bianchi an und verabredete sich mit ihm am Baracchino in Cremona. An diesem Abend waren nur wenige Leute dort, die unter der Überdachung saßen und aßen, weil Regen drohte. Der Wurstgeruch war noch penetranter als sonst. Massimo stand in Zivil neben dem Tresen und rauchte, die Miene finster. Als er sie entdeckte, bedeutete sie ihm rauszukommen. Zusammen gingen sie zur Mitte der Brücke.

»Du bist dick geworden«, sagte sie. »Die Ehe bekommt dir. Wie läuft's mit dem Kind?«

»Keine Ahnung. Er trinkt und kackt. Und deiner?«

»Er hasst mich.«

»Das kommt dir nur so vor. Hör zu, ich habe mich über diese Frau aus der Provinz Bergamo informiert. Giada Voltolini. Die Kollegen sagen, dass sie wahrscheinlich von zu Hause durchgebrannt ist.«

»Nein. Jemand hat sie mitgenommen.«

»Wenn du dir da so sicher bist, verrat mir den Namen, dann kann ich mich bei den Jungs beliebt machen.«

»Das Flussmonster.«

»Noch eins?«

»Nein, immer noch das alte. Contini war es nicht. Was den betrifft, habe ich echt Mist gebaut.«

Bianchi ließ Asche auf seinen Pullover fallen und klopfte sie fluchend ab. »Schweig, Itala. Wenn es stimmt, möge Gott dich ins Wasser werfen.«

Itala schimpfte sich eine Idiotin. Sie musste nicht laut sagen, was Bianchi bereits verstanden hatte. »Na gut, lass uns die drei Mädchen aus dem Fluss vergessen. Sagen wir, dass es jemand *anderen* gibt, der Mädchen umbringt. Eine heißt Maria Locatelli, die andere Giada Voltolini, die gestern verschwunden ist. Sag deinen Jungs, sie sollen nach möglichen Verbindungen suchen. Die beiden waren befreundet.«

»Das kann ich gern tun, wenn es nicht anderen Ermittlungen in die Quere kommt. Erwarte bitte nicht, dass ich meine Kollegen kontrolliere.«

»Marias Vater ist der einzige Verdächtige in dem Mordfall gewesen. Er steht unter Überwachung deiner Kollegen.«

»Gut, Fall erledigt.«

Itala ließ die Arme sinken. »Massimo, verdammt. Es geht um junge Mädchen. Möchtest du mit den Händen in den Taschen dastehen und warten, bis weitere Leichen auftauchen?«

»Ich soll also zu meinen Vorgesetzten gehen und sagen: ›Hört mal, das Mädchen, von dem ihr denkt, es sei durchgebrannt, wurde in Wirklichkeit von einem Monster entführt, das eigentlich schon tot ist‹?«

»Du wirst schon eine Möglichkeit finden.«

»Selbst wenn ich einige meiner Leute überzeugen könnte, würden mir die Staatsanwälte an den Hals springen.«

Ein Feuerwerk explodierte über ihren Köpfen. Bunte Schirme schwebten hernieder, deren Knalle auf dem Wasser widerhallten. Leute kamen von der Straße herbeigeeilt, um sich das Feuerwerk anzuschauen, ebenso ein paar Gäste des Baracchino, Fleischspieße und Biere in der Hand.

»Was ist denn heute für ein Feiertag?«, fragte Itala.

»Keiner. Der Toti feiert Fünfzigjähriges. Die machen immer so ein Brimborium.«

»Im Toti war es ... Dort hat sich das Monster die Mädchen geangelt. Die beiden, von denen ich erzählt habe. Und die anderen auch, so viel wir wissen.«

»Du könntest hingehen und eine Lautsprecherdurchsage machen: ›Ein Verrückter wird gesucht. Wer auch immer ihn gesehen hat, möge ihn bitte ...‹«

»Geht dir das wirklich am Arsch vorbei?«, unterbrach sie ihn. »Du hast doch jetzt auch einen Sohn.«

Bianchi explodierte. »Itala, um Himmels willen! Überlass die platten Phrasen den Leuten, die nicht wissen, wie die Dinge laufen.«

»Und wie laufen sie? Erklär es mir, weil ich es nicht mehr verstehe.«

»Vermeide es, Leuten auf die Füße zu treten, die dich so lange verarschen, bis du nicht mehr weißt, dass auch du sie verarschen kannst. Alles andere wäre Selbstmord.«

»Ich kann nicht so tun, als wäre nichts.«

Bianchi blickte einer Gruppe Jugendlicher hinterher, die auf dem Weg zum Ruderclub war. »Ich kann nur eines tun: meine Kollegen bitten, den Kopf einzuziehen, wenn sie dir über den Weg laufen. Viel Glück.«

»Deine Kollegen haben mich bereits identifiziert, als ich in Conca war. Und soll ich dir etwas verraten? Am nächsten Tag hat mich Mazza angerufen.«

»Dein Ex-Chef hat jemanden in unseren Reihen, der Informationen an ihn weiterleitet. Wenn du herausfindest, wer das ist, tust du mir einen Riesengefallen.«

»Ich denke, dass Mazza in der Sache drinsteckt, auch wenn ich nicht weiß, wie genau.«

Bianchi steckte sich eine weitere Zigarette an; Itala tat es ihm nach. »Mazza ist zu vorsichtig, um mit einem Mörder unter die Decke zu kriechen.«

»Er hatte Ermittlungen am Hals, die sich irgendwie in Nichts aufgelöst haben.«

»Und deiner Meinung nach war es Nitti, der dafür gesorgt hat? Nitti hatte der Staatsanwaltschaft von Biella damals nichts zu bieten. Er stand als Staatsanwalt kurz vor der Pensionierung, in einer Stadt mit sechzigtausend Einwohnern. Nun, da er beim Verfassungsgericht gelandet ist, hat er vielleicht Macht. Aber zu Continis Zeiten hätte ich keinen Pfifferling auf ihn gewettet.«

»Dann war es vielleicht Mazza, der etwas zu bieten hatte.«

»Und wie hätte Nitti ihm helfen können? Mazza wäre doch direkt zum Staatsanwalt gegangen, der seine Akte in den Händen hielt. Darf ich dir etwas sagen, Itala? Als Ermittlerin bist du erbärmlich.«

»Was für eine Entdeckung.«

»Außerdem drohte Mazza ein Prozess wegen Veruntreuung. Einen Mörder zu decken, wäre ein ganz anderes Kaliber gewesen.«

»Auch das ist richtig«, sagte Itala ein wenig beschämt.

»Ich kann es nur noch einmal wiederholen: Das ist nicht deine Baustelle, vergiss es einfach. Es ist nur zu deinem Besten. Täte mir leid, wenn ich dir Apfelsinen in den Knast bringen müsste. Oder Blumen auf den Friedhof. Ich bin so daran gewöhnt, dass du in meiner Nähe bist und mir auf die Nerven gehst.«

Das waren seine Abschiedsworte.

Itala wartete, bis die Rücklichter in der Dunkelheit verschwanden, und verspürte ein eigentümliches Bedauern. Dann folgte sie dem Strom der Menschen am Ufer entlang zum Ruderclub Enrico Toti. Sie stellte fest, dass die Discomusik von einem Kahn kam, der im Jachthafen des Clubs vertäut war. Der Großteil der Tanzenden war über vierzig und gut gekleidet. Die Tore standen anlässlich des Ereignisses weit offen, und Itala trat ein, ohne irgendetwas gefragt zu werden.

Der Toti war viel größer, als man es von draußen erahnen konnte. Er war um ein Gebäude herum angelegt, das wie eine Riesenversion von Popeyes Schiff aussah. Drum herum lagen Tennisplätze, beleuchtete Schwimmbäder, Hangars für die Ruderboote und Aufenthaltsbereiche für Kinder. In der Mitte standen etwa fünfzig runde Tischchen, die von Kellnern bedient wurden. Itala wollte etwas zu trinken bestellen, aber der Kellner verwies sie auf die Bar im Innern des »Schiffs«, in dem Betonzylinder, der den Schornstein darstellte. Sie stieg die metallene Außentreppe empor und fand sich in einem großen Saal wieder, der an einen englischen Club erinnerte und mit Fotografien und Trophäen tapeziert war. Auf den Sofas saßen Clubmitglieder und verfolgten das Spektakel durch die Glaswand, die den Blick auf den Jachthafen freigab. Die Musik, die vom Kahn herüberdröhnte, ließ den Fußboden beben.

Unentschlossen, was sie überhaupt hier tun sollte, setzte sich Itala an den komplett leeren Tresen. »Was darf ich Ihnen bringen, schöne Signora?«, fragte der Barkeeper.

»Rattengift.«

»Damit kann ich leider nicht dienen, aber ich kann Ihnen einen schönen Blauen Engel mixen, dann kommen Sie direkt ins Paradies.«

»Dann nehme ich einen großen, danke.«

Der Barkeeper entfernte sich, um die Flaschen zu holen. Italas Blick schweifte über die vielen Fotos von Ruderern. Generationen von Sportlern reihten sich an den Wänden aneinander, schwarz-weiß und in Farbe, von dünnen Kindern hin zu muskelbepackten Erwachsenen. Den Mädchen war eine eigene Wand gewidmet, wo sie ebenfalls nach Alter sortiert waren. Itala stand auf, um Geneviève zu suchen, und fand das Bild aus dem Zeitungsausschnitt. Maria war hier natürlich nicht vertreten, da sie nur einmal hier gewesen war. Dasselbe galt für Giada.

Nun kam das leuchtend blaue süße und ziemlich alkoholhaltige Getränk. »Ist er zu Ihrer Zufriedenheit?«, fragte der Barkeeper.

»Wunderbar.« Sie zeigte auf die Wände. »Wo sind denn die Fotos von diesem Jahr?«

»Nirgends.« Der Barkeeper setzte eine gewollt komische Trauermiene auf. »Es schmerzt mich, Ihnen mitteilen zu müssen, dass die Mannschaft von letztem Jahr nicht mehr unter uns weilt. Die Meister kämpfen jetzt unter einer anderen Flagge.«

»Wieso das denn?«

»Entscheidung der Clubmitglieder.« Der Barkeeper senkte die Stimme wie ein Verschwörer. »Ich glaube, es ging um Geld«, fügte er hinzu und rieb Daumen und Zeigefinger aneinander.

»Wie schade. Wann wurde das entschieden?«

»Vor drei Jahren.«

Itala lief ein Schauer über den Rücken, und der Specht klopfte, bis sie wieder daheim war. Schließlich beschloss sie, Otto in der Pizzeria anzurufen, wo er seiner Frau abends zur Hand ging.

»Wo bist du denn? Hast du dich verirrt?«, fragte Otto. Sein Kichern klang ein wenig beschwipst.

Im Hintergrund hörte man männliches Gelächter; ein paar der Stimmen vermeinte sie zu kennen. »Wo sollte ich denn …? Mist.« Es war ihr Versammlungstag.

»Genau. Du fehlst uns, Königin. Es gibt viele schöne Dinge, die ich dir gern erzählen würde.«

»Demnächst. Ihr müsst ein paar Tage auf mich verzichten. Ich habe ein paar nervige Angelegenheiten am Hals. Du kennst dich doch in der Welt des Sports aus, nicht wahr?«

»Mäßig.«

»Rudersport der Junioren?«

»Das ist zu viel verlangt. Warte, ich frag die Jungs.« Itala hörte, wie der Hörer beiseitegelegt wurde, dann vernahm sie das ferne Echo der Stimmen. »Der Neue, Agente Bruni«, sagte Otto eine Minute später.

»Ihr habt ihn eingeladen?«
»Er hat sich selbst eingeladen.«
Itala konnte es kaum glauben, nicht nach so kurzer Zeit, aber sie sagte nichts. »Gib ihn mir.«
Ein Rascheln. »Guten Abend, Ispettrice. Wie kann ich Ihnen helfen?«
»Was weißt du über den U-19-Rudersport?«
»Italien ist extrem stark, besonders die Lombardei.«
»Und Cremona?«
»Cremona ist die Meisterschmiede.« Er erläuterte, dass die wichtigsten Gesellschaften, die ihren Sitz rund um die Eisenbrücke herum hatten, seit den Sechzigerjahren Medaillen scheffelten: Baldesio, Flora, Bissolati, Toti ... »Auch wenn der Toti die Mannschaft mittlerweile abgetreten hat. Der Hauptsponsor hat sich zurückgezogen, als sein Sohn die Juniormannschaft verlassen hat.«
»Wer war es denn?«
Bruno nannte ihr den Namen.

BEUTE

HEUTE

48

Mit der Flasche Barolo kam eine übertriebene Menge an Speisen, die Renatos Kühlschrank füllten, vor allem Wurst und Käse, die auf den Terrassentisch unter dem großen Sonnenschirm gestellt wurden. Für Ende September war es sehr heiß. Francesca hatte endlich begriffen, wer der Hausherr war, denn an den Wänden hingen etliche Plaketten von Literatur- und Journalismuspreisen. Renato bemerkte ihren Blick, als er die Flasche entkorkte. Er trug immer noch Boxershorts und Unterhemd und schien nicht die Absicht zu haben, sich umzuziehen. »Wenn Sie wollen, schenke ich Ihnen eine. Sie eignen sich wunderbar als Untersetzer.«

»Ich habe ein paar Ihrer Romane gelesen«, sagte Francesca verwirrt. »Unter all den Personen, die ich mir als Gerrys Bekannte hätte vorstellen können, kamen berühmte Schriftsteller nicht vor.«

»Romane brauchen ihre Zeit. Für mich kommt das nicht mehr infrage«, erwiderte Renato. »Ich bin nur noch Journalist, auch wenn ich schon seit zehn Jahren keinen Fuß mehr in eine Redaktion gesetzt habe.«

»Hast du Eis?«, fragte Gerry.

»Für den Barolo? Du bist doch kein Prolet. Solche wie du sollten einen erlesenen Geschmack haben und Menschenfleisch fressen.«

Francesca fühlte sich zunehmend unwohl angesichts dieser Szene. »Direttore, bevor wir über Gerry reden, möchte ich Sie bitten, einen Blick auf diese Datei zu werfen.«

»Warum?«

»Um zu erfahren, ob Ihnen einer der Namen bekannt vorkommt. Gerry hat mir erzählt, dass Sie sich lange mit dem Monster von vor dreißig Jahren beschäftigt haben.«

»Ich habe mich damit beschäftigt, aber sicher nicht so eingehend wie er.«

»Ich drucke die Liste aus.« Gerry ließ sich den USB-Stick geben und verschwand im Innern der Wohnung.

»Nun, da wir allein sind«, sagte Renato, »würde ich Ihnen gern einen Rat geben, wenn Sie erlauben. Gehen Sie durch diese Tür, steigen Sie ins nächste Flugzeug und vergessen Sie, Gerry je kennengelernt zu haben.«

»Warum?«

»Weil Sie Ruf und Leben riskieren.«

»Es geht um meine Nichte.«

Gerry tauchte wieder auf, und Francesca erstarrte. »Ich brauche eine Schüssel, um den Hunden etwas zu trinken zu geben«, sagte er.

»Unter dem Spülbecken«, sagte Renato.

Gerry ging wieder.

»Wie heißt er wirklich?«, fragte Francesca. »Wer ist er? Warum interessiert er sich für den Perser?«

»Das weiß ich nicht. Wir sind uns soeben zum ersten Mal begegnet.« Renato steckte eine Zigarette in ein Mundstück und zündete sie an. »Vor zwei Jahren hat mein Agent einen Anruf aus Israel erhalten. Es war ein Anwalt, der im Auftrag eines Mandanten anrief, weil der ein Videogespräch mit mir führen wollte. Aus Sicherheitsgründen sollte ich ein vom Heer zur Verfügung gestelltes Programm herunterladen. Als ich ihm erklärte, dass ich ohne meinen Assistenten nicht einmal meinen Computer anschalten könne, hat man mir einen Botschaftsmitarbeiter geschickt, der kein Wort Italienisch sprach und die ganze Arbeit erledigte.«

»Hat man Ihnen den Grund mitgeteilt?«

»Um Gottes willen! Ich habe mir zusammengereimt, dass es sich um ein hohes Tier handeln muss. Als ich ihn dann zum ersten Mal auf dem Bildschirm sah, war es allerdings, na ja … er.«

»Und wie hat er sich gegeben?«

»Wie Gerry eben. Er hat mir nie seinen ganzen Namen genannt, und wenn ich ihn gefragt habe, wo er sich überhaupt aufhalte, hat er sich immer auf das Militärgeheimnis berufen.«

»Und warum haben Sie sich darauf eingelassen?«

»Neugierde? Ein Israeli, der perfekt Italienisch spricht und sich für eine Reihe von Verbrechen von vor dreißig Jahren interessiert. Außerdem war er liebenswürdig, liebte den Film noir und Fotos aus den Dreißigerjahren und war ein herausragender Schachspieler. Ein Großteil der Personen, mit denen ich meine Zeit verbrachte, ist mittlerweile tot oder verblödet, deshalb muss ich zugeben, dass mich das Neue reizte. Nach dem ersten Gespräch haben wir einmal die Woche miteinander telefoniert. Wir haben nicht nur über den Perser gesprochen, sondern auch über etliche anderen Themen. Er liest viele Sachbücher und kennt sich in der Politik des Nahen Ostens bestens aus. Ich habe mich über seine Gesellschaft gefreut.«

»Aber …«

»Nach ungefähr sechs Monaten hat Gerry mir mitgeteilt, dass das, was ich über den Perser weiß, alles Unsinn ist. Er hat mir eine ganz andere Geschichte erzählt. Contini ist angeblich in eine Falle getappt, während der Perser eine ganz andere Person ist, jemand, der von ganz oben geschützt wird. Und dass er lebt und weitermordet, auch wenn er die Leichen jetzt nicht mehr in Flüsse wirft.«

»Und Sie haben ihm geglaubt?«

»Anfangs nicht. Das klang wie eine dieser absurden Theorien von QAnon, geheimnisvollen Mächten und Reptiloiden. Außerdem hat er eine alte Freundin von mir in die Sache reingezogen.« Renato schüttelte den Kopf. »Damals hat Gerry mich zu einer Wette herausgefordert: Wenn er seine Theorie nicht innerhalb eines Jahres beweisen könne, verrate er mir seinen wahren Namen und seine Herkunft. Das interessierte mich natürlich brennend, wie Sie sich denken können. Wenn hingegen er recht behalte, müsse ich ihm helfen, den Perser zu finden.«

»Hat er Ihnen erklärt, warum er sich für ihn interessiert?«

»Dazu hat er nie etwas Überzeugendes gesagt, das schien er für selbstverständlich zu halten. Ich sollte die Namen aller verschwundenen Mädchen zusammentragen, damit er die richtigen finden könne. Das habe ich auch getan, und mein Assistent hat sie mit der normalen Post an seinen Anwalt geschickt. Für den Fall, dass es etwas Dringliches gab, sollte ich ihn unter einer Nummer in Tel Aviv anrufen.«

»Mit einem Anrufbeantworter.«

»Genau. Wie er den abhören konnte, wo er doch eingesperrt war, weiß ich nicht. Die Nummer hat er mir heimlich zukommen lassen, als Schachzüge verschlüsselt. Damals begriff ich, dass er kein hohes Tier war, sondern im Gefängnis saß …«

Francesca verzog das Gesicht. »Der reinste James Bond. Und als Amala entführt wurde, haben Sie dann diese Nummer gewählt.«

»Wenige Stunden später schickte mir Gerry eine Nachricht aus dem Flugzeug, das ihn nach Italien brachte.« Renato erhob sich, um eine Flasche Brandy zu holen. »Das war der Moment, in dem ich begriff, dass ich nichts über ihn wusste. Wenn er in einem Gefängnis oder Irrenhaus saß, wie konnte er dann so schnell kommen? Und wieso hatte er Informationen über Itala?«

»Itala?«

Renato nickte. »Die Freundin, von der ich vorhin sprach. Itala Caruso. Eine Polizistin. Und eine Freundin von mir.«

»Was hat die denn mit dem Perser zu tun?«

»Sie war es, die ihn in den Knast geschickt hat.«

Francesca kramte in ihrem Gedächtnis. »Ich glaube nicht, dass ich den Namen je in den Akten gesehen habe. War sie bei der Mordkommission?«

»Sie war beim Ordnungsamt. Meist hatte sie mit Papierkram zu tun, tagsüber jedenfalls. Aber nicht alles, was sie tat, war legal. Sie hat in den Prozess handfest eingegriffen. Die Beweise, die zu Continis Verurteilung führten, hat sie höchstpersönlich manipuliert.«

»Dieses verdammte Messer!«, rief Francesca. »Ich wusste, dass es nichts mit einem Mord durch Erwürgen zu tun haben kann. Sie hat es ihm untergeschoben!«

»Schauen Sie ... Es war nicht ihre Schuld, dass Contini verurteilt wurde. Von Beginn an lief alles darauf hinaus.«

Renato verspürte ein dringliches Bedürfnis und stand auf, um ins Bad zu gehen. Francesca trug die Teller in die Küche und nutzte die Situation, um Samuele anzurufen. Sie gab acht, dass niemand sie hören konnte. Von Gerry war nichts zu sehen, aber sie hörte das Geräusch des Druckers aus dem Raum, der das Arbeitszimmer sein musste.

»Auf einer Skala von eins bis zehn, Avvocato, wie viel Grund habe ich zur Sorge?«, fragte Samuele. »Sie werden hier von allen gesucht.«

»Lass sie suchen. Ich brauche etwas. Schreib dir den Namen auf ...«

»Ich suche noch die Namen für die Liste zusammen. Damit bin ich bis in alle Ewigkeit beschäftigt ...«

»Lass das einen Moment liegen und schreib einen Namen auf. Itala Caruso.«

»Wer ist das?«

»Eine Polizistin. Sie hat in Cremona gearbeitet, als Contini verhaftet wurde.«

»Was hat das mit Gerry zu tun?«

»Ich hoffe, dass du das herausfinden wirst.« Francesca hörte Schritte auf dem Flur. »Ich muss jetzt aufhören.«

Es war aber nur Aleph, die etwas trinken wollte. Francesca wollte sie streicheln, aber sie entzog sich ihr und trottete ins Arbeitszimmer zurück. Francesca folgte ihr. »Wie weit sind Sie?«, fragte sie beim Eintreten. Gerry war nicht da; die ausgedruckten Blätter lagen auf dem Boden verstreut. Francesca sammelte sie auf und suchte ihn in der ganzen Wohnung. Die Hunde waren noch da, aber Gerry war verschwunden.

49

Das Begräbnis des Richters im Ruhestand Francesco Nitti fand an diesem Nachmittag in der Basilika Sant'Ambrogio in Mailand statt, wo er die letzten Jahre seines Lebens verbracht hatte. Es hieß, er habe sich das Leben genommen, indem er sich in seinem Haus die Treppe hinabgestürzt habe, weil er es nicht ertragen konnte, langsam von seiner Krankheit aufgefressen zu werden. Der Priester zog das aber nicht einmal in Erwägung. Unter den Hunderten von Trauergästen befanden sich auch zwei pensionierte Polizisten, die beide Veronica mit Nachnamen hießen und sich jetzt noch ähnlicher sahen, weil sie beide graue Haare hatten, außerdem der ehrenwerte Sergio Mazza. Obwohl er die fünfundsiebzig überschritten hatte, sah er zehn Jahre jünger aus und wurde von allen begrüßt und umarmt. Er war zu der Beerdigung eines Mannes gekommen, den er nur wenige Male im Leben gesehen hatte, aber er wollte die Atmosphäre sondieren und dem Verstorbenen Ehre erweisen. Er war so nervös wie schon seit Jahren nicht mehr, obwohl ihm klar war, dass kein Grund zur Nervosität bestand.

Ob der Idiot sich umgebracht hatte oder gestürzt war, machte keinen großen Unterschied. Dass es aber kurz vor den tragischen Vorfällen geschehen war, die den stellvertretenden Polizeipräsidenten Amato und den Leiter der Gefängnispolizei Donati das Leben gekostet hatten, war eigentümlich. Die Messe begann mit Fürbitten, und Mazza spulte mechanisch und im Einklang mit der Masse seine Gebetsfloskeln herunter. Dabei grübelte er weiter darüber nach, wie es sein konnte, dass die Vergangenheit auf diese Weise an die Oberfläche brach. Da war sie wieder, direkt vor seiner Nase, diese Zeit, die er hinter sich gelassen glaubte. Nicht dass er sie je ganz vergessen hätte, aber er hatte einfach nicht mehr daran gedacht. Sie lauerte nicht mehr, wie in den ersten Jahren, am Rand aller seiner Gedanken und Taten. Sie weckte ihn nicht mehr nachts auf, und sie brachte auch nicht mehr seine Hände zum Zittern, wenn er jemanden traf, der von der Geschichte wusste, und sei es nur einen Teil. Er wartete nicht mehr darauf, vom Lichtschwert des Erzengels Michael getroffen zu werden. Aber plötzlich musste er wieder an die alten Namen denken, die alten Gesichter. An Itala.

Itala war noch immer ein wunder Punkt, wurde ihm bewusst. Ein unbedeutender, wie es nicht anders sein konnte, da er in seinem Leben viele zynische Entscheidungen getroffen hatte, gelegentlich auch grausame, wie er zugeben musste. Aber Itala hat er immer gern gehabt.

Am Ende der Messe dankte er dem Priester und kondolierte den Angehörigen, die er nicht kannte, dann brachte ihn der Personenschutz zum Hotel Maison Italienne in Brera, wo er ein wenig zu ruhen gedachte, bevor er mit Parteimitgliedern das Abendessen einnehmen würde. Mazza stand nicht mehr an vorderster Front, aber sein Wort hatte noch Gewicht in strategischen Entscheidungen. Die anderen dieses Gewicht spüren zu lassen, war der beste Weg, es zu erhalten.

Das Maison Italienne war ein typisches Boutiquehotel, knapp fünfzig Zimmer ohne übertriebenen Luxus, der sich gleichwohl in jedem Detail zeigte: moderne Kunstwerke, ruhige Gemeinschaftsräume, Separee, nur ein Eingang. Sie würden im kleinen Speisesaal neben dem Restaurant essen, wie immer, wenn er aus Rom kam. Er hielt es für angemessen, die anderen hier antanzen zu lassen. Außerdem kannte man hier seinen Geschmack besser als er selbst, vergesslich, wie er war. Der Personenschutz kontrollierte die Juniorsuite, in der er re-

sidierte, dann bezog einer der Männer Posten in der angrenzenden Suite, währen die anderen beiden ins Atrium und in den Flur auf dem Stockwerk gingen. Mazza zog Schuhe, Krawatte und Jackett aus und trat ins Bad.
    Gerry schloss sich mit ihm ein.

50

Als er das Maison Italienne betreten hatte, hatte Gerry gedacht, dass einem die Gewohnheit oft einen Streich spielte. Das Gefühl der Unantastbarkeit lässt einen unachtsam werden. Du pflegst deine kleinen Laster: immer am selben Ort zu schlafen und das Gleiche zu essen, und wenn jemand wie Gerry zwei Jahre zur Verfügung hat und dazu noch einen Alten kennt, der die halbe Welt kennt – nur die halbe, weil die andere Hälfte schon tot ist –, dann findet er dich früher oder später. Wäre Mazza direkt bedroht worden, hätte ihn seine Leibwache schon gezwungen, andere Orte zu wählen. Aber es gab niemanden, der den ehrenwerten Alten hasste, nicht einmal die organisierte Kriminalität. Warum also?

Der einzige Eingang stellte ein gewisses Problem dar, weil man Fenster entweder öffnete oder einschlug. Da Gerry es sich nicht leisten konnte, Zeichen der Zerstörung zu hinterlassen, hatte er für die gesamte Woche ein Zimmer gebucht und als Rick Cavallero eingecheckt, genau eine Stunde vor Mazzas Rückkehr von dem Begräbnis. Er war in das Zimmer gegangen, das für die Leibwache reserviert war, direkt neben jenem ihres Schützlings, und durch einen kleinen Balkon im Innenhof mit Mazzas Zimmer verbunden war. Eine Glasscheibe trennte die beiden Seiten. Als Mazza im Hotel eingetroffen war, hatte die Leibwache erst sein Zimmer kontrolliert. Gerry hatte gewartet, bis sie das Zimmer wieder verlassen hatten, und dann die Balkonseite gewechselt. Einer aufmerksamen Leibwache wäre das nicht passiert, doch diese Männer waren höchst entspannt.

Aber früher oder später spielt einem die Gewohnheit einen Streich, wie gesagt.

Nachdem Gerry die Badezimmertür geschlossen hatte, wickelte er Mazza das Handtuch ums Gesicht, drehte in der Dusche das Wasser an und hielt Mazza darunter. Mazza wehrte sich nicht, so überrascht war er. Als er spürte, wie sich das Handtuch mit Wasser vollsog und ihm die Luft wegblieb, begann er zu zappeln. Seine Hacken knallten auf die Badematte, aber das Geräusch war zu schwach. Nur ein Schrei hätte die Wache im Flur alarmieren können. Gerry hielt Mazza eine Weile in dieser Position fest, dann nahm er das Handtuch weg, ließ den Kopf aber unter dem eiskalten Wasser. Mazza sah nur die mit Klebeband umwickelten Hände, an denen die Wassertropfen abperlten.

»Wenn du schreist, habe ich dir innerhalb einer Sekunde den Adamsapfel platt gequetscht«, sagte Gerry. »Eine Sekunde ist zu wenig, um deinen Leibwächter zu alarmieren, und du wärst ohnehin schon tot. Ich möchte dir nur ein paar Fragen stellen, dann gehe ich wieder. In Ordnung?«

»In Ordnung«, sagte Mazza, der in seinem nassen Hemd fror.

Gerry setzte sich auf den Badezimmerhocker. »Es geht um den Perser.«

»Wegen *dem* bist du hier?«

Gerry drückte ihm das Handtuch ins Gesicht und öffnete den Wasserhahn mit dem kalten Wasser. Als er Mazza losließ, weinte der. »Bitte ...«

»Ich frage, du antwortest.«

»Entschuldigung.«

»Ich werde dir sagen, was ich bislang herausgebracht habe, dann sind wir schneller fertig. Nitti hat Contini verurteilen lassen, um seine Karriere voranzutreiben, aber auch, um dir einen Gefallen zu tun. Korrekt bis hierher?«

»Ja«, sagte Mazza, und diese eine Silbe genügte, um ihm sämtliche Luft zu rauben.

»Was war dein Motiv?«

»Man hat gegen mich ermittelt …«

»Aber Nitti war nicht einflussreich genug, um die Ermittlungen ad acta zu legen. Du hättest dich nicht an ihn gewandt. Du hast also deinerseits jemand anderem einen Gefallen getan, der wiederum die Macht hatte, deine Probleme zu regeln. Wer ist diese Person? Der Perser jedenfalls nicht. Wenn du so schwachsinnig wärst, dich mit einem Serienmörder zusammenzutun, wärst du nicht ein so einflussreicher Politiker geworden. Wer war es also, der das Monster decken wollte?«

Mazza war ein Meister darin, zu lügen und die Wirklichkeit seinen Bedürfnissen anzupassen. In diesem Moment hatten ihn seine Künste allerdings verlassen. Gerry hatte ihn erledigt.

»Sein Vater«, antwortete er.

JUNIOR

VOR DREISSIG JAHREN

In den wenigen Stunden Schlaf durchlebte Itala ein Dutzend Versionen des Traums von dem Fest mit den Kaviarschnittchen. Beim Erwachen erinnerte sie sich allerdings nur noch an den, von dem sie wusste, dass er stimmte. Jetzt fanden sich Mazza und Nitti nicht zufällig auf demselben Fest wieder, sondern weil der Hausherr es so organisiert hatte. Eben jener Giusto Maria Ferrari, der Industrielle. Ferrari, Mazzas Protektor. Ferrari, der, wie sie dank Bruni wusste, der Sponsor der Rudermannschaft des Toti gewesen war. Wo sein Sohn Mannschaftskapitän gewesen war.

Sie rief im Personalbüro an und erklärte, dass sie ein paar Tage Urlaub nehme. Dann rief sie aus einer Telefonzelle Zennaro an, der noch nicht zur Schule aufgebrochen war.

»Ich wollte Sie eigentlich auch anrufen ... Ich habe etwas über Giada erfahren. Am Vormittag vor ihrem Verschwinden hat sie vor der Fakultät auf jemanden gewartet.«

»Hör zu, ich muss dich um einen Gefallen bitten«, unterbrach Itala ihn. »Ich dachte, es könnte nützlich sein, die Hefte der anderen Pfadfinder aus dem Jahr von Marias Tod zu lesen. Vielleicht steht etwas drin, das die anderen nicht gesehen haben.«

»Ich werde Don Luigi Bescheid sagen.«

»Aber nur, wenn du ihm hundertprozentig vertraust. Er wäre nicht der erste Priester, der sich als Schwein erweist.«

»Was soll ich denn sonst tun?«

»Könntest du sie besorgen, ohne jemanden zu fragen?«

Konnte er, und nachdem er sich eine Weile geziert hatte, versprach er es. Sie verabredeten sich nach der Schule in der Pasticceria nebenan.

Sie bestellte das übliche Polentateilchen sowie einen Kaffee und verzehrte beides noch vor Zennaros Eintreffen. Als er kam, bestellte sie ihm einen Saft, und Zennaro zog einen Stapel Hefte und verschiedene Kalender aus der Tasche. »Hat dich jemand gesehen, als du sie geholt hast?«, fragte sie ihn.

»Nein. Don Luigi war in der Kirche. Ich habe den Schlüssel unbemerkt aus der Sakristei geholt. Später habe ich ihn wieder zurückgelegt. Ich fühle mich fast wie ein Dieb.«

»Es dient aber einem guten Zweck.«

»Ich weiß. Was suchen wir denn in den Heften?«

»Du gar nichts. Ich muss zur Arbeit zurück und nehme die hier mit.«

»Und wenn es jemand merkt?«

»Ich bringe sie dir bald wieder.«

Der Junge war nicht begeistert. »Werden Sie mir mitteilen, ob Sie etwas gefunden haben?«

»Du wirst der Erste sein«, log sie wieder. Sie begleitete den Jungen hinaus, nahm das Auto und parkte am Dorfrand. Nachdem sie die Rücklehne zurückgestellt hatte, versenkte sie sich in die Gedankenwelt eines Dutzends von Kindern.

Da sie es mit Tagebüchern zu tun zu haben glaubte, wunderte sie sich über die Form, in der sie geschrieben waren: Sie wirkten eher wie Schulaufsätze über verschiedene Pfadfinderthemen oder religiöse Fragen.

Nachdem sie kiloweise religiöse Betrachtungen und mit Klebeband eingeklebte Blümchen verdaut hatte, widmete sich Itala den Pfadfinderinitiativen, die mit den beiden Messereisen Sante Locatellis zusammengefallen waren. Unter dem Datum der zweiten, die einen Monat vor Marias Tod stattgefunden hatte, wurde das Mädchen erwähnt. Offenbar hatte sich der Besitzer des Hefts beschwert, dass es nicht gerecht sei, wenn jemand mitfahre, der gar nicht bei den Pfadfindern war. Don Luigi hatte ihm die Ohren lang gezogen. »Die Menschen, die weniger Glück im Leben haben, brauchen unsere Hilfe« und so weiter und so fort. Indem sie Heft um Heft studierte, gelang es Itala, den Ausflug jenes Sonntags zu rekonstruieren. Zehn Pfadfinder und drei Erwachsene waren früh am Morgen mit einem Kleinbus aufgebrochen, hatten in Cremona die Messe besucht, dann im Bosco ex Parmigiano Spiele und andere Aktivitäten absolviert, um schließlich im Toti ihr Lunchpaket zu verzehren und der Juniorenmannschaft beim Training zuzuschauen. Piero Ferrari hatte sie dabei begleitet. Als sie in den Tagebüchern blätterte, stellte sie fest, dass der Besuch bei den jungen Sportlern auf große Begeisterung gestoßen war, besonders bei den älteren Pfadfinderinnen. Maria war Ferrari junior bestimmt begegnet, und Geneviève hatte gerudert, deshalb waren sie vielleicht zusammen in der Umkleidekabine gewesen. Bei den anderen konnte sie nur vermuten, dass sie etwas Ähnliches getan hatten. Nur Giada nicht. Giada war ihr entwischt, bevor sie die alte Geschichte ausgraben konnte, und Itala wusste nicht, warum sie das getan hatte. Sie hatte sich gesagt, dass sie wusste, was sie riskierte, aber das stimmte nicht, im Gegenteil.

Itala versuchte etwas über Ferrari junior herauszufinden, stieß aber nur auf ein paar nichtssagende Kurzartikel aus Tageszeitungen in der Bibliothek. Er war vor zwei Jahren zum Studium ins Ausland gegangen und hatte deshalb die Politecnico verlassen, die sich in Cremona das Gebäude mit der Agrarwissenschaftlichen Fakultät teilte. Eine plötzliche Entscheidung, zumal die Abreise genau auf den Moment fiel, in dem sie Contini ins Gefängnis geschickt hatte. Wohin hatte man ihn verbracht? In ein Irrenhaus? Wie hätte er dann Giada entführen können?

In dieser Nacht betäubte sich Itala mit Wein, um schlafen zu können, und hatte einen Albtraum. Cesare leitete eine Pfadfindergruppe, der sie selbst auch angehörte. Sie trug kurze Hosen, die ihr in die Schenkel schnitten, und konnte nicht mit den anderen Kindern Schritt halten, weil ihr Rucksack so schwer war. Als sie einen Bergpfad hinabstiegen, sah sie ihren Sohn und die anderen in der Ferne verschwinden. Das Gelächter wurde immer schwächer.

Als sie nach dem Erwachen in den Spiegel sah, erkannte sie sich kaum wieder: Sie hatte Ringe unter den Augen und frische Falten. Bei dem Tumult in ihrem Innern fürchtete sie zu explodieren.

Deshalb kehrte sie zu Locatelli ins Motel zurück.

Es regnete sintflutartig. Als Sante die Tür des Motelbungalows öffnete, war Itala von Kopf bis Fuß durchnässt. Es hatte Erdrutsche und Bergstürze gegeben, und als sie über die Eisenbrücke gefahren war, hatte der Po so hoch gestanden, dass er die Straße zu überschwemmen drohte. Die Landzungen am Ufer standen bis zu den Baumkronen unter Wasser.

Sie eilte hinein und schüttelte sich. »Hast du zufällig ein Handtuch?«

Er reichte es ihr. »Es gibt auch so ein Ding, mit dem man Lockenwickler trocknen kann. Aber es lässt sich nicht von der Wand lösen.«

»Ein Fön? Du weißt nicht, wie das heißt?«

»Frauensachen.« Locatelli warf ihr ein weiteres Handtuch zu. »Ich habe noch nie so viel Wasser herunterkommen sehen. Die Flüsse sind bis an die Uferkante voll.«

»Ich muss mit dir reden. Setz dich, die Sache ist kompliziert.«

Er setzte sich auf den einzigen Stuhl. »Das ist ja mal etwas ganz anderes.«

»Hast du je etwas vom Flussmonster gehört?«, fragte sie.

»Natürlich. Ist es nicht kürzlich gestorben?«

»Ja und nein. Der, der gestorben ist, hatte nichts mit der Sache zu tun. Ich glaube, dass das eigentliche Monster noch lebt – der Sohn eines schwerreichen Industriellen.«

»Warum erzählst du mir das? Ich weiß doch, dass wir in einer Scheißwelt leben.«

»Weil ich denke, dass er deine Tochter umgebracht hat, nachdem er ihr in einem Sportclub in Cremona begegnet ist.«

Die Venen an Locatellis Hals schwollen an. »Maria war nie in Cremona.«

»Sie ist mit den Pfadfindern hingefahren, als du auf deiner Messe warst. Giada wollte es mir erzählen, ist dann aber verschwunden.«

Sie konnte ihren Satz kaum beenden. Locatelli riss den Stuhl und eine Lampe mit sich, als er sich auf sie stürzte. »Wo ist sie? Sag mir, verdammt noch mal, wo sie ist!«, brüllte er einen Zentimeter vor ihrem Gesicht.

Itala hielt seinem Blick stand und rührte sich nicht.

»Ich werde ein Riesentheater veranstalten!«

»Sante, ich bin der einzige Mensch auf der Welt, der auf deiner Seite steht. Und du bist der Einzige, mit dem ich über diese ... Sache reden kann. Aber wenn du dich nicht beruhigst, schicke ich dich zum Teufel und sehe zu, wie ich allein zurechtkomme.«

Locatelli trat gegen das Bett, das gegen die Wand knallte.

»Ich brauche etwas zu trinken.«

»Was das betrifft, solltest du dich auch etwas zurückhalten. Aber vielleicht würde ein Tröpfchen dir guttun.«

Erwartungsgemäß ließ auch der Getränkeservice zu wünschen übrig. Sie konnten aber eine halbe Flasche Fernet-Branca bestellen, mit dem man sonst den Kaffee verlängerte. Sante schenkte sich ein halbes Zahnputzglas ein, bis Itala ihm den Amaro wegnahm. »Man erzählt, dass Ferrari junior zum Studium ins Ausland gegangen ist. Zum selben Zeitpunkt hat sein Vater die Rudermannschaft verkauft. Ich habe es überprüft:

Junior hat nicht einmal seinen Pass verlängert. Der Personalausweis ist ebenfalls abgelaufen.«
»Vielleicht hatte er falsche Papiere.«
»Und dann? Hat man ihn in der Hoffnung gehen lassen, dass er niemanden mehr umbringt? Sein Vater will natürlich einen Skandal vermeiden, sonst hätte er ihn doch verhaften lassen.«
»Lass uns zu diesem Idioten gehen und hören, was er sagt.«
»Er hat eine Leibwache. Wir würden nicht einmal in seine Nähe kommen.«
»Lass es uns wenigstens versuchen.«
»Hör zu, du Dickkopf, ich möchte mich nicht mit der falschen Person anlegen.« *Nicht schon wieder.* »Wenn wir den Junior finden, werden wir wissen, ob er es wirklich war. Vorausgesetzt, er ist in Italien.«
Locatelli kippte seinen Likör hinunter und rülpste. »Vielleicht hat er ihm eine schöne Villa am Meer gekauft. Kannst du nicht die Besitztümer dieses Ferrari ermitteln?«
»Anhand von Katasterauszügen. Aber sie könnten auch auf den Namen der Frau eingetragen sein. Oder gemietet.«
»Kannst du sein Konto einsehen? Wenn er seinen Sohn deckt, wird er einen Haufen Geld ausgeben müssen.«
»Dazu braucht es einen Gerichtsbeschluss.«
»Um zu kontrollieren, ob er seine Steuern zahlt?«, fragte Locatelli nach einem weiteren Rülpser.
Nein, dafür brauchte man keinen.

Itala kehrte nach Piacenza zurück und ging noch während ihrer beiden Urlaubstage im Polizeipräsidium vorbei, wo sie die Blicke sämtlicher Mitarbeiter auf sich spürte. Probleme und Anträge gab es kaum, und ihr Büro war von den Kisten befreit worden, als würden die anderen sie dort nicht mehr in Sicherheit glauben.
Kein Problem, dachte sie. Nach Abschluss dieser Geschichte würde alles wieder wie vorher sein. Aber gerade sah sie nur

Dunkel vor sich und konnte sich kein Danach mehr vorstellen.

Einen Steuerbeamten zu bestechen, um Informationen über Ferrari zu bekommen, war nicht leicht. Durch die Hände dieser Leute gingen die Gelder der ganzen Nation, und deshalb hatten sie jederzeit die Auswahl, wenn sie ihr Gehalt aufstocken wollten. Allerdings gab es auch jene, die kein Risiko eingehen wollten und warteten, bis sie genug Dienstjahre auf dem Buckel hatten, um dann als Steuerberater das Zehnfache zu verdienen. Einer dieser Männer hatte ein gewisses Laster. Itala holte aus dem Tresor ein Tütchen mit zwanzig Gramm Kokain, das sie nach einem Raubüberfall konfisziert hatten, und tauschte es in einer beschlagnahmten Garage gegen zwei Kisten mit Dokumenten.

In den Kisten befanden sich die Steuerunterlagen der letzten drei Jahre von sämtlichen Mitgliedern der Familie Ferrari, also sämtliche Firmenbilanzen und Rechnungen. Und da das Kokain ihren Kontakt redselig machte, erklärte er ihr detailliert, wie man sie las. Itala begriff höchstens die Hälfte, hoffte aber, es möge reichen. Auf dem Rückweg ging sie bei ihrem Arzt vorbei, der sie für zwei Wochen krankschrieb, schickte das Attest an die Personalabteilung, deckte sich mit Essen und Wein ein und kehrte zu Locatelli zurück.

Itala leerte die Kisten auf Tisch und Boden. »Was machen wir nun damit?«, fragte sie.

»Ist Ferrari ein Mafioso, was denkst du?«

»Das glaube ich nicht.«

»Gut, ich sehe das so«, sagte Locatelli. »Die Geschichte mit diesem Bastard von einem Sohn hat ihn kalt erwischt. Er bemerkt zu einem bestimmten Zeitpunkt, dass sein Junior Mädchen mordet. Damit hat er nicht gerechnet. Vielleicht hat er Geld beiseitegelegt, das er dem Fiskus entziehen konnte, und Schmiergelder bezahlt, um seine Scheißvillen zu bauen. Aber auf einen solchen Notfall ist er nicht eingestellt. Da werden ein paar Zahlentricksereien fällig gewesen sein.«

»Ich weiß nicht einmal, wo wir anfangen sollen.«

»Sieh nach, ob sie etwas Großes verkauft haben. Aktien, Immobilien und so. Dann schauen wir, ob er merkwürdige Ausgaben hatte.«

Nach einer halbstündigen Recherche hatte Itala bereits Kopfschmerzen. Locatelli hingegen setzte eine Lesebrille auf, die in seinem großen Gesicht lächerlich klein wirkte, und arbeitete bis tief in die Nacht weiter. Er schien sich zu amüsieren und machte sich in seiner hässlichen Handschrift Notizen. »Vielleicht hat er es wirklich ins Ausland geschickt«, sagte Itala und verabschiedete sich, um schlafen zu gehen.

»Das glaube ich nicht«, sagte Locatelli. »Wenn ich ein Kind hätte, das mir Probleme bereitet, würde ich versuchen, es in meiner Nähe zu behalten. So wie ich es mit Maria getan habe.«

Itala hatte das Nachbarzimmer gemietet. Sie schlief nicht viel und wachte in der Dämmerung auf, von Ängsten zerfressen. Sie fühlte sich wie in einem Auto ohne Bremsen, das auf einen Abgrund zuraste. Die Richtung konnte sie ein wenig ändern, aber bremsen konnte sie nicht, im Gegenteil. Als sie sich anzog, klopfte Locatelli an die Tür, völlig aus dem Häuschen. »Hast du mir Kaffee gebracht?«, fragte sie.

»Nein, aber vielleicht habe ich etwas gefunden. Keine Ahnung, die Polizistin bist ja du.« Er wedelte mit einer Bilanz vor ihrer Nase herum. »Ich habe ein paar Dokumente noch einmal gelesen. Schau, was ich gefunden habe.«

»Kaffee ...«

»Himmelherrgott! Wirf einen Blick drauf, dann bringe ich dir zehn.«

»Erzähl's mir lieber.«

»Anno 1989 verkauft die Familie Ferrari das Haus in Courmayeur, das sie erst ein Jahr zuvor gekauft hatte, und verliert dabei ein Drittel des Geldes. Verstanden?«

»Verstanden.«

»In demselben Jahr gründet Ferrari mit seiner Frau eine kleine Immobilienfirma. Die Firma kauft ein Grundstück und ein Hotel. Seit 1989 ist der Verdienst des Hotels gleich null. Es gibt keine Investitionen in die Sanierung, das Hotelpersonal wurde entlassen, Gewinne sind nicht zu verzeichnen. Zu welchem Zweck hat er es überhaupt gekauft?«

»Du hast wirklich den Durchblick bei diesem Papierkram.«

Locatelli lachte auf. »Alle halten mich für einen Tölpel, aber ich habe meine Buchhaltung immer selbst gemacht und die Lieferanten kontrolliert. Im Übrigen kenne ich das Hotel. Es heißt Quisisana, zwanzig Kilometer Luftlinie von Conca entfernt auf einem Bergrücken im Val Serina. Dorthin führt nur eine einzige Straße, und es ist von Bäumen umgeben. Es wurde vor vier, fünf Jahren geschlossen, weil der Besitzer das gesamte Familienvermögen verspielt hat. Soll ich ihn mal anrufen, was meinst du?«

»Du kennst den Vorbesitzer?«

»Ja, ich habe ihn immer auf dem Markt getroffen, wo er die Großeinkäufe für das Hotel getätigt hat. Ich denke mir einfach eine Geschichte aus.«

»Mach das. Ich geh in der Zwischenzeit frühstücken.«

Sie nahm ein trauriges Frühstück mit einem eingeschweißten Snack und Kaffee aus dem Automaten zu sich. Als sie noch aß, rief das Polizeipräsidium an. Amato ließ sich den Hörer sofort von Otto weiterreichen. »Wo bist du?«

»Unterwegs.«

»Hör zu, es gibt da etwas, über das ich persönlich mit dir sprechen muss«, sagte er mit gesenkter Stimme. »Es ist dringend.«

»Sehr dringend?«
»Ja. Wir sollten uns heute Abend treffen.«
Itala packte die Angst. »Tatsächlich?«
»Ja. Es ist besser so, glaub's mir.«
»In einer Bar?«
»Nein. Warte. Kennst du den Park an der Trebbia? Dort gibt es ein Agriturismo, an der Straße nach Aguzzafame. Der Besitzer ist ein Freund von mir.«
Itala sah aus dem Fenster. Es regnete immer noch in Strömen.
»Ich habe keine Lust, nass zu werden.«
»Drinnen ist es trocken. Komm schon, Königin. Du kennst mich und weißt, dass ich dir nicht wegen einer Lappalie auf den Sack gehe.«
»Bis wann hast du Schicht?«
»Bis sieben. Sagen wir um acht?«
»In Ordnung.«
»Perfekt. Danke, Königin.«
Amato legte auf. Itala blieb mit dem Zimmertelefon in der Hand stehen. Was drohte ihr denn nun noch?
Sie klopfte bei Locatelli, der mit leuchtenden Augen öffnete.
»Ich habe bis gerade mit diesem Typen vom Hotel gesprochen. Die Verkaufsverhandlungen wurden von Giusto Maria Ferrari höchstpersönlich geführt. Er war zwei-, dreimal dort, auch mit seiner Ehefrau. Dann hat er die Straße zum Hotel sperren lassen und überall Zäune errichtet. Und lastwagenweise Zeug hingekarrt.«
»Hat der Mann gesehen, ob jemand eingezogen ist?«
»Nein. Mittlerweile gibt es nämlich Wachleute, die niemanden mehr in die Nähe lassen, nicht einmal ihn. Gehen wir?«
»Lass uns auf den Einbruch der Dunkelheit warten. Vorher muss ich noch nach Piacenza. Wenn ich schnell fertig bin, ruf ich dich an, und wir machen es heute Abend. Wenn nicht, fahren wir morgen hin.«

Locatelli erstarrte. »Du willst doch wohl nicht allein hinfahren?«

»Ich habe dich nicht in die Sache reingezogen, um dir dann Märchen zu erzählen.«

Locatellis Grimasse verfinsterte sich noch stärker. »Wie du meinst. Hör zu, ich muss mein Auto holen. Ich habe es zu Hause gelassen, als du mich hierhergeschleppt hast. Dann kann ich auch gleich ein paar Dinge holen, die ich brauche. Nimmst du mich mit?«

»Ich kann dich dort lassen, während ich unterwegs bin, in Ordnung? Aber lass dich besser nicht in der Gegend blicken.«

So taten sie es. Itala ließ einen nachdenklichen Sante direkt hinter der Steinbrücke über den Conca hinaus. Der war mittlerweile so angeschwollen, dass er am oberen Rand der Pfeiler leckte. Itala fuhr im Schritttempo nach Hause, weil es so goss. Dann zog sie sich um, wartete die rechte Zeit ab und legte die Dielenbretter wieder über das geheime Loch im Boden. Diese saßen allerdings nicht so gut wie zuvor und quietschten, wenn man zu Fuß darüberlief, deshalb legte sie auch noch den Wohnzimmerteppich darauf.

Sie musste daran denken, wie Cesare als Kind mit seinen Spielzeugautos darauf herumgekurvt war, und hatte plötzlich einen Kloß im Hals. Die Einstiche im Rücken taten nicht mehr weh, aber die Wut, mit der ihr Sohn sie angegriffen hatte, brannte heftig. *Denk jetzt nicht daran*, mahnte sie sich. *Jetzt ziehst du erst einmal diese Geschichte durch, bis zum bitteren Ende. Der Rest wird sich weisen.*

Um halb acht stieg sie wieder in ihr Auto. Der Regen war noch stärker geworden. Den Park an der Trebbia kannte sie vage, auch wenn es keine der Gegenden war, in denen sie Fahrrad gefahren war. Als sie in der Dunkelheit dort ankam, im tosenden Unwetter, war niemand dort. Der Agriturismo war verlassen; die Fenster waren finster, die Blumen auf den

Fensterbänken vertrocknet. Ein Schild verkündete, dass das Anwesen zu verkaufen sei. War der Besitzer nicht ein Freund von Amato? Wieso wusste er dann nicht, dass er den Laden dichtgemacht hatte? Das Fußgängertor war allerdings offen. Itala parkte den Wagen vor dem Anwesen und betrat das verschlammte Grundstück, wo sie prompt ausrutschte. »Wo bist du, verdammt, Amato?«, rief sie.

»Hier. Komm her!«, rief er aus der Dunkelheit.

Itala ging auf die Gebäuderückseite, wo eine große bepflanzte Pergola die Tische geschützt hatte, als der Agriturismo noch in Betrieb gewesen war. Jetzt hing sie halb zerstört auf einen Stapel Plastikkisten herab, in denen sich das Regenwasser sammelte. Amato wartete dort, eine Zigarette im Mund, aber er war nicht allein. Drei der Männer kannte sie nicht, und dann war da noch Donati von der Gefängnispolizei. »Was, zum Teufel, soll das werden?«

»Königin …«, begann Amato.

Donati stieß ihn beiseite. »Ab jetzt übernehmen wir.«

Itala wollte weglaufen, rutschte aber auf dem Schlamm aus und fiel aufs Gesicht. Der erste Tritt traf sie mitten in den Bauch.

Itala verlor nicht das Bewusstsein, aber als die Männer sie zu Donatis Auto trugen, spürte sie nichts mehr als den Schmerz. Sie quetschten sie in den Zwischenraum zwischen Rückbank und Vordersitzen, triefnass und schlammverschmiert. Zwei von denen, die sie misshandelt hatten, hielten sie mit ihren Füßen niedergedrückt.

Donati fuhr los und entfernte sich von dem Agriturismo. Itala holte Luft. »Oscar, wohin bringst du mich, verdammt?«, brachte sie heraus.

»Zum Fotografen.« Der Mann, der neben ihm saß, ließ eine Polaroidkamera vor ihrem Gesicht baumeln. »Dann wirst du, wenn wir dich laufen lassen, den Mund halten.«

»Erst darfst du ihn aber weit aufreißen«, sagte einer der Männer, die sie niederdrückten. »Ich bin gespannt, wie viele Schwänze da reinpassen.«

Die vier lachten und zählten auf, was sie sonst noch mit ihr vorhatten. »Versucht es nur, dann reiße ich euch die Eier ab!«, schrie sie und zappelte.

Der von zuvor trat ihr mit dem Hacken ans Ohr. Ihr Kopf schoss herum. »Hör auf damit. Jetzt bist du hier und musst auch bleiben.«

»Hör zu, Königin, es gefällt mir auch nicht, dich so behandeln zu müssen«, sagte Donati aufgekratzt. »Aber du warst es schließlich, die uns auf den Sack gegangen ist.«

»Ich habe euch nichts getan.«

»Zu viele Fragen zu Contini und dem Monster. Gegen uns wird ermittelt. Ein Wort, und wir sind dran.« Donati bog in ein Sträßchen, das zu einem versteckten Wäldchen am Rande des Trebbia-Parks führte. »Aber wenn Fotos kursieren, die dich mit der Fotze an der frischen Luft zeigen, wird die Königin zur Hure. Und wer glaubt schon einer Hure?«

»Ich werde euch alle umbringen, das schwöre ich. Ich werde euch nicht anzeigen, sondern ins Maul schießen, ihr dreckigen Stücke Scheiße!«, brüllte sie.

Wieder traf sie ein Tritt. Schließlich hielt der Wagen in undurchdringlicher Finsternis. Die vier öffneten die Türen. Itala wand sich und trat um sich, aber die Männer hoben sie hoch und trugen sie zu einem Baumstumpf, mit Taschenlampen den Weg leuchtend. Sie stießen sie auf die Knie. Einer zog Handschellen hervor und schloss einen der Ringe um ihr rechtes Handgelenk. Den anderen wollte er an einem Holzwulst befestigen, der wie ein durchlöchertes Ohr aussah. Da wollten sie sie also haben, damit sie ihnen auf den Knien zur Verfügung stand. Sie wehrte sich. »Ihr impotenten Schweine!«

»Hör auf, du Idiotin«, sagte der, der sie festhielt und die andere Handschelle nicht schließen konnte. »Helft mir mal, sonst mache ich sie noch kaputt«, forderte er die anderen auf.

Itala biss ihn, bis Blut kam.

»Idiotin!«, schrie der Mann und riss die Taschenlampe zum Schlag hoch. Plötzlich hörte Itala einen dumpfen Knall und sah die Taschenlampe in hohem Bogen in der Dunkelheit verschwinden. Der, dem sie gehörte, wurde einen Moment angeleuchtet. Seine Augen traten hervor, dann fiel er zu Boden. Ein fünfter Mann war gekommen, doppelt so groß wie die anderen. Mit einem Ast teilte er Schläge aus und fegte die Männer von der Gefängnispolizei wie Kegel hinweg.

Locatelli.

Donati griff zur Pistole. Itala warf sich mit der Kraft der Verzweiflung auf ihn und knallte ihm die offene Handschelle ins Gesicht. Seine Wange riss auf. Donati stieß sie fort, was die Sache nicht besser machte, weil Itala mit ihrem ganzen Gewicht an der Handschelle hing. Die drang in sein Fleisch ein, verhakte sich im Gaumen und riss den Kiefer aus der Verankerung.

Donati spuckte Blut und fiel in Ohnmacht, während Locatelli immer noch auf die beiden Verbliebenen eindrosch. Einer zog seine Pistole, aber Locatelli trat gegen seine Hand, worauf die Waffe davonflog. Der andere Mann warf sich auf ihn, und die beiden wälzten sich im Gras. »Halt, oder ich schieße«, sagte Itala und richtete Donatis Pistole auf ihn.

»Schieß lieber auf dieses Schwein«, sagte der, der noch stand, und bückte sich, um die Pistole im Gras aufzuheben.

Itala hatte zuletzt vor Millionen Jahren auf dem Schießplatz geübt und traute ihren Schießkünsten bei dieser Dunkelheit und diesem Regen nicht. Blind tastete sie nach der Sicherung, rannte zu dem Mann, knallte ihm die Pistole so heftig ins Gesicht, dass seine Nase brach, und hielt sie ihm dann an die Stirn. »Alle stillstehen, oder es geschieht ein Unglück. Stillstehen!«, brüllte sie.

Locatelli ließ den Mann los, dem er die Kehle abschnürte. Der andere hob die Hände.

»Stellt euch zu Donati. Los, *marsch*!«, sagte sie auf Deutsch. Donati war auf die Knie gefallen und hielt sich das Gesicht, leise vor sich hin jammernd. Itala hob eine der Taschenlampen auf und strahlte ihn an. Ihm fehlte ein Stück von der linken Wange, und durch das Blut sah man Zähne schimmern.

Locatelli hatte sich an einen Baum gelehnt, um Luft zu schöpfen. »Hier muss es irgendwo einen Fotoapparat geben«, sagte sie zu ihm. Seine Lippe war aufgeplatzt, aber sonst fehlte ihm nichts. Von ihnen allen war er am besten aus der Sache herausgekommen. »Hol ihn.«

»Wozu?«

»Hol ihn, und basta.«

Locatelli fand die Kamera mithilfe einer der anderen Taschenlampen.

»Kannst du damit umgehen?«

»Das ist keine große Kunst. Vorausgesetzt, sie funktioniert auch unter Wasser.«

»Sie darf nicht nass werden.« Itala wandte sich wieder an die vier Männer. »Alle auspacken. Donati, kannst du auf deinen verzichten?«

»O Gott, bist du verrückt geworden?«, fragte der Mann, der einen Schlag auf den Schädel bekommen hatte.

»Itala ... Das ist widerlich«, flüsterte Locatelli.

»Ihr vier seid ehrlos, ich traue euch nicht. Schwänze raus.«

»Aber was ...«

»Ich schäme mich, so etwas zu tun«, sagte Locatelli noch einmal.

»Die Alternative wäre, sie umzubringen und zu verbuddeln.« Er schüttelte den Kopf. Dann ging er zu dem Mann, der geredet hatte, und trat ihm so hart in den Schritt, dass es Itala fast schmerzte. Der Mann kippte vornüber und schrie. Die anderen beiden taten, worum sie gebeten worden waren.

»Und jetzt nehmt ihr gegenseitig eure Schwänze in die Hand, und mein Freund macht ein paar schöne Fotos. Wenn ihr mir dann noch einmal auf den Sack geht, schicke ich diese Bilder an sämtliche Gefängnispolizeien Italiens. Wisst ihr, wie man über euch *Schwuchteln* lachen wird?«

»Da lass ich mir lieber ins Gesicht schießen«, sagte einer der Männer, die noch standen.

Locatelli hieb ihm die Faust in die Leber, und er tat einen Satz. Weitere Proteste blieben aus.

Itala machte die Pistolen der vier unschädlich und warf sie zwischen die Bäume, damit die Männer Zeit verlieren würden. Dann holte sie ihre eigene Waffe aus Donatis Wagen und warf die Autoschlüssel in die Dunkelheit.

Locatellis Wagen stand hinter einer Kurve. Als sie dort ankamen, war Italas Adrenalinspiegel gesunken, und das Atmen schmerzte. Eine Wange war doppelt so dick wie die andere, ein Auge zugeschwollen.

Locatelli ließ den Motor an und fuhr zur Hauptstraße. »Wer waren diese Leute?«

»Gefängnispolizei.«

»Ich habe also Polizisten geschlagen. Schöne Scheiße.«

»Hast du wirklich gedacht, dass ich die Sache ohne dich durchziehe?«

»Ich war mir sicher, dass du merkst, dass ich dir folge.«

»Gott bewahre …«

»Na gut, ich habe mich geirrt. Aber du kannst dich nicht wirklich beschweren. Was wollten sie mit dir anstellen?«

»Nichts, was ich nicht längst erlebt hätte. Vergiss es und gib mir eine Zigarette. Wir sollten eine Apotheke mit Notdienst aufsuchen.«

»Und dann?«

»Dann fahren wir zum Hotel und hoffen, den Junior dort zu finden.«

»Dazu bist du nicht in der rechten Verfassung.«
»Das weiß ich selbst, aber morgen könnte es zu spät sein. Vielleicht halten die vier den Mund, um nicht bei Liebhabern von Schwänzen zu landen, aber da kann man sich nicht sicher sein. Vielleicht melden sie es Ferrari, oder sie zeigen uns an. Jedenfalls habe ich das Gefühl, dass dies die letzte Nacht sein könnte, die uns bleibt. Tut mir leid, dass ich dich da reingezogen habe. Ich wollte dir keinen Ärger machen.«
»Wenn ich in den Bau zurückmuss, dann wenigstens erhobenen Hauptes. Gut, lass uns gehen.«
»Wir brauchen aber einen anderen Wagen. Für den Fall, dass sie uns anzeigen.«
»Dann klauen wir einen.«
»Kannst du das denn?«
»Im Großen und Ganzen schon. Eine hundertprozentige Garantie gibt es aber nicht.«
»Bei mir gäbe es eine nullprozentige Garantie. Wir müssen es in einem versteckten Gässchen tun, damit uns niemand beobachtet. Du bist einen Kilometer groß, ich wurde wie ein Kotelett weichgeklopft, und wir sind beide so schmutzig wie Schweine.«
»Also?«
»Vielleicht weiß ich, wer mir eins leihen kann.«

Zennaro kam mit einem Regenschirm heraus, als die Piazza dell'Orologio von einem Blitz erhellt wurde. »Der ist ganz in der Nähe eingeschlagen!«, schrie er. Dann bemerkte er die Pflaster auf ihrem Gesicht und die schmutzige Kleidung. »Ispettrice ... Alles in Ordnung?«
»Ich bin ausgerutscht. Nichts Schlimmes.«
Er begleitete sie mit seinem Schirm unter einen Balkon, aber der scharfe Wind peitschte den Regen in ihre Richtung. »Also, ich wollte Ihnen erzählen, dass ich mit einem Kommilitonen aus Giadas Kurs gesprochen habe. Er sagte, er habe sie in einer

Telefonzelle telefonieren sehen. Unmittelbar vor ihrem Verschwinden.«

Und ich war nicht im Präsidium, um den Anruf entgegenzunehmen, dachte Itala. »Michele, ich brauche das Auto deiner Mutter oder deines Vaters. Es ist wichtig.«

Ein weiterer Blitz. Der Schatten des Jungen wurde noch größer und dünner. »Und das soll ich Ihnen geben?«

»Kannst du den Schlüssel holen?«

»Heimlich? Meine Mutter bringt mich um.«

»Michele … Ich würde dich nicht darum bitten, wenn es nicht wichtig wäre. Vielleicht weiß ich, wo Giada ist.«

»Wo?«

»Ich bin mir nicht sicher. Aber ich weiß, dass es zu spät sein könnte, wenn ich nicht sofort hinfahre.«

»Wer hat sie entführt?«

»Das kann ich dir noch nicht sagen.«

»Dann werde ich den Schlüssel nicht holen. Sie haben gesagt, Sie halten mich auf dem Laufenden. Stattdessen verheimlichen Sie mir alles.«

»Na gut. Aber wenn du es herumerzählst, wird man dich für meschugge halten. Hast du je vom Perser gehört?«

Der Junge erstarrte. »Nein! Nein, das ist nicht möglich. Darüber habe ich auch nachgedacht, weil sich dieser Typ an Mädchen vergriffen hat. Aber er ist tot.«

»Vielleicht nicht. Vielleicht hat der Mann, der tot ist, nichts mit der Sache zu tun. Das ist aber nur eine Hypothese«, fügte sie schnell hinzu. »Ich kann nicht den Namen eines Mannes in Umlauf bringen, der vielleicht unschuldig ist. Aber ich schwöre dir, dass ich zurückkomme und dir alles erzähle. Tu es für Giada. Ich bin die Einzige, die sie sucht.«

Der Junge senkte den Kopf. »Ich … Ich mag Sie. Wenn Ihnen etwas zustößt …«

»Bitte, geh!«, drängte Itala ihn so sanft wie möglich.

Zennaro besann sich. Er ging und kam mit dem Schlüssel

wieder. Dann führte er sie zu dem Auto, einer Giulietta, die mindestens zehn Jahre alt war. Die Reifen waren abgefahren.

Die Straßen hatten sich in reißende Flüsse verwandelt, und Locatelli wäre in der ersten Kurve fast von der Fahrbahn abgekommen. Die Sicht war praktisch gleich null, da Regen über die Windschutzscheibe strömte. »Eigentlich bräuchten wir ein Boot«, sagte er. »Gott sei Dank ist der Weg nicht so lang.«

Es waren nur wenige Autos unterwegs, einige waren in überschwemmten Unterführungen eingeschlossen. Man hörte die Sirenen der Rettungsfahrzeuge. »Hattest du je eine Pistole in der Hand?«, fragte Itala.

»Mein Vater hatte ein paar. Als Kind hat er mich zum Schießen mitgenommen.«

»Reizende Familie.«

»Meine Familie war schon in Ordnung. Wie deine war, weiß ich nicht. In deinem Umfeld ist man ja entweder Polizist oder Verbrecher.«

»Und in deinem Umfeld treiben es die Verwandten miteinander. Erinnerst du dich, wie man eine Pistole benutzt?«

»Ich weiß, dass man den Abzug betätigen muss und nicht auf die Gesichter von Menschen zielt.«

»Leck mich ...« Itala musste lachen, trotz der Situation und der Schmerzen, die sie überall verspürte.

»Du amüsierst dich anscheinend bestens.«

»Überhaupt nicht. Mir ist es noch nie im Leben so schlecht gegangen. Nicht nur wegen dieser Geschichte. Neulich hat mir mein Sohn eine Gabel in den Rücken gerammt.«

»Hast du keinen Ehemann?«

»Ich hatte einen. Okay: So schlecht wie jetzt ist es mir noch nie gegangen, seit mich mein Ehemann zum letzten Mal in die Finger bekommen hat.«

»Und was ist passiert?«

»Er ist gestorben. Bieg Richtung Cremona ab.«
»Machen wir einen Umweg?«
»Ich muss dir etwas geben.«

Als sie Cremona erreichten, holte Itala die P38, die sie neben dem Wegweiser vergraben hatte. Locatelli inspizierte sie. Aus der Art und Weise, wie er sie hin und her drehte, war ersichtlich, dass er wesentlich besser damit klarkommen würde als sie. Er riss ein Loch ins Futter seiner Jacke und steckte sie in die Tasche. »Die dürfte mir gute Dienste leisten«, sagte er.

»Hat dein Vater dir diesen Trick beigebracht?«
»Das habe ich in einem Film gesehen. Hast du nicht Angst, dass ich sie unsachgemäß benutze?«
»Doch. Aber ich habe auch Angst, dass dir etwas zustößt.«

Der Regen hielt bis zum Val Serina an. An der Nebenstraße nach Conca, an der sich das Hotel befand, stand der Zivilschutz und versperrte die Durchfahrt. »Der Fluss ist über die Ufer getreten, die Straße ist nicht befahrbar«, sagte ein Mann mit einer orangefarbenen Regenjacke.

Itala zeigte ihren Dienstausweis vor. »Wir sind dienstlich hier.«

»Sie auch? Ist im Dorf irgendetwas passiert?« Er musterte sie. »Hatten Sie einen Unfall?«

»Nein, ich bin immer so. Haben Sie noch so eine Regenjacke?«

»Die darf ich nicht weggeben.«

»Notieren Sie sich meinen Namen. Wenn ich sie nicht zurückbringe, können Sie mich ja anzeigen.«

Der Mann gab nach und reichte ihr zwei noch verpackte Jacken, dann zog er die Sperre beiseite und ließ sie durch. Das Wasser kam wie ein Wasserfall die Straße herabgerauscht, und auf halber Strecke streikte der Motor. Itala und Locatelli schoben den Wagen an den Straßenrand und gingen zu Fuß weiter, sich mithilfe der Blitze und der fernen Lichter orientierend. Trotz der Regenjacken waren sie bis auf die Knochen durchnässt und eiskalt, und an flachen Stellen mussten sie oft durch große Pfützen waten. Der Wind, der sich nun erhoben hatte, machte alles noch schlimmer. Nur Jeeps der Feuerwehr und des Roten Kreuzes fuhren die Straße hoch und runter, insgesamt aber auch nur drei Stück.

Als sie vor Conca in die Straße zum Hotel einbogen, verschlimmerte sich die Situation. Ein blauer VW Corrado parkte dort. Er stand dort besser als ihr eigener Wagen, und man sah, dass der Besitzer darauf zählte, ihn auf dem Rückweg wieder abholen zu können.

Sie auch?, hatte der Mann vom Zivilschutz gesagt, und nun wusste sie auch, wen er gemeint hatte. Dies war Amatos letzte Errungenschaft. »Dieses Miststück!«, stammelte sie vor Kälte.

»Wer?«, fragte Locatelli, um den Lärm des Gewitters zu übertönen.

»Bevor du eingetroffen bist, war auch jemand von meinen Leuten beim Agriturismo. Ich dachte, sie hätten ihn in die Sache reingezogen. Oder dass er sich nun in die Hose macht. Stattdessen ist er direkt hierhergefahren.«

»Jemand von deinen Leuten? Ein Polizist, meinst du?«

»Dafür habe ich ihn jedenfalls gehalten. Herr im Himmel, dabei habe ich ihn immer gut behandelt.«

»Ist doch wunderbar. Wenn er hier ist, sind wir am rechten Ort.«

Das hatte Itala in ihrer Wut nicht bedacht. »Wie weit ist es noch?«

»Höchstens einen Kilometer. Hinter der Kurve müssten wir die neue Einzäunung sehen.«

Itala gab sich nicht einmal Mühe, etwas zu sehen, weil sie bei dem Regen nicht die Augen aufhalten konnte. Mit gesenktem Kopf stapfte sie durch den Schlamm, bis Locatelli sie packte und hinter die Bäume am Straßenrand stieß.

Die Straße war mit einer elektrischen Schranke versperrt, an der ein Schild mit der Aufschrift PRIVATEIGENTUM hing. Eine Überwachungskamera erfasste den Weg. Die mussten sie umgehen und sich durch Dornenbüsche kämpfen. Unmittelbar dahinter fanden sie sich vor einem brandneuen Tor wieder, der einzigen Öffnung in der zwei Meter hohen Umfassungsmauer, die den Hotelpark umgab. Weitere zwei Überwachungskameras kontrollierten den Zugang. In die Mauerkrone waren Stacheldraht und Glasscherben einzementiert. Das Hotel sah man nicht, da es hinter Bäumen verborgen lag, aber man konnte in der Dunkelheit die Lichter erahnen.

»Möchtest du versuchen hinüberzuklettern?«, fragte Locatelli außer Atem.

»Das schaffe ich nicht. Ich kann mich gerade so auf den Beinen halten.«

Als sich der Wind einen Moment legte, hörten sie ein elektrisches Surren. Das Tor glitt auf, eine Furche in den Schlamm ziehend, der sich dort angehäuft hatte. Zwei Menschen mit Schirm kamen auf den Ausgang zu. Einer schien ein Mann um die sechzig zu sein, der andere war Amato.

»Wollen wir es versuchen?«

»Der Rechte ist der Kollege, von dem ich dir erzählt habe. Er ist bewaffnet. Sei vorsichtig.«

»Los, bevor noch jemand kommt«, sagte Locatelli, nahm die Pistole und versteckte sie im Ärmel seiner Regenjacke.

Das Tor war nun halb offen. Itala und Locatelli gingen mit gesenktem Kopf darauf zu. Sie kamen auf der Höhe von Amato und Locatelli an, als sie noch ein paar Meter vom Eingang entfernt waren. Itala packte den Unbekannten am Kragen, zog ihn zwischen die Bäume und hielt ihm die Pistole ans Gesicht. Locatelli tat das Gleiche mit Amato, den er zuvor mit einem Kopfstoß unschädlich gemacht hatte.

Sie zogen die beiden in die Weißdornbüsche. Der Unbekannte war in Panik. »Ich habe nichts getan. Hilfe!« Der Regen, der jetzt wie eine Wand herabrauschte, überdeckte seine Stimme.

Itala fesselte ihn mit Handschellen an einen Baum, dann wandte sie sich an Amato, den Locatelli in Schach hielt, indem er ihm das Knie in den Rücken drückte. »Itala, was, zum Teufel, tust du da?«

»Sag mir einfach, warum.«

»Itala ...«

»Sag einfach nur, warum, oder ich schieße dir in den Mund, so wahr mir Gott helfe.«

»Weil du einen Riesenaufstand ausgelöst hättest! Wenn dieses Mädchen ausgesagt hätte, wären wir alle tot gewesen!«

Itala wollte fragen, von was für einem Mädchen er redete, aber dann fiel ihr wieder ein, was Zennaro am Schluss erzählt hatte – dass Giada von der Telefonzelle an der Fakultät jemanden angerufen hatte. Sie selbst hatte ihr die Durchwahl gegeben, aber sie war nicht da gewesen. Wütend packte sie Amato bei den Haaren und riss sein Gesicht zu sich hoch. »Du hast den Anruf entgegengenommen! Du hast ihr gesagt, dass du in meinem Namen redest, nicht wahr? Und dann habt ihr euch getroffen, oder?«

Amato antwortete nicht. Sie drückte sein Gesicht in den Schlamm. »Habt ihr euch getroffen?«

»Ja, verdammt. Sie hat mir von Piero erzählt, Ferraris Sohn. Dass sie ihn mal nachmittags mit Maria habe reden sehen. Und dass sie sich noch daran erinnere, dass Maria in ihn verknallt gewesen sei. Sie wusste nicht, ob er sie umgebracht hat, aber ich ...«

»Du hast sie verkauft. Du hast Ferrari angerufen.«

»Nein. Ich habe Mazza angerufen, den Polizeipräsidenten. Du hattest mir von ihm erzählt, und ich wusste, dass er mir einen guten Rat geben könnte.«

»Und was hat er gesagt?«

»Dass ich zu dem Mädchen fahren und es hierherbringen soll.«

Amato spuckte immer wieder Schlamm, während er erzählte, dass er Ferraris Sohn nie getroffen habe und auch nicht wisse, ob er sich in diesem Hotel aufhalte. Ferrari habe ihn aber gebeten, über seinen Vertrauensmann mit ihm zu kommunizieren und nicht per Telefon, also sei er zu diesem gegangen, um ihm von den Ereignissen rund um Itala zu erzählen.

Der Mann des Vertrauens war der Mann, den sie mit ihm zusammen aufgegriffen hatten. Laut Dokumenten war er Psychiater. Während sie noch redeten, löste sich eine Dachplatte des Hotels, flog über die Baumwipfel hinweg und landete wenige Meter vor ihren Füßen. »Lass uns gehen, bevor hier alles runterkommt«, sagte Locatelli.

Itala fesselte Amato mit Handschellen an den Psychiater, zutiefst bedauernd, dass sie ihn nicht befragen konnte. Sie betrachtete Amato, der im Schlamm versank. »Die wollten mich vergewaltigen, und du hättest es zugelassen.«

»Nur zum Schein … Sie hätten es nicht wirklich durchziehen sollen.«

Itala hätte ihm am liebsten mitgeteilt, was sie von ihm hielt, fand aber nicht die richtigen Worte. Schließlich ließ sie ihn im Regen sitzen.

Sie folgten dem Weg, der sich zwischen den Bäumen durchschlängelte und nunmehr der reinste Kanal war. Äste und triefnasser Abfall flogen durch die Luft, und sie wurden fast von einer weiteren Dachplatte getroffen. Das Hotel verschwand hinter einem Regenschleier. Es war ein großes zweistöckiges Gebäude aus dem 18. Jahrhundert, mit Ziegelsteinen und Zement restauriert. Zwei uniformierte Wachmänner schwenkten ihre Taschenlampen, vielleicht auf der Suche nach ihnen oder Ferraris Mann des Vertrauens.

Da sie sich ohnehin nicht verstecken konnten, schritt Itala

entschlossen auf sie zu. »Ich bin vom Zivilschutz!«, rief sie, als sie sich ihnen näherte, gefolgt von Locatelli.

»Hier können Sie nicht rein«, sagte einer der Männer und richtete den Strahl der Taschenlampe in ihr Gesicht.

»Ich mache nur meine Arbeit!«

»Signora, ich verstehe Sie gut, aber Sie müssen von hier verschwinden. Bitte!«

Der andere griff zu seinem Funkgerät. »Wir haben sie gefunden, sie sind vom Zivilschutz. Wir werden sie nun hinausbegleiten.«

Locatelli riss ihm das Funkgerät aus der Hand und knallte es ihm ins Gesicht. Itala zog die Pistole und richtete sie auf den anderen Mann, der die Hände hob. »Ich arbeite hier, und damit basta. Machen Sie kein Theater.«

Sie nahmen ihnen die .45 mit Trommelrevolver ab, die sie an der Seite trugen, und Locatelli steckte sie ein. Dann stießen sie die beiden vor sich her. »Lasst uns eintreten. Macht keinen Unsinn, sonst schieße ich euch in den Rücken«, sagte Itala und dachte, dass sie sie vermutlich selbst auf diese Distanz verfehlen würde.

Die Rezeption in der kleinen Eingangshalle war mit Überwachungskameras übersät. Hinter dem Tresen standen zwei weitere Wachleute und sahen sie mit den Kollegen eintreten. Zum ersten Mal seit Stunden fühlte Itala keinen Regen mehr auf sich herabfallen, ein herrliches Gefühl, das sie allerdings nicht genießen konnte. Sie ließ die Pistole über der Schulter des Wachmanns hervorblitzen, während Locatelli den anderen am Hals packte. »Los, lasst sehen, ob ihr Eier in der Hose habt! Ich bring euch wie die Hunde um!«, schrie er.

Die anderen beiden hoben die Hände. »Hier gibt es nichts zu holen«, sagte der eine.

»Sehe ich wie ein Dieb aus?«, rief Locatelli, einen Zentimeter von seinem Kopf entfernt. Der Teil seines Gesichts, den man sehen konnte, war vor Wut und Aufregung knallrot.

Drei der Wachmänner schlossen sie im Büro an der Rezeption ein und behielten den vierten bei sich, der das Funkgerät ins Gesicht bekommen hatte und jetzt in der Empfangshalle auf dem Boden saß. »Wie viele sind hier noch von euch?«, fragte Itala. »Wenn du Unsinn erzählst, schieße ich dir ins Knie.«
»Ein Kollege ist noch im Untergeschoss.«
»Was ist im Untergeschoss?«
»Ein Gast. Wer, weiß ich nicht. Ich bin neu hier.«
»Wann werdet ihr abgelöst?«
»Um sechs Uhr morgens.«
Nun war es zwei. Blieb noch genug Zeit, alles zu erledigen, auch wenn draußen soeben ein Baum umstürzte und den Alarm eines Lieferwagens auslöste. Dem Krach folgte wildes Gehämmer hinter ihr. Locatelli hatte ein Holzpaneel von der Wand gerissen und benutzte es als Knüppel, um die Elektronik zu zerstören, Bildschirme zum Erlöschen zu bringen und die Kabel der Telefonzentrale herauszureißen.
Herbeigerufen von dem Lärm, kam eine Frau in einem weißen Kittel herbeigeeilt, etwa in Italas Alter, aber breiter in der Taille. Als sie die Fremden sah, wollte sie fliehen. Itala wollte sich auf sie stürzen, fiel hin, packte sie beim Knöchel und warf sich dann auf sie. »Lass mich, lass mich los!«, rief die Frau.
»Still. Wer bist du?«
»Ich arbeite hier. Hilfe!«
Itala verpasste ihr eine Backpfeife. »Es reicht jetzt! Was für eine Arbeit machst du hier?«
»Ich bin hier angestellt.«
»Warum trägst du einen Kittel?«
»Weil es dem Dottore so gefällt.«
»Bring uns zu dem jungen Mann im Untergeschoss.«
»Was wollt ihr von ihm?«
»Das geht dich nichts an.«

Itala zog sie auf die Füße. In diesem Moment erloschen die Lichter in der Vorhalle, und es brannte nur noch die matte gelbe Notbeleuchtung. »Warst du das?«, fragte sie Locatelli.

»Nein, aber es ist schon in Ordnung so.« Ein Ast durchbrach das Fenster oben am Treppenabsatz zum Obergeschoss. Wasser rann die Stufen herab.

Itala stieß die Bedienstete vor sich her. »Beweg dich. Zeig uns den Weg.«

»Ich will weg. Hier bricht alles zusammen.«

»Du kannst verschwinden, wenn wir es auch tun. Los. Geh mir nicht auf die Nerven.«

Die Frau schritt voran, durch die große Küche und den Speisesaal, durch den der Wind fegte, weil eine Scheibe zerbrochen war. Die Teller und Gläser, die für das Frühstück bereitgestellt worden waren, lagen unter den Tischen, und die saloonartigen Trenntüren knallten gegen die Wand.

Das war der Grund dafür, dass sie den letzten Wachmann nicht bemerkten.

Die Wachleute standen über ihre Funkgeräte in Kontakt miteinander, und der letzte, der im Untergeschoss bleiben sollte, hatte wegen des anhaltenden Schweigens Verdacht geschöpft. Als er den Gang verließ, der zu den Zimmern führte, entdeckte er diese merkwürdige Gruppe, mit der Bediensteten vorweg und zwei Personen mit Regenjacken und Pistolen hinterher. Der Wachmann wurde von seiner Agentur außerordentlich gut für die Arbeit in diesem gespenstischen, nur von einer Person bewohnten Hotel bezahlt. Noch mehr steckte er dafür ein, dass er nicht darüber sprach, wer dieser einzige Gast war und wie verrückt er sich aufführte. Das hieß nicht, dass er bereit war, sich für diesen Job umbringen zu lassen. Für gewöhnlich hätte er beim Anblick bewaffneter Personen den Notruf gewählt und sich in einer Ecke verkrochen. Aber bei diesen Überschwemmungen würde die Polizei niemals kommen, und wie diese Leute bei seinem Anblick reagieren würden, wusste er nicht. Deshalb zog er seine Dienstwaffe und nahm den Großen ins Visier, darauf vertrauend, dass seine kugelsichere Weste ihn vor möglichem Gegenfeuer schützen würde.

Der Widerhall seines Schusses wurde fast gänzlich von Donner und Wind übertönt. Der Mann in der Regenjacke krümmte sich zusammen und fiel zu Boden. Der kleinere zog ihn mit gesenktem Kopf weiter. Der Wachmann leerte das ganze Magazin in seine Richtung, und als er nur noch zwei Meter von ihm entfernt war, kramte er verzweifelt in seiner Patronentasche nach Munition. *Trommelrevolver versagen nie*, sagte er sich. *Wenn dir sechs Schuss nicht reichen, hilft dir auch die doppelte Menge nicht.* In diesem Moment hätte es allerdings auch eine einzige Kugel getan, da es ziemlich umständlich ist, einen Trommelrevolver zu laden. Er löste die Trommel und ließ die heißen Patronenhülsen herausfallen, aber bevor er die neuen Projektile hineinstecken konnte, hatte sich der kleinere Mann auf ihn gestürzt. Als der Kleine ihm die Pistole auf den Oberschenkel drückte, erkannte er, dass es sich um eine Frau handelte.

Itala schoss, und die Kugel durchdrang das Bein des Wachmanns. Die Verbrennungsrückstände brannten sich in seine Haut ein. Der Mann stürzte zu Boden und hielt sich die Wunde.

Als der Schlitten zurückgeschossen war, um die Patrone rauszuschleudern, hatte er Itala in die Haut zwischen Daumen und Zeigefinger gebissen. Der Schmerz war höllisch. Sie wechselte die Hand und drehte sich zu Locatelli um. Ihr Kopf dröhnte.

»Wie geht es dir? Lass mich mal schauen.«

»Dieser Scheißsheriff«, sagte er.

Itala schob seine Regenjacke beiseite und zog das T-Shirt hoch. Das Projektil hatte Sante auf Höhe der Niere durchbohrt. Blut schoss heraus, vorn und hinten. Itala rannte los, um eine Tischdecke vom Boden aufzuheben, und band damit die Wunde ab. »Ich muss dich ins Krankenhaus bringen.«

Locatelli packte ihren Arm und hielt ihn umklammert. »Vergiss es. Ich werde nicht mit leeren Händen von hier fortgehen.«

»Du könntest sterben, verdammt!«

»Wir hocken richtig tief in der Scheiße und sind praktisch schon tot. Sorge lieber dafür, dass es das wert war.«

Itala ließ ihn los und rannte in die Richtung, aus der der Wachmann gekommen war. Sie war versucht, noch einmal auf diesen zu schießen, als sie an ihm vorbeikam. Wenn es sowieso kein Morgen gab, ergaben auch die üblichen Gepflogenheiten keinen Sinn mehr, oder? Alle Regeln und vernünftigen Überlegungen fanden mit ihr zusammen ein Ende.

Andererseits war der Mann ein normaler Polizist, wie auch sie eine normale Polizistin hätte sein können, wenn sie sich nicht hätte überlisten lassen. Begraben unter Papierbergen im Büro oder abgestellt zu endlosen Wachschichten, wo nie etwas passierte. Bis auf das eine Mal.

Itala entschied sich für die Treppe, die nach unten führte. Die Blitze leuchteten nicht so hell hier unten, und das Wasser, das die Wände hinunterlief, hatte fast die gesamte Notbeleuchtung ausgelöscht. Sie lief noch einmal zurück, riss dem Wachmann die Taschenlampe aus dem Gürtel und stieg erneut hinab, die Lampe in der blutenden Hand.

Irgendwann stand sie vor einer Eisentür, über der das Wort HYDROTHERAPIE in den Marmor gemeißelt war. Die Tür war mit einem Riegel verschlossen. Itala schob ihn auf und gelangte in das, was einst das Thermalbad gewesen war, mit zwei Steinbecken und einem Fünfundzwanzig-Meter-Becken. Am Beckenrand lagen ein Kajak und ein Kanu. Vielleicht war das Grundwasser gestiegen, oder der Regen war eingedrungen, jedenfalls waren die Becken randvoll, und auf dem Steinboden stand das Wasser einen halben Meter hoch. Kleidung und Bücher schwammen darin herum. Das Wasser hatte auch den zweiten, leicht erhöhten Raum erreicht, der bis vor wenigen Stunden noch eine bizarre, luxuriös eingerichtete Wohnung gewesen war. Hier gab es mehr Licht, da es durch die Oberlichter an der Decke fiel, wenn es blitzte.

Piero Ferrari saß im Ledersessel seiner Bibliothek, deren Wände mit Bücherregalen vollgestellt waren. Er blätterte in einem Sportatlas, unbeeindruckt von den Wassermassen, die schon seine Turnschuhe bedeckten und seine Trainingshose durchnässten. Gegenüber den Fotos, die sie in der Zeitschriftensammlung gesehen hatte, war er dicker und bleicher geworden. Er hielt sich die Augen zu, als sie den Strahl der Taschenlampe auf ihn richtete. »Das ist unangenehm.«

»Wo ist Giada?«

»Wer bist du?«

Itala hob die Pistole, damit er sie gut erkennen konnte. »Wo ist das Mädchen?«

»Sie ist gegangen.«

»Wohin?«

Piero blätterte wieder in seinem Buch. »Weiß ich nicht. Wir haben uns unterhalten, dann ist sie gegangen.«

Itala behielt ihn im Visier und durchquerte rückwärts die Tür zum anderen Zimmer, das das Schlafzimmer sein musste. Das Wasser reichte ihr mittlerweile bis an die Knie. Um sie herum war ein Summen zu hören; aus dem Augenwinkel sah sie eine Wolke von aufgeregten Hornissen. Direkt hinter ihr baumelte eine Wabe, die sich bei einem Windstoß gelöst haben musste. Itala ging darum herum und drehte sich erst um, als sie gegen etwas Hartes stieß. Es war ein Ehebett mit zerwühlten Laken. Die Bettwäsche war blutverschmiert.

Itala steckte die Taschenlampe unter die Achsel und zog die Bettdecke weg. Giada lag flach auf dem Bett, nackt und mit geschwollenem Gesicht, die Äderchen in den Augen geplatzt. An ihrem Hals sah man bläuliche Flecken. Die Hornissen krochen ihr in Mund und Nase. Itala streckte instinktiv eine Hand aus, um sie zu verscheuchen.

In diesem Moment stach ihr Junior ein Messer in den Rücken.

RUDEL

HEUTE

51

»Ein solches Ende hatte ich nicht vorausgesehen«, flüsterte Mazza. Er hatte versucht, sich aufzusetzen, aber Gerry hatte ihn wieder zu Boden gestoßen, mit dem Kopf in die Duschwanne. Der Rest seines Körpers krümmte sich auf der Badematte zusammen, die nun so nass war wie seine Kleidung. »Für Itala tat es mir furchtbar leid, aber ich bin nicht schuld daran, was mit ihr und den Mädchen passiert ist. Ich habe versucht, das Beste aus der Situation zu machen.«
»Was ist aus Ferraris Sohn geworden?«
»Er ist tot – Bergunfall in Südamerika.«
»Hast du seine Leiche gesehen?«
»Nein. Aber wenn er noch leben würde, wüsste ich das. Ich weiß nicht, warum dich diese alte Geschichte so brennend interessiert, aber der Perser ist tot und begraben.«
»Und du denkst, damit seist du freigesprochen?«
»Was hättest du an meiner Stelle getan?«
»Ich kann mich nicht in Leute wie dich hineinversetzen. Ihr seid mir zu gewöhnlich.«
»Darf ich aufstehen?«
»Ich helfe dir.«
Der Alte streckte einen Arm aus. »Mein Rücken tut weh … Mach langsam, bitte.«
»Ganz langsam.«
Gerry packte ihn bei den Schultern, beugte ihn vornüber und schüttelte ihn mit aller Kraft. Mazzas Hals war schwach, und der Kopf schaukelte hin und her und zerrte an den Bändern

zwischen Nacken und Wirbelsäule. Wäre er jünger gewesen, hätte die Muskulatur schlimmere Schäden verhindert, aber Mazza war alt, erlitt ein Schleudertrauma und verlor das Bewusstsein. Gerry ließ ihn los. Der Mann fiel leblos hintüber und knallte mit dem Kopf auf den Boden. Sorgfältig darauf achtend, ihn nicht zu bewegen, richtete Gerry den Duschstrahl auf sein Gesicht und hielt es mit dem Handtuch fest, um keine Spuren zu hinterlassen. Nach einer Minute füllte sich die Kehle mit Blut und röchelte wie ein verstopftes Waschbecken. Gerry richtete sich auf und legte Handtücher und Matten so hin, dass alles nach einem Sturz aussah. Die Antirutschmatte beschmierte er mit Seife und verwandelte sie in eine tödliche Falle. Dann krempelte er die Hose hoch und schlüpfte in Mazzas Bademantel. Ob jemand merken würde, dass er fehlte? Vielleicht, aber nicht sofort.

Gerry schloss nicht aus, dass ein aufmerksamer Techniker oder Gerichtsmediziner Unstimmigkeiten entdecken könnte, aber das würde Wochen dauern. Erst dann würde auch ein Verdacht auf diesen Rick Cavallero fallen, diesen Mexikaner, der ein Zimmer gebucht und bezahlt hatte, um dann im Nichts zu versschwinden.

Falls sie ihn nicht aufgriffen, wenn er das Hotel verließ. Das war immer *die letzte Meile*, der Moment, in dem das Risiko am höchsten war. Gerry verspürte diese süße Anspannung, die ihn bei solchen Gelegenheiten befiel. Als Junge war er oft in Schwierigkeiten geraten, weil er von diesem Gefühl nicht genug hatte bekommen können.

Mazza zeigte die letzten Zuckungen. Gerry betrachtete ihn, als er das Klebeband von den Fingern zog. Ohne das Klebeband fühlte er sich nackt und so, als würde er überall seine Spuren hinterlassen. Aber er hatte keine Alternative. Er näherte sich der Tür. Der Gerry der Vergangenheit hätte sie aufgerissen und sein Glück herausgefordert; der reifere Gerry öffnete sie nur einen Spaltbreit, um in den Flur zu spähen. Der Leibwächter sah in seine Richtung, drehte sich aber im selben Moment um und schaute die Treppe hinab. Vielleicht hatte er jemanden kommen hören. Und als er sich wieder umdrehte, war Gerry bereits am anderen Ende des Flurs, der zur Treppe zum Spa-Bereich führte, die Kapuze des Bademantels auf dem Kopf. Ungestört stieg er die Treppe hinunter, ging an dem zweiten Leibwächter vorbei, betrat den Spa-Bereich, wo er den Bademantel zurückließ, und fuhr mit dem Aufzug ins Foyer hoch. Niemand hielt ihn auf.

52

Francesca hatte die frisch bedruckten Blätter vom Boden aufgesammelt und nach Seitenzahlen sortiert, bevor sie zu Renato zurückkehrte. »Wo ist Gerry? Wo ist er?«

»Keine Ahnung. Mir war nicht klar, dass er weg wollte. Wie ich schon sagte, ich bin ihm vor einer Stunde zum ersten Mal persönlich begegnet.«

»Die Hunde hat er dagelassen …«

»Vielleicht war der Anreiz, dass wir beide uns kennenlernen. Das würde zu ihm passen.«

»Er hat die Hunde dagelassen … Kommt Ihnen das nicht komisch vor?«

»Ich wusste nicht einmal, dass er welche hat. Soll ich jetzt von Itala erzählen, oder möchten Sie lieber Hypothesen über Gerry aufstellen?«

Francesca verschob ihren Sessel, da die untergehende Sonne sie blendete. »Was ist aus dieser Polizistin geworden?«

»Sie ist am Tag der Überschwemmungen in der Gegend von Bergamo gestorben. 1992. Damals gab es viele Tote. Man hat sie ein paar Tage später gefunden.«

Francesca war damals bereits in England gewesen, aber sie hatte davon gehört, weil auch in Cremona katastrophale Verhältnisse geherrscht hatten.

»Ich bin von einem Unfall ausgegangen«, fuhr Renato fort. »Obwohl ich so meine Zweifel hatte. Ich ahnte, was für ein Leben Itala führte, deshalb war es naheliegend, dass irgendeine Rechnung beglichen werden sollte. Aber die Autopsie hat

nichts ergeben, und mit dem Perser hätte ich die Sache nie in Verbindung gebracht. Ich wusste nicht, dass sie sich mit ihm beschäftigte.«
»Aber der Fall war doch damals schon abgeschlossen, wenn ich mich nicht irre. Contini war doch schon tot, oder?«
»Itala hat das wahre Flussmonster gesucht. Ihr war klar geworden, dass sie die falsche Person in den Knast gesteckt hatte.«
»Ist das Ihre Hypothese?«
»Nein, Gerrys. Aber ich glaube ihm.« Renato schenkte sich einen Brandy ein.
»Und niemand hat in Zusammenhang mit ihrem Tod irgendeinen Verdacht geschöpft?«
»Ich denke, dass niemand Interesse daran hatte, der Sache auf den Grund zu gehen. *Diese* Hypothese ist aber wirklich nur von mir. Nach ihrem Tod kursierten Gerüchte über sie und ihren Ehemann. Offenbar hatte er einer ‚Ndrina ihres Dorfes angehört, einer Mafiafamilie. Aber er war nur ein kleiner Fisch.«
»Ist er auch schon tot?«
»Überfahren von seinem eigenen Lastwagen, den er schlecht geparkt hatte. Der Perser hatte nichts damit zu tun. Damals war Itala dreiundzwanzig Jahre alt und schwanger.«
»Ziemlich jung für eine Witwe.«
»Schon davor ziemlich jung, um als Sechzehnjährige einen Vierzigjährigen zu heiraten. Sie mussten heiraten. Itala hatte keine andere Wahl.«
Francesca verspürte Mitleid. »Sie musste ihren Vergewaltiger heiraten?«
»So lief das eben. Die Gerüchte, die über Itala kursierten, haben das Ministerium abgeschreckt. Es gab kein Staatsbegräbnis mit Kanonenschüssen und sonstigem Tamtam.« Renato zeigte auf die Wand, wo in einem silbernen Rahmen eine Zeitungsseite hing. »Um einen anständigen Nachruf schreiben zu dürfen, musste ich dem Chef die Pistole auf die Brust setzen, aber es ist mir nicht gelungen, den Artikel auf die Titelseite zu bringen.«

»Die Caruso hatte ein schlimmes Leben, und in menschlicher Hinsicht tut es mir leid für sie. Aber ihr Chef hatte recht: Sie war korrupt. Auch wenn Sie mir noch nicht verraten haben, wer sie korrumpiert hat. Was denken Sie?«
»Der Staatsanwalt, der an dem Prozess beteiligt war. Gerry wusste davon, schon bevor er hierherkam. Keine Ahnung, wie er das angestellt hat.«
»Richter Nitti? Dieser Ziegenbock?« Francesca traute ihren Ohren nicht. »Er lebt noch? Haben Sie mit ihm geredet?«
»Gerry hat mich gebeten, es nicht zu tun.«
»Entschuldigung, wie lautet das Passwort Ihres Computers?«
»Ich kann mich nicht erinnern. Warum suchen Sie nicht einfach das Weite? Gerry wird Sie nicht verfolgen.«

Francesca kehrte ins Arbeitszimmer zurück, fand das Passwort, das unter die Tastatur geklebt war, entsperrte das System und suchte Nitti im Internet. Sie fand heraus, dass er vor drei Tagen eine Treppe hinuntergestürzt und gestorben war. Nachmittags sollte die Beerdigung stattfinden.
 Renato war ihr gefolgt. »Haben Sie etwas gefunden?«
»Nitti ist kurz nach Gerrys Ankunft aus Israel gestorben.«
»Ein Haushaltsunfall.«
»Im Leben nicht. Gerry hat ihn umgebracht, und das wissen Sie auch.«
»Vorstellbar wäre es. Ich habe ihn zwar heute erst persönlich kennengelernt, aber mir war schon klar, wozu er imstande ist.«
»Wenn ich mich auf die Suche mache, werde ich dann wohl noch andere mit dem Perser verbundene Personen finden, die in den letzten Tagen verstorben sind?«
»Gerry hat mir nie etwas erzählt. Aber ich gehe von zwei weiteren aus: einem ehemaligen Kollegen von Itala und einem Mitarbeiter der Gefängnispolizei aus der Zeit, als Contini verbrannt ist. Vermutlich hatten sie alle mit der Sache zu tun.«

Francesca kam das alles unwirklich vor. Sie konnte es kaum glauben, dass sie sich von einem solchen Mann hatte einspannen lassen, von einem Killer. Dabei hatte sie vom ersten Tag ihrer Begegnung an gewusst, dass er gefährlich war. Und sie hatte den Kontakt nur deswegen nicht abgebrochen, weil er ihr Schuldgefühle eingeflößt hatte. Aber warum hatte er sich darauf eingelassen, ihr Renato vorzustellen, wo er doch das Risiko einging, dass sie das alles herausfand? *Vielleicht hat das alles keine Bedeutung mehr für ihn, weil ich die Nächste bin.* Plötzlich kam ihr ein Gedanke. *Oder er wollte, dass ich hierherkomme.* »Sie haben nicht einmal einen Blick auf die Liste geworfen, die ich mitgebracht habe.«

Renato hob die Schultern. »Eine Liste mit denselben Namen liegt in der Schublade des Schreibtischs, an dem Sie im Moment sitzen. Gerry hatte mich gebeten, sie zusammenzustellen, als wir uns vor sechs, sieben Monaten zum ersten Mal mit Giada befasst haben.«

»Aber es wirkte so, als wollte er nicht, dass ich sie lese ...« Sie hielt inne, da ihr bewusst wurde, in welchem Maße Gerry sie manipuliert hatte. »Er wollte, dass ich Zeit mit diesem Zeug verliere. Und dass ich hierherkomme. Er hat mir das Gefühl gegeben, er wollte nicht, dass Sie und ich uns begegnen. Dabei war genau das Gegenteil der Fall. Aber warum?«

»Ist heute etwas passiert?«

»Ich wollte ihn anzeigen.«

»Und das wollte er nicht.«

»Sie decken ihn doch! Sie hätten ihn anzeigen müssen.«

»Auf der Basis welcher Beweise? Für die Welt handelt es sich um Unfälle oder Selbstmorde.«

»Sie haben es nicht getan, weil Sie sein Verhalten befürworten! Weil Sie für gerecht halten, was er tut!«

»*Fiat iustitia et pereat mundus.* Eine Clique von Schweinehunden hat über Jahre hinweg einen Serienmörder gedeckt, und niemand hat sich an sie herangewagt. Die Toten haben

vielmehr eine glänzende Karriere gemacht, von dem Gefängniswärter mal abgesehen. Wenn es eine andere Möglichkeit gäbe, sie für ihre Untaten zu bestrafen, würde ich Ihnen zustimmen. Nicht dass mich Gerry um meine Meinung gebeten hätte.«
»Aber Sie tragen genauso viel Verantwortung wie er. Rechtlich vielleicht nicht, aber moralisch schon.«
»Werde ich also zur Hölle fahren? Mag sein. Aber das Paradies habe ich mir sowieso immer ziemlich langweilig vorgestellt.«
Francesca sprang auf. »Das kann ich nicht gelten lassen, nicht einmal für meine Nichte.«
»Ich hatte Ihnen doch geraten, die Flucht zu ergreifen.« In diesem Moment hörten sie, wie sich die Tür öffnete. Die Hunde bellten glücklich. »Zu spät«, befand Renato.

53

Gerry trat ins Arbeitszimmer, ein Brötchen in der Hand. »Und? Habt ihr Freundschaft geschlossen?« Er roch nach Badeschaum und wirkte so entspannt, als hätte er einen Spaziergang unternommen. Francesca hatte so ihre Zweifel.
»Gerry«, begann sie, »ich muss in die Kanzlei zurück. Wir sollten einen Termin verabreden, um …«
»Um mich verhaften zu lassen. Sie haben von Nitti und den anderen gehört.« Er setzte sich auf die Ottomane. Die Hunde kletterten an ihm hoch.
»Waren Sie das wirklich?«
»Ja. Informationen zu beschaffen, hat seinen Preis.«
»Und jetzt wollen Sie mich auch umbringen?«
»Warum sollte ich? Sie stehen doch auf der richtigen Seite.«
»Aber ich weiß, was Sie getan haben.«
»Es zu wissen und es zu beweisen, sind zwei verschiedene Dinge. Das muss ich Ihnen als Anwältin ja nicht sagen. Aber falls es Ihr Gewissen beruhigt, Sie hätten mich gar nicht daran hindern können. Wenn ich diese Leute befragt und dann am Leben gelassen hätte, hätte das nur Probleme gegeben.« Er redete in einem Tonfall, als würde er von seinem Büroalltag erzählen.
Vielleicht war es das, was Francesca einlenken ließ. »Na gut, geht mich auch nichts an. Ich habe nicht die Absicht, Sie anzuzeigen. Aber jetzt lassen Sie mich gehen.«
»Sie würden die Polizei rufen, sobald Sie um die Ecke wären. Ich hätte keine Probleme damit, Sie gewähren zu lassen, aber wir sollten erst beenden, was wir angefangen haben.«

»Das kann ich nicht. Ich bin stinksauer und angewidert. Und ich habe Angst vor Ihnen.«

Gerry riss das Brötchen auseinander, bevor er hineinbiss. »Ich habe Ihnen mein Wort gegeben, dass ich Ihnen nichts antue. Und Menschen, die ich respektiere, belüge ich nicht.«

»Aber Sie haben mich dazu gebracht hierherzukommen. Sie sind ein fantastischer Schauspieler.«

»Ich dachte, dass ich mich Ihrer leicht entledigen kann, aber nachdem Airone meine Tarnung hat auffliegen lassen, musste ich improvisieren.«

Francesca verspürte eine Unruhe, die schlimmer war als Angst. »Sind Sie überhaupt in der Lage, Gewissensbisse zu verspüren, Gerry?«

»Nicht wirklich.«

»Liebe, Empathie ...«

»Es ist nicht so, dass ich keine Gefühle hätte, aber sie funktionieren anders als Ihre. Ich habe viele Jahre gebraucht, um herauszufinden, dass ich außer Hass und Langeweile noch anderes verspüre. Aber noch heute ist es so, als würde ich die Leute durch einen stark gestörten Radiosender hören. Manchmal kommt die Botschaft an, manchmal erreicht sie mich erst lange danach, und manchmal stelle ich das Radio einfach aus. Ich habe aber gelernt, Gefühle vorzutäuschen, weil sich andere Menschen in meiner Gegenwart dann wohler fühlen.«

»Sie sind ein Psychopath.«

»Das ist nur ein Etikett. Viele Menschen sind Psychopathen, aber der Großteil von ihnen hat nie jemandem etwas Böses angetan und möchte das auch nicht.«

»Sie schon.«

»Ich verspüre keinerlei Vergnügen an Gewalt. Sie ist nur ein Mittel zum Zweck. Ich selbst würde mir kein Etikett verpassen. Ich bin ich.«

»Ich möchte nichts mit Ihnen zu tun haben.«

»Wir haben einen Pakt geschlossen. Wenn Sie wollen, dass ich meinen Teil der Vereinbarung einhalte, dann müssen Sie das auch tun. Sie müssen die Türen öffnen, die ich nicht mit der Schulter einrennen kann.«

»Sie ermorden Menschen! Vielleicht haben Sie ja noch jemanden umgebracht, als Sie draußen waren! Ist doch so, oder? Wen?«

»Sergio Mazza hatte einen Unfall im Badezimmer.«

Francesca ballte die Fäuste, um nicht schreien zu müssen. »Ich weiß nicht, wer das ist!«

»Italas ehemaliger Chef. Ein Senator«, sagte Renato. Bisher hatte er sich damit begnügt, ihren Wortwechsel zu verfolgen.

»Du legst gern alte Männer um. Wann wirst du mich vom Balkon schubsen, Hannibal?«

»Ich möchte den Bürgersteig nicht beschmutzen.«

»Ihr seid zwei Monster«, sagte Francesca bestürzt. »Ich gehe.«

Gerry schluckte den letzten Bissen hinunter. »Treffen Sie keine übereilten Entscheidungen. Ich weiß, wer der Perser ist.«

Francesca erstarrte. »Das glaube ich nicht.«

»Ich hatte doch gesagt, dass ich Menschen, die ich respektiere, nicht belüge.«

Francesca kämpfte gegen den Impuls an, ihm zu glauben. Mittlerweile wusste sie, dass Gerry ein brillanter Schauspieler war. »Das ist paradox. Wenn Sie mich nicht respektieren würden, könnten Sie mit Fug und Recht das Gegenteil behaupten.«

»Wenn es so wäre, wäre ich nicht hier und würde mit Ihnen reden.«

»Bringen Sie alle um, die Sie nicht respektieren?«

»Nur, wenn sie mir im Weg stehen.«

»Also, wer ist der Perser?«

»Ich werde es Ihnen in allen Einzelheiten erzählen. Im Gegenzug müssen Sie aber eine kleine Aufgabe erledigen.«

»Was für eine Aufgabe?«

»Eine leichte, und es wird auch die letzte sein. Danach können Sie mich anzeigen und Ihr Gewissen reinwaschen, während ich dahin zurückkehre, wo ich hergekommen bin.«
»Was für eine Aufgabe?«
»Sie müssen sich von einem der reichsten Männer Italiens empfangen lassen.«

54

Mit dem Feuer hatte Oreste recht gehabt. Der Lichtschacht funktionierte gut als Kamin, und der Rauch stieg schnurgerade hoch, auch wenn der Geruch den ganzen Keller füllte, zusammen mit der Musik. Oreste lief hin und her, Grillfleisch und altmodische Möbelstücke als Brennmaterial herbeischaffend.

Bei Sonnenuntergang war er mit einem uralten sperrigen Kassettenrekorder voller Knöpfe und Lämpchen erschienen; daraus drang nun leise ebenso uralte italienische Musik. Amala hatte nur *El Diablo* von Litfiba erkannt, weil sie das mal auf Youtube gesehen hatte. Vor ihr stand ein Tischchen, das sich in der Nähe der mit Spa-Postern bebilderten Hauptwand befand, sodass Amala genug Leine hatte, um sich bewegen zu können. Oreste stellte ihr eine mit einer Serviette bedeckte Suppenschale hin.

»Möchtest du dir einen Spieß machen?«

Amala hob die Serviette an. Die Suppenschale war mit blutigen Fleischstücken und Speckscheiben gefüllt. Sie stellte sich vor, wie sie sie in das Loch unter dem Stehklo kippte und dieses Etwas auf der anderen Seite sie roh verschlang. »Wie soll ich das denn machen?«

»Du musst das Fleisch immer abwechselnd mit dem Speck auf einen Spieß stecken. Salz, Pfeffer und Rosmarin sind in der anderen Schale. Ich bringe dir Holzspieße.«

Er gab ihr ein halbes Dutzend spitzer Stöcke, die einen halben Meter lang waren und zu zart, um jemanden damit zu verletzen. Nicht einmal durch das Fleisch würden sie dringen, hätte Oreste das nicht schon durchbohrt.

Amala begann damit, einen Spieß zusammenzustellen, sich die Finger am Kittel abwischend, wenn sie zu klebrig wurden. »Wie bist du nur auf die Idee mit dem Grillen gekommen?«, fragte sie.

»Weil ich mich immer gern am Feuer unterhalten habe. Hast du das nie mit deinen Freunden am Strand getan?«

»An unserem Ferienhaus ist es verboten, Feuer zu machen. Wir leuchten uns immer mit dem Handy.«

»Wer ist wir?«

»Andere, die auch da Urlaub machen. Wir kennen uns schon, seit wir klein sind, aber wir sehen uns nur im Sommer.« Amala hob ein paar unregelmäßig befüllte Spieße hoch. »Geht das so?«

»Perfekt.« Oreste legte einen Rost auf die Glut. »Bald können wir das Fleisch drauflegen. Gab es jemanden, den du besonders gemocht hast?«

»Warum willst du das wissen?« *Widerlicher Verrückter*, fügte sie innerlich hinzu.

»Sicher nicht, weil mich das anmacht. Für dein Alter hast du ziemlich unanständige Dinge im Kopf.«

Amala wurde nervös. Ihr Kerkermeister öffnete sich, und sie riskierte wieder einmal, ihn wütend zu machen. »Einen gab es schon.«

»Hast du es ihm gesagt?«

»Nein. Er war mit einer anderen zusammen.«

»Die Nettesten sind immer mit den Blödesten zusammen, was?«

»Ja.«

Oreste lachte, ein Lachen, das Amala vollkommen normal vorkam. Unter anderen Umständen könnte Oreste der mürrische oder wütende Onkel sein, nicht der verrückte Psycho. »Das Gegenteil ist auch wahr. Hast du Durst? Ich gehe mal Getränke holen.«

»Ich möchte gern eine Coca-Cola. Zero am besten …«
»Gibt es nicht.«
Oreste verschwand und kam ein paar Minuten später mit einer alten Kühltasche von ebenjenem Hersteller wieder. Er öffnete sie und holte eine Plastikflasche heraus, die er aufdrehte, bevor er sie ihr reichte. Die Cola war eiskalt und kratzte in der Kehle. Er nahm sich ein Tonicwater und schob die Spieße herum, die zu brutzeln anfingen. »Damals am Lagerfeuer gefiel mir ein Mädchen«, sagte er. »Aber ich war furchtbar schüchtern. Ich hätte mich nie getraut, es ihr zu sagen.«
»Später auch nicht?«
»Nein. Ich habe es nicht rechtzeitig geschafft.«
»Was ist aus ihr geworden?«
»Sie ist gestorben. Aber das ist kein Thema für einen fröhlichen Grillabend.«
»Worüber möchtest du dich denn dann unterhalten?«
»Wir könnten eine philosophische Diskussion über das Böse führen. Glaubst du an das Böse?«
»Das aus der Bibel?«
Oreste drehte die Spieße um. »Aus der Bibel, dem Koran, dem Talmud. Alle heiligen Bücher sprechen vom Bösen. Für sie alle ist es eine Macht, der man sich entgegenstellen muss, weil man sonst von ihr angesteckt wird.«
»Ich weiß nicht, ob ich an das Böse in diesem Sinne glaube«, sagte sie.
»Aber es existiert, glaub mir. Alle normalen Personen sind eine Kombination aus Gut und Böse, Engel und Teufel. Es gibt aber auch unnormale Menschen, Amala, Menschen, die mit einem Loch geboren wurden. Wo wir die guten Gefühle haben – Liebe, Freundlichkeit, Leidenschaft für die Musik –, dort haben sie nichts. Als hätte der Herr einen Teil vergessen. Sie haben nichts, und sie spüren nichts. Freude empfinden sie nur, wenn sie schlimme Dinge tun und andere Menschen leiden lassen. Das ist ihre Art und Weise, das Loch zu füllen, verstehst

du? Aber je stärker sie es mit dem Bösen füllen, desto größer wird das Loch, und desto schlimmere Taten müssen sie begehen.«

Oreste legte drei Spieße auf einen Teller. Amala stürzte sich darauf, da sie einen Bärenhunger hatte, und verbrannte sich den Mund. »Köstlich«, sagte sie kichernd. »Redest du eigentlich von dir?«

»Sehr witzig, Amala.« Oreste schob seinen Hocker in ihre Nähe. »Nein, ich bin ein ganz normaler Mensch, nur ein bisschen intelligenter als der Durchschnitt. Das wurde in der Schule immer gesagt. Ein bisschen weiß, ein bisschen schwarz, wie alle.«

»Mir kommst du nicht normal vor«, sagte Amala mit vollem Mund. Plötzlich war sie so gut gelaunt, dass sie freiheraus sprach. »Normale Menschen entführen keine Mädchen.«

»Es seid denn, sie hätten einen Grund.«

»Was für einen Grund?«

»Lernen.«

Amala hob die gesunde Schulter. »Wenn du es sagt ...« Ihr war das fast egal. Vielleicht war es das pastellfarbene Licht. Oder die bunten Wolken, die durch das Zimmer trieben. *Solche Wolken hast du schon einmal gesehen*, sagte der Teil von ihr, der noch auf der Hut war. *In dem Lieferwagen. Als er dich entführt hat.* Der Gedanke ließ sie etwas wacher werden. »Hast du mir Drogen gegeben?«

»Ich will nicht, dass du dich aufregst. Du bist doch ruhig, oder?«

Amala hatte eine trockene Kehle und streckte die Hand nach der Cola-Flasche aus. Aber ein Restfunken von Verstand mahnte sie, es nicht zu tun. »*Cola oder Fanta?*«, flüsterte sie.

»Für alle Fälle habe ich in beide etwas getan. Nur in das Tonicwater nicht«, sagte er, die Dose in seiner Hand hochhebend. »Tut mir leid, aber ich kann das Risiko nicht eingehen, dass du mir im letzten Moment Probleme bereitest.«

»Im letzten …« Amala hatte den Satz nach der Hälfte vergessen. »Ich bin nicht die Einzige hier, nicht wahr? Es gibt noch ein anderes Mädchen.«

Oreste lachte. »Einen Geist?«

»Sie sagt schreckliche Dinge«, nuschelte Amala. »Sie redet zu mir, aus dem … Klo.«

»Hier ist kein anderes Mädchen. Hier bist nur du. Aber es gab welche. Ich musste das tun, um zu lernen.«

»Was lernen?«, fragte Amala, der die Augen zufielen.

»Ich bin ein ganz normaler Mensch, Amala. Rational. Ich musste herausfinden, was man empfindet, wenn man wie die ist. Wie die leeren Menschen. Ich musste verstehen, was sie wollen, wie sie ticken, was ihre Bedürfnisse sind. Dazu musste ich böse Dinge tun, das war notwendig.«

Oreste nahm einen Holzspieß und näherte sich der Wand seitlich des Tischs. Dort befanden sich keine Schienen für die Drahtleine, nur das Bild eines Kamins, der viermal so groß war wie normal. Er steckte den Spieß in den Zwischenraum zwischen zwei Plakaten und löste eines ab, das fast zur Gänze abfiel. Die Wand dahinter war verputzt, und auf dem Gips klebte etwas, was wie Papierfetzen aussah.

Amala kniff die Augen zusammen, um etwas erkennen zu können, aber nun sah sie doppelt, und die Wolken explodierten in ihren Augen. Sie erhob sich, taumelte vorwärts, so weit das Seil reichte, und besah sich die Papierschnipsel näher. Es waren Zeitungsausschnitte, und sie zeigten unterschiedliche Mädchen. »Verschwunden«, besagten die Schlagzeilen. Verschwunden, verschwunden.

»Du bist nicht die Erste, die ich hierhergebracht habe«, sagte Oreste hinter ihr. »Aber du wirst die Letzte sein.«

55

Giusto Maria Ferraris Villa war im 16. Jahrhundert am Stadtrand von Mailand als Herrensitz eines adeligen Landbesitzers erbaut worden, zweihundert Quadratmeter in Form eines Hufeisens, das einst zu den Feldern hin geöffnet war. Jetzt war es von einer Mauer eingefasst, die das Anwesen unbefugten Blicken entzog. Zwei Streifenwagen kontrollierten die Einfahrt zur Privatstraße. Wenn man einer der reichsten Männer Italiens war, verlangte das nach besonderen Sicherheitsvorkehrungen.

Francesca wurde angehalten und gebeten, in einer Ausbuchtung einen Kilometer vor dem Tor zu parken. Sie wurde mit einem Metalldetektor abgetastet und musste ihre Dokumente vorzeigen. Ihr Auto wurde nach Waffen und Sprengstoff durchsucht, dann wurde sie in ein Elektromobil verfrachtet, das einem Golfcart ähnelte. Am Steuer saß ein Mann von einer privaten Sicherheitsfirma; er fuhr sie durch das Tor in den vier Hektar großen Park, wo es von weiteren Wachleuten wimmelte. Sie war nicht überrascht, an den Uniformen das Logo von Airone zu entdecken. Das passte. Zumindest in dieser Hinsicht hatte Gerry nicht gelogen.

Um einen Termin zu bekommen, hatte sich Francesca über eine gewaltige Armada von Sekretärinnen und Assistenten hochtelefonieren müssen – wobei der Name ihres Vaters sich noch immer als gutes Schmiermittel erwiesen hatte. Ferrari selbst hatte sie dann die Wahrheit gesagt, dass sie nämlich über den Perser mit ihm reden wolle. Er hatte sich sofort darauf eingelassen.

Gerry hatte Francesca erzählt, dass der Perser der Sohn von Senator Ferrari war. Er hatte ein paar Details hinzugefügt, die nicht aus Mazzas Worten hervorgegangen waren, sondern die er bereits gewusst hatte, bevor er nach Italien gekommen war, ja sogar noch vor der Entführung ihrer Nichte. Und jetzt hatte er ihr den Schlüssel in die Hand gegeben, mit dem sie Amala befreien könnte.

Der Fahrer setzte sie am Eingang ab, wo sie von weiteren Sicherheitsleuten, diesmal alles Frauen, in Empfang genommen und in eine Kammer geführt wurde. Dort wurde sie gebeten, sich auszuziehen. Sämtliche Kleidungsstücke wurden kontrolliert, und sie selbst wurde mit einem mobilen Sensor einer Ultraschalluntersuchung unterzogen, um sicherzustellen, dass sie nichts in der Vagina oder dem Anus versteckte. Besser als eine manuelle Leibesvisite, aber sie fühlte sich trotzdem wütend und gedemütigt.

Ferrari empfing sie in seinem prächtigen Arbeitszimmer mit großen Erkerfenstern, den Wänden voll alter Gemälde und einem Deckenfresko, einer Kopie von Correggios »Entführung des Ganymed«. Achtzig Jahre alt, sonnengebräunt und gut in Form, in blauem Anzug mit Hermès-Tuch um den Hals, saß Ferrari hinter seinem Schreibtisch und erhob sich auch nicht, als sie eintrat. Neben ihm stand Benedetti, der Chef von Airone, der ihr nun entgegenkam. »Wir hatten die Hoffnung, dass Signor Peretz Sie begleitet.«

»Ich weiß nicht, von wem Sie reden.«

»Sie soll sich doch erst einmal setzen«, sagte Ferrari unwillig.

»Wen kümmert schon ihr Bodyguard?« Francesca setzte sich auf eine Ottomane, und er musterte sie mit wässrigen Augen. »Ich kannte Ihren Vater, ein guter, unbeugsamer Mann. Haben Sie etwas von ihm geerbt?«

»Ich bin nicht hier, um über meine Familie zu reden, sondern über Ihre. Wenn es recht ist, können Sie jetzt Ihren Handlanger rausschicken.«

»Dottoressa«, protestierte Benedetti.
»*Avvocato*. Entschuldigen Sie bitte, aber ich möchte mit Ihrem Chef reden.«
»Benedetti kann bleiben. Er ist über alles im Bilde.«
»Dann ist er Ihr Komplize. Ich weiß, dass Ihr Sohn vor dreißig Jahren eine Reihe von Morden begangen hat. Der Perser war nicht Contini, wie Sie alle haben glauben lassen, sondern Ihr Sohn. Ich konnte Contini nicht vor dem Knast bewahren, weil Sie Mazza bestochen haben. Mazza hat Nitti mit ins Boot geholt, und der hat Polizisten für die Drecksarbeit gewonnen.«
»Sie erfinden da ein schönes Drehbuch.«
»Und Sie sind ein Krimineller. Dank Ihnen hat sich Ihr Sohn immer aus der Affäre ziehen können. Und jetzt hat er meine Nichte in seinen Klauen. Der Rest interessiert mich nicht, machen Sie mit ihm, was Sie wollen: Bringen Sie ihn dazu, ein Geständnis abzulegen, schleppen Sie ihn eigenhändig ins Polizeipräsidium, stürzen Sie ihn eine Klippe hinunter. Ich bin nicht gekommen, um mit Ihnen zu diskutieren, sondern um Ihnen ein Ultimatum zu stellen. Ihr Sohn hat meine Nichte entführt. Ich möchte sie sofort wiederhaben, gesund und munter, sonst werde ich das, was ich weiß, vor Gericht bringen.«
»Mein Sohn ist tot, Sie schwachsinnige Fanatikerin!«, explodierte Ferrari.
»Ihr Sohn ist ein durchgeknallter Mörder!«
»Bitte ... Wir wollen doch versuchen, Maß zu halten«, ging Benedetti dazwischen.
»Was für Beweise haben Sie für Ihre Behauptungen? Was für Beweise?«, krächzte Ferrari.
»Wenn ich Beweise hätte, wäre ich längst bei der Polizei! Aber denken Sie, ich finde keine, jetzt, wo ich weiß, wo ich nachschauen muss? Sie werden die letzten Jahre Ihres Lebens im Gefängnis verbringen.«
»Avvocato, beruhigen Sie sich doch«, sagte Benedetti. »Der Sohn des Senators ist vor etlichen Jahren in Venezuela ver-

schwunden. Wir haben sämtliche Dokumente, die das beweisen, und würden uns glücklich schätzen, sie Ihnen vorlegen zu dürfen.«

»Piero Ferrari ist der Perser. Ihr habt seinen Tod vorgetäuscht und ihn in eine Klinik gesperrt, um ihn behandeln zu lassen. Offenbar ist er aber zu früh entlassen worden.«
Ferrari ließ sich in seinen Sessel sinken, fast darin verschwindend. Niemand sagte etwas. Aus dem Park drang das Surren eines Elektromobils, auf dem Flur hörte man Schritte. »Nun gut«, sagte Benedetti schließlich. »Wir sind gezwungen, die zweite Option zu wählen.«

Francescas Anspannung stieg. »Falls Sie mir etwas antun wollen, sollten Sie bedenken, dass Peretz alles weiß. Und nicht nur er.«

»Sind Sie sicher, Senatore?«, fragte Benedetti, sie gar nicht beachtend.

»Diese Hysterikerin würde mir die letzten Lebensjahre zur Hölle machen. Wurde sie durchsucht?«, fragte Ferrari.

»Ja.«

»Aufnahmegeräte, Wanzen, das ganze Brimborium?«
Benedetti nickte.

»Lass sie unterschreiben.«

Benedetti steckte den Kopf zur Tür hinaus und rief: »Bring die Dokumente, bitte.«

Wenige Minuten später erschien eine Sekretärin mit einem Ordner. Benedetti nahm ein Blatt heraus und legte es neben Francesca auf ein Tischchen.

»Ab sofort sind Sie meine Rechtsanwältin«, erklärte Ferrari. »Ich suche Rat in einer Angelegenheit, die strafrechtlich relevant sein könnte. Was auch immer ich Ihnen mitteile, unterliegt dem Anwaltsgeheimnis.«

»Ich weigere mich, Sie als Mandanten anzunehmen.«

»Gut, dort ist die Tür. Tragen Sie Ihre Beweise zusammen und suchen Sie sich einen Staatsanwalt, der sich dafür interessiert.«

Francesca nahm das Blatt. Es war ein Standardformular, in das ihre Daten bereits eingetragen waren. Sie unterschrieb es.
»Ich werde das Mandat wieder niederlegen, sobald ich zur Tür hinausgetreten bin.«
»Wie gesagt, die Sache fällt nun unter das Anwaltsgeheimnis. Im Falle einer Verletzung werde ich Ihnen alles nehmen, was Sie Ihr Eigen nennen. Ich denke, ich habe mich klar ausgedrückt. Ben, leg das Video ein.«
»Was für ein Video?«, fragte Francesca.
»Das von dem Tag, an dem mein Sohn Piero starb.«

56

Oreste hob Amala vom Boden auf und setzte sie wieder auf den Stuhl, dann nahm er die letzten Spieße vom Grill und trug sie zum Tisch. Er nahm die Maske ab und begann zu essen. »Ich weiß nicht, ob du mich hörst, Amala«, sagte er kauend. »Aber was du gesehen hast, muss dich nicht erschrecken. Du bist nicht wie die anderen. Die habe ich nie so behandelt wie dich. Sie waren nur Mittel zum Zweck. Versuchskaninchen.«

Er nahm noch ein Tonicwater aus dem Kühlschrank und öffnete es. Bei dem Zischen erwachte ein wenig Leben in Amala. Sie bewegte den Mund, als wollte sie etwas sagen.

»Es gibt ein Sprichwort, das besagt, dass man eine Weile in jemandes Schuhen stecken muss, um ihn wirklich zu verstehen. Die anderen Mädchen waren diese Schuhe, eine andere Möglichkeit gab es nicht. Du magst das für grausam halten, und manchmal habe ich das auch so empfunden. Aber jetzt weiß ich, wie er denkt und was er will. Worin das Vergnügen an dem besteht, was er tut. Das Vergnügen, das es ihm bereitet, die totale Kontrolle über jemanden zu haben ... oder ihn mit derselben Leichtigkeit auszuknipsen, wie man eine Lampe ausknipst. Das ist etwas, was dir den Verstand raubt wie der Hunger, nur dass es sich in deinem Kopf abspielt. Um eine Weile zufrieden zu sein, muss man ein Leben auslöschen. Jetzt denke ich wie er, weiß, was er will, was er sucht, was ihn neugierig macht. Und wie man ihn in eine Falle lockt. Plötzlich wirkt alles so einfach ...«

Oreste beendete das Abendessen und wischte sich mit der Serviette den Mund ab. Dann überprüfte er Amalas Befinden. Sie schlief nicht tief und fest, sondern befand sich eher in einer Art schwerem Dämmerzustand. Er trat durch die Tür im Spa-Bereich und kehrte mit dem Rollstuhl zurück, den er schon bei der Entführung benutzt hatte. Er setzte sie hinein und schob sie in den ersten Keller, den kürzesten Weg an den Metallschienen entlang nehmend. Diese endeten mitten an einer Wand, wo eine zwei Meter große, von Schimmel überzogene Frau mit einem Kochlöffel in der Hand ein Geheimnis verbarg. Oreste nahm das Plakat von der Wand, wodurch eine bündig in die Wand eingelassene Holztür sichtbar wurde. Da sie keine Scharniere hatte, benutzte Oreste einen Spachtel als Hebel. Als er die Tür aufgeschwenkt hatte, war sichtbar, dass die Schienen gar nicht hier mündeten, sondern in einen drei Meter langen Flur führten. Am Ende befand sich eine Sicherheitstür mit Panikstangengriff. Oreste schob den Rollstuhl durch die Tür, setzte Amala unweit davon sanft auf die Erde und fuhr dann im Rollstuhl zur Sicherheitstür.

Er öffnete sie weit in die Nacht hinaus, drehte dann wieder um, sich weiter mit den Rädern antreibend, fuhr in seinen Raum hinter dem Spa-Bereich, nahm das Jagdgewehr, das seinem Vater gehört hatte, und kehrte in den Flur zurück. Amala hatte sich zusammengekrümmt und stieß gelegentlich ein leichtes Schnarchen aus.

Oreste machte sich bereit, um seinen Feind zu erwarten.

SCHLAMM

VOR DREISSIG JAHREN

Stinkendes Wasser.

Unter ihr wallten die Fransen des Bettvorlegers wie Algen zwischen dem angeschwemmten Müll, über ihr entlud sich der Donner der Apokalypse. Die Fenster waren riesige Luken, die schlammige Wassermassen durch die Gitterstäbe rauschen ließen. Das Wasser sammelte sich in den mittlerweile überlaufenden Thermalbecken.

Itala konnte sich nicht rühren, weil sie das Messer, das ihr Junior in den Rücken bohrte, daran hinderte. Die schwere Regenjacke und ihre Kleidung schützten sie noch vor Verletzungen durch die scharfe Klinge, aber der Druck hielt sie unter Wasser.

Itala hatte nicht nach Luft geschnappt, und nur ihrem Instinkt und dem Schock des eisigen Wassers verdankte sie es, dass sie noch kein Wasser geschluckt hatte. Lange würde sie aber nicht mehr durchhalten. Der Tod durch Ertrinken ist grausam. Zunächst der Kampf, nicht zu atmen, obwohl der Körper immer stärkere Signale an die Lungen aussendet. Im Blut erhöhen sich Kohlendioxid- und Milchsäurespiegel, sodass man sich selbst vergiftet. Man braucht Sauerstoff. Dann kommen die Zuckungen, die ungewollte Atmung. Die Lungen füllen sich mit Flüssigkeit, die man aushustet und gleich wieder einatmet, während man immer wilder und unkontrollierter zu zappeln beginnt. Man erstickt und verbrennt und spürt in jeder einzelnen Sekunde, dass man stirbt.

Fast eine Minute lang setzte sich Itala zur Wehr. Junior trat ihr ins Gesicht und hielt sie immer noch mit der Klinge nieder.

Sie versuchte sie wegzuschieben, schaffte es aber nicht. Dann drückte sie noch einmal dagegen.

Irgendwann konnte sie sich mit dem Fuß an einem Bein des Betts verhaken, auf dem Giada lag, und zog sich ruckartig von Junior fort, der nun seinerseits ins Wasser fiel, das Messer umklammert. Itala drehte sich im selben Moment um, als ein Krampfanfall sie zum Atmen zwang. Luft. Herrliche Luft, nach Fäulnis stinkend.

Vom Gewölbe über ihr fielen Putz- und Zementbrocken herab, mitgerissen von dem Wasser, das das Obergeschoss überflutet hatte. Aus jedem noch so kleinen Loch brachen Rinnsale hervor.

Junior warf sich auf sie und wollte sie erwürgen. Itala drehte sich wieder um, sodass Junior nun unter ihr lag. Er war viel schwerer als sie, aber das Wasser machte ihre Regenjacke glitschig, sodass er sie nicht festhalten konnte. Sie schlug die Zähne in seinen Nasenflügel und zerrte daran.

Schockiert riss Junior die Augen auf und verschluckte sich. Itala biss wieder zu und spuckte ein weiteres Stück Fleisch aus. Er stieß sie von sich fort. Nun schauten sie sich an, bis zur Taille im Wasser stehend.

»Verdammte Hure!«, brüllte Junior. Seine Nase war nur noch eine blutige Masse, sodass seine Stimme einem albernen Knurren glich.

Als etwas auf dem Wasser vorbeitrieb, packte Itala instinktiv zu. Es war der Plastikgriff des Messers. Die Klinge war abgebrochen, und es blieben nur ein paar Zentimeter. Junior merkte es, drehte sich um und wollte sich durch die schwappenden Wassermassen in das andere Zimmer retten. Itala schnappte mit der freien Hand nach ihm, rutschte aber ab, sodass sie nur die Hose zu packen bekam, die dem Mann bis zu den Knien herabrutschte. Junior versuchte sie hochzuhalten, während er durch das Wasser pflügte. Seine gebrüllten Flüche wurden vom Heulen des Winds übertönt. Itala versuchte es noch einmal, und nun konnte sie ihn zu Fall bringen, mit dem Gesicht zuerst. Sie riss seinen Kopf hoch und hielt ihm die abgebrochene Klinge an die Kehle. »Warum, verdammt? Warum hast du diese Mädchen alle umgebracht?«

»Weil ich Lust dazu hatte, du hässliche Kuh, denn etwas anderes bist du nicht.« Er rammte ihr das Knie in den Leib und traf sie genau dort, wo man sie bereits vor ein paar Stunden getreten hatte. Die vorletzte Rippe brach. Itala schrie vor Schmerz auf und lockerte den Griff am Messer. Junior versuchte aber gar nicht, es zu packen zu bekommen, sondern setzte seine Flucht fort, die Hose in der Hand. Er stieg die Stufen zum nächsten Zimmer hoch, wo ihm das Wasser nur noch bis zu den Knöcheln ging. Itala folgte ihm auf allen vieren, nach Luft schnappend. Ihr wurde schwarz vor Augen. Schmerzmittel und Adrenalin halfen unter diesen Bedingungen auch nicht mehr. Hinter dem Tränenschleier nahm sie das Chaos wahr: Möbel, Gegenstände, die von den hereinsprudelnden Wasserfällen durch den Raum getrieben wurden, ein implodierter Fernseher auf dem umgestürzten Sofa, Dutzende von Büchern, die wie Kähne durch den Raum trieben. Sie watete um die Hindernisse herum, während Junior bereits die Treppe am anderen Ende des Kellers erreicht hatte und dem Ausgang zustrebte. Die Tür klapperte in der Strömung, die wasserfallartig aus dem Restaurant herabstürzte.

Itala begriff, dass sie ihn nicht mehr erreichen würde, und verfluchte ihn in ihrem wildesten Dialekt, den sie seit ihrer Flucht aus der Heimat nicht mehr benutzt hatte.

Als Junior die Tür aufriss, stürzte sich Locatelli auf ihn. Im Licht der Blitze wirkte das Blut, das ihn besudelte, pechschwarz, und sein Gesicht schien das einer Leiche zu sein. Junior erhob sich, während Locatelli es nicht einmal versuchte. Er hievte sich nur auf die Knie, mit der einen Hand seinen Bauch haltend, mit der anderen den Revolver. Er gab drei Schüsse ab, die sich wie eine Knopfreihe über Juniors Brust und Bauch zogen.

Itala sah, wie Junior ins Wasser sank, und kämpfte sich zu Locatelli vor. Er war bei Bewusstsein, obwohl er so viel Blut verloren hatte, konnte aber nicht aufstehen. Itala half ihm, sich auf die Treppe zu setzen, wo er sich ans Geländer klammerte.
»Sag mir, dass er es war«, flüsterte er. »Sag mir, dass er der Perser war und nicht ein x-beliebiger Idiot.«
»Er war's. Du hast ihn erledigt. Gib mir die Pistole.«
Er gab sie ihr. Sie war glitschig vom Blut. Itala packte sie und stieg zwei Stufen hinab, um einen Blick auf Junior zu werfen, der von den Fluten hin und her geworfen wurde. Er lebte noch. Itala hielt die Pistole an das, was von seiner Nase übrig war, und gab mit geschlossenen Augen die letzten drei Schüsse ab. Mit der Hand schützte sie sich vor Blut- und Knochenspritzern. Schließlich ließ sie die Pistole sinken und kehrte zu Locatelli zurück.
»Lebte er noch?«, fragte er.
»Weiß ich nicht. Aber es schien mir nur gerecht, die Verantwortung zu teilen.«
»Du wolltest deinen Anteil am Ruhm«, sagte Locatelli und spuckte Blut.
»Leck mich. Lass uns versuchen, hier herauszukommen.«

Sie schleppten sich die Treppe hoch, sich gegenseitig stützend. Der verletzte Wachmann war nicht mehr im Flur. Locatelli hatte gesehen, wie er zum Ausgang gewankt war, sich immer wieder an die Wand lehnend. In den letzten Minuten hatte sich der Speisesaal mit Schlamm und geborstenen Trümmern gefüllt; der Zugang zum Flur war blockiert.
Es gab eine Metalltür, wahrscheinlich der Dienstboteneingang zur Küche, aber sie war abgesperrt oder blockiert. Von hier drang kein Schlamm herein, vielleicht hatte sich die Schlammlawine auch dahinter aufgestaut. Itala versuchte die Tür mit all ihrer verbliebenen Kraft aufzudrücken, aber sie bewegte sich keinen Millimeter. Also kehrte sie in das zurück, was vom

Speisesaal übrig geblieben war. Locatelli hatte einen Tisch und zwei Stühle wieder aufgestellt und sich gesetzt. Itala wünschte, sie hätte ihre Polaroidkamera noch und könnte ihn so fotografieren, inmitten der Verwüstungen und des Schlamms, der ihm bis zu den Waden ging. »Wie sieht's aus?«, fragte er.
»Wir müssen Hilfe abwarten. Wann wird diese Hölle wohl enden?«
Locatelli schüttelte den Kopf. »Wenn das so weitergeht, kommt alles runter. Die Flüsse sind über die Ufer getreten, und wir befinden uns mitten im Strom.«
»Wir könnten es unten noch einmal versuchen. Vielleicht gibt es noch einen anderen Ausgang.«
Wieder schüttelte Locatelli den Kopf. »Ich stehe hier nicht mehr auf, Itala. Wenn du mir eine Flasche organisierst, wird mir die Zeit nicht so lang.«
Itala machte auf den Hacken kehrt, sah sich in der Speisekammer um und nahm drei immer noch kühle Flaschen Veuve Clicquot und zwei Gläser. Als sie in den Speisesaal zurückkehrte, hatte sich die Schlammlawine um einen weiteren Meter herangeschoben. Während sie sie noch betrachtete, gab es einen Erdstoß, der eine der Deckenleuchten herabfallen ließ.
»Der Herr haben Champagner bestellt?«
»Das ist etwas für junge Damen.«
»Gib dich gefälligst damit zufrieden.« Itala entkorkte eine Flasche mit den drei Fingern, die noch funktionierten, und schenkte ihnen beiden ein. »Zum Wohl.«
»Zum Wohl. Wolltest du nicht einen Ausgang suchen?«
»Ich werde auch nicht mehr aufstehen. Wenn ich da hinabsteige, ertrinke ich.«
»Wenn ich wie du einen Sohn zu Hause hätte, würde ich es versuchen. Schenk uns nach.«
Sie tat es. »Hab ich gar nicht. Ich dachte immer, dass ich ihn bei meiner Schwiegermutter lasse, weil sie mich dazu zwingt. In Wahrheit ist es so, dass ich ihn zwar mag, aber nicht genug.

Ich wollte ihn nicht, so wie ich auch seinen Vater nicht wollte. Im Prinzip habe ich ihn immer als Pflicht betrachtet und nicht als etwas Schönes, Bereicherndes. War es für dich schön, mit deiner Tochter zusammen zu sein?«

»Sie war ein Engel. Denkst du, Gott wird sie mich noch einmal sehen lassen, bevor er mich in die Hölle schickt?«

»Das hoffe ich für dich.«

Die Erdmassen rutschten noch ein Stück weiter und füllten nun drei Viertel des Raums. Itala und Locatelli zogen Tisch und Stühle in die Nähe der Küche und setzten sich wieder. Der Bezug der Stühle war von ihrem Blut durchtränkt. Itala war zu müde, um noch Angst zu haben, zumal sie allmählich betrunken war. Sie öffneten eine weitere Flasche, sich gegenseitig helfend. Locatelli trank und rülpste. »Und wen willst du noch einmal sehen, bevor du mit mir zur Hölle fährst?«

»Meinen Ehemann.«

»Warum den, wo du ihn doch gar nicht gemocht hast?«

»Ich würde ihm gern sagen, dass er es nicht geschafft hat, mich zu zerstören. Er nicht und auch andere nicht. Ich habe mein eigenes Leben gelebt und sogar Gutes getan. Nicht viel, aber manches schon.« Sie seufzte. Und dann sagte sie etwas, was sie noch nie zu einer lebenden Seele gesagt hatte. »Und dass ich ihn, wenn es in meiner Macht stünde, ein weiteres Mal umbringen würde. Na schön, die Hölle bleibt mir sowieso nicht erspart.« Itala musste lachen, aber es ging in einen Hustenanfall über.

Locatellis Lachen klang, als würde Luft aus einem Luftballon entweichen. Er schenkte ihnen ein, dann fiel ihm die Flasche aus der Hand, als wäre er eingeschlafen.

Itala nahm seine eiskalte Hand. »Ciao«, flüsterte sie.

Dann gaben die Deckenbalken unter den Tonnen von Schlamm nach.

WOLF

HEUTE

57

Das alte Schwarz-Weiß-Video zeigte zwei Gestalten in Regenjacken, aus der Vogelperspektive aufgenommen. Die beiden schleppten einen uniformierten Wachmann mit sich und fuchtelten mit Pistolen herum. Es gab einen kleinen Tumult, dann sprang einer der beiden hinter den Tresen, und das Bild wurde weiß.

Benedetti stellte die Geräte aus und schaltete das Licht wieder an. »Das sind die einzigen Bilder, die wir von dem Überfall auf das Hotel haben, in dem Piero Ferrari lebte und behandelt wurde. Ein Mann und eine Frau. Die Frau war Ispettrice Itala Caruso, der Mann Sante Locatelli, der Vater von Maria Locatelli. Die Flüsse sind über die Ufer getreten und haben eine Schlammlawine ausgelöst, die das Hotel und die Leichen mit sich gerissen hat. Die von Piero Ferrari wurde drei Tage später gefunden. Er hatte drei Kugeln in Brust und Bauch; drei weitere wurden ihm aus nächster Nähe in den Kopf geschossen. Die Leiche von Itala Caruso tauchte zwei Wochen später auf. Locatellis Leichnam wurde nie gefunden, und es hat ihn auch niemand als vermisst gemeldet.«

»Wieso sollte ich Ihnen glauben?«

Ferrari hatte ihnen während der gesamten Vorführung den Rücken zugekehrt. Jetzt drehte er seinen Sessel zu Francesca um. »Was wollen Sie denn noch? Eine Autopsie? Die hat man gemacht. Natürlich ist sein Name nicht gefallen. Aber wir können Ihnen die Dokumente zu lesen geben. Haben wir eine Kopie, Ben?«

»Ja, Senatore.«
»Wo befindet sich die Leiche Ihres Sohns?«
»Im Familienmausoleum. Im Grab seiner Mutter«, sagte Ferrari. »Dort, wo ich auch landen werde.«
Dieser Mann war ein gewiefter Lügner, aber jetzt war er die Ruhe selbst. Francesca spürte, wie sich all ihre Gewissheiten in Luft auflösten. »Sie hätten anders handeln können, Senatore.«
»Nein. Die Vergangenheit lässt sich nicht ändern. Mein Sohn ist tot. Er war krank und hat schreckliche Dinge getan, aber er war mein Sohn«, fuhr Ferrari fort. »Ich wollte ihn beschützen und auch die anderen vor ihm schützen, aber das ist mir nicht gelungen. Seine Brüder und Schwestern sind Gott sei Dank normal.«
»Wie haben Sie es herausgefunden?«
»Sonderbare Abwesenheiten, sonderbare Verhaltensweisen, sonderbares Gefasel … Außerdem kursierten sonderbare Gerüchte. Man sagte, er möge kleine Mädchen. Einer meiner Mitarbeiter ist ihm gefolgt, als er Cristina Mazzinis Leiche entsorgt hat, das vierte Opfer. Danach hat er uns von den anderen erzählt. Damals haben meine Frau und ich das Hotel gekauft und die Welt von ihm befreit.«
»Aber es bestand das ewige Risiko, dass man ihm im Zuge von Ermittlungen auf die Spur kommen könnte. Also haben Sie Contini verurteilen lassen.«
»Das sagen *Sie*. Ich weiß nur, dass diese Caruso und Sante Locatelli meinen Sohn umgebracht haben.«
»Mir ist nicht klar, wie Sie die beiden auf diesem Video überhaupt erkennen können.«
»Ich habe sie aus der Nähe gesehen«, sagte Benedetti. Er krempelte sein rechtes Hosenbein hoch und enthüllte eine Prothese. »Ich hatte an jenem Abend Schicht. Sie hat mir ins Bein geschossen.«
»Aber Sie haben niemandem etwas davon erzählt.«

»Senator Ferrari hat mir eine Alternative aufgezeigt. Und da sein Sohn tot war, sah ich ehrlich gesagt auch keinen Grund mehr, ihm Probleme zu machen. Die Röntgenaufnahme habe ich noch, falls es Sie interessiert.«

Francesca schüttelte den Kopf. Sie konnte das alles kaum glauben, aber …»Wenn der Entführer meiner Nichte nichts mit Ihrem Sohn zu tun hat, warum wollten Sie dann den Lieferwagen verschwinden lassen?«

»Wir haben die Fingerabdrücke der Vermissten, die in dem Hotel gearbeitet haben, und die DNA der Verwandten von Pieros Opfern analysieren lassen«, sagte Benedetti. »Wir wollten sicherstellen, dass niemand von ihnen involviert ist. Dann hätten wir den Wagen von der Polizei finden lassen. Wir würden uns freuen, wenn Ihre Nichte nach Hause zurückkehren würde, aber wir mussten unser Geheimnis schützen.«

Sie nickte wie betäubt. »Könnte ich etwas Heißes bekommen? Einen Tee vielleicht?«

Im nächsten Moment kam ein Porzellanservice mit Teebeuteln von Fauchon und offenbar selbst gebackenen Keksen. Ferrari und Benedetti unterhielten sich leise, aber Francesca hätte auch dann nichts verstanden, wenn sie gebrüllt hätten. Sollte der Perser tatsächlich tot sein, musste Amalas Entführer sehr viel über ihn wissen: die Jahre, in denen die Mädchen ihm zum Opfer gefallen waren, die Daten der Entführungen, die Ermittlungen der Caruso … Das konnte doch alles kein Zufall sein. Oder doch? Oder belogen sie alle?

»Sind wir fertig?«, fragte Ferrari.

Francesca holte tief Luft. »Eine letzte Sache noch: Ich denke, dass Ihr Leben in Gefahr ist.«

58

Benedetti führte sie in einen Louis-seize-Salon, der etwas von einem Gefängnis hatte. Ihrem Bericht über die Morde, die Gerry begangen hatte, war er mit Skepsis gefolgt, aber er wusste zu würdigen, dass sie ihm verraten hatte, wo man ihn finden konnte. »Wenn Sie etwas brauchen, klopfen Sie, dann lasse ich es bringen.«

»Ich möchte nur nach Hause.«

»Uns wäre es lieber, wenn Sie hierblieben, bis wir sicher sein können, dass Ihr Mann stillgestellt ist. Sind Sie sicher, dass er sich an der Adresse befindet, die Sie uns gegeben haben?«

Francesca nickte. »Ein alter Mann ist bei ihm, seien Sie also vorsichtig.«

»Keine Sorge. Wir werden uns darauf beschränken, ihn in Gewahrsam zu nehmen und der Polizei zu übergeben. Ein ungewöhnlicher Vorgang, aber man wird ein Auge zudrücken.«

»Und was passiert dann?«

»Er wird des Landes verwiesen. Falls man außer gefälschten Papieren etwas anderes bei ihm findet, könnte es auch schlimmer ausgehen. Für ihn jedenfalls. Vor allem wenn man an einem Tatort seine DNA findet.«

»Er weiß von Ferrari und seinem Sohn. Obwohl er denkt, er sei noch am Leben. Aber er kennt die ganze Geschichte.«

»Wenn Sie nichts sagen, wird ihm niemand glauben. Im schlimmsten Fall werden wir eine Zwangsbehandlung anordnen. Eine von diesen heftigen.«

Benedetti schloss hinter sich ab. Francesca setzte sich erschöpft auf ein kleines Sofa neben einem Tischchen mit Kunstbänden. Obendrauf lag ein Aktendeckel mit Gummiband und der verblassten Aufschrift UNBEKANNT. Sie schlug ihn auf und fand Fotos und einen Autopsiebericht. Das Gesicht des Toten war deutlich erkennbar. Es glich exakt dem von Piero Ferrari, das sie im Internet gefunden hatte. Es hätte natürlich gefälscht sein können, aber das glaubte sie nicht. Sie fühlte sich elend, weil sie so danebengelegen hatte, und schämte sich, weil sie einem Verrückten geglaubt hatte, der sie ein weiteres Mal betrogen hatte. Und auch, weil sie mit Ferrari einen Pakt eingegangen war. Aber was hätte sie tun sollen? Zulassen, dass Gerry ihre Nichte umbrachte und wer weiß wie viele andere Mädchen noch? Mittlerweile war klar, dass er eine Gefahr für die Allgemeinheit darstellte.

Sie legte die Dokumente weg. Sie war so müde, dass sie für zwanzig Minuten einschlief. Ein Geräusch an der Tür weckte sie. Ein Sicherheitsmann mit kurzen Haaren, Schnauzbart und dunklem Anzug trat ein, ein Silbertablett mit einer Flasche Wasser in der Hand.

»Ich brauche nichts, nehmen Sie das wieder mit«, sagte Francesca und wandte sich ab.

»Ehe der Hahn kräht, wirst du mich dreimal verleugnet haben«, sagte der Mann. Francesca erstarrte.

Es war Gerrys Stimme.

59

Samuele schloss das Mofa am Tor des Polizeipräsidiums von Cremona an und zeigte dem Wachposten seine Papiere. Der scannte sie, obwohl er ihn vom Sehen kannte. »Ist der Ispettore Capo da?«, fragte er.
»In der Operationszentrale. Den Weg dorthin kennst du ja mittlerweile.« Er gab die Sicherheitstür frei und schenkte ihm ein Lächeln. Die ersten Male, die Samuele hier aufkreuzen musste, hatte ständig jemand gezwinkert oder ihm den Ellbogen in die Seite gestoßen, aber es war besser geworden. Bei der Polizei grassierte die Homophobie noch, aber mittlerweile gab es auch die Vereinigung der homosexuellen Polizisten, sehr zum Leidwesen der älteren Kollegen.
Die Operationszentrale war der Ort, wo die Notrufe der Bürger und der Streifen entgegengenommen und die Videokameras mit den Überwachungskameras auf den Straßen verbunden wurden. Um diese Tageszeit waren die drei Schichthabenden, zwei Polizisten und ein Vorgesetzter, die einzigen Menschen im Gebäude.
Samueles Freund Alfredo stand mit verschränkten Armen da, und er musste unwillkürlich denken, dass er in Uniform ein toller Hecht war. Da sich die Polizisten im Präsidium umzogen, bekam er ihn fast nie so zu Gesicht.
»Hey, gibt's ein Problem?«, fragte er überrascht, als er ihn sah.
»Nein, nein. Allerdings …«

Alfredo begriff sofort. »Ich koche mir einen Kaffee. Danach kann ich einen von euch ablösen, falls ihr euch auch einen machen wollt. Sagt Bescheid, falls es einen Notfall gibt.«

»Ja, Dottore«, sagte einer der beiden Kollegen.

Alfredo hatte eine Nespresso-Maschine im Büro. Dort gingen sie nun hin und ließen die Tür einen Spalt offen stehen. Ursprünglich hatte Samuele gedacht, dass Alfredo das tat, um nicht den Verdacht aufkommen zu lassen, man vollziehe auf dem Schreibtisch wilde Dinge. Irgendwann hatte er allerdings festgestellt, dass alle das taten. Transparenz, pflegte Questore Bruni zu sagen, hilft Missverständnissen und Verleumdungen vorbeugen.

Alfredo machte nur für sich einen Espresso, weil er wusste, dass Samuele ab einer bestimmten Uhrzeit nach dem Genuss von Kaffee schlaflose Nächte hatte. »Los, mein Schatz, ich muss gleich wieder zurück«, sagte er.

»Kannst du mir helfen, etwas über eine Polizistin herauszufinden? Eine gewisse Itala Caruso? Sie muss vor über dreißig Jahren in Cremona im Dienst gewesen sein. Ob sie noch lebt, weiß ich nicht.«

Alfredo zeigte auf den Computer. »Ich könnte schon, aber ich brauche einen triftigen Grund. Es gibt schließlich eine Privatsphäre, deshalb muss man immer einen Grund angeben, wenn man persönliche Daten im System abfragt. Besonders wenn es sich um Kollegen handelt.«

»Und da kann man keine Ausnahme machen?«

»Ich muss den Grund kennen, um eine Suche zu starten.«

»Normalerweise ziehe ich dich nicht in meine Arbeit hinein …«

»Von wegen. Los, komm zur Sache.«

»Na gut … Die Cavalcante … meine Chefin …«

»Ich weiß, wer sie ist.«

»Sie sucht ihre entführte Nichte.«

»Wie tut sie das?«

»Mit einem Israeli, der aus einer Forensischen Psychiatrie ausgebrochen ist. Sie denkt, dass der Perser ihre Nichte entführt hat, und dieser Typ bestärkt sie darin.«

»Der Perser?«

»Ein Mann, der vor dreißig Jahren Mädchen umgebracht hat und jetzt tot ist. Man merkt, dass du aus Palermo kommst. Das war sein Spitzname. Eigentlich hieß er Contini und ist im Knast gestorben. Aber meine Chefin ist der Meinung, dass er gar nicht das Monster war. Und dass dieses immer noch sein Unwesen treibt.«

»Ist deine Chefin nicht immer eine ernste und sachliche Person gewesen?«

»Vielleicht hat ihr die Geschichte mit ihrer Nichte den Verstand geraubt. Sie tut komische Dinge ... Heute hat sie mich gebeten, den Notruf anzurufen, weil sie mit dem Israeli abhauen wollte und ein Ablenkungsmanöver brauchte.«

»Ein Ablenkungsmanöver wovon?«, fragte Alfredo immer verwirrter.

»Wenn ich es recht verstanden habe, konnte der Israeli sie davon überzeugen, dass sie verfolgt wird.«

Sie waren vor dem Regal mit der Espressomaschine stehen geblieben, aber nun bedeutete Alfredo ihm, sich zu setzen, und nahm selbst hinter seinem Schreibtisch Platz. Seine sicheren Gesten und der professionelle Blick ließen Samuele das Herz aufgehen. »Möchtest du Anzeige erstatten? Es ist doch offensichtlich, dass sich dieser Israeli die geistige Unzurechnungsfähigkeit deiner Chefin zunutze macht. So etwas lässt sich schwer beweisen, aber wenn du Anzeige erstattest, kann ich Informationen über ihn einholen und ihn dem Staatsanwalt übergeben.«

»Aber es ist doch gar nicht gesagt, dass die Chefin falschliegt. Ich weiß es einfach nicht mehr. Es gibt so viele merkwürdige Dinge. Keine Ahnung, aber ich glaube, dass dieser Israeli mit falschen Papieren unterwegs ist.«

»Das ist eine Straftat. Sehr gut. Erzähl mir alles, dann verständige ich morgen den Staatsanwalt, der für Amala zuständig ist.«
»Ich würde lieber Ärger vermeiden ...«
»Mein Schatz, dein Partner ist Polizist, da liegt der Ärger in der Natur der Sache. Sag mir erst einmal, wie der Israeli heißt.«

60

Ohne Bart wirkte Gerry nicht älter, aber verlebter und irgendwie ... *militärischer*. Dieses Gesicht konnte sich Francesca gut unter einem Helm vorstellen, einem Tarnhelm. Der Hipster war völlig verschwunden. Er hatte vielmehr etwas Sarkastisches, mit diesem leicht grausamen Lächeln, das zuvor unter den Barthaaren verschwunden war. Francesca sprang auf und sah sich nach etwas um, was sie als Waffe benutzen könnte. Gerry hatte das Tablett aber bereits abgestellt und lief auf sie zu, um ihr den Mund zuzuhalten. Sie spürte etwas Raues an den Lippen. Gerry hatte sich fleischfarbenes Klebeband um die Finger gewickelt.

»Hören Sie«, sagte er. »Ich gebe Ihnen die Möglichkeit zu fliehen, aber Sie müssen sofort mit mir mitkommen.« Er nahm die Hand von ihrem Mund. »Und nicht schreien, sonst bin ich gezwungen, Ihnen eins über die Rübe zu geben.«

Francesca keuchte. »Gerry, Gerry, hören Sie mir zu. Wir haben uns geirrt. Der Perser ist tot, da bin ich mir sicher. Ferrari hat mir ein Video gezeigt ...«

»Ich weiß, ich habe alles gehört.«

»Was Sie sich zurechtfantasiert haben, entspringt Ihrem kranken Geist. Und mich haben Sie mit hineingezogen. Ich will die Verantwortung nicht abwälzen, aber Sie müssen damit aufhören. Es gab schon zu viele Tote. Bitte.«

»Die von Airone sind auf dem Weg zu Renatos Wohnung, aber sie werden niemanden dort vorfinden. Wenn die das merken, blüht Ihnen etwas.«

»Aber Sie wollen mich auch umbringen.«

»Sie sind allein in diesem eleganten Salon. Ich könnte Ihnen das Genick brechen und Ihre Leiche auf dem Divan drapieren. Stattdessen diskutiere ich mit Ihnen und gehe das Risiko ein, entdeckt zu werden.«

Francesca war hin- und hergerissen. Gerry könnte sie wirklich auf der Stelle umbringen, wenn sie sich weigerte. Gleichzeitig könnte er ihr einen Fluchtweg eröffnen. Ihr könnte tatsächlich Schlimmes drohen, wenn sie bliebe. Ferrari würde denken, sie habe absichtlich gelogen. Möglicherweise würde er besagte psychiatrische Behandlung ihr selbst angedeihen lassen. »Man wird uns am Ausgang aufhalten.«

»Die halbe Mannschaft von Airone ist unterwegs, um mich zu suchen. Die andere Hälfte ist bei Ferrari. Das ist das Problem bei Festungen: Sie dienen vor allem dem Schutz des Königs. Setzen Sie die FFP2-Maske auf. Das Personal trägt sie auch zum Teil, nur die Leute vom Sicherheitsdienst nicht. Ich musste mir sogar den Bart abrasieren.«

Francesca folgte ihm willenlos, wie in einem Traum. Sie nahmen einen anderen Weg als den zum Arbeitszimmer und begegneten ein paar Männern vom Sicherheitsdienst. Gerry lächelte sie an, aber sie nahmen kaum Notiz von dem Ausweis, den er sich um den Hals gehängt hatte, obwohl der Typ mit dem Schnurrbart wenig Ähnlichkeit mit ihm hatte. Sie verließen die Villa durch einen Hintereingang und nahmen eines der Elektromobile. Gerry zeigte in den undurchdringlichen Park, der nur von ihren Scheinwerfern beleuchtet wurde. Francesca wollte auf den Rasen springen, aber er hinderte sie daran.

»Bitte machen Sie keine Dummheiten. Sie können sofort verschwinden, wenn wir das Gelände verlassen haben.«

»Wenn Sie mich nicht umbringen wollen, warum haben Sie mich dann hier herausgeholt?«

»Weil ich es war, der Ihnen diese Probleme eingebrockt hat. Ich habe nicht gern Schulden.«

»Aber ich wollte Sie verhaften lassen!«

»Tagsüber in diese Villa zu gelangen, ist unmöglich. Nachts führt Ferrari mittlerweile ein zurückgezogenes Leben, und es ist alles verriegelt. Mit Ihrer Hilfe wollte ich ein unvorhergesehenes Ereignis schaffen, das es mir erlauben würde, hier einzudringen und ihn in Ruhe zu befragen. Ich war mir sicher, dass er Sie belügen würde. Stattdessen kam dann dieser *coup de théâtre*. Meine Pläne wurden durchkreuzt.«

»Was waren denn Ihre Pläne?«

»Mich irgendwo verstecken, darauf warten, dass die Überwachung auf ein Minimum zurückgefahren ist, und Ferrari dann befragen. Jetzt scheint mir das nicht mehr nötig zu sein.«

»Die beiden könnten mich belogen haben. Ich glaube ihnen, aber ...«

»Es stimmt, was sie sagen. Während ich darauf gewartet habe, dass man Sie an einen sicheren Ort verbringt, habe ich die Friedhofswärter befragt. Einer von ihnen wusste von dem Sohn. Er hat zugegeben, dass er seine Gebeine beerdigt hat.«

Sie kamen an ein Gartenhaus, dann in den Innenhof desselben und schließlich an ein Tor in der Hecke. »Wieso können Sie sich hier so sicher bewegen?«

»Mazza hatte ein paar Vertraute unter den Angestellten, um Informationen über seinen Parteivorsitzenden zu sammeln. Ich habe mir ihre Namen nennen lassen und Kontakt zu ihnen aufgenommen, während ich mir den Bart abgenommen habe.«

»Sie leben noch?«

»Sie leben und verfügen über ein kleines Portfolio in Kryptowährungen, genau wie die Privatdetektive, die nun gefesselt im Mausoleum sitzen, ihre Unterhosen im Mund.«

Gerry grüßte den *Kollegen*, der das Tor öffnete. Nun befanden sie sich auf einem der Sträßchen, die zum Parkplatz führten.

»Sie wussten bereits, dass Ferrari junior tot ist?«

»Nein, das war eine schöne Überraschung.«

»Sagen Sie nicht ›schön‹. Sie haben mich schon wieder manipuliert. Benutzt haben Sie mich.«

»Sie hatten Angst vor mir. Die Versuchung, mich zu verraten, war immer gegeben. Mir war es lieber, Ihre Neigung zu meinem Vorteil zu nutzen.«

Am Eingang zum Park ließen sie das E-Mobil auf der Kante zwischen Asphalt und Rasen stehen. Gerry wartete, bis Francesca ihren Tesla entriegelte, und stieg dann auf der Beifahrerseite ein. »Mein Auto steht an der Tierklinik.«

»Gut.«

Mit seiner Karte öffnete Gerry die Schranke, dann erreichten sie die öffentliche Straße neben einem Weg, der so taghell erleuchtet war wie eine Landebahn.

»Wenn es nicht der Perser war, der Amala entführt hat, wer war es dann?«

»Keine Ahnung. Früher oder später wird man ihn schnappen.«

Francesca vernahm einen Misston. »›Früher oder später‹ in welcher Hinsicht?«

»Ein Serienmörder, der seit dreißig Jahren sein Unwesen treibt, ist etwas Außergewöhnliches. Den Nachahmer eines armen Teufels wie Piero Ferrari hätte man schnell geschnappt. Es ist schon ein Wunder, dass er selbst fünf Mädchen entführen konnte, ohne sich erwischen zu lassen.«

Der Streifenwagen ließ zum Gruß die Scheinwerfer aufleuchten, dann fuhr Francesca auf die Provinzstraße. »Aber Sie werden sich nicht weiter die Hände schmutzig machen?«

»Ich bin wegen des Persers gekommen. Er ist tot, also ist meine Arbeit erledigt. Meine Tarnung ist aufgeflogen, und es gibt zu viele Personen, die mein Gesicht kennen. Ich kehre heim.«

Während der Fahrt zur Tierklinik überlegte Francesca, was Gerry wohl tun oder sagen würde, um seine Aussage zurückzunehmen. Das war doch nur eine Finte, eine der vielen, die er sich mit ihr erlaubt hatte. Aber es geschah nichts. Gerry schlief einfach ein, so wie immer. Francesca dachte, sie könnte ihn einfach auf die Fahrbahn rollen lassen. Aber er hatte Ferrari nicht umgebracht und war ein Risiko eingegangen, um sie dort herauszuholen, deshalb konnte sie sich nicht vorstellen, etwas derart Extremes zu tun.

»Mein Wagen steht dort, Sie können an den Straßenrand fahren«, sagte er, plötzlich wieder wach.

Francesca tat es. Das Rudel war an Bord und begann sofort zu bellen. »Haben Sie sie den ganzen Abend dort gelassen?«

»Nein. Renato hat sie gebracht. Er fährt noch Auto, obwohl er das besser sein lassen sollte. Ich habe ihm mitgeteilt, dass ich nicht kommen kann, um sie abzuholen.« Gerry stieg aus und öffnete den Kofferraum des Volvos. Die Hunde sprangen heraus, hüpften um ihn herum oder erleichterten sich. Francesca blieb am Steuer sitzen und wartete darauf, dass Gerry irgendetwas tat. Fehlanzeige.

Als er an ihr Fenster klopfte, zuckte sie zusammen. »Es war sehr interessant, Sie kennengelernt zu haben. Ich schicke Ihnen eine Postkarte aus Israel, dann wissen Sie, dass es mir gut geht.«

»Sie meinen es ernst. Sie reisen tatsächlich ab.«

»*Hineni*, hier bin ich, sagte Abraham, als Gott ihn rief.«

Francesca vernahm ein Echo aus der Nonnenschule. »Sie üben Rache, weil ich Sie verraten habe«, sagte sie wütend. »Sie bringen mich nicht um, lassen es aber an meiner Nichte aus.«

Gerry wirkte verblüfft. »Sie und ich, wir ähneln uns. Aber ich weiß nicht, was Sie von mir wollen.«

»Ich auch nicht! Ich brauche Sie, um Amala zu finden. Aber Sie sind ein Mörder, und ich habe Angst, dass Sie mich umbringen. Als ich Sie an Ferrari und seine Schergen verkauft habe, glaubte ich, das Richtige zu tun, aber jetzt weiß ich gar nichts mehr. Bitte, helfen Sie mir …«

Gerry schüttelte den Kopf. »Das hieße, aufs Geratewohl vorzugehen. Das ist nichts für mich. Außerdem habe ich die

Identität von Gershom bereits vernichtet. Hier, nehmen Sie, das habe ich am Eingang für Sie abgeholt. Aber stellen Sie es nicht sofort an.« Er reichte ihr ihr Handy. »Der Senator wird Sie vergessen, aber Benedetti haben Sie dumm dastehen lassen. Er ist ein Scheusal und hat Mittel, um sich zu rächen. Wechseln Sie die Nummer, schließen Sie ein Abo bei einer Verschlüsselungsfirma ab, engagieren Sie einen Experten für Cybersicherheit in Ihrer Kanzlei, außerdem ein seriöses Sicherheitsunternehmen ...«

»Und Amala?«

»Vermutlich ist sie längst tot. Der Perser hätte sie eine Weile am Leben erhalten, aber bei dem Nachahmer ist das nicht sehr wahrscheinlich. Keines der Mädchen, die in den letzten Jahren verschwunden sind, wurde gefunden. Falls es denn derselbe Entführer war.«

»Und Sie verspüren nicht das geringste Mitleid?«

»So läuft das nicht, Francesca.«

»Leck mich.« Francesca ließ den Motor an und fuhr los. Das Handy, das sie wieder angestellt hatte, piepte ein Dutzend Mal. Sie ließ die Nachrichten auf dem Wagendisplay durchlaufen, konnte aber nichts erkennen, weil sie Tränen in den Augen hatte. Sie weinte nicht nur wegen Amala, sondern weil sie von einer grausamen Einsamkeit übermannt wurde. Sie fühlte sich geschlagen und machtlos und hatte niemanden, dem sie alles erzählen konnte. Schließlich fuhr sie an den Straßenrand, um keinen Unfall zu bauen, und putzte sich die Nase. Dann überflog sie die Nachrichten in der Hoffnung, eine gute zu finden, aber sie waren alle von Samuele und betrafen Itala Caruso, die sie nun nicht mehr interessierte. Es gab auch ein Schwarz-Weiß-Foto von Italas Ehemann, dem kleinen Mafioso, der sie zur Ehe gezwungen und mit einem Sohn zurückgelassen hatte.

Wer weiß, wie es dem nach dem Tod seiner Mutter ergangen ist, dachte sie. Dann betrachtete sie noch einmal das Foto des Mannes, schimpfte sich eine Idiotin, legte den Rückwärtsgang ein und machte kehrt. Gerry hatte soeben den Motor angelassen. Sie parkte direkt vor seiner Kühlerhaube.

Gerry steckte den Kopf zum Fenster hinaus. »Sie sind ganz schön hartnäckig.«

»Ich wollte nur noch loswerden, dass Sie Ihrem Vater ähneln.«

61

Aleph jaulte auf dem Rücksitz. Gerrys Miene war jetzt ausdruckslos. »Sehen Sie? Wenn die Arbeit beendet ist, muss man lüften«, sagte er.

»Sie sind nicht nach Italien gekommen, um den Perser zu suchen. Sie sind gekommen, um Ihre Mutter zu rächen. Sie haben den Richter umgebracht, der sie in die Scheiße reingezogen hat, den Chef, der sie nicht beschützt hat, den Kollegen, der sie vielleicht …«

»Der sie an den Mitarbeiter der Gefängnispolizei verraten hat, der sie vergewaltigen wollte. Und der mir die letzten Einzelheiten erzählt hat.«

»Gut, dieses ekelhafte Detail ist mir entgangen. Aber Sie haben mich für Ihre Ziele benutzt, so wie Ferrari und all die anderen Itala benutzt haben. Sie haben meine Angst um meine Nichte ausgenutzt und mein Schuldgefühl wegen Contini. Und Renatos Zuneigung zu Ihrer Mutter haben Sie sich auch zunutze gemacht. Wenn Sie sich jetzt verdrücken, sind Sie nicht besser als Ferrari.«

»Ich muss niemandem etwas beweisen.«

Francesca gab einen Schuss ins Blaue ab. »Sie müssen sich selbst beweisen, dass Sie nicht wie Ihr Vater sind. Ich weiß, was für ein Typ das war.«

Gerry öffnete die Tür, stieg langsam aus und blieb so dicht vor ihr stehen, dass sich ihre Körper fast berührten. Er sagte nichts, begann aber, seine Finger zu massieren. »Versuchen Sie etwa, in meinen Kopf einzudringen? Passen Sie auf, das ist kein schöner Ort.«

Francesca wurde klar, dass sie sich immer geirrt hatte, wenn sie sich von Gerry bedroht gefühlt hatte. Erst jetzt erlebte sie, wie er war, wenn er jemanden umbringen wollte. Der Mann vor ihr betrachtete sie nicht mehr als menschliches Wesen. Der Mann vor ihr würde ihre Leiche keines Blickes mehr würdigen, es sei denn, um Spuren zu beseitigen oder sie verschwinden zu lassen.

»Meine Nichte, falls sie denn noch lebt, ist an einem schlimmeren Ort. Und ich hoffe wirklich, dass Sie mehr Ihrer Mutter ähneln als Ihrem Vater.«

Gerry schüttelte den Kopf, und Francesca spürte, dass die Gefahr gebannt war. »Der einzige Unterschied zu ihm ist, dass ich weiß, was ich tue«, sagte Gerry. »Ich habe mir Regeln auferlegt, und die Hunde … helfen mir, sie einzuhalten. Sie sind sehr sensibel für meine Seelenlagen.«

»Deshalb müssen sie zu Hause bleiben, wenn Sie etwas Schlimmes tun?«

»Sie würden nicht begreifen, dass es nicht anders geht. Ich möchte sie nicht verwirren.«

»Sie haben an dem Hundeexperiment des Instituts G. Feuerstein teilgenommen. Das hat mir Samuele erzählt.«

»Ja. Die Hunde haben mich verändert. Es ist seltsam, aber ich spüre etwas, wenn ich mit ihnen zusammen bin. Keine Ahnung, ob das Liebe ist, aber es kommt dem sehr nahe. Das habe ich damals vor drei Jahren sofort begriffen.«

»Und wie haben Sie es begriffen?«

»Ich habe zwei Häftlinge umgebracht. Mir wurde klar, dass ich es für die Hunde getan habe. Es war das erste Mal in meinem Leben, dass ich etwas für jemand anderen getan habe.«

ANTWORT

VOR DREISSIG JAHREN

Cesare betrachtete den Sarg seiner Mutter, der auf dem Friedhof in Cremona in die Erde hinabgelassen wurde. Er hatte Tränen in den Augen. Das war etwas Neues, da er in seinen acht Lebensjahren nur zwei Dinge gelernt hatte: schreien oder ein knallrotes Gesicht bekommen. Seine Tränen brachen sich nicht Bahn. Neben ihm standen seine Großmutter und ihr Lebensgefährte mit der Kippa auf dem Kopf. Ein Stückchen weiter stand eine Gruppe von Kriminellen, mit denen seine Mutter befreundet gewesen war, ein paar in Uniform, ein paar ohne.

Cesare wunderte sich immer, dass die anderen nicht erkannten, wer diese Typen eigentlich waren. Sie hatten goldene Uhren am Handgelenk und Sportwagen, und zu seiner Erstkommunion hatten sie ihm einen Umschlag mit zwei Millionen Lire geschenkt. Das war mehr, als die Lehrer an seiner Schule verdienten. Das wusste er, weil er sich erkundigt hatte. Im Gegensatz zu seinen Klassenkameraden war er neugierig und wollte alles wissen, auch Dinge, die er nicht verstand, was meistens der Fall war.

Für Cesare war die Welt ein verwirrender Ort, aber manche Dinge, die ihm sonnenklar waren, schienen den anderen verborgen zu bleiben, auch den Großen. Anna, die in Cremona ihre Haushaltshilfe und seine Babysitterin gewesen war, weil seine Mutter zu viel zu tun gehabt hatte, flüsterte seiner Großmutter etwas ins Ohr. Dann nahm sie ihn in den Arm. Cesare tat so, als würde es ihm gefallen. »Es tut mir so leid um deine

Mutter«, sagte sie. »Aber immerhin hat sie alles geregelt, bevor sie zu den Engeln gegangen ist. Fast als hätte sie es erwartet.«

Cesare weinte nun heftig, weil er verstanden hatte, dass man das in einer solchen Situation tat. Sie küsste ihn auf die Stirn. »Jetzt schaut sie aus dem Himmel auf dich herab«, versicherte sie ihm.

Cesare dachte, dass seine Mutter ihn nicht einmal angeschaut hatte, als sie noch gelebt hatte. Außerdem schaute sie auch nicht aus dem Himmel herab, da sie in der Hölle war, wie korrupte Polizisten, Drogenhändler und jene, die kleinen Kindern an die Unterwäsche gingen. Darin war seine Großmutter entschieden, und was seine Großmutter sagte, stimmte.

Sie war es auch, die ihm beigebracht hatte, den anderen nachzueifern, damit sie ihn nicht wie einen Dummkopf behandelten. Und sie hatte ihm das Lachen beigebracht. Wenn seine Mitschüler in der Grundschule gelacht hatten, war er gemein geworden, weil er es nicht verstanden hatte. Da gibt es nichts zu verstehen, hatte seine Großmutter erklärt – das sei nur ein Geräusch, das Kinder machten, weil es ihnen gefiel. So wie Hunde bellten. »Wenn du nicht mit ihnen lachst, halten sie dich für einen Dummkopf und verjagen dich aus dem Rudel.«

Die Erklärung hatte ihn erleichtert. Er war ein Dummkopf und musste sich verstecken. Von diesem Moment an hatte er aufgehört, Ohrfeigen auszuteilen und zu kneifen, wenn es passierte. Er lachte einfach mit. *Hahaha. Schaut, ich bin wie ihr.*

Seine Schulkameraden besuchten ihn nie nach der Schule, und so verbrachte er die Nachmittage allein. Im Park hinter ihrem Haus in Castelvetro entsorgten die Leute ihren Müll, sodass er immer etwas fand – ein altes Radio oder einen kaputten Mixer, die er zu reparieren versuchte und für Experimente benutzte. Die Einzelteile verteilten sich in der ganzen Wohnung.

Einmal hatte er einen Fernseher mit abgelaufenem Olivenöl gefüllt und im Hof angezündet, um zu überprüfen, ob die Kathodenstrahlröhre explodierte. Die Nachbarn waren zur Großmutter gerannt, um sich zu beschweren. Insgeheim hatte sie sich mit ihm zusammen ins Fäustchen gelacht wegen dieser *schmuck*, die sich nicht zu amüsieren wussten. Er hatte mitgelacht. *Hahaha.*
Schmuck war ein neues Wort, das mit dem Lebensgefährten der Großmutter Einzug gehalten hatte. Es bedeutete »dumm«. Cesare begriff, dass es Leute wie ihn meinte, die ihre Schwäche nicht zu verbergen wussten. Um es auszutreiben, benutzte er es auch in der Schule vor den Lehrern. Er behauptete, es heiße »danke« auf Niederländisch, und sie glaubten ihm – bis sie das Wort nachschlugen. »Findest du das komisch?«, fragten sie ihn, und er bejahte, auch wenn er sich nicht sicher war.
Hahaha.
Der Lebensgefährte kam mit, als sie nach Hause gingen. Cesare verzog sich auf sein Zimmer, um den Fernzuseher einzuschalten, den ihm die korrupten Polizisten zum Geburtstag geschenkt hatten. Ein paar Minuten später klopfte der Lebensgefährte. »Na, wie geht's?«, fragte er mit seinem merkwürdigen Akzent. »Kann ich mit dir reden?«
Cesare wusste, dass er beleidigt sein würde, wenn er Nein sagte. »Ja.«
»Deine Großmutter und ich kennen uns nun schon seit einem Jahr, und wir haben begriffen, dass wir den Rest des Lebens zusammen verbringen wollen. Das hat sie dir sicher auch schon gesagt, oder?«
Seine Großmutter redete nie über den Lebensgefährten, aber Cesare nickte.
»Ich wollte dir mitteilen, dass deine Großmutter und ich beschlossen haben zu heiraten.«
»In Ordnung.«

Der Lebensgefährte machte das, was Erwachsene immer machten, wenn sie verlegen waren: Er verfiel in hektische Bewegungen. Cesare tat es ihm nach und drückte an seinen Händen und Fingern herum.

»Aber ich möchte ehrlich mit dir sein. Wir schwimmen nicht in Gold«, sagte er nun.

»Gold ist ein Festkörper. Geschmolzenes Gold vielleicht?«

»Leider hat uns deine arme Mamma nur Schulden hinterlassen, und wir müssen ja auch an dich denken. Wir haben beschlossen, in mein Land zu ziehen, nach Israel.« Der Lebensgefährte zeigte es ihm im Atlas.

»Werde ich mitgehen?«

»Natürlich! Wie kommst du auf die Idee, wir könnten dich hierlassen?«

Cesare wackelte wieder mit den Handgelenken. »Meine Mamma wollte mich nicht.«

»Wir schon! Ist das in Ordnung für dich? Bist du glücklich?«

Auch darauf gab es nur eine einzige Antwort. »Ja.«

Aber der Lebensgefährte war noch nicht fertig. Er nahm ihn in den Arm. »Ich bin nicht wie deine arme Mamma, ich hab dich lieb. Und ich hoffe, dass du mich auch ein wenig magst.«

Cesare ließ die Finger knacken. Der Lebensgefährte wartete vergeblich darauf, dass er etwas sagte. Der Junge musste erst darüber nachdenken.

Fast ein Jahr dachte er darüber nach, auf einer Reise, die ihm ewig vorkam. In dieser Zeit versuchte er sich an eine Welt zu gewöhnen, die Abenteuercomics entsprungen schien, mit weiß gewandeten Menschen, die Maschinengewehre in der Hand hielten, Sprachen sprachen, die er nicht verstand, und fremde Speisen kochten. Zwischendurch heulten immer wieder Sirenen, und Raketen schlugen ein.

Dann nahm er eines Nachts sämtliches Geld, das er im Haus

finden konnte, packte einen Rucksack, schüttete den Fleckentferner der Großmutter über die Zelte, zündete sie an und verschwand.

Er war elf Jahre alt, und das war seine Antwort.

VERSPRECHEN

HEUTE

62

Gerry begleitete Francesca zu seinem Refugium, das er noch für ein paar Tage gemietet hatte. Sie mussten irgendwo schlafen, und es gab gute Gründe für die Annahme, dass die Männer von Airone sie in dieser Nacht nicht aufspüren würden. Wenn es überhaupt ein Problem gab, dann die Polizei. Metalli hatte Francesca eine Reihe von Nachrichten geschickt, dann sogar noch eine Sprachnachricht, in der er ein baldiges Treffen verlangte, zu dem sie Gerry mitbringen solle. Interpol habe Kontrollen durchgeführt etc. Der Tonfall changierte zwischen Wut und Sorge, und Francesca war klar, dass er kurz davorstand, einen Haftbefehl gegen sie beide zu erlassen.

Francesca hatte sich unter einem »Refugium« etwas anderes vorgestellt als dieses Loch von einem zweistöckigen Haus, das mit Möbeln vom Sperrmüll eingerichtet schien. Die Hunde liefen durch die Räume und schnupperten. Gerry zeigte ihr das Ehebett im Obergeschoss. Die Bettwäsche war mit Pfotenabdrücken übersät. »Das ist das einzige Bett hier. Das soll aber kein Angebot sein. Ich schlafe unten auf dem Sofa.« Während der Fahrt hatten sie endlich aufgehört, sich zu siezen.

»Mir ist klar, dass das kein Angebot sein soll, aber es ist freundlich, dass du die Möglichkeit wenigstens in Betracht ziehst. Das Sofa nehme *ich*, wenn du nichts dagegen hast.«

»Warum freundlich? Du bist eine attraktive Frau.«

»Und zwanzig Jahre älter als du. Du solltest dich bemühen, die Empfänger in deinem Kopf besser einzustellen.«

»Und du solltest mehr Selbstvertrauen haben.«

Francesca floh nach unten, um ihre Verlegenheit zu überspielen. Sie glaubte ihm kein Wort, musste aber zugeben, dass sie sich freute. Sie streckte sich auf dem buckligen Sofa aus, das gross genug war, um in einem Sandwich aus Decken eine bequeme Position zu finden. Sie fragte sich, wie viele Paare sich auf diesem Sofa wohl geliebt haben mochten, schalt sich dann aber für diese anstössigen Gedanken. Immerhin befand sich ihre Nichte in den Händen eines Monsters.
Und wo bist du selbst gelandet? So freundlich Gerry sich geben mochte, er ermordete Menschen mit derselben Nonchalance, mit der er eine Fliege erschlagen würde. Francescas Gedanken schweiften wieder zu der Frage, wie man sich auf diesem Sofa lieben könnte, weil das wesentlich angenehmer war, dann schalt sie sich wieder und glitt in einen Schlaf, in dem sich die Bilder von liebenden Paaren mit denen von Serienmördern vermischten.

Gerry wartete, bis ihr Atem regelmässig war, dann nahm er seine Tricktasche und trat durch die Falltür im Dachboden auf das Dach.
Der Mond beschien den Hof unter ihm; in der Ferne konnte man die ersten Häuser sehen. Gerry setzte sich neben den Schornstein. Aus seiner Tasche zog er eine batteriebetriebene Leuchttafel statt des Spiegels, das Sandsäckchen und den Sohar.
Gerry las. Dann schloss er die Augen und wiederholte im Geiste einen Satz, die Kälte der Nacht ausschliessend, den harten Boden, den Rest der Welt.
Er glitt in einen klaren Traum. Im Traum herrschte tiefe Nacht, und er selbst war noch ein Kind. Barfuss schlich er zu der angelehnten Küchentür, aus der ein Lichtstrahl fiel. Er spähte durch den Spalt.
Seine Mutter wärmte auf dem Herd etwas auf.
Sie hat nie gekocht, sie konnte das gar nicht, dachte er.

Erinnerungen, die zu nichts taugten. Der erwachsene Gerry, der im Körper des kleinen Gerry steckte, verdrängte sie sanft, um weiter zuzuschauen.

»Mamma?«, sagte der kleine Gerry im Traum.

Sie drehte sich um. »Ich habe dich geweckt, mein Schatz!« Sie eilte herbei, um ihn in den Arm zu nehmen. Sie war eiskalt, eine Eiseskälte, die ihm bis in die Knochen drang, durch den Flanellpyjama hindurch. »Hast du Hunger? Durst?«

»Nein.« Als er antwortete, wusste Gerry nicht, ob er sich daran erinnerte oder etwas erfand. Die Kälte wurde schlimmer, als wäre seine Mutter eine Eisstatue geworden. Ihre Umarmung hatte nichts Tröstliches, sondern ließ ihn erzittern.

»Ich friere, Mamma«, hörte er sich sagen.

Seine Mutter ließ ihn nicht los. »Das ist meine Schuld«, sagte sie. Auch ihre Stimme war eisig geworden. Sie brannte in seinen Ohren, bevor sie in seine Kehle rutschte. »Nicht alles, nur …« Die Stimme glich nun einem Zischen, während sich die Arme immer fester um ihn schlossen. Der kleine Gerry hob den Kopf und sah, dass sich das Gesicht seiner Mutter in das eines Insekts verwandelt hatte. Die zangenartigen Kauwerkzeuge packten sein Ohr und rissen daran.

Gerry verließ den luziden Traum mit einem Fluch, der die Person, die ihn in die tiefe Meditation eingeführt hatte, empören würde.

Auf der Leuchttafel, eingegraben in den Sand, in dem allmählich das Morgenrot schimmerte, sah man den kursiven Buchstaben *nun*. Er hatte viele Bedeutungen, wie alle hebräischen Buchstaben. In der kursiven Version fand er sich in den heiligen Schriften. Manchen Interpretationen zufolge bedeutete er den Verlust des Verstands im Namen des Glaubens. Er konnte aber auch bedeuten, seinen eigenen Weg einzuschlagen.

Gerry seufzte und stieg ins Erdgeschoss hinab. Francesca schlief auf dem Sofa. Zayn hatte sich auf sie gelegt. Er witterte

Angst; vielleicht hatte sie einen Albtraum gehabt. Gerry bereitete in einem kleinen Topf einen Espresso zu, so leise wie möglich, aber Francesca wachte trotzdem auf. »Er ist fast fertig«, sagte er.

»Warum bist du so staubig?«

»Ich war auf dem Dach. Zum Meditieren.«

»Du meditierst?«

»Wenn ich meine Gedanken sortieren muss, wie es häufig geschieht.«

Gerry erzählte ihr von seinem Traum. Francesca hörte verblüfft zu. »Glaubst du an seherische Träume?«

»Da kenne ich mich nicht aus. Aber ich bin mir sicher, dass es sich nicht um so etwas handelt. Vermutlich will mir mein Unterbewusstsein etwas mitteilen.«

»Dein Unterbewusstsein ist ziemlich kompliziert.« Sie streckte sich. Ihr Rücken schmerzte, als hätte sie ein Korsett getragen. »Kochst du Espresso immer im Topf?«

»Ja. Türkisch nennt man das, wenn ich mich nicht irre. Hier.« Er schenkte ihr ein Gläschen ein. Als sie daran nippte, war er dick wie Sirup und bitter wie Galle. »Und wie interpretierst du deinen Traum?«

»Er hat Dinge wiederholt, die ich mir schon gedacht habe. Dass die Hornissen wichtig sind und dass ...« Gerry grub einen weiteren Traumfetzen aus. »... dass Giada der Schlüssel sein könnte. Sie ist neben deiner Nichte die einzige Afroitalienerin. Sagt man das so – Afroitalienerin?«

»Italienerin der zweiten Generation wohl eher. Aber fahr fort.«

»Und sie ist das letzte Opfer des echten Persers.«

»Der Perser wurde nie mit Hornissen in Verbindung gebracht. Warum denkst du, dass die wichtig sind?«

»Weil die Asiatische Riesenhornisse im Klima Norditaliens nicht eine Saison überleben würde. Aber nach dem, was Emanuel im Filter des Lieferwagens gefunden hat, hat Amalas Entführer sie seit mindestens einem Jahr um sich. Sie haben sich sogar vermehrt. Wenn sie sich derart vermehren, dass sie sich in deinem Kofferraum einnisten, würdest du sie gewöhnlich ausrotten«, erläuterte Gerry.

»Stimmt. Obwohl wir natürlich nicht wissen, wie er tickt. Andererseits haben wir immer gedacht, dass Amala meinetwegen entführt wurde und nicht, um es dem Perser gleichzutun.«

»Für den Perser hätte das gegolten. Es hätte sein können, dass er dich dafür bestrafen will, dass du seinen Sündenbock retten wolltest, oder dass er das Justizsystem an der Nase herumführen will. Aber der Nachahmer muss andere Gründe haben. Der wahre Perser hat sich dir nie genähert, und in den Aufzeichnungen über das Flussmonster bist du bestenfalls eine Fußnote. Nichts für ungut.«

»Wir müssen herausfinden, wie er von Giada und Maria erfahren hat, wenn er nicht der Perser ist. Die beiden wurden nie offiziell in die Liste der Opfer aufgenommen. Vielleicht einer von Ferraris Männern?«

»Die Contini in die Sache reingezogen haben, um den Skandal der Familie Ferrari zu vertuschen? Es handelt sich um wenige treue Vasallen, und wenn einer von ihnen Mordlust an den Tag legen würde, hätten die anderen es gemerkt«, schloss Gerry.

»Es gibt da noch etwas, was nicht aufgeht: Als Giada entführt wurde, war der Junior laut Ferrari bereits in Gewahrsam.«

»Donati hat mir erzählt, dass Giada von Amato mitgenommen wurde, dem Ex-Mitarbeiter meiner Mutter. Er wusste aber nicht, wohin er sie gebracht hat. Wir können nur vermuten, dass es Ferraris Hotel war. Was ist?«

»Beeindruckend, wie du über Personen sprichst, die du umgebracht hast«, stellte Francesca fest.

»Das kann befremdlich sein, ich weiß.«

»Vor allem der Tonfall. Diese Gelassenheit ist nicht normal.«

»Wenn es dir lieber ist, verstelle ich mich. Weißt du, wo Ferraris Hotel lag?«

»Als Benedetti mich in den Salon führte, sprach er vom Quisisana. Wenn ich recht verstanden habe, liegt es in der Gegend von Bergamo.«

»Ich werde mal in mein iPad schauen. Du kannst dich fertig machen, wenn du möchtest. Nimm alle deine Sachen mit nach oben, weil wir nicht mehr hierher zurückkehren. Die Leute von Airone haben zu viele Verbindungen. Wir sollten also nicht das Risiko eingehen, noch eine Nacht hier zu verbringen.«

Francesca wusch sich am Waschbecken, weil sie keine Lust hatte, die halb verrostete Dusche zu benutzen. Das Haus war einigermaßen geputzt, befand sich aber in einem Zustand drohenden Verfalls: verschimmelte Wände, unebene Böden, zugige Fenster, Kalkverkrustungen. Zwei der vier Zimmer waren mit staubigen Möbeln zugestellt. Sie kehrte in die Küche zurück, wo Gerry soeben die Tasche packte. »Darf ich dich etwas fragen? Warum dieser Name – Gerry?«

»Cesare konnte in Tel Aviv niemand aussprechen, und Gerry kam dem am nächsten. Aber es ist nur ein Spitzname. Meinen eigentlichen Namen bekam ich nach der Bar Mitzwa.«

»Und der wäre?«

»Ich habe nicht die Absicht, ihn dir mitzuteilen.«

»Du bist also tatsächlich ein israelischer Jude.«

»Kein praktizierender. Aber im Moment ist es die einzige Religion, die für mich einen gewissen Reiz birgt. Und Israel ist das einzige Land, dem ich mich verbunden fühle. Die Erinnerungen an Italien verursachen mir nur Unbehagen.«

Ein Motorengeräusch unterbrach ihn, und Francesca lief zum Fenster. Ein VW-Van fuhr in den Hof. »Da kommt jemand«, sagte sie.

»Das ist unser neues Transportmittel. Dieses Mal nicht auf unseren Namen.«

»Das ging ja schnell. Dafür, dass du entflohen bist, hast du eine Menge Freunde hier.«

»Wieso denkst du, ich bin entflohen?«

»Du warst im Institut eingesperrt, als du mit Renato geredet hast.«

»Es kann tausend Gründe geben, warum man sich in einer geschützten Einrichtung befindet«, sagte Gerry. Mehr war ihm zu dem Thema nicht zu entlocken.

63

Die Sonne, die ihr in die Augen schien, weckte Amala aus ihrem komatösen Zustand. Am Ende eines Flurs erblickte sie blauen Himmel. Träumte sie? Der feuchte Wind, der hier wehte und ihr in den Haaren zauste, wirkte real. *Wo bin ich?* Die Steine in der Wand, an der sie im Schlaf gelehnt hatte und die an ihrem Arm einen blauen Fleck hinterlassen hatte, schienen dieselben wie im Keller zu sein. Vermutlich war sie also in demselben Gebäude. Oreste hatte sie, während sie bewusstlos gewesen war, in die Nähe des Ausgangs geschafft. Sie hievte sich auf die Füße und versuchte zu gehen. Als sie auf den Ausgang zustolperte, hielt sie die Leine nach wenigen Schritten zurück. Es gab hier nur eine einzige Schiene, und die endete in der Hälfte des Flurs in einem massiven Metallschloss, das so groß war, als wäre es direkt *Game of Thrones* entsprungen. Weiter kam sie nicht. Unmittelbar dahinter war der Boden mit neu wirkendem PVC belegt, das bis zum Ausgang reichte. In die andere Richtung befand sich nichts als eine Wand. Vielleicht handelte es sich einfach um eine lange, schmale Lagerhalle? Als Amala genauer hinsah, merkte sie, dass die Wand in Wahrheit eine Metallplatte war, die mit echt wirkenden Backsteinen bemalt war. Eine weitere Geheimtür.

Sie drückte dagegen, aber es tat sich nichts. Sie war auch noch zu benommen von den Drogen, um fester dagegenzuschlagen, deshalb setzte sie sich wieder an die Stelle, wo sie aufgewacht war. Aus irgendeinem Grund hatte Oreste ihr Schuhe und Strümpfe abgenommen, aber es herrschten, obwohl bereits

Oktober war, frühlingshafte Temperaturen. Es war so wunderschön, die Gerüche der Felder und das Vogelzwitschern zu vernehmen, dass Amala für ein paar Minuten ihre Situation vergaß. Sie streckte ihre Füße Richtung Freiheit und spreizte die Finger, um den Wind zu spüren. Dann dachte sie an die Sammlung von Zeitungsausschnitten hinter dem Plakat, an die Fotos von den Mädchen und an das, was Oreste gesagt hatte.

Du wirst die Letzte sein.

64

Der Van war eine Klapperkiste, aber groß genug, um das Rudel aufzunehmen. Aus Neugierde schaute Francesca in die Fahrzeugpapiere und stellte fest, dass der Wagen auf eine Transportfirma angemeldet war, deren Namen sie noch nie gehört hatte. Der Fahrer hieß Mario Rossi.

Francesca hätte Gerry gern das Steuer überlassen, da sie ein solches Modell noch nie gefahren war. Sollte man sie allerdings bei einer Straßenkontrolle anhalten, konnte Gerry kaum seinen Führerschein vorzeigen. Der war auf den Namen Peretz ausgestellt, und es war nicht ausgeschlossen, dass Metalli ihn suchte.

»Und untersteh dich, wieder einzuschlafen«, sagte sie. »Es gibt eine Menge Dinge, über die ich während der Fahrt mit dir reden möchte.«

Gerry rutschte auf seinem Sitz herum, ließ das Fenster herunter und steckte den Ellbogen hinaus. Im Licht der Sonne sah sie nur seine Umrisse. Er hatte sich den Schnauzbart abrasiert, und sein Gesicht hatte sich schon wieder verändert. Die Oberlippe war zu einem ewigen sarkastischen Lächeln verzogen. »Willst du mich nach meiner Vergangenheit ausfragen? Ohne mich.«

»Nur was den Perser betrifft. Wo hast du all die Informationen her, über die du vor deiner Rückkehr nach Italien verfügtest?«

»Von meiner Mutter.«

»Sie hat mit dir darüber geredet, als du ein Kind warst?«

»In gewisser Weise ja. Bevor sie sich auf die Jagd nach dem Perser gemacht hat, hat sie ihre Hinterlassenschaften in einen Koffer gepackt und unserem Dienstmädchen anvertraut. Anna wohnte im selben Haus in Cremona wie sie. In dem Koffer befanden sich Schmuck, die Besitzurkunden von zwei Wohnungen in Rom und etliche Millionen Lire in bar.«

»Beweise für ihre Korruptheit.«

»Zweifellos. Neben all diesen Dingen fanden sich in dem Koffer aber auch drei 3,5-Zoll-Disketten mit Notizen, die sie sich bis zu diesem Tag gemacht hatte. In den Dateien hat sie darauf verzichtet, Namen zu nennen, aber mir war sofort klar, was dahintersteckte. Die genauen Abläufe konnte ich allerdings erst mit Renato und dann mit dir klären. Meine Mutter hat einen anderen Weg verfolgt als wir, weil sie begriffen hatte, dass sich der Perser seine Opfer im Enrico Toti suchte. Details fanden sich dort allerdings nicht, und der Club ist schon seit Jahren geschlossen. Eine Sackgasse.«

»An den Enrico Toti kann ich mich noch erinnern. Aber warum hast du die Sache nicht eher zu klären versucht?«

»Weil ich bis vor zwei Jahren nichts von meinem Erbe wusste. Anna hatte den Koffer vor unserer Abreise nach Israel meiner Großmutter übergeben, und die hat tunlichst dafür gesorgt, dass ich nichts davon erfahre. Vielmehr hat sie sich zu ihren Lebzeiten immer beklagt, dass sie kein Geld habe. Sie hat auch ihren Ehemann bis auf sein letztes Hemd ausgenutzt.«

»Nicht einmal von den Disketten hat sie dir etwas gesagt?«

»Nein. Erst nach ihrem Tod hat ihr Ehemann die Daten entdeckt und mir gebracht. Das war vor zwei Jahren. Aber ich glaube, er wusste es von Anfang an. Er war schon sehr alt, und das war seine Weise, mich im Angesicht Gottes um Verzeihung zu bitten.«

»Keine tolle Familie, tut mir leid.«

Gerry zuckte mit den Schultern. »Ich bin als Jugendlicher von zu Hause abgehauen und habe die Verbindung zu ihnen abgebrochen. Irgendwann war mir nämlich aufgegangen, dass meine Großmutter nicht die Person war, für die ich sie hielt. Meine ganze Existenz erschien plötzlich in einem anderen Licht. Aber nie wäre ich auf die Idee gekommen, dass sie mich beklaut. Nicht dass Geld mir etwas bedeuten würde.«

»Wenn man sieht, wie du lebst, würde man das auch nicht denken.«

»Wieso? Wie lebe ich denn?«

»Bescheiden, würde ich sagen.«

»Nicht immer. Aber wenn es sein muss, weiß ich mich durchzuschlagen. Kennst du den Spruch, dass Gott die Dummen früher oder später von ihrem Geld trennt? Man muss nur zur Stelle sein, wenn das passiert.«

»Bist du auch Wirtschaftswissenschaftler?«

»Nur Liebhaber der Materie.«

»Dachte ich mir schon.«

Sie fuhren etliche Kehren hoch, bis sie zu einem Relais & Château namens Eucalipti kamen, mit Thermalbad und Restaurant à la Gambero Rosso. Das Steingebäude war mit Efeu bewachsen und lag in einem baumbestandenen Park mit modernen Skulpturen. In Anbetracht der Jahreszeit waren nicht viele Gäste da, und die wenigen waren alt und genossen beim Frühstück an den Tischchen die Morgensonne oder lagen in den Liegestühlen.

»Das scheint mir nicht der Ort zu sein, an dem sich Amalas Entführer aufhält«, sagte Francesca.

Gerry parkte zwischen den weißen Markierungen, die die Parkplätze für Hotelgäste umgrenzten. »Darauf hatte ich auch nicht gehofft. Aber wir sollten uns mal umschauen.«

Francesca hielt ihn zurück. »Keine Gewalt.«

Gerry lächelte ironisch und hielt ihr die Tür auf.

Ein junger uniformierter Page eilte herbei und erkundigte sich, ob sie Koffer hätten. Gerry gab ihm vier Fünfzig-Lire-Scheine.

»Später wollen wir essen, aber zunächst würden wir uns gern ein wenig umsehen, weil meine Frau und ich demnächst hier logieren wollen.« Bei den Worten »meine Frau« zuckte Francesca zusammen. »Können Sie uns vielleicht herumführen?«

Der Page sprang nicht gerade vor Begeisterung in die Luft, aber viel Überzeugungskraft war nicht mehr nötig, und schon führte er sie durch sämtliche öffentlichen Räume. Sie schritten durch den Speisesaal, die Flure mit den Zimmern, sogar durch eine Suite und kamen dann in den Spa-Bereich, wo sich eine Gruppe dicker Rentner, in Bademäntel gehüllt, einer Kneippkur unterzog. Schließlich kehrten sie ins Freie zurück, und Gerry ließ die Hunde raus. Zayn rollte sich trotz der Halskrause auf dem Rasen zusammen.

»Seit wann gibt es das Hotel?«, fragte Gerry den Pagen, nachdem Francesca und er an einem der Tische Platz genommen hatten. »Das scheint ja alles nagelneu zu sein.«

»Seit drei Jahren.«

»Hatte es vorher einen anderen Betreiber?«

»Nein, es war eine Ruine. Und noch davor standen hier die Überreste von irgendetwas.« Der junge Mann senkte die Stimme. »Scheint so, als hätte man bei den Grabungsarbeiten eine Menge Knochen gefunden. Es gibt Fotos von den Rekonstruktionsarbeiten, falls es Sie interessiert. Sie hängen in der Lobby.«

»Erst würden wir gern etwas bestellen.«

»Ich schicke Ihnen den Kellner«, sagte der Page.

Gerry nahm ein Thunfischbrötchen, Francesca einen weiteren Espresso. Sie hatte noch nichts zu Mittag gegessen, aber ihr Magen sperrte sich. »Eigentlich wollte ich dich fragen, wie es für dich ist, an dem Ort zu sein, wo deine Mutter gestorben ist. Offensichtlich hat es dir aber nicht den Appetit verschlagen.«

»Wichtige Kriegsregel: Iss, wenn du Gelegenheit dazu hast. Die Knochen waren ja außerdem nicht die ihren, da man sie in einem Fluss gefunden hat.«

»Apropos Krieg. Warst du wirklich Soldat, neben all den anderen Dingen? Oder warst du dein ganzes Leben lang ein Betrüger?«

Gerry seufzte, und einen kurzen Moment verlor sich sein Blick. »Ja. Und dass es mit mir nicht den Bach runtergegangen ist, als ich jung und dumm war, dann lag das einzig an der Armee.«

»Aber?«

»Das hat nichts mit unserer Sache zu tun.«

Francesca nickte. Zum ersten Mal hatte sie das Gefühl, dass sich Gerry wirklich geöffnet hatte, auf seine Weise. »Denkst du, *er* ist hierhergekommen, um sich irgendetwas von seinem Vorbild zu holen?«

»Möglich. Was denkst du, wann er angefangen hat, Mädchen zu entführen?«

»Wir wissen nur von den letzten fünf.«

»Als wir noch dachten, es sei der Perser, hätten wir von einer ununterbrochenen Kontinuität ausgehen müssen. Serienmörder hören nicht aus eigenem Antrieb auf. Aber wenn es sich um einen Nachahmer handelt, kann er durchaus vor fünf Jahren mit dem ersten Mädchen angefangen haben.«

»Vielleicht hat er vor fünf Jahren nur begonnen, den Perser nachzuahmen.«

»Auch möglich«, sagte Gerry. »Aber einfach aus dem Nichts? Das scheint mir so zusammenhanglos. Ich vermute eine Folgerichtigkeit dahinter. Wir müssen begreifen, was vor fünf Jahren passiert ist und die Taten ausgelöst hat.« Ihre Bestellung kam. Gerry steckte die Pommes frites, die eigentlich die Beilage waren, zwischen die Brötchenhälften, bevor er hineinbiss.

»Bist du sicher, dass du aus Italien stammst?«, fragte Francesca.

»Ich stamme aus Kalabrien. Wir sind eine höherentwickelte Rasse, meiner Großmutter zufolge.« Er biss kräftig zu. »Aber meine Großmutter war nicht vertrauenswürdig.«

»Also suchen wir eine Verbindung zwischen etwas, was vor fünf Jahren passiert ist, und den Hornissen. Das reinste Rätselraten.«

»Wenn du möchtest, kann ich das Bild noch verkomplizieren. Was war es, was den Nachahmer so fasziniert hat, dass er den Perser imitieren will? Was hat der derart Bedeutsames getan?«

»Er hat fünf Mädchen umgebracht. So viele Serienmörder haben wir in Italien nicht.«

»Und noch weniger Nachahmungstäter. Und wenn, hat das Original etwas derart Gewaltiges getan, dass sämtliche Zeitungen der Welt darüber berichten. Zodiac. Jack the Ripper. Das Monster von Florenz. Der Perser kann niemanden inspirieren, der ein echter Soziopath ist.« Gerry zerteilte den Rest seines Brötchens und warf die Brocken dem Rudel hin. Zayn fing seinen mit dem Kragen auf. »Komm, wir schauen uns die Fotos der Rekonstruktion an.«

In der Eingangshalle hing ein Dutzend gerahmter Bilder hinter einer Plexiglasscheibe. Man sah die Aufräumarbeiten und die Bergung von Trümmern und Möbelteilen, außerdem die Vorbereitung des Bodens und den Guss der neuen Fundamente. Beim Anblick der Bilder hatte Francesca das seltsame Gefühl eines Déjà-vu. Den Grund verstand sie, als sie das Logo des Bauunternehmens sah: Es war das ihres Bruders.

65

Tancredi war soeben vom Krankenhaus nach Città del Fiume zurückgekehrt – Sunday hatte sich mittlerweile erholt, aber sie würde noch ein paar Tage bleiben müssen –, als Francesca und Gerry am Tor erschienen. Ein Streifenwagen der Polizei parkte noch dort, aber die Journalisten waren verschwunden. Nach einer knappen Woche war die Nachricht des Verschwindens veraltet, und das Interesse der Öffentlichkeit hatte sich auf andere Tragödien verlagert.

»Metalli sucht dich«, sagte er zu seiner Schwester mit höflicher Verlegenheit. »Wieso, weiß ich nicht. Aber er sagte, du seist telefonisch nicht erreichbar.«

»Leider ist mir mein Handy runtergefallen. Ich werde ihn heute Nachmittag zurückrufen«, sagte Francesca. »Dies ist Signor Rossi. Ich wollte, dass du ihn kennenlernst.«

»Mario Rossi«, sagte Gerry. Er hatte den Namen des Lieferwagenfahrers angenommen, gegen Francescas Protest, die solche Possen nicht schätzte. Aus seinem Gepäck hatte er eine Krawatte und eine klobige Brille mit dicken Gläsern gezogen, und im nächsten Moment war er – noch immer in den Anzug des Angestellten Ferraris gekleidet – ein anderer Mensch gewesen. Sogar seine Stimme klang plötzlich leidend. »Ich möchte in diesen schweren Momenten an ihrer Seite sein. Dürfen wir hereinkommen?«

»Natürlich.« Tancredi bat sie ins Wohnzimmer, wo noch die dreckigen Teller vom Vorabend standen. Es herrschte eine Atmosphäre der Verwahrlosung, die gut zu Tancredis Erscheinung passte. Seine Kleidung war zerknittert, sein Atem roch nach Alkohol.

»Signor Rossi war in London ein Kollege von mir. Er ist Privatdetektiv«, strickte Francesca die Lüge weiter. »Er hat spontan angeboten, uns bei der Suche nach Amala zu helfen.«

»Nur insofern es in meiner Macht liegt«, sagte Gerry. »Ich weiß, dass die Carabinieri gute Arbeit leisten, aber manchmal kann ein Blick von außen durchaus nützlich sein.«

»Die Carabinieri leisten *keine* gute Arbeit, sonst wäre meine Tochter längst wieder daheim. Hatten Sie bereits mit Entführungen zu tun?«

»Ja. Gelegentlich mit Erpressung, gelegentlich mit der Befreiung von Geiseln. Aber zunächst ist es mir wichtig zu betonen, dass ich für meine Beratung keinerlei Honorar berechnen werde.« Er schob die Brille auf die Nase. »Und ich möchte festhalten, dass die Entführung Ihrer Tochter ein absolut außergewöhnlicher Fall ist.«

Tancredi blickte seine Schwester an. »Siehst du, er ist auch der Meinung, dass hier irgendetwas nicht stimmt. Dein Freund, der Staatsanwalt, will das nicht einsehen und erklärt nur immer, dass die Suche weitergehe, und basta. Dieser Herr hier ist der Einzige, der mich nicht für schwachsinnig hält ...«

Er tut nur so, weil er dich hinters Licht führt, dachte Francesca. Gerry fuchtelte mit seinem Stift herum, lächelte unentwegt und überzog Tancredi mit unerträglichen Schmeicheleien.

Um aufs Thema zu kommen, deutete Francesca an: »Signor Rossi ist bemerkenswert begabt.«

»Was haben Sie denn Ungewöhnliches bemerkt?«, erkundigte sich Tancredi.

»Die Entführung Ihrer Tochter kann nicht aus sexuellen Motiven erfolgt sein«, sagte Gerry. »Solche Taten sind meist Impulshandlungen, aber der Entführer Ihrer Tochter war vorbereitet. Es gab auch keine Lösegeldforderungen, und dass sich jemand an Ihrer Familie rächen will, würde ich auch ausschließen. In dem Fall hätte man Ihnen einen Sprengsatz unters Auto geklemmt.«

»Vollkommen richtig«, sagte Tancredi.

»Aber wenn sich dieser Mann vorbereitet hat, muss er Ihre Tochter eine Weile beschattet haben. Er hat Ihr Haus und Ihre Gewohnheiten ausgekundschaftet. Die Ordnungskräfte haben die Orte, an denen sich Ihre Tochter bewegt, gründlich geprüft, ebenso ihre Bekanntschaften. In dieser Hinsicht habe ich nichts zu beanstanden. Ich weiß aber, dass der Geschäftsmann, dem der Entführer für seine Tat den Lieferwagen gestohlen hat, häufig in der Gegend von Bergamo unterwegs war. Ich habe mich gefragt, ob das etwas zu besagen hat. War Ihre Tochter öfter dort?«

Tancredi schüttelte den Kopf. »Nicht dass ich wüsste.«

»Und Sie selbst?«

»In letzter Zeit nicht.«

»In der Vergangenheit hatten Sie allerdings ein großes Projekt in der Gegend. Ich habe mich erkundigt.« Lächelnd zog Gerry ein Notizbuch aus der Tasche, das Francesca noch nie bei ihm gesehen hatte, und blätterte darin herum. »Warten Sie, wo ist die Seite noch …? Ah, da ist sie schon. Hotel Eucalipti. Waren Sie nicht mit der Rekonstruktion betraut?«

Tancredi warf ihm einen anerkennenden Blick zu. »Offenbar verstehen Sie Ihr Handwerk. Ja, ich habe das Projekt geleitet und die Arbeiten betreut. Sie waren aber bereits vor dem Lockdown abgeschlossen. Wieso soll das von Bedeutung sein?«

»Ich weiß nicht, ob es von Bedeutung ist, aber das ist einer der Punkte, den die Ermittler bis heute vernachlässigt haben. Wie haben Sie die Arbeiten in Erinnerung? Gab es besondere Vorfälle?«

»Die Sache war hochkompliziert. Zuvor stand dort ein anderes Hotel, das vor ungefähr dreißig Jahren zerstört wurde. Die ganze Anlage war in einem desolaten Zustand. Das Terrain musste trockengelegt werden …«

Die beiden redeten weiter, während sie die Treppe zum Obergeschoss hochstiegen. Ohne es zu merken, hatte Tancredi den leidenden Tonfall der letzten Tage abgelegt. Gerry zog eine bühnenreife Show ab, die etwas zutiefst Beklemmendes hatte. Francesca wagte nicht, sich einzumischen und dieses Idyll zu stören.

Tancredi musterte das große Regal, das ihm als Archiv diente, und breitete dann die Unterlagen des Hotelprojekts auf seinem Leuchttisch aus. Dabei redete er unentwegt weiter und erläuterte die vielen notwendigen Entscheidungen. »Die Arbeit war der reinste Albtraum. Damals hatte sich ein lastwagengroßer Felssporn gelöst und war in tausend Teile zerbrochen, Schlamm und Trümmer mit sich reißend. Er hat das Hotel auf voller Länge getroffen, einen Teil zerstört und den Rest unter sich begraben.«

»War es nicht gefährlich, dort zu arbeiten?«, erkundigte sich Gerry.

»Mit der Vorbereitung des Bodens war eine Spezialfirma betreut, unterstützt vom Katastrophenschutz. Was da alles zum Vorschein kam ... Autos, Menschenknochen ...« Tancredi kramte wieder in dem Regal und murmelte etwas von dem Chaos, das dort geherrscht habe. Schließlich zog er ein gewaltiges Fotoalbum heraus und blätterte darin herum. »Ich bin ein großer Liebhaber von Polaroids. Hier sind die vom Eucalipti, vom Beginn der Arbeiten.« Er drehte ihnen das Album hin. Eines der Fotos zeigte ein Mädchen von ungefähr zwölf Jahren, das auf einem Autowrack saß, zwischen zwei Polizisten. »Schaut mal, wie hübsch sie mal war! Jetzt ist sie überwältigend, aber als Kind war sie ein Engel.«

»Was macht denn die Polizei da?«, fragte Gerry.

»Die italienische Bürokratie ... Die Autos lagen dreißig Jahre unter dem Schlamm, aber nachdem man sie geborgen hatte, wurden die Besitzer informiert – für den Fall, dass jemand seines zurückhaben wollte.« Tancredi wischte sich eine Träne von der Wange. »Möchte jemand einen Aperitif?«

Francesca schüttelte den Kopf, aber Gerry nahm das Angebot an. »Ich leiste Ihnen Gesellschaft. Aber nur einen winzigen Tropfen. Haben Sie Gin?«
»Ob ich Gin habe? Ich werde Ihnen einen Kyoto Riserva Speciale kredenzen.« Tancredi ging zum Barschrank am anderen Ende des Arbeitszimmers.
»Woher weißt du, dass Gin das Lieblingsgetränk meines Bruders ist?«, fragte Francesca mit gedämpfter Stimme.
»Sein Atem.«
Tancredi kehrte mit einer weißen Keramikflasche und zwei geeisten Gläsern zurück. Er schenkte ihnen ein. »*Kanpai.*«
»*Kanpai*«, wiederholte Gerry und nippte an seinem Glas. »Exquisit. Ich fürchte allerdings, dass ich mir den nicht leisten kann.«
»Ab und zu muss man etwas Verrücktes tun.«
Tancredi zog ein anderes Foto aus dem Album heraus. Es musste von jemand anderem aufgenommen worden sein, da es zeigte, wie er selbst eine große Pfanne über eine Grillplatte hielt. »Der Schlamm hat stellenweise wie ein Korken gewirkt. Die Küche war wie neu, obwohl einen Meter davon entfernt alles zerstört war. Auch einige der Suiten waren noch erhalten.«
»Was ist mit dem Zeug geschehen, das man geborgen hat?«
»Es ist auf einer städtischen Deponie gelandet. Es gab sogar eine Kühlzelle, so groß wie dieses Zimmer. Ich hatte darüber nachgedacht, sie zu kaufen und in ein Freilichtatelier zu verwandeln, aber Sunday wäre damit sicher nicht einverstanden gewesen.«
»Denken Sie, Sie könnten herausfinden, ob diese Sachen noch irgendwo liegen? Ich würde es gern inspizieren.«
»Sind Sie wirklich der Meinung, es könnte eine Verbindung geben?«
»Ich bin der Meinung, dass alles, was man bislang vernachlässigt hat, wichtig sein könnte.«

»Ich werde ein paar Anrufe tätigen.«

»Dürfen wir in der Zwischenzeit einen Blick in Amalas Zimmer werfen?«

»Natürlich. Führe ihn hin, Fran. Ich komme gleich nach.« Francesca, die geschwiegen und ihren Gedanken nachgehangen hatte, führte Gerry noch ein Stockwerk höher. Im Griff des Bügeleisens befanden sich ein Fernsehraum, eine kleine Bibliothek und Amalas Zimmer. Es war das Eckzimmer ganz am Ende und hatte große Fenster, die auf den Park und die Felder hinaussahen. Die Einrichtung war sehr schlicht, fast alles von Ikea. Francesca erinnerte sich, dass Amala die Möbel vor ein paar Jahren selbst ausgesucht hatte. »Die Carabinieri haben bereits die gesamte Villa durchsucht.«

»Aber sie wussten nicht, wonach sie suchen sollten.«

»Aber du weißt es, was?«

Gerry antwortete nicht sofort. Er öffnete den Schrank und kramte zwischen den Kleidern herum. »Noch nicht. Aber immerhin wissen wir jetzt, dass er Amala nicht deinetwegen entführt hat. Vielleicht wollte er sich auf der Baustelle ein Souvenir sichern und stand plötzlich vor ihr.«

Francesca schwindelte es. »Bist du sicher?«

»Nein. Wann ist das Foto deiner Nichte entstanden, das wir vorhin gesehen haben?«

»Vor fünf, sechs Jahren.« Plötzlich begriff Francesca. »Denkst du, es handelt sich um das Ereignis, nach dem wie suchen? Um den Auslöser?«

»Möglich.«

»Aber warum hat er sie dann nicht gleich entführt? Hatte sie noch nicht das richtige Alter?«

»Auch. Aber wenn Amala irgendetwas in seinem Kopf ausgelöst hat, kann das nur einen Grund haben: Giada, das letzte tote Mädchen, hat ihm etwas bedeutet. Er kannte sie.«

»Und er wollte sie eigentlich töten? Wäre man ihm nicht zuvorgekommen?«

Gerry hatte wieder diesen Gesichtsausdruck, der Aleph ein Jaulen entlocken würde, wenn er nicht mit dem Rest des Rudels im Lieferwagen eingesperrt wäre.
»Was ist?«, fragte Francesca.
»Merkst du nicht, wenn du den Kopf voller ungenauer Details hast? Du kannst nicht die richtigen Hypothesen formulieren. Hör zu ... Wer ist das Publikum des Nachahmers?«
»Alle, die den Perser kennen.«
»Der ein zweitklassiger Serienmörder ist, dessen Identität und Taten nie restlos geklärt wurden. Wo sind denn die Schlagzeilen, die von der Rückkehr des Persers berichten? Fehlanzeige! Exhibitionistischer Narzissmus fällt als Motiv klar aus. Es gibt nur eine Person, von der der Nachahmer denkt, dass sie seine Taten richtig einordnen kann: die Reihenfolge der entführten Mädchen – einschließlich jener, die geheim bleiben sollten –, die Namen der Orte, die Daten.«
»Da fällt mir bestenfalls der Perser selbst ein. Aber der ist tot.«
»Vielleicht weiß der Entführer deiner Nichte das nicht.«

66

Amala saß zusammengekrümmt da, wegen der Schmerzen in ihrer Schulter, vor Durst und wegen des Drangs, zur Toilette zu gehen. In diesem Flur gab es so etwas nicht.
 Oreste hatte sich nicht mehr blicken lassen; er hatte sie einfach dort abgesetzt. Jetzt konnte sie sich nicht mehr beherrschen und rief seinen Namen. An der Wand bewegte sich ein Schatten. Sie sah die Umrisse einer Gestalt, die sofort wieder verschwand. Amala blickte sich um. Der Flur war leer. Der Schatten musste von der Wand zu ihrer Linken projiziert worden sein. Dann hörte sie ein Flüstern hinter den Backsteinen.
 »Lass das«, sagte Orestes Stimme, ein paar Millimeter von ihrem Ohr entfernt.
 »Ich kann nicht mehr. Ich habe Durst und muss pinkeln.«
 »Geh so weit nach vorne, wie du kannst, aber dreh dich nicht um. Ich möchte nicht, dass du mitbekommst, wo ich eintrete.«
 Amala gehorchte und schleppte sich so weit, wie die Leine es erlaubte. Ein paar Sekunden später bewegte sich der Schatten wieder, und als sie sich umdrehte, sah sie, dass im Flur ein Eimer und eine Plastikflasche mit Wasser standen. »Wo bist du?«, fragte sie.
 Keine Antwort. Sie hockte sich über den Eimer und tat, was sie tun musste. Mit ihrem Kittel versuchte sie sich vor seinen Blicken zu schützen. Ihr Pipi stank nach Desinfektionsmitteln, wie an ihrem ersten Tag hier.
 Allmählich wurde Amala wacher. Die Bilder des Vorabends wurden wieder lebendig. »Was machen wir hier?«

»Wir warten auf jemanden.«

Amalas Herz fing an zu rasen. »Auf wen?«

»Ich habe dir doch von den Menschen erzählt, in denen das Böse wohnt. Auf einen von ihnen warten wir. Ich möchte, dass du die Erste bist, die er sieht.«

»Kennt er diesen Ort denn?«

»Nein, aber er wird ihn trotzdem finden.«

»Und wer soll diese Person sein?«

»Ein Mörder.«

»Wie du. Ich habe die Fotos von den Mädchen gesehen.«

Orestes Stimme wurde schneidend. »Ich bin besser als er, weil ich eine *rationale* Person bin. Er hingegen ist ein geisteskranker Mörder. Ich weiß, was er will. Ich weiß, was ihm an seinen Taten gefällt.« Seine Stimme klang jetzt fern. »Er sucht die totale Kontrolle über Leben und Tod. Er hat einen ungezügelten Appetit, der sich nur kurzfristig stillen lässt. Danach muss er wieder töten, immer und immer wieder. Deshalb ist einer wie er immer wachsam. Ich habe einen verlockenden Köder für ihn ausgelegt. Dich nämlich, solltest du es nicht verstanden haben.«

»Und du möchtest zuschauen, wie er mich tötet?«

»Nein, um Gottes willen. Ich werde dich retten. Dieses Mal werde ich es schaffen. Dieses Mal wird er es sein, der stirbt.«

67

Francesca ließ sich Gerrys Hypothese lange durch den Kopf gehen. »Da ist noch etwas, was keinen Sinn ergibt«, sagte sie dann. »Wenn der Nachahmer gar nicht weiß, dass der Perser tot ist, kann er auch nicht wissen, dass der im Quisisana gestorben ist. Was hätte ihn also dort hingeführt? Er wäre meiner Nichte gar nicht begegnet.«
»Vielleicht hat er herausgefunden, dass Giada dort gestorben ist.«
»Wie denn? Nicht einmal du wusstest es, obwohl du dich zwei Jahre lang mit dem Fall befasst hast. Selbst wenn er Giada kannte, kann er bei ihrem Tod nicht bei ihr gewesen sein, es sei denn, es handelt sich um einen der Wachmänner oder Angestellten.«
»Nein, die können es nicht sein, dafür war der Perser zu vorsichtig. Der, den wir suchen, ist erst vor fünf Jahren aktiv geworden. Damals hat er die Wahrheit erfahren. Oder das, was er für die Wahrheit hält: dass Giada tot ist und der Perser lebt.«
»Ein Mitarbeiter des Unternehmens?«
»Möglich. Wir könnten noch einen anderen Versuch unternehmen. Dazu bräuchten wir aber die Hilfe deines Freunds, des Staatsanwalts.«
»Du spinnst.«
»Kennst du sonst jemanden, der auf die Schnelle in den alten Polizeiprotokollen nachschauen kann?«
Kannte Francesca nicht. Also verabschiedete sie sich für ein paar Minuten, ging in den Salon, um allein zu sein, und nahm

das Festnetztelefon. Auf eine unbekannte Nummer würde er niemals reagieren.

»Endlich!« Metallis Stimme explodierte in ihrem Ohr, als sie sich meldete. »Ich telefoniere dir schon seit gestern Abend hinterher.«

Francesca hatte sich innerlich auf das Gespräch vorbereitet, aber sie verspürte trotzdem Angst. »Tut mir leid, mein Handy ist kaputt. Ist irgendetwas passiert?«

»Mir liegt eine Anzeige gegen einen israelischen Staatsbürger vor, mit dem du dich offenbar herumtreibst. Ein gewisser Gershom Peretz. Ich habe in der israelischen Botschaft angerufen. Dort wurde mir gesagt, dass er sich noch in Italien befindet. An der Adresse, die er auf dem Visum angegeben hat, ist er allerdings nicht anzutreffen. Aber gut, da ich mir Sorgen um dich mache, betrachte ich dies hier als freundschaftliches Gespräch. Was, zum Teufel, treibst du? Hast du einen Detektiv angeheuert?«

»Nur einen Berater. Das ist mein gutes Recht, solange ich nicht gegen das Gesetz verstoße.«

»Und du kennst diese Person? Vertraust ihr?«

»Claudio, ich mache mir Sorgen um meine Nichte, aber ich habe nicht den Verstand verloren. Ich weiß, was ich tue.«

»Man hat mir gesagt, dass dein Detektiv den Perser ins Spiel gebracht hat. Der ist tot, Francesca. Du musst dich nicht …«

»Ich weiß, dass er tot ist, tot und begraben. Und weder Signor Peretz noch ich stören deine Ermittlungen. Oder bist du sauer, dass ich dir nicht vertraue?«

»Mit persönlichen Motiven hat das nichts zu tun. Ich möchte deinen Berater kennenlernen. Ruf ihn sofort an und sag ihm, er soll in mein Büro kommen.«

»Jetzt sofort ist das nicht möglich. Aber ich verspreche dir, dass es bald geschieht.«

Metalli fluchte auf Neapolitanisch. »Ich stelle Ermittlungen über ihn an. Wenn auch nur die geringste Ordnungswidrigkeit

herauskommt, schwöre ich dir, dass ich ihn suchen lasse. Und wenn du mir dann nicht sagst, wo ich ihn finde, klage ich dich wegen Mittäterschaft an.«
»In Ordnung, Claudio. Jetzt musst du mir aber erst einmal einen Gefallen tun.«
»Willst du mich verarschen, Frà?«
Francesca vergewisserte sich, dass ihr Bruder nicht in Hörweite war. Der beschrieb Gerry allerdings gerade das Material, aus dem der Fußboden gemacht war. »Claudio, du bist einer der wenigen Freunde, die mir in Italien noch geblieben sind. Aber wenn es um Amala geht, kenne ich keine Skrupel. Ich brauche unbedingt eine Information.«
»Was willst du von mir?«
»Ein Protokoll der Stadtpolizei von Conca von vor fünf Jahren: über die Bergung von Automobilen nach einer Überschwemmung.«
»Wozu?«
»Ich möchte wissen, wem sie gehörten.«
»Wozu?«
Francesca sagte die halbe Wahrheit: »Weil mein Bruder vor fünf Jahren dort gearbeitet hat und mit Amala dort war.«
»Wieso, zum Teufel, denkst du, das könnte relevant sein?«
»Keine Ahnung. Ich versuche es nur zu begreifen. Ist das ein Problem für dich? Du wirst die Liste doch vorliegen haben. Vielleicht findest du etwas Wichtiges.«
»Unsere Arbeit solltest du uns überlassen, Francesca.«
»Das werde ich tun, sobald Amala wieder zu Hause ist.«
»Aber danach wirst du mich nie wieder um etwas bitten«, sagte Metalli eisig. »Ich verbinde dich mit den Kollegen von der Polizei. Sprich mit ihnen, so weit segne ich das ab.« Im nächsten Moment erklang die Musik der Warteschleife.

68

Als Angestellter im Einwohnermeldeamt eines Tausendseelendorfs war Giorgio Pecis allen bekannt, die ein Kind angemeldet hatten (wenige) oder Ausweise verlängern lassen mussten (viele). Wenn er eine Prostituierte aufsuchte, wählte er immer eine, die in einer anderen Provinz empfing, und wenn er einen Diebstahl beging, mied er die unmittelbare Umgebung.

Diebstahl … Giorgio fand das Wort ziemlich hochtrabend für das, was er tat – Straftaten ohne Opfer. Da er auf seinem Bildschirm tagesaktuell sehen konnte, wer in der Provinz verstorben war, notierte er sich die Landhäuser, die nun möglicherweise leer standen, und stattete ihnen einen Besuch ab. Das Schöne an Bauernhöfen und Landhäusern war, dass der nächste Nachbar immer ein paar Hundert Meter weiter weg wohnte, zumindest hier im Tal, und dass man die Türen und Fenster problemlos knacken konnte. Wertgegenstände gab es selten in den Häusern verstorbener Alter, auch wenn er manchmal hinter einem Backstein oder in einer Matratze Geld fand. Aber fast immer entdeckte er Gegenstände, die man auf eBay verkaufen konnte, hochwertige Fernseher etwa. Außerdem religiöse Kunst, die vielleicht schon über Generationen weitervererbt wurde, ohne dass man den Wert erkannt hätte. Er hingegen verstand etwas davon.

Er hatte nach der Überschwemmung damit angefangen, als ganz junger Mann. Damals hatte er sich den Mannschaften von Freiwilligen angeschlossen, die den Schlamm abtrugen, der halb Conca mit sich gerissen hatte. Wenn er die Haustür eines verschütteten, nunmehr unbewohnbaren Hauses freigelegt hatte, war er zu der Ansicht gelangt, dass es niemandem schade, wenn er eine kleine Runde drehe und sich die Taschen vollstopfe.

Auch das Quisisana war vom Schlamm zerstört worden, aber es lag weit weg vom Ort und wurde dem Verfall preisgegeben. Ironie des Schicksals, wurde ihm vor fünf Jahren alles darin Befindliche praktisch frei Haus geliefert. Er war einer der vier Stadträte von Conca und trug die Verantwortung für das örtliche Depot, zwei Räume, in denen bislang nur die Güter aus Versteigerungen (wenige) und die von den Touristen verlorenen Gegenstände (viele) aufbewahrt worden waren. Als das Quisisana wiederaufgebaut und in ein Luxushotel umgewandelt wurde, sollten alle Fundstücke von einem gewissen Wert aufbewahrt werden, bis man den rechtmäßigen Besitzer finden würde.

Er hätte auf Kosten der Kommune eine Lagerhalle gemietet, wenn nicht plötzlich einer seiner Bekannten angeboten hätte, alles zu kaufen. Er hatte das Angebot angenommen und eine hübsche Summe eingesteckt. In den folgenden fünf Jahren hatte niemand mehr danach gefragt.

Bis zu diesem Vormittag jedenfalls, als jener berühmte Architekt aus Cremona angerufen hatte, um sich ausgerechnet nach diesem Krempel zu erkundigen. Giorgio hatte ihn in Bürokratensprache abgewimmelt und wusste nicht, ob er sich noch einmal melden würde. Für alle Fälle musste er sich eine Deckung für sein kleines Geschäft überlegen.

Es war schon eine Weile her, dass Giorgio den Käufer gesehen hatte, weil er seine Rundgänge in den letzten Jahren immer stärker zurückgefahren hatte. Er suchte die Kontaktdaten im System des Meldeamts: Der Mann lebte noch und wohnte noch in demselben Haus kurz vor Conca. Das Zeug hatte er gekauft, hatte er damals gesagt, weil er ein Lokal im Art-déco-Stil eröffnen wolle. Giorgio glaubte nicht, dass er das je getan hatte. Seine Familie war verarmt, als das Passo dell'Orso schließen musste, und seither hatte er sich mit irgendwelchen dämlichen Hilfsjobs durchgeschlagen. Geld für ein neues Lokal hatte er bestimmt nicht. Vermutlich besaß er das ganze Zeug noch, oder jedenfalls einen Teil davon.

Sobald Giorgio das herausgefunden haben würde, konnte er dem Architekten sagen, dass alles noch da sei, und sauber aus der Sache herauskommen. Er wählte die Nummer, erreichte aber niemanden. Also zog er seinen Ausweis durch das Lesegerät am Ausgang der Stadtverwaltung, um persönlich hinzugehen. Er fand aber nur einen Mann mit Jackett und Krawatte vor, der an seinem Auto lehnte. »Entschuldigung, ich müsste da mal durch«, sagte Giorgio.

Der Mann zeigte ihm einen Dienstausweis, der ziemlich wichtig aussah, und Giorgio zog sich der Anus zusammen. »Mein Name ist Benedetti«, sagte der Mann. »Ich muss Ihnen ein paar Fragen stellen.«

69

Gerry und Francesca hatten mit einer neuen SIM-Karte eine Verbindung hergestellt und studierten am iPad die Namen der Besitzer der Autos, die man aus den Trümmern des Quisisana geborgen hatte. Die Daten waren per SMS gekommen, dank eines überaus freundlichen Ispettore, der sofort begriffen hatte, was sie brauchten, und ihnen alles Gute für ihre Nichte gewünscht hatte. Unter anderem fanden sie einen Wagen, der auf einen gewissen Amato angemeldet war. Er stellte sich als der damals achtzigjährige Großvater des Polizisten heraus, den Gerry vor einigen Tagen mit dem Motorrad überfahren hatte. Die Vermutung, dass er Giada ins Hotel Quisisana gebracht hatte, erwies sich als richtig. Eine gute Hälfte der Autos war auf den privaten Sicherheitsdienst angemeldet, der bald darauf den Namen Airone annehmen sollte. Von den Einwohnern aus Conca war nur ein Einziger dabei, und der war bereits zu Beginn der Arbeiten verstorben.

Tancredi kam, als Gerry gerade die Todesanzeige studierte, um seine Angehörigen zu eruieren.

»Wegen der geborgenen Einrichtungsgegenstände habe ich bei der Stadtverwaltung von Conca nachgefragt. Wenn ich es recht verstanden habe, hat niemand eine genaue Vorstellung davon, wo sie abgeblieben sind«, sagte er übellaunig. »Ich erwarte aber noch eine Nachricht. Falls dieser Amtsträger sich dazu aufraffen kann. Der Stimme nach schien er seine Arbeit nicht wirklich zu mögen.«

»Danke«, sagte Gerry.

»Ich bin es, der zu danken hat. Kann ich noch etwas tun?«

»Ich habe Hunde. Kann ich sie Ihnen für ein paar Stunden anvertrauen? Francesca und ich werden einen Blick auf das Eucalipti werfen. Wir waren noch nie dort.«

Francesca zuckte zusammen, nickte aber.

»Suchhunde?«, fragte Tancredi.

»Nein, einfach Hunde. Sie können sie einfach in den Garten lassen, sie werden Ihnen keinerlei Probleme bereiten.«

»Sie sind wirklich lieb«, fügte Francesca hinzu und versuchte nicht daran zu denken, was es bedeutete, wenn Gerry das Rudel zurückließ.

»Kein Problem«, sagte Tancredi. »Soll ich euch zum Hotel begleiten? Ich kenne den Direktor.«

»Grundsätzlich wäre das wunderbar, aber in diesem Fall ist es besser, wenn Sie hierbleiben. Irgendjemand sollte immer zu Hause sein, wenn ein Familienmitglied entführt wurde«, sagte Gerry und sah ihm in die Augen. »Warten ist die schwerste Aufgabe, ich weiß.«

Francesca überlegte, ob sie ihm trotz der Situation in den Hintern treten solle.

Das sagte sie auch, sobald sie in den Lieferwagen gestiegen und in Richtung Conca aufgebrochen waren. »Musst du immer so schleimig sein, wenn du mit meinem Bruder sprichst?«

»Ich bin nur der Barkeeper. Was die Wahl des Cocktails betrifft, musst du mit dem Gast reden.«

»Du meinst, mein Bruder wünscht sich, dass man ihm in den Arsch kriecht?«

»Das denke ich nicht, ich weiß es.«

Francesca sah, dass Gerry ein neues Handy aus der Tasche zog. »Wen rufst du an?«

»Don Filippo. Der mag Krimis.«

»Denk dran, dass du dich ihm gegenüber als katholischer Podcaster ausgegeben hast.«

»Gelobt sei Jesus Christus.« Mindestens zwei Minuten lang erklärte Gerry dem Priester, dass er ihm eine sehr vertrauliche Nachricht zu übermitteln habe. Er sei aber noch unentschlossen, ob er es tun solle. Die Sache setze ihm zu. Nach zwei Minuten übernahm Don Filippo und bat ihn, sich ihm zu öffnen, als wäre er sein Beichtvater. »Es geht immer noch um Maria. Ein Zeuge scheint verstorben zu sein. Ich muss herausbringen, wer seine nächsten Verwandten waren. Seine Familie hieß Zennaro. Ich buchstabiere.«

70

Amala hörte, wie sich Oreste hinter der Wand bewegte. Nun, da die Sonne weitergezogen war, konnte sie ihn sogar sehen, fast zumindest. An bestimmten Stellen bestand die Wand, die aus Backsteinen gemauert schien, tatsächlich aus Pappmaschee, das heller wurde, wenn die Sonne von hinten darauffiel. Wenn Oreste sich bewegte, wechselte der gemalte Zement die Farbe und ließ seine Gestalt in Form großer unförmiger Punkte erkennen, ähnlich den Pixeln alter Videospiele. Vermutlich war der Rest des Kellers auch so konstruiert, nur dass sie es nie gemerkt hatte. Nachdem er ihr diese schreckliche Geschichte erzählt hatte, konnte Amala ihn nichts mehr fragen. Von Angst gepackt, stand sie alle fünf Minuten auf.

Als sie nun an ihren Platz zurückkehrte, fand sie anstelle des Eimers eine Rolle Oreo vor. Amala hatte keinen Hunger, aber sie nahm ein paar und kaute mechanisch darauf herum.

»Das sind deine Lieblingskekse«, sagte Oreste hinter der Wand.

»Ist das wichtig für dich? Du bist ein Monster.«

»Kennst du die Herkunft des Worts ›Monster‹?«

»Es bedeutet ›göttliches Zeichen‹. In dem Sinn habe ich es aber nicht gemeint.«

»Die göttlichen Zeichen, die Wunder, sind immer auch eine Ermahnung der Götter. Sie dienen dazu, uns auf den rechten Weg zu bringen. Du musst gar nicht staunen, ich bin auch aufs Gymnasium gegangen. Ich habe sogar Sprachen studiert, aber dann hat meine Familie Probleme bekommen, und ich musste auf eigene Faust weitermachen. Ich bin Autodidakt.«

»Und wenn dein Freund nicht kommt? Was machst du dann?«

»Wie ich bereits sagte, er ist kein Freund von mir. Wenn Hass töten könnte, wäre er längst hinüber. Deshalb habe ich dich auch gebeten, mich Oreste zu nennen. Er ist die Inkarnation der Rache in der griechischen Tragödie und ist gekommen, um seine Mutter zu töten.«

»Du willst deine Mutter töten?«

»Tu nicht so dumm. Mein Feind ist ein Raubtier, das Mädchen wie dich umbringt.«

»Dieses Mädchen, von dem du mir gestern erzählt hast – geht es um sie? Hat er sie umgebracht?«

»Ja.«

»Warum bist du nicht zur Polizei gegangen?«

»Bin ich ja, aber ich war nur ein Junge. Sie haben so getan, als glaubten sie mir nicht. Dabei wussten sie genau, dass es stimmt. Sie stecken alle mit drin, Amala.«

»Wer alle?«

»Die Polizei. Die, die etwas zählen …« Orestes Tonfall war um eine Oktave gestiegen, als wäre er erleichtert. »Die wissen, dass Raubtiere unterwegs sind, aber sie tun so, als wäre nichts. Das ist Politik. Das ist ihre Art und Weise, uns zu kontrollieren. Die Raubtiere halten uns auf Linie. Immer wenn ich Nachrichten höre, ist ein Mädchen von zu Hause verschwunden. Sie sind es, die sie verschwinden lassen.«

»Die Raubtiere.«

»Tausende sind es, aber ich konnte mich nur auf eins konzentrieren. Vielleicht werde ich einst ein Vorbild sein, das wäre schön. Vielleicht folgt jemand meinem Beispiel, auch wenn das ein steiniger Weg ist. Dir stoßen komische Dinge zu, und am Ende stirbst du. Wie Giada.«

»War sie deine Freundin?«, fragte Amala, aufgewühlt von so viel Wahnsinn.

»Sie wurde vor dreißig Jahren getötet. Ihre Leiche hat man im

Fluss gefunden. Man sagte, sie sei ertrunken, aber das stimmte nicht. Er war's.«

»Woher weißt du das?«

»Weil ich sie gesehen habe. Ein Freund von mir war der Sohn des Totengräbers. Er hat mich in den Raum gelassen, wo man sie aufgebahrt hatte, um sie für die Beerdigung fertig zu machen. Nach der Autopsie hat man sie einfach wieder zugenäht. Aber sie hatte kein Gesicht. Das hatten die Hornissen aufgefressen. Auch in ihrer Kehle hat man welche gefunden.«

Oreste wollte noch etwas sagen, aber in diesem Moment ertönte draußen ein beharrliches Hupen.

71

Das einzige Mitglied der Familie Zennaro, das noch in Conca lebte, war laut Don Filippo der Sohn Michele. Die Eltern waren tot. Der Vater hatte unmittelbar nach dem Bankrott des Betriebs einen Herzinfarkt erlitten, die Mutter war an Krebs gestorben. Er selbst ließ sich nur selten im Dorf blicken und in der Kirche nie. Er wohnte an der Piazza dell'Orologio, wo sie Giorgio getroffen hatten, Giadas Freund, als sie zum ersten Mal nach Conca gekommen waren. »Er lebt ziemlich zurückgezogen«, hatte Don Filippo gesagt. »Aber er hat auch schon viel Unglück im Leben erlebt. Die Eltern, der Bankrott.«
»Was macht er denn beruflich?«
»Ich glaube, er ist Saisonarbeiter. Wenn jemand einen Erntehelfer braucht, meldet er sich bei ihm. Er kennt alle irgendwie.«
An dem dreistöckigen Gebäude, in dem er wohnte, stand sein Name an der Gegensprechanlage. Francesca klingelte, aber es meldete sich niemand. Als sie zu Gerry zurückkehrte, wickelte er sich gerade Klebeband um die Finger. »Was soll das?«
»Handschuhe können reißen«, sagte Gerry und drückte dann gegen die Haustür, immer stärker und stärker, bis sein ganzer Körper vor Anspannung zitterte. Das Schloss sprang mit einem Knall auf. Sie warteten eine Minute, ob jemand nach dem Rechten schauen würde. Niemand kam. Dann traten sie schnell ein, um nicht noch von einer Gruppe Kinder gesehen zu werden, die mit ihrem Ball vorbeizogen. Die Panzertür der Wohnung im zweiten Stock, die sie anhand des Klingel-

schilds identifizierten, war schon ein größeres Problem. »Die bekommt man nicht leise auf«, sagte Gerry. »Gott sei Dank gibt es nur eine Wohnung pro Stockwerk. Ich bin sofort wieder da.«

Gerry ging zum Lieferwagen und kehrte mit einen Stromabnehmer-Wagenheber zurück. Dann verschwand er wieder und erschien nach ein paar Minuten mit ein paar alten Backsteinen. Er legte sie in den Türrahmen und holte weitere, bis nur noch so viel Platz blieb, dass er den Wagenheber senkrecht anlegen konnte, auf Höhe des Türschlosses. »Pass auf, ob jemand kommt«, sagte er. Francesca bezog auf der Treppe Stellung und fragte sich, was sie tun solle, falls denn jemand käme. Gerry begann den Hebel des Wagenhebers zu bewegen. »Entweder das Ding bricht oder die Wand«, sagte er. Schließlich brachen beide, mit beträchtlichem Lärm, der aber nicht so schlimm war wie befürchtet. Der Türrahmen war vollständig herausgebrochen, und die Tür baumelte darin, nur noch von senkrechten Stiften gehalten. Gerry drehte sie so weit herum, dass sich ein Spalt bildete. »Nach dir.«

Francesca trat hindurch, und Gerry folgte ihr, den Wagenheber hinter sich herziehend. Dann schloss er die Tür wieder, das vertraute Jucken im Nacken. Bei einem flüchtigen Blick konnte die Tür durchaus geschlossen aussehen. »Wir müssen uns beeilen«, sagte er und schaltete das Licht an, da die Wohnung in tiefer Finsternis lag. *Mach, dass nicht Amalas Leiche hier irgendwo liegt*, betete Francesca. Tat sie nicht, aber eine gewaltige Menge an Zeug türmte sich aufeinander. Nur für das Schlafsofa, den Kühlschrank und den Fernseher gab es ein wenig Platz. Es stank wie in geschlossenen Räumen, aber nicht nach verdorbenem Zeug. »Wie nennt sich dieser Impuls, Dinge zu sammeln?«

»Disposophobie. Messiesyndrom. Das ist ein Zwang.«

»Aber wir wissen noch nicht, ob er der Nachahmer ist. Gibt es irgendetwas, was darauf hindeutet?«

Gerry antwortete nicht. Er war vor einem kleinen Andachtsaltar erstarrt, der an einem Schrank aus Olivenholz oder so etwas hing. Im Loch für die Kerze steckten die vertrockneten Körper von einem Dutzend Insekten. »Verdammt«, sagte er. Dann sah er, dass der obere Teil der weißen Plastikmadonna in einen Zeitungsausschnitt gehüllt war. Das in der Zeitung abgedruckte Foto befand sich genau an der Stelle des Gesichts. Es war das Gesicht von Itala Caruso.

72

Giorgio hupte noch einmal. »Er ist nicht da«, sagte er. »Sonst hätte er längst aufgemacht.«

»Abwarten«, sagte Benedetti, der sich ruhiger gab, als er war. Was er hier tat, konnte ihm richtig Ärger mit Senator Ferrari einbringen, aber er konnte es nicht auf sich beruhen lassen. Als sie von Amala Cavalcantes Entführung gehört hatten, war Ferrari besorgt gewesen. »Wenn das nun mit dieser alten Geschichte zu tun hat?«, hatte er gesagt. »Wenn es jemand weiß …« Auch wenn Benedetti das für sehr unwahrscheinlich hielt, war er an Informationen gekommen, indem er die Telefonate der Cavalcante abgehört hatte. Schwer war das nicht gewesen, da Airone mit den für Abhörmaßnahmen zuständigen Ordnungskräften zusammenarbeitete. Rein theoretisch konnten die Mitarbeiter von Airone Gespräche nicht direkt mithören. Die wurden nämlich auf verschlüsselten Harddisks mitgeschnitten oder in Echtzeit an die Ordnungskräfte weitergeschickt. In diesem Fall ging es aber doch – und das nicht zum ersten Mal, da Ferrari viele Interessen hatte –, und so hatten sie alles in Echtzeit mitanhören können. Und obwohl der Senator verlangt hatte, dass die Überwachung nach der Begegnung mit dieser Hure von Cavalcante beendet würde, hatte Benedetti insgeheim weitergemacht. Er konnte es einfach nicht vergessen, dass er sich ihretwegen lächerlich gemacht hatte, nachdem sie ihn in die Wohnung eines berühmten, längst pensionierten Journalisten geschickt hatte. Der hatte ihn prompt wegen Einbruchs verklagt, obwohl er sich schnell eine Erklärung ausgedacht hatte.

Amala war ihm schnurzpiepegal, aber er hoffte etwas zu hören, das ihre Familie oder sie selbst kompromittierte, etwas, was er an die Presse oder seine Freunde von der Polizei weitergeben könnte.

Stattdessen hatte es diesen sonderbaren Anruf des Architekten Cavalcante bei der Stadtverwaltung von Conca gegeben und dann diesen ebenso sonderbaren Anruf dieser Idiotin beim Staatsanwalt. Was suchten die nur? Alles, was in Zusammenhang mit Piero Ferrari stand und den Senator Ferrari und seine Männer kompromittieren könnte, hatten sie sofort eliminiert – damals, vor dreißig Jahren, als Benedetti noch am Tropf mit den Blutkonserven gehangen hatte. Die Möbel und die Autos der Angestellten hatten sie natürlich nicht verschwinden lassen. Sollte das ein Fehler gewesen sein?

Hinter dem Stacheldrahtzaun, der das Gebäude umgab, lag ein ungepflegter Park, der sich bis zu einem alten Gebäude im faschistischen Stil mit vielen zerbrochenen Fenstern erstreckte. Dahinter lag ein Wäldchen. Das Gelände wirkte verlassen; hier und dort sah man Haufen aus verrostetem Zeug. »Sollen wir ein andermal wiederkommen?«

»Nein. Wenn du dir keine Anzeige einhandeln willst, gehen wir jetzt hinein.«

Benedetti hatte ihm zu verstehen gegeben, dass er wusste, wer das zerstörte Hotel ausgeräumt hatte, dass es ihm bis zu diesem Moment aber egal gewesen sei. »Warum ausgerechnet heute?«

»Das geht dich nichts an.«

»Wenn Sie über den Zaun klettern wollen, tun Sie das ruhig. Ich warte hier.«

»Dein Freund kennt mich nicht, deshalb ist es besser, wenn wir zusammen hineingehen.«

Das Tor war mit einer Kette und einem alten Vorhängeschloss abgesperrt, die Benedetti mit einem einzigen Fußtritt öffnete.

»Da wird sich Michele aber nicht freuen«, sagte Giorgio. »Sie können ihm doch nicht die Tür eintreten.«

»Aber ich kann ihn wegen Hehlerei anzeigen. Und dich wegen Diebstahls.«

Giorgio verschränkte die Arme. »Verstehe. Das Tor war ja auch schon offen.«

Obwohl das Metall laut quietschte, regte sich auf dem eingezäunten Gelände nichts. Sie traten ein und folgten der Betonzunge, die sich bis zum Gebäude zog, an vielen Stellen von Wurzeln und Unkraut durchbrochen.

Der Haupteingang war mit Balken blockiert. Jenseits der mit Brettern bedeckten Fenster sah man, dass die geräumigen Innenräume bis zur Decke mit Möbeln und Müll angefüllt waren. Benedetti wollte sich schon abwenden, als er einen Hilfeschrei hörte.

73

Francesca und Gerry verließen die Wohnung und drehten sich auch nicht mehr um, als sie die Stimme einer alten Frau vernahmen, die wissen wollte, wer sie waren.

Sie fuhren aus dem Dorf hinaus und hielten am Straßenrand. Gerry hatte den Andachtsaltar mitgenommen und drehte ihn in den Händen herum. »Zennaros Held war nicht der Perser«, sagte er. »Meine Mutter war es. Er sieht sich nicht als Serientäter, sondern als Kämpfer für Recht und Ordnung.«

»Und warum entführt er dann Mädchen?«

»Wegen des Persers. Wenn du ein Serienmörder wärst, und jemand würde dich nachahmen, was würdest du dann tun?«

»Sag du's mir, du kennst dich da besser aus.«

»Ich würde herausfinden wollen, wer es ist. Vielleicht könnte es ja gefährlich für mich werden.«

»Aber du wüsstest nicht, wo du ihn suchen sollst.«

»Es sei denn, der Entführer würde etwas hinterlassen, das mir den Weg weist. Da ich ein Serienmörder bin, der seit dreißig Jahren sein Unwesen treibt, verfüge ich über eine überragende Intelligenz. Nur ich kann die Botschaft verstehen.«

»Und was passiert dann?«

»Ich spüre meinen Nachahmer auf, und er bringt mich um.«

»Womit der Gerechtigkeit Genüge getan wäre«, stellte Francesca sarkastisch fest.

»Ruf deinen Bruder an und gib ihn mir. Nimm eine saubere SIM-Karte.«

Sie tat es.

»Darf ich Ihnen eine Frage stellen, die man Ihnen bestimmt schon oft gestellt hat?«, sagte Gerry, der nun wieder der sanfte, detailfixierte Rossi war. »Haben Sie unter Amalas Sachen etwas entdeckt, was Sie noch nie zuvor gesehen hatten?«
»Ein Gramm Gras. Wenn sie zurückkommt, muss ich mal ein Wörtchen mit ihrer Mutter reden. Aber abgesehen davon ist mir …«
»Ihrer Frau vielleicht …«
»Das hätte sie mir gesagt. Amala hat ihren Rucksack fallen lassen, als sie entführt wurde. Die Carabinieri haben ihn kontrolliert. Ihren Schlüsselbund haben sie auch mitgenommen. Der Schlüssel vom Tor steckte allerding noch im Schloss.«
»Hat jemand ihn fotografiert, bevor man ihn abgezogen hat?«, fragte Gerry.
»Die Carabinieri und auch ein verdammter Paparazzo«, sagte Tancredi. »Das Foto wurde in einigen Zeitungen abgedruckt, weil sie es für hochdramatisch hielten.«
»Danke, wir hören bald voneinander, Dottor Tancredi.« Gerry beendete die Verbindung und nahm sein iPad.
»Erklärst du es mir?«, fragte Francesca.
»Der Schlüsselbund baumelte in der Sonne. Wenn man eine endgültige Botschaft hinterlassen möchte, würde man ihn dort lassen, sich natürlich vergewissernd, dass nur der Adressat es begreift.«
»Und wie lautete die Botschaft?«
»Der Treffpunkt.«
»Aber ohne Datum.«
»Nein. Heute ist der Jahrestag der Überschwemmung. Am 1. Oktober vor dreißig Jahren ist meine Mutter gestorben. Wenn Giada noch in den Händen des Persers war, ist sie auch an dem Tag gestorben.«
»Himmel …«
»Das ist doch eine gute Nachricht. Die Überschwemmung hat das Quisisana in der Nacht mitgerissen. Das heißt, dass

Amala noch lebt.« Gerry fand das Foto in einem Onlinemagazin, außerdem in verschiedenen sozialen Medien. »Siehst du etwas Merkwürdiges?«

Am Schlüsselbund hingen drei Schlüssel und ein Dutzend Anhänger, fast alle in Form von Tieren. »Ehrlich gesagt, nein«, sagte Francesca. »Nichts, was nicht zu ihr passen würde. Was denkst du?«

»Das Zeug kann man vermutlich in jedem Modeschmuckladen kaufen. Alles Plastik ...«

»Das grüne Bärchen nicht. Das scheint aus Glas zu sein.« Francesca lief ein Schauer über den Rücken. Sie riss Gerry das Tablet aus den Händen. »Oder vielleicht doch nicht. Es gibt einen Edelstein in dieser Farbe.«

»Jade – Giada.« Gerry sagte etwas auf Hebräisch, das wie ein Fluch klang. »Ein Bär?«

Sie gaben das Wort »Orso« – *Bär* – in die Suchmaschine ein, zusammen mit »Conca« und »Überschwemmung«, und stießen auf den Passo dell'Orso ein paar Kilometer entfernt. Google teilte ihnen mit, dass der Möbelmarkt, der dort stand, dauerhaft geschlossen sei. Es war nicht schwer herauszufinden, dass es sich um das Unternehmen der Familie Zennaro handelte.

74

Amala schrie, bis ihre Kehle brannte. »Hilfe! Ich bin hier!«
»Es reicht«, flüsterte Oreste hinter der Wand. »Sei jetzt brav.«
Amala drückte sich an die Wand, immer noch ungläubig. Was Oreste ihr da erzählt hatte, konnte nicht stimmen. Und doch … Eine Gestalt zeichnete sich vor dem Himmelblau ab. Ein Mann in Jackett und Krawatte, eine Pistole in der Hand.

»Wer bist du?«, fragte der Mann und näherte sich ihr zögerlich. »O Gott, du bist Amala Cavalcante? Hab keine Angst, ich bring dich von hier weg.«

Mit der freien Hand griff der Mann nach seinem Handy. In diesem Moment öffnete sich hinter Amala die Wand, auf unsichtbaren Scharnieren herumschwenkend. Oreste sprang heraus, eine Doppelflinte mit abgesägten Läufen in der Hand. »Perser!«, schrie er und betätigte zweimal den Abzug.

Der Schuss war ohrenbetäubend, und der Mann wurde voll getroffen. Es war nicht wie in den Filmen, die Amala gesehen hatte. Der Mann taumelte nicht zurück und drückte sich auch nicht gegen die Wand. Er blieb einfach stehen, das Hemd an der Brust aufgerissen. Blut strömte heraus. Oreste schoss noch einmal, und nun prallte der Mann zurück. Das rechte Bein wurde abgetrennt und fiel aus der Hose; es war nur eine Prothese. Der Mann lag nun auf dem Boden und zuckte wie bei einer Elektroschockbehandlung. Er schrie.

Amala hielt sich die Ohren zu. Oreste ging zu dem Mann, der am Boden lag und sich noch bewegte, aus etlichen Löchern blutend. Nachdem er das Gewehr aufgeklappt hatte, warf er die verbrauchten Patronen weg und zog neue aus der Tasche. Am Anfang des glitschigen Wegs stehen bleibend, richtete er das Gewehr auf den Kopf des Mannes. »Das ist für Giada.«

Amala schloss die Augen.

75

Oreste gab einen vierten Schuss ab, dann trat er zu Amala. Das Blut des Toten war ihm ins Gesicht gespritzt und rann herab, aber das war ein angenehmes Gefühl, als wäre er noch einmal getauft worden. Er beugte sich über Amala und zog ihr die Finger aus den Ohren. »Wir sind frei. Er ist tot. Begreifst du?« Er lachte und weinte gleichzeitig. »All die Opfer, die ich gebracht habe, … die ich dir abverlangt habe, haben sich gelohnt.«

»Und wer ist das da?«, fragte Amala kaum vernehmlich.

Oreste drehte sich um. Ein anderer Mann war am Eingang zum Flur aufgetaucht und sah sie entsetzt an. »Michele, was, zum Teufel, hast du getan?«

»Giorgio?«

»Er ist … war … eine Art Polizist. Verdammt, du hast ihn getötet.« Ohne ein weiteres Wort drehte er sich um und floh.

Michele lief ihm hinterher, hielt am Ende der falschen Wand an und lud sein Gewehr nach. Amala erbrach das Wasser, das sie im Magen hatte, und hievte sich auf die Füße. Sie musste weglaufen, nun, da er sie nicht mehr im Blick behielt. Sie ging zu dem Schloss an der Metallschiene und hieb mit der Kraft der Verzweiflung darauf ein, traktierte es mit einem Stein, aber vergeblich.

Draußen hörte man zwei weitere Schüsse, ganz in der Nähe. Amala ging den Gang nach hinten und versuchte in den Nebenraum zu gelangen, aus dem Oreste (nein, das war gar nicht sein Name, sein wahrer Name war Michele, so hatte ihn dieser Mann genannt) aufgetaucht war, aber die Leine war zu kurz.

Sie konnte nur sehen, dass auf der anderen Seite eine riesige Halle lag, groß wie ein Fußballfeld, in der sich unfassbar viel kaputtes Zeug stapelte, Lumpen, schwarze Säcke.

»Hier kommt man nicht raus«, vernahm sie Orestes Stimme. Er war wieder da, das Gewehr an den Körper gedrückt, die Miene verwirrt. Er trug keine Maske mehr, und Amala sah einen hilflosen Menschen im Alter ihres Vaters. »Da geht's raus«, sagte er und zeigte über seine Schulter. Dann fummelte er an dem Metallschloss herum, bis es offen war. »Geh«, sagte er. Seine Stimme klang nicht mehr triumphierend, sondern eher verwirrt.

»Bist du sicher? Darf ich wirklich?«

Oreste lehnte das Gewehr an die Wand und entfernte sich. »Geh.«

Amala bewegte sich langsam in seine Richtung. »Hast du den anderen auch umgebracht?«

»Ja.«

»Es waren also zwei?«

Oreste schüttelte den Kopf. »Das kann nicht sein. Irgendetwas stimmt da nicht, Amala. Es ist etwas passiert.«

Sie tat noch ein paar Schritte. Das kugelartige Ende des Drahtseils rutschte aus der Schiene, und das Seil fiel zu Boden. Es riss dadurch noch einmal an ihrer Schulter, aber sie spürte es kaum. Sie tat einen weiteren tastenden Schritt und erreichte nun den glatten Teil des Bodens. Von unten kam ein dumpfes Summen.

»Los, *flieh*«, sagte Oreste wieder.

Hätte Oreste nicht dieses Wort verwendet, hätte sie es vielleicht getan. Aber sie musste an die erste Nachricht denken, die sie durch den Abfluss bekommen hatte und die nun eine ganz andere Bedeutung erhalten hatte.

Nicht fliehen.

Sie kniete sich auf den Boden und betrachtete die glatte Oberfläche aus der Nähe. Man sah winzige Löchlein, die von etwas durchbohrt waren, das wie glänzende Haare aussah.

Eine der Hände des Toten, die auf dem Plastik lag, war aufgedunsen und mit kleinen Quaddeln überzogen. Wo das Blut das Plastik verschmierte, bildeten sich Bläschen. Das Summen wurde unregelmäßig.

Warum soll ich nicht fliehen?, hatte sie die Person am anderen Ende gefragt. Und die hatte ihr etwas geschickt ...

Eine Hornisse.

»Geh, ich sag's jetzt zum letzten Mal.« Orestes Stimme zitterte ein wenig.

»Gib mir erst meine Schuhe«, sagte sie.

»Die habe ich weggeworfen.«

»Da ist etwas, nicht wahr? Hier unter dem Boden.« Sie konnte sich überwinden, ihm in die Augen zu schauen, und erblickte nur Leere.

»Red keinen Unsinn.«

»War das eine Falle für den Perser oder für mich? Oder für uns beide?«

Oreste beugte sich vor, um sie hochzuheben. Amala sprang auf und stieß ihn, ohne nachzudenken, gegen die Brust. Oreste fiel zurück und schrie vor Schmerz, als er mit dem Po die glatte Oberfläche streifte.

Amala sah dort unten Dutzende von schwarz-gelben Körpern, die bebten und stachen. Sie flüchtete in die andere Richtung, das Seil in den Händen, um nicht zu stolpern. Der Boden der Lagerhalle war mit Steinen und Holzstücken übersät, und ihre Füße begannen zu bluten. Als sie eine Art verrammeltes Tor erreichte, trommelte sie dagegen und schrie um Hilfe, aber auf der anderen Seite war niemand.

Oreste erschien an der Tür, die Hände von den Stichen der Hornissen geschwollen. Das Gewehr baumelte an seiner Seite herab. »Bleib stehen, du dämliche Kuh! Bleib stehen, oder ich bring dich um!«

Amala floh in Richtung eines Möbelstapels, aber sie trat mit dem Fuß auf einen Balken, direkt in einen Nagel hinein. Als

sie sich befreit hatte, hatte Oreste sie erreicht und hielt sie fest.
»Wer hat dir das gesagt? Woher hast du das gewusst? Der Perser, nicht wahr? Du hast mich die ganze Zeit zum Narren gehalten. Du steckst mit ihm unter einer Decke.«
»Ich weiß gar nicht, wovon du redest.«
»Jetzt begreife ich, dass du gar nicht das Ende des Wegs bist. Du bist nur eine Etappe, eine weitere Prüfung. Ich war naiv.«
»Bitte!«
»Weißt du, warum ich die Hornissen mag? Erst habe ich sie gehasst, aber dann habe ich begriffen, dass sie Teil des Spiels sind. Die Raubtiere töten, und die Hornissen befördern die Seelen. Aber manchmal machen sie auch alles allein.«
Oreste schleifte sie mit sich, als wäre sie eine Puppe. Er zog sie durch den Staub in der Lagerhalle zu einer ausgetretenen Steintreppe, die in den finsteren Untergrund führte.
»Bitte, lass mich los.«
»Still, du Spionin! Jetzt zeige ich dir, welches Ende die anderen Dummköpfe genommen haben.« Er stieß sie über eine eingefallene Mauer, und Amala fand sich vor einer gewaltigen Kühlzelle wieder. Der Gestank war entsetzlich, eine Mischung aus Exkrementen und toten Mäusen, derselbe Gestank, der aus den Tiefen der Latrine aufgestiegen war, nur hundertmal schlimmer. Die Zelle brummte, sie war in Betrieb.
Oreste hielt Amala an der Leine fest, als er die große bauchige Tür öffnete, und der Gestank, der sich noch einmal tausendfach verstärkte, würgte sie an der Kehle.
Amala sah die Massen von Waben und Hornissen, die sich träge hin und her schleppten, außerdem etwas, was wie halb verweste, verkrustete Schaufensterpuppen aussah, bedeckt von den bernsteinartig verhärteten Exkrementen der Hornissen. Es waren Leichen, die bis auf die Knochen abgefressen waren.
»Hier landen die Mädchen, die mir nicht mehr nützlich sind.«
Oreste schubste Amala in die Kühlkammer. Sie stieß mit dem Rücken gegen eine Wabe, die zerbrach und Larven ausspie. Als

sie sich losreißen wollte, packte Oreste sie an der Kehle und schnürte ihr die Luft ab. »Ich lasse dich hier, wo ich auch die anderen hingebracht habe. Die Hornissen werden dich bei lebendigem Leibe auffressen, wenn du mir nicht sagst, wo der Perser ist.«
»Ich weiß es nicht! Ich weiß gar nicht, wer das sein soll!«
Erneut versetzte er ihr einen Stoß, und eine weitere Wabe zerbrach. Dieses Mal stoben Hornissen heraus, die sich über ihren Hals schleppten. »Sag's mir, los!«
»Also gut. Er ist draußen und wartet auf dich!«
Amala hatte einfach etwas dahergeplappert, aus einem Überlebensinstinkt heraus, aber Oreste zögerte tatsächlich einen Moment, bevor er sie wieder gegen eine Ansammlung von Waben und Insekten stieß. Dieses Mal ließ er sie los, und Amala fiel rückwärts zu Boden. Es knirschte, und ein mit einer Art Pappe bedeckter Schädel fiel auf sie herab. Sie stieß ihn fort und wollte aufstehen, aber Oreste hielt sie mit einem Fuß am Boden fest. Unter ihrem Rücken spürte sie Bewegungen, dann kamen die Stiche, einer, zwei, zehn. Ihr Rücken stand in Flammen. »Verdammt, sag mir, wo er ist!«, schrie Oreste.
Es gab ein weiteres Erdbeben unter den Waben, dann reckte sich eine skelettartige, schlickbedeckte Hand aus dem Dunkel und griff Oreste ins Gesicht.

76

Francesca und Gerry trafen bei Einbruch der Dunkelheit am ehemaligen Möbelmarkt ein. Von Weitem sahen sie ein altes Neonschild, das an der Umzäunung lehnte und den Namen eines Hotels aufflackern ließ: QUISISANA. Als sie näher kamen, vernahmen sie das Brummen des Generators, an den es angeschlossen war.

»Er wollte nicht, dass der Perser sich verfährt«, sagte Gerry und kratzte sich im Nacken.

»O Gott, wir sind wirklich am richtigen Ort«, sagte Francesca. Gerry bremste, als er sah, dass vor dem Tor bereits ein Wagen parkte. Sie gingen zu Fuß hin. Die Windschutzscheibe des Wagens war geborsten, und auf dem Fahrersitz saß ein Mann, der noch den Schlüssel in der Hand hatte. Sein Gesicht war von Kugeln zertrümmert worden. Francesca wandte den Blick ab.

»Wir müssen die Polizei rufen.«

»Später.« Gerry drehte die Leiche um, um ihr ins Gesicht zu schauen. »Es ist Giorgio. Der wird kein Interview mehr fürs israelische Fernsehen geben.«

»Was wollte er wohl hier?«

»Das ist jetzt nicht mehr von Belang. Bleib hier. Ich bin nicht bewaffnet und könnte dich vielleicht nicht verteidigen.«

Francesca hätte ihm nur zu gern gehorcht, aber sie schüttelte den Kopf. »Nein.«

»Wie du willst. Bleib aber hinter mir.«

Sie traten durchs Tor. Francesca folgte Gerry auf einem Weg, der direkt an den Bäumen entlangführte. Es war ein absurder

Ort, ein Schuttplatz unter offenem Himmel, ein Stück Nichts im Niemandsland vor einem gespenstischen Gebäude. Verrostete Metallschilder zeigten noch die alte, mittlerweile ausgebleichte Reklame mit Hausfrauen und jungen Leuten. PASSO DELL'ORSO – DA MUSS MAN HIN, besagte eine. Es gab aus Asien importierte verstaubte Möbel. »Aha, daher stammen die Hornissen«, sagte Gerry und ging am Haupttor vorbei. »Hier ist kürzlich jemand entlanggekommen. Da sind Spuren«, flüsterte er und zeigte auf die schmale Seite des Gebäudes, wo das Wäldchen begann.

Francesca sah nichts, aber sie folgte Gerry zum Seiteneingang, der zu einem langen Flur mit einer sonderbaren geteilten Wand führte. Mitten im Weg lag eine weitere massakrierte Leiche; das Bein war ausgerissen. Francesca wandte den Blick ab.

»O Gott«, sagte sie.

Gerry betrachtete den Toten. »Benedetti«, sagte er.

»Was hatte der denn hier zu suchen?«

Gerry beugte sich über ihn, eine Spalte im Boden meidend, in der es von sterbenden Insekten wimmelte. »Pass auf, die stechen.«

»Ich rühre mich nicht von der Stelle.«

Gerry fand Benedettis Pistole neben der Leiche und reichte sie Francesca.

»Ich weiß gar nicht, was ich damit anstellen soll«, sagte sie.

»Du musst sie auf jemanden richten und schießen. Achtung, sie hat keine Sicherung.«

Sie nahm die Pistole. »Wo ist Amala?«, fragte Francesca, wie Espenlaub zitternd.

»Hier nicht.« Er zeigte auf eine Stelle, wo die Wand um neunzig Grad abknickte. Wobei es nicht die Wand war, sondern ein Stück bemaltes Holz, das den Eingang zur großen Halle verdeckte. »Da drüben.«

77

Nach einem Moment des Schreckens entriss Oreste sich der Hand, die sich an sein Gesicht klammerte. Er packte sie und zog daran. Die Waben wurden von einem weiteren Erdbeben erschüttert, als ein skelettartiger, mit Jauche besudelter Körper zum Vorschein kam. Es war ein Mädchen, oder besser, es war mal eins gewesen, von dem jetzt nur noch Haut und Knochen übrig waren. Sie stieß einen kehligen Schrei aus, den Amala als den wiedererkannte, den sie aus dem Loch der Toilette gehört hatte. Das Mädchen wollte Oreste beißen, hatte aber nicht die nötige Kraft dazu. Es war ein Leichtes für ihn, sich loszureißen. Vielleicht hätte er sie sofort getötet, wenn Amala nicht die Gunst der Stunde genutzt und sich in Richtung Ausgang geworfen hätte.

Als Oreste sich umdrehte, wollte Amala bereits mit dem Rücken die Tür zuschieben. Bevor sie aber den Griff erreichen konnte, hatte Oreste bereits das Ende des Seils gepackt, das im Innern der Kühlzelle verblieben war. Er riss daran, und ihr wurde schwarz vor Augen; der Schmerz war schlimmer als die Stiche, die sie überall hatte. Sie stemmte sich mit den Füßen gegen die Tür und wickelte das Seil um den Griff. Je stärker Oreste zog, desto stärker wurde der Zug auf die Tür und hinderte ihn daran herauszukommen. Amala war nun das reinste Nervenbündel. Sie spürte ihren Körper und den Schmerz nicht mehr, der zu einer anderen Person zu gehören schien. Wieder zog Oreste. Die Tür blieb geschlossen, aber das Seil rutschte vom Griff ab und riss wieder an der Wunde. Blut strömte über

Amalas Rücken, ihre Knochen knirschten, und schließlich löste sich etwas in ihrem Körper.

Es gab einen Ruck, und der Knochen, der sich in den wenigen Tagen der Gefangenschaft noch nicht wieder verwachsen hatte, hielt die Titanschraube nicht mehr. Fleischstücke mit sich reißend, brach sie heraus. Amala fiel zu Boden, der Ohnmacht nahe. Nun war sie frei, aber am Ende ihrer Kräfte. Unter ihr bildete sich eine Blutlache. Von dem Seil, das neben ihr baumelte, tropfte Blut.

Oreste hatte das Gewehr wieder geladen und gab einen ersten Schuss in ihre Richtung ab. Die Kugel durchdrang das Metall auf Höhe des Griffs und hinterließen ein sich verjüngendes Loch. Oreste platzierte den Gewehrlauf an diesem Loch und richtete ihn auf sie.

Als der Schuss losging, spürte Amala, wie sie weggezogen wurde. *So ist es also, wenn man stirbt*, dachte sie. Aber es war gar keine Illusion. Jemand hatte sie wirklich gepackt und aus der Schusslinie gezogen, den Schuss an ihrer Stelle abbekommend. Aus der Schulter dieser Person und einer Seite ihres Halses strömte Blut.

Oreste öffnete die Tür, das Gewehr in der Hand, und richtete es auf den Mann. »Perser!«, schrie er.

Der Mann rollte fort, und Amala begriff, dass sie träumte. Hinter dem Mann stand nämlich ihre Tante, eine Pistole in der Hand, und schrie etwas.

Meine Tante.

Mit einer Pistole.

Ihre Tante schoss. Die Projektile prallten von Wänden und Kühlzelle, aber eines traf Oreste seitlich am Gesicht und riss ihm das Ohr weg. Er hob das Gewehr und richtete es auf ihre Tante. Die schrie vor Angst, Oreste vor Wut, Amala vor Entsetzen. Der Unbekannte erhob sich vom Boden und packte Oreste am Bein, obwohl er blutbesudelt war.

Gemeinsam fielen sie zu Boden. Oreste steckte ihm die

Finger in die Wunde am Hals. Der Unbekannte schrie vor Schmerz, konnte ihm aber das Gewehr aus der Hand reißen und knallte ihm den Schaft ins Gesicht.

Oreste wich zurück. »Perser«, murmelte er.

»Du bist wirklich ein *schmuck*«, sagte der Fremde und zielte mit dem Gewehr.

Ihre Tante brüllte: »Hör auf, das muss nicht sein!«

»Da drinnen ist ein Mädchen ... bitte ...«, hauchte Amala.

Der Fremde schaute sie an. Er war so schön wie die Sonne. »Lebt sie?«

»Das weiß ich nicht.«

Gerry knallte Oreste noch einmal das Gewehr ins Gesicht und öffnete die Kühlzelle wieder. Ein Schwarm Hornissen entwich. Gerry rannte hindurch, als gäbe es sie gar nicht, und tauchte wenige Sekunden später wieder auf, das Mädchen im Arm. Es war ein lebendiges Skelett, mit Exkrementen besudelt, und Gerry setzte es sanft ab. »Hallo, Sophia. Wir bringen dich jetzt heim«, sagte er. Dann packte er Oreste, warf ihn in die Zelle und schloss die Tür.

Ihre Tante kam auf sie zugerannt, um sie in den Arm zu nehmen, und nun fiel Amala doch in Ohnmacht.

AUFBRUCH

HEUTE

78

Francesca rief die Polizei, und Gerry wurde verhaftet, da aus Israel die Nachricht eingetroffen war, dass er mit falschen Papieren reise.

Am Morgen nach der Entdeckung ihrer Nichte hatten Francesca und Metalli eine ziemlich angespannte Begegnung, aber insgeheim war der Staatsanwalt froh, dass Amala lebte. Und Sophia Vullo auch, wenngleich ihr Zustand mehr als kritisch war. Über sie hatte Michele Zennaro seinen Kontrollwahn fast ein Jahr lang ausgeübt; an ihr hatte er erprobt, wie man in einen halb verwesten Knöchel eine Leine einpflanzt und wie der Hornissenboden funktioniert. Da er sie tot geglaubt hatte, gestorben an einem anaphylaktischen Schock, hatte Zennaro sie zu den Abfällen aus der Kühlzelle geworfen. In der Metallwand der Zelle befand sich ein Loch, durch welches das Kondenswasser ablief, und das hatte Sophia vor dem Verdursten bewahrt. Was sie gegessen hatte, wurde noch untersucht; viele Möglichkeiten gab es nicht, und alle waren ekelerregend. Francesca hatte sie in eine Klinik ihres Vertrauens bringen lassen und zahlte die Rechnung aus eigener Tasche.

Amala wurde am Schulterblatt operiert. Der durch den Bruch und die Infektion zerstörte Knochen wurde durch ein Implantat ersetzt. Den Tennisschläger würde sie nicht mehr beidhändig führen können, und es würde eine scheußliche Narbe zurückbleiben, ansonsten waren aber keine großen Schäden entstanden. An ihren letzten Tag in Gefangenschaft hatte sie keine Erinnerungen mehr. Francescas Interesse verwunderte sie. Mit ihrer Tante hatte sie nie viel verbunden, und doch hatte die tagelang nach ihr gesucht. Im Krankenhaus musste sich Francesca ziemlich gemeine Worte von Sunday anhören, die ihr vorwarf, Informationen über ihre Tochter unterschlagen und deren Leben aufs Spiel gesetzt zu haben. »Und dann hast du noch diesen Söldner mit dir herumgeschleppt!«, schrie sie. »Einen israelischen Soldaten. Einen Mörder!«

Wenn ich meiner Schwägerin mal nicht mehr auf die Nerven gehe, dachte Francesca, *bin ich tot.*

Michele Zennaro wurde wegen zahlreicher Hornissenstiche in kritischem Zustand aus der Kühlzelle befreit, aber er starb nicht. Während der Erstbefragung verweigerte er die Aussage und gab nur zu Protokoll, dass der Staatsanwalt, die Polizei und die gesamte Familie Cavalcante Teil der großen Verschwörung zur Vertuschung der Existenz der Raubtiere seien. Metalli gab ein psychiatrisches Gutachten in Auftrag und hoffte, dass geistige Zurechnungsfähigkeit festgestellt würde, weil man ihn dann zu lebenslänglicher Haft verurteilen konnte. Die elende Sophia Vullo hatte er mit eigenen Augen gesehen und war sich sicher, dass er für den Rest des Lebens nachts von Albträumen verfolgt würde.

Gerry wiederum wurde wegen der Schussverletzung in ein Krankenhaus gebracht und streng bewacht.

Nach zwei Tagen besuchte Francesca Gerry im Gefängnislazarett. Sie unterhielten sich im »Separee«, das die Privatheit des Gesprächs zwischen Mandaten und Anwälten schützen sollte. Gerrys Brustkorb und Hals waren bandagiert, und er war ein wenig bleich und abgemagert. Ansonsten wirkte er aber so entspannt wie immer.

»Wie geht es dir?«

»Gut, danke. Das Essen ist gar nicht übel.« Er hielt das Buch hoch, das er las, eine geologische Abhandlung. »Und wenn man liest, geht es einem immer gut.«

»Möchtest du etwa auch Steinexperte werden?«
»Wenn man bedenkt, dass ich Jade nicht von Plastik unterscheiden kann ... Das hat mir Renato mitgebracht.«
»Ich weiß. Er hat erwähnt, dass du ihm von ... Cesare erzählt hast.«
»Ich habe die Wette verloren und muss meine Schuld begleichen. Er ist in Tränen ausgebrochen.«
»Und du?«
»Ich habe Rührung simuliert, damit er sich nicht so schlecht fühlt. Er ist mir sympathisch.«
»Hattest du ihn als Kind kennengelernt?«
»Bei der Beerdigung meiner Mutter. Wie geht's dem Rudel?«
Francesca hatte die Hunde in die ihr bereits bekannte Tierklinik gebracht. Die Krankenschwester hatte sich gern bereiterklärt, sich um sie zu kümmern. »Gut. Fehlen sie dir?«
»Sie helfen mir zu verstehen, wie es mir geht. Warum hast du mich nicht wegen Mordes angezeigt?«
»Vorsicht, hier könnten Mikrofone versteckt sein. Das wäre zwar illegal, aber ...«
»Hier sind keine.«
»Bist du dir sicher?«
Gerry zog die Augenbrauen hoch.
»Na gut.« Francesca setzte sich ans Fußende des Bettes. »Tatsächlich habe ich daran gedacht. Ich weiß, dass du meine Nichte gerettet hast, aber diese kaltblütigen Morde kann ich dir nicht verzeihen. Andererseits weiß ich auch, was für Leute das waren, die du umgebracht hast. Außerdem ist es nicht deine Schuld, dass du ein Psychopath bist. Dein Vater war schließlich kein Heiliger.«
»Und meine Mutter hat ihn unter einem Lastwagen platt gequetscht.«
»Ich werde diese Vorfälle deinem Gewissen überlassen. Auch Ferrari.«
»Ferrari?«

»Er hat gestern einen Schlaganfall erlitten und war auf der Stelle tot. Ich weiß, dass du das warst, auch wenn ich nicht weiß, wie du das angestellt hast. Hast du dich an seinen Medikamenten zu schaffen gemacht?«

»Schöne Hypothese.«

Francesca begriff, dass es sinnlos war, auf der Sache zu beharren. Außerdem war es ihr auch nicht wichtig. »Bereust du es, dass du Zennaro am Leben gelassen hast?«

»Nein. Ich kenne den Unterschied zwischen einem Geisteskranken und einem Perversen. Außerdem bin ich gespannt, was die Psychiater herausfinden.«

»Ein Mensch, der zu dem Mörder wird, auf den er Jagd macht. Das ist hochinteressant.«

»Außerdem eine Warnung an alle, die in den Geist eines Killers eindringen wollen. Das sind keine schönen Orte.«

»Das hast du schon einmal gesagt. Über dich selbst.«

Gerry erwiderte nichts, sondern lächelte vor sich hin.

Francesca zupfte sich einen Fussel von der Bluse. »Hör zu … Israel hat deine Auslieferung beantragt, wegen der gefälschten Papiere. Da man dich sowieso ausweisen wollte, wird sich das Gericht nicht dagegen sperren. Aber wenn du sagst, wer du wirklich bist, können sie es nicht tun. Du hast die italienische Staatsbürgerschaft nie abgelegt. Wir könnten sie zu deinen Gunsten ins Spiel bringen.«

»Nein, das ist schon in Ordnung so.«

»Sicher?«

»Ja. Ich habe bereits gesagt, wer ich bin.«

»Gerry.«

»Gerry. Ich werde bald abreisen. Falls etwas ist, ruf an. Du hast ja meine Visitenkarte.«

Francesca musste wider Willen lächeln und verspürte eine irrationale Zuneigung zu diesem Mörder. Ein Widerspruch, einer von vielen. »Nichts für ungut, Gerry, aber ich hoffe, dich nie wiederzusehen.«

79

Francesca konnte nicht wissen, dass dies der letzte Besuch sein würde, sonst hätte sie vielleicht noch mehr oder etwas anderes gesagt. An jenem Abend hatte sie zum ersten Mal seit ihrer Rückkehr zum Abendessen geladen: Metalli, Samuele und Alfredo, diesmal nicht in Uniform. Sie hatte ihn bei Zennaros Verhaftung kennengelernt, weil Alfredo den Polizeieinsatz und die Durchsuchung des ehemaligen Möbelmarkts geleitet hatte. Sie war die Einzige, die sich keine Kugel eingefangen hatte und gesundheitlich unversehrt war, deshalb musste sie bis in die tiefe Nacht bleiben und tausendmal erklären, was geschehen war – wobei sie alles unterschlug, was vor dem letzten Tag passiert war. Die Begegnung mit Alfredo war eher unangenehm gewesen: für sie, weil sie wusste, dass er es war, der sie bei Metalli verpfiffen hatte; für ihn, weil sie die Chefin seines Lebensgefährten war.

Das Abendessen stellte den Frieden zwischen ihr und dem Staatsanwalt wieder her und hatte sie auch dazu gezwungen, ein paar Kisten mit Geschirr und Besteck zu öffnen, die seit ihrer Ankunft in Italien zugeklebt herumgestanden hatte.

Während sie mehr oder weniger beim Caffè angelangt waren, holten die Mitarbeiter der Gefängnispolizei Gerry aus dem Gefängnislazarett, um ihn zum Flugplatz Pratica di Mare zu bringen, von wo ein nicht gekennzeichnetes amerikanisches Militärflugzeug nach Tel Aviv flog. Dort wurde Gerry von Polizisten in Zivil in Empfang genommen, in ein Auto mit abgedunkelten Fensterscheiben verfrachtet und zum Institut

G. Feuerstein transportiert, wo ein Trupp Militärs ihn übernahm. Gerry wurde noch einmal durchsucht und dann in eine Zelle verbracht, die an ein kleines Apartment erinnerte, mit Gittern vor den Fenstern und stets aktiven Überwachungskameras, auch im Bad.

Sobald er eintrat, wurde Gerry von der haarigen Masse des Rudels bestürmt, das ein paar Stunden vor ihm eingetroffen war, außerdem von drei Hunden mittlerer Größe, die das Gefängnis nie verlassen hatten. Gerry hatte Mühe, seinen Rumpf zu bewegen, und ließ sich auf einen großen Pouf fallen, der von den Hunden fast platt gedrückt wurde.

Dem permanenten Wechsel seiner Begleitpersonen zum Trotz war, seit er in Italien an Bord gegangen war, stets ein alter Offizier an seiner Seite gewesen. Sie hatten bisher kein Wort miteinander gewechselt, aber in diesem Moment blieben sie allein zurück und hielten die Gelegenheit für gekommen. »Wie war dein Urlaub?«, erkundigte sich der Mann.

»Anstrengend und interessant.« Gerry spuckte Haare aus.

»Wie geht es deiner Frau?«

»Sie erholt sich von der Operation, danke der Nachfrage.«

Gerry setzte ein Lächeln à la Charles Manson auf. »Habe ich dir gefehlt?«

»Mir nicht. Erhol dich ein bisschen, da du in ein paar Tagen wieder auf die Piste gehst. Wir haben ein Problem, das du lösen könntest.«

»Und wenn ich mich weigere?«

»Dann kannst du den nächsten Urlaub vergessen.« Der Offizier ging und schloss die Zellentür ab. »Wir sehen uns bald«, sagte er.

Gerry seufzte und ließ sich von seinen Hunden begraben.

DANK

Während des Verfassens dieses Romans hatte ich die Unterstützung fantastischer Menschen. Mein erster Dank geht an meine Frau Olga. Wie ich zu sagen pflege: Olga würde bestens ohne mich auskommen, aber ich wäre ohne sie schon eine Weile tot. Dann Dank an Julia, Piero, Stefania, Virginio, Tamara und den Rest des Clans.

Ich danke Dante Caramellino für seine Ratschläge, Luigi Patti für gutes Zureden und meiner Mitarbeiterin Valentina Misgur für die erste Lektüre. Außerdem danke ich meiner geduldigen Agentin Laura Grandi, Carlo Carabba, dem Kollegen und Freund, und allen Mitarbeiterinnen und Mitarbeitern von HarperCollins, dem unersetzlichen Oscar Alicicco, meinem Lektor bei diesem Projekt, mit dem ich auf angenehmste Weise jede einzelne Zeile zerpflückt habe, Veronica Di Mario, die sich um den Text gekümmert hat, Professor Paolo Luca für die Hinweise zu jüdischer Sprache und Religion und Riccardo Falcinelli für das Cover.

Was die tiermedizinischen Belange betrifft, habe ich mich vor allem an den *Atlas of Approaches for General Surgery of the Dog and Cat* von Mark M. Smith und Don R. Waldron gehalten. Über die Hornissen habe ich mich vor allem im *Manuale di entomologia applicata* von Aldo Pollini informiert.

In beiden Fällen habe ich mir Freiheiten genommen, so wie auch in der Topologie der Lombardei: Conca und die Città del Fiume existieren nicht, so wie es auch den Brand im Gefängnis von Cremona nicht gegeben hat. Die Flutkatastrophe hingegen greift Ereignisse aus dem Jahr 1994 auf, als der Tanaro über die Ufer getreten ist. Bei der Verfassung des Buchs haben mir außerdem folgende Bücher geholfen: *Paranoid* von David J. LaPorte und *The Encyclopedia of Jewish Myth, Magic and Mysticism* von Geoffrey W. Dennis. Die Titel der Gegenwartskapitel wurden inspiriert von bekannten Pfadfinderbegriffen. Dazu musste ich nichts lesen, da ich als Junge in Cremona bei den Pfadfindern war, eine prägende und großartige Erfahrung.

Der größte Dank gilt aber, wie immer, euch Lesern. Und da ihr bis hier gekommen seid, habt ihr euch ein kleines Extra verdient.

Genießt die Lektüre.

SD
Mitternacht in Pergola, August 2022

GRUSS

VOR DREISSIG JAHREN

Der Carabiniere Massimo Bianchi wartete an der Provinzstraße nach Piacenza, eine Zigarette nach der anderen rauchend und die Stummel im Aschenbecher des Wagens ausdrückend. Solche Anzeichen guter Manieren hätte man bei ihm früher vergeblich gesucht, aber die Ehe veränderte ihn. Er schlief mehr (wenn sein Sohn es zuließ), war sensibler für Ärger und kehrte häufig zum Abendessen heim, statt bis zwei Uhr nachts in der Kaserne zu bleiben. Langsam hatte er sich die Hörner abgestoßen, und er akzeptierte diese Verwandlung. Konkurrenzgebaren verlor an Reiz, der Kampf wurde mühsamer.

Ein Fiat Fiorino hielt an der Ausbuchtung ein paar Meter weiter und ließ die Schweinwerfer aufblinken. Bianchi ging zum offenen Fenster auf der Fahrerseite. In dem Kleinlaster saßen zwei Personen, die aussahen, als hätte man sie nach dem Zusammenprall mit einem Lastwagen wieder zusammengeflickt. Besonders der Mann, der einen Gipsverband um die Brust trug, der ihn noch massiger erscheinen ließ, und sich abwesend umsah. Itala hingegen war zwar am ganzen Leib verbunden und mit Pflastern übersät, aber sie war hellwach. Wie sie ihm erzählt hatte, waren sie, als das Dach des Quisisana einbrach, noch vor Eintreffen der Rettungskräfte entkommen.

»Ihr seht aus wie die blühende Gesundheit.«

»Wir sind ja auch Geister«, sagte Itala. Locatelli grunzte.

Bianchi reichte ihnen einen Umschlag mit neuen Pässen für sie beide und einem Führerschein für Itala. Die Namen waren

nicht ihre eigenen. »Ich weiß nicht, wie sicher sie sind, aber für eine Weile könnt ihr beruhigt sein.«
»Bis dahin werden wir uns hoffentlich schon andere besorgt haben. Danke für alles, was du mit meiner Leiche getan hast«, antwortete sie. »Wer war es?«
»Ein Penner, der an Leberzirrhose gestorben ist. Er hatte Ähnlichkeit mit dir.«
»Leck mich.«
»Niemand wird die Herausgabe seiner Leiche fordern. Du willst also alles aufgeben und mit diesem Ungetüm verschwinden?«
»Ich gebe gar nichts auf, weil ich nichts aufzugeben habe.«
»Du hättest zum Beispiel einen Sohn.«
»Den hatte ich mal. Es hat für uns beide nicht funktioniert. Es vergeht kein Tag, an dem ich nicht daran denke, aber es ist besser so. Du hingegen wirst mir fehlen.«
Bianchi konzentrierte sich auf seine Atmung, weil er sich seine Rührung nicht anmerken lassen wollte. »Immerhin hast du dieses Stück Scheiße geschnappt. Auch wenn es nie jemand erfahren wird.«
Itala nickte. »Das ist genau das, was ich möchte. Dass man meinen Namen vergisst, so wie den des Persers. Die Sache soll ein für alle Mal vorbei sein.« Sie gab ihm die Hand. »Vielleicht werde ich irgendwann zurückkommen und dich aufsuchen.«
»Nein, das wirst du nicht tun.«
Und da hatte Bianchi ausnahmsweise einmal recht.